KB055992

메타버스 시대의 문학

김윤이

1976년 서울에서 태어났다.

서울예술대학교와 명지대학교 대학원에서 공부했다.

2007년 『조선일보』 신춘문예를 통해 시인으로 등단했다.

시집 『흑발 소녀의 누드 속에는』 『독한 연애』 『다시 없을 말』 『여자와 여자 사이』를,

평론집 『메타버스 시대의 문학』을 썼다.

현재 강사로 대학에서 학생들을 가르치며 생활하고 있다.

ARCADE 0012 CRITICISM 메타버스 시대의 문학

1판 1쇄 펴낸날 2022년 4월 30일
지은이 김윤이
디자인 최선영
인쇄인 (주)두경 정지오
펴낸이 채상우
펴낸곳 (주)함께하는출판그룹파란
등록번호 제2015-000068호
등록일자 2015년 9월 15일
주소 (10387) 경기도 고양시 일산서구 중앙로 1455 대우시티프라자 B1 202-1호
전화 031-919-4288
팩스 031-919-4287
모바일팩스 0504-441-3439
이메일 bookparan2015@hanmail.net

ⓒ김윤이, 2022, printed in Seoul, Korea

ISBN 979-11-91897-17-3 03810

값 35,000원

메타버스 시대의 문학

김윤이

혹자는 우리를 비웃을지도 모른다

허나 사랑이라면 독 오른 분노와 증오도 사랑

목숨 걸 비장이 없다면 사랑 어찌 고귀하다 하겠느냐

눈 떼지 않는 자여 묘석으로 영원히 갇힐 것이니, 가져가거라!

명백히 경고컨대 죽음을 모면하고 싶거든

사랑이여, 복수(複數)인 뱀들을 가르려는 자여

돌아서서 칼을 내리치고 죽을힘 다해 뛰어라!

　　　　　　　　　　　　　　　　—김윤이, 「내 사랑 메두사」에서

　「내 사랑 메두사」는 계간지에 실었으나 훗날 세 번째 작품집을 묶을 때는 싣지 않은 작품이다. 이유는, 세 번째 시집의 일관된 흐름에서 볼 때 어울리지 않았고, 다시 작품을 손보고 퇴고를 하는 것은 시의 정서(affection)를 버리는 일이 되기에 석연치 않았기 때문이다. 이와 같은 까닭으로 차일피일 미루다 작품을 버리는 결정에 이르렀는데, 작품을 솎아 내는 게 무엇이 그리 아쉬운 일이었겠는가. 다만, 메두사라는 신화적 존재가 한때는 어떤 문학적 자각을 불러들이는 역할을 수행했기에 부득이 예전의 시를 불러들인 것이다.

시는, 사랑의 문제에 골몰하고 치중되어 탄생했으나, 기실 작품적 동인(動因)은 대학원 과제를 작성하는 도중 메두사라는 신화적 캐릭터와 관련하여 몇 권의 책을 탐독하면서였다. 신화의 세계는 매혹적이었지만 그것을 창작으로 잘 풀어낼 예술적 역량도, 체계적으로 정리할 인문적 능력도 갖추지 못한 채 몇 년이 흘렀다. 그사이, 작품은 태작으로 방치되었고, 인문 지식은 알지 못한 것과 별반 다르지 않은 두루뭉술한 앎의 차원으로 관용화되었다.

내게 메두사(Medusa)라는 신화적 인물은 오래되고 낡은 인식으로 자리했다. 익히 알듯이, 그리스 신화에 등장하는 괴물(마녀)로 스테노, 에우뤼알레, 메두사라는 고르고네스 세 자매 가운데 하나인 메두사였다. 좀 더 다른 인식이라면, 원래는 괴물이 아니라 해신 포세이돈과 정을 통한 일로 인하여 아테나 여신으로부터 저주를 받아 괴물로 변했다는 이야기 정도. 그렇기에 신화에 대한 초점은 복수(複數)의 실뱀 머리를 한 괴물의 만행으로, 그녀의 얼굴은 보기만 해도 돌로 변해 버린다는 이야기로 머릿속에서 굳어 버렸다. 불사신인 메두사는 아테나 여신의 도움을 받은 페르세우스에 의해 목이 잘려 죽음에 이르렀는데, 이것은 마치 타율적인 사고처럼 영웅 서사에서 한 치도 어긋나지 않았다. 그런데 자의든 타의든 창의적 상상력은 이탈해 버린, 상황 종결 상태, 그렇게 끝이었을까.

결코 쉽사리 끝나지 않았다. 살아가면서 메두사는 불현듯이 휘감아 오곤 했는데, 숫제 표면화된 서사를 걷어 낸 다른 차원의 상징과 해석이 드러났다. 메두사로부터 시선을 돌린 채 청동 방패를 응시하며 거기에 비친 메두사의 모습을 보고 그녀의 머리를 베는, 페르세우스의 용맹을 벗어나 내재하고 있는 의미 차원으로 들어가면, 궁극적으로 그들의 보는 행위는 예술적 참여로 설명되었다. 일찍이 문광훈 교수는 페르세우스의 방패와 관련하여, "간접적 형상화 방식"이라고 설명한 바 있는데(『페르세우스의 방패』, 2012), 나의 모색과 고민이 다다른 지점도 그와 다르지 않았다. 요컨대 예술 작업이란 단순히 메시지를 전달하는 차원이 아니라 복합적으로 매개되는 차원의 우회적 창출 행위라는 것이다. 당연히 페르세우스의 방패는 메시지를 단순히 전달하는 차원의 선동적 활동을 거부하면서 또한 괴물로 대변되는 폭력의 이미지를 간접적 형상화 방식으로 보게 하는 예술 창작의 핵심 원리와 깊게 연관되었다.

재차 언급하자면, 메두사를 직접적으로 보지 못하는 페르세우스는 청동 방패를 거울 삼아 메두사를 바라보며 앞으로 나아가게 된다. 내게는 거울상이 메두사의 모습을 파악한다는 사항보다는 형상을 비춘다는 의미에 상응했다. 이때의 거울상이 반사와 반영(reflection)을 뜻하는 시각적 요소와 긴밀히 관련된 그것의 확대된 모델로 지각되었다. 예술적 반영으로 말미암아 예술에 대한 반성은 성립되기에 이른다. 스스로 부여한 자기 기율로서의 반성은 불교에서 일컫는 회광반조(回光返照)와도 같은 맥락으로 이해될 수 있겠다는 생각에서였다. 빛을 돌이켜 거꾸로 비춘다는 것이 내면을 비추는 반영으로서의 반성에 다름 아닌 까닭이다. 다소 변형시켰을지언정, 내게는 신화적 맥락의 운명적 사건 중심이 아니라, 거기에 내재한 예술적 참여의 보는 의미가 크게 다가왔다. 메두사 이야기는 이렇듯 겉면에 드러난 신화의 줄거리를 공공연하게 배제하고 나름의 깨침으로 새로운 예술적 의미에 상응하여 싹터 나오게 되었다.

포스트모더니즘이라는 현대의 시선으로 바라볼 때, 예술적 존재가 더는 명석판명하게 드러나는 동일성을 담보하지 않고, 드높일 궁극의 진리가 존재하기 어렵다는 걸 실감하면서도 예술에 대한 애정은 강밀도를 보이며 지속되었다. 현대적 변화와 변동을 체감하면서도, 자본주의라는 생산양식에 날로 침식해 들어가는 예술로 실망과 좌절이 동반되면서도, 모순형용의 모습처럼 그럴수록, 아니 그러한 이유로 필사적인 반응으로 예술은 내게 자리하였다. 제임슨 프레데릭의 통찰을 빌리자면, 생산양식에 내재하는 모순을 해결하기 위해 문화와 예술은 꿈꾸기를 수행한다고 하였는데, 때때로 그 실천적 능력을 두 눈으로 확인하고 싶었다. 자본주의 모순의 산물인 예술품이 스스로 사회적 모순을 해결하는 상징적 행위를 드러낸다고 하면, 그것은 상술한 간접적 형상화 방식으로서의 청동 방패와 같은 역할을 수행한다는 걸 넌지시 일러 주는 것이자 동시에 자본주의의 식민화된 무의식을 허무는 예술적 역할을 전제하는 것이기도 했다. 이처럼 예술은 저항의 미학적 실천과도 같이 인식되면서, 한편 자주 드리우는 의구심으로 말미암아 타락한 현대 예술로 머릿속에서 양립하였다.

한편 조금은 별개의 맥락일 수도 있지만, 그간의 원고들을 작성하는 것과 관련하여 시간적 차원에서 돌아보면, 내게는 오늘날 예술가의 고독의 시간적 층위도 의혹과 불신 같은 부정적 태도로 굳어 갔다. 자본이 홍수처럼 넘쳐나는 시대에서 사회문화적 관심이 진정으로 예술가를 원하는가. 자문하면서 다분히 체념적으로 고개를 내저었다. 고독은,『고독과 인생』의 김동리식으로 말하면, 현대인으로서 생각하고 있다는 뜻이며 이는 절망하지 않고 있다는 증거이기에 고독하다는 건 오히려 행복한 것이어야 했다. 또한 고독은,『파리의 우울』에서의 샤를 보들레르식으로 말하자면, 다수의 군중 속에 잠겨 그것을 즐기는 것 그 자체로 재능이며 예술이었다. 군중과 고독은 시인에게는 동등한 어휘였고, 고독하고 사색적인 산책자의 모습은 예술적인 도취의 시간이었다. 그러나 머리로 이해되던 사항들도 때때로 고개를 쳐들었다. 과연 지금도 그러한가라고. 사회학적인 변화가 발 빠른데 그에 대한 고려 없이 적용 가능한가라는 이유로 그러하였다.

오해의 소지가 있을 듯해 성급한 대로 결론부터 적자면, 그런데도 오늘날 고독에 대한 필요성을 나름의 논지로 밝히고 싶었다는 것, 이로 인해 마땅찮은 글솜씨 때문에 속앓이를 하였다는 것이다. 현대의 급격한 변화와 변동은 빈번히도 문학인에게 모순적 행동과 수행적 모순을 요구한다고 생각했다. 이처럼 언제나 내 속의 불화와 맞서면서도 종국에는 문학을 떠나지 못하는 역설. 그러하였다. 내면을 비춰 보니 복수(複數)의 뱀이 우글우글하다는 걸 새삼 알게 된다.

앞서 태작으로부터 시작된 사고의 계기가 인문학 지식의 탐닉으로 이어졌다고 밝혔다. 비평과 에세이의 형식을 빌려 작성하기 시작한 원고의 묶음 또한 별반 다르지 않았다. 흥미롭게 읽은 책을 바탕으로 예술과 문학에 대한 글을 적어 보고 싶은 소박한 마음에서부터 출발하였다는 것이다.

구체적 현실로 실현되게 가르침을 주셨던 선생님들께, 그리고 책으로 묶을 수 있게 도움 주신 파란에 깊은 감사의 인사를 올린다. 늘 그렇듯이 감사드려야 할 분들께 그간 불통소식(不通消息)으로 전해 드렸다. 고독을 자처하는 시간으로 할애되었기 때문이다. 제1부는 에세이 형식으로, 제2부는 인상비평으로, 제3부는 서평으로 구성하였다. 앞으로 나아질 요구를 스스로 할 것이라는 걸 약속드린다. 멀티미디어와 최첨단 테크놀로지로 일상은 급격히 변화하고 있다. 비대면과 온라인 등으로 인해 더욱더 확산 추세일 근미래—메타버스 시대에도 여전히 문학이 존재할 것을, 나는 믿는다. 앞서 제목으로 붙여 본다.

나와 책 말고는
이 세상이 존재하지 않는 것 같은,
이천이십이 년 이른 봄에

김윤이

차례

일러두기
인용문 가운데 일부는 읽기의 편의를 위해 현행 맞춤법 규정에 따라 띄어쓰기를 수정하였습니다.

제1부

어머니 그리고 아버지라는 이름
— 앨리스 먼로 「디어 라이프」와 히가시노 게이고 『기린의 날개』

기억에 남은 한 시절

온 산 활활 물들이는 소리, 등성이 타고 앞마당까지 내려왔더랬죠 잡
목들 파수 서던 언덕 위의 집. 날 앞서 늙는 씨앗 수북이 배달됐더랬죠
　지금도 마당가에는 배냇젖을 뗀 감꽃마냥 져요 뚝. 뚝. 성급하게
　해가 져요,
　하학종이 들리고 사람 태우지 않는 화물열차 지나가요 기—일게 기—
일게
　나는 코스모스 돌아 집으로 가요 풋감을 드시는 그리운 할머니, 나는
왜 자라지 않아요
　　　　　　　　　　　　　　　　　　　　 —김윤이, 「언덕 위의 집」에서

어린 시절 나는 길게 뻗은 길 끝에서 살았다.
이런 문장으로 시작하는 소설이 있다. 너무도 흔하디흔한 문장이

아닌가. 그렇다. 소설은 마치 내 어린 날을 회억하듯 그런 다큐멘터리 흑백 화면처럼 다가든다. 이후의 문장은 독자가 바로 이어도 무방해 보일 정도다. 망설이지 않고 이참에 에피소드 하나를 떠올려 이어 써 보도록 한다. '어린 시절 나는 길게 뻗은 길 끝에서 살았다. 여름철 홍수 때면 어김없이 물이 넘쳤고 나는 발목까지 차오르는 물의 느낌이 좋아 어른들 몰래 혼자 나가 놀았다. 물에 쫄딱 젖어 오슬오슬 한기가 돌았지만 놀던 순간만큼은 행복했다. 동네에 자리한 느티나무가 마지막 빗방울을 떨구며 나를 응시했다.' ……. 아주 짧은 에피소드가 나의 기억 도식에는 자리하고 있다. 애써 말하지 않을 뿐이지 나는 그 기억을 언제고 꺼내어 쓸 수 있다. 그리고 내 기억에는 아름답지 않은 일화도 있으나 내가 복원하는 기억은 대부분 아름답다.

기억이라는 것은 경험을 끄집어내는 도식이며, 그 도식은 그 사회의 세계관을 형성한 문화에 의해 결정된다. 따라서 기억 과정은 기억과 경험의 규격화요 상투화라고 할 수 있다. 본래의 실제 경험이 관습적으로 수용되는 상투어에 의해 왜곡된 기억으로 변모하는 것이다. 다시 말해, "있는 그대로 보고 느끼는 능력"을 "기대하는 것을 보고 느끼는 경향"이 대체하는 셈이다.
—유종호, 「시원 회귀와 회상의 시학」

확실히 유년은 "우리 속에 있는, 하나의 이미지, 행복한 이미지를 이끌어 들이고 불행의 경험을 거부하는 이미지의 중심"으로 현현한다. 바슐라르는 말한다. 우리는 그 시절을 반추함으로써 "그 시절을 되찾을 기회"를 얻는다고. 기억과 행복에 대한 지성인들의 주장은 모두 이러한 어린 시절에 관해서다. 어린 시절이 그려 내는 모든 이미지는 실상 추억이라는 낭만성에만 있지는 않다. 핵심은 그 시절을 회상함으로써 우리의 어린 날들이 "인간의 영혼 속에 영속하고 있음"을 우리 스스로가 인정하게 된다는 것이다. 즉 회상은 자기 근거에 관해 물음을 동반하기에 인간 영혼의 문제로 귀결된다.

그렇다면, 묻고 싶었던 것을 다시 상기해 보자. 누구에게나 감추어져 있는 흔한 유년 체험은 이야기(story)로 서술되는 순간 바로 문학적 요소를 갖췄다 할 수 있는가. 기억에 남는 한 시절이란 아름다운 인상의 정도를 차치하면 누구에게나 마련되어 있는 것 아닌가, 말이다.

한 시절이라 불리는 시간은 누구에게나 있다. 헤라클레이토스의 명언처럼 우리는 같은 강물에 발을 두 번 담글 수 없다. 만물은 유전(流轉)하며 그리하여 세상 만물은 변화한다. 아무리 애써 보아도 모든 것을 간직할 수 없고, 기억과 망각으로 인해 삶은 동일하고 연속적이지 않다. 인간의 능력으론 어찌할 수 없는 것이 망각이기에 기억에서 길어 오는 (허구적) 기록에 소설은 닿아 있다. 그러하므로 다루고자 하는 소설이 통상적으로 진행되는 어린 날의 기억이라고 해도 염려는 접어 두자. 왜냐하면 앨리스 먼로의 소설들은 형식보다 소설이 이뤄 내는 진실에 무게를 둔 소설이기 때문이다. 결국, 삶에서 비롯하는 것이 소설이며, 문학임을 당신도 그녀의 소설로 알게 될 것이다. 우리가 모두 겪는 고귀한 인생을.

소설에서도 직접적으로 언급하고 있지 않은가. 전개되는 소설보다 더 소설다운 인생을 살았던 어머니에 대해.

너무하다고 생각될지 모른다. 사업은 망했고 어머니는 건강을 잃어

갔다. 소설에서도 그런 일은 일어나지 않을 것이다.

　이제 어머니와 아버지로 시작하는 두 편을 적어 보려 한다. 인생을 증언하는 글, 다름 아닌 늘 우리를 돌봐 주었던 그(녀)들이 주인공인 글을.

　먼저 살펴볼 소설은 2013년 노벨문학상 수상자 앨리스 먼로의 「디어 라이프(Dear Life)」다. 먼로는 45년간 소설가로서의 창작 인생 가운데 『소녀와 여성의 삶』(1971)이라는 장편 외엔 단편만을 써 온 작가로 유명하다. 여기서 다루려는 작품 또한 그녀의 소설집에 수록된 단편소설이다. 앨리스 먼로는 1931년 캐나다 남동부 온타리오주의 시골 윈햄에서 삼 남매 중 장녀로 태어났다. 먼로의 부모님은 영국에서 이주한 분들이었기에, 먼로는 어릴 적 여우 농장을 경영하던 아버지와 교사였던 어머니를 작품 속에 공공연하게 등장시킨다. 그리하여 그녀가 그려 내는 인물들에는 이웃 사람들이 숱하게 많이 등장한다. 숫제 「디어 라이프」에서 파킨슨병을 앓는 어머니는 열한 살때 파킨슨병 진단을 받은 작가 자신의 어머니와 같다. 이쯤 되면 전기적 사실이 밑바탕인 글이 독자의 가슴을 절절하게 하리란 건 유추될 것이다.

고향, 유년 체험 그 행복한 이미지

　나는 깨끗한 강 위쪽에 있는
　풀이 무성한 언덕을 알지
　평화롭고 즐거웠던 장소
　더없이 소중한 추억……

강 위에 걸린 태양
끊임없이 아롱거리는 햇빛의 놀이
그리고 또 다른 언덕에
즐겁게 활짝 핀 꽃봉오리들……

아이리스가 경계를 이룬 물결 너머
단풍나무 그늘이 펼쳐졌네
그리고 강물에 젖은 들판에는
흰 거위 떼 지어 먹이를 먹네

어린 날 타운에 살았던 화자 '나'는 어느덧 결혼해서 밴쿠버에 살고 있다. 고향에 대한 애착을 갖고 사는 삶은 아니었건만, 고향 타운에서 발행되는 주간지를 어찌어찌해서 구독하고 있다. 그러던 어느 날 '나'는 고향 주간지에서 발견한 네터필드라는 이름으로 인해 유년 시절로 돌아간다. 플래시백하듯.

네터필드. 화자처럼 지금은 타운에 살고 있지 않은, 처녀 때 성을 쓰는 여자. 그녀가 실어 달라고 보낸 시로 인해서 '나'는 자신의 집을 떠올린다. 시에 쓰인 단풍나무가 실은 편지를 쓴 이의 잘못된 기억이고, 실상은 느릅나무이며, 느릅나무 병으로 죽었다는 것을 화자가 알기 때문이다. 이렇듯 그 집에 대한 기억이 '나'에겐 각별하다. 이유인즉, 그 언덕은 '나'의 언덕이었고, 그곳은 "타운이 끝나고 탁 트인 땅이 시작되는 곳이자 일몰이 아름다운 곳"이었던 까닭이다. 바로 '나'의 아버지가 운영한 농장이 망한 곳이자 '나'의 어머니가 젊은 나이로 파킨슨병을 앓던 '나'의 집이었다.

고향은 누구에게나 자기 근원적인 장소로 작용한다. 어머니의 상징적 반영이며, 회귀 의식의 장이고, 본능적으로 추구되는 공간이다. 어머니의 상징적 반영이란 인간 무의식에 자리 잡은 원초 본능과 관련해서다. 다시 말해 시원적인 모태 의식과 결부된다. 그렇기에 현실과의 불화가 생겼을 때 고향은 이에 대항하는 심리적 기제로써 그 의미가 두드러진다. 화자 '나'에게 있어서도 고향은 몸담았던 어린 시절의 장소 이상으로 남아 있다. 앞서도 얼핏 언급했지만, 『디어 라이프』의 단편 가운데 마지막 네 편 「시선」, 「밤」, 「목소리들」, 「디어 라이프」는 자전적 이야기로 쓰였다. 먼로 자신의 경험에서 길어낸 기억은 우리 모두 지나왔던 소중한 시간에 무한히 가깝다.

어린 시절 길게 뻗은 길 끝에서 살았다는 문장으로 소설은 시작한다. 어린 날의 에피소드를 잔잔히 풀어내는 일인칭 화자는 고향에서 발행된 주간지를 보다가 어머니가 파킨슨병을 앓던 시절보다 훨씬 이전의 과거로 돌아간다. 삶이 이어지고 있는 한 인생을 단정 지을 수 없는 노릇이지만, 아버지의 사업 실패와 어머니의 병환은 인생에서 실로 엄청난 일이 아닐 수 없다. 불행한 가족사로 인해 오히려 거대 담론은 끼어들 틈을 갖지 못한다. 일인칭 화자는 성인이 된 현재까지 심리적 기제로써 작용하고 있는 고향과 어머니를 담담히 들려줄 뿐이다.

어머니가 차를 빵빵거려 나를 불러냈고 (다이앤) 할머니가 다정하게 손을 흔드는데도 본체만체했다. (중략) 돌아오는 길에 나는 그 집에는 두 번 다시 발을 들여놓지 말라는 말을 들었다. (중략) 다이앤의 어머니가 매춘부였고 매춘부들이 잘 걸리는 병에 걸려 죽었다는 사실을 그때 나는 알지 못했다.

어머니는 헐벗은 캐나다 순상지(선캄브리아대의 지층이나 암석이 방패 모양으로 노출된 지역)의 농장을 떠나는 데 성공해 교사가 되었고, 어머니가 교사처럼 말하고 다니자 친척들은 그녀를 불편하게 여겼다. 그렇게 열심히 노력하고 살았으니 어머니는 어디에서든 자신을 반길 거라고 생각한 모양이었다.

화자가 끄집어낸 건강했던 어머니에 대한 기억은 아름답게 미화되지 않는다. 어찌 보면 '나'의 어머니는 미화되기는커녕 오히려 속물적인 인물로 여겨지기도 한다. 어머니가 매춘부였다는 이유로 학교에서 사귄 단 한 명 친구인 다이앤 집에 발을 들여놓지 말라고 혼내기도 하고, 농장 사람 같지 않게 행동하기도 한다. 하지만 다소 속물적으로 느껴지는 어머니의 행동은 화자가 들려주는 이야기 속에서 이해된다.

어느덧 다이앤을 꺼렸던 '나'의 어머니처럼, '나' 또한 오랜 근황을 알려 주는 다이앤 할머니 얘기에서 다이앤의 생활을 짐작하는 성인이 되어 있다. 할머니가 다이앤이 토론토에서 스팽글이 달린 의상을 입는다고 하자, '나'는 스팽글 의상을 벗기도 하리라, 짐작한다. 현재의 화자인 '나'와 대립 짝을 이루는 어린 '나'는 "충분히 영악"한 어른 '나'와는 전혀 다른 '나'였던 것이다.

아무튼, 어린 날의 기억으로 돌아가면, 소설에서 전적으로 중요하게 작용하는 것은 책이다. 화자의 타운 시절에는 책의 기억이 행복하게 자리한다. 마치 어린 먼로가 바로 대입된 듯 재미와 감동을 보존하는 곳이다. 예를 들면, 화자는 아버지 농장 일을 도울 때면 『빨강 머리 앤』이나 『은색 덤불숲의 팻』에서 읽었던 것과 비슷한 장면을 이것저것 계속해서 상상으로 만들어 낸다. 화자가 상상하는 장면은 고향 풍경으로 재구성되는 것이었기에 목초지 위에 그늘을 드리운 느릅나무와 반짝거리는 강물, 언덕에서 솟아오르는 샘 등은 어린 화자가 책을 몽상할 수 있게 해 준다.

아버지가 편찮은 어머니를 두고 주물공장으로 일하러 나가는 암담한 상황이 와도 어린 '나'는 문짝 떨어진 따뜻한 오븐에 발을 넣고 앉아 타운 도서관에서 빌려 온 소설들을 읽는다. 『독립한 민중』, 『잃어버린 시간을 찾아서』, 『마의 산』(먼로는 인생에서 길어 올린 이야기에 문학적 요소를 가미시킨다. 주로 책으로 표현되는 예술 소재들은 작품의 암시적인 의미로 작용한다. 작품집에 함께 실린 「아문센」에서도 『마의 산』은 또다시 등장한다. 소설 도입에서 주인공 비비언이 교사로 부임하며 풍광을 "러시아 소설 속으로 들어온 것 같"다고 묘사한다. 『전쟁과 평화』다. 그다음 언급되는 책이 『마의 산』이다. 스위스 다보스의 요양원 세계인 『마의 산』처럼 세상과 동떨어진 결핵 요양원에 부임한 비비언과 닥터 폭스와의 관계를 암시하기 위한 것이었음을 상기하기를 바란다. 이는 「디어 라이프」의 주인공 '나'가 캐나다 여성 작가 루시 모드 몽고메리의 소설 『빨강 머리 앤』(원제는 『그린게이블즈의 앤(Anne of Green Gables)』)의 앤을 떠올리며 "초록색 지붕 집에 사는 앤이라면" 거름용 배설물을 "무시해 버렸을 테니 나도 무시했다"라고 말하는 것과 유사한 측면이다. 작가는 공공연히 책의 주인공에 화자를 대입해 기억을 환기한다.) 등은 소설에서 커다란 사건적 요소는 아닐지라도 서사를 지탱하는 한 축으로 작용한다. 온갖 불행 속에서도 책은 별개로 행복한 영역을 가진 듯 '나'의 어린 날을 보완해 준다.

독서에 관해서라면 많은 논자가 익히 말해 왔다. 마르셀 프루스트는 유년 시절 "좋아하는 책 한 권과 함께 보낸 날들만큼이나 충만하게 살아 낸 시간도 없을" 거라고 했다. 그리고 프루스트를 읽은 장 그르니에는 "프루스트의 페이지들을, 지난날의 감동을 기억해 내는 데서 오는 그 새삼스러운, 달콤하고도 오래가는 감흥 없이 읽을 수는 없을 것"이라 적었다. 프루스트의 마들렌을 몰라도 적어도 그 맛이 불러내는 기억과 감흥을 우리는 책으로 맛볼 수 있다.(그리고 유독 마르셀 프루스트와 장 그르니에에게서만 발견될 리 없다.) 이것이 독서가 가져다주는 경이로움이다. 앨리스 먼로 또한 책의 경이를 유년 체험에 포함했다.

「디어 라이프」, 내 어머니

낭만적 사랑은 후기 자본주의 문화사회학의 전형적 사례라고 에바 일루즈는 말한다. "자기모순적"인 자본주의 문화는 낮에는 사람들이 "노동자"이기를 원하고, 밤에는 그들이 다시 "쾌락주의자"이기를 요구한다. 이러한 생산과 소비에 얽힌 모순적인 구조 속에서 "로맨스 관행들"은 "문화적 특질"로 자리 잡고, 이 속에서 낭만적 사랑은 결혼으로 이어지며 구조를 공고히 하는 어머니의 역할을 전파한다고 본다. 이러한 맥락에서 가정 내 여성의 가치는, 모성애라는 이상화가 낭만적 사랑으로 실현되었다 볼 수 있다.

그렇다면 여하간 현대 모성이란 이렇게 의식적으로 바라보아야만 하는 것인가. 상세한 것은 후술하겠지만, 요컨대 모성애를 중심으로 지금 소설을 살펴보려 한다는 것이다. 모성적 측면을 살펴보기 위해 '현대 단편소설의 거장(master of the contemporary short story)', '우리의 체호프(our Chekhov)'라 불리는 노작가의 인생 마지막 작품 속으로 좀 더 들어가 보기로 한다.

친구 어머니가 매춘부였기에 단 한 명 친구 다이앤과 놀지 못하게 했던 어머니, 작은 타운에서 살았음에도 애프터눈 드레스를 입고 비싼 재료로 음식을 만들었던 어머니, 이처럼 '나'의 어머니는 그저 평범한 어머니다. 그런데 파킨슨병을 앓던 어머니의 더 젊은 날로 기억이 소급되면서 어머니에 얽힌 이야기는 급선회한다. 좀체 어떤 사건도 더는 없을 것 같은 타운에서 중요한 이야기가 시작되는 것이다. 바로 앞선 편지의 내용, 네터필드 집과 관련해서다.

의외의 반전을 보여 주듯이, '나'의 어머니는 화자가 아기였을 때인 어느 날의 에피소드를 들려준다. 타운의 네터필드라는 미친 노부인에 관한 이야기가 내부로 개입됨은 두말할 나위 없다.

그녀의 말을 따라가다 보면, 어느 날 식료품점에서 버터를 넣어 보내는 것을 잊자, 네터필드 부인은 배달 청년의 실수를 알곤 성질을 냈다고 한다. 그런데 그 화라는 것이 손도끼를 높이 쳐든 것이었다. 일차적으로 그 사건은 일단락되었지만 그것이 다가 아니었다. 이상스럽고 마치 미친 것 같은 네터필드 부인이 '나'의 집 근처에도 나타난 것이다. 어느 아름다운 가을날이었고, 어머니는 '나'를 유모차에 재워 놓고 빨래를 하고 있던 참이었다. 그때 네터필드 부인이 결연함과 적의를 품은 걸음걸이로 '나'의 집 쪽으로 왔다. 그러자 어머니는 무작정 뛰쳐나가 유모차에서 어린 딸을 낚아채기에 이른다. 집으로 들어와서는 허둥대며 부엌문을 잠그고, 어린 딸을 품에 안은 채 들키지 않을 만한 구석에 숨었다. 네터필드라는 동네의 미친 여자가 유모차 안에 놓아둔 담요를 들춰 보고, 천천히 집 주변을 걸어 다니고, 모든 창문 앞에서 걸음을 멈추었다 사라질 때까지 말이다. 이렇게 뒤늦은 회상으로 재구성된, 당시 어머니와 어린 딸에게 위협을 가한 네터필드 부인에 대한 어머니의 기억은 그것이 마지막이었다.

그리고 꼭 그 때문만은 아니겠지만, '나'는 어머니가 말해 준 이야기를 다시 떠올리고 그저 담담히 회억하듯 풀어낸다. 혀가 굳어 언어를 가다듬지 못하는, 사람들이 알아듣지 못하던 어머니 이야기를 우리에게 서두르지 않고 천천히 들려준다.

언젠가 어머니에게 그 노부인(네터필드 부인)이 나중에 어떻게 되었
는지 물었던 게 떠오른다.

"사람들이 데려갔지." 어머니가 말했다. "그랬을 거야. 혼자 외롭게
죽지는 않았어."

소설집 『디어 라이프』에 등장하는 인물들은 1940-50년대를 살아
가는 소소한 인물 군상들이다. 먼로의 소설에서는 특별히 두드러지
는 인물은 존재치 않는다. 모두가 연약한 우리 주변 인물들이고, 그
런 인물의 심리를 포착해 깊이 있게 담아낸 것이 먼로의 (작가적 자
의식이 크게 작용한 것인지는 알 수 없으나) 특징이다. 텍스트에 따
라서 살펴보건대, 우리 시대 체호프라는 극찬은 바로 이 인간의 심
리를 파악한 것에서 비롯한다는 걸, 강조해도 지나침이 없다.

소설이 주로 기억에 의지하므로, 때로 회고를 위한 기록처럼 자연
스럽게 전개된다는 것이 생뚱맞은 특징은 아닐 것이다. '나'는 1876
년에 태어나 결혼할 때까지 아버지 집에서 어린 시절을 보낸 편지의
주인공처럼 자신도 유사한 시를 몇 편 썼다고 밝힌다. 타운이 끝나
고 탁 트인 땅이 시작되는, 일몰이 아름다운 자신의 집에 대해 짐짓
분위기를 전달한다. 그리고 현재의 일에 골몰하느라 뒷전으로 밀렸
던 '나'의 옛집과 관련해 새로운 사실을 알게 된다. 요컨대, 주간지에
시를 써서 보낸 여자는 다름 아닌 네터필드 부인을 데려간 딸이었으
며, 그녀 또한 자신처럼 결혼해 타지에 나가 산다는 내용이다. 그리
고 어쩌면 그 옛날 아기 유모차에서 노부인이 찾고 있었던 것은, 다
커서 멀리 떠나간 딸이었는지도 모른다고 생각해 보게 된다. 아니,
의심할 필요가 없는 네터필드 부인의 과거 이야기를 계기로, 오랜
세월이 지나서야 비로소 타운을 떠나온 자신을 돌아보게 된다.

그 딸은 한동안 내가 어른이 되어 살던 곳과 그리 멀지 않은 곳에서 살았다. 나는 그녀에게 편지를 써 보낼 수도 있었고, 어쩌면 찾아가 볼 수도 있었을 것이다. 내가 나의 어린 식구들과 한결같이 불만족스러웠던 내 글쓰기 때문에 바쁘지만 않았다면. 하지만 그때 내가 정말로 이야기를 나누고 싶었던 사람은 더는 세상에 존재하지 않는 내 어머니였다.

어머니의 마지막 순간에도 그리고 장례식에도 나는 집에 가지 않았다. 내게는 어린 자식이 둘 있었는데 밴쿠버에는 아이를 맡길 사람이 없었다. 우리는 거기까지 갈 경비가 없었고 내 남편은 의례적인 행동을 경멸했다. 하지만 그것이 왜 그의 탓이겠는가. 내 생각도 같았다. 사람들은 말한다. 어떤 일들은 용서받을 수 없다고, 혹은 우리 자신을 결코 용서할 수 없다고. 하지만 우리는 용서한다. 언제나 그런다.

어머니의 훈육 방식이 한때는 이해되지 않고 아이의 기질을 무시한 형태로 느껴질 수 있다. 「디어 라이프」의 '나'는 어린 날 어머니의 행동이 이해되지 않았다. 그러나 성인이 된 뒤에는 어머니의 일련의 행동이 이해되기 시작한다. 그리하여 끝내 소설이라는 형식을 빌려 말하고 있는 것은 어머니를 향한 뒤늦은 사과도, 자신의 무력함에 대한 합리적 강변도, 알아차린 이후의 용서의 구함도 아니다. 다만 말하고 있는 것은 그 모든 것을 회상하는 '고귀한 삶', 그 자체다.
생물학적 어머니일지라도 흔히 본능이라 일컫던 모성애는 없으며, 어머니는 그저 어머니 되기의 과정에 의한 것이라는 주장이 근대에 대두되었다. 이로써 모성은 그저 사회문화적으로 습득된 것이란 개념이 퍼지고 더는 모성으로 말하지 않는 시대가 도래하였다. 하지만 '모성'에서 여성적 역할의 문제점을 제거하면, 누군가를 보살

피고 양육한다는 '돌봄'의 의미는 중요한 윤리적 가치일 수 있다. 그리고 무엇보다 사회문화적 정의 이전에 개인 '나'의 삶 속에서 어머니는 그리 쉽게 단정 짓기 힘든 의미로 기억된다는 거다. 타자에 대한 책임과 윤리로 나아갈 수 있는 사랑은 실상 늘 가까이 있었는지도 모른다. 여전히 우리 삶 속에서 말이다.

사회파 소설,『기린의 날개』

과학기술의 발달과 탈근대적인 인식이 사회문화적으로 대두되면서 성 역할에 따른 문제점도 한층 드러났다. 특히 동아시아 문화권에 존속했던 가부장제와 아버지의 역할은 그 의미가 축소되었고, 부모의 공동 양육과 합리적인 분담 역할은 사회적으로 확대되었다. 그동안 남녀의 성 역할이 이데올로기적으로 작용하여 재생산에 이바지해 왔다는 문제는 차치할 수 없는 사항이 분명하다. 그러나 제아무리 과학기술이 발달하고 전근대적 사고와 가치관이 붕괴하였다고 해도 생명에 관한 출산과 양육의 문제는 공적 영역에서 다뤄지기 힘든 가치가 존재한다. 즉, 도덕적으로 추앙받고 이상화되거나 이와 달리 이데올로기적으로 적용되는 모성·부성도 아닌 애정과 사랑으로만 설명되는 이타적 관계가 부모와 자녀 사이에는 존재한다는 것이다. 배우자의 외양 조건에는 애정과 사랑 외의 조건이 들어가지만, 부모와 자녀 관계에는 돌봄과 이타라는 조건 없는 논리가 들어서게 된다. 논리보다 우월할 수 있는 가치라면 얼핏 이해되지 않지만, 가치중립적인 과학이나 이데올로기적인 사항으로도 쉽사리 설명할 수 없는 영역에 부모-자녀 관계가 속해 있다는 것은 누구나 어렵지 않게 인정할 것이다.

앞서 살핀, 「디어 라이프」의 어머니와 딸의 관계처럼 혈연관계라는 이유로 그저 아들을 믿고 바라봐 주는 아버지도 있다. 『기린의 날개』는 이와 같은 아버지에 관한 이야기다. 함께 살펴보는 두 작품은 소설이라는 범주를 넘어서면 엄밀히 따져 다른 체계로서의 문학일 수 있는 소설들이다. 하지만 그런데도 단편 문학과 추리소설의 장르적 틈을 차치하면, 두 소설의 이야기(telling) 방식은 모름지기 작가적 역량이 응축된 주요한 임무를 제시하며 그러한 공통점을 지닌다. 즉, 두 작품의 '스토리텔링'은 통상적으로 보여 주기(showing)만으로는 전하지 못할 수 있는 이야기의 매력을, 요컨대 선사하면서, 어머니와 아버지에 대해 생각하게 만든다는 것이다. 이제 아버지에 관한 이야기다.

장소는 니혼바시 다리, 어두컴컴한 밤 술에 취한 듯 비틀거리며 걸어가던 남자가 다리 위 기린 상 앞에서 죽고 만다. 마침 비틀대는 남자를 지켜보던 파출소 경찰에 의해 쉽게 발견되지만 그는 이미 칼에 찔려 사망한 상태다. 남자는 아오야기 다케아키, 그는 한 집안의 가장이자 가네세키 금속 제조 본부장이다. 그는 으레 전통적 가부장적인 아버지처럼 과묵했으며 가족과 소통이 거의 없던 남자였다. 그러한 까닭에 아버지의 죽음 앞에서 가족들이 겪는 혼돈과 혼란은 두말할 나위 없다. 이처럼 일본 추리소설가로 유명한 히가시노 게이고는 한 남자의 죽음으로 미스터리 사건을 엮어 가며, 여기저기에 편재해 있는 부성적 측면을 그려 낸다.

니혼바시 다리에서 가슴에 칼이 꽂힌 채 죽은 아버지. 형사가 범인을 추적해 가는 사건의 맥락을 따라가다 보면 비로소 드러나는 실체, 그런데 이것은 살인사건만이 아니다. 점차 일차적인 죽음의 문제는 소거되고 그 대신 다른 사건들이 개입된다. 죽은 남자의 지갑과 가방을 훔쳐 간 젊은 용의자는 트럭에 치여 혼수상태가 되고, 사건은 한층 미궁에 빠진다. 그리하여 결론적으로, 엇갈릴 수 있는 상황이 하나둘 정리되면서 내막이 밝혀지는 것들은 오늘날 중대한 사회적 문제다. 여러모로 소설은 이것을 전제로 깔고 있다고 할 수 있다.

"인터로크라는 게 뭔지 아세요?"

"인터로크요? 아니 모르겠는데요."

"안전장치를 말하죠. 예를 들어 제조 라인에서 작업하다가 실수로 작동하고 있는 기계를 건드리거나 하면 위험하잖아요. 그래서 그런 기계에는 커버가 씌워져 있고, 커버 문을 열면 자동적으로 기계가 작동을 멈추도록 돼 있어요. 그런 장치를 인터로크라고 하죠."

(중략)

"네, 작업복의 바짓부리가 컨베이어 벨트에 끼여 들어가는 바람에 야시마가 바닥으로 떨어졌어요. 제가 옆에 있다가 똑똑히 봤어요."

"겉보기에 큰 부상은 없었는데, 머리를 부딪혔는지 한동안 움직이지를 못하더군요. 한 5분 기절해 있었나? 의식을 되찾은 후에도 현기증이 난다고 했어요. (중략) 그리고 일주일쯤 쉬었을 거예요. 나중에 들으니까 목이 아파서 움직일 수 없었대요."

"가네세키에서 인력 파견 회사에 압력을 넣은 거죠. 산재 신청을 하게 되면 공장이 조사를 받게 되고, 그러면 인터로크를 죽여 놓았다는 사실도 들통나지 않겠어요? 산재로 인정되지 않으면 병원에 가더라도 치료비를 자비로 내야 하니 안 가는 게 낫겠다고 생각한 거죠."

"그렇게 된 거로군요."

"계약이 갱신되지 않은 것도 아마 그 때문일 거예요. 괜히 물고 늘어지면 골치 아프니까요."

카메라가 가오리의 아랫배를 향해 있었다. 임신 사실을 알렸을 때 스태프들의 표정이 눈에 띄게 환해졌었다.

(중략)

"목이랑 어깨가 몹시 뻐근하다고…… 그리고 왼손이 저리다고 했어요. 하지만 어쩌면 그전부터 그런 증상이 있었을지도 몰라요. 좀 이상하다 싶은 때가 몇 번 있었거든요. 제가 걱정할까 봐 잠자코 있었는지도 모르겠어요."

리포터가 고개를 크게 끄덕거렸다. 가오리의 대답이 자신의 의도와 맞아떨어져 만족스러운 듯했다.

평범한 가장 아오야기를 죽인 범인으로 지목된 야시마 후유키와 동거녀 나카하라 가오리. 소설은 용의자였던 야시마가 오히려 은폐된 인터로크(interlock) 산재 사고로 직장을 잃은 피해자였음을 밝힌다. 그리하여 인물들 간의 의혹과 불신에 찬 살인사건은 전혀 다른 방향으로 전개된다. 사건만 이슈화하려는 언론 매체로 인해 살해당한 아오야기 씨는 피해자에서 가해자의 입장으로 바뀌게 되고, 그로 말미암아 아내와 자녀들은 고통을 겪게 된다. 이것은 사회파 추리소설 작가로 정평이 난 히가시노 게이고의 소설적 특징이 십분 두드러지는 지점이다. 여하간 소설은 범인을 추적하는 과정과 그에 따른 궁금증을 유발하는 것에 머무르지 않고 여러모로 사회적 문제까지 부각한다. 평범한 가장이 왜 하필 일본 은행 본점과 도쿄 증권거래소가 위치한 금융가 니혼바시(日本橋, にほんばし)에서 살해당하는지 등은 이런 맥락에서 물화된 현대의 문제를 시사한다.

사회적 문제, 그리고 아버지

소설이 궁극적으로 다다를 지점은 냉혹한 현실 대극에 있는 부성애다. 가(피)해자가 피(가)해자가 되는 현실, 범위를 좁혀 국한하더라도 하나의 문제로 설명되지 않는 복잡한 현대에 맞서 작가는 아버지를 내세운다. 아들 유토가 옳은 선택을 하길 기다렸던 아버지, 그래서 그 일로 사망에 이르게 된 아오야기 씨였다.

그리고 마침내 깨달았을 것이다. 블로그에 등장하는 '기린 군'이 슈분칸 중학교에서 사고를 당한 수영부원이라는 사실을.
(중략)
가장 손쉬운 해결 방법은 유토에게 직접 물어보는 것이었겠지만 다케아키는 그러지 않았다. 뭔지는 몰라도 중대한 비밀이 있을 거라고 짐작했기 때문이다.
그리고 다케아키는 학을 접었다. 유토를 대신해 '도쿄의 하나코 씨' 역할을 끝까지 다하기로 한 것이다. '10색 일본 종이'라는 것을 사용했다고 블로그에 적혀 있으니 똑같은 것을 구입했을 것이다.

어느 날 (아버지) 아오야기는 아들 유토에게 뭔가 중대한 비밀이 있음을 알게 된다. 그것은 다름 아닌 집단 따돌림(いじめ, bulling)으로 인한 수영부 후배의 사고다. 마침내 뭔가를 감지한 아오야기는 유토가 하나코라는 여자 행세로 블로그 '기린의 날개'에 접속하는 걸 발견한다. 뭔가 이상한 점을 느낀 아오야기는 아들의 행적을 추적하고 결국 엄청난 사실에 직면한다. 아들과 그 친구들에 의해 후배인 도모유키가 물에 빠졌고, 전신 마비 장애가 왔다는 것이다. 이후 사건은 은폐되고 그들은 모두 고등학교에 진학했지만, 아들은 그 일을

참회하며 후배의 쾌유를 위한 참배를 해 왔다는 것, 그리고 아들이 참배 때 쓰느라 엄청난 숫자의 종이학을 접어 왔다는 것, 게다가 도모유키 어머니가 아들의 치유를 기원하며 운영하는 블로그에 아들이 쾌유를 빌어 왔다는 것을 알게 된다. 아들의 이런 잘못과 이후의 절절한 반성을 알게 된 아버지는 아들이 그만둔 일을 대신하기 시작한다. 다시 말해, 종이학을 접어 도쿄의 하나코라는 이름으로 기린 군(도모유키)의 어머니에게 용서를 비는 것이다.

아무튼, 아버지 아오야기는 아들 유토만을 올바른 길로 인도하려던 사람이 아니었다. 그는 아버지로서 아들의 잘못을 대신 빌며, 아들이 스스로 잘못을 뉘우치고 죗값을 받기를 기다렸고 그처럼 아들의 친구들도 뉘우치기를 종용했다. 비록 범행이 들통날까 봐 걱정하던 스기노에 의해 칼에 찔리지만, 일신(一身)만을 위하지 않는 그런 행동으로 말미암아 그는 아버지상으로 남았다.

소설은 예상외로, 의로운 일을 하다 살해당한 아버지가 누군가에게는 피해를 준 회사의 간부일 수도 있다는(소설에서 이에 대한 명확한 언급은 없다. 다만 아들 유토는 자신을 올바른 길로 인도하려던 아버지가 산업재해를 은폐한 사람은 아니었을 거로 생각한다.) 사실도 놓치지 않는다. 또한 이와 마찬가지로 인터로크 산업재해를 입은 야시마가 앞으로 태어날 아기 아버지라는 의무감으로 인해 지갑과 가방을 훔쳤다는 부정행위도 묵인하지 않고 밝혀낸다. 또한 아들 유토는 가해자임에도 오히려 피해자 같은 트라우마에 시달리며 아버지의 죽음마저 죄책감에 포함시키는 인물로 구현된다. 작가는 추리소설의 플롯으로 묘미를 살리며 궁극으로는 선과 악으로 이분화할 수 없는 현대적 실체에 다다른다.

기린 상은 일본 도로의 원표로 기린(중국 전설의 동물)에게 날개를 달아 전역으로 날아오르기를 소망해 세운 니혼바시 조각상이다. 이 것은 작품에서 풍부한 의미를 은닉하고 있는 상징으로 작동한다. 아 들의 쾌유를 빌기 위한 도모유키 어머니의 블로그 '기린의 날개'가 여기에 해당하며, 아들 유토에게 진실을 밝히라는 메시지를 전하기 위해 유토의 아버지가 죽음을 맞이하는 장소가 기린 상이라는 것 또 한 여기에 해당한다. 그들이 다다른 지점은, 비록 다른 입장이지만 가까울 것이다. 숱하게 같은 말을 전하고 있었던 것인지도 모른다. 아들아, 사랑한다, 라고 말이다.

현재 태어나고 있는 과거, 문학의 향기

아우구스티누스에 의하면 세 가지 현재가 존재한다. 자명한 인식 으로 간주하던 과거-현재-미래가 아니라 그 세 가지 층위의 현재 다. 그리하여 과거의 현재는 기억, 현재의 현재는 직관이라는 바라 봄, 미래의 현재는 기대가 되는 시간이 구성된다. 다시 말해, 현재는 다분히 존재론적인 시간으로 작용하는 것이다. 그러나 우리가 어떤 시간을 산다고 해도, 현실의 삶은 좀처럼 일백 퍼센트 믿음을 우리 에게 선사하지 않는다. 어린 '나'들은 어느덧 성장하여 어른이 되고, 내 어머니처럼 혹은 내 아버지처럼 살지 않겠다고 다짐을 해도 구획 하고 꺼리던 삶에서 그리 멀리 달아나지는 못한다. 자신의 생활 때 문에 어머니 장례식에도 가지 않은 소설 속 딸과 아버지가 대신 용 서를 구하고 죽어 갔다는 걸 뒤늦게 깨달은 소설 속 아들은 실상 우 리 삶에서 멀지 않다. 다분히 체념적인 태도가 아니라, 이렇게 우리 는 세월에 단련되고 시련을 겪으면서 삶을 살아간다는 걸 부인할 수 없다.

어떤 질문이 제기되는 상황을 돌이켜도 삶의 진실을 발견하는 지름길은 없다. 진실이 있다 해도 그건 그저 한세월을 살아가면서 각자가 알아 가는 것일 뿐 누구도 미리 가르쳐 줄 수 없다. 사랑을 깨달을 즈음 죽음이라는 이별을 통보받은 이들의 인생 여정, 한 시절을 사유하는 소설로 계절을 마감한다.

참고 문헌

앨리스 먼로, 『디어 라이프』, 정연희 역, 문학동네, 2013.
히가시노 게이고, 『기린의 날개』, 김난주 역, 재인, 2017.
가스통 바슐라르, 『몽상의 시학』, 김현 역, 기린원, 1978.
—————, 『몽상의 시학』, 김웅권 역, 동문선, 2007.
에바 일루즈, 『낭만적 유토피아 소비하기』, 박형신·권오헌 역, 이학사, 2014.
유종호, 「시원 회귀와 회상의 시학」, 『다시 읽는 한국 시인』, 문학동네, 2002.
정하연, 「이야기하기, 이야기 만들기—앨리스 먼로의 작품 세계」, 『문학동네』, 2013.겨울.

팜므 파탈과 헌신적 사랑 사이에서
─살로메와 올렌카

관계, 자신과 타인의 욕망

내 무어라 날 겨눈 사랑에 보답하겠느냐
흥분이 눈두덩까지 불같이 일어난다
내 눈빛과 마주친 자 얼어붙을 것인즉
남자의 사타구니로 달려든 자여, 돌처럼 차갑고 단단해질 것이다
혹자는 우리를 비웃을지도 모른다
허나 사랑이라면 독 오른 분노와 증오도 사랑
목숨 걸 비장이 없다면 사랑 어찌 고귀하다 하겠느냐

─김윤이, 「내 사랑 메두사」에서

여기 너무나도 대칭적인 사랑의 형태가 있다. 남자에게 자신의 욕
망을 요구하는 오스카 와일드의 '살로메'와 남자의 삶에 맞춰 행복을
느끼려는 안톤 체호프의 '올렌카', 그녀들의 기이한 사랑이다. 우선,

자신과 타인의 욕망에 충실하려는 것이 그녀들의 공통된 특징인데, 그렇다면 욕망이 무엇인지 해명하면 이들 사랑에 대한 통찰은 이루어질 것인가.

마샤 누스바움은 저서 『인정과 욕망』에서 욕구와 감정에 대한 구분을 다음과 같이 설명한다. 갈증, 굶주림 등 신체가 느끼는 욕구는 "대상의 가치나 좋음에 대한 더 이상의 어떤 생각도 포함하지 않는"다는 것이다. 따라서 "욕구는 대상에 고정되어 있을 뿐만 아니라 가치에 대해 무관심"하다고 본다. 그러나 감정은 "대상에 투여되는 가치"라고 피력한다. 즉, 누군가에 대한 감정은 대상에 따라 유연하게 달라지며 "두려움, 슬픔, 사랑, 분노" 등을 받아들인다. 여기서 다루고자 하는 여자들의 '욕망'도 기본 욕구에서 벗어난 차원이며 당연히 사랑이 주재하는 범위 내에서 사랑을 묘사하게 된다.

일반적인 사랑의 분류에서 볼 때, 사랑 즉 'love' 또는 'amour'라고 불리는 감정은 크게 세 가지로 설명된다. 열정이 포함된 '에로스(eros)'와 우정으로 해석하나 오늘날 우정보다는 큰 개념인 '필리아(philia)', 그리고 기독교에서 말하는 자비로운 사랑인 '아가페(agape)'가 그것이다. 분류상 "사랑하는 사람을 만나 그 대상 속으로 녹아들어 가는" 살로메를 열정적 사랑으로 볼 수도 있겠고, "타인의 행복을 위해 타인을 사랑하는" 올렌카를 희생적 사랑으로 볼 수도 있을 것이다. 하지만 앞으로 살펴볼 두 여자, 살로메와 올렌카는 단적으로 말해 사랑과는 좀 먼 파생된 개념으로 다뤄져야 할 듯싶다. 더 정확히 말하자면, 보편적인 사랑에 포함시키기는 어렵기 때문이다.

먼저 살펴볼 작품은 「살로메」다. 예언자 요카난(세례 요한의 히브리식 이름)을 상대로 사랑을 말하지만, 정작 살로메는 상대방과의 관계를 맺는다기보다는 자신의 욕망에 도취하여 격앙된 섹슈얼리티만을 내

보인다. 사랑과 증오라는 상반된 감정은 늘 병존할 수 있다. 그러나 상반된 감정을 넘어, 일방적인 태도로만 사랑과 증오를 드러내는 살로메는 열정적 사랑에서도 벗어나 있다. 이는, 사랑에서 선행적으로 이뤄져야 하는 관계가 없다는 그것을 뜻한다.

> 태초에 말씀이 계시니라 이 말씀이 하나님과 함께 계셨으니 (중략)
> 만물이 그로 말미암아 지은 바 되었으니 지은 것이 하나도 그가 없이는
> 된 것이 없느니라 그 안에 생명이 있었으니 이 생명은 사람들의 빛이라
> ―요한복음 1:1-4

일찍이 성경을 통해서도 아는바, 요카난은 말씀을 설파하는 인물이다. 그런데 헤롯의 의붓딸인 살로메는 시종 요카난의 아름다운 몸에만 관심을 보이며 사랑을 고백한다. 그러니 당연히 그가 하는 일과 판단하는 생각 등에는 무관심하다. 살로메는 모든 것을 육욕화하며 섹스어필한다. 헤롯 왕과 결혼한 일로 어머니 헤로디아를 비난하는 예언자라고 해도 거리낄 것 없이 그저 육욕만 드러낼 뿐이다. 그렇기에 살로메가 다루는 언어는 욕망의 차원으로만 사유화된다. 진리의 언어(말씀)를 구사하는 요카난과는 애당초 관계가 이뤄지지 않는다. 이렇듯 둘 간의 사랑은 소통 불가능을 전제로 시작된다.

또 하나, 살펴볼 작품의 여성은 「귀여운 여인」의 올렌카다.

올렌카는 소설 초입부터 마지막까지 자신의 욕망을 내보이지 않는 수동적 인물이다. 오로지 타인에게 맞춰 자신의 감정을 헌신한다. 우스울 정도로 바로 관계가 맺어지는 세 남자와 마지막 모성으로 비치는 사샤(스미르닌의 아들)에 대한 사랑은 뭔가 비정상적으로 여겨진다.

올렌카는 세 남자와 애정 관계를 갖는 동안에도 자신의 사랑이라는 자각 없이 자발적으로 상대에게 모든 것을 헌신한다. "헌신적 사랑(sacrificial love)"은 '아가페'로 개념화되기도 하는데, 나와 타인이 동등하다는 "동등성과 차이"를 기초로 하지 못할 때 문제는 발생한다. 즉, 일방성의 형태로 진행되면 이것은 관습과 이데올로기로 굳어질 수 있고, 여성은 인격과 자존감, 자아 인식을 포기하게 될 가능성이 농후해진다는 것이다. 남편의 죽음 앞에서 번번이 자아를 잃고 또 다른 남자를 바로 사랑하고 의지하게 되는 올렌카는 근본적으로 자아가 결여된 모습이며, 이는 사회에서도 당연히 '소외'로 나타날 수밖에 없다. 올렌카의 사랑은 자아의 결여로 인해 매번 그 대상이 바뀌게 된다.

자의식이 결여된 인물로만 보이는 올렌카, 그로 인해 「귀여운 여인」은 발표되자마자 큰 물의를 일으켰다. 지나치게 섹슈얼리티를 강조한 「살로메」와 이성에 대한 지나친 의존성을 드러낸 「귀여운 여인」은 비록 대조적이지만, 관계의 비정상적인 모습을 담아냈다.

요카난에 대한 욕망, 살로메의 섹슈얼리티

스스로는 페미니스트라 칭했던 동성애자 오스카 와일드. 그는 19세기 빅토리아조 시대의 불운한 작가였다. 그는 당시 개인의 성적 욕망까지도 규제하던 사회에 대항하여 「살로메」를 발표하였다. 사전적 의미로 팜므 파탈(femme fatale)은 남성을 유혹해 죽음이나 고통 등 극한의 상황으로 치닫게 만드는 숙명의 여인으로 풀이되는데, 그렇기에 이러한 의미에 부합되는 살로메는 다분히 작가적 의중이 들어간 인물로 자리하며, 팜므 파탈적 요소는 작품 전반을 아우르는 특징으로 작용한다. 오스카 와일드는 성경 인물인 요카난(요한)의 안

타고니스트로 살로메란 욕망의 여성을 설정하여 당대 번지던 신여성(New Woman) 운동에 동조하고, 기독교에 근간을 둔 성 윤리 성도덕에 대항하고자 했다.

희곡의 대략적 줄거리는 다음과 같다. 헤롯 왕은 이복형 빌립보의 아내였던 헤로디아를 아내로 삼는다. 그러자 예언자 요카난이 하나님의 뜻에 따라 근친상간적 결혼을 비난하며, 불길한 예언을 말하게 된다. 이로써 요카난의 음성을 듣게 된 헤로디아의 딸 살로메다. 그런데 그녀는 (왕의 명령을 어기고 요카난을 보게 되자) 그의 아름다운 몸에 순식간에 반하고 만다. 살로메의 구애에 요카난이 응하지 않자, 살로메는 헤롯 왕에게 춤을 선사하고 요카난의 목을 선물 받게 된다. 결국 살로메는 원하던 대로 죽은 요카난에게 키스를 퍼붓고, 헤롯 왕은 살로메에게 사형을 내린다.

맥락을 따라가다 보면, 요컨대 희곡의 극적인 측면은 극 무대에 오를 줄거리로 적절해 보인다. 그런데 앞서 전제되었던 성경 이야기는 등장인물이 상당수 등장하는 「살로메」에 비하면 매우 짧고 소략하다. 마태복음 14장 6-11절에 적힌 전문이 불과 몇 줄일 정도다.

그 무렵에 마침 헤로데의 생일이 돌아와서 잔치가 벌어졌는데 헤로디아의 딸이 잔치 손님들 앞에서 춤을 추어 헤로데를 매우 기쁘게 해 주었다. 그래서 헤로데는 소녀에게 무엇이든지 청하는 대로 주겠다고 맹세하며 약속하였다. 그러나 **소녀는 제 어미가 시키는 대로** "세례자 요한의 머리를 쟁반에 담아서 이리로 가져다주십시오."라고 청하였다. 왕은 마음이 몹시 괴로웠지만 이미 맹세한 바도 있고 또 손님들이 보는 앞이어서 소녀의 청대로 해 주라는 명을 내리고 사람을 보내어 감옥에 있는 요한의 목을 베어 오게 하였다. 그리고 그 머리를 쟁반에 담아다가 소녀에게 건네자 소녀는 그것을 제 어미에게 갖다주었다.

—마태복음 14장 6-11절(강조는 인용자)

그렇다면 오스카 와일드의 「살로메」는 단지 성경의 내용을 재확인해 준 희곡화한 작품이 되는가. 이것의 해명은 의외로 간단히 드러난다. 누가 주체인가에 의해 판명되기 때문이다. 살펴본 바와 같이 마태복음에는 살로메가 어머니 헤로디아의 청대로 요한의 죽음을 원했다는 걸 알려 준다. 반면, 「살로메」의 살로메는 헤로디아가 몇 차례에 걸쳐 요카난의 죽음을 원할 때 그에 응하지 않는다고 하며 내용적 차이를 보인다. 두말할 나위 없이 살로메가 요카난의 죽음을 원해서 헤롯 왕 앞에서 춤춘 이유는 오로지 자신의 쾌락을 위해서다. 헤로디아 딸로 나오는 '소녀'와 '살로메'는 가시적인 문장 형태만이 아니라 제기되는 사항이 이렇게 다르다. 요컨대, 주체가 누구냐에 따라 욕망은 구분된다고 하겠다. 자신의 욕망에 충실하다는 특징으로 인해 살로메란 인물은 오스카 와일드 때문에 새롭게 탄생한 인물임이 분명해졌다.

> 살로메 (일어서며) 요카난의 머리예요.
>
> 헤로디아 아! 말 한번 잘했구나, 내 딸아.
>
> 헤롯 안 돼, 안 돼!
>
> 헤로디아 말 한번 잘했어, 내 딸아.
>
> (중략)
>
> 살로메 제가 귀 기울이는 것은 어머니의 목소리가 아닙니다. 제가 은쟁반에 요카난의 머리를 달라는 것은 제 즐거움을 위해서예요. 전하는 맹세를 하셨습니다. 맹세를 하셨다는 것을 잊지 마세요.

오스카 와일드가 살던 당시 영국 사회는 '젠더'가 사회의 커다란 이슈였다. 「살로메」가 발표되자, 사회 곳곳에서는 작품이 성서를 근친상간과 동성애, 시체 애호 등 퇴폐적인 내용으로 그려 냈다 하여 공연을 금지하기도 했다. 실제 동성애자였고, 오브리 비어즐리를 연모하였으며, 1895년 더글라스 경과의 남색(男色) 사건으로 2년 동안 수감되기도 했던 오스카 와일드. 시종 여성의 말의 형태라고 하기보다 좀 더 고압적인 요구를 취하는 살로메의 성적 욕망은 어딘지 모르게 사회에 대한 작가의 전략적 의중처럼 읽힌다.

「살로메」는 성경의 내용을 근간으로 하지만, 요카난보다는 살로메라는 팜므 파탈적 모습이 두드러지며 요카난의 묵시록적인 예언들보다도 살로메의 아가서를 빌린 구애의 대사들이 중점화된다.

살로메 나는 당신의 몸을 사랑해요, 요카난! 당신의 몸은 한 번도 풀을 베지 않은 들판의 백합처럼 희어요. 당신의 몸은 유대의 산 위에 머물다 골짜기로 흘러내려 오는 눈처럼 희어요. 아라비아 여왕의 정원에 있는 장미도 당신의 몸처럼 희지는 않을 거예요. 아라비아 여왕의 정원, 아라비아 여왕의 향기로운 향료 정원에 있는 장미도, 잎을 딛는 새벽의 발도, 바다의 젖가슴에 놓인 달의 젖가슴도……. 세상에 당신의 몸만큼 흰 것은 없어요. 당신의 몸을 만지게 해 주세요.

살로메 (전략) 내가 반한 것은 당신의 머리카락이에요, 요카난. 당신의 머리카락은 포도송이 같아요. 에돔의 포도나무에 걸려 있는 검은 포도송이 같아요. 당신의 머리카락은 레바논의 삼목 같아요. 낮이면 숨을 곳을 찾아드는 사자와 강도 들에게 그늘을 드리워 주는 레바논의 커다란 삼목 같아요. 달이 자신의 얼굴을 감추는 밤, 별도 두려움에 떠는 길고 어두운 밤도 당신의 머리카락처럼 검지는 않아요. 세상에 당신의 머리카락처럼 검은 것은 없어요……. 당신의 머리카락을 만지게 해 주세요.

살로메 (전략) 내가 탐내는 것은 당신의 입술이에요, 요카난. 당신의 입술은 상아탑에 두른 주홍 띠 같아요. 상아 칼을 들어 둘로 나눈 석류 같아요. 하지만 튀루스의 정원에 피어나는, 장미보다 붉은 석류꽃도 당신의 입술만큼 붉지는 않지요. (중략) 당신의 입술은 페르시아 왕의 활, 진사를 칠하고 끝에 산호를 단 활과 같아요. 세상에 당신의 입술만큼 붉은 것은 없어요……. 당신의 입술에 내 입술을 맞추게 해 주세요.

살로메는 또한 자신의 성욕을 말함에 있어 남성적인 성적 갈망을 두드러지게 내보인다. 이것은 여성의 모습이라고 하기에는 얼핏 이해하기 힘든 부분인데, 마치 여성이 남성을 본다기보다 남성이 여성을 보는 듯하다. 남성적 시선이 전도된 듯한 이러한 대사는 요카난을 욕망하는 도입부터 나타난다.

젊은 시리아인 이 자리를 뜨십시오, 공주님. 간절히 말씀드립니다. 어서 이 자리를 뜨세요.
살로메 저 사람 몸, 정말 쇠약해졌네! 가냘픈 상아 조각 같아. 저 사람은 은으로 만든 것 같아. 틀림없이 달처럼 순결할 거야. 은 빛살 같아. 살갗은 아주 차가울 거야. 상아처럼 차가울 거야. 더 가까이에서 보고 싶어.

THE YOUNG SYRIAN Do not stay here, Princess. I pay you do

not stay here.

SALOME How wasted he is! He is like a thin ivory statue. He is like an image of silver. I am sure he is chaste, as the moon is. He is like a moonbeam, like a shaft of silver. His flesh must be very cold, cold as ivory……. I would look closer at him.

헤롯 왕의 명령으로 인해 예언자 요카난은 누구와도 만날 수 없다. 그런데도 살로메는 걱정하는 젊은 시리아인의 말에는 아랑곳없다. 오직 자신이 반한 요카난만을 더 가까이에서 보고 싶은 열망뿐이다. 「살로메」에서 위 대목은 상당히 의미심장한 비유로 성적 욕망의 주체가 다시 한번 누구인가를 질문하게 만든다. 예컨대, 요카난의 몸을 보고 "틀림없이 달처럼 순결할 거야.(I am sure he is chaste, as the moon is.)"라고 표현하는 살로메의 시선은 남성적 시선이기 때문이다. '순결'을 강조하는 남성적 시선으로 인해 요카난을 욕망하는 살로메는 외피만 여성 인물로 화한 남성이라는 인식을 안겨 준다. 여성 의식을 본격적으로 다루려 했지만 남성적 시선이라는 아쉬움을 보여 주는 대목이 아닐 수 없다.

오스카 와일드가 영국 사회의 이데올로기적인 기독교적 가치관에 반기를 든 것은 분명해 보인다. 가부장적이고 남성 중심적인 빅토리아 시대에 살로메라는 여성의 섹슈얼리티를 선보이며 전복시키고자 하는 열망을 드러냈기에 그러하다. 헤롯의 요청이었던 춤을 선선히 승낙하거나, 어머니 헤로디아의 청대로 요카난의 죽음을 원하지 않고, 오직 자신의 욕망에만 충실했던 살로메. 그러나 자신의 욕망에 충실했던 살로메는 당시 영국 내 오스카 와일드의 사회적 죽음처럼 남성에 의한 왕권 정치 내에서 죽을 수밖에 없는 인물로 결말지어진다.

오스카 와일드와 오브리 비어즐리의 살로메

오스카 와일드(O'scar Fingal O'Flahertie Wills Wilde, 1854-1900)의 「살로메」는 19세기 말 데카당스 특징이 두드러진 작품이었다. 1892년 불어로 쓰여 파리에서 출간된 「살로메」는 애인이었던 알프레드 더글라스 경(Lord Alfred Douglas)에 의해 1894년에는 영역본으로 출간된다. 이때 오브리 비어즐리(Aubrey Vincent Beadsley, 1872-1898)의 일러스트레이션이 들어가게 되고 「살로메」는 오브리 비어즐리의 일러스트로 인해 희곡은 한층 더 탐미와 퇴폐에 이른다.

오브리 비어즐리, 그는 25세라는 젊은 나이에 폐결핵으로 사망한 불운한 화가였다. 하지만 5년이라는 짧은 작품 활동 속에서도 그는 19세기 말을 대표하는 그만의 예술 세계를 드러냈다. 그리고 그는 예술 평생 오스카 와일드의 동성애적 관심 속에 놓여 있었다. 한때 우호적이었던 둘의 관계는 비어즐리의 독단적인 『옐로북』 창간으로 인해 와일드가 배신감을 느끼면서 일변하였다. 비어즐리와 누이 마벨과의 근친상간을 비난한 오스카 와일드, 또한 와일드를 캐리커처로 비난한 비어즐리. 그들의 감정은 예술과 혼재되어 있었다.

퇴폐, 관능, 악마주의 등의 특징을 내보이는 데카당스는 대부분 남성적 관점에서 그려졌기 때문에 여성의 섹슈얼리티가 주요하게 드러난다. 살로메 또한 이러한 특징적 요소로 인해 일본 목판화 우키요에의 대비적인 흑백 구조, 장식적 요소, 신체의 왜곡과 퇴폐성, 악마성 등을 선보인다. 그로 인해 비어즐리의 작품들은 빅토리아 시대에 비난받아야 했다.

예로써 「공작무늬 스커트(The Peacock Skirt)」(1894)는 「살로메」의 한 장면을 다루고 있다. 헤롯 왕의 명령에 의해 감옥에 갇혀 있는 요카난을 몰래 만나게 해 달라고 자신을 좋아하는 근위대장 나라보트에게 은밀한 명령을 내리는 살로메의 모습인데, 팜므 파탈의 살로메는 근위대장보다 더 크고 화려하게 화면을 장악한다. 마치 화면 전체를 압도하는 듯한 살로메의 스커트는 비어즐리가 그린 다른 그림(자포니즘의 영향이 감지되는 「검은 망토(Black Cape)」(1894)의 기모노)처럼 둥근 형태를 띠며 남근을 연상시키는 형태로 묘사된다. 또한 육덕이 좋은 헤로디아로 등장하는 「헤로디아의 입장(Enter Herodias)」(1894)에서도 여전히 퇴폐적인 특징은 나타난다. 가슴과 성기 등을 버젓이 드러낸 헤로디아와 시동의 모습들이다. 일관된 퇴폐미와 악마성이 나타난 작품으로는, 살로메가 헤롯 왕의 청대로 춤을 추는 「배춤(The Stomach Dance)」(1894), 춤의 포상으로 얻은 요카난의 목을 들고 기뻐하는 살로메를 그린 「절정(The Climax)」(1894) 등이 있다. 여러 시종의 알몸 등장 등 많은 국면이 희곡과는 다르게 좀 더 퇴폐적이고 악마적으로 그려졌다는 데에 있어 비어즐리의 살로메는 텍스트를 보완하는 그림을 넘어 하나의 독특하고도 개별적인 살로메로 남게 된다. 요컨대, 서로 호의를 가지고 작업했던 「살로메」는 각자의 예술관이 특색 있게 드러난 개별적인 작품들이었다. 즉, 같았으나 다른 살로메였던 것이다.

안톤 체호프의 귀여운 여인, 올렌카

19세기 말 러시아 여성의 다양한 모습을 작품에 그려 낸 작가는 안톤 체호프(Anton Pavlovich Chekhov, 1860-1904)였다. 유럽의 저작이 소개되면서 19세기 러시아에는 여성에 관한 관심과 운동이 전개되고 있었다. 체호프는 그런 사회적 분위기에서 어느 쪽에도 치우치지 않은 균형감각을 갖고 작가적 역량을 실천했는데, 즉, 여성의 여러 모습을 작품으로 구현하였다. 관습적인 여성 인물로 올렌카를 그려

냈지만(「귀여운 여인」), 팜므 파탈형인 아리아드나와(「아리아드나」) 또 다른 여성 캐릭터인 여성들을 단편소설의 인물로 탄생시켰다(「개를 데리고 다니는 여인」).

너무나도 강렬한 욕망의 화신, 팜므 파탈의 모습을 띤 인물이 있는가 하면 너무나도 자신의 욕망에 수동적인 인물도 있다. 여기서 다룰 인물은 과도하게 순종적이어서 자신의 욕망조차 드러내지 못하는 올렌카다.

체호프는 작품 외적인 발언에서도 치우치지 않는 작가였다. 당대 페미니스트 의견에 대해 전폭적인 지지도 하지 않았고, 여성 폄하의 학설(뇌의 크기로 볼 때 남성이 여성보다 우월하다는 프랑스 신경해부학자의 '두개골 용적설'이 당시 회자하고 있었다)에 대해서도 수긍하지 않았다. 이와 같은 체호프의 작가적 행동으로 미루어 볼 때, 「귀여운 여인」의 수동형 인물을 긍정적 시선으로 집필한 것은 아니라는 결론에 도달하게 된다. 그러나 체호프의 「귀여운 여인」은 발표 당시 러시아에서 물의를 일으키게 되는데, 이유인즉 주지하다시피, 여성 의식 때문이었다. 고리키와 톨스토이에 의한 극단적인 평가가 그 대표적인 예였다.

고리키는 그의 논문에 올렌카의 종속적이고 의존적인 성향을 파악해 밝히고 있다. 여기에 더해 레닌은 올렌카를 아예 이데올로기적인 문제로 환원하여 언급한다. 논문 「사회-민주적인 귀여운 여인」(1905)에 의하면 수시로 변하는 인물에 빗대 비난하기에 이른다. 그러나 일차적인 생각을 벗어나면 당대 여성의 지위와 운동에 대해 깊은 관심을 보였던 체호프가 과연 수동적이고 종속적이기까지 한 여성을 옹호하기 위해 이 작품을 썼을까 싶다.

또한 톨스토이는 고리키와는 완전히 다른 견해를 내놓는데, 그것은 다름 아닌 모성의 측면이다. 톨스토이는 희생적 사랑을 거친 후의 모성이라는 결말에 큰 의의를 둔다. 톨스토이는 「귀여운 여인」의 후기에 올렌카를 "여성의 모든 힘, 모성, 사랑에 대한 모든 본성"이라고 써 놓으며 극찬하였다. 그러나 이러한 고평 또한 (그것이 불가능할 리도 없다손 치더라도) 체호프의 작가적 의도와는 멀어 보인다.

여러 대문호에게서도 엇갈린 평가를 받았던 인물 올렌카. 그렇다면, 정작 「귀여운 여인」을 쓴 체호프의 작의는 무엇이었을까. 그것은 의외로 체호프가 수보린에게 보내는 편지에서 밝혀진다. "나는 얼마 전에 유머러스한 단편을 완성했습니다."라며 그는 희극적 요소를 갖춘 소설임을 분명히 하고 있기 때문이다. 즉, 세 명의 남성에게 연이어 의존하는 올렌카라는 인물은 작가가 풍자적인 면을 의식해 탄생시킨 여성임을 알 수 있다.

올렌카는 언제나 누군가를 사랑해야만 했고, 그렇게 하지 않으면 견딜 수 없는 여성이었다. 텍스트에 따라 살펴보면, 그녀는 극단 경영자 쿠킨의 말에 귀를 기울이다 금세 눈물을 흘리곤 쿠킨의 불행에 마음이 움직여 그를 사랑하게 된다.

이미 그녀는 지인들에게 세상에서 가장 멋지고 중요하며 필요한 것은 극장이고, 진정한 즐거움을 얻거나 교양 있고 인도적인 인간이 되는 것은 오직 극장에서만 가능하다고 말하는 것이었다.

그러나 남편 쿠킨을 쫓아 연극 예찬론자였던 올렌카는 남편의 죽음으로 목재상 푸스또발로프와 결혼하게 되고 언제 그랬냐는 듯 목재 예찬론자로 변하고 만다.

그녀는 이제, 아주 오래전부터 자신이 목재를 거래했고, 인생에서 목재가 가장 중요하고 쓸모 있는 것처럼 생각되었다. 들보라든가 얇은 널빤지, 각목, 윗가지, 외벽용 목재, 포가(砲架), 배판(背板) 같은 단어들이 어쩐지 친근하고 감동적으로 들렸다…….

남편의 생각이 그녀의 생각이었다. 방 안이 덥다거나 요즘 사업이 부진하다고 그가 생각하면, 그녀 역시 그렇게 생각했다. 그녀의 남편은 오락을 좋아하지 않았고, 그래서 휴일이면 집에 머물렀는데, 그녀도 마찬가지였다.

그리고 두 번째 남편과도 사별하자 수의사 스미르닌이 그녀의 연인이 되어 올렌카의 모든 관심은 수의사의 일이 된다. 그녀는 수의사와 함께 일하는 부대의 동료들이 손님으로 찾아오면 차를 따라 주거나 음식을 대접하면서 뿔 있는 가축의 역병과 가축 결핵 그리고 도시의 도살장에 대해 말하기 시작한다. 수의사의 이야기를 똑같이 반복하며 자신의 의견인 양 그의 말을 옮긴다.

"당신이 알지 못하는 것에 대해서는 말하지 말라고 부탁했잖아! 우리 수의사들이 말하고 있을 때는 제발이지 끼어들지 마. 정말로 따분하거든!"
그러면 그녀는 놀란 눈으로 그를 바라보고는 불안하게 묻는 것이었다.
"볼로디츠카. 그러면 난 무슨 얘기를 하죠?"

결국 수의사 스미르닌마저 부대와 함께 떠나 버리고 그녀는 혼자가 된다. 언제나 남자에게 헌신적이고 의존적이었기에 아무런 견해도 자립적으로 만들어 내지 못하고 말도 하지 못하는 상태에 놓이고 마는 것이다. 마음속에 공허만이 자리 잡을 무렵, 부인과 아들 사샤를 데리고 수의사가 돌아오자 자신은 별채에 머물러도 좋으니 집에 머물러 달라고 부탁하는 올렌카. 그녀의 마지막 사랑은 수의사 아들 사샤를 향한다. 오로지 사샤가 학업을 마치고 직업을 갖고 자기 소유의 커다란 집과 마차 등을 가지고, 결혼해서 아이를 낳을 멀고 희미한 "미래만을 몽상"하는 것이다.

러시아 문학에는 고골의 「코」 등 이름에 의해 언어유희와 풍자를 그려 내는 소설들이 상당수 있는데, 「귀여운 여인」의 세 명 남성 이름도 이러한 특징을 띤다. 즉, 첫 번째 남편이었던 극단 경영자 '바네츠카(쿠킨)', 두 번째 남편이었던 목재상 '바시츠카(푸스토발로프)', 그리고 마지막 애인이었던 수의사 '볼로디츠카(스미르닌)'는 '-츠카'로 끝나는, 음상이 비슷한 이름을 갖고 있다. 이러한 공통점에는 작가적 의도가 다분히 들어간 것으로 결국 올렌카가 사랑했던 남자들의 이름을 비슷하게 설정한 것이라 하겠다. 그녀가 매번 사랑에 대입시키는 남자들의 개별적 특징을 없애며 희화화한 것이다.

'나'라는 인식은 어디에서 무엇으로부터 비롯한 것인가. 올렌카의 인생이 우리에게 상기시키는 것은 이와 같은 실존적 질문이다. 사르트르는 익히 "자아는 의식의 소유자가 아니라 의식의 객체다"라고 정의했다. '나'라는 자아는 태어날 때부터 각 개인에게 주어진 것이 아님을 일컫는다. 자아의 영원불변을 부정하며 자아란 의식에 의해 유동적으로 도출해 낼 수 있는 것임을 뜻한다. 이런 측면에서 보자면, 올렌카는 의식에 의해 자아를 자각하는 단계에까지 이르지 못한 인물이라 할 수 있다. 계속하여 자신을 갱신하고 의식화하는 '나'라는 존재적 인식을 하지 못한다. 자신은 행복한 삶을 살고 있다고 확신하지만, 그것은 모두 남자에 의존할 때다. 결국 자신으로부터 행복감을 길어 내지 못하니, 의존하던 남자가 죽거나 떠나면 공허만이 자리한다.

사샤를 향한 새로운 사랑의 모습, 즉 '모성'으로 귀결되는 모습도 진정한 사랑의 모습이라고 보기는 힘들다. 여태껏 행해 왔던 헌신이나 희생적 사랑에서 크게 벗어난 것은 아니기 때문이다. 그리고 그녀가 그리는 사샤의 미래는 무엇보다 꿈의 주체가 사샤가 아니기 때문이다. 사샤가 들려준 것과 똑같은 이야기를 시작하는 올렌카. 그녀는 자신이 욕망하는 것이 무엇인지 모르는 상태로 고착되어 있다. 마치 현대의 의존성 인격장애라는 질환처럼 삶의 주체는 늘 자신이 아니라 타인이다. 제 일을 자신이 정하고 수행하지 못하는 여자다. 체호프가 19세기 여성 의식이 활발해질 무렵 그녀를 통해 그려 내고자 한 것은 무엇이었을까. 한때 의사였고 인텔리겐치아였던 체호프는 여성 의식의 변화와 전통적 가치관 내에 숨겨진 여성 심리에 통찰이 있었으리라고 본다. 「귀여운 여인」은 단순한 풍자를 넘어 여성 의식에 대해서 한층 깊이 생각해 보게 하는 작품이 아닐 수 없다.

사랑을 묻는다

다시, 서두에서 살펴본 사랑의 분류를 말하고자 한다.

열정이 포함된 사랑을 에로스라고 일컬으며, 우정이라 불리기도 하지만 그보다 큰 외연을 가진 사랑을 필리아라고 하며, 그리스어 동사에서 가져온 희생을 전제로 한 사랑을 아가페라 정의한다. 도식적으로는 에로스나 아가페로 살로메와 올렌카를 대입해 볼 수도 있을 것이다. 열정을 포함하고 헌신과 희생을 내재하고 있다는 데에서 말이다. 그러나 이러한 사랑의 구분은 어쩐지 두 인물에겐 적확하지 않다. 그녀들 욕망의 여부가 보편적 사랑에서 그녀들을 비켜나 있게 한다.

어쩌면 진실한 대상을 만나고 사랑한다는 것은 행운인지도 모른다. 사랑할 것 같은 느낌만으로 사랑이 시작되는 것은 아니기 때문이다. 자신의 욕망에만 충실했던 「살로메」의 살로메도, 자신의 욕망이 무엇인지 모르고 타인에게만 맞추려던 「귀여운 여인」의 올렌카도 관계와 여성의 존재를 인식하지 못한 측면이 있다. 일방적 행위만을 취하는 살로메와 자기 존재의 자각이 없는 올렌카는 각각 '이기(利己)'와 '이타(利他)'로 점철된다. 그러나 일방적 구애나 헌신이 사랑으로 귀결되는 것은 아님을 우리는 너무나 잘 알고 있다. 사랑은 잡히지 않는 움직임처럼 어려운 문제다. 그러나 이제나저제나 항시 우리를 떠나지 않으니 어찌하랴.

니체는 "삶이란 살아남기 위한 것이 아니라, 지배하기 위한 것"이라 했고, 지멜(Georg Simmel)은 "삶의 본질은 더 많은 삶을 열망하는 것"이라고 했다. 인간은 궁극적으로 존재의 나아감을 전제로 살아간다. 인생의 최종 심급을 지향한다. 비록 받아들이기 힘든 운명 같은 것이 주어진다고 해도, 인간 본연의 창조성으로 가치를 새롭게 완성하고 아름다운 삶을 희구하는 것이다.

조바심으로 지새운 수많은 밤들이여, 사랑으로 돌아오라. 아니, 사랑으로 한없이 나아가라.

참고 문헌

오스카 와일드, 『오스카 와일드 작품선』, 정영목 역, 민음사, 2009.
앨프레스 더글러스, 『살로메』(영역본), 1894.
안톤 체호프, 『귀여운 여인』, 김규종 역, 시공사, 2013.
권오숙, 「와일드와 비어즐리의 〈살로메〉에 담긴 19세기 말 신여성 이미지」, 『영미연구』 20집, 2009.
노애경, 「Salome를 통해 본 오스카 와일드의 성적 전략」, 『현대영미드라마』 17권 3호, 2004.
마샤 누스바움, 『감정의 격동 1—인정과 욕망』, 조형준 역, 새물결, 2015.
박진환, 「체홉의 단편에 나타나는 여성 문제」, 중앙대학교 석사학위논문, 2001.
박창석, 『비어즐리 또는 세기말의 풍경』, 한길아트, 2006.
정명자, 「체홉의 '팜므 파탈(Femme Fatale)' 캐릭터 연구」, 『러시아어문학연구논집』 36집, 2011.
──, 「체홉 소설에 나타난 사랑의 분류학」, 『러시아어문학연구논집』 47집, 2014.
카트린 메리앙, 『철학자에게 사랑을 묻다』, 정기헌 역, 한얼미디어, 2011.

떠도는 영혼, 죽음이라는 불연속성 앞에서의 사랑
—오필리아

사랑, 물빛

> 그리움의 분광으로 쏟아지던 물빛,
> 연못은 누군가에게 사랑받던 때도 있었다
> 찰랑이던 그건 뭐였을까, 여자였던가, 한낱 그림자던가
> 못 본 체함으로써 여자를 보았던 사람은 없었고
> 여자의 자리가 어디였던가 관심을 보인 사람도 없었다
> 눈 찌푸리게 햇살 환한 한낮이었다
>
> —김윤이, 「한낮의 여인」에서

물기가 살아 있어야 할 이유인가. 물기는 마르기 위해 공기를 이끌어 들이고 해를 투옥해 버렸으며, 자신을 지워 없앴네. 오, 오필리아는 자신을 물에 녹게 하였네. 그림 한 장을 들여다보며 그녀를 판독해 본다. 물에 빠져 죽은 여자 오필리아의 그림이 형성하고 있는

이미지 망은 우리를 붙잡아 둔다. 그것은 바로 풍크툼 때문이다. 그녀를 둘러싼 물은 마치 그녀가 희석되어 섞인 듯 그녀 자체가 된다.

화가 밀레이는 호그스밀 강가를 배경으로 하여 여러 꽃을 동원해 오필리아의 죽음을 완성했다. 엘리자베스 시달이라는 십구 세 모델을 등장시켜 드레스 차림으로 욕조에 눕히고 작업을 하였는데, 겨울 철인지라 그만 시달이 독감에 걸리고 치료비를 물어 주었다는 일화는 유명하다. 여하간 이제부터 살펴볼 오필리아는 여러 예술로 나타났는데, 화가의 손에 의해서도 완벽하게 재탄생되었다.

롤랑 바르트는 『카메라 루시다』에서 스투디움(studium)과 풍크툼(punctum)으로 사진을 설명하는데, 전자는 지식의 영역이며 정보화될 수 있는 사항이다. 이에 반해, '상처, 상흔' 등의 어원적 의미를 지닌 풍크툼은 그 어원상 의미처럼 감상자를 압도하며 상흔을 남기는 어떤 것이다. 그러한 이유로 우리는 돌연 강가 풍경에서 환기되는 고통을 풍크툼이라고 말할 수 있으며, 이것은 곧 그림 속 오필리아가 안겨 주는 사랑의 쓰라린 아픔이다.

오, 오필리아 가엾은 광녀여

존 에버렛 밀레이(John Everett Millais, 1829-1896)는 일찍부터 천부적인 예술적 재능을 드러내 보인 화가다. 어린 나이에 왕립미술아카데미에 들어간 후, 그곳에서 윌리엄 홀먼 헌트와 단체 가브리엘 로세티를 만나 '라파엘전파 형제단'을 결성하게 된다. 이 화파는 근세 영국 회화사에서 아주 중요한 위치로 남게 되는데, 이유인즉슨, 당대 주류였던 아카데미 계열의 고답적인 화풍을 따르지 않고, 라파엘로 이전 다시 말해 중세와 초기 르네상스로 돌아갈 것을 주창했기 때문이다. 이것은 당시 영향력 있던 미술평론가이자 사회학자인 존 러스킨의 영향에 힘입은 바가 크다. 그는 예술에 있어 '자연에 충실한 것 (truth to nature)'을 강조한다. 그러한 까닭에 '라파엘전파'의 작품은 자연을 통해 그려 내 보이는 바가 많고, 사실적이고 정교함에 치중한 묘사 방식을 따른다.

그의 그림을 살펴보자. 하루 열 시간 이상씩 오 개월을 작업했다는 그림의 배경은 물가의 풀과 꽃이 얼마나 섬세한지 보는 이에게 감탄을 자아내게 한다. 게다가 잡풀 더미에 둘러싸인 그녀는 랭보의 시처럼 한 송이 큰 백합으로 화해 죽음의 향기를 내뿜고 있다. 분명 죽음을 선사하는 그림이다. 그렇건마는 죽음보다 더 명확한 사실, 사랑을 갈구하던 한 영혼의 불멸성이 호소력을 지닌 채 우리에게 다가든다.

> 물 위에, 긴 베일 두르고 누운 채로, 한 송이 큰 백합처럼,
> 떠내려가는 하얀 오필리아를 제가 보았노라고.
>
> —아르튀르 랭보, 「오필리아」 부분

사랑하는 사람을 위해 부르는 세레나데는 선율의 힘이 얼마나 큰지 우리에게 인식시킨다. 이러한 '세레나데'로 밤 시간대가 아닌 아침의 노래 '마티나타'가 있다. '아침이 밝았는데도 그대는 왜 아직도 잠들어 있는가, 내 사랑을 받아달라', '흰색 드레스를 입어 달라'는 구애의 곡이 우리 가슴과 귓가에는 시종 흐른다.

그런데 「햄릿」을 쓴 셰익스피어나 「오필리아」를 그린 밀레이에 따르면 노래와 드레스는 사랑이 아닌 광기 그 자체로 등장하기에 이른다. 죽음 직전 광기에 사로잡혀 부르는 처연한 노래 몇 소절과 육지를 떠난 육체로 인해 활짝 펴진 옷이다.

그 애는 꽃으로 만든 관을 늘어진 나뭇가지에 걸려고 기어오르다 심술궂은 가지가 부러져 화환과 함께 흐느끼는 시냇물 속으로 떨어지고 말았다는구나. 옷이 활짝 펴져서 잠시 인어처럼 물에 떠 있는 동안 그 애는 자신의 불행을 모르는 사람처럼, 아니면 본래 물속에서 태어나고 자란 존재처럼, 옛 노래 몇 절을 불렀다는구나. 그러나 오래지 않아 물에 젖어 무거워진 옷은 그 가엾은 것을 아름다운 노래에서 진흙탕의 죽음으로 끌어들이고 말았다더라.

—윌리엄 셰익스피어, 「햄릿」

애걸하는 자는 누구인가. 전원에는 바람의 질료적 성질로 인해 어지러운 바람이 분다. 몇 개의 이질적 이미지인 꽃과 드레스, 너무나도 하얗고 아리땁던 여인이 잡풀과 얽힌다. 오필리아의 꼿꼿한 자세는 보는 이의 시선을 강탈하며, 세상을 떠나간 영혼이 얼마나 애절한 상태였는지 상기시킨다. 밀레이의 그림 「오필리아」는 상징적 요소로 쐐기풀, 데이지, 팬지, 제비꽃, 양귀비를 동원해 죽음을 강조한다. 온갖 자잘한 꽃들이 만연한 물가, 꽃들 속에 파묻힌 그녀는 또 다른 커다란 꽃으로 존재하게 된다. 여러 꽃이 아무렇게나 얽힌 듯 보이지만, 실상은 최소한도 필요인 꽃들만이 그녀에게로 갔다는 것을 감상자는 알 수 있다.

우리는 물에 누운 그림을 보며 오필리아라는 객관적 정보를 넘어 주관적인 감정의 가치를 투영하게 된다. 그리하여, 그녀의 눈동자와 헤벌어진 입, 도드라지는 하얗고 결백해 보이는 얼굴에 그녀 이상의 가치를 부여하게 되는 것이다. 표정을 지닌 채 정지된 그림은 그녀가 무언가 발설치 못한 상태로 침묵에 들었다는 것을 알려 준다. 오뚝한 콧날 아래 의도치 않게 벌어진 입술은 그 부동성이 얼굴을 붙잡아 두고 있으며, 이는 멈춰 있는 그림을 동적으로 느끼게 하는 요소가 된다. 유속의 흐름이 빠르지 않다는 걸 보여 주는 꽃들, 크게 부풀어 있는 드레스를 차치하고서도 오필리아의 입술로 인해 그림은 마치 무언가 튀어나올 것 같은 위태로움을 드러낸다. 죽음과 침묵을 통해 그녀의 사랑은 다시 그림 속에서 수락되었다.

오필리아는 햄릿의 연인으로만 인식될 뿐, 예상외로 미치기 전에는 그 어떤 존재감도 인식시키지 못한다. 이런 맥락에서 볼 때 가부장적 사회에서의 순종적인 딸이자, 연인에게 상처받은 순정적인 사랑의 헌신자였던 그녀의 생각을 파악해 보는 것은 여러모로 온당한 태도일 것이다. 전제로 깔린 「햄릿」의 오필리아를 둘러싼 남자들과의 대화는 자못 의미심장한데, 그녀의 오빠 레어티즈는 햄릿의 사랑을 일찍 피고 지는 꽃에 비유하며 믿지 말라고 권고하고 그녀의 아버지 폴로니어스도 햄릿의 사랑 따위는 믿지 말라는 말뿐이다. 더군다나 오필리아는 자신의 감정이나 사랑을 표현하는 데 적극적이지 못하다. 그러한 까닭에 폴로니어스의 계략을 알게 된 햄릿으로부터 "여자의 아름다움은 미모를 정숙한 본성으로 바꾸기보다는 오히려 정숙함을 창녀의 것으로 바꾸어 버린다오"라는 지울 수 없는 상처만을 받게 된다.

명확하게 들여다보고 정리하는 것도 옹색한 일이 될지 모르겠으나, 여하간 이참에 묻게 된다. 오필리아가 홀로 견딘 사랑의 고통과 무게가 그렇다면 오늘날 현실 상황과는 너무나도 상이할까. 텍스트에 따라서 살펴볼 때, 그녀는 세 가지 모습으로 우리에게 다가온다. 살아생전 자신의 말을 일절 하지 못하던 침묵하는 여자, 그 후 광기에 차고 자신의 말을 하는 미친 여자, 마지막으로 영원한 침묵으로 자신의 말을 하는 여자. 그러한 까닭에 그녀의 돌연한 자살은 실상은 미친 여자의 광기에 사로잡힌 자살이지만, 침묵과 강요에 잠식당했던 여자의 자기실현적인 사랑의 최후 형식이라고 볼 수도 있겠다. 물론 비극이 사랑의 본질이라고 할 수는 없지만 말이다.

사랑은 상대방과 관련해 더불어 파생되는 것이기에, 아름다운 구애 속에서 출몰하기도 하지만 너무나 강렬해서 오히려 이와는 반대로 정작 사랑은 뒷전으로 밀리고 뒤바뀌어, 자칫하면 불구로 흐를 수도 있다. 이렇듯 오필리아는 내막을 알 수 없이 죽은 여자의 형상처럼 흐릿한 가운데서도, 또렷한 윤곽으로 다시 떠올라 사랑의 본질에 다가서게 한다.

또 한 명의 오필리아

밀레이 그림을 통해 셰익스피어의 오필리아를 새삼 이해할 수 있게 되었다. 사랑에 목말랐던 여인. 그리하여 수위를 넘어선 죽음을 선택한 여인. 그런데 약간의 우회가 필요할 것 같다. 오필리아에 버금가게 사랑에 사로잡힌 여인이 있는데, 다름 아닌 모델 엘리자베스 시달(Elizabeth Siddal, 1829-1862)이다. 단테 가브리엘 로세티(Dante Garbriel Rossetti, 1828-1882)는 복잡한 여자관계로 유명했던 영국 낭만주의 화가였다. 그에게 발탁된 것이 엘리자베스 시달이었다. 요컨대 시달은 당시 라파엘전파 화가들의 뮤즈로 군림할 정도로 아름다운 여인이었다.

두말할 나위 없이 시달은 밀레이의 「오필리아」, 헌트의 「프로테우스로부터 실비아를 구하는 발렌타인」, 로세티의 「베아타 베아트릭스」 등 온갖 여인의 모습으로 화폭에 담기게 된다. 다양하게 그려질 만큼 그녀가 매력적이었고 또 모델로서도 완벽했음을 그림은 알려준다. 이렇게 왕성한 모델 활동을 하던 시달은 1851년 로세티의 연인이 되면서부터는 로세티 그림만을 위한 모델이 된다. 그런데 여기에는 남녀 관계 외에도 복잡한 사항이 얽혀 있으니, 그것은 다름 아닌 시달의 조건이었다. 즉, 그녀가 모델을 하기로 하고, 대신 사사하는 약속이 있었다. 그러한 이유로 둘은 동거를 시작하며 수많은 작품을 탄생시키게 된다. 상호 전제된 바가 있었다고 하더라도 무려 십 년간 그녀를 모델 삼았으므로 로세티의 그림 인생에서 그녀는 빼놓을 수 없는 존재라고 할 것이다. 그런데 결국 비극은 둘의 관계에 균열을 초래한다. 시달을 모델 삼아 명성을 얻은 로세티가 다른 모델이었던, 동료 화가의 약혼녀와 그리고 유부녀와 부적절한 사이가 된 것이다. 이러한 상황으로 주변의 비난을 받게 되자 그는 시달과 결혼을 감행하게 되는데, 그때는 이미 만난 지 십일 년째였다. 결국 건강하지 못한 시달은 사산하고, 아편 과다 복용으로 사망에 이르게 된다. 앞선 오필리아와 같은 자살 형태의 죽음으로 젊은 삶을 마쳤다는 것에 가까울 것이다.

오필리아와 엘리자베스 시달의 비극적 죽음을 대면하면 삶은 확실히 비관적이라고 판단하게 된다. 그러나 (사랑의 성공적 사례를 자명한 전제로 간주하지 않으면) 비록 비관적이어도 사랑을 함축한다는 점에서 볼 때, 생전과 사후는 전부 사랑의 동궤에 속한다 할 수 있겠다. 한 사람인 두 사람처럼 사랑 앞에서는 모두 오필리아가 될 수 있다. 죽음의 방식으로 사랑의 불연속성을 뛰어넘고자 했던 영혼이다. 우리가 들여다볼 사랑의 문제는 저 깊은 심연에 있다.

사랑,

사랑과 죽음이라는 관념이 얼마나 많이 문명사에 나타났던가. 고대문명인 마야 제국 티갈 유적지에는 태양왕 아사와 찬 카윌이 지은 신전에 얽힌 일화가 있다. 아사와 왕은 살아생전 사랑한 왕비를 기리고자 자신의 신전과 마주한 곳에 그녀의 신전을 짓고, 자신 또한 자신의 신전 밑에 묻혔다. 그렇게 해서 매년 낮과 밤 길이가 똑같은 날 왕과 왕비 신전은 그림자가 하나로 겹쳐진다고 한다. 아무리 길어 봐야 백 년 남짓한 생전의 사랑이 1,300년이 지난 오늘날까지 지속되는 것이다. 사랑, 그 행적을 추적하면 에로스적인 경험칙(經驗則)을 넘어 죽음이라는 시간의 풍화마저도 이겨 내는 무시무시한 힘이 내장되어 있음을 알게 된다. 타인은 온전히 가닿을 수 없는 영역으로 사랑은 언제나 새롭게 탄생한다. 사랑으로 가는 멀고 더딘 과정을, 누구든 거쳤다는 사실은 오늘날까지도 수많은 이들에게 적지 않은 위로를 준다. 그러나 때로는 홀로 멈춰 선 사랑으로 인해 우리는 쓸쓸해지기도 한다. 물 위의 백합을 본 듯이 말이다.

참고 문헌

문소영, 『그림 속 경제학』, 이다미디어, 2014.
아르튀르 랭보, 「오필리아」, 『나의 방랑』, 한대균 역, 문학과지성사, 2014.
전광식, 『세상의 모든 풍경』, 학고재, 2010.

바꿀 수 없는 한 가지, 그들 사랑의 불멸주의자
―히스클리프와 개츠비

히스(heath): 벼랑에서 피는 꽃

누군가는 악천후에 대해 말했던 것도 같다

나는 입에 물린 이야기로부터 싹텄다고 하겠다 이렇다 할 거 없는

그것은 산봉우리마다 지나치지 않는 기억, 혹독한 일기를 보면서 날은

다 나른다 외로운 사람의 연락 두절……

―김윤이, 「난기류」에서

히스, 언덕의 꽃

망자의 넋을 달래고자 하는 듯 바람이 그악스럽게 분다. 황무지
가 펼쳐지고 둥근 둔치 언덕 위에는 나무 한 그루가 덩그러니 자리
한다. 보랏빛 꽃들이 잡풀처럼 흔들린다. 잎이 까칠한 작은 관목, 히
스다. 히스…… 히스는 영국의 너른 황야에서 만날 수 있는 꽃이다.
꽃은 알다시피 유성생식을 대표적으로 보여 주는 식물기관으로, 유

전자를 고스란히 다음 세대에게 전해 주는 생식기능을 한다는 데 있어 매우 중요하다. 황야에서 살아가는 히스는 마치 이제부터 살펴볼 작품의 작중인물인 히스클리프의 운명과도 같이 파악된다. 험악한 기후 조건 속에서 버티며 지난 계절부터 이듬해 봄까지 보랏빛 꽃을 피운다.

우리가 명작이라고 알고 있는 에밀리 브론테의 『폭풍의 언덕 (Wuthering Heights)』은 이 같은 요크셔 지방 특유의 기후 조건과 만나 탄생한다. 'Wuthering Heights'에서 'Wuthering'은 '바람이 거세게 분다'라는 함축을 지닌 그 지방 사투리다. 'Heights'는 집을 일컫는데, 얼마나 바람이 세기에 바람 부는 언덕의 집이 폭풍의 언덕으로 둔갑하게 되었을까. 유추해 보건대, 그것은 소설을 대표하는 상징적 어휘로 선택된 것이리라. 이런 맥락에서 이제 한 여자와 남자의 인생이 폭풍에 휘말리듯 전개되는 장소로 우리는 인도될 수밖에 없다.

일찍이 영국의 철학자 버트런드 러셀은 이렇게 적은 바 있다. "그 사랑은 너무나 찬란하여, 찰나를 위해 모든 일생을 희생할 정도였다"라고. 문학사에서 남녀의 낭만적 사랑이 주제로 자리한 경우는 너무나도 흔하다. 에밀리 브론테 자매인 샬롯 브론테가 쓴 『제인 에어』만 보아도 남녀의 연애를 다루고 있지 않은가. 그러나 지금 다루고자 하는 두 소설은 좀 더 특별하다. 시대와 배경적 차이에도 불구하고 한 여자를 향한 한 남자의 지고한 사랑과 죽음을 다룬다는 점에서 성찰적이며, 당시의 배경을 바탕으로 결혼이라는 제도를 살펴볼 수 있게 한다는 데에 있어 문제적이다.

우리가 흔히 당연하게 알고 있는 결혼이라는 제도는 조금만 생각해 보면 남성적 구조 내에서 굳어진 전통이라는 것을 쉽게 알 수 있다. 곰곰 생각해 보라. 호모(homo)로 지칭되는 인간만이 결혼 제도를 통해 남성의 가족으로 편입되는 여성 족외혼을 행해 왔던 게 아님은 누구나 파악하리라. 동서양 인종 외에도 유인원의 다섯 속(genus)까지 모두 여성 족외혼을 행해 왔다는 점에 대해서는 의심의 여지가 없다. 그러니 결혼 제도라는 장구한 역사는 거의 인간 문명과 함께 해 왔다고 해도 과언이 아닐 것이다. 이러한 맥락을 긴밀히 관련시키고 보면, 『폭풍의 언덕』은 여성 족외혼의 풍습과 양태를 바로 보여 주는 빅토리아 시대 소설이 된다. 빅토리아 시대 여성의 위치라는 것은 여전히 구시대적인 면이 두드러졌으며, 교육·직업뿐 아니라 결혼 제도 또한 남자에게 종속당하는 형태로 이루어졌다. 이때 여성들은 대개 부모의 영향 아래 숫제 돈과 가문의 명성 그리고 경제적 안정을 위해서 남편을 선택했다. 이러한 이유로 인해 캐서린은 자신과 영혼마저 같다고 말할 정도로 사랑하는 히스클리프를 두고 에드가 린턴과 결혼하게 되는 것이다. 시대적 배경 하에서 타율적인 면이 강하게 작용하였겠지만, 궁극적으로 다다를 지점은 한 여성의 잘못된 선택이 후대 자손들에게까지 미치는 불행을 낳게 되었다는 것에 가까울 것이다.

해변의 초록 불빛

살펴볼 또 다른 작품 역시 여성 족외혼 형태가 소설의 중요 사건으로 나타난다. 미국의 현대문학을 대표하는 『위대한 개츠비(The Great Gatsby)』다. 소설 서문에는 다음과 같은 시가 암시적으로 적혀 있다.

황금 모자를 써라 그것으로 그녀를 움직일 수 있다면.
그녀를 위해 높이 뛰어라, 그럴 수만 있다면.

그녀가 이렇게 외칠 때까지.

"오, 내 사랑, 황금 모자를 쓴, 높이 뛰어오르는 내 사랑이여,

내가 당신을 차지하리라"

—토머스 파크 딘빌리어스

　황금 모자, 내 사랑, 사랑을 차지하리라라는 말이 자못 의미심장하다. 『위대한 개츠비』의 시대적 배경은 바로 이와 같은 황금(물질)과 사랑이라는 이야기로 맥락화되며, 사랑과 결혼의 제도적 문제가 발생하는 지점까지 들어간다. 제1차 세계대전 이후 미국에는 갑작스레 풍요와 번영이 도래한다. 요컨대 소설은 전쟁 이후 급격히 발전하기 시작한 1920년대 미국의 경제적·사회적 상황을 보여 준다. 경제 번영과 자동차, 건설 등의 산업 발전과 거기에 더해 자유로워진 사회적 분위기, 라디오의 보급과 재즈의 유행, 술집과 무도장 등 유흥업의 성행, 밀주와 사교, 성의 자유가 이 당시 모습이었고, 데이지가 개츠비를 만나게 된 계기도 이런 사회적 분위기 속에서 이뤄진 것이었다. 그리하여 개츠비는 두말할 나위 없이 사랑하는 데이지를 위해 불법인 밀주업을 해서라도 성공이라는 자신의 목표를 향해 가게 된다.
　육군 중위였던 개츠비가 5년 전에 반했던 여자 데이지 때문에 그녀의 집 건너편에 대저택을 사들였다는 걸 의심할 여지는 없다. 그는 수시로 데이지만을 상상하며 저택 반대편에 보이는 희미한 초록 불빛을 희망의 전언처럼 받아들인다. 데이지가 보기를 바라며 매일 밤 시끄럽고 호화로운 파티를 열고, 마침내 데이지의 사촌 오빠인 닉 캐러웨이의 도움으로 만남을 이뤄 내기에 이른다. 그렇다면, 그간 오로지 데이지라는 사랑만을 그리워 했던 개츠비는 그의 모든 욕망에 종지부를 찍었을까. 왜 이런 질문이 제기되는지 돌이켜 보자.

"너무, 너무 아름다운 셔츠들이야." 그녀가 흐느꼈다. 두터운 셔츠 더미에 파묻힌 그녀의 목소리가 띄엄띄엄 들려왔다. "너무 슬퍼. 한 번도 이렇게, 이렇게 아름다운 셔츠들은 본 적이 없거든."

(중략)

내 생각에는 그녀의 사랑스러운 눈동자가 보이는 반응에 따라 그 집의 모든 것들의 가치를 재산정할 작정인 것 같았다. 가끔씩 그는, 그녀라는 놀라운 존재의 출현으로 말미암아 자신이 가진 모든 것들이 더 이상 실재하지 않는 그 무엇이 되어 버렸다는 듯, 멍한 눈초리로 자신의 소유물을 둘러보곤 했다.

짧은 헤어스타일에 유행하는 클로슈(cloche)로 머리를 감싸고 당시 유행인 플래퍼 룩(flapper look)으로 치장한 데이지. 결국엔 개츠비를 기다리지 못하고 톰 뷰캐넌이라는 물질적 안정을 택한 여자. 소설의 결말로 따져 보면, 사랑하는 사람만을 찾던 캐서린과 개츠비의 죽음을 외면하는 데이지는 상당히 다른 듯하다. 그러나 결혼이란 제도권 내에서 이러한 상황을 무시할 수 없어 모순을 초래한다는 점에 있어서 두 여자는 비슷하다. 사랑보다는 물질과 안정을 스스럼없이 선택했다는 데에 있어서 같은 현실적 가치를 지향한다 볼 수 있다. 어느 쪽이 더 열악하고 더 비참한 사랑으로 전락했다는 걸 차치하고, 요컨대 시대적 분위기는 소설의 사건 발생을 제시하고 있다.

다시 말해, 히스클리프와 캐서린만의 사랑의 왕국이었던 언덕과 개츠비와 데이지만의 사랑의 무대였던 무도장은 이렇듯 시대적 이유로 인해 소설 전반을 아우르는 배경으로 자리할 수밖에 없다. 마치 고향과 이상향처럼, 『폭풍의 언덕』의 언덕의 히스와 『위대한 개츠비』의 해변의 초록 불빛은 자리한다. 불빛은 그녀. 사랑. 그리고 뉴욕 너머 불확실성으로까지 뻗치는 그 무엇으로 화한다.

그곳에 앉아 그 옛날 미지의 세계에 대해 골똘히 생각하다가 문득 개츠비가 데이지네 집의 잔교 끝에서 빛나는 초록색 불빛을 처음 찾아냈을 때의 놀라움에 생각이 이르렀다. 바로 이 파란 잔디밭까지 오기까지 그는 참으로 먼 길을 돌아왔다. 이제 그의 꿈은 손만 뻗으면 닿을 곳에 있었다. 그는 몰랐다. 자신의 꿈이 어느새 자기 등 뒤에, 저 뉴욕 너머의 헤량할 수조차 없는 불확실성 너머, 밤하늘 아래 끝없이 펼쳐진 미국의 어두운 들판 위에 남겨져 있었다는 것을. (중략) 그러므로 우리는 물결을 거스르는 배처럼 쉴 새 없이 과거 속으로 밀려나면서도 끝내 앞으로 나아가는 것이다.

낭만적 사랑에 대한 화자의 이야기, 『폭풍의 언덕』과 『위대한 개츠비』

『폭풍의 언덕』과 『위대한 개츠비』는 자전적 요소가 강한 소설들이다. 1835년경 브론테 자매의 남동생 브란웰 브론테가 그린 초상화를 보면 왼쪽부터 샬럿, 에밀리, 앤이 자리한다. 그리고 샬럿과 에밀리 사이에는 (지워진) 브란웰이 그려져 있었다고 한다. 세 자매인 샬럿, 에밀리, 앤은 영국 중부 호워스 목사관에서 살았는데, 그것은 아버지가 아일랜드 출신의 성공회 목사였기 때문이었다. 샬럿과 에밀리 그리고 앤 브론테 세 자매는 각각 『제인 에어』, 『폭풍의 언덕』, 『아그네스 그레이』 등을 남긴 영국의 소설가들이다. 여성의 사회적 지위와 활동이 뚜렷하지 못한 시대였음에도 브론테 자매들이 문학사에서 확고한 자리로 남았음은 두말할 나위 없다.

언니인 샬럿 브론테가 5세 되던 해에 어머니가 죽었고, 그 후 평생 독신으로 아버지는 자매들을 교육했다. 초상화(초상화가 그려질 당시 세

자매 모두 십대였다고 한다) 가운데에 있는 에밀리는 늘 조용한 아가씨였으며, 기숙학교에 있을 때 향수병에 걸릴 정도로 호워스 목사관을 좋아했다고 한다. 그녀가 자란 자연환경에는 글의 서두에서 언급했듯이, 히스 관목이 펼쳐져 있었다. 바람 부는 이 황야를 배경으로 그녀는 격정적 인물인 히스클리프를 생각해 냈고, 당시 파격적인 내용인 『폭풍의 언덕』을 집필했다.(프랑스 화가 카미유 코로의 풍경화 「질풍」(1899)은 파라 텍스트(민음사, 2005)로 손색없을 정도로 소설의 분위기와 잘 부합한다.)

한 남자가 어둡고 습한 황야를 걸어간다. 황야와 바람과 나무와 하늘 등의 자연은 모두 워더링 하이츠의 몰락이라는 비극적인 서사에 바쳐진다. 이러한 배경적 분위기로 인해 소설은 초자연적인 심령 현상이나 영혼이라는 형이상학적 명제에 쏠린 듯 여겨지기도 한다. 소설은, 일차적으로 '증거적 서사 기법(evidentiary narrative technique)'의 특징을 지닌다. 즉, 같은 사건이 여러 다른 인물들에 의해 드러나고 비로소 일목요연하게 맥락이 구성된다는 것이 핵심이다. 소설을 따라가다 보면, 록우드와 엘렌(넬리) 딘이라는 가정부 두 사람의 이야기로 중요 사건의 전모가 밝혀지는데, 캐서린 언쇼의 '일기', 이자벨라의 '편지', 캐서린과 히스클리프가 가정부 넬리에게 하는 '이야기' 등이 모두 증거적 서사 기법에 해당한다고 하겠다.

"저 방에 있는 저 고약한 사람이 히스클리프를 저렇게 천한 인간으로 만들지 않았던들 내가 에드거와 결혼하는 일 같은 것은 생각지도 않았을 거야. 그러나 지금 히스클리프와 결혼한다면 격이 떨어지지. 그래서 내가 얼마나 그를 사랑하고 있는가 하는 것을 그에게 알릴 수가 없어. 히스클리프가 잘생겼기 때문이 아니라, 넬리, 그가 나보다도 더 나 자신이기 때문이야. 우리의 영혼이 무엇으로 되어 있든 그의 영

혼과 내 영혼은 같은 거고, 린튼의 영혼은 달빛과 번개, 서리와 불같이
전혀 다른 거야."

그는 저를 보고 이를 갈며 미친개처럼 입에 거품을 물고 얼씬도 못
하게 아씨를 끌어당기는 것이었어요.
아씨는 손을 올려 그의 목덜미를 끌어안고, 안긴 채 그의 **뺨**에 자기
뺨을 비볐어요. 그도 미친 듯이 아씨를 애무하면서 정신없이 이렇게
(중략) 왜 당신 마음을 배반했어. 당신은 나를 사랑했어. 그러면서도
무슨 권리로 나를 버리고 간 거지? 무슨 권리로.

『폭풍의 언덕』은 남녀의 애정을 재확인해 주었다는 데서 낭만적
사랑에 관한 소설임이 틀림없다. 그러나 소설은 캐서린이라는 여자
보다 히스클리프라는 남자의 집념 어린 사랑과 복수에 초점이 맞춰
져 있고, 소설의 분량상으로도 캐서린의 삶보다 죽음 이후에도 지
속되는 히스클리프의 사랑에 대한 고뇌와 고통이 주를 이룬다. 다
시 말해 히스클리프가 중심인 소설이라고 할 것인데, 이러한 이유로
많은 부분이 그를 강변한다. 이를테면, 히스클리프는 자신과의 결혼
이 "품위를 떨어뜨리는 것"이라는 캐서린의 말을 엿듣고 집을 나가
게 된다. 그리고 몇 년 뒤 성공한 재력가로 돌아온다. 오로지 린튼과
결혼한 캐서린에게 복수하기 위해서 말이다. 이후 전개가 모두 복수
에서 비롯된 일들임은 두말할 나위 없다. 자신을 괴롭힌 힌들리의
죽음 이후 사랑하지도 않는 이사벨라와 결혼하고 결국 그녀의 죽음
을 불러온다. 그리고 헤어튼(힌들리의 아들)과 린튼(자신과 이사벨라 사이
에 태어난 아들), 캐시(캐서린과 에드거 사이에 태어난 딸)를 양육한다는 명목
으로 워더링 하이츠와 드러시 크로스 저택을 소유하기도 한다. 이러

한 일은 아무튼 모두 캐서린이 그와 결혼하지 않고 결국 먼저 세상을 등진 것에서 비롯된 복수의 형태. 살아 이루지 못한 사랑은 육신이 미쳐 가는 상태에 이를 때까지 그를 옭아매어, 마침내 그는 바닥에 깔린 돌, 나무와 구름과 바람, 자신을 비롯한 모든 사람의 얼굴에서 캐서린의 형상을 보기에 이른다. 미움, 슬픔, 심지어 죽음 앞에서조차 그는 그녀를 떼어 놓을 수 없었다.

그는 울부짖는다. 영원히 같이 있고자 하는 바람으로 말이다.

"어떤 모습으로든 나와 함께 있어 줘. 나를 미치게 만들어 줘! 내가 너를 찾을 수 없는 이 구렁텅이에 나를 놓아주지만 말아 줘!"

피츠제럴드는 1896년에 미국 중서부 미네소타 주 세인트폴에서 태어났다. 소설 화자인 닉 캐러웨이가 중서부 삶에 관해 서술하는 것이나 소설에서 동부와 서부를 구분하는 것은 그러한즉 작자 자신의 경험에서 비롯된 것이리라. 또한 피츠제럴드는 개츠비처럼 제1차 세계대전에 참전키 위해 입대하였고, 소설에서와같이 명문가 출신의 여성인 젤다라는 여성과 교제하였으니 자전적 요소를 간과하기는 힘들어진다. 아무튼, 전적으로 피츠제럴드가 첫 소설로 유명세에 들지 못했다면 그들은 부부가 될 수 없었다. 소설 속 데이지와 그의 아내 젤다는 어쩌면 이것저것 너무나도 닮은꼴을 하고 있다고 볼수밖에 없다. 『위대한 개츠비』는 『폭풍의 언덕』과 마찬가지로 자전적 요소가 은연중 삽입될 뿐 아니라, 소설의 내러티브 특징도 비슷하게 개입한다. 사건을 구획하는 말의 형태들이 닉 캐러웨이라는 화자에 의해 전개되고, 그리고 이 소설 또한 무엇보다 남자의 사랑에 관한 서사이기 때문이다.

"안개만 없었다면 해협 너머에 있는 당신 집도 보였을 텐데." 개츠비가 말했다. "당신 집 잔교 끝에는 언제나 초록색 등이 켜 있더군."

소설의 배경이 되는 1920년대는 제1차 세계대전이 끝난 미국 호황의 시대였다. 자동차 산업 등이 발달했으며, 전쟁에서 해방된 사람들은 자유로워진 사회적 분위기 속에서 재즈에 심취했고 유흥을 즐겼다. 파티가 성행해 금주법이 있었음에도 술은 이 시대를 말해 주는 상징으로 자리하였다. 밀주와 금융 등으로 큰 부를 차지한 개츠비 이야기가 시대를 대변한다고 해도 무리는 아닐 것이다. 궁극적으로 피츠제럴드는 뉴욕을 통해 부와 방탕으로 치닫는 도시의 이면을 그려 내었는데, 이것은 오늘날 현대인의 방황이 시작된 모습이라고 보아도 될 정도다.

나는 뉴욕이라는 도시, 밤이면 역동적이고 모험적인 분위기로 충만한, 남자와 여자, 자동차들이 쉴 새 없이 몰려들며 눈을 어지럽히는 이도시를 사랑하기 시작했다. 나는 5번가를 걸어 올라가 군중 속에서 신비로운 여자 하나를 찾아내 아무도 모르게, 그 누구의 제지도 받지 않고 그 여자의 삶으로 들어가는 나만의 공상을 즐겼다. 상상 속에서 나는 그녀들의 집까지 뒤쫓아가고, 그러면 그녀들은 어두운 거리 모퉁이에서 몸을 돌려 나를 향해 미소를 짓고는 문을 열고 따뜻한 어둠 속으로 몸을 감추는 것이었다. 대도시의 찬란한 어스름 속에서 나는 간혹 저주받은 외로움을 느끼고, 그것을 타인들—해 질 무렵, 거리를 서성이며 혼자 식사할 수 있는 시간이 오기를 기다리는, 그러면서 자기 인생의 가장 쓰라린 한순간을 그대로 낭비하고 있는 젊고 가난한 점원들—에게서도 발견하였던 것이다.

플래퍼 룩이라 불릴 정도로 자유를 찾는 형태의—깃과 소매가 없는 직선 실루엣의 드레스—복장, 보브헤어 그리고 진한 화장을 한 여성들. 경제력 있는 남성과의 결혼에 온 힘을 쏟는 상류층 여성들. 요컨대, 피츠제럴드는 남녀의 신분 차이를 극명히 대조시키며 이러한 여성으로 데이지를 그려 낸다. 통상적으로 미국 동부에 익히 존재했던 부의 상징(톰 뷰캐넌)을 선택하는 여자를 말이다. 그런 까닭에 개츠비가 엄청난 부자가 되어 나타났을 때, 데이지의 갈등은 시작될 수밖에 없다. 아무래도 개츠비라는 남자보다 영국제 셔츠를 가진 개츠비를 사랑하는 여자의 모습이다. 그렇기에 결국 데이지라는 사랑만을 꿈꾸던 개츠비는 윌슨 부인의 교통사고 진범으로 오인당하여 억울한 죽음을 맞는다. 단 하나, 인생의 목표 지점과도 같았던 초록 불빛에 놓인 여자 데이지, 그녀가 몬 차 때문에 그는 죽게 된다. 궁극적으로 소설이 다다른 지점은 경제 호황기의 부와 번영이라는 현상 앞에서 사랑과 윤리적인 측면이 어떻게 묶인되는가를 적나라하게 드러낸다고 할 것이다.

> 그 이상 분명할 수 없는 한 가지
> 부자는 더 부자가 되고 가난한 이들은 아이를 낳는다네
> 그러는 사이
> 그러는 동안

작별 인사를 하러 간 순간, 나는 개츠비의 얼굴에 다시 돌아온 당혹스러움을 발견하였다. 현재의 행복에 대한 희미한 의심이 피어나고 있는 것처럼 보였다. 돌아보면 거의 오 년의 세월이었다. 그날 오후만 해도, 눈앞의 데이지가 그가 꿈꾸어 왔던 데이지에 턱없이 못 미치는 순

간이 분명히 있었을 것이다. 그녀의 잘못만은 아닐 것이다. 오래도록 품어 왔던 너무나도 어마어마한, 환상의 생생함 때문이다. 그것은 그녀를 넘어서고, 모든 것을 넘어섰다. 그는 자신을 스스로 만들어 낸 독창적인 열정 속으로 밀어 넣은 후, 하루하루 그것을 부풀려 갔고 가는 길에 마주친 온갖 깃털로 장식해 왔던 것이다.

내 사랑,

그리스어로 '영혼(psyche)'은 바람이었다고 한다. 앞서 살펴본 두 소설은 어쩐지 지슬라브 백진스키의 포옹하는 그림이나 발다로의 연인에서 느껴지던 영혼을 가진 인간의 뼈대, 그런 남녀를 연상시킨다. 해골 형상이 될 때까지도 꽉 껴안고 놓지 않는 연인의 모습이다. 『폭풍의 언덕』의 히스클리프와 『위대한 개츠비』의 개츠비가 원했던 사랑은 사실 그런 것이 아니었을까. 그들은 맹목과 불구의 형태가 되더라도 사랑! 그것에 온당한 오직 사랑만을 위해서 불구덩이로 뛰어든다. 현실에서 보자면 어긋난 운명이며, 실패한 사랑이다. 보통이 되지 못한 고통으로 그들은 죽음을 맞이한다. 두 남자에게 있어 과거는 지나간 시간만이 아니라 다가올 미래를 포함한 것이었다. 무엇보다 그것은 전적으로 사랑 덕분이었다. 마치 고향을 떠난 자가 귀소하는 듯 떠돌던 서글픈 심경으로 사랑을 갈구하던 자들이다. 그러니 일종의 진혼(鎭魂)처럼 망자의 넋을 달래고자 그녀들을 대신해 이렇게 말해 줄 수밖에 없다. 내 사랑…… 잘 자요…….

언제나 그래 왔듯이 우리는 사랑으로 살고, 죽는다. 바람이 분다.

참고 문헌

에밀리 브론테, 『폭풍의 언덕』, 김종길 역, 민음사, 2005.

F. 스콧 피츠제럴드, 『위대한 개츠비』, 김영하 역, 문학동네, 2009.

산드라 길버트·수전 구바, 『다락방의 미친 여자』, 박오복 역, 이후, 2009.

스티븐 컨, 『사랑의 문화사』, 임재서 역, 말글빛냄, 2006.

타인과 우리, 환대의 자리
―이양지의 『유희』와 정용준의 『가나』를 중심으로

　생선 파는 촌로는 만면에 환한 미소를 띠고 어디서 왔냐고 묻더군요. 검지와 장지를 겹쳐 절 가리켰습니다. 서울, 얼결에 짧게 말했더니 못 알아들었습니다. 다그쳐 묻기에 쏘울이라고 했네요. 대답을 듣고서야 그는 고개를 끄덕거렸고, 흥미가 생긴 모양인지 눈동자에 영채가 돌기까지 했습니다. 영미권 언어로는 'Seoul'로 쓰고, 영혼을 뜻하는 'Soul'같이 '쏘울'로 읽는다고 합니다. 정말 그래서 알았을까 싶지만 옳건 그르건 그게 중요한 건 아니지요. ……! 영혼이라니요. 엄청난 표현 아닌가요. 서울에서 쏘울로 옮겨 가는 찰나, 입에서 벌컥 쏟아 내는 말은 의미를 부여받아 특별하게 발음되었습니다. 그건 단조롭게 흘러가는 시간에서 조우하게 된 신의 기이한 출몰 같았네요. 조석으로 내뱉던 말들은 순식간 사이비에 지나지 않게 되고, 오직 그 말에만 의미가 부여되는 듯했습니다. 당신을 떠나서는 당신과 관련 없는 일들의 진행이며 깜짝 놀랄 만한 일을 발견할 가능성은 없을 것이라 여겼는데, 당신 있는 대한민국 수도 서울, 다시 말해 쏘울이란 단어에 엉기는 의미로 인해 저는 멍해 있었습니다. 제게 수시로 다짐받곤 하던 말, 쏘울메이트. 당신이 없어도 된다는 저의 거짓이 송두리째 폭로되는 순간이었습니다.

—김윤이, 「사랑의 진화」에서

여성/이방인과 장애인의 장소

휘황한 소비사회를 살아가는 와중 우연히 기사 하나가 눈길을 끌었다. 그것은 장애를 가리키는 핸디캡에 관한 기사였는데, 대략 이러하였다. 한때 장애인(the handicapped, handicapped person)을 표현하던 단어는 그 부정적 이미지로 인해 이제는 잘 쓰지 않는다는 것이다. 이것은 '한계(capped)'라는 단어 의미에서 비롯된 문제이고, 언어에는 이같이 차별화된 구획과 서열화가 진행될 수 있음을 알려 주는 사례라 할 것이다. 평창 패럴림픽 조직위원회는 "어떤 사람이 장애(impairment)를 갖고 있다고 쓴 후에 그게 어떤 impairment인지를 구체적으로 밝혀 주는 게 가장 바람직한 서술 방법"이라고 설명한다. 또한 '-로 인해 고통을 받는다'라는 'suffer from'이나, '고통받는 사람'이라는 뜻의 'sufferer', 그리고 희생자라는 'victim'은 삼가라고 덧붙인다. 요는, "장애인은 장애와 함께 살아가는(live with) 사람"이라는 것이다. 다시 말해, 장애로 인해 고통받거나 희생자로 불리는 것은 오히려 장애인에 대한 편견과 무지일 수 있다고 보는 시각이다. 이처럼 오늘날 인권에 대한 인식은 확장되고 있다고 할 수 있겠으나, 언어로부터 차별과 불평등을 인식시킨다는 것은 불평등 구조가 현재도 존재함을 역설적으로 알려 준다고 할 것이다. 그렇다면 텍스트에 따라서 살펴보는 일은 어떨까. 오늘날 문학으로 사회적 약자의 인권을 돌아보는 일은 외상적인 개인의 체험과 타민족을 배격하는 세계로 들어가는 일이 될 것이므로, 앞선 내용을 약간 우회에서 언어를 가다듬어 보기로 한다.

우선으로 여기서는 두 개의 축으로 살펴보고자 한다. 하나는, 재일 한국인 소설가인 이양지의 소설 『유희』로, 이 작품으로 디아스포라 삶을 사는 이들을 새삼 돌아볼 것이다. 또 다른 작품은, 정용준 소설가의 첫 소설집인 『가나』로, 이 소설집을 통해 현대소설의 사회적 상상력을 타진해 볼 것이다. 『유희』의 주인공 '유희'와 마찬가지로 말(언어)을 바탕으로 한 사회적 부적응자들인 정용준 소설의 인물들은 하나같이 차별과 비인간적인 처우를 받고 있기에, 두 축으로 강조해도 지나침이 없을 것이다. 이 작품들로 어렴풋이나마 바깥을 환기하며 소수자들의 자리를 가늠해 볼 수 있을 것이다.

타자에게 자리를 내어 주거나 타자의 자리를 사회가 인정한다는 의미의 '환대'는 이들 작품이 내포하는 주제라 볼 수 있다. '환대(hospitality)'는 타자인 "그를 이 공간 안으로 들어오게 한다는 것, 그를 향한 적대를 거두어들이고 그에게 접근을 허락한다는 것"을 의미한다. 그렇다면 오늘날 우리는 어떻게 타자에게 이 환대의 자리를 마련하고 있을까. 환대받지 못하고 타자의 자리로 내몰린 이들의 글로써 이제 환대받을(/할) 권리를 그들(/우리)에게 돌려주고자 한다. 소설을 통해 여태 나와 상관없다고 생각해 왔던 자리로 들어가 봄으로써 실상 내가 타자를 어떻게 대해 왔는지 추체험할 수 있을 것이다.

『유희』, 재일 한국인의 말과 장소의 의미

재일 한국인은 장소적 측면에서 일본에 정주하면서 일본어를 사용하는 이들이다. 이들은 한국에 소속된 국적 국민이지만, 일본이라는 공간에서 자신의 실존과 정체성을 자각할 수밖에 없다. 이때 장소는 점유하고 있는 위치(position)를 나타내므로, 이러한 까닭으로 정체성의 혼란과 환대의 권리를 누리지 못하는 이들은 '장소 상실(placelessness)'이라는 상실감을 가질 수밖에 없게 된다. 이양지는 이러한 장소의 경험을 간직한 주인공을 내세워 정체성의 혼돈을 그려낸다.

일본 후지산 밑에 자리한 시골 마을에서 태어난 이양지는 일본 식민지 통치 때 일본으로 건너간 재일 한국인 2세다. 2남 2녀 가운데 장녀로 태어난 그녀는 한국인이 없는 지역에서 차별이나 한국인에 대한 자각 같은 것은 모른 채 성장했다고 한다. 부모들은 그녀가 아홉 살 때 일본에 귀화했으니, 그녀의 성장 과정에서 주변의 노골적인 차별과 모욕은 없었다고 전한다. 하지만 부모의 이혼과 함께 한국인이라는 정체성의 혼돈은 찾아오고 이에 따른 열등의식으로 인해 그녀는 고등학교 중퇴 등의 방황을 겪는다. 1975년 와세다대학교 사회과학부에 입학한 그녀는 이때부터 일본의 거문고라 할 수 있는 고토(琴)를 배우면서 한국의 가야금에 대해서도 알게 된다. 거문고에 매료된 그녀는 가야금 병창 인간문화재인 박귀희 선생을 만나 모국인 한국으로의 유학을 결심하게 되는 것이다. 이양지는 1982년 서울대학교 국문학과에 입학했으나, 바로 휴학을 하고 다시 일본으로 돌아가 소설 작업에 돌입하게 된다. 그리고 1984년, 또다시 서울대학교에 복학해 졸업하고 그다음에는 이화여자대학교 무용학과에 들어가 대학원을 수료한다.

이렇듯 이력만 살펴보아도, 작품에는 체험적인 요소가 다분히 섞여 있겠다는 걸 유추할 수 있다. 다시 말해, 가야금과 무용 등의 한국 체험은 작가의 정체성 문제와 만나 소설로 세상에 나오게 된다는 것이다. 비록 그녀가 급성 심근염으로 인해 37세로 생을 마감하지만, 이양지는 그 누구보다 한국인의 정체성에 대해 치열하게 고민했던 작가가 아닐 수 없다.

이양지의 작품으로는 등단 데뷔작『나비 타령』(1982),『해녀(かずきめ)』(1983),『오빠(あにごぜ)』(1983),『刻』(1984),『그림자 저쪽(影繪の向こう)』(1985),『갈색의 오후(褐色の午後)』(1985),『來意』(1986),『푸른 바람(靑色の風)』(1986),『유희(由熙)』(1988) 등이다. 여기서는 말에 대한 인식으로 실존적 삶에 천착했던『유희』를 통해 작가의 정체성 문제와 사회의 시각을 새삼 돌아보고자 한다.

이양지는 이회성 다음으로 일본의 아쿠타가와상을 수상한 재일한국인 작가다. 제100회 수상작『유희』는 작가의 자전적 체험을 통해 내밀한 심리 묘사를 구축한 작품이다. 먼저『유희』의 특징적 특이점은 '유희'의 한국 체험이 '유희'의 시점에 머무르는 것이 아니라, 한국인인 '나'와 '숙모'에 의해 관찰되고 서술된다는 점이다. '유희'는 반년(6개월)간 '숙모'와 '나'와 함께 지내는 한국(모국) 체험을 하게 된다. 회상의 방식으로 전개되는 소설에서 '유희'의 내적 갈등이 타자에 의해 서술된다는 것은 작가 스스로가 자신의 분열된 인물들을 통해 자신을 스스로 객관화하고자 했던 노력이라 할 수 있다. 화자를 '유희=나'로 설정하지 않아, 개인의 발화 강도를 낮추는 대신 타자를 은연중 배척하거나 다시 이해하려는 주변인들의 심리를 세밀하게 그려 낼 수 있게 되었다.

소설『유희』는 표면적으로는 이양지의 분신과도 같은 '이유희'의 한국행으로 시작되며, 그녀가 머무는 하숙집을 매개로 이야기가 전개된다. 모국으로 유학을 오게 된 '유희'는 S대학 국문과 4학년에 재학 중인 27세 재일 한국인 여성이다. 또 다른 주요 인물 '나'는 잡지사에 다니는 E여대 국문과를 졸업한 삼십대 여성으로, '유희'에게 많은 조언과 더불어 타자의 시선을 보내는 인물이다. 마지막으로 조카인 '나'와 함께 하숙집을 운영하는 (남편을 사별하고, 딸은 미국으로 유학 보낸) '숙모'가 주요 인물로 등장한다. 그녀는 '나'의 시선에 대응하는 인물로 이방인에 대한 다른 입장을 제시하는 인물로 구현된다. 너무나도 다른 것 같은 이 인물들은 그러나 내부로 견인해 보면 모두 '유희'의 분신이며, 이것은 작가가 얼마나 분열된 정체성 속에서 한국 생활을 영위했는지 알려 준다. 그러한즉, "『유희』 속에 나오는 언니도, 아주머니도, 그리고 유희도 모두가 저 자신의 분신"이라는(「나에게 있어서의 母國과 日本」, 『돌의 소리』) 작가의 말이 암시하는 것은, 자신의 한국 체험을 통해 자신을 소급해 올라가면서 발견하게 되는 인간의 실존적 되물음이었다고 할 것이다. 이렇듯 작품 『유희』는 이양지 자신의 작가적 체험이 고스란히 담긴 듯한 인상을 풍기는 작품이다. 궁극으로는 작품이 당시 재일 한국인의 표면적이고 내적인 갈등을 디아스포라의 보편적 문제로 확대했다고 볼 수 있다.

　저는 마치 한국어의 바다와 같은 국문과에서의 유학 생활을 통해 인간에 있어서의 모국어와 또한 모어라는 것은 무엇인가라는 문제를 저 자신의 존재, 즉 실존의 문제와 직결하는 심각한 과제로 생각하게 되었고 자신의 모습을 한국어의 바다에서 헤매는 조난자처럼 여길 수밖에 없는 나날을 보냈다고 할 수 있습니다. 저에게는 우선적 명분으로 하루 빨리 한국인이 되어야 하며 내 몸에 배어 있는 일본적인 모든 면을 청산하면서 한국을 이해하고 한국말을 구사할 수 있게 되어야 한다는 의무가 있었습니다. 그러나 그러한 명분 내지 의무감은 현실과 실체에 있어서의 저 자신의 모습에 의해 배반되어질 수밖에 없었습니다. 참으로 모어, 즉 어렸을 때부터 어머니한테서 듣고 배운 언어라는 것은 마치 폭력적이라고도 할 수 있을 만큼 인간의 사고를 지배하며 존재를 좌우하게 된다는 사실을 역설적이지만 모국에 와서 특히 모국어의 바다와 같은 국문과에 들어가서 실감한 것입니다. 명분상, 또한 관념상으로는 한국어는 모국어이며 저의 아이덴티티의 중심에 위치해야만 하는 언어임은 틀림없습니다. 그러나 실체로는 모국어인 한국어는 어디까지나 외국어이며 이국의 언어로밖에는 받아들일 수 없었습니다.

— 「나에게 있어서의 母國과 日本」

위와 같이 이양지는 언어의 문제를 정체성 측면으로 바라보는 자신의 시각에 대해 가감 없이 밝힌다. 모어(모국어)가 오히려 폭력적으로 자신을 억압한 기제였으며, 그 근간에는 언어가 정체성의 중심이라는 확고한 사고가 있었음을 마침내 말하게 된다.

이런 맥락에서 소설로 다시 돌아가 살펴보자면, 모국어를 배우기 위해 한국에 유학 온 '이유희'라는 여학생은 시종 모국어인 한국말을 배우려 노력하지만, 번번이 실패하는 모습을 드러낸다. 그녀가 혼란을 겪게 되는 근원적 바탕에는 타자라는 배면의 문제가 도사리고 있는데, 이것은 은연중 그녀를 도와주려는 이들에 의해 공공연하게 드러나곤 한다. 여기에 더해 소설은 모국어를 습득하기 위해 한국에 왔음에도 한국보다 우월한 국가에서 자신이 왔음을 상기하는 주인공 '유희'의 역차별적인 타자적 시선이 굴절된 채 얽혀 진행된다.

—착실한 학생이었으면 좋겠는데. 지저분하거나 시끄러운 학생은 곤란하겠지. 그리고 사상적으로도, 일본에서 왔다니까 위험한 일이 있을지도 모르지. 일본에는 북쪽의 조총련이 있으니까.

—호감이 가는 학생이라고 그 주인도 말했는데…….

—알 수 없는 거야. 어쩌면 하숙을 쫓겨나서 전전하고 있는 건지도 모른다. 어디선가 들은 적이 있어. 한국에 유학 와 있는 재일동포 학생들은 거의가 이태원 언저리서 놀기만 하고 조금도 공부는 하지 않는다고 말야. 일본 엔은 비싸니까 아마 돈 씀씀이도 헤픈 모양이지.

—일본에서는 동포들이 여러 가지로 차별을 받고 있는 모양이더군. 돌아가신 주인 양반도 화를 내고 있었고, 신문이나 TV에서도 종종 볼 수 있거든.

—그런가 봐요.

—학생도 알고 있겠지.

—네, 전에는 그런 것을 알고 저도 놀랐지만요. 하지만, 나는 직접 차별을 받거나 놀림을 받거나 한 일이 없어요. (중략)

—하지만 일본 사람은 역시 용서할 수 없고 싫어. 과거의 일이 있으니까. 이 감정만큼은 어쩔 도리가 없다구.

숙모의 말에 유희는 꿈틀하고 눈썹을 씰룩이더니 시선을 떨구었다.

(중략)

—제가 살던 곳은 온통 일본 사람들뿐이었어요. 부모가 모두 한국이지만 동포들과의 만남은 거의 없었어요. 대학까지는 쭉 일본 학교에 다니고 있었고, 일본인 친구밖에 없었고요. 어느 시점까진 제가 한국 사람이라는 걸 감추고 있었으니까, 감추려 해 왔던 불안감 같은 것까지도 차별이라 한다면 그럴 수도 있겠지만요. 그래도 저 자신은 여기서 말하는 그런 심한 차별을 직접 받고 지낸 건 아니에요.

—『유희』

저, 숙모, 숙모는 어떻게 생각했어요?

유희의 한국말. 이 집에 와서 조금도 늘지 않았어요. 발음도 여전히 엉망이고 국문과 학생이라고는 생각할 수 없을 정도로 문법도 잘못투성이였어요. (중략) 유희는 말이죠. 한국 소설 따위 전혀 읽지도 않고 일본 소설만 읽었으니까요. 난 알고 있어요.

—『유희』

조용한 동네이고, 저 바위산을 매일 볼 수 있겠구나 생각하니 썩 마음에 들었어요. 동네가 조용할 뿐만 아니라 조용히 살아가고 있는 사람들을 간신히 만난 것 같아서 그 점도 좋아요.

—『유희』

『유희』의 '숙모'와 '나'와 '유희'는 각각 다른 입장에서 타자에 대해 규정한다. 이것은 자국(어)을 기준으로 삼아 자신이 속한 민족과 이방인의 범주에 속하는 타자를 구분하고 있다고 할 수 있다. '숙모'와 '유희'의 대화에서 은연중 드러나는 이중적 잣대는 일본에서 유학 온 학생들을 곱지 않은 시선으로 바라보고 있으며, '유희'가 일본에서 차별을 받았을 거라는 추측으로 재일 한국인을 구별하고 있다. 그리고 '유희'를 동생처럼 생각했던 '나'도 '유희'가 모국어를 익히지 않고 일본 소설만 읽는 국문과 학생이었다며 단편적으로 잘못을 지적한다. 또한 모국어를 배우기 위해 한국에 왔음에도 일본과 비교해 서울 거리와 사람들의 생활상을 더럽고 소음에 가득 찬 모습으로만 인식하는 '유희'다. 이들은 저마다 각자의 사고에 그치고 있으며, 자신과 그들을 구분하고 타자화한다. 이것은 이양지가 「나에게 있어서의 모국과 일본」에서 밝힌 것처럼 "실체로서 어떻게 노력해도 한국 사람이 되기가 힘든 그러한 불안과 좌절감 속에 시달리면서도 동시에 일본이라는 소위 선진국에서 왔다는 자기도 모르게 몸에 배어 있는 자만심과 우월감"의 상반되는 감정이 각각의 인물로 구현된 것이라 하겠다. 요인즉, 차별받는 이방인과 차별하는 선진국의 내국인으로 분열된 모습이 이양지 속에는 드리우고 있었다.

그러나 소설은 이렇게 양분된 시선만으로 자민족과 타민족의 이방인을 대립시키지는 않는다. '유희'가 하숙집을 떠난 뒤 '유희'의 빈자리를 돌아보며 그녀를 회상하는 '나'와 '숙모'의 대화는 '유희' 못지 않게 감정적으로 혼란을 겪는다. 그리하여 '유희'와 탄 버스에서 사람들의 거친 행동과 소음에 질려 그만 택시를 타고 급히 집으로 돌아온 일, '숙모'가 두부찌개를 만들 때 '유희'가 부엌에서 기웃거렸던 일, '유희'가 그전 하숙집에서 주인 아들들의 싸움 등으로 놀랐던 일, '유희' 아버지가 동포인 한국 사람한테 속아 사기를 당하고 돌아가실 때까지 한국 사람을 욕하던 일 등 '나'와 '숙모'는 서로가 모르던 '유희'에 관한 얘기를 주고받으며 새삼스럽게 그녀를 생각한다. 그들은 모국에 와서 불편을 겪었을 그녀를 반추하곤 오랜 상념에 빠져들 수밖에 없다. 동포이자 이방인 입장인 '유희'가 겪은 이상적인 경험으로 인해 그녀가 이해되기에 이른다.

소설 『유희』에는 '유희'의 생활과 언어 습득 과정이 가장 중점화되지만, 이외에도 작가의 가야금 체험이 대금과 피리라는 악기로 대체되어 나타나고 있다.

> 대금 좋아요
> 대금 소리는 우리말입니다
>
> —『유희』

피리는 가장 소박하고 정직한 악기로 생각한다고 유희는 말했지. 입

을 닫기 때문이라는 거야. 입을 닫기 때문에 목소리가 소리로 되어 나
타난다고 했어. 이런 소리를 지니고, 이런 소리에 나타난 목소리를 말
로 해 놓은 것이 우리 겨레라고. 우리말의 음향은 이 소리의 음향이라
고 유희는 말했지.

—『유희』

대금과 피리는 이같이 민족의 소리라는 의미로 대체되고 표현된
다. 이양지는 모국의 가야금에 심취해 유학을 결심하는데, 소설에서
는 대금 산조에 심취된 '유희'다. 작가 자신의 모습이 적잖이 투영된
'유희'는 모국의 가락에 바탕을 두고 민족적 자긍심에 대해 각성하게
된다. 그러나 '유희'의 민족적 자긍심은 점차로 이러저러한 사건 속
에서 한국과 한국말에 대한 적대적이고 이질적인 감정으로 바뀌게
된다.

이양지 작품에서 민족의 전통문화로 그려지는 가야금, 살풀이춤,
대금 등은 한국적인 것과 한국어에 직접적으로 연관되며 구현된다.
요컨대, "대금 소리는 우리말"이며, 피리 소리는 바로 겨레의 목소
리로 치환된다. 이것은 관념화된 언어가 아니라, 육체의 목소리라는
육화된 형태로 '유희'가 '나'와 '숙모'의 목소리(말)에서 느꼈던 모(국)
어를 구사하는 이들의 환대에 힘입어서이다. 이를테면, '나'와 '숙모'
의 말이 "쏙하고 몸 안으로 들어오는" 것처럼 느끼는 '유희'는 한국
에서 함께 지내는 그들에게 정서적이고 따뜻한 모성적 언어를 느끼
는 것이다. 말이 파생시키는 교감은 '유희'를 보호하고, 음식을 공급
해 주는 조용한 하숙집처럼 아늑하다. 하지만 이와 같은 언어의 문
제로 인해 '유희'는 또한 곤경에 처하기도 한다. 하숙집을 나서면 바
로 시끄럽고 지저분한 자신을 공포에 젖게 하는 서울 거리가 있기

때문이다.

　　학교에서나 거리에서 사람들이 말하는 한국어가 나에게는 최루탄
과 마찬가지로 자꾸만 들리는 거예요. 맵고, 쓰고, 들뜨고, 듣기만 해도
숨 막혀요. 하숙엘 가도 모두 내가 싫어하는 한국어를 쓰고 있었죠. 좋
아요. 방 안에 마음대로 들어와 커피를 가져가기도 하고 책상에서 펜
을 가져가기도 하고 옷을 마음대로 입고 가기도 하고, 그런 건 아무래
도 좋아요. 그 행위가 싫은 게 아니에요. 돌려받으면 되고, 주어 버리
면 되는 것이니까 아무래도 좋아요. 하지만 그 사람의 목소리가 싫어
지는 거예요. 몸짓이라는 목소리, 시선이라는 목소리, 표정이라는 목소
리, 몸이라는 목소리…… 참을 수 없게 되고 마치 최루탄 냄새를 맡은
것처럼 괴로워져요.

―『유희』

　　결국, '유희'에게 모국은 모성적이고 온정적인 따뜻함을 선사했지
만 그와 동시에 최루탄처럼 숨 막히게 하는 억압적인 환경으로 작용
한다. 마음대로 커피와 필기구를 가져가고 또 옷을 입고 가는 등의
무례하고 거침없는 행동들은 "몸짓", "시선", "표정", "몸" 등 재일
한국인을 차별적으로 대하는 한국인의 개별적 행동을 의미한다. 이
것은 언어가 서툴고 한국의 제도와 관습에 익숙하지 않은 이방인에
대한 내국인의 일방적인 행위의 결과로, 새로운 환경에 적응하지 못
한 '유희'에게 있어 한국을 떠나게 만드는 결정적 이유로 작용한다.
"장소의 점거"가 사회 내에서 "자리를 확인하는 보편적인 방식"이라
고 할 때, 한 장소에 머문다는 것은 자신의 존재를 드러내고 그 사회
에 속해 있음을 대외적으로 천명하는 것이다. '유희'는 모국인 서울

이라는 장소에서 환대받지 못한 채 타자의 몸짓과 말에 의해 추방당하는 '장소 상실'을 경험하게 된다.

『가나』, 사랑과 고통 그리고 사회적 상상력

한 쌍의 남녀가 있다. 양편은 서로에 대한 감정을 혀라는 신체 기관으로 느끼려 한다. 이는 장애남의 사랑을 갈구하는 목청이자 발화되지 못한 말의 로망이며 감각기관의 분화된 사랑이다. 사랑의 감정은 나누면 두 배로 늘어나는 기쁨이지만, "상처를 주면 두 배로 늘어나는 플라나리아"다(「떠떠떠, 떠」).

그 무엇과도 호환될 수 없는 정서의 연대로 사랑이라는 것을 들 수 있으며, 이 사랑으로 글쓰기의 행적을 파악함이 정용준 소설을 읽어 내는 시작점이자 정점에 드는 독법이 되겠다. 그래야 소설 공간의 확대와 세태소설의 축소 그리고 소재 다양화라는 2000년대 이후 하이브리드형 문학 특질 속에서 타자의 고통이라는 고전적 주제에 몰두한 한 젊은 작가의 목소리를 따분한 것이라 밀쳐 두지 않을 것이기 때문이다.

사랑을 물리적인 화학작용으로 설명할 때 타자라는 개념은 소멸한다. 하지만 우리가 말하고자 하는 바는, 존재는 목적에 의해서 사랑을 하며, 그것에 의해 타자를 발견하는 것은 아니다. 또한 여기서 밝히고자 하는 사랑에 있어 채택되는 것은 고백이기에, 우리는 분할된 발화로밖에 들리지 않는 타자의 목소리를 점자책 읽듯 체감해 내야 한다. 다시 말해, 목소리는 정용준 소설에서 사랑을 기반으로 작동하는 외적 예상을 뒤엎고 내면의 진실을 밝히는 암묵적 전제가 된다.

사랑은 융합적인 것이라는 관념에 대한 거부. 사랑은 구조 속에서 주어진 것으로 가정되는 둘이 황홀한 하나를 만드는 것이 아니다. 이러한 거부는 죽음을-향한-존재를 축출하는 거부와 근본적으로 동일하다. 황홀한 하나란 단지 다수를 제거함으로써 둘 너머에 설정될 수 있는 것이기 때문이다. (중략) 사랑은 희생적인 것이라는 관념에 대한 거부. 사랑은 동일자를 타자의 제단에 올려놓는 것이 결코 아니다. (중략) 오히려 사랑은, 둘이 있다는 후(後)사건적인 조건 아래 이루어지는, 세계의 경험 또는 상황의 경험이다.

—알랭 바디우, 『조건들』

사랑은 동일자를 타자의 제단에 올려놓는 것이 아닌 둘의 차이를 인정하고 받아들임으로 가능해지며, 그리하여 '경험'이라 한다. 이는 둘 간의 합일이라는 판단을 내리는 것이 사랑이 아니기 때문이다. 이와 관련해 타자의 고통에 대해 스스로 덜 불행하다고 위안을 받는 것이 우리의 소박한 일상이라면, 타자를 인정하기에 타자에게 다가가려 노력할 때 생겨나는 것이 환대다.

죽음에 대한 의견은 모두 살아 있는 자들의 상상이지. 그런 의미에서 죽음에 대한 모든 논의는 허구이지. 말을 더듬는다는 것도 말을 더듬지 않는 이들의 추측이고 상상의 문장일 뿐이야. 내가 말을 하지 못하는 것은 성격이 급한 것도 말이 꼬여서도 아니야. 자신감이 없기 때문도 아니고 어휘력이 떨어져 단어 선택을 하지 못하는 것도 아니지. 내게 말은 붕괴된 조직이고 소멸된 유적이며 퇴화된 신경과도 같아. 혀끝에 달라붙어 절대로 떨어지지 않는 말은 이끼와도 같고 증발하고 흔적만 남은 얼룩과도 같지. (중략) **그런데, 내 맘이 너에게 들릴까?**

—「떠떠떠, 떠」(강조는 인용자)

나는 그녀를 등 뒤에서 껴안아 주고 싶은 충동을 느꼈지만 그러지 못했다. 그 순간 그녀의 등은 단단한 벽처럼 완고하게 나를 거부하고 있었다. 그녀는 등으로 말하기 시작했다. (중략) 그럴 때면 잠에서 깨는 것이 반대로 꿈 같아. 가장 더럽고 차가운 세상에 던져진 것 같은 악몽. (중략) 제사에 쓰일 어린 짐승의 목덜미를 물끄러미 내려다보며 담소를 나누는 백정들이나, 고통 속에서 신음하는 인간을 조롱하며 숨이 멎길 기다리는 악마들 같아. 그때 내가 겪는 감정이란 뭐랄까, 벌거 벗고 있는 것 같다고 해야 할까. (중략) **너는 죽어도 알 수 없을 거야.**

—「떠떠떠, 떠」(강조는 인용자)

위와 같이 개개의 단락에서 강조된 문장들은 각각 남자(위 「떠떠떠, 떠」의 경우)와 여자(아래 「떠떠떠, 떠」의 경우)가 하는 말이다. 둘 다 진위를 알 수 없는 속말과 방백으로 말을 발화하지 못했다며 단락을 마친 다. 화자의 차이에도 불구하고, 맥락이 비슷하게 읽히는 이유는 '말 더듬기'와 '기면증' 같은 장애를 지닌 채 작중인물이 고백하고 있어 서다.

작가는 소설집 전반에 걸쳐 말을 하지 못하는 이들을 등장시키는데, 이는 장애를 통한 사랑이 아니라 장애로 표현되는 외관 밑의 내부에 닿고자 함이다. 육화되지 못한 사랑은 빈 기표일 뿐이라는 듯 작가는 이 명제를 공고히 하고자 한다. 그러한 까닭에 작품 전반에 걸쳐 윗글과 같은 의문문이 소설 곳곳에는 배치된다. 일테면, "타인의 장애를 이해한다는 것이 가능한 일일까?"(「떠떠떠, 떠」), "지금 나는 불행한가? 불행하다면 염전에 오기 전, 나는 불행하지 않았었나?"(「벽」) 등이다. 이것은 절망적인 신체적 조건을 제시하지만, 작가가 끝내 작중인물의 실존을 타자와의 관계를 통해 표명하고 싶은 열성 때문에 가능해지는 질문이다. 레비나스의 '타자'로 설명하면 존재론적인 자신의 정체성은 자신 속에 함몰된 것이 아니라, 타자들에 의해 형성된다. 다시 말해, 타자를 알기 전에는 나를 알지 못하며 자신에 대한 탐문은 타자라는 말에 의존한 채 가능해지기 때문이다. 타당 여부가 확실한 일상 언어가 아닌, 여체가 한껏 뒤틀린 장애 등을 통해 그려 낼 수밖에 없는 이유가 소설 속에는 내장되어 있다. 이는 타인에게 절망하면서도 끝내 타자에 대한 희망을 놓지 않는 이들의 대항 관계에서 드러난다.

마침내 소설이 떠맡으려는 것은 사랑이라는 두 사람의 공동 경험이다. 여기서 공동 경험이란 두 사람이 같은 경험을 한다는 것을 의미하지는 않는다. 둘 간의 사랑이어도 같은 체험과 느낌을 공유할 수는 없다. 사랑의 안타까움은 여기서부터 존재하며, 소설에서 '내'가 '네(타자)'게 들려주고픈 말은 온전한 발화체가 아닌 '장애인'과 '유령 화자'의 말을 통해 드러난다. 오히려 놀라운 것은 작품들은 사랑에 도달하기 위한 과정에서 수다한 진술보다는 말이 없음과 말할 수 없음을 제시한다. 여기에 더해 회고와 회상으로 죽음 이후의 삶을 증언하는 서정적 뉘앙스는 독자가 느끼는 소설적인 체감으로 드리운다. 그러므로 소설의 문체는 시적인 감각화에 상당히 도달하고 있다고 할 것이다.

생각이 난다. 회전하는 스크루에 강한 충격을 받았다. 그때, 내 심장이 멈췄을 것이다. 오른쪽 허리가 심하게 손상되었다. 헤쳐진 살점과 내장들이 붉은 해초처럼 흔들린다. 갈치 두 마리가 내 곁에 맴돈다. 갈치가 움직일 때마다 칼날이 흔들리듯 날카로운 빛이 반짝거린다. 갈치가 내 몸을 먹는다. 너덜거리는 살점을 먹고 손상된 내장을 뜯는다. 떠 있던 다리가 바닥에 닿는다. 바닥의 모래는 이제껏 밟아왔던 그 어떤 땅보다 부드러웠다.

—「가나」(강조는 인용자)

너무도 무섭다고, 무섭다고, 무섭다고,
오블로는 말하고 싶었다.

오블로의 방이 어두워지고 있다. 오블로는 살찐 손가락으로 더듬어 침대 모서리를 꽉 붙든다. 오블로의 눈빛이 어두워지고 있는 이곳저곳을 분주하게 오간다. 어둠은 흡수되는 물처럼 서서히 방을 잠식해 간다. 먹지처럼 고르던 어둠이 순식간에 구겨지며 수많은 명암으로 나뉘어 찢어진다. **찢겨진 어둠의 한 자락이 검은 천 조각처럼 오블로의 배 위로 떨어진다.**

—「굿나잇, 오블로」(강조는 인용자)

나는 무서웠다. 기억나지 않는 그녀의 얼굴이 미치도록 궁금했다. 얼마 전까지 나를 치욕스럽게 했던 사람의 얼굴이 어떻게 생각나지 않을 수 있단 말인가. 그녀는 어디에 있는 걸까. 혹시 이 방에 숨어 있는 것은 돼지가 아니라 그녀가 아닐까. 그런데 어떻게 그녀가 K의 사진을 갖고 있는 걸까. 미칠 것 같았다. 그때, 침대가 떠오르기 시작했다. **밤바다에 떠 있는 돛 없는 뗏목처럼 침대는 물결을 타고 향방 없이 빙빙 돌기 시작했다.**

—「돼지가 방으로 들어간다」(강조는 인용자)

유령 화자의 입을 빌리거나 현실에서 더 먼 지점의 환상까지 끌고 가는 작품들은 앞서 밝힌 서정적 뉘앙스와 상상적 체감화를 위한 소설화 전략으로 보이기도 하지만 그것으로만 끝나지는 않는다. 소설이 확보하는 리얼리티는 주로 관찰에서 기인하는데, 이는 작중인물이 현대적 삶에서 느끼는 상실과 고통을 병리적 현상(환각)으로 드러냄에 있기 때문이다.

「떠떠떠, 떠」에서 말을 심하게 더듬는 주인공 남자는 열한 살 때 여선생에게 폭력적인 책 읽기를 당하며 여선생을 죽이는 상상까지 치닫는다. 그리고는 차라리 벙어리가 되겠다고 스스로 입을 다문다. 또한 발작을 일으키며 쓰러진 여자아이가 오줌 싸는 것을 목격하며 그때부터 그 여자를 사랑한 거 같다고 고백한다. 두 사건의 폭력적인 장면은 자세하게 그려지면서 인물이 타자(여선생과 급우들)와 사회(학교)에 대한 불신으로 인해 사랑 없는 사람으로 성장했음을 보여준다. 범죄(crime)로 규정되지 않는 윤리적 죄악·죄의식(sin)은 작품 내에서 고백의 형식으로 드러나며, 생존자로 살아가는 그들의 고백은 또한 윤리적 해결을 담보하는 것처럼 작용한다. 예컨대, 「떠떠떠, 떠」에서 남자는 기면발작을 일으킨 그녀를 생각하다 자신도 고통받아야 한다는 식으로 책을 꺼내 들고 읽기 시작하고, 「굿나잇, 오블로」에서는 리얼리티 쇼와 페이크 다큐에 살찐 기형의 몸으로 출현하며 살아가는 딸(누나)과 아버지를 살해한 아들의 방백이 두드러진다. 「돼지가 방으로 들어간다」에서는 그녀(엄마)의 돌연사가 자신의 책임인 양 골방에 틀어박힌 자폐적인 삶을 영위하고, 「사랑해서 그랬습니다」의 테마는 엄마가 미혼모가 되어 괴로워할 것을 짐작하며 태중에 태아가 죽음을 결심하는 진술로 끝맺는다.

한편 이런 맥락에서 작품은 사회적 관심으로 확대되어 '벌거벗은 인간(Homo Sacer)'에 귀속된다. '굴도'라는 알 수도 없는 섬으로 끌려

온 사람들, 그들은 종일 소금밭에서 노동을 강제로 갈취당하다 죽는다. '그저'라는 부사가 가진 의미에 완벽하게 들어맞는 남자 '21'이고, 화재 시 보상금 때문에 자신을 사망자 명단에 올린 '9' 같은 인물 등 사회에서 추방되거나 상해를 입거나 심지어 살해를 당하는 죽음 앞에서조차도 애도받지 못하는 인간들은 단지 수(숫자)로만 존재한다. 고로 작품들은 타자에 관한 관심으로 사회 진단에까지 나아가며 사회적 주제로 환원되는 소설적 진실을 그리고자 한다.

막사 안에 일꾼들이 모로 누워 있다. 짧은 머리와 물 빠진 회색 티셔츠, 오른쪽 허벅지 부분에 'PEACE'라는 흰색 글씨가 인쇄된 갈색 트레이닝복. 그들은 언뜻 보기에 비슷하거나 거의 똑같아 보인다.

—「벽」

소설에서는 공공연하게 자신의 주체에서 추방된 인물상들을 제시하고 있다. 이들의 삶은 자신의 의지로 언명되는 삶이 아니다. 그들은 사회라는 거대 메커니즘에 의해 주체 소멸이 발생하며 현실적 토대에서는 자신의 삶을 규정하지도 구성할 수도 없다. 언어장애, 기면 장애, 말더듬이, 기지촌 여자, 백수 등 계급·직위 등에 의해 사회에서 하위주체(subaltern)를 상기케 하는 인물들은 종종 알몸화로 묘사된다. 주체성이 무시된 인간을 견지케 하는 소설에서 인간은 대상(객체)으로써만 취급받으며 신체의 권리마저 박탈당한다. 하위주체는 강력한 대타자의 권위에 눌려 말할 수 없음을 여실히 보여 준 것에 가까울 것이다.

정신을 차렸을 때 남자가 가장 먼저 느낀 것은 추위였다. 뒤이어 오른쪽 광대뼈에서 극심한 통증을 느꼈다. **남자는 신음을 내뱉으며 천천히 자신의 몸을 살폈다. 벌거벗겨져 있었다.** 손목과 발목은 아플 정도로 꽉 묶여 있었다. 오른쪽 어깨와 왼쪽 어깨를 번갈아 바닥에 대며 힘을 주어 일어서 보려 했지만 몸이 말을 듣지 않았다. 순간, 당혹감과 두려움이 밀물처럼 밀려와 남자를 송두리째 사로잡았다. 죽고 싶은 마음과 부끄러움이 뒤섞인 지독한 느낌, 그것은 남자가 노숙 생활에서도 **느낄 수 없던 존재가 완전히 부정되는 끔찍한 감정이었다.**

—「벽」(강조는 인용자)

모든 줄을 잘라 내고 목욕 타월을 걷어 내자 오블로의 나체가 드러난다. 오블로의 몸에는 피가 응고되어 생긴 딱지들과 검은빛이 도는 멍들이 퍼져 있고 허벅지에는 각종 오물들과 똥들이 굳어 있다. 뱃살에 가려 잘 보이지 않는 오블로의 성기는 낡은 빗자루처럼 검고 지저분했으며 털은 거의 빠져 있다. 게다가 얼마 없는 털도 물기 없이 푸석거려 바스러질 것만 같다. 오블로의 젖가슴은 가슴이라기보다는 아랫배가 두 개 겹쳐 있는 것처럼 보인다. 젖가슴 사이 명치 쪽에는 하얗게 우유가 엉켜 붙어 있고 표면은 금이 가 있다. **조금만 길어도 꼬프가 잘라 버렸던 오블로의 머리카락은 짧고 지저분했다.**

—「굿나잇, 오블로」(강조는 인용자)

요컨대, 위와 같이 추방된 자들의 고통이 소설에서는 폭력적이고도 세밀한 묘사력으로써 그려진다. 소설집에 실린 「굿나잇, 오블로」, 「벽」, 「먹이」, 「어느 날 갑자기 K에게」 등 주요 작품은 알레고리에 바탕하고 있는데, 실제 노동에 참여한 것은 아님이 분명해 보이는 작품은, 오늘날 사회적 함의의 소설들이 간접 체험과 우회의 방식으로 쓰인다는 걸 주지시킨다. 정용준 작품들이 현실에 뛰어들 의지를 적극적으로 도모하지는 않는다고 해서 의심할 필요는 없다. 타자와 사회에 관한 관심을 용케도 놓지 않는 작가 의식으로 인해, 소설을 따라가다 보면 현실의 세태와 문제점은 알레고리를 통해 여전히 드러나며 현실의 문제를 한결같이 강변한다는 걸 확인하게 된다.

소설은 시종 무국적인 배경인, 집중·통제하는 집산지, 여기가 아닌 어딘가로이거나(「가나」, 「벽」, 「여기 아닌 어딘가로」), 스스로 바깥으로 나가기를 거부하는 방으로(「굿나잇, 오블로」, 「먹이」, 「어느 날 갑자기 K에게」, 「사랑해서 그랬습니다」, 「돼지가 방으로 들어간다」) 형상화된다. 소설의 작중 인물은 현실(디스토피아)과 이상적 장소(유토피아)를 대립시키는데, 이것은 이분법적인 구분이 아니라 현실의 끔찍함을 부각하기 위한 상대성이며, 소설에서 그려지는 유토피아는 주로 환상과 맞닿는다. 이를테면, 「떠떠떠, 떠」에서 기면증으로 쓰러진 여자는 다시 눈을 떴을 때 현실이 더 끔찍한 악몽 같다고 표현한다. 그리고 「먹이」의 남자는 먹이라는 애완 표범에게 자신의 살점을 내주고도 방에서 벌어진 혼미한 정신 상태의 환각이 더 행복했었다고 진술한다. 노동이나 실직 등의 사회적 문제에 일찍이 허구적 설정인 환상이나 유머를 동원한 박민규, 김애란 소설처럼 이 작품들도 사회적 함의를 충분히 내장하고 제시하고 있다.

사망했음에도 '아랍계 외국인 노동자로 추정'되거나(「가나」), 강제 노동하는 '일꾼들이 있는 증발지'이거나(「벽」), 전 지구적 전쟁이 나서 '여기 아닌 어딘가로 가야 하는데⋯⋯ 어디로 가야 할지 모르겠다'(「여기 아닌 어딘가로」) 등의 애매성(ambiguity)을 통하여 익명의 장소는 디스토피아적 실재이게 되는 형태를 부여받는다. 이것은 위험사회라는 진단처럼 근대사회의 재앙이 개인의 몫으로 전가되는 결과다. 요컨대 위험사회의 실제(reality)를 정용준은 소설의 실재(the real)에 맞닿는 지점까지 끌고 갔으며, 매장되어 있는 디스토피아적 현실을 비현실적 환상을 통해 얽어 놓음으로써, "이게 어떻게 고통스럽지 않을 수 있단 말인가"(「떠떠떠, 떠」), "이것은, 사람이 아니다"(「벽」), "지금 나는 불행한가?"(「벽」) 등 인간 고통에 까닭이 있음을 궁리케 한다. 그야말로 불행한 실태에 가까우며, 사회적 문제로 소설이 나아간 지점이다.

> 이내 오블로의 모습은 네거티브 효과를 통해 공포스럽게 반전되었고 붉은색의 550킬로그램이라는 숫자가 피가 번지듯 주르륵 흘러내렸다. 방청객들은 비명을 내질렀고, 진행하는 MC들은 '세상에, 세상에'라는 말을 반복하며 곧 울 것처럼 눈시울을 붉혔다. 카메라가 눈물을 흘리는 오블로의 아버지를 클로즈업했다.
>
> —「굿나잇, 오블로」

매체가 환기하는 타자에 관한 관심이란 "MC들은 '세상에, 세상에'라는 말을 반복하며 곧 울 것처럼 눈시울을 붉"히는 것과 같다. 요컨대 결론적으로 대중적 동정만을 부추기는데, 이것은 설사 마음의 향방과 무관하지 않다고 할지라도 엄밀히 따져 지속적인 관심이 될 수 없다. 실례도 그러하거니와, 소설에서도 방송의 효과는 오래가지 못하고, 호들갑스럽게 관심을 보이던 사람들은 곧 냉담하게 잊어버린다. 말하자면 현대의 자극적 흥밋거리만을 쫓는 매체는 타자와의 교감을 증명하는 도큐먼트가 아니기 때문이다. 소설은 우리가 시공간을 연결할 수 있는 소통의 장이 있는 시대에 스스로 인간 상실로 출현하고 있다는 사실을 아이러니하게 노출한다. 타자와 사회적 문제도 정작 매체에 의해 익명화된 장소로 송출되어 오락으로 전락함을 보여 준다.

　다시 서두에 제시한 문제로 돌아가 타자와 장애를 소환해 마무리 짓기로 하자. 작가는 작중인물의 장애를 통해 사랑에 대한 의구심을 줄곧 드러냈다. 소설 속 인물들은 하나같이 스스로 말을 닫았거나, 말에 대한 장애가 있으며, 말할 수 없음을 강요받는다. 작중인물들 (하위주체)이 이같이 말함으로부터 배제된 것은 "주체성의 결함"을 일 컫는다고 보아야 할 것이다. 그러나 주체성의 결함은 다분히 개인적 인 체념의 형태를 가시화한 것이 아니므로, 여러모로 숙고하고 생각 해 볼 여지가 없지 않다. 요컨대 전적으로 시니피앙의 도입 시에 상 징계에 진입하면서 발생하는 말의 상실로 보아야 한다. 왜냐하면 자 의로든 타의로든 말로부터 이탈한 상황은, 앞서 밝힌 구조화된 언어 체계를 가진 사회에서 소외되거나 밀려난 자라는 의미, 다시 말해 "사회적 정치적 결합의 장애"를 의미한다는 점 때문이다.

　그런데, 소설의 작중인물들은 장애가 있는 이들임에도 불구하고 오히려 타자의 고통을 자신의 고통으로 치환해 보려는 노력을 보인 다. 타자의 고통을 느끼기 위해 책을 읽는 남자의 행위처럼(『떠떠떠, 떠』) 이러한 인간적 노력은 실어증자의 진술이 윤리와 만나는 지점에 놓여 있음을 알게 해 준다. 역설적으로 정용준 소설에서는 사랑의 몸짓이 고통을 극명하게 드러내는 더듬는 고백이다. 결국 장애는 필 수 불가결한 소설적 조건이 아니라, 사랑이라는 그 불가능성을 무오 류로 만족시켜 주는 조건이 된다. 이처럼 사랑은 세상의 모든 두려 움을 공박하는 가장 아름다운 도구임을 소설은 말하고 있다.

　항간의 혼종적 글쓰기, 장르를 해체하는 글쓰기 시대에 타자와 사 랑, 고통과 삶의 파국, 실존이라는 무거운 소설적 테마, 그리고 이점과 관련된 진지한 성찰의 물음을 하는 것이 정용준 소설의 핵심이다. 확실히 2000년 이후 젊은 소설가가 다루기엔 타자, 사랑, 슬픔, 고통 등은 래디컬하지 못한 주제다. 하지만 판단컨대, 오래된 주제가 관행화된 주제는 아닐 것이다. 타자에 대한 한계와 체념을 육화하는 장애야말로 자아와 타자의 차별화 과정이며, 그것이 또한 소설의 불가결한 전제다. 앞에서 일상 언어로는 들려주지 못하고 몸체가 한껏 뒤틀린 장애 등을 통해서만 그려 낼 수밖에 없다며 그 이유가 소설 속에 내장되어 있다라 했다. 이제야 말할 수 있다. 근원적인 이유는 모종의 억압과 부조리다. 사회에서 환대받지 못한 이들, 그들의 심층에서 끓어올라 투쟁하는 육성에 귀 기울여 보기로 한다. 목소리가 들리는 듯하다.

> 떠, 떠떠, 떠떠, 떠떠떠, 떠, 떠, 아아, 아아아하아아, 아아아, 아, 사,
> 사, 사아, 아, 아아, 아아아, 라라, 라라라라, 라, 라라라, 아, 아아앙, 해.
> ─「떠떠떠, 떠」

당신의 말은 미성보다 아름다운, 사랑의 성취다.

사랑이 있는 그곳에 또한 고통이 있다는 뜻의 라틴어, 'Ubi amor, ibi dolor', 그 역도 마찬가지로 참일 것이다. 타자에 관한 관심과 환대가 없다면 사랑의 의미가 어떻게 존재하겠는가.

참고 문헌

이양지, 『유희』, 삼신각, 1989.
──── , 『돌의 소리』, 삼신각, 1992.
정용준, 『가나』, 문학과지성사, 2011.
──── , 「돼지가 방으로 들어간다」, 『문장 웹진』, 2011.8.
김현경, 『사람, 장소, 환대』, 문학과지성사, 2015.
김홍중, 『마음의 사회학』, 문학동네, 2009.
알랭 바디우, 『조건들』, 이종영 역, 새물결, 2006.
왕은철, 「환대의 서사」, 『현대문학』, 2018.10.
윤대선, 『레비나스의 타자 철학』, 문예출판사, 2004.
조르조 아감벤, 『호모 사케르』, 박진우 역, 새물결, 2008.

불완전함에 매료된 작가, 줌파 라히리
—「일시적인 문제」, 「섹시」를 중심으로

홈의 테마가 분명한 인형의 집 단면을 훔쳐본다. 에이미 베넷(Amy Bennett)의 작품 「I Am Begging You」(courtesy of the artist and Linda Warren Gallery, Chicago, USA)이다. 축소된 건축물 일부가 『축복받은 집』의 표지를 이룬다. 복층 건축물은 그간 권태롭고 무의미해 보이던 일상을 파헤쳐 적나라하게 보여 준다. 서로를 마주하는 일 층 여자와 양복 차림 남자, 침대에 앉아 있는 이 층 여자는 다정하다든가 평화롭다는 차원과는 먼 위태로움을 직감케 한다. 절단된 구조물은 우리를 속여 넘길 수 없다. 요컨대 한차례 벌어질 파국적 사건을 드러내는 것이다. 그리하여 말이 발화되는 지점을 훨씬 넘어 있음이 틀림없어 보이는 남녀 간 대치 상황은 평온한 시간을 뒤틀어 일상적 범상함을 없앤다.

'I am begging you.' 나는 당신에게 이렇게 빌어요. 그렇다. 줌파 라히리의 『축복받은 집』은 오히려 축복과는 별개의 집일지도 모른다는 아이러니한 암시를 드러낸다. 의미심장한 그림의 전언처럼 나는 당신에게 애원한다. 그것은 눈에 보이고 손에 잡히는 재화가 아닌 사랑, 즉 당신과 나누는 정감적 교류다.

부모님 그리고 언어와 정체성

줌파 라히리는 1967년 영국 런던, 인도 벵갈 출신 부모 사이에서 태어났으나 곧바로 미국에 이민하여 로드아일랜드에서 성장한다. 라히리는 외모만 인도인일 뿐, 전기적 사실로는 완벽한 미국인이다. 하지만 그녀는 어린 날부터 언어로 인해 정체성 문제에 부딪히게 되는데 왜냐하면 정체성은 곧 언어에서 비롯되기 때문이다. 이러한 맥락에서 주 텍스트를 보완하는 파라 텍스트(para-text)—제목, 저자 이름, 헌사, 서문, 발문, 각주, 뒤표지, 인터뷰 등—를 통해 살펴보면 그녀의 작품은 이민 2세의 정체성 문제로 재편되고 있음을 파악하게 된다. 이는 미국이라는 탈민족적 이주 국가에 사는 벵골인 언어, 즉 부모의 모국어(벵골어)와 자신의 모국어(영어)가 상충하며 작가적 탄생에 영향력을 미치고 있음을 뜻한다. 다음과 같은 제사(題詞)는 부모님과 고향 그리고 이민자 언어에 오래도록 천착한 사례로 볼 수 있다.

부모님과 여동생에게

—『축복받은 집』 제사 중

내 고향에 돌아가 묻히게 해 주오,
큰 물결 이는 따뜻한 바다 같은 풀숲 속에.
—조르조 바사니, 『로마에 경의를 표하다』

—『저지대』 제사 중

나는 다른 언어가 필요했다.

정감 있고 성찰이 담긴 언어를 원했다.

—안토니오 타부키

이 조합, 이 어휘 방식은

내가 이탈리아어에 대해 시도한

사랑의 은유라고 볼 수 있다.

—『이 작은 책은 언제나 나보다 크다』 제사 중

그리고 그녀는 자신의 첫 산문집 『이 작은 책은 언제나 나보다 크다』에서 왜 자신이 한사코 영어가 아닌 다른 언어로 쓰고자 했는가를 밝혀 놓고 있다.

나는 불완료과거와 근과거와의 연합이 아주 불완전하다고 느낀다. 부족하긴 하지만 그것이 운명인 듯하다. 나는 불완료과거와 동일한 점이 있다. 왜냐하면 내 인생이 불완전하기 때문이다. 난 결점이 많은 사람이라 늘 생각해 왔기에 항상 날 향상시키고 개선하려 노력한다.

내 분열된 정체성 때문에, 아마 성격 때문에 난 불완전한, 다시 말하자면 결점이 많은 사람이라고 생각한다. 언어적인 원인 때문일 수 있다. 동일시하는 언어가 부족한 탓이다. 미국에 살던 어린 시절부터 나는 벵골어를 외국인 억양 없이 완벽하게 말하고자 했다. 부모님을 기쁘게 하고, 뭣보다 내가 완벽히 그분들의 딸이라는 사실을 느끼고 싶어서였다. 하지만 불가능했다. 한편 난 미국인으로 온전히 인정받기를 원했지만 내가 완벽하게 구사했음에도 그것은 가능하지 않았다. 뿌리를 박지 못하고 붕 떠 있었다. 난 두 가지 면이 있었고, 둘 다 불완전했다. 내가 느꼈던 불안, 간혹 지금도 느끼는 불안은 자신이 부족하다는, 실망스럽다는 느낌에서 온 것이다.

(중략)

성인이고 작가인 내가 왜 불완전과의 이 새로운 관계에 매력을 느끼는 걸까? 무엇이 날 이렇게 만든 걸까? 명확하게 이해가 될 때의 황홀감, 나 자신에 대한 보다 깊은 자각 때문이라고 말하고 싶다. 불완전은 발명, 상상력, 창조성에 실마리를 준다. 자극한다. 내가 불완전하다고 느낄수록 난 더욱 살아 있다는 느낌이 든다.

내 불완전을 잊기 위해, 삶의 배경으로 숨기 위해 어렸을 때부터 글을 써 왔다. 어떤 의미에서 글쓰기는 불완전에 바치는 경의다.

—「불완료과거」(『이 작은 책은 언제나 나보다 크다』)

부모님은 내가 그들과 있을 때나 지인들과 있을 때 벵골어만 사용하길 바란다. 내가 집에서 영어를 말하기라도 하면 혼을 냈다. 영어를 말하는 나, 학교에 가서 영어 책을 읽고 쓰는 나는 다른 사람이었다.

난 벵골어와 영어 어느 것과도 일체감을 느낄 수 없었다. 보름달이 밤새 구름 뒤에 숨어 있다가 짠 하고 나타나 눈부신 빛을 발하듯 그렇게 하나가 다른 뒤에 언제나 숨어 있었지만 완전히 숨진 못했다. 가족들과 벵골어만을 사용했음에도 늘 영어는 공기 중에, 거리에, 내 책의 글들 속에 있었다. 나는 매일 몇 시간 교실에서 영어를 쓰고 난 뒤에 영어가 없는 집으로 돌아갔다.

—「삼각형」(『이 작은 책은 언제나 나보다 크다』)

평생 영어는 피곤한 싸움, 고통스러운 충돌, 패배감을 안겨 주었고 난 그로 인해 불안을 겪었다. 영어와 나와 부모님 사이에 균열을 가져다줄까 봐 두려웠다.

(중략)

하지만 난 영어를 사랑했었다. 그리고 영어 작가가 됐다. 그러다가 갑작스레 유명해졌다. 그럴 만한 자격이 없는데 분에 넘치는 상을 받아서 실수가 아닐까 싶기도 했다. 명예로운 일이었지만 상을 받은 게 영 믿기지 않았다. 내 인생을 바꿔 놓은 그런 찬사가 말이다. 상을 받은 이후 난 유명 작가로 인정받았다. 그 때문에 스스로도 이젠 무명에 가까운 알려지지 않은 견습 작가로 나 자신을 생각하지 않았다. 날 숨길 수 있는 접근할 수 없는 곳에서 내 모든 창작이 나왔다. 그런데 첫 책이 출간된 지 일 년 후 난 내 익명성을 잃어버렸다.

(중략)

새로운 언어로 글을 쓰고 있다고 말하면 사람들은 대개 부정적 반응을 보인다. 미국에서 몇 사람은 그러지 말라고 충고했다. 외국어로 내 작품을 번역해 읽고 싶지 않다고도 말했다. 그들은 내가 변화하기를 원치 않았다. 이탈리아에선 비록 많은 사람들이 새로이 내딛는 내 걸음을 응원해 주고 지지해 주었지만 왜 세계적으로 영어에 비해 훨씬 덜 읽히는 언어로 작품을 쓰고 싶은 거냐고 물었다. 어떤 이들은 영어를 거부하는 내 행동이 날 파괴할 수 있으며 이 도주는 날 덫으로 몰아넣을지 모른다고 말했다. 그들은 내가 이런 위험을 무릅쓰고 싶어하는 이유를 이해하지 못했다.

난 그런 사람들의 반응이 놀랍지 않다. 변신, 특히 원해서 자발적으로 행하는 변신은 종종 불충하고 위협적인 것으로 인식되기 때문이다. 내 어머니는 자신을 변화시키려 하지 않았고, 난 그런 어머니의 딸이었다. 어머니는 미국에서도 가능한 한 인도 캘커타에 계속 살고 있는 것처럼 그렇게 옷을 입고, 행동하고, 먹고, 생각했다. 자신의 모습, 습관, 태도를 바꾸지 않는 것이 미국 문화에 저항하는 어머니의 전략, 특히 미국 문화와 싸우고 자신의 정체성을 지키려는 어머니의 전략이었다. 미국인이 되는 것 혹은 미국인과 비슷해지는 것은 어머니에게 완전한 패배를 의미했을 거다. 캘커타로 돌아왔을 때 어머니는 비록 자신이 거의 50년을 인도에서 떨어져 살았지만 여전히 예전의 모습을 간직하고 있다는 데 자부심을 느꼈다.

나는 그 반대였다. 변화를 거부하는 건 어머니 나름의 반란이었고, 변신을 원하는 건 나 나름의 반란이다.

　　　　　　　　　—「변신」(『이 작은 책은 언제나 나보다 크다』)

라히리는 어린 시절 미국에 살던 부모님이 늘 우울해 보였다고 한다. 그리고 성인이 된 후에야 부모님이 이해됐다고 고백한다. 그것은 다름 아닌 언어 때문이었을 거라고 말이다. 인도에 있는 가족들과의 연락이 쉽지 않았기에 라히리 부모는 벵골어로 적힌 편지가 오기만을 자나 깨나 기다렸고 수없이 편지를 읽었으며 소중히 간직했다. 그들의 모국어는 먼 타국에선 그리운 대상이자 밀서처럼 가슴에 간직된 비밀이었고 끊을래야 끊을 수 없는 귀환 장소였다. 그러한 즉, 어린 날부터 부모의 영향 아래 이중 언어를 익혀야 했던 그녀는 자신이 속한 세계에서 분열을 느꼈을 것이다. 한데 이 불완전함이 그녀의 작품 세계를 미국 사실주의 문학으로 인도하게 했으니, 이즈음에서 그런저런 일들은 아이러니가 아닐 수 없다.

둘의 공동 경험인 사랑의 「일시적인 문제」

산문집에 기술된 것처럼 언어에 남달리 예민한 그녀이기에 작품은 이민자 문제를 넘어서 글로벌화가 직면한 방식으로 등장한다. 새

문화 적응기에 포착되는 개개인의 고민이 세부 묘사로 표현되기에 이른다. 가족, 친구, 연인, 직장 동료, 여행 중 만난 사람 등을 그려내는 첫 작품집은 간결한 문체로 속도감 있게 진행되는 듯하지만, 사실 그렇지만은 않다. 스토리를 구성하는 치밀함은 결말에 와서야 전반부 사건 전모를 파악할 수 있게 한다. 앞으로 살펴볼 「일시적인 문제(A Temporary Matter)」는 2001년 국내에 소개될 당시 「잠시 동안의 일」로 번역되었던 첫 작품집 맨 첫 소설이다.

눈보라로 인해 동네 전선이 망가진다. 소설은 여기서부터 시작한다. 보수 작업 닷새 간 (오후 여덟 시부터 한 시간 동안) 단전으로 인해 이야기는 전개된다. 이만하면 어둠 속에서 전개될 소설 배경은 가히 짐작된다. 그다음은 허울 좋은 부부 관계인 쇼바(교정 일 하는 아내)와 슈쿠마(학생 신분인 남편)에 대한 서사다.

표면으로 드러나지 않았지만 둘의 문제는 심각하다. 언제 마지막으로 같이 사진을 찍었는지도 기억나지 않고, 둘이 파티에 참석하거나 어디를 함께 가는 일도 없다. 이유인즉슨, 슈쿠마 카메라 필름에는 여전히 임신한 쇼바 사진들이 담겨 있다는 것. 다시 말해, 사산된 태아가 부부의 근본적 문제로 숨어 있다. 사건은 오래전에 일어난 눈보라처럼 발생했다. 그런데도 암묵적인 합의로 둘은 문제를 방치한 채 부부 생활에만 분주히 종사해 오고 있었다. 그리하여 부부의 얘기는 단전과 동시에 스파크를 일으킨다.

"우리, 그거 하자." 쇼바가 갑자기 말했다.
"어둠 속에서 서로 얘기하기."
"우리가 전에 얘기한 적이 없는 것들을 말하는 건 어떨까?"

아내 쇼바와 남편 슈쿠마는 보수 작업을 하는 5일에 걸쳐 (정확히는 4일에 걸쳐) 단전 속에서 대화를 주고받게 된다. 쇼바는 제일 먼저 자신이 슈쿠마를 좋아하게 된 때를 고백한다. 슈쿠마의 아파트에서 혼자 방에 있게 되었을 때 주소록을 슬쩍 들춰 보았다고 말이다. 슈쿠마는 아무것도 생각나지 않았지만, 간신히 그들이 처음 만났던 사 년 전 케임브리지 강의실을 떠올린다. 벵골 시인들 낭송회 때 서류철 뒷면에 식료품 목록을 적는 여자를 보았는데, 그 여자가 아름다워서 깜짝 놀랐다고 말한다. 그녀가 다름 아닌 당신이었으며 처음으로 포르투갈 식당에 함께 저녁을 먹으러 갔을 때는 웨이터에게 팁 주는 걸 잊어버릴 정도였다고 고백한다. 쇼바와 결혼할지도 모른다는 묘한 느낌이 들어 정신이 산만했기 때문이라고 말이다.

둘째 날은 아내 쇼바가 먼저 말한다. 시어머니가 집에 왔을 때 야근을 한다고 했지만 실은 밖에서 친구 질리언과 함께 마티니를 마셨노라고. 그런데 슈쿠마는 그날 밤을 유독 잊지 않고 있었고, 이로써 소설은 실은 공동 경험인 부부의 사랑이 오래전부터 단절되어 있었음을 알려 준다. 왠지 모르게 딱히 정한 바 없음에도, 자신에게 상처를 주었거나 서로 실망하게 했던 일에 대한 고백이 되어, 셋째 날 밤 슈쿠마는 결혼 삼 주년 기념으로 그녀가 사 준 스웨터 조끼를 필렌 백화점에서 현금으로 환불받아 호텔 바 술을 마셨다고 얘기하고, 쇼바는 함께 참석했던 강의 때 그의 턱에 붙은 파테 조각을 말해 주지 않고 그 상태로 학과장과 얘기를 나누도록 내버려 두었던 일을 고백한다. 넷째 날 슈쿠마는 임신 중인 그녀 몸을 만지고 싶지 않아 쇼바가 구독하는 패션 잡지에서 여자를 오려 내 이 주 동안 책갈피 속에 넣고 다녔다고 말한다. 쇼바 역시 유타주 문학잡지에 난생처음 발표한 슈쿠마 시가 전혀 마음에 들지 않았다고 말한다.

이처럼 둘은 서로에게 상처 주게 될 말들을 서슴지 않고 꺼내기에 이른다. 하지만 반드시 나쁜 것만은 아니었다. 집이 어두워지자 다시 서로에게 편히 얘기할 수 있게 되고, 셋째 날 정전 때는 슈쿠마가 쇼바 볼에 어색하게 키스도 하게 된다. 그리고 급기야 넷째 날에는 위층 침대로 가 그동안 잊었던 필사적인 기분으로 사랑을 나누게 된다.

이쯤에서, 그러니까 사랑을 재확인했다는 데에 궁금증을 갖게 될 것이다. 가까스로 화해에 든 것만 같은 부부, 오랜 시간 각자의 외로움이 편재해 있던 날들을 잊게 할 만큼, 사 일간의 저녁은 그들에게는 행복이었을까. 이에 따른 소설 속 대답은 지독히 잔인하다. 다섯째 날 아침 슈쿠마는 우편함에서 전기회사의 새로운 안내문을 발견하는데, 전선이 예정보다 일찍 복구되었다는 내용이다. 그리고 소설의 줄거리는 상황을 갑자기 더 한층 캄캄한 쪽으로 몰고 간다.

"그동안 아파트를 알아보고 있었는데, 하나 찾았어." 그날 저녁 집에 오기 전에 임대차 계약서에 서명했다고 했다.

쇼바는 그동안 줄곧 수압을 점검하고, 부동산 중개인에게 난방이나 온수가 집세에 포함되어 있는지 물으면서 아파트를 찾아다녔을 것이다. 그녀가 그 없는 생활을 준비하면서 지난 며칠 저녁을 보냈다는 것을 알고 나니 슈쿠마는 역겨운 생각이 들었다.

(중략)

"우리 아이는 사내아이였어." 그가 말했다. "피부는 갈색보다는 붉은색에 더 가까웠어. 머리털은 검정색이었지. 몸무게는 2.3킬로그램 정도였고. 손가락은 꼭 오므리고 있었어. 당신이 잠들었을 때처럼 말이야."

이 이야기는 절대로 쇼바에게 하지 않겠다고 다짐했다. 그때 그는 여전히 그녀를 사랑하고 있었고, 그것이 그녀가 자신의 인생에서 깜짝 선물이기를 원했던 단 하나였으니까.

이제 두 사람은 서로가 홀로 겪었을 고통에 미치지는 못할지언정, 금이 간 관계의 진짜 이유로 함께 울 수밖에 없다. 그것은 침묵으로 방관하더라도 차마 피하고 싶었던 사실에서 연유한다. 그러나 이 비참함 때문에 비로소 함께 울 수 있으니 누가 되었든 말할 수 있을까. 애증마저도 포함하는 그것. 사랑에 대하여……. 너로 인하여 살아간다는 사실을 라히리는 매우 담담하고 차분히 들려준다. 그렇다. 우리를 살아 내게 한다. 사랑은.

「섹시」, 사랑을 주는 사람과 사랑을 받는 사람

남녀 한 쌍이 있다. 이들은 서로에 대한 감정을 말과 몸(짓)으로 느끼려 한다. 이는 사랑을 갈구하는 말의 로망이며 감각기관으로 드러나는 진실성이다. 바르트는 "사랑의 대상은 목표가 아니다. 그것은 객체로서의 대상(objet-chose)이지, 종점으로서의 대상(objet-terme)이 아니다"라 했고, 바디우는 "사랑은 개인인 두 사람의 단순한 만남이나 폐쇄된 관계가 아니라 무언가를 구축해 내는 것이고, 더 이상 하나의 관점이 아닌 둘의 관점에서 형성되는 하나의 삶"이라 했다. 두 철학자에 의하면 사랑은 일생일대 사건이자 타자와 세계에 대한 탐색이 아닐 수 없다. 아무튼, 전적으로 이 점이 양자의 논지에 공통된다. 이제 살펴볼 라히리의 단편 「섹시」는 이처럼 우리가 마땅히 물어야 할, 사랑으로 야기된 문제를 언어와 소통으로 풀어낸 소설이다.

어느 날, 미랜더는 직장 동료 락스미의 사촌 형부가 다른 여자와 사랑에 빠졌다는 얘기를 듣게 된다. 사촌 형부는 몬트리올로 가는 비행기에서 한 여성 옆에 앉았고, 그 계기로 아내와 아들이 있는 집으로 가는 대신 여자와 함께 히스로 공항에 내렸다는 것이다. 소설은 줄곧 직장 동료 락스미의 사촌 언니와 (펀자브 출신 어머니와 벵골 출신 아버지 사이에서 태어난) 그의 형부 그리고 형부의 애인을 미랜더와 그녀 애인인 벵골 출신의 데브 그리고 데브의 아내와 겹쳐 놓는다. 그리하여 이런 맥락에서 마치 직장 동료인 락스미의 형부 애인이 미랜더인 것처럼 독자에게 반응시킨다.

아무래도 정상성을 넘어선, 즉 유부남이 대상인 관계지만 미랜더는 사랑에 많은 의미를 부여한다. 시종 미랜더는 데브가 전하는 사랑의 말에 집착하는 반면, 데브는 미랜더의 육체에만 관심을 두는 줄거리가 전개되는 것이다. 이것은 남녀의 차이이기보다는 소통의 문제이며, 라히리는 이 슬프디슬픈 난제를 주변 인물과의 관계 선상에서 그려 낸다.

데브는 미랜더의 다리가 상체보다 길어 좋다고 말했다.

이런 말을 해 준 사람은 데브가 처음이었다. 고등학교 때 데이트를 했던 남자들보다 키와 덩치가 좀 더 클 뿐이고 다른 차이는 느껴지지 않던 대학 때의 데이트 상대들과는 달리, 데브는 항상 데이트 비용을 자신이 부담하고 문을 열어 주며 레스토랑에서는 손에 키스하려고 테이블 위로 상체를 숙이는 최초의 남자였다. 아주 커다란 꽃다발을 아파트로 들고 와서 여섯 개의 술잔에 나누어 꽃을 꽂을 수밖에 없게 한 사람도 그가 처음이었고, 사랑을 나눌 때 이름을 되풀이하여 속삭여 준 남자도 그가 처음이었다.

어느 토요일 오후에는 심포니 홀에서 열린 오후 콘서트에 참석한 다음, 데브는 자신이 이 도시에서 가장 좋아하는 곳으로 미랜더를 데려 갔다. 크리스천 사이언스 센터에 있는 마파리움(1935년에 만들어진 대형 유리 지구본)이었다.

(중략)

다리의 이쪽 끝에서 저쪽 끝까지는 9미터나 되지만, 서로가 속삭이는 소리까지 들을 수 있다고 했다.

"안녕." 그녀는 무슨 말을 해야 할지 몰라서 그렇게 속삭였다. "당신은 섹시해요." 그 말을 받아 그가 속삭였다.

사랑의 말은 신비롭기 이를 데 없다. 미랜더는 오직 데브의 말, 요컨대 '당신은 섹시하다'는 말에 이끌려 그가 공항에 가 있는 동안 필렌 백화점에 가서 정부가 갖추어야 한다고 생각되는 것들을 산다. 가령 이런 것들, 작은 검정 하이힐과 새틴 슬립, 무릎까지 내려오는 실크 가운을. 평소 직장에 입고 다니는 팬티스타킹 대신 솔기 있는 일반 스타킹을. 그리고 몸에 달라붙는 칵테일 드레스를 말이다. 미랜더에게 섹시하다고 말해 준 남자가 마파리움에서의 데브가 처음이었다는 오직 그 이유에서다.

앞서도 언급되었지만 교묘하게 균형을 잡으며 라히리는 '미랜더-데브-데브의 아내' 관계를 '락스미 형부의 애인-형부-락스미 사촌 언니(아내)'라는 관계망으로 대입시킨다. 이때 다소 변형시켰을지언정, 작가의 치밀한 구성력에 의해 의복(용품) 또한 대립 짝을 이루며 서사를 지탱하게 된다.

① 그 첫 일요일에 그녀는 무릎까지 내려오는 가운을 입고 문을 열

었지만, 데브는 그 옷에는 전혀 신경 쓰지 않았다. 그는 운동복과 운동화 차림으로 미랜더를 안아서 침대로 옮기고는 아무 말없이 그녀의 몸속으로 들어왔다. (중략) 오후 조깅을 하고 왔다는 핑계가 집에 도착했을 때 맨 먼저 샤워부터 할 수 있는 구실이 되리라는 것을 알고 있었다.

② 마른 남자아이였다. (중략) 아이가 일곱 살밖에 되지 않았는데도 담배를 엄청 피우고 잠은 아주 조금밖에 자지 못한 것처럼 초췌해 보였다. 아이는 스프링으로 제본된 커다란 스케치북을 가슴에 꼭 안고 있었다. 이름은 로힌이었다.

락스미의 사촌인 그녀도 아들처럼 말랐으며, 얼굴은 길쭉했고 아들과 마찬가지로 눈 밑에 다크서클이 있었다.

③ 미랜더는 그 옷을 입을 이유는 없었다. 필렌 백화점의 탈의실에서 입어 본 것을 제외하면 한 번도 그 옷을 입지 않았으며, 데브와 함께 있을 때도 입을 일이 절대 없으리란 것을 스스로 잘 알고 있었다. 그와 함께 식당에 가는 일도 없을 것이고, 그가 테이블 위로 몸을 숙여 손에 키스하는 일도 없을 것임을 알고 있었다.

④ "아줌마는 섹시해요." 아이가 또렷이 말했다. (중략) 마파리움에 갔던 날, 다리를 사이에 두고 데브의 맞은편 끝에 서 있던 때를 머리에 떠올렸다.

아이가 입가에 손나발을 만들더니 조그맣게 말했다. "그건 알지 못하는 사람을 사랑한다는 뜻이에요." (중략) "아빠가 그런 거예요." 로힌이 말을 이었다. "아빠는 알지 못하는 사람, 섹시한 사람 옆에 앉았어요. 그리고 지금은 엄마 대신 그 여자를 사랑하고 있어요."

(중략)

로힌이 몬트리올의 집에서 엿들었을 엄마와 아빠의 다툼을 상상해
보았다. 그 장면을 상상하는 동안 미랜더 자신의 내부에서 울음이 새
어 나오기 시작했다.

의복(패션) 미시사를 다룬 문화사가 요한 하위징아의 말을 빌린
다면, '섹시'를 표현하는 의상은 "인생을 즐겁게 만드는 것" 중 하나
가 분명하다. 시대가 지나도 변치 않는 인생의 즐거움으로써 말이
다. 여기에 라히리는 최종적으로 사랑을 입힌다. 그러한즉, 「섹시」
는 공공연하게 사랑을 주는 사람(the lover)과 사랑을 받는 사람(the
beloved)의 의미를 의상과 더불어 변주해 가며 전개한다고 하겠다.

이런저런 이유로 인해 지금껏 미랜더에게 사랑을 주던 데브는 숫
제 사랑받기만 하는 사람이 되어 있다. 소설은, 이런 맥락에서 미랜
더가 사랑이 끝에 이른 사실을 깨닫고 새삼 락스미 사촌 언니를 생
각해 보게 만든다. 이로 인해 미랜더는 뒤늦게 자신의 애정 관계가
공정하지 않으며, 자신과 데브 아내 모두 더 나은 대접을 받을 가치
가 있고, 지속된 관계를 끌고 가는 건 온당치 않다고 여기게 된다.
그런데 미랜더가 그와의 관계를 사랑의 허상으로 인정하는 시간이
되자, 사랑을 받는 사람, 데브는 (내 말대로 하든지 그만두든지 식으
로) 계속해서 불통이다. 시간의 한도 내에서 마치 굳게 닫힌 마파리
움처럼 말이다.

그리고, 이제 미랜더가 느꼈던 사랑도 없다. 왜냐하면 진정한 사
랑은 주는 사람과 받는 사람이 별개인 일방성이 아닌 까닭이다. 사
랑은 둘의 흘러넘친 감정에서 비롯되어 공동의 홍수처럼 함께 범람
하는 것이므로. 그러하다.

참고 문헌

줌파 라히리,『축복받은 집』, 서창렬 역, 마음산책, 2013.
──────,『축복받은 집』, 이종인 역, 동아일보사, 2001.
──────,『저지대』, 서창렬 역, 마음산책, 2014.
──────,『이 작은 책은 언제나 나보다 크다』, 이승수 역, 마음산책, 2015.

제2부

물, 허수경식 사랑법[*]
―허수경 시와 에세이

국수가 빚어지는 동안 안녕이 염려되어 그이의 무병장수를 기원하는
최초의 사랑
그런 한물간 시간을 살고 싶었네
아아― 나는 바직바직 애가 밭고 탈 날 노릇으로 반생을 앓아
그만 궁여지책 내생을 이어 붙였네
전 생애 최초의 반죽 덩어리 도로 썰며 다쳐도 좋아하였네
정갈히 차리기 전 적셔다 놓고 적셔다 놓는 물고랑 소리로도
성큼 온 그가 기다리는 것이어서 하여 아흔아홉 좋이 될 물굽이인가
작심으로 뜯는 육고기 살점 말고 그만그만한 한 가락 연이은 한 가
락, 국수로 연명하고플 따름이었네

―김윤이, 「국수」에서

●이 글은 허수경 시인이 고인이 되기 몇 해 전에 작성되고 발표되었다. 미래의 시 세
계를 고려하여 작성된 문장을 수정하지 않았다.

라 롱 뒤레 인식, 인간의 비극

인류의 문명사에는 언제나 살육을 자행하는 전쟁이 존재한다. 왕국이나 신전이 세워지기 시작한 때부터 아니 더 정확히 말하자면 남성 중심의 중앙집권적 권력이 나타나기 시작하면서부터 땅을 소유하기 위한 전쟁은 발생한다. 그렇다면 저 먼 고대 부족사회 때부터 인간 문명에는 부권 사회만이 존재해 왔던가. 그리고 서로의 심장과 머리를 겨누고 정복의 이념으로 영위된 문명 외엔 정녕 없었던 것인가. 이렇듯 우리가 몸담은 문명사는 오늘날에도 생각할 문제를 적지 않게 던져 준다.

현재까지 밝혀진 모권 사회의 흔적은 기원전 6,000여 년 전의 차탈회육(Çatal höyük) 유적을 통해서 유추된다. 차탈회육은 터키 남부 아나톨리아 지방인 신석기시대 거주지를 일컫는 것으로, 여기서 출토된 여신상을 통해 초기 인류 사회에서 풍요와 다산을 꿈꾸었던 여성 신의 이미지를 가늠해 볼 수 있다. 즉, 남성의 중앙집권화가 강화되기 전 모습이다.

두 마리 호위하는 동물을 양옆에 끼고 앉아 있는 차탈회육 여신상은 여성의 음부가 강조되고, 전체적으로 살집이 둥글게 잡혀 있으며, 커다랗게 강조된 유방과 굵은 허리와 엉덩이를 드러낸다. 이러한 형상은 무엇보다 생식과 출산을 기원하던 주술 의식에서 비롯한다. 따라서 형상은 가장 오랜 유물인 홀레 펠스 비너스상과 빌렌도르프의 비너스상으로부터 발견되는 공통 유사성으로, 이것은 선대에는 다수가 존재했으나 훗날 점차 그 힘이 약화된 여성 신의 모습일 것이다.

여기서 앞으로 상술될 여신, 허수경 시인에 의해 현대로 불려 올려진 수메르 여신의 '난쉐(Nanshe)' 또한 지금은 사라진 신이다. 문명이 발생하고 패망하는 힘의 구조는 이렇듯 종교적 신마저도 사멸시키는 권한을 획득한다. 비록 공동체의 다산과 풍요를 기원하는 신이라 해도, 예컨대 좋은 신 나쁜 신을 막론하고 역사는 승자의 몫으로 기정사실로 되고 기록되며 전승된다.

예로부터 힘으로 정복하고 살아남은 문명사회의 당위를 새삼 돌이켜 반성해 보자는 것은 아니다. 그러나 정복당하고 소멸한 도시 문명으로 인간의 비극을 가늠해 보는 것은 의미 깊은 일일 것이다. 프랑스 역사학자 페르낭 브로델(Fernand Braudel, 1902-1985)이 일찍이 규정한 인간 역사의 특징적인 모습이 "장기 지속적인(la longue durée) 구조에 갇혀 있는 수인(囚人)"이라 해도 말이다.

라 롱 뒤레. 거역할 수 없는 긴 시간의 구조에 이끌려 그 원칙 아래에 인류의 삶이 구성된다는 롱 뒤레 인식은 산과 바다나 사막 등 자연환경의 형성과 관련한다. 한 도시가 세워지고 또 반드시 소멸한다는 이 구조주의 역사학을 바탕 삼아 이제 인류의 삶까지 나아가는 한 여성 시인의 문학적 진술을 따라가 보기로 한다. 이것은 "거대 정치의 이름으로 사람을 죽이는 사람"에게(『청동의 시간 감자의 시간』 뒤표지 글) 비극의 원천을 묻는 목소리를 듣고자 함이다. 역사와 이데올로기 저변에 자리한 폭력의 문제, 요컨대 "사람이라는 인종이 제 종(種)을 얼마든지 언제든지 살해할 수 있는 종이라는 것을 기억하기를" 바라는 시인의 오랜 사고에 당신도 기꺼이 동참해 주시길.

서정적 진술과 울음의 시학

한국에서는 1970년대 후반 독재에 반대하는 인권운동, 노동·민중운동에 힘입어 여성운동과 인식이 확대되다가 1980년대 들어 여성 시인의 목소리가 본격적으로 드러나기 시작한다. 이러한 문학적 현상은 사회적 맥락과도 연계된 것으로 1970년대 말부터 두드러지게 수입된 영미 페미니즘의 영향 아래 여성의 자각이 번지면서 나타난다. 이후 1990년대 초반에는 세계의 사회문화적 변화와 포스트모던 페미니스트들의 여성적 글쓰기가 맥락화되면서 여성의 몸에 관한 관심이 두드러진다. 이 시기에 여성 시인들은 각자가 자신의 감각과 발화를 다채롭게 선보이는데 사회제도적으로 억압된 여성성을 다루는 데 초점을 두지 않고, 새로운 가능성의 영역을 넓힌 여성 시인들도 나타나게 된다. 그중 한 명이 바로 지금부터 소상히 다루려는 허수경이다.

허수경만의 차이를 구축하는 것은 무엇일까. 1980년대 여성 시인 가운데서도 그녀는 개성적 변별점이 두드러지는데, 그것은 모성을 거부하거나 분열을 시도하지 않고 오히려 적극적으로 모성적 의미를 재생성해 내 이미지화한다는 점이다.

시인이자 페미니스트인 에이드리언 리치는 가부장제 하의 모성은 남성 지배를 정당화하는 열쇠라고 본다. 하지만 그런데도 모성적 경험이 하나의 가능성으로도 제시될 수 있음을 놓치지 않는다. 허수경의 모성적 사유는 페미니스트의 대극에 있는 듯 보이지만, 실상은 앞서 에이드리언 리치가 『더 이상 어머니는 없다(Of Woman Born: Motherhood as Experience and Institution)』에서 밝힌 지점과 상통할 수 있다. 모성 제도의 문제점을 환기해야 함은 옳지만, 여성 인식이 곧 여성성의 특질을 버려야 함은 아니므로 시인의 인식(여기서 다루는 시편 외의 발표작들, 가령 『빌어먹을, 차가운 심장』에서 허수경은 또한 부권뿐만 아니라 모권으로 인해 이뤄지는 '희생'의 사항까지도 사유하는 모습을 보인다. 재차 언급하자면, 허수경의 여성 의식은 단편적이지 않다. 장시 「카라쿨양의 에세이」처럼 모성적 양태가 힘의 논리로 귀결되는 현상에는 비판적 시각을 드러낸다.)을 들여다볼 필요가 있는 것이다. 이것은 극단적이고 단편적으로 해석되는 논조를 재고하게 하여, 우리에게 다양하게 사고해 볼 기회를 준다. 그러한 즉, '여성'이 본질적으로 '어머니'이며 '딸'이라는 리치의 사유를 폭넓게 진척시키는 지점에 시인의 서정적 진술은 놓인다.

> 어느 해 봄그늘 술자리였던가
> 그때 햇살이 쏟아졌던가
> 와르르 무너지며 햇살 아래 헝클어져 있었던가 아닌가
> 다만 마음을 놓아 보낸 기억은 없다
>
> 마음들끼리는 서로 마주 보았던가 아니었는가
> 팔 없이 안을 수 있는 것이 있어
> 너를 안았던가
> 너는 경계 없는 봄그늘이었는가
>
> 마음은 길을 잃고
> 저 혼자
> 몽생취사하길 바랐으나
> 가는 것이 문제였던가, 그래서
> 갔던 길마저 헝클어뜨리며 왔는가 마음아
>
> (중략)
>
> 봄그늘 아래 얼굴을 묻고
> 나 울었던가

울기를 그만두고 다시 걸었던가

나 마음을 놓아 보낸 기억만 없다

—「不醉不歸」 부분

시인은 초기부터 시종 마음에 대한 애착을 보이는데, 이것은 자신의 감정에 충실한 자의 고백으로 여겨진다. 서로를 지칭하는 '사람끼리'라는 인칭 대신 "마음들끼리"라고 형이상학적인 어휘를 선호하는 시인의 몽생취사하는 삶. 취함과 함께 얼크러지는 살도 아닌, 마음끼리 얼크러지는 시간이니 그 의미가 얼마나 신산스러운가.

결국 불취불귀가 되고 마는 화자의 삶은, 낯선 주변 여건으로 말미암아 겪는 시인의 무기력함과 절망이 투영된 것이리라. 집요하게 시인을 따르고 있는 진주라는 장소성은 진주에서 서울로, 끝내 고국을 떠나는 발걸음이 되어도 그녀를 놓지 않고 심리적 의식 상태에 서러움을 안겨 준다. '눈물'과 '울음'은 대부분이 서울 체험에서 촉발된 시들에서 나타나는데, 슬픔의 연원이 고향 상실에 있는바, 타향살이에서 느끼는 고단한 삶을 줄곧 진술하게 된다.

잠깐, 광화문 어디쯤에서 만나 밥을 먹는다

게장백반이나 소꼬리국밥이나 하다못해 자장면이라도

무얼 먹어도 아픈 저 점심상

넌 왜 날 버렸니? 내가 언제 널?

살아가는 게, 살아 내는 게 상처였지, 별달리 상처될 게

있다면 지금이라도 떠나가 볼까,

캐나다? 계곡? 나무집? 안데스의 단풍숲?

모든 관계는 비통하다, 지그시 목을 누르며
밥을 삼킨다
이제 나에게는 안 오지? 너한테는 잘해 줄 수가
없을 것 같아, 가까이할 수 없는 인간들끼리
가까이하는 일도 큰 죄야, 심지어 죄라구?

　　　　　　　　　　　　　　　　　　　—「서늘한 점심상」 부분

서울 처음 와서 처음 뵙고 이태 만에 다시 뵙게 된 어른이
이런 말을 하셨다 자네 얼굴, 못 알아볼 만큼 변했어

나는 이 말을 듣고
광화문, 어느 이 층 카페 구석 자리에 가서 울었다
서울 와서 내가 제일 많이 중얼거린 말
먹고 싶다……,
살아 내려는 비통과 어쨌든 잘 살아남겠다는 욕망이
뒤엉킨 말, 먹고 싶다
한 말의 감옥이 내 얼굴을 변하게 한 공포가
삼류인 나를 마침내 울게 했다

　　　　　　　　　　　　　　　　　　　—「먹고 싶다……」 부분

헤이, 아가씨, 오늘 나랑 같이 갈까
고향 오래비처럼 안아 줄게 꽃 한 송이
사 줄까 밥 한 끼 먹여 줄까 겁내지 마
그리고 제발 울지 마

기차가 지나가는 어디쯤 방을 잡을까

이틀쯤 잠잘 곳이었음……

—「도시의 등불」 부분

화자를 저버린 타자로 인해 점심상은 목메도록 서글프고 서늘한 무엇이 될 수밖에 없다. '백반', '국밥', "하다못해 자장면"도, 무얼 먹어도 결핍된 자아를 달래 줄 수 없다. 그도 그럴 것이 허기는 화자의 내면에 잠재된 결핍의 무의식적 소산이기 때문이다. 섭취로 드러나는 이러한 시행들은 미각이라는 감각적 요소로 통합되지 않고, 울음을 삼키는 행위로 포섭된다. 익히 여러 연구자들이 언급한 것처럼 시에는 '어미의 반복'과 '고백체' 사용, '침묵'과 '망설임' 등으로 정황을 유보하는 어법이 자주 쓰인다. 여기에 더해, 쉽게 판단할 수 있는 사실을 묻는 설의법이 자주 구사된다. 우리는 수사적 의문인 이와 같은 형식이 화자가 대답을 요구하는 목적으로 하는 게 아님을 알고 있다. 요컨대, "넌 왜 날 버렸니?"라고 묻든 "내가 언제 널?"이라고 대답하든 의문은 실상 자신에게 요구되는 것이고 그 대답은 중요하지 않다. 버려짐 혹은 버림의 관계에 놓인 화자만이 덩그러니 존재한다는 사실 부각을 위해 관례적 쓰임이 돼 버린 의문일 따름이다.

결국, 누구에게 말하는 것인지 혼란을 가중하는 "뒤엉킨 말"은 실상 시적 화자의 혼잣말이며, 말줄임표로 문장을 유보하는 형태는 현실에서 확고한 위치를 점유하지 못한 화자의 신산한 내면 상태라고 하겠다.

상경한 시적 화자는 울음을 동반한 "관계의 비통"과 "살아 내려는 비통"을 수시로 느끼게 된다(「서늘한 점심상」). 그런데 비록 고단한 현실과 실연으로 점철된 시간이어도 화자가 수동적인 모습만 취하지는 않는데, 여기서 삶의 국면에 놓인 욕망적 표현, "먹고 싶다"는 발화는 자신의 욕망을 드러내는 행위다. 이와 같은 행위는 도시로 표현되는 외부적 상황에서 울음의 수동성과 대비되며 여성 주체의 능동적 정체성에 이바지한다. "(살아 내려는) 비통"과 "(살아남겠다는) 욕망"이 "뒤엉킨" 화자는 자신의 변한 얼굴을 감지하며 또다시 울게 되지만, 이것은 화자가 수/능동의 이분법적 판단을 넘어서며 자기 탐색을 지속하는 주체적 모습으로 통합된다.

그런데 여기서, 시종 울음으로 나타나는 서정적 진술은 좀 더 근원적으로는 여성 화자의 음성적 형태로 구술 영역에 속한다 할 수 있다. 첫 시집의 진주 남강으로부터 연원한 '운율과 반복성', '모어의 질박한 구사'와 '구술적 리듬'은 첫 시집 이후에는 절망과 울음으로 점철된 '고백체'로 바뀌며, '직접적인 청유'와 '반복에 의한 리듬'을 형성한다. 이는 고향을 떠난 화자의 정체성 혼돈으로 인해 구술적인 발화 형태가 변주되어 나타나는 특징이다. 도시 문명의 삭막함으로 인해 여성 화자는 다른 시적 국면을 맞게 된다.

그녀에게 서울이라는 도시와 서울 남자는 하룻밤을 요구하는 두려운 존재로 인식된다. "고향 오래비"(「도시의 등불」)를 기억하는, 그리하여 어리숙해 보이는 여자를 속이려 드는 도시 문명에 대한 폭로이다. 그러니 여자는 서울에 머물러도 시종 귀향 의식을 보이며 울 수밖에 없다. 이런저런 일들로 인해, 『혼자 가는 먼 집』에서 그녀들의 정착은 요원해 보인다.

물 이미지와 모성

가스통 바슐라르에 의하면, 우리가 현실을 열렬히 사랑하게 되는 것은 현실을 인식(connaissance)해서가 아니다. 우리는 보다 근원적이며 원초적인 '감정(sentiment)'에 의해 현실에 애착하는 것이며, 이러한 감정의 측면으로 말미암아 "자연은 어머니의 투영"이라 말할 수 있게 된다. 이러한 관점에서 볼 때, 자연적 소재와 질료를 선택해 서정적 진술을 끌어내는 허수경의 특징은 사원소적 상상력에 바탕을 둔다. 그중에서도 전 작품 세계에 걸쳐 강, 바다 등의 자연물, 물의 변형체(가령 국, 술, 젖, 차, 미음 등의 음식물)로 여겨지는 제재들 그 외 여러 '흐르는(coulée)' 유동적 모티프들은 한결같은 물 이미지라 할 것이다.

그 사내 내가 스물 갓 넘어 만났던 사내 몰골만 겨우 사람 꼴 갖춰
밤 어두운 길에서 만났더라면 지레 도망질이라도 쳤을 터이지만 눈매
만은 미친 듯 타오르는 유월 숲속 같아 내라도 턱하니 피기침 늑막에
차오르는 물 거두어 두고 싶었네
　　산 가시내 되어 독 오른 뱀을 잡고
　　백정집 칼잽이 되어 개를 잡아
　　청솔가지 분질러 진국으로만 고아다가 후후 불며 먹이고 싶었네 저
미친 듯 타오르는 눈빛을 재워 선한 물같이 맛깔 데인 잎차같이 눕히
고 싶었네 끝내 일어서게 하고 싶었네
　　그 사내 내가 스물 갓 넘어 만났던 사내
　　내 할미 어미가 대처에서 돌아온 지친 남정들 머리맡 지킬 때 허벅
살 선지피라도 다투어 먹인 것처럼
　　어디 내 사내뿐이랴

—「폐병쟁이 내 사내」 전문

시적 화자는 갓 스물 넘어 만났던 '폐병쟁이 사내'를 살리고 싶어한다. 사내를 보호하고 싶은 심정은 지순한 감정을 넘어, "내 할미

어미가 대처에서 돌아온 지친 남정"네들을 지킨 것처럼 용감함을 내포한 모성적 행동으로 나타난다. 그리하여 "독 오른 뱀"을 잡고 "개"를 잡는 위험한 일도 마다하지 않는 가시내가 되어서라도 "진국"을 고아다 먹이고 싶은 것이다. 사람의 몸을 구성하는 '피(선지피)', '살(허벅살)', '뼈(진국)'가 통틀어 언급되는 화자의 소망은 자못 의미심장하다. "진국"을 끓이고, 제 살을 떼어 "허벅살 선지피"를 먹인 선대의 여자들처럼 화자가 먹이고 싶은 음식은 피와 살을 아우르는 음식 이미지로, 이것은 생명을 재생케 하는 치유적 의미로 구현된다. 「폐병쟁이 내 사내」에서 물 이미지는 생명에 대한 화자의 가장 절절한 목소리가 담긴 것으로, 그것은 궁극적으로는 모성적인 물(젖)의 요소에서 비롯한다. "부드럽고 따뜻한, 훈훈하고 축축한" 이와 같은 유동적 질료의 물 이미지는 사람을 살리고 보듬는 이미지(心像)다. 이것은 실재하는 물질적 이미지가 우리의 "무의식적 인생에 중대한 영향을 끼치는 상상적 의학(médecine imaginaire)"으로 작동하는 힘이다.

모성성의 최고 현현은 아무래도 신모적 모성일 것이다. 그리스 로마 신화의 데미테르나, 동양적 마고 할미, 바리데기 설화, 단군신화의 웅녀는 모두 신모적 존재들이다. 이들은 공동체를 이끄는 여신과 여가장적 모습을 나타낼 뿐만 아니라, 우주적 어머니로서 폭력과 억압을 일삼는 인간 역사의 치유자로서 역할을 담당해 왔다. 다시 말해, 허수경의 모성성 또한 도시 문명의 파괴성으로 병든 인간을 감싸 안고 치유하는 의미로 확장된다고 하겠다.

성경 「창세기」부터 등장하는 물의 상징은 죽음과 부활(재생)을 동시에 의미하는 것이기에 문명의 발전과 쇠퇴를 그려 내며 인간 의식의 심층을 지배하는 원형으로 나아간다. 청동기와 철기시대를 거쳐 농경사회의 정착과 부권 사회가 형성되기 전 고대에는, 물은 주로 여성성으로 표상되었다.

물가에 집터를 마련하고 집을 지으면서 사람들은 강으로부터 물을 끌어대어 식수로 사용하거나 농수로 사용하거나 했습니다. 둑이나 제방을 쌓아 수재를 막으려는 일부터 저수지를 만들고 물을 흐르게 해 물레를 돌리는 일까지, 물과 관련된 인류의 업은 끊임없이 계속되어 온 것이지요. 물을 끌어들이는 일은 사실은 빛을 끌어들이는 일입니다. '빛'이라는 말 속에는 자연에 의존해서 살아온 인류가 자연의 움직임을 예측하고 움직임을 이용하면서 삶을 밝게 만들려는 의지가 숨어 있는 것은 아닌지. 그러나 그 해방은 과연 인류에게 혜택만 가져다주었는지…… 자신을 해방시키기 위해 다른 것을 부수어야만 했던 인류의 딜레마를 저는 이곳에서 재확인하고 있습니다. 전기와 물을 얻는 대신 다른 무엇을 이곳 사람들은 잃어야 할 것입니다.

—『길모퉁이의 중국 식당』

우르난셰의 손자이며 라가시의 왕인 에안나툼은 이웃 나라인 움마와 치뤘던 물 때문에 일어난 전쟁을 기록했다. 전쟁은 왜 일어났으며 어떤 신의 도움을 받아 몇 명의 적을 무찔렀고 전쟁이 끝나고 난 뒤 어떤 전쟁 기념물을 세웠는지도.

—『모래 도시를 찾아서』

기억 선생님, 저는 그 담장에 쪼그리고 앉아 있다가 드디어 누워 버렸습니다. 항생제의 힘이 그렇게 세었는지, 일주일 넘어 자리에 누워 있던 저는 견딜 수 없었나 봅니다. (중략) 그런데 달각거리는 누군가가 저 너머에 있었습니다. 물소리가 나고 빠각거리는 소리가 나고 잠시 후 물 끓는 소리, 그리고 가는 내음, 하나, 곡식이 물속에 끓고 있는 내음. 그 내음이 코에 스치는가 했더니, 누군가. 그 딸각거리던 누군가가 저를 일으켜 입속으로 곡기를 넣고 있었어요. 미음, 이었습니다. 한글 자음에 다섯 번째에 해당하는 'ㅁ'이라는 자의 이름은 '미음'이지요. 그 음이 가지고 있는 맑고도 청량한 기운. 미음, 미음, 이라고 한 자음이 가진 아련한 소리, 입술을 벌려 그 소리를 내면 혀는 입천장 어디에 붙어 있는지, 아니라면 혀는 입천장의 한가운데에 떠 있는지. 그 음이 곡식을 끓인 진한 물을 가리킨다는 생각이 들면서 제 몸에서 그렇게 사납게 흘러나오던 땀은 서서히 멎어 가고 있었습니다. 순한 물이 들어오니 사나운 물이 자리를 비끼는 거라, 저는 생각해 두기로 했습니다. 그때쯤, 그런 순한 물을 받아들이면서, 저는 어딘가에 제가 두고 온 저의 여성성이 순하게 제게 돌아오는 기척을 느꼈습니다.

—『모래 도시를 찾아서』

1964년생 경남 진주 태생인 시인은 1987년 등단하여 『슬픔만 한 거름이 어디 있으랴』(1988), 『혼자 가는 먼 집』(1992), 『내 영혼은 오래되었으나』(2001) 세 권의 시집을 상재하는 동안에 한 권의 장편소설 (『모래 도시』, 1996)과 에세이집(『길모퉁이의 중국 식당』, 2003)을 출간한다. 이후 다시 2005년에는 네 번째 시집인 『청동의 시간 감자의 시간』과 산문집 『모래 도시를 찾아서』를 동시에 출간한다.

앞서 살핀 예문처럼 산문은 허수경의 시적 궤도와 별개로 동떨어지지 않고, 오히려 연장선상처럼 쓰인다. 에세이집 『길모퉁이의 중국 식당』은 짧은 글들의 모음이지만 시인의 문학적 자양을 엿볼 수 있는 지점이 산포해 있고, 또한 인류 문명의 딜레마로 자리를 잡을 발전이라는 문제가 종종 그려진다. 두 번째 에세이집 『모래 도시를 찾아서』는 좀 더 완숙한 산문적 형태를 보이는데, 여기서는 고고학적 사유와 문명 비판의 시각이 뚜렷해진다. 에세이는 시와는 먼 개별적인 장르로 진행된다기보다 일종의 시 텍스트를 보완하는 비평적 산문으로 작용하며, 작품의 이해를 넓히는 해석 역할을 한다.

시 작품과 동시에 명시되고 있는 가계의 일들(즉, 암 투병 중이었던 아버지를 대신해 가장 노릇을 해야 했던 시인의 서울 생활, 상경해 겪는 사랑의 상처, 바닷가에 살던 할머니와 할머니 손에 의해 바다에서 구해졌지만 그런데도 감옥에서 일찍 죽은 외삼촌 등)은 시집에도 드러나지만, 다시 산문으로 소상히 그 서사가 밝혀지는 일화다.

일차적으로 전제된 가족 서사는 시적 화자의 심리 변화를 가늠하게 해 준다. 『슬픔만 한 거름이 어디 있으랴』는 고향 진주를 바탕으로 1980년대 시대사를 꿰지르며 민중과 이웃의 이야기를 담아낸 반면, 『혼자 가는 먼 집』은 서울 생활로 인한 우울과 절망을 드러낸다. 한데, 이러한 시인의 체험에 바탕을 둔 심리적 반응은 에세이집에도 줄곧 구사되고 있다. 시집을 통해서는 유추되기만 한 상황들이 한층 섬세하고 구체적인 내용으로 나타난다. 일테면, 서울을 떠나게 된 계기적 동인이 그려지며, 고국을 떠나 재독(在獨) 이방인으로 살면서 그리워하는 모어와 향수적 감정이 표현된다. 여기에 더해 에세이집 『모래 도시를 찾아서』에서는 힘든 생활로 인해 피폐해진 여성성이 사원소인 물에 의해 회복되는 과정을 그린다.

저의 가족마저 저를 위로할 수 없을 때 마치 신심 깊은 인간인 양 사원을 찾곤 했습니다. 아마도, 저의 개인적인 가족사가 저를 그렇게 만들지 않았는지, 가끔 저는 제게 물어볼 때가 있었어요. 저의 아버지가 쓰러지시고 난 뒤, 저는 하는 수 없이 가장이 되었는데, 한 가족의 가장이 된다는 일은 저라는 한 여성이 가진 여성성을 포기해야 하는 일이기도 하더군요. 강해져야 하고 타인과 경쟁해서 살아남아야 하고(이긴다, 라는 표현을 삼가는 것을 보면, 그 시절에도 여성성이라는 것을 포기하는 것이 그리 힘들었나 봅니다). 그리고 제가 저를 부축이고, 내일이면 식구들의 먹이가 있는 곳으로 가야 하는 것. 저는 그 일을 직접 해 보고서야 한 가족의 생계를 떠맡는 많은 이들이 살벌하게 이 지상을 떠도는 이유를 알 것 같았어요. 그 시절 여성인 제가 여성성을 포기하고 서울을 어슬렁거릴 적, 더는 안 된다, 라는 생각이 들 때마다 사원을 찾았어요.

—『모래 도시를 찾아서』

고향을 떠난 시인은 자주 허물어진 사원을 찾고, 고국을 떠난 이방인이 되어서는 아예 고고학을 공부하게 된다. 이것은 무엇을 말함인가. 그녀는 에세이집에 가장이었던 자신의 아버지 대신 서울에서 돈을 벌던 날들을 회상한다.(나는 개인적으로 이 단락의 슬픔에서 빠져나오질 못했다. 생활고라는 이유로 여성성을 포기하고 이겨 내는 삶을 살아야 했던 나 또한, 여성성을 포기한다는 느낌을 적잖이 받았다. 그리고 그것은 무척 힘든 일이었다. 말해 무엇 하랴. 저릿했다. 살벌하게 이 지상을 떠도는 이유……) 시인은 부친의 죽음으로 인해 아예 고국을 떠나게 되는데, 아버지의 부재는 실향의 느낌을 가져다주었을 터이다. 소외와 우울, 그녀는 이러한 이방인의 실존을 가지는 것이다. 그리하여 오랜 시간 동안 고국에는 돌아오지 않은 채 모국어로 작품 활동을 하게 된다.

외롭지만 꿋꿋하게 재독 생활을 하던 그녀는 어느 하룻날 앓아눕게 되는데, 이때 홀로 아픈 그녀를 돌봐주는 것은 고국에서의 할(어)머니와 같았던 '물' 이미지다. '기억 선생님'에게 고백체로 서술되는 글은 지치고 병든 몸에 물(마음)이 스며들어 여성성을 치유해 줬다고 소상히 밝혀 놓고 있다. 몸을 일으켜 주는 곡기라는 의미와 바닷가 할(어)머니라는 실존적 고향을 상기시키는 물 이미지는 이렇게 합쳐진다. 물 이미지는 시집 『청동의 시간 감자의 시간』, 에세이집 『모래 도시를 찾아서』에 동일하게 배치되며 고국을 벗어나서도 여성성을 되살리는 물질로 구현된다.

초창기의 사내를 살리던 신모적 할머니는 고국을 떠나도 작품으로 재림하며, 사람을 살리는 음식물은 물 이미지로 재생된다. 고대 근동 고고학을 공부하다 지친 시인의 여성성을 회복시키는 것은 '난쉐'라는 고대 여신으로 상기된 자신의 '할머니'다.

시인은 물 전쟁이 일어났던 유적지로 말미암아 고대문명국 신화에 나오는 물의 여신이자, 가난한 자와 과부와 고아의 부모 신인 '난쉐'를 떠올린다. 그리곤 여신 '난쉐'를 자신의 할머니에게 겹쳐 놓으며, 바닷가에 살던 할머니의 고대를 환기하게 시킨다(최현식은 이러한 바를 파악해 모성성으로 되돌아가는 특징을 "'난쉐(Nanshe)'의 귀환에 부치는 몇 가지 주석"이라 비평적으로 해석한다). 그런데 시인의 이러한 생각은 실상 첫 산문집 『길모퉁이의 중국 식당』으로부터 전개되었다. "지금 이 지상에 더 이상 존재하지 않는 그녀의 신전, 이 세상 그 누구도 더 이상 섬기지 않는 난쉐라는 늙은 여신에게 이 글을 올린다"라는 산문집 서문은 '난쉐'='늙은 여신'='자신의 외할머니'라는 등식을 세워, 이를 향한 글쓰기 지향을 명확히 밝혀 놓은 것이 아닐 수 없다. 그러므로 여인(신)들과 물에 대한 사유는 뒷날 시인의 방향을 지정하는 지점이 되었다 할 것이다.

인류의 기억, 고고학적 상상력

2005년 동시에 출간된 『청동의 시간 감자의 시간』과 에세이집 『모래 도시를 찾아서』는 전작과 비교해 고고학적인 발굴 현장의 모습과 고향 진주로 대변되는 고국을 떠난 공간적 특성이 두드러진다. 일찍이 "우리 모두가 신화적인 존재"라고(『길모퉁이의 중국 식당』) 나직하게 말해 왔던 시인도 이제는 좀 더 실재적이고 폭력적인 문명 파괴를 그려 내고자 하며, 이로써 고고학적 상상력을 넓혀 간다. 이것은 시인의 지향점이 문명 비판에 좀 더 기울어지는 모습처럼 여겨지기도 하는데, 이미지의 측면에서도 물/불, 달/태양(뜨거운, 끓는) 등 대비적 요소가 강화된 형태로 나타난다.

물 좀 가져다주어요
물은 별보다 멀리 있으므로
별보다 먼 곳에 도달해서
물을 마시기에는
아이들의 다리는 아직 작아요

언젠가 군인이 될 아이들은 스무 해 정도만 살 수 있는 고대인이지요, 옥수수를 심을걸 그랬어요 그랬더라면 아이들이 그 잎 아래로 절 숨길 수 있을 것을 아이들을 잡아먹느라 매일매일 부지런한 태양을 피할 수도 있을 것을

아이들을 향해 달려가는
저 푸른 마스크를 쓴 이는 누구의 어머니인가,
저 어머니들의 얼굴에 찍혀 이는 청동의 총,
저 아이를 끌고 가는 피곤한 얼굴의 사람들은

—「물 좀 가져다주어요」 부분

시집 전체를 관통하는 "청동의 시간 감자의 시간"에서 "청동의 시간"은 총을 든 군인이 될 시간, 즉, 현대 문명사회의 탐욕을 일컫는다. 그렇기에 시인은 반전과 반폭력을 '청동'이 아닌 자연물을 통해 전달하며, "옥수수를 심을걸"이라고 후회한다. 화자가 궁극적으로 지향하는 것은 여전히 '물'이다.

일찍이 첫 시집을 통해 우리 역사에 관한 관심의 표명과 민중의 삶에 연대해 온 허수경은 고국을 떠나서도 변함없이 전쟁에 희생당하는 나약한 민중을 그리고 있다. 이러한 공동체에 대한 특별한 시인 의식은 여성적 이미지가 더해지면서 세계 사랑으로 표현된다. 허수경에게 "끓고 있는 붉은 국"은 폭력과 전쟁의 매운 세계, 글로벌리제이션이 진행되는 현대문명의 축소판이다. 고국을 떠난 생활과 발굴 작업이 직접적으로 나타난 『청동의 시간 감자의 시간』은 『내 영혼은 오래되었으나』부터 드러나기 시작한 신화적 모티프가 두드러진다. 과장되고, 또 우화적 알레고리로 읽히는 '새', '거북', '호랑이', '토끼' 등 동물 이미지들은 폭력적 문명과 대치하고 있는 시인 인식이 극단적으로 천착해 들어온 자의식의 결과물이라 할 것이다. 미래에 패망할, 아니 현재 진행되는 패망사에 대해 과거시제와 기억을 앞세워 시인은 쓰고 있다. 예컨대, 장소성에 있어서는 디아스포라적인 삶이 지속되고 있지만, 의미론적으론 진주 고향 집으로 귀가하고 있음에 대하여…….

나는 눈먼 사제의 딸, 이렇게 죽인 소를 사지요, 잘 다져서 볶지요,
고춧가루 마늘에다 은밀한 산그늘에서 가지고 온 고사리를 넣고 끓이

지요, 세계를 국 솥에 두고 끓이지요 먼 나라에서 온 악기쟁이들을 불
러다 놓고 끓이지요, 햇빛에 달빛에 별빛에 바람 오는 자리들을 깊숙
이 세계의 한켠에다 집어 두지요,

　　끓고 있는 붉은 국을 좀 보아요, 저 매운 세계를 좀 보아요, 저 흰 부
엌을 지키는 눈먼 사제의 딸을 좀 보아요, 흰 소인 사제의 딸을 좀 보
아요, 저 찰랑거리는 사제의 딸을 납치해 가는 거머리 총판을 든 귀 먼
용을 좀 보아요, 세계가 화덕에서 검게 졸아드는 것도 모르고 먹먼지
속으로 기어이 들어가는 저 용들을 좀 보아요, 흰 부엌에서 끓고 있던
붉은 아픈 국을 좀 보아요
　　　　　　　　　　　　—「흰 부엌에서 끓고 있던 붉은 국을 좀 보아요」 부분

글쓰기, 구술에서 문자로의 이행

　　월터 J. 옹은 저서『구술문화와 문자문화』에서 "씌어진 것, 그리고
나아가 인쇄된 것"은 "예언적인 성격"이 내포된다고 말한다. 왜냐하
면 "무녀나 예언자와 마찬가지로 책은 어떤 발화를 통해서 그 책을
정말로 말한 사람 또는 쓴 사람과 이어지"기 때문이다. 시인은 이러
한 쓰기에 관한 내용을 바닷가에 살았던 자신의 할머니를 통해 구현
해 낸다. 본래의 가치를 잃고 황폐화되어 가는 현대문명의 반대편에
서 고대문명인 수메르의 여신 '난쉐'에 비유되는 외할머니의 고대를
해독해 내는 작업은 이처럼 에세이를 통해 뚜렷이 드러난다.

　　외할머니는 바다 옆에서 태어나 바다 옆에서 평생을 살았다. 할머니
는 글을 읽거나 쓸 줄 모르는 이였다. 할머니가 살아 계실 적 나는 할
머니의 치부책을 본 적이 있다. 치부책은 시커멓고 터덜거리는 종이

를 잘라 실로 묶어 놓은 것이었다. 가장자리는 이미 터덜거리고 한쪽이 궁글게 위로 들어 올려져 있어 얼마나 자주 할머니가 그 책장을 들춰 보았는지를 알 수 있었다. 할머니의 울 안에는 검은 돼지가 열 마리쯤 살고 있었다. (중략) 할머니의 치부책 첫 장에는 검은 돼지의 숫자와 그 돼지들이 낳은 새끼들의 숫자와 팔려 나간 돼지의 숫자가 연필글씨로 구불구불하게 적혀 있었다.

　　되지 가이 11111111111
　　되지 가이 먹구리네 111
　　가이 또방구 1
　　가이 점너머 무너미서방 11

　문맹인 할머니가 '되지 가이(새끼)'라는 말을 손수 적을 수는 없을 것이다. 할머니는 치부책을 내게서 빼앗다시피 해서 다락에 얹어 놓으며 옆에 있던 어머니에게 "저 아래, 점방집 아가 글이라고 쓸 줄 알아서 그리 쓰 달라고 안 했나. 조개 한 구리 너머 들었네. 지 에미가 그리 값을 쳐달라고 헤꾸마."

　　　　　　　　　　　　—「글쓰기, 라는 것의 시작」(『모래 도시를 찾아서』)

　수메르인은 최초의 문자 체계인 설형문자를 만들어 문명을 이룩했고, 가장 오래된 법전을 편찬했다. 바다 근처에 살며 돼지를 팔아 소소한 경제활동을 했던 외할머니의 일화는 고향의 아름다운 한 장면을 환기시키지만, 짐짓 시인이 일화를 빗대 말하고 있는 것은 노스탤지어만은 아니다. 문맹인이었던 할머니가 고이 지니고 있던 장부책은 마을 점방집 아이에게 조개 한 구리 값을 치르고 적은 것이며, 이것은 자연스레 문서가 탄생한 지점으로 이어진다. 그리하여 시인은 말한다. "글을 읽거나 쓸 줄 아는 일은 우리가 살고 있는 지금에도 일종의 권력"이라고 말이다.

　문장 안에 주어와 목적어가 구별되고 방향을 가리키는 조사가 사용되는 순간, 너와 나를 구별하며 이야기를 기록하는 인간의 역사는 시작된다. '내가 너에게로'라든가, '내가 누구를 위하여 어느 곳에'라든가, 하는 너와 내가 구별되고 아래와 위, 라는 인간의 머릿속에만 있던 관계들이 머릿속으로부터 나와 인간의 바깥에 존재하게 되는 그 순간, 그림이나 기호로만 표현되던 관계들은 더욱 명정한 옷을 입기 시작한다. 격과 방향을 나타내는 문법이 든 문장으로 쓰여진 땅 거래 문서는 그 땅의 소유자가 누구였고, 얼마에 그 땅이 팔렸으며, 그 땅을 산 사람은 누구였고, 그 거래가 진행될 때 증인은 누구였으며, 언제 거래가 발생했는지 기록할 수 있는 가능성을 열어 준다. 또한 땅의 소유자가 분명해지고 소유자가 분명해진 땅 안에 소유자가 아닌 자가 들어가는 것은 자동적으로 금지된다.

　　　　　　　　　　　　　　　　　　　──「글쓰기, 라는 것의 시작」

　물 때문에 일어난 전쟁을 기록하는 문명, 그리하여 "몇 명의 적을 무찔렀는지"를 적는 문자와 문명. 전쟁을 마치고 "기념물을 세웠는지도" 모른다고 추측하는 시인이자 고고학자인 허수경의 역사 인식은 인간의 비의(悲意)를 건져 올리는 신성함을 담고 있다. "개인 서명을 쓸 수 있을 때까지" 인류가 치러야 했던 살육과 전쟁의 참상은 그녀가 적은 것처럼 "거칠고 처참"하다. 하지만, 그 오랜 역사를, 전쟁의 파편과 잔해를 통시적으로 해석해 내는 그녀의 사유 방식은 아름답기 그지없다.

"니, 그 바다 때깔, 보나, 니가 글을 쓸 줄 알게 되몬 그 때깔 이바구
먼저 써 다고."

나는 그 순간 할머니가 보던 바닷빛을 내 가슴에 끌어 놓은 것 같다.
자신의 이야기를 자신의 손으로 기록하지 못하는 아직 고대에 머물러
있던 할머니가 바라보던 바닷빛을, 바닷빛을 그토록 들여다보는 삶의
한순간을 기록해야겠다고 생각한 것 같다. (중략) 나는 아직도 할머니
를 고대에서 불러내지 못하고 있다.

—「글쓰기, 라는 것의 시작」

그리고 인류의 고통을 보듬어 줄 대안으로서의 모성성을 문맹이
었던 할머니로 발견하는 것 또한 이루 말할 수 없이 아름답다. 전쟁
과 폭력으로 피폐해진 인간의 몰골을 시인은 기어이 인간다움으로
몰고 간다. 언젠가는 시인에 의해 삶의 한순간으로 기록될 바닷빛.
그 바다 때깔을 독자는 기다릴 것이다.

그리하여 당신의 영혼은 오래되었으나,

'마술(magie)'과 '이미지(image)'는 같은 철자로 구성된 말이다. 두
낱말은 "SOS처럼 서로를 갈구하는" 어원적 의미를 띤다. 결국, 보는
이들의 시선을 잡아채며 시대의 시간을 멎게 하는 이미지의 힘을 일
컫는다. 이미지에는 "각 문화가 '어떻게' 그 흐름을 멈추는지 설명하
는 스타일과 기법, 종족과 혈통의 연대기"가 들어 있기 때문이다. 옛
것은 새것에 의해 전복된다는 사회적 통념을 깨고, 고고학적 사유와
이미지로 시간 층을 살펴볼 수 있게 한 시인의 노고는 지속되어 왔

다. 모어의 가락을 천부적으로 구사하는 허수경식 특징은 모성적 이미지라는 사유적인 면에서도 충분히 발휘되었다.

미국 역사가이자 시인인 제니퍼 마이클 헥트의 일련의 관념사(History of Ideas) 연구에 의하면, 인간의 행복은 "사랑, 신앙, 예술"로 인해 오랜 시간 제자리를 지켜 왔다고 한다. 반면에, 그보다 인간의 순간적 희열과 본능에 충실한 "약물, 돈, 신체, 파티" 등은 인간에게 행복감을 가져다주는 변화 폭이 컸다고 말한다. 이것은 인간의 자아 보존적 삶에서 궁극적으로 필요한 요건이 무엇인가, 상반된 면을 어떻게 잘 조절해야 행복한 삶을 살 수 있는가를 시사한다.

신앙적 삶을 투영하지는 않았으나, 허수경은 편협한 근본주의자의 대극에서 인간적 삶의 요건으로 '신'과 '영혼'을 줄곧 말한다. 이는 위와 같은 의미와 내통한다. 포스트모던 시대의 가속화 흐름에 형평을 맞추는 듯 과거 층위와 근저를 탐구하는 시인의 방법론적 이미지에는 여성성을 통해 인간성을 복원하려는 염원이 내재해 있다. 여기서 우리가 기억해야 할 것은 무엇보다 화약고와 같은 지구, 세계의 분쟁과 전쟁에 대한 경고일 것이다.

새로운 시간이 도래하는 이 계절, 시간에 천착하는 시인의 노정이 고고학적 노고를 넘어 이미지 지평 너머에까지 자리하길 바라며 우주로 치환되는 시를 낮게 읊조려 본다. 시로 인해 비로소 나는 인간다워진다고……. 내가 여태 알던 하나, '유니(uni)' 우주, '유니버스(universe)'를. 그리고 그녀의 평행우주(multiverse)를. 쓸쓸히 바라본다.

　　빛 속에서 이룰 수 있는 일은 얼마나 많았던가 이를테면 시간을 거슬러 가는 일, 시간을 거슬러 가서 평행의 우주까지 가는 일

(중략)

그곳에서 흰빛의 남자들은 검은빛의 여자들에게 먹히고
(그러니까 내가 살던 다른 평행에서는 거꾸로였어요, 검은빛의 여
자를 먹는
흰빛의 거룩한 남자들이 두고 온 고향으로 돌아가는 꿈을 자꾸 꾸며
우는 곳이었지요)
나는 내가 버렸던 헌 고무신 안에
지붕 없는 집을 짓고 무력한 그리움과 동거하며
또 평행의 우주를 꿈꾸는데

그러나 그때마다 저 너머 다른 평행에 살던 당신을 다시 만나는 건
왜일까,
그건 좌절인데 이룬 사랑만큼 좌절인데
하 하, 우주의 성긴 구멍들이
다 나를 담은 평행의 우주를 가지고 있다면

빛 속에서 이룰 수 없는 일은 얼마나 많았던가 이를테면 시간을 거
슬러 가서 아무것도 만나지 못하던 일, 평행의 우주를 단 한 번도 확인
할 수 없던 일
　　　　　─「빛 속에서 이룰 수 없는 일은 얼마나 많았던가」 부분

142

참고 문헌

허수경, 『슬픔만 한 거름이 어디 있으랴』, 실천문학사, 1988.

───, 『혼자 가는 먼 집』, 문학과지성사, 1992.

───, 『청동의 시간 감자의 시간』, 문학과지성사, 2005.

───, 『빌어먹을, 차가운 심장』, 문학동네, 2011.

───, 『길모퉁이의 중국 식당』, 문학동네, 2003.

───, 『모래 도시를 찾아서』, 현대문학, 2005.

가스통 바슐라르, 『물과 꿈』, 이가림 역, 문예출판사, 1980.

김민정, 「인류학으로 젠더 읽기」, 『젠더와 사회』, 동녘, 2014.

김응종, 『페르낭 브로델』, 살림, 2006.

레지스 드브레, 『이미지의 삶과 죽음』, 정진국 역, 글항아리, 2011.

월터 J. 옹, 『구술문화와 문자문화』, 이기우 외역, 문예출판사, 1995.

정재서·전수용·송기정, 『신화적 상상력과 문화』, 이화여자대학교출판부, 2008.

최현식, 「'난쉐(Nanshe)'의 귀환에 부치는 몇 가지 주석─허수경 『빌어먹을, 차가운 심장』론」, 『문학동네』, 2011.봄.

색채의 심상들
—바슐라르 이미지론을 중심으로

흔히들 통상적으로 녹색을 자연의 색, 자연을 담아낸 정수라고 보지 않습니까. 즉 녹색을 자연에 대한 추구, 자연에 대한 예찬을 뜻하는 색으로 보고요. 기술 지배적인 현대문명의 색과는 대극에 있는 색으로 파악합니다. 그리고 녹색을 환경과 건강을 상징하는 색으로 내세우기도 하지요. 한데 흥미로운 사실은 녹색이 상징학에서는 환경과 건강을 상징하는 근원적인 색이 분명하지만, 또한 녹색은 독(毒)의 색이기도 하다는 겁니다. 이유인즉, 화가들이 사용하는 물감 때문입니다.

화가들은 아주 선명하고 빛나는 녹색을 얻기 위해 구리를 초에 담가 둡니다. 그러면 녹색 녹이 생기지요. 바로 그걸 긁어내 접착제와 섞어 사용하는데요. 구리에서 녹색을 얻어 내는 과정에서 바로 독성이 생겨나는 겁니다. 일례로 비소는 완제품인 녹색이 되어도 위험하게 되는 거고요. 해서, 구리 녹색(Cupric Green)을 애호했던 나폴레옹은 비소 중독으로 죽음을 맞게 된 거였지요. 나폴레옹이 유배되었던 세인트 헬레나 섬은 습한 기후였고요. 그로 말미암아 녹색 가구 칠이 녹아내

144

렸고 그 이유로 사망에 이르렀다는 추측은 확실시되었습니다. 그러고 보면 예부터 독성물질을 알면서도 화가들은 예술에 매진하느라 녹색을 포기 못 한 거라고 볼 수 있겠는데요. 아무리 돌이켜 생각해도 예술에 몸담근 이들의 한계를 가늠하기가 쉽지 않습니다.

색깔에 관한 얘기가 나와 몇 자 덧붙이면, 서양에서는 중세 때부터 사회적 신분을 색채로 분류했다고 하네요. 색채상징학이 그걸 대표하지요. 이 같은 바는 괴테의 『색채론』에도 드러납니다. 이때 녹색은 시민의 색이고요. 파랑은 오늘날까지도 우리가 쉽게 떠올리다시피 노동자(프롤레타리아)의 색입니다.

—김윤이, 「사랑의 진화」에서

죽음과 이미지

이미지(Image)는 어느 먼 과거로부터 어느 미래로 나아가는가. 현대시를 논하기에 앞서, 이미지의 의미를 알아보는 것은 반드시 선행되어야 하는 사항이다. 이미지는 사전적 의미로는 "어떤 사물에 대하여 마음에 떠오르는 직관적 인상"이다. 그리하여 '심상(心象)', '영상(映像)', '표상(表象)' 등의 뜻으로 사용된다. 단어의 어원상 '이마고(imago)'라고 불리는 이미지는 '모방하다'의 'imitate'에 바탕을 두고 모방 또는 재현까지도 포함한다. 또한 고대 로마 시대의 시인이었던 베르길리우스는 이미지를 'imagovocis', 즉 소리가 다시 돌아오는 메아리로 지칭하였는데, 그리하여 시각적인 상 외에도 다른 감각기관을 통한 감각적 형상이 이미지에는 포함된다.

레지스 드브레는 이미지 어원에 뿌리를 두고 예술의 기원을 설명한다. 요약하자면, 예술의 탄생은 인류사에 남은 인간의 죽음으로부터 시작된다는 것이다. 예술이 인간의 죽음으로부터 시작된다는 사항은 장례로부터 시작된 무덤의 조형적 예술을 떠올린다면 어렵지 않게 이해될 것이다. 이미지 기원에서 언제나 언급되는 '우상(idole)'은 '에이돌론(eidôlon)'으로, 죽은 사람(死者)의 유령 또는 망령을 뜻하는 의미였다. 요컨대, 고대의 에이돌론의 의미에서 '혼(얼, 넋)'은 탄생하였으며, 이러한 이미지는 분신과 같은 '그림자'를 일컫기도 했다.

고대 원시의 재료들, 뼈, 상아, 뿔, 가죽 등 사냥을 통해 얻은 재료들 외에도 최초 애도 행사의 재료는 시체로부터 시작되었다. 고대에 "최초의 예술품"이 "이집트 미라"였기 때문이었다. 시신을 작품으로 여김으로 인해, 이와 관련된 채색 수의(壽衣)와 유골함과 토기, 술잔 등의 장식미술품도 발달하게 되었고, 죽음은 죽음의 이미지를 통해 지하 분묘 예술로 탄생하였다. 오늘날 발굴되어 세상에 모습을 드러내는 분묘 예술을 보면 그 색채와 조형적 형상에 감탄하지 않기는 힘들 것이다.

어쩌면 이미지의 "영원한 회귀"는 지속되는지 모른다. 서구에서 어떤 형상, 즉 마리아상이나 그리스도의 성상은 그 자체보다 더 많은 시대적인 의미를 선사하는데, 이때 이미지는 해석과 독해적인 방식으로 작용한다. 이미지는 이처럼 시대마다 개별적으로 새로운 시대의 해석으로 제시되었고, 그러므로 시대적 징후는 이미지의 의미로부터 기인한다고 할 수 있을 것이다. 관념보다 앞선 이미지는 이렇게 보는 것의 의미를 지니며, 유해(遺骸)에서 "예술에 대한 사랑"으로 옮겨지게 되었다.

현대시의 이미지, 상상력 계보

체코의 작가 밀란 쿤데라는 이미지의 현대적 의미를 강조하기 위해 이데올로기라는 말 대신에 '이마골로기(imagologie)'를 탄생시킨다.

정치인은 저널리스트의 손에 달려 있다. 그렇다면 저널리스트들은 누구의 손에 달려 있는가? 그들에게 돈을 지불하는 이들에게이다. (중략) 광고와 선전은 서로 무관하다고, 하나는 시장에서 쓰이고 하나는 이데올로기에 소용되는 것이라고 내게 반박하려는가? 당신은 전혀 이해하지 못하고 있다. (중략) 결국 지구상에 널리 알려져 강력해진 마르크스주의가 마침내는 하나의 이데올로기로 보기 어려울 만큼 전체적 연관성이 빈약한 여섯 내지 일곱 개의 슬로건 모음으로 축소될 때까지 그렇게 그것들을 전파하고 선전했다. 그리하여 마르크스의 유산 전체가 그 어떤 **논리적 사상 체계**를 형성하기는커녕 단지 일련의 이미지와 암시적인 도상들(망치를 든 채 웃고 있는 노동자, 황인과 흑인에게 손을 내밀고 있는 백인, 비상하는 평화의 비둘기 등)을 이룰 뿐인 만큼, 우리는 그 이데올로기(*ideologie*)의 점진적이고 총체적이며 전세계적인 이마골로기(*imagologie*)의 면모에 대해 정당하게 말할 수 있는 것이다.

이마골로기! 최초로 이 멋진 신조어를 만들어 낸 이는 누구인가? 폴인가 나인가? 아무려면 어떤가. 중요한 것은 각양한 명칭들을 지닌 다양한 현상들을 한 지붕 아래 끌어모을 수 있는 낱말 하나가 마침내 존재하게 되었다는 사실이다: 광고 업체들; 위정자들의 커뮤니케이션 고문들; 신형 자동차의 동체선이나 체조실의 설비를 기획하는 디자이너들; 패션 창조자들과 이름난 재단사들; 미용사들; 신체미의 규범을 결정짓는 **쇼비지니스**계의 스타들 등 이마골로기의 모든 분과가 이들에게서 영감을 얻을 것이다.

—밀란 쿤데라, 『불멸』

이데올로기를 점유했던 사상과 이념의 정신적 측면은 현대에는 이미지에 잠식된 '이마골로기'에 복무한다. 최근 수십 년 동안 이마골로기는 이데올로기에 대해 역사적 승리를 거두어 왔기 때문이다. "실제 목표"는 이미 오래전에 잊혔으며, "업체들 자체가 그들 고유의 목표"가 된 시대인 것이다. 현대의 독특한 삶의 스타일로 현혹하는 이미지로까지 비하되는 이미지들. 그렇다면, 단편적인 인상이나 느낌, 감각을 넘어서 시대의 이데올로기와 연동장치로까지 작용하던 이미지는 과연 지난 한국시사에서는 무엇으로 정의됐을까, 그리고 나아가 현대문학에서는 어떠한 의미로 자리매김하고 있는가 살펴보지 않을 수 없다. 달리 얘기하자면 무감하게 받아들이는 자극적이고 시각적인 이미지 시대의 문학·예술 이미지의 계보에 대해서 말이다.

한국시사에서 이미지에 관한 논의는 주로 시작 방법론적인 은유와 직유, 환유 그리고 제유 등으로 다뤄졌다. 또한 이미지라는 개념으로 예술적 의미를 도출해 내는 것이었다. 이러한 흐름은 이어져 최근까지도 시론이나 은유, 패러디, 환유, 제유 개념과 그 실례로 설명되었으며, 개별 작품을 통해 감각론으로 설명되었다. 그리고 이미지 개념은 미학적 계보를 통해 예술과 회화론으로 설명되었다. 이상의 여러 이미지론을 통해 알 수 있는 것은 이미지가 공통으로 '상상력'과 연관되어 설명된다는 것이다. 김준오는 『시론』에서 "상상적 체험"이라는 말로 이미지를 부연 설명하며, 오세영도 마찬가지로 『시론』에서 "감각적 영상을 떠올리는 것"으로 설명한다. 이에 반해 박현수는 『시론』에서 '심상'의 장을 따로 마련하여 이미지와 관련한 개념을 설명한다. 여기에서 '심상'이란 "순수감각과 개념 사이에 존재하는, 반질료성(半質料性)과 유동성을 지닌 역설적인 감각 자료"로, 중간자적 성격을 강조한다. 또한 권혁웅은 『시론』에서 '감각'의 장으로 이미지와 상상력의 연관관계를 다룬다. "이미지들 간의 역학 관계를 상상력"이라고 하며, "상상력이 먼저 있어서 이미지들을 생산한 것이 아니라" 이미지들이 있고 난 뒤에 상상력이 태어난다고 본다. 다시 말해, 이미지와 상상력의 선후 관계를 재조명한다.

이상으로 간략하게나마 정리해 본다면, 이미지는 대체로 '시각', '감각', '상상력'과 연계되며, 이것은 한국의 이미지즘이 서구의 이미지즘으로부터 강한 영향을 받았고, 차츰 그 의미가 여러 갈래로 확장되고 있음을 유추하게 한다.

흄이나 에즈라 파운드의 회화적·시각적 특성이 투영된 이미지즘은 한국 현대시에서는 김기림을 위시하여 정지용과 후반기 동인 등으로 확장되기 시작한다. 한국에서는 이 같은 영미 문학에서 넘어온 이미지즘 외에도 1970년대부터 곽광수, 김현, 송욱 등의 불문·영문학자에 의해 바슐라르의 이미지론이 논의되기 시작하는데, 한국에 유입된 이미지론은 공통으로 '상상력'을 이미지 개념으로 사용하고 있다. 요는, 우리가 한국 현대시의 이미지를 설명하기 위해서는 '상상력'의 차원부터 알아보아야 한다는 것이다.

'상상력'이라는 개념은 흔히 문학과 예술의 측면으로 해명되고, 거기에서부터 시작되었다고 여겨진다. 그러나 서양사에서 드러나는 '상상력'의 개념은 사실 인류 창조의 사항으로부터 기원한다. 무로부터 탄생시키는 창세기 신화의 '천지 창조', '아담의 창조' 등이 그러하다. 하지만 인류 문명사와 함께 전개돼 온 상상력은 이성 중심으로 전개된 서구문화에서 이분법적으로 나뉘어 비이성적인 판단을 도모하는 이성의 반대로 평가되기에 이른다. 이원론적 서구문화에서는 이러한 이성 중심의 사고가 17, 18세기까지도 지속되었으며, 18세기 말에 이르러서야 이마누엘 칸트에 의해 비로소 상상력의 새로운 가치를 부여하게 된다.

이 같은 시대정신을 거쳐 비로소 영미 문학에서는 윌리엄 블레이

크와 새뮤얼 테일러 콜리지, 에드거 앨런 포 등에 의해 상상력의 개념과 중요성은 드러난다. 이 중 국내에서 많이 언급되는 것은 영국 낭만주의 시인인 콜리지의 상상력이었다. 콜리지는 상상력의 개념을 설명하면서, '상상력(Imagination)'―콜리지는 상상력 내에서도 창조적인 일차적 상상력과 지각 작용의 차이를 보이는 이차적 상상력으로 구분한다―과 '공상(fancy)'을 구분하여 쓰고 있다. 콜리지가 주장하는 바는 창조적인 기능의 상상력에 비해 고착되고 확고하게 굳은 공상이다. 그러나 이 같은 공상에 대한 콜리지의 주장에 포는 공상의 중요성을 피력한다. 포에 따르면, "공상도 거의 상상력만큼이나 창조"한다고 보는 것이다(「공상과 상상력」). 상상력 연구자로 유명한 바슐라르는 상상력뿐 아니라, 공상의 중요성을 부각한 포의 논지를 고평한다.

여러 문학가에 의해 평가받아 온 상상력의 문제는 바슐라르에 의해 중요성이 확산하기에 이른다. 그는 상상력을 현실을 넘어서 이미지를 구축해 내는 것으로 보고, 이러한 상상력은 '시적 몽상(reverie)'을 통해 가능하다고 주장한다. 바슐라르의 상상력에 따른 이미지론은 변천을 겪으며 완성되는데, 초창기 『물과 꿈』의 물질적 상상력에 관한 논의는 점차로 『불의 정신분석』 등의 정신분석에 초점화되다가, 『공기와 꿈』과 『대지 그리고 휴식의 몽상』의 정신분석과 상상력의 연결을 거쳐, 『공간의 시학』에 이르러서는 현상학적인 연구로 전환하게 된다. 바슐라르의 상상력은 이러한 변화 속에서 설명되며, 그가 '공명(共鳴)'과 '반향(反響)'이라는 영혼의 깊이까지 상상력의 영역을 확장하고 있음을 확인할 수 있다. 다시 말해, 독자가 시에서 느끼는 공명과 이것의 확장으로 인해 자기 심화를 불러들이는 반향은 이미지가 일차원적인 독해를 넘어 읽는 사람의 뇌리에 재편성될 뿐 아니라, 인간 영혼에까지 미치는 존재의 전환을 불러일으킨다. 마치 시인이 바로 우리 자신의 존재인 것처럼 말이다.

공명은 세계 안에서 우리 삶의 여러 평면 위에 확산되며, 반향은 우리에게 자기 심화를 불러들인다. **공명**에서 우리는 시를 이해하게 되며, **반향**에서 우리는 시를 말하고 시는 우리의 것이 된다. 반향은 존재의 선회를 이룩한다. 여기서 시인의 존재는 우리의 존재처럼 보인다. 그때 반향의 단일한 존재로부터 다양한 공명이 태어난다.

—G. 바슐라르, 『공간의 시학』(강조는 인용자)

질료와 상상력

앞서, 이미지로부터 시작하여 바슐라르의 상상력까지 개괄적으로나마 살펴보았는데, 오늘날에도 '이미지'와 '상상력'하면 단연코 과학철학자인 바슐라르를 손꼽는다. 바슐라르, 그가 마치 상상력의 선구자처럼 언급되는 것은 무엇 때문일까. 그것은 물, 불, 공기, 흙이라는 4원소에 기초해 드러난다. 왜냐하면 그가 줄곧 언급하는 물질적 상상력의 4원소에 관한 그의 인식론이 현대물리학에 닿아 있는 이유 때문이다.

바슐라르는 1939년에 『불의 정신분석』을 출간하게 되는데, 이 책은 당시 과학과는 차원이 먼 이미지에 관한 저서였으나, 그런데도 상상력의 개진이라는 획기적인 발상의 이미지론으로 자리 잡게 된다. 이유인즉, 바슐라르의 철학적 바탕에는 현대물리학에서 양자역학 분야인 미세물리학이 자리하고 있어서였고, 요컨대, 바슐라르의 이미지론은 미시 세계를 통해 거시 세계를 가늠해 볼 수 있다는 질료적인 인식론으로 새롭게 창출된 이미지론이었던 것이다.

아인슈타인이 밝혀낸 원자 크기는 약 10억 분의 1미터라는 극소의 크기로, 그로 인해 양자역학은 원자, 원자핵, 아원자 등 점차 진일보하며 연구되기에 이른다. 종합적으로는 아이젠베르크의 불확정성의 원리가 나오기까지 물리학은 연구되었고, 과학철학자였던 바슐라르는 이러한 당시의 과학적 배경 하에서 물리학적 사실을 객관적 인식으로 받아들이며 이미지의 새로운 해석과 가능성을 제시했다. 다시 말해, 바슐라르는 과학적 발견처럼 이미지의 무한한 가능성을 철학적으로 해석해 낸 연구자였다. 이성으로 판단되는 이성 중심주의 세계는 미시 세계의 존재를 소멸시키고 상상력을 이성적 오류와 판단으로 치부시킬 수 있다. 그러므로 바슐라르의 이미지론은 다른 차원의 세계가 있음을 설명한 것과 같았고, 문학사에 반향을 주었음은 두말할 나위 없다.

물질에 대해 가장 중요한 현상적 특징이 무엇이 될 것인가? 그것은 그의 에너지에 관계되는 것이다. 무엇보다도 물질은 에너지의 원천으로 생각해야 한다. 그리고 나서 여러 개념들의 동가치를 완성해야 하고, 에너지가 어떻게 물질의 다른 특질들을 받아들일 수 있는가 자문해 보아야 한다. 달리 말하면 사물과 운동 사이의 가장 유익한 연결점을 이루는 것은 에너지의 개념이다. 운동 중에 있는 사물의 효과를 측정하는 것은 에너지를 통해서이며, 어떻게 운동이 사물이 되는가를 볼 수 있는 것은 이 중개에 의해서이다.

—곽광수·김현, 『바슐라르 연구』

바슐라르 이론에서 연금술과 관계된 물질은 위와 같이 중요시된다. 왜냐하면 물질은 살아 있는 것과 마찬가지로 취급되기 때문이다.

'물활론(hylozoism)'이라고 언급될 만한 이러한 방식에 의해 질료의 운동 양상이 전개된다. 물질은 "생명이나 영혼의 반대말이 아니라", 오히려 그것들의 범주로 작용함을 바슐라르의 물질적 상상력을 통해 알게 된다. 상상력이 이미지의 형성이 아니라 변형에 있다고 보는 그의 주장도 이와 같은 물질에서 비롯된 개념이라 할 수 있다. 질료적 운동성으로 전개되고, 이를 통해 고착되지 않고 변형되는 상상력에 의미를 부여하는 것이 물질적 상상력의 주요 내용인 까닭이다.

서구 문명은 이성 중심주의 입장에서 지식을 확고하게 세우기 시작했다. 그리하여 과학·수학 등으로 객관화되고, 주관과 감성·감각적 측면을 멀리하는 실험적 통계와 자료의 사실들이 학문의 발전을 이룩해 왔다. 그러나 과학 문명과 물질의 눈부신 발전에도 불구하고, 물화된 시대로부터 인간이 소외되는 폐해는 점차 확산하기 시작했다. 그래서 파시스트적인 시대적 변천에서 이성과는 반대의 관점인 상상력 연구가 등장했고, 인간의 삶과 긴밀하게 연결된 자연을 통해 바슐라르는 4원소 이미지를 구축하기 시작한 것이다.

바슐라르가 관심을 두는 대상은 형태적 이미지가 아니기 때문에 무엇보다도 질료적 성질이 중요하다. 아리스토텔레스는 사물을 '형상(Form)'과 '질료(Matter)'로 나누고, 이 둘의 결합으로 사물이 구성된다고 말한다. 이에 따라 질료적(물질적) 상상력은 이미지의 형태가 아니라 사물을 구성하는 질료로 인식한다. 형상은 질료로 인해 만들어진 것이라 보기 때문이다. 그런데 여기서 형상은 그 형태가 고정되고 고착화된 것이지만, 질료는 그렇지 않다는 것을 상기할 필요가 있다. 몽상하는 사람, 다시 말해 그야말로 꿈꿀 권리를 누리는 사람에 의해 질료는 변형된다고 파악하는 것이 물질적 상상력이기 때문이다. 그리하여 바슐라르는 형태적 상상력과 물질적 상상력을 구분했고, 전자와 비교해 후자의 중요함을 피력했다.

형체를 지닌 것들은 시간의 흐름과 형태의 변화에 따라 사물로 형체를 다하게 된다. 하지만 질료는 변형의 과정을 거치며 옮겨 갈 뿐이지 계속해서 남게 된다. 질료는 재료와는 달리 변형을 거듭하기 때문이다. 질료적 상상력이 중요한 이유는 형상으로 고착되고 정형화된 사고 너머 상상력을 통한 형상을 만들어 내기 때문인데, 가령, 이러한 질료적 상상력은 대립하고 대극적인 정반대 위치에 있는 것들을 하나로 묶어 주는 역할을 한다. 일례로 양가적인(ambivalence) 의미로 쓰이는 이미지들이 여기에 속한다고 할 수 있다. 『물과 꿈』에도 언급되고 있는 물에 사는 뱀, 히드라는 뱀과 연관된 신화적 이야기로부터 연관된 이미지가 확장된다. 예컨대, 물속의 괴물 뱀인 히드라(Hydra)는 메두사(Medusa)와 마찬가지로 머리가 여럿 달린 괴물로, 이 괴물은 신화적 인물인 헤라클레스에게 죽임을 당하고 헤라클레스는 가히 '물을 다스리는 자'라는 칭호로 서사화된다. 그런데 히드라는 괴물의 계보상 메두사의 증손자쯤에 자리하니, 결국 페르세우스에 의해 죽임을 당한 메두사와 페르세우스의 증손자 헤라클레스에게 죽임을 당한 히드라, 결국 메두사 가문은 모두 페르세우스 가문에 죽임을 당했다고 볼 수 있다. 하지만 괴물 뱀이 신화적 영웅에 의해 죽임을 당했다고 보는 것은 단편적인 이야기이고, 그 속에 드리운 상징적 의미를 파고들면, 히드라가 잘라도 계속 돌아나는 머리처럼 끈질긴 생명력임을 알게 된다.

히드라가 안개 속을 빠져나갈 수 있도록 도와주자.

—말라르메, 『횡설수설』

바슐라르는 질료의 4원소를 다루며 '히드라'로 서두를 시작한다 (『물과 꿈』). 이것은 질료적 상상력이 정해진 형태적 형상이 아니라, 하나에 얽매이지 않는 변형과 창조를 매번 이루기 때문인데, 대표적으로 양가적인 면모를 모두 아우르는 '뱀' 같은 경우가 그러하다. '뱀'은 로마자 'S'를 뜻하며, 이는 악마(Satan)와 지혜(Sophia)라는 전혀 다른 의미를 함께 지칭한다. 그리스어로 '파르마콘(pharmacon)'인 뱀은 여기서도 '독'과 '약'을 함께 뜻하며, 유럽에서는 의약과 관련한 뱀 문양을 볼 수 있다. 또한, 입으로 자기 꼬리를 물고 있는 뱀 '우로보로스'는 자기의 꼬리를 계속 먹으면서 결국 다시 태어나는 출생과 죽음에 관련한 고대의 상징이다.

재차 부언하자면, 고대의 상징인 '우로보로스'는 "꼬리를 삼키는 자"이다. 이것은 영지주의를 비롯해 바슐라르 상상력의 기초가 되는 연금술적 상징으로 멸망과 재창조를 의미한다. 여러 문화권에서 발견되는 이 상징은 시작과 끝을 동시에 아우르기 때문에 윤회성과 영원성의 상징으로 쓰이게 되었고, 또한 프로이트 해석에 따라 뱀은 남근을 상징하게 되었다.

질료가 "여러 형상을 가로지를 수 있다"라는 말은 질료의 상상력이 운동성을 가지고 계속해서 변형하기 때문에 가능한 것이다. 지하와 지상의 삶, 나아가 죽음과 삶을 의미한다는 것은, 정해진 형식과 형상을 거부하고 끊임없이 변화하는 것이므로 이러한 바가 질료적 상상력이라 할 수 있다. 이것과 저것이라는 이분법적 분리와 구별, 거기서 파생되는 차별은 질료의 꿈으로 인해 소멸한다.

질료와 색채

형상과 비교 차원에서 볼 때, 질료적 상상력은 논리적이고 이성적인 이성 중심주의의 서구 문명 대척점에 자리한다. 그러므로 질료적 상상력이 더욱 깊은 인간의 무의식적인 측면과 맞닿아 있으며, 궁극적으로는 인간 영혼에 관련한 철학적 사유라고 이해할 수 있다. 과학적 입장에서 살펴보면 형태의 변형과 고착화를 거부하는 사고는 비과학적인 사고에 머무는 듯하다. 그러나 우리가 물질과 상상력에 대한 바슐라르의 주장을 받아들인다면 세계를 인식하는 방법에 대해 새롭게 환기할 수 있을 것이다. 여기서는 간략하게나마 이미지론에 나타난 색채의 문제를 통해 세계 인식의 새로운 관점을 알아보기로 한다.

존 게이지에 따르면, 근대에서의 색에 관한 논의는 두 가지로 요약된다. 뉴튼의 『광학론』과 괴테의 『색채론』이 바로 그것이다. 색에 대해 주관적인 관계없이 대상으로만 바라보는 입장이 『광학론』이라면, 이와는 반대로 주관적인 체험과 연관된 현상으로 보는 것이 『색채론』이며 두 축은 근대의 색에 대한 인식의 문제를 담고 있다. 여기서 줄곧 언급해 온 이미지와 상상력에 관한 문제는 당연하게도 괴테의 『광학론』에 빚진 바가 많은데, 색은 과학적인 분류이기도 하지만 인간 심층에 자리 잡은 무의식과 인류 문명의 상징적 요소로 자리해 왔기 때문이다. 이러한 이유로 괴테의 『색채론』이 예술사에 미친 영향은 크다고 할 수 있다. 색에 대한 주관적 경험은 감각을 일깨우는 색의 의미망을 넓혀 인간의 영혼에 밀접한 연구에 이바지하였다. 색에 관한 규정은 "인식론적 태도를 전제"하고 있는바, 이것은 과학과 이성 중심주의에서 객관적 인식 외의 주관적 감각과 인식에 연루되는 이미지와 상상력의 연구에 접근하고 있다고 할 수 있다. 데이터와 확률적 통계의 측면이 아닌 상상력을 통한 이미지의 형성은 무엇보다 앞서 말한 질료적 상상력의 힘을 빌려야 가능해진다. 이것은 색의 인식 또한 고착화되고 정해진 무엇이 아니라고 보는 견해에서 시의 해석이 가능해지기 때문이다.

바슐라르는『대지 그리고 휴식의 몽상』에서 이미지와 관련한 색채 심리학으로써 내밀성과 색깔에 관해 서술하고 있다. 그의 논지는 단순히 상승의 색으로 밝은색(서구에서 정의하는 방식으로 파랑, 황금색)을 하강의 색으로 어두운 검정을 말하지 않는다. 상승과 하강이라는 각각의 의미에 밝은색 그리고 검정이 어울리기는 하지만, 그가 말하는 색깔은 배타적 사고가 아니기 때문이다. 즉, 이것 아니면 저것으로 규정하지 않는 한층 더 깊은 색깔의 차원이 더해지게 된다. 요컨대, 연금술에서 언급하는 "검정보다 더 검은 검정(nigrum nigrius nigro)"의 색깔이 그가 주장하는 색의 정신이며, 이것은 괴테의 색채 이론을 떠올리게 한다. 뉴튼이 빛이 색깔들의 혼합이며 그러므로 결국 색채란 사람이 주관적으로 느끼는 결과물일 뿐이라고 말할 때, 괴테는 색채와 빛을 나누어 설명한다. 괴테의 색채론에 따르면 객관적인 실재에 이르는 빛과 주관적인 감각의 색채가 존재한다. 고로 빛과 색채는 다르다는 것이다. 그러므로 괴테에게 있어 색채는 빛과 어둠까지도 모두 포섭될 수 있는 것이다. 이러한 결과물로 '검정보다 더 검은 검정'이 탄생하며, 빛과 어둠의 사이 그 중간 단계의 색채, 가령 '그늘' 같은 색채도 설명되기에 이른다. 하얀색의 대극에 있는 검정이 아니라는 것이다.

서구 문명이 강조하고 동경해 온 상승과 빛의 세계, 그 이면의 세계에 관한 관심은 이처럼 투명한 배타적 논리를 벗어날 때 가능해진다고 할 수 있다. 검정보다 더 검은 검정, 농도가 투영된 색채감은 인간의 주관적 감각이 이미지로 승화된 차원이다. 가령, 시인이 이러한 표현을 썼을 때 색채는 이미 시각적인 요소를 넘어 심미화가 이뤄졌다고 할 수 있다. 주로 서양 이론과 실례가 학문적으로 전해 오고 있지만, '음예(陰翳)'라는 동양적인 사고의 예도 이 같은 경우에 포함되며, 한국의 근현대 시에서도 색채에 대한 감각과 이미지는 찾아볼 수 있다.

4원소의 양가성과 이원성

바슐라르의 물질적 상상력에 대해 알아보고, 그 깊이의 측면과 색채까지 들여다보는 가운데 알게 되는 것은 질료적 성질과 이에 따른 변형이다. 결론적으로 물질적 이미지는 하나의 특성으로 설명할 수 있는 범주를 넘어선다는 것이다. 이것은 양가성(ambivalence)과 이원성(dualité)을 지니고 있음을 일컫는데, 물질적 이미지가 삶과 죽음을 아우르는 이미지이기 때문이다. 그가 언급하는 물질들은 심리적 역할을 담당하면서 인간의 내면에 관여한다. 바슐라르에 따르면, 근원적 물질에는 깊고 영속적인 대립 감정이 결부되어 있다.

이 심리적 특성은 매우 항구적이어서 상상력의 원초적 법칙으로서 환위 명제를 표명할 수 있다. 즉 상상력이 이중으로 살게 할 수 없는 물질은 근원적 물질이라는 심리적 역할을 다하지 못하는 것이다. 심리적 대립 감정의 기회를 갖지 못한 물질은 끊임없이 전환을 가능하게 하는 시적 분신(詩的 分身, double poétique)을 찾을 수가 없다. 따라서 물질적 원소(l'élément matériel)가 영혼 전체를 이끌기 위해서는, 이중의 참여(double participation), 욕망과 공포의 참여, 선과 악의 참여, 백과 흑의 조용한 참여가 필요하다.

—G. 바슐라르, 『물과 꿈』

물질적 이미지는 이처럼 형태적 이미지와 구별된다. 심리적 대립 감정을 지닌 물질에 의해 "끊임없이 전환을 가능하게 하는 시적 분신"은 이루어지며, 영혼에까지 관여하는 일은 물질적 원소가 더블(double)이라는 "이중의 참여"를 함으로써 가능해진다. 요컨대, 하나로 고착되지 않는 반대물이 물질의 상상력에는 존재해 진정한 몽상이 이루어진다.

　물질의 4원소 물, 불, 공기, 흙은 모두 이러한 이원성의 특징을 띤다. 물은 여러 속성 중에 나르시시즘으로 대변되는 "반영과 신성함"이 물의 이원성을 잘 말해 주는 실례가 된다. 물에 비치는 모습은 일견 거울 이미지이기도 하지만, 이것은 표면적인 현상의 반영만이 아니라 깊이의 차원까지도 물이 포함하고 있다는 걸 뜻한다. 그리하여 나르시스의 모습은 어두운 물인 죽음 이미지로 구현된다. 죽음과 삶을 아우르는 물 외에도 이원성은 나타나는데, 불은 타오르는 열기로 인해 생명을 상징하면서도 모든 걸 파괴하는 소멸과 죽음도 내포한다. 그럼으로써 대극에 있는 이러한 요소는 남성과 여성적 요소를 모두 대변한다.

　흙 역시도 다른 물질 원소와 마찬가지로 대지로부터 생명과 죽음의 상상력이 구현되는 것을 어렵지 않게 발견할 수 있다. 그런데 여기서 흥미로운 지점은 물과 흙이라는 여성적 성향의 두 물질 사이에서 일어난다. 두 물질의 결합이 이뤄질 경우, 한쪽은 남성화로 바뀐다는 사실에서 그러하다. 이것은 상대 쪽과의 결합이 "견고하고 영속적인 것"이 되기 위한 조건과도 같이 작용하며, 이 상상적 결합으로 인해 "현실적 이미지(image réele)"가 탄생한다. 심지어 바슐라르는 이러한 물질적 상상력의 결합을 '결혼'으로 지칭하고 있다. 다시 말해, 물질적 상상력의 이미지 결합과 그로 인한 비약이 궁극적으로 본질적인 몽상이며, "반대물(反對物)의 결혼"이다. 가령, 불과 물이 반대물로 작용했을 때 '여자'가 불의 "정열을 끄는 것"으로 보는 것은 요컨대, 물과 불이 성적(性的)으로 서로를 끌어당기기 때문이다. 바슐라르의 언술처럼 "물과 불보다 더 위대한 생식자(géniteur)"는 또 없을 것이다.

『물과 꿈』에 따르면, '복합적인 물'은 물과 다른 원소가 결합한 이미지를 일컫는다. 그리하여 물과 불은 결합하여 알코올로 나타나고, 또 물은 공기와 결합하여 안개로 나타난다. 이렇게 각 원소는 결합하면서 물질적 상상력의 비약이 일어난다. 물과 흙 원소의 경우, 반죽(pâte)의 이미지로 나타나는데, 물과 흙의 결합인 '점토'는 부드러움과 딱딱함이라는 모순으로 인해 남녀 양성적(androgynes) 이미지가 되는 것이다.

현대시에서의 빛과 어둠

허수경 시에서 물질적 상상력은 시적 주체가 자연을 넘어 세계로 시인 의식을 확장해 나가게 하는 중요한 질료적 매개물로 작용한다. 초기 시 세계부터 줄곧 모성적 물과 빛, 그늘이라는 소재를 통해 "인간의 여성성"(성민엽, 『청동의 시간 감자의 시간』 해설)은 잠재되어 있었다고 할 수 있다. 각 시집마다 특징이 개별적이고 또 그 특징이 뚜렷하지만, 민중의 삶에 지대한 관심을 보였던 『슬픔만 한 거름이 어디 있으랴』(실천문학사, 1988)에서부터 질펀한 물 이미지는 일관되게 존재해 왔다. "문학적 실천을 가장 유효하게 담보해 내는 것은 문학 행위의 산출물인 작품이라는 믿음"을(「시인의 말」, 『슬픔만 한 거름이 어디 있으랴』) 가진 시인이기에 첫 시집부터 두드러진 민중의 삶에 대한 시적 인식은 고국을 떠나면서 세계 인식으로 변모해 간 것이리라.

고향 진주에 연원한 모성적 물은 두 번째 시집에서는 '빛'("환하고 아픈 자리", 「공터의 사랑」; "등불", 「정든 병」; "흰 꿈", 「흰 꿈 한 꿈」; "봄햇살", 「마치 꿈꾸는 것처럼」; "저 불빛, 「연등 아래」)과 '그늘'("봄그늘", 「不醉不歸」; "봄밤", 「저무는 봄밤」; "하얀 녹음", 「아버지의 유작 노트 중에서」; "도시의 그늘진 골목", 「서늘한 점심상」)이라는 아슴푸레한 색채들과 결합하는데, 이것은 개인적 외로움과 고통으로 침잠했다기보다 근원 회귀적 상상력이 확장되어 나타난 결과라고 보는 것이 적합할 것이다. 이는 연애사와 개인사의 토로를 넘어 신산한 세상살이에서의 세간의 삶이 지속해서 그려지는 까닭에 연유한다.

근원 회귀적 이미지인 '고향, 집, 방, 그늘' 등에서 '고향'과 '그늘'이라는 공간은 작품에 중요하게 작용한다. 이때 '그늘'은 형용사 '환하다'와 어우러지며 빛과 어둠이라는 대립의 구도를 드러낸다. 시인의 이러한 색채는 자주 언급되는 '마음'에 근원한 심리를 반영하며 주된 시적 정조인 그리움과 비애를 확산시킨다. 일단 여기에서는 시 세계 전반을 아우르는 광대한 범위가 아닌, 4원소와 관련해 삶과 죽음을 아우르는 여성적 공간을 살펴보고자 한다.

육지의 불빛이 꺼져 가는 아궁이 쑥 냄새 같은 저녁이었고 모래 구멍엔 낙지들이 살고 있었습니다 수만의 다리로 머리를 감추고 또한 머리와 다리가 무슨 兩性처럼 엉기면서 먼 저녁의 구멍을 지탱하고 있었는데요 그 구멍마다 저 또한 어둠이겠지만 엉겨 붙어 살아남는 것들이여 멀리 무덤 같은 인가에도 엉겨 붙는 저녁과 밤과 새벽이 있을 거구요 이리 어둑하게 서 있는 나는 저 미역 저 파래 저 엉겨 붙는 그리움으로 육지를 내치고 싶었습니다 진저리 치는 저 파도 저 바위 저 굴딱지처럼 엉겨 붙어 엉겨 붙어,

「남해섬에서 여러 날 밤」은 연애사적 감정이 두드러진 시집『혼자 가는 먼 집』뿐 아니라 작품 전체로 볼 때도 흔치 않은, 성애와 번식 차원의 생명력과 생동감이 엿보이는 작품이라 할 수 있다. 작품에서의 '남해섬'은 평화롭고 고즈넉한 정적인 이미지의 바닷가 마을이나 풍경이 진경인 장소가 아니라, '나와 너', '육지와 바다', '빛과 어둠', '삶과 죽음'이 내적 갈등과 고투로 "엉겨 붙는" 곳이다. '아궁이'와 '구멍'은 각각 "육지의 불빛"이 꺼지는 곳이며, '낙지들'이 숨어드는 장소다. 결합의 의미로 치환되는 이러한 이미지들은 낙지의 머리와 다리가 다시 양성(兩性)으로 분화되어 엉기면서 지상의 "저녁의 구멍"을 구축한다. 이러한 광경을 지켜보는 시적 화자는 징그럽게 달라붙는 '미역', '파래' 그리고 종국적으로 드러내는 '그리움'이라는 감정으로 말미암아 육지마저 내치고 싶어지는 것이다. 그러나 역설적으로 내치고 싶은 갈등으로 인해 육지에서의 육체적인 삶은 갈망한 듯 더욱더 엉겨 붙는다. "있었습니다", "있었는데요", "있을 거구요" 같은 술어의 반복적 쓰임은 이러한 삶에서 버티는 존재의 양태를 드러낸다.

작품의 문면에는 여러 이미지를 통해 격렬한 갈등이 드러나지만, 정작 시적 화자 '나'만이 드러나며, 그리움의 대상인 '너'는 명확하게 드러나지 않고 호명되지도 않는다. 그러나 이러한 연유로 인하여 오히려 남녀의 연정에만 국한되는 것이 아니라, "엉겨 붙어 살아남는 것들"이라는 생명력의 담보는 자연물과 사람살이의 '인가'에까지 확장된다.

여기에서 색채는 정중동이라는 운동성과 방향성으로 드러나는데,

"육지의 불빛" → "저녁의 구멍"(의 색) → '구멍의 어둠(인 나)'으로의 이동은 궁극적으로는 생과 소멸로 순환하는 세계관의 투영이라 할 것이다.

'불빛'은 꺼져 들어가 "저녁의 구멍"처럼 옅은 검은색이 되고, 바로 화자인 '나'는 그 '구멍의 어둠'을 메우고 있는 '(검은) 나'다. 요컨대, 검정 속의 더 검은 검정처럼, 저녁과 밤과 새벽으로 개념상 경계를 지어 구분 지었지만, 경계선이 없이 엉겨 붙는 색의 변화다. 이렇듯 내밀한 속성 내에서는 상반되는 빛과 어둠이 양성처럼 결합하며 육지(뭍, 대지, 흙, 딱딱함) 공간과 바다(물, 파도, 부드러움) 공간까지도 마치 원소들의 결혼처럼 결합체로 엉겨 붙는 것이다.

현대시에서의 질료적 상상력, 안개

무거움이라는 추락 이미지의 반대 위치에서 공기는 가볍게 날아오른다. 그러므로 운동성과 방향성의 이유로 공기는 새와 관련한 날아오름의 이미지 계열로 변형된다. 원체 '공기'는 순우리말인 '숨'이라는 신체적 의미와 연결되고, 또 프쉬케(psyche) 즉 '영(靈)'이라는 관념적인 의미망으로도 확산한다. 이 같은 바는 '바람', '공기', '호흡' 등이 그리스어 '프네우마(pneuma)' 즉, 정신·영에서 유래한 까닭이다. 그러므로 '공기'는 어원상 정신, 영(얼, 넋, spirit, esprit, Geist)에 해당하는 관념적 의미를 내포한다. 이러한 공기라는 특정 이미지가 황인숙 시에서는 반복해서 드러나는데, 그렇다면 가벼움으로 상승하는 '공기'가 아닌, 공기와 물의 합체인 '안개'는 어떠한가. 여기에서는 '안개'로써 황인숙 시의 여성적 응시를 살펴볼 것이다.

①

나무들은 자기 심장의 박동대로
새를 날린다.

급히 지나쳤으면 나는 아무것도
알지 못했으리라.
붉은 신호등 앞에서
겨우내 먼지에 싸여
그 옆의 제설용 모래 상자와 다름없어 보이던
쥐똥나무 덤불이 여릿여릿 숨 쉬는 것을.

아직도 제설용 모래 상자와
별다름은 없어 보이지만.
보이는 대로 보지 말아야지.
그녀가 어떻게 보이고 싶었을까?
바로, 봄.
왠지 그러리라고.

붉은 신호등 앞에서 발을 멈추고.
그녀의 잠든 얼굴 위에
오는지 마는지 한 빗소리에 귀 기울이며
이제사 내 머리칼도
젖어 들고 있다.

　　　　　　　　　　　—「안개비 속에서」 전문

②

2

나의 감관은 마비되어
유리처럼 무구하다.
유리질의 혀로 유리질의 살갗을
핥아 본다.
나는 유리 가루 속을 떠다니는
한 장의 유리다.

3

유리 가루만큼 작아져서 보니
무수한 망막으로 가득하다.
흘깃 바라보는 숨은 눈초리처럼
서늘한 바람이 망막을 흔들며 지나간다.
나는 망막에 닿아 터뜨리지 않도록
한껏 몸을 둥글게 한다.

4

나는 표면을 만져 보는데도
아주 조심을 하지만 손이 빠진다.
정교한 초입체 스크린이다.
(중략)
나는 스크린 속의 인물이다.

5

스크린 속의 인물들.

신부님. 거지. 학생. 깡패. 전경. 어머니.

천사. 어린아이. 교사. 장사꾼. 애인들.

스크린 속의 인물들은 서로 만날

확률이 있다.

우리는 정면을, 관객을 향해 두므로

서로 모습을 볼 수 없지만

손을 잡을 수 있다.

어쩌면 키스신이라도 있으면 아마 얼굴을 볼 수 있겠지.

그대의 눈. 그대의 코. 그대의

놀라운 입술, 놀라워라.

문득 공기는 투명해지고

나는 그대의 놀랍게 분명한 홍채를 들여다본다.

본 적이 없는 빛깔의 돌출하는 파문.

하나의 추상이 구체적으로

그토록 구체적으로 선뜻, 나타나는 것에

움찔, 뒷걸음치다 다가오는 시선을

나는 본다.

(중략)

우리를 불투명으로, 추상으로

이상한 짐승으로, 혹은 잠이라 불리는

촉촉한 부드러운 미립자의 버섯의 세계로 인도하며

차분히 안개가 차오른다.

―「안개」 부분

「안개비 속에서」는 급히 지나쳤으면 알지 못했을 발견의 묘미를 가진 작품이다. 도입부부터 새가 날아가는 모습을 나무가 "심장의 박동대로/새를 날린다"는 역전된 시선을 보여 주다가, 3연 '쥐똥나무 덤불'의 보임에 대한 진술로 응시를 생각하게 한다. 쥐똥나무라는 시적 상관물은 그야말로 전국에서 흔하게 자라는 낙엽 떨기나무다. 공해에도 강하여 도심에서도 울타리용으로 재배하는 종으로, "제설용 모래 상자"만큼 늘 놓여 있어 별다를 게 없는 식물인 것이다. 그 별다름 없음에서 별다름은 생겨난다. "그녀가 어떻게 보이고 싶었을까?"라는 돌연한 시각적 주체에 관련한 질문으로 말미암아 작품은 '그녀=쥐똥나무 덤불'을 넘어, '그녀=나'로의 확장이 가능해진다. 물론 이때, '안개비'는 숨과 관련한 질료 공기로 인해 시적 인식을 넓히는 더없이 좋은 매개물이 된다. "여릿여릿 숨 쉬는" '쥐똥나무 덤불'은 어느새 그녀의 "잠든 얼굴"이 되고 그것이 "내 머리칼", 내 얼굴로 치환 가능해지는 것이다.

이처럼 「안개비 속에서」 '안개'라는 매개물을 통한 응시는 「안개」에서도 나타난다. ①이 질료보다 장소의 배경으로써 '안개'를 기능시켰다면, ②에서는 질료에 좀 더 집중된 시각장 내에서의 양태로 나타난다. '유리(질)'는 높은 온도에서 석영, 석회암 등을 녹이고 냉각시켜 만든 물질이다. 다시 말해 불과 물의 담금질로 획득해 낸 물질이다. 마비된 "나의 감관"은 "유리질" 같다가 이내 한 장의 '유리'로 변화된다. 바슐라르의 미시적 과학 세계관처럼 '유리 가루'만큼 작아진 나는 "무수한 망막"에 닿는 촉각(통각)을 지니게 된다. 몸 주체를 구성하는 근대 미학의 특징인 감각기관의 이동으로 인해 촉각에서 다시 '스크린'이라는 시각으로 옮겨 간다. '스크린' 속의 인물로 새로 태어나는 것이다. 요컨대, "스크린 속의 인물들"은 "손을 잡을 수 있"지만, '키스신'이 없으면 눈은 관객만 바라볼 수 있다는 진술은 시각 체계로 진행되는 욕망의 구도를 감지하게 한다.

로라 멀비의 논문 「시각적 쾌락과 내러티브 영화」(『스크린』, 1975)는 영화를 보며 얻게 되는 시각적 쾌락을 다룬다. 이때, 남성 관객과 극 중 남자 주인공의 동일화 과정으로 주체가 형성된다고 파악한다. 시각적 쾌락은 카메라앵글, 남자 주인공, 남성 관객의 시선에 의해 가능해진다고 보는 것이다. 시각과 그에 파생된 욕망 관계는 이처럼 스크린을 통해 촉발된다. ②에서의 욕망도 '그대'라는 관객을 통해 드러난다. 그러므로 보고 있던 '나'는 사방에서 다가오는 "시선을" 봄으로 인해 응시의 구도를 파악하며 마무리되는 작품이다. 보는 이를 '촉촉하고 부드러운' 질료의 세계로 인도하며 말이다.

행복의 규칙, 행복의 시학

베를린 하늘의 천사가 인간 세상의 서커스 단원 마리온을 보고 사랑에 빠지는 영화, 빔 벤더스 감독의 「베를린 천사의 시(Der Himmel über Berlin)」(1987)는 색채에 대한 탁월한 통찰을 선보인 영화다. 사랑에 빠진 여자를 만질 수 없어 고통스럽던 천사 다니엘은 천사 직을 포기하고 인간이 되어 지상에 내려오게 되는데, 그가 하늘의 천사일 때 바라본 세상은 흑백으로, 인간이 된 뒤의 세상은 컬러로 그려진다. 흑백에서 컬러로의 변화는 무엇을 일컫는 것일까. 사랑을 느끼지만, 동시에 고통까지도 알게 되는 인간 삶을 투영한 것은 아닐는지. 시간과 중력의 속박을 지니고 사는 인간의 삶은 지난한 고행길이지만 또한 컬러풀하게 아름다운 것은 아닌지. 색채와 관련해 잠시 생각해 본다.

18세기 독일의 철학자 이마누엘 칸트는 행복을 위해 "무언가를 하라, 누군가를 사랑하라, 무언가를 희망하라(Die Regeln des Glücks: Tu etwas, liebe jemanden, hoffe auf etwas)"며 행복의 규칙을 제시한다. 각 사항을 현대적으로 적용해 본다면, '무언가'는 일 또는 커리어, '누군가'와의 사랑은 연애나 결혼 또는 돌봄이나 이웃에 대한 봉사, '무언가'에 대한 희망은 미래에 대한 포부나 꿈일 것이다. 특별한 무엇이 있을 것 같지만, 삶에 대한 탐색과 철학적 결론은 맥 빠질 정도로 뻔한 답변을 들려준다. 그러나 조금도 특별하달 것 없는 바로 그것이 행복의 사유임에는 누구도 부정하지 못할 것이다.

궁극적으로 상상력을 통한 행복의 시학을 제시하는 바슐라르를 중심으로 전개한 것은 삭막해져 가는 현대에 대한 바람과 아쉬움이 크기 때문이다. 그러므로 바슐라르식으로 덧붙이며 마무리하기로 한다. 독자여, 책들, 문장들, 활자들로 부디 식욕이 돋으소서!

그러므로, 나는 내 책상 위에 쌓여 있는 책들 앞에서, 독서의 신에게 탐독자의 기도를 드린다: "오늘 하루도 우리에게 배고픔을 주소서 ...."

—G. 바슐라르, 『몽상의 시학』

참고 문헌

허수경, 『혼자 가는 먼 집』, 문학과지성사, 1992.

황인숙, 『새는 하늘을 자유롭게 풀어놓고』, 문학과지성사, 1988.

가스통 바슐라르, 『물과 꿈』, 이가림 역, 문예출판사, 1980. 이외 바슐라르 저작물.

김융희, 「바슐라르의 이미지론에 나타난 색의 의미」, 『미학·예술학연구』 24호, 2006.

노드롭 프라이, 『비평의 해부』, 임철규 역, 한길사, 1982.

레지스 드브레, 『이미지의 삶과 죽음』, 정진국 역, 글항아리, 2011.

밀란 쿤데라, 『불멸』, 김병욱 역, 청년사, 1992.

이지훈, 『예술과 연금술』, 창비, 2004.

존 게이지, 『색채의 역사』, 한재현 외역, 사회평론, 2011.

채숙희, 「Gaston Bachelard의 시학에 나타난 물의 이미지와 죽음의 몽상」, 『프랑스어문교육』 30집, 2007.

최석화, 「한국 현대시 이미지론 재고」, 『어문논집』 62집, 2015.

홍명희, 「현대 비평이론으로서의 상상력 연구」, 프랑스학회 가을 학술대회, 2013.

B. L. Brett, 『공상과 상상력』, 심명호 역, 서울대학교출판사, 1987.

무의식
―편지와 멜랑콜리를 중심으로

그대여, 두 번 다시… 당신을 느낄 수 없을 테니 천천히… 써 내려 가야 합니다… 날 저물도록 날 배회한 곤혹스런… 방황만 맴돌지라도 마음을 숨겨 두었을 사랑 참, 어지간합니다… 청춘은 간곳없고… 초라 한 편지가 제 모습입니다만… 대낮의 정사처럼 심장이 멎어도… 고생 깨나 하였던 나 감출 수 있어요… 이제부터 햇수로 수년 늙혀 버린 제 사랑은… 이(李) 혹은 임(林)일지도 모를 비존칭이 될 겁니다… 겉봉 으로 제가 비치는 듯하나… 구깃구깃 숨겨 둔 제게서 눈 돌려 버립니 다… 흰 거 희다 않고 글 검다 않으며… 망자의 삶처럼 감출 수 있어요 … 먼젓번은 당신이 살구꽃 핀 야산에 가 종적 묘연한… 절 찾을까 싶 어… 꽃 누른 압지에 뜨거이 근황을 써 내려갔네요… 열두 자는 실히 … 되어 보이는 꽃나무를 타고… 가운뎃손가락으로 집은 꽃의 음핵마 저… 바람 편에 보내 드렸습니다… 꽃바람 다하도록 불었으니… 아무 리 멀더라도… 편지는 계신 곳을 잘 찾아냈을 겁니다… 한편으론… 한 줄기 등불인 사랑을 숨지게 하고도… 날 잡아잡수 하는 속죄의 철면피입니다만… 한편으론… 범행을 저지른… 죗값으로 가쁜 호흡입니다…
(중략) 두 뺨만큼은 티 내지 않으려 했는데… 억척 떤 제가 눈에 밟혀
애써 물어 주는 말… 어려운 건 없느냐에 두엄 밭처럼 어둡습니다…
그곳에서… 어려운 일은 없으십니까… 제 분으로 생을 사는 참 가엾고
못난 저여서… 침을 삼키고 속에 숨겼을 법한… 말을 다시 가둡니다…
당신,

—김윤이, 「다시 없을 말—H에게」에서

도난당한 편지와 기표, 주체의 의미

편지에 드러난 기표는 무엇을 의미하는 것일까. 이 장에서는 이와
같은 의문으로부터 시작하기로 한다. 이유인즉, 문학에 자주 등장하
는 편지에 관해 설명하기 위해서다. 편지로 말미암은 비평적 해석물
이 주체와 관련한 사항이라면 편지에 포섭된 내용적 맥락이 아니라,
기표에 붙들린 주체의 무의식과 관련한 사항을 파악할 수 있을 것이
다. 요컨대, 문학 내에서의 편지는 다름 아닌 주체를 관리 통제하는
장치로써 기능함을 인정하지 않을 수 없을 것이다.

지금부터 살펴보려는 사항은 바로 이것이다. 애드거 앨런 포의 단
편 「도난당한 편지」를 통해 라캉은 각 인물이 기표에 붙들려 같은 행
위를 반복한다는 사실을 밝혀낸 바 있다. 다시 말해, 우리가 흔히 편
지의 주인이자, 기표의 주체라 생각하는 인물(사람)들은 실상은 고정
된 주체가 아니라, 기표 때문에 오히려 같은 자리바꿈을 하는 피동
적이고 붙들린 존재가 된다. 우선, 전제로써 파악해야 하는 포의 「도
난당한 편지」의 개략적 맥락은 다음과 같다.

소설은 여왕의 도난당한 편지를 찾는 일을 중심으로 전개된다. 여
왕은 왕이 알게 되면 큰 파장을 일으킬 편지를 읽는 중이었다. 그때

마침 왕과 여왕의 세력이 아닌 장관이 여왕의 방에 들르게 된다. 불시에 들이닥친 난관에도 불구하고, 여왕은 순간적인 재치를 발휘하여 감춰야만 하는 편지를 오히려 탁자 위에 버젓이 드러내 놓는다. 여왕은 드러남으로써 오히려 감출 수 있다고 판단했기 때문이었다. 여왕의 예상은 적중해 왕은 의심하지 않고 방을 나가게 된다. 그러나 여왕의 낌새를 알아차린 장관은 미리 준비한 자신의 편지와 바꿔치기 함으로써 여왕의 편지를 손에 넣게 된다. 이에 여왕은 경감을 통해 장관의 집을 수색해 자신의 편지를 찾아 달라고 호소한다. 경감은 여왕의 지시대로 장관이 집을 비운 사이 샅샅이 수색하고 편지를 숨길 만한 장소를 모두 뒤지지만, 편지는 찾지 못한다. 그리하여 경감은 급기야 탐정인 뒤팽에게 사건을 의뢰하게 되는데, 이야기는 여기서부터 급물살을 타게 된다. 뒤팽은 장관을 직접 찾아가 여왕이 편지를 감췄던 드러냄의 방식 그대로 장관이 편지를 숨겼을 것으로 추측해 문제를 해결한다. 결국 편지는 뒤팽이 금액(보수)을 받고 경감에게 넘기기까지 뒤팽의 소유로 남게 되는 것이다.

그렇다면, 이제부터 이 소설의 핵심적 사항인 편지와 편지를 소유했던 자들의 관계가 주체와 어떻게 연결되는가를 짚어 보기로 하자. 우리는 편지가 일차적으론 다음과 같이 왕과 왕비 그리고 장관이라는 관계 속에서 이동됨을 알 수 있다. 도식으로 표현하면 이러하다.

왕이 편지를 소유하지 못하는 자리에 있는 것처럼 경감 또한 편지를 찾아내지 못한다. 그리고 왕비가 드러냄으로써 편지를 감춘 것과 마찬가지로 장관 또한 뒤팽이 들이닥쳤을 때, 편지를 드러냄으로써 편지를 감춘다. 그러니 왕비와 장관은 다른 인물이지만 결국 같은 위치에 있는 주체가 된다. 그리고 왕비=장관이 같은 주체의 자리에 있는 것과 마찬가지로 편지를 훔쳐 간 뒤팽은 장관과 같은 주체의 자리로 이동하게 된다.

그렇다면, 이렇게 구조화되는 '도난당한 편지'가 말해 주고 있는 것은 무엇인가. 다시 처음의 의문인 편지의 기표에 관해 물어볼 차례다. 도입부터 여왕이 쥐고 있는 편지는 누가 누구에게 전달되었는지의 사항, 즉 발신인과 수신인 사이의 내용은 중요시되지 않고 있다. 단지 그 편지를 누가 갖고 있느냐만이 여왕을 쥐고 흔들 만한 권력의 문제가 되어 소환된다. 그러한즉 편지는 권력의 기표로써 "드러나기 전까지"는 상상계에서 작동하며, 오히려 비밀편지가 발각되어 "드러나고 나면" 허구적인 편지로 상징계에 자리하게 된다. 그러므로 발각되지 않은 상태에서의 편지는 기표로써 주체의 자리를 바꿀 힘을 가지게 되는 것이다. 주체가 편지를 갖는 것이 아니라, 기표로 작동하는 편지가 주체의 자리를 바꾸고 위와 같은 반복의 구조를 만들어 낸다.

라캉은 『에크리』 서문을 통해(「도난당한 편지」에 관한 세미나는 원래 불어판 『에크리』의 맨 앞에 실려 있던 것이다) '도난당한 편지'를 정신분석학적으로 설명하면서 구조의 반복을 '반복강박(Wiederholungszwang)'으로써 문제시한다. 프로이트의 용어인 '반복강박'은 강박적인 반복 증상으로, 이것은 단지 무의미한 행위를 반복하는 동작들로 보이는 행위의 무의식이 실상 외상적인 트라우마—억압된 것이 돌아오는 것—

로부터 비롯된다는 것이다. 결론적으로, 위의 세 명이 갖는 같은 구조는 반복강박을 통해서 드러나는 기표의 우위라고 말할 수 있게 된다. 각 구조 안에서의 주체는 무의식적 충동에 시달리고, 결국 기표에 의해 배치되는 모습을 갖추게 된다.

문자, 무의식이 전해 온 편지

그렇다면 어떠한 연유로 그들은 동일한 구조를 보이는 것일까. 무의식의 작용과 이로써 드러나는 반복강박에 대해 좀 더 살펴보기로 한다. 라캉은 세 가지 시선을 구조화시키는 세 가지 순간들은 세 주체에 의해 수행되며 매번 등장인물을 바꾸게 된다고 설명한다. 다시 말해, '시선(regard)'을 통해 각 인물의 위치가 결정된다는 것이다.

여기에서 말하는 세 가지 시선에는 첫째로, "아무것도 보지 못하는 시선"이 있다. 이것은 왕과 경감의 시선이다. 둘째는 "첫 번째 시선이 아무것도 볼 수 없으니 자신이 숨겨 놓은 것이 드러나지 않으리라 여기는 자신을 스스로 기만하는 시선"이다. 왕비와 장관의 시선이다. 셋째는 "앞의 두 시선이 숨기는 데 실패한 원인을 알고서 누구나 볼 수 있도록 방치해 두는 것이 오히려 진정으로 숨기는 것이라고 믿는 시선"이다. 여기에는 장관과 뒤팽이 속한다. 다시 말해서 시선의 문제로 주체가 이동하는 경로를 파악한다면, 다음과 같다.

아무것도 보지 못하는 시선: 왕=경감.
자신이 숨겨 놓은 것이 드러나지 않으리라며 자신을 스스로 기만하는 시선: 왕비=장관.
앞의 실패한 원인을 알고, 볼 수 있도록 하는 게 숨기는 것이라 믿는 시선: 장관=뒤팽.

이러한 고려에서 도출된 결론은, 각 인물이 각자가 가지는 시선으로 말미암아 반복적으로 발생하는 같은 구조 내에 배치된다는 것이다. 앞서도 언급했지만, 얼핏 판단키로는 각 인물이 도난당한 편지를 찾아 소유한다고 생각할 수 있지만, 오히려 각 인물이 편지에 의해 자리가 바뀌는 것임을 확인하게 된다. 그렇다면, 구조화되는 이러한 반복은 왜 발생하는가. 편지라는 기표는 어떤 상상적 의미를 지니기에 그러한 것인가에 대한 라캉의 분석은 다음과 같다. 먼저 그는 각 인물에게는 나르시시즘적 '자기애'가 동원된다고 파악한다. 편지를 중심으로 펼쳐지는 사건에서 '자기애'는 편지를 도난당한 사람이 편지를 훔친 자가 누구인지 알고 있다는 것으로 인해 발생한다. 즉, 편지를 훔친 장관은 중요한 편지를 도난당한 왕비의 권능을 자신이 갖고 있다는 생각으로 나르시시즘에 빠지는 것이다. 이것은 상상적인 편지의 권능으로 인해, 장관이 왕비에게 있어 권능을 가진다는 것을 믿고 있기에 가능한 일이다. 그리하여 장관은 편지를 갖게 되자 왕비의 자리에서 편지에 붙잡히게 된다.

그러면 이제 장관은 권능의 위치에 고정되었는가. 왕비의 방에 장관이 들이닥쳐 편지를 훔쳐 간 것처럼 이제 여왕의 자리에 있는 장관의 방에 뒤팽이 찾아오게 된다. 장관은 마치 자신은 왕비의 권력을 찬탈한 사람인 것처럼 굴지만, 정작 뒤팽이 찾아왔을 때, 왕비처럼 행동한다. 비록 편지를 뒤집어 새로운 주소(장관 자신의 주소를 수신인으로 적어 넣음으로써 더욱더 '자기애'와 결부된 형태로 나타난다)를 적어 넣지만 말이다. 장관의 반복된 행위는 인간의 무의식이 발현되는 지점이며, 결국 무의식은 기표에 사로잡혀 나타남을 알 수 있다. 그렇다면, 도난당한 편지(letter)는 다른 말로 도난당한 기표(문자)라고 할 수 있을 터이다. 그리고 이 기표는 고정된 것이 아닌 게 된다. 또 한편으로 편지는 무의식이 전해 온 편지가 되기에 증상과도 연결된다. 결론적으로 삼각형의 구조에서 같은 반복을 보이는 것은 각 인물의 증상에 관련된 문제이며, 무의식이자 기표인 편지에 의해 주체가 종속됨을 보여 주는 것이라 할 수 있다.

라캉은 타조의 정치학을 빌려 도난당한 편지에서의 각 인물의 행동을 설명한다. 첫 번째 타조가 모래 속에 머리를 파묻고 있으므로 두 번째 타조는 자신이 그 타조의 눈에 띄지 않을 것이라고 믿고 있지만 바로 그 순간 세 번째 타조가 조용히 와서 두 번째 타조의 꼬리털을 뽑게 된다. 이에 대입해 보면, 왕과 경감은 편지가 은밀한 곳에 숨겨져 있다고 생각하기에 "상상계에 머물러" 있는 인물이다. 이에 반해, 여왕과 장관은 편지가 드러남은 알지만, 자신이 알고 있다는 것이 보인다는 것은 모르는 상태이기에 상징계에 도달했다가 다시 상상계로 진입하는 인물이 된다. 오로지 편지를 찾게 되는 뒤팽만이 상징계에 머무는 인물이다. 다시 말해, "편지는 상징계 속에서만 찾아"지기 때문이다. 하지만 뒤팽 역시 상징계에 잠시만 머무를 뿐이다. 편지는 뒤팽의 손에서 다시 여왕에게로 돌아가고 그다음 편지의 권능은 또다시 왕에게로 이동한다. 이렇듯 편지는 고정된 사물이 아니라, 기표(=문자)의 의미를 갖고 끊임없이 유동한다. 기표는 주체를 각 위치에 이동시키며, 여왕, 장관, 뒤팽이라는 각 인물이 편지를 향해 보이는 욕망의 삼각형을 구축한다. 보이지 않는 편지의 권능으로 말미암아 생긴 자리자꿈이다.

이인칭 당신과 편지 시편, 허수경

여기에서는 앞서 살핀 편지의 구조가 문학작품에서 어떻게 구현되는지의 사항을 알아보기로 한다. 오늘날 현대시의 흐름에서는 여성의 지위 상승과 시대적 분위기에 맞물려 여성적 진술은 곡진한 여성적 문체, 또는 전략적 여성적 언술 구조에서만 다뤄진다. 이에 현대시에서의 편지 시편의 의미를 새로운 관점으로 모색해 보는 것은 다양성의 의미로 자리할 수 있을 것이다. 그러한즉 간략하나마 이 장에서는 편지 시편을 다루기로 한다. 편지를 통해 언술 구조를 구축한다는 것은 어떠한 시적 맥락에서건 그리움의 정조가 투영된다는 것을 바탕으로 한다. 요컨대, 무엇보다 편지는 발/수신자라는 대상이 발생하는 속성 때문이다. 그러한 측면에서 고향을 떠나 타향에서 생활하는 여성 시인의 작품이라면 한층 더 편지 형식의 의미가 뚜렷하게 파악될 수 있을 것이다.

나에게 편지를 썼으나 나는 편지를 받아 보지 못하고 내 영혼은 우는 아이 같은 너를 달랜다 그때 나는 갑자기 나이가 들어 지나간 시간이 어린 무우 잎처럼 아리다 그때 내가 기억하고 있던 모든 별들은 기억을 빠져나가 제 별자리로 올라가고 하늘은 천천히 별자리를 돌린다 어느 날 애인들은 나에게 편지를 썼으나 나는 편지를 받지 못하고 거리에서 쓰러지고 바람이 불어오는 사이에 귀를 들이민다 그리고
　　　　　—「어느 날 애인들은」(『내 영혼은 오래되었으나』) 전문

허수경은 두 번째 시집부터 '당신'이라는 이인칭을 적극적으로 사용하는데, '당신=너'는 '나'의 고백과 진술의 대상으로서 편지 시편에서 중요한 역할을 띤다. 우선, 위의 편지 시편 외의 거의 모든 편지 형식의 시는 '당신'에게 고백하는 말투로 전개된다. 두 번째부터 지속해서 나타나는 시인의 '편지'는 타자를 향한 끊임없는 시도로 발생하는 발화의 한 방식이다. 하지만 타자와의 합일점이 쉽사리 찾아

지지는 않는데, 이것은 편지가 다름 아닌 병든 아버지이자, 실연한 연인이자, 전쟁을 묵과하는 초월적 존재와 관련된 욕망의 통로이기 때문이다.

가령, 「어느 날 애인들은」에서의 '편지'는 '내'가 '나'에게 쓴 '편지'이다. 자못 의미심장하기도 한 자신에게 쓴 '편지'의 내용은 정작 문면에 드러나지 않는다. 두말할 것도 없이, 자신에게 쓴 자신의 '편지'라는 점이 중요한데, 라캉이 분석한 「'도난당한 편지'에 관한 세미나」를 통해 알았듯이 '편지'는 반드시 목적지에 도착함을 상기할 필요가 있다. 그렇다면 과연 이 작품에서의 목적지(수신인)는 어디(누구)인가. "나에게" 쓴 '편지'라는 행에서 유추할 수 있듯이, 위 작품에서 발신인이자 수신인인 '나', 즉 '내'가 쓴 '편지'는 시적 주체를 떠나지 못한 채 '나'에게 보관되어 있다. 요컨대, '편지'는 고스란히 자신이 가진 상태다. 그렇다면 '편지'는 목적지에 도달하지 못한 것일까. 지젝은 "부치지 않은 편지를 보관하는 것은 특이한 속성을 지닌다"라고 주장한다.

부치려는 의도도 없이 쓴 편지를 간직하는 몸짓은 정말 특이하다. 어떤 의미에서 우리는 편지를 보관함으로써 결국 편지를 "부친다". 그럼으로써 우리는 (편지를 찢어 버릴 때처럼) 우리의 생각을 포기하거나 혹은 무가치하고 어리석다고 폐기해 버리는 것이 아니다. 반대로, 우리는 그것에 과도한 가치를 부여한 것이다. 자기 편지를 간직함으로써 사실상 우리는 자기 생각이 실제 수신인의 응시에 맡겨 버리기에는 너무나 소중하다고 주장하는 것이다. 그것의 가치를 모를 수도 있는 현실의 수신자 대신 우리는 환상 속의 대리인, 즉 제대로 이해하고 감상할 수 있다고 온전히 믿을 만한 자에게 보낸다.

—슬라보예 지젝, 『그들은 자기가 하는 일을 알지 못하나이다』

　다시 말해, 「어느 날 애인들은」의 '나'는 '편지'를 보관함으로써 '편지'를 부친 것이며, 결론적으로 무의식이자 여성적 주체 자신의 기표인 '편지'의 "과도한 가치"는 현실의 수신인인 자신에게 도달하지는 못했지만, 궁극적으로는 "제대로 이해하고 감상할 수 있"는 진정한 수신인에게 도착하게 된다.

　　당신……, 당신이라는 말 참 좋지요, 그래서 불러 봅니다 킥킥거리
　　며 한때 적요로움의 울음이 있었던 때, 한 슬픔이 문을 닫으면 또 한
　　슬픔이 문을 여는 것을 이만큼 살아옴의 상처에 기대, 나 킥킥……, 당
　　신을 부릅니다 당풍의 손바닥, 은행의 두 가래 그리고 합침 저 개망초
　　의 시름, 밟힌 풀의 흙으로 돌아감 당신……, 킥킥거리며 세월에 대해
　　혹은 사랑과 상처, 상처의 몸이 나에게 기대와 저를 부빌 때 당신……,
　　그대라는 자연의 달과 별……, 킥킥거리며 당신이라고……, 금방 울
　　것 같은 사내의 아름다움 그 아름다움에 기대 마음의 무덤에 나 벌초
　　하러 진설 음식도 없이 맨 술 한 병 차고 병자처럼, 그러나 치병과 환
　　후는 각각 따로인 것을 킥킥 당신 이쁜 당신……, 당신이라는 말 참 좋
　　지요, 내가 아니라서 끝내 버릴 수 없는, 무를 수도 없는 참혹……, 그
　　러나 킥킥 당신
　　　　　　　　　　　　　　　　—「혼자 가는 먼 집」(『혼자 가는 먼 집』) 전문

　「혼자 가는 먼 집」 또한 발설과 침묵의 휴지가 반복으로 진행되면서 '당신'이라는 이인칭의 특징이 드러난 시편이다. 이 작품은 편지를 빌린 형식은 아니지만, 고백체의 언술은 편지와 같은 구어적인

특징을 공유하며 발신인 '나'가 수신인 '당신'에게 도달하는 '편지'에 다름 아닌 형태로 진술된다. '당신'은 '나'의 욕망의 대상으로 시적 주체는 자신의 욕망을 숨김과 드러냄(남)의 방식으로 드러낸다. 이와 같은 언술 구조는 허수경의 두 번째 시집부터 큰 시적 특징으로 자리하는데, 산문집에서도 같은 방법적 진술이 빈번히 나타난다.

가령, "기억 선생님"에게 '-습니다'로 전하는 산문 등이 그러한데(『모래 도시를 찾아서』, 2005), 이것은 모두 「혼자 가는 먼 집」처럼 실연을 겪고 고향을 떠난 자의 내면의 신산함에서부터 비롯된다고 짐작되며, 궁극적으로 욕망이 투사되는 장소로 '먼 집'은 자리한다.

지난주까지 이방의 병원에 있었습니다
끼니마다 나오는 야쿠르트를 넘기며 텅 빈 세계 뉴스의
눈동자를 들여다보는 나날이었어요
병원 옆에는 강이 하나 있다고 하나
강물은 제 갈 길을 일찌감치 다른 곳으로 돌려 병원 옆 강에는
무성한 풀이 돋고 발 달린 물고기들이 록밴드처럼 울고 있었어요
어제 당신의 편지를 받았습니다
피곤한 눈 대신 귀가 당신의 편지를 읽었어요
아마도 이웃집 기타리스트에게 기타는 빌려 온 연인인가 봅니다
빌리는 시간이 그냥 지나쳐 버릴까 봐
기타리스트는 기타의 심장에다 혀를 가져다 대고 있는데
아버지는 또 군대를 그곳으로 보냈나요
소리 없이 그곳으로 보냈나요
그래서 아이들은 부엌에 앉아 감자 껍질을 벗기며
오래된 동화책에다 물을 주고 있나요

어제는 하릴없이 마흔 살에 죽었다는 철학자의 초상을 들여다보고
있었어요
어제는 하릴없이 스무 살에 죽었다는 시인의 몸에 대한 환상을 읽고
있었어요
까르륵거리며 새들은 학교에서 돌아오고
도르륵거리며 다람쥐들은 철근공사판에서 돌아오는 나날이었지요
울까 봐 두려워 잠을 자지 않았어요
꿈이면 언제나 울었거든요

　　　　—「추운 여름에 받은 편지」(『빌어먹을, 차가운 심장』) 전문

그해 여름은 추웠어요
당신이 그 골목에서 젖은 지전 이천 원을 던져 주던 이가 나라는 걸
알아보셨어요?
복날인데 어떤 식당도 뜨건 탕을 끓이지 않던 망국의 저녁을 기억하
셨어요?

　　　　—「추운 여름에 쓰는 편지」(『빌어먹을, 차가운 심장』) 부분

　다섯 번째 시집인 『빌어먹을, 차가운 심장』에 수록된 위의 두 편
「추운 여름에 받은 편지」와 「추운 여름에 쓰는 편지」로 대응되는, 주
고받는 편지 형식의 작품이다. 시제에서부터 유추되는 것은 "추운
여름"이라는 이상한 계절로 암시화되는 세계의 전쟁상이다. "이방의
병원"에 있는 시적 주체가 읽는 "당신의 편지"는 다행히 수신인에게
도달해 있는 상태다. 하지만 이 '편지' 또한 소통의 불능이라는 점을
떠올리지 않을 수 없다. "피곤한 눈 대신 귀가 당신의 편지를" 읽고,
이후에도 "시인의 몸에 대한 환상"을 읽듯이 각 국면이 환상적 국면

으로 조성된다. 이것은 '아버지'가 보낸 '군대'에서 연유하는 세계적 감정이 우울과 불안인 까닭이다. 그렇기에 "추운 여름"이라는 이상 기후 속에서 주고받는 편지는 "망국의 저녁"일 수밖에 없다. 결국 주체가 말하고자 하는 것은 너와의 소통이라기보다는 소통이 부재한, 불능일 수밖에 없는, 세계상의 고발이다.

뭐 해요?   ① (주체 또는 목련)
없는 길 보고 있어요   ② (목련 또는 주체)

그럼 눈이 많이 시리겠어요   ①
예, 눈이 시려설랑 없는 세계가 보일 지경이에요   ②

없는 세계는 없고 그 뒤안에는
나비들이 장만한 한 보따리 날개의 안개만 남았네요

예, 여적 그러고 있어요
길도 나비 날개의 안개 속으로 그 보따리 속으로 사라져 버렸네요

한데
낮달의 말은 마음에 걸려 있어요
흰 손 위로 고여 든 분홍의 고요 같아요

하냥
당신이 지면서 보낸 편지를 읽고 있어요
짧네요 편지, 그래서 섭섭하네요

예, 하지만 아직 본 적 없는 눈동자 같아서

이 절정의 오후는 떨리면서 칼이 되어 가네요

뭐 해요?   ①

예, 여적 그러고 있어요   ②

목련, 가네요

—「목련」(『누구도 기억하지 않는 역에서』) 전문

　앞의 편지 시편들과는 달리 「목련」은 목련이 발신인인 '편지'를 수신인이 발화로써 알려 주는 작품이다. 순리대로 이루어지는 계절의 흐름은 감각적 감수성(sensibility)으로 구현되며 비가시적인 사건을 가시화한다. 얼핏 감각적으로 축약된 듯 여겨지기도 하지만, 그러나 "없는 길"을 보고, "없는 세계가 보일 지경"인 '나'와의 대화 상대인 '너'의 시제는 불분명하게 혼동된다. 가령, 2-7연까지는 주체의 혼잣말로 가정한다고 해도, 1연, 2연과 8연 마지막 연은 확실한 대화체로 묻고 답하고 있기 때문이다. "뭐 해요?"와 "예"는 분명한 타자를 설정하고 있다는 사실을 알려 주면서도, 작품은 쉽사리 발신인과 수신인의 정확한 관계를 알려 주지 않으며 대상을 욕망하는 주체의 발화로 집약된다. 허수경의 후반기에 속하는 「목련」 편지는 앞선 작품들과 달리 자연의 순환을 통해 인생의 단면을 자연스레 그리는 듯 여겨지기도 한다. 그러나 실상은 진정한 주체의 욕망 차원에서 맥락화됨을 파악할 수 있다. 즉, 편지 형식을 통한 시인의 대다수 작품은 주체의 욕망이 언제나 전면적으로 드러나지 않고, 감춤과 드러냄(남)의 방식으로 편지 형식 속에 기입된다.

인문주의 예술가 뒤러의 멜렌콜리아

여기에서는 현대시에서 빈번하게 언급되는 멜랑콜리에 대해 알아보기로 한다. 오늘날 작품 내에서 큰 정조로 자리매김하는 멜랑콜리를 통해 오늘날의 세계 감정과 시인들이 구현해 내는 정동(affect)에 대해 이해하기로 한다. 어쨌든, 이것은 궁극적으로 무의식과 관련해 내면을 분석하는 작업의 기본이 될 것이다.

뒤러의 판화 「멜렌콜리아 1」은 멜랑콜리를 쉽게 이해하기에 더할 나위 없이 좋은 작품이다. 에르빈 파노프스키의 글을 통해 우리가 알 수 있는 것은 판화 「멜렌콜리아 1」이 개별적이고 독립적인 작품이라기보다는 다른 판화와 비교되는 모습으로 설명된다는 것이다. 그렇기에 「멜렌콜리아 1」은 「서재의 성 히에로니무스」와 상반된 대응물로 언급된다. 이 2점의 판화는 뒤러 자신이 최고 동판화 3점에 포함할 정도로 완성도를 갖추고 있는 작품이다.

「서재의 성 히에로니무스」(1514, 동판화)는 전체적으로 밝고 나른한 배경적 분위기가 드리운 서재다. 성 히에로니무스는 받침 탁자를 두고 뭔가를 작성하고 있는 모습이며, 열중한 그만이 작품 한가운데 드러난다. 또한 그와 함께 서재에 누워 있는 동물들은 나른하고 평온한 상태로 눈을 감고 있다. 이처럼 히에로니무스의 서재는 따뜻한 분위기를 조성하며 신학 연구에 빠져든 신학자의 모습으로 축약된다.

이에 반해 「멜렌콜리아 1」(1514, 동판화)은 확연히 대비된다. 날개를 달고 있는 멜렌콜리아는 심드렁한 자세로 앉아 있는 여성의 모습이다. 건물 옆에서 턱을 괴고 앉은 그녀는 서재에 자리하고 있는 히에로니무스와는 정반대로 혼잡스러운 풍경 내에 자리한다. 바다로부터 그리 멀지는 않은 듯 바다 위에 드리운 햇살과 무지개가 선명하다. 또한 뼈가 앙상한 개가 근처에서 누워 있고, 멜렌콜리아와 함께 우울감을 드리운 표정으로 '푸토'는 '회전 숫돌 위'에서 '석판'에 무언가를 적고 있다. 신학 연구에 빠져 있는 히에로니무스와는 다르게 혼잡한 것들에 둘러싸인 멜렌콜리아는 흐트러진 머리, 주름진 옷차림새로 우울한 "휴지(休止) 상태"다. 한 손에는 컴퍼스를 쥐고, 한 손으로는 턱을 괴고 있으며 멈춰 있다.

게다가 「멜렌콜리아 1」에서 세부적인 부속물들은 여러 암시화로 작용한다. 석조건물에 삐뚜름히 걸쳐져 있는 나무 사다리는 건물의 "불완전함을 강조"하는 형태로 배치된다. 또한 건물에 달린 '천칭, 모래시계, 종', 벽에 새겨진 '마방진(magic square, 여러 부분으로 나누어 숫자나 문자를 특수한 배열로 채운 정방행렬)'은 모두 의미화된다. 멜렌콜리아를 중심으로 '건축(목공)'과 관련된 도구들이 사방 어지럽게 놓여 있는 것도 마찬가지다. '회전 숫돌', '수평계', '톱', '자', '구부러진 못', '거푸집(주형)', '도가니', '타고 있는 석탄을 그러모을 통', '연필꽂이', '잉크병' 그리고 멜렌콜리아의 치마 밑에 숨겨져 있는 도구들이 화면을 꽉 메우고 있는데, 이 도구들은 모두 건축과 목공술에 관한 물품들로 이러한 물건들의 "상징과 표상"은 "과학적 원리"와 "수학적 법칙"에 입각한 장인의 측면을 나타낸다. '모래시계, 천칭, 마방진, 컴퍼스' 등을 통해 우주의 건축적 측면까지 아우르는 멜렌콜리아 판화는 멜랑콜리의 근원적 측면을 살펴보게 한다.

토성의 영향 아래, 벤야민

멜랑콜리는 고대로부터 서구문화의 4체액설에 기반한 우울질이라는 감정 형식으로 설명되어 왔다. 그래서 서구문화에서는 신화적 의미의 '점성술'에 기대 "토성(saturn)의 감정"으로 일컬어졌다. 19세기에는 중후반 이후 슬픔, 권태, 무기력, 허무 등의 감정 정서로서 멜랑콜리는 세계 감정과 연관되어 맥락화된다. 예컨대, "토성의 감정"은 "열정의 결여"와 "능력의 쇠락" 등으로 근대사회의 그림자로 드리운 세계감이라 말할 수 있게 된 것이다.

이른바 근대사회의 "문화적 모더니티"는 부르주아의 '공적 세계'의 반대편인 '사적 공간'에서 사투르누스(Saturnus, 프란시스코 데 고야의 「사투르누스」(1820-1824년경) 참조)라는 우울의 신을 부활시켰다. 사적 영역의 감정, 정서, 무기력, 우울, 파토스 등으로 강조되는 정서군은 다시 말해 근대의 어두운 영역이었으며, 발전 이면의 모습으로 고대 신화적 이미지는 부활하여 영향력을 끼쳤다. 그렇다면, 근대적 멜랑콜리는 사회의 추동력으로 작동하지 않는 무기력한 감정의 경도인 것일까. 이 세기적 감정에 대한 이해는 좀 더 세부적으로 살펴볼 필요가 있을 것이다.

현대철학에서 중요한 인물로 손꼽히는 발터 벤야민. 그를 일컬어 프랑스인들은 "슬픈 사람(un triste)"이라고 호명했다. 가까이에서 그를 지켜본 숄렘에 의한 증언도 그러하거니와, 그는 자신도 자신을 "우울한 사람"이라 생각했고 점성술적인 개념인 토성적 정조를 끌고 와 "나는 토성의 영향 아래 태어났다. 가장 느리게 공전하는 별, 우회와 지연의 행성……"이라며 그 영향을 설명했다.

벤야민의 우울증에 관한 이론은 1928년 출간된 『독일 바로크 연극(Trauerspiel, 비애극)에 관한 책』과 미완성된 『파리, 19세기의 수도』를 통해 전해지고 있으며, 그가 다룬 작가들은 보들레르, 프루스트, 카프카, 칼 크라우스, 괴테 등으로, 그는 우울질 기질인 이른바 토성적 요소를 뛰어난 작가들에게서 발견하고 기술했다. 벤야민이 다룬 인물 가운데 보들레르는 '도시 산책자(Flâneur)'로 대변되며 그는 에세이를 통해 19세기 파리라는 도시의 변화상을 중요하게 그려 냈다.

거리, 아케이드, 미로로 설명되는 19세기 파리는 벤야민에 의해
반복되어 서술되는데, 그는 당시 자본주의를 대표하는 화려한 파사
주(passage)와 도시의 여러 장소를 통해 본질에 대한 사유를 끌어냈
다. 파리의 파사주는 백화점이 등장하기 전까지 대표적인 자본주의
의 시각적 건축 공간이었다. 다시 말해, 사치품 판매의 중심지로 등
장한 파리의 파사주는 유리 지붕으로 씌워져 있었으며 대리석 벽으
로 된 통로들은 건물의 세세한 구역까지 이어져 지금의 현대적인 상
가 아케이드의 시초라 할 수 있다.

그곳에 들어서면 언제나 축축한 한기가 덮여 오고, 출구를 찾을 수
없을지도 모른다는 공포가 엄습한다. 입구의 높은 아치 밑에서 있는
구두닦이나 신문팔이의 가판대를 지나치자마자 경미한 혼란을 느낀
다. 어떤 쇼윈도는 날마다 춤추는 나를 약속하며, 마이어가 없으면 파
티도 없다고 말한다. 그런데 입구는 어디지? (중략) 파사주의 중앙 전
체가 횅하니 비었다. 나는 급하게 출구로 돌진한다. 지나간 시절의 군
중이 유령처럼 숨어서 벽을 끌어안고 탐욕스런 시선으로 싸구려 장신
구, 옷가지, 사진들을 바라보고 있는 것을 느낀다.

그러나 그토록 화려한 파사주의 풍경은 진보적이고 매혹적인
이미지로만 각인되는 것은 아니었다. 화려한 파사주의 다른 측
면에 대해서 프란츠 헤셀은 위와 같이 묘사해 낸다(『베를린 산책』,
1929). 예컨대, 상품으로 화려하게 드러나는 19세기 판타스마고리아
(Phantasmagoria)는 자본주의 시장의 환영을 보여 주면서 동시에 '폐
허'의 이미지를 동반하며 다음 세기를 감지하게 한다는 사항이다.
벤야민은 그의 연구 계획서에 "19세기부터 유래한 새로운 형태의

행동들 그리고 경제와 기술에 기반해서 이루어지는 새로운 창조물들이 어떻게 환영들"을 보여 주는지를 기술함으로써, 판타스마고리아의 경험을 인식시킨다. 이러한 판타스마고리아의 경험은 이후 세기의 자본주의의 정체까지도 맥락을 잇게 된다. 벤야민은 토성적 기질을 바탕으로 "자의식"과 "스스로에 대한 가차 없는 태도"를 취하면서, 시대의 변화상을 면밀하게 파악한 것이라 할 수 있다.

우울질의 사람인 벤야민은 비밀스럽게 위장하는 결벽증적인 취미를 갖고 있었다. 엠블렘에 이끌려 책을 수집하고 애너그램, 가명 등을 즐기는 것 등은 위장과 비밀을 즐기는 우울한 사람의 기질적 특징이었다. 자신의 우울질 기질을 통해 토성적 기질을 더욱 이론적으로 분석한 그는 『독일 비극의 기원』에서 멜랑콜리의 특징을 "느림", "불충실" 등으로 설명했다. 병리학적 징후로도 발견되는 우울증 기질은 "내적 무기력"을 외부로 투사하며, 우울한 인간은 "죽음의 그림자에 쫓기고" 있으므로 세상에 대한 파악을 잘하거나 관찰할 수 있는 사람이 되는 것이다. 벤야민은 그의 우울질적 특징으로 말미암아 바로크를 "사물(상징(엠블렘), 폐허)로 이루어진 세계로 묘사"하고 알레고리를 사물의 영역에서의 폐허와 같은 것으로 결론내렸다. 주지하다시피, 우울증자인 벤야민에게 있어 알레고리는 세상을 읽는 최대의 방법이자 "우울한 인간이 스스로에게 허락하는 유일한 쾌락"이었다.

책에 몰입하는 집중도는 벤야민의 특징적인 기질 중 하나였다. 무릇 "토성의 영향 아래 태어난" 사람은 자신에게 시선이 오면 "구석을 보거나" 책 뒤로 "머리를 숨기"는 것이다. 그러한 까닭에, 우울한 인간이 동반하는 특징에는 고독이 수반될 수밖에 없으며, 자신의 고독 속에서 일에 대한 집중이 현저하게 높아진다. 가령, 완전한 몰입

도와 집중력으로 말미암아 벤야민 같은 경우 『독일 비극의 기원』을 2년 만에 조사하고 집필할 수 있었다.

벤야민으로 대변되는 토성적 기질의 특징 중 중요하게 언급되는 마지막은 "자기 파괴적" 성질이었다. 숄렘은 벤야민이 여러 차례 자살을 고려했다고 밝히고 있는데, 벤야민 자신은 자신의 파괴성으로 국한하지 않고, 자살을 좀 더 현대적인 충동의 감정으로 분석해 설명했다. 다시 말해, 자살은 "영웅적 의지"와 관련한 반응이라는 것이다. 이를 통해 우리는 그가 자살이라는 파괴하는 성질에 대해 아이러니한 반응으로 대응했다는 점을 알 수 있다.

> 개인의 타고난 생산적 원가에 현대성이 부여하는 저항은 그의 체력과 불균형을 이룬다. 그래서 개인은 지쳐 죽음에서 도피처를 찾기도 한다. 현대성은 자살, 즉 영웅적 의지를 봉인하는 행위의 징후 아래 존재한다. (중략) 그것은 열정의 영역에서 현대성이 이룬 성취다.
> ―「보들레르에 나타난 제2제국 시대의 파리」

파리의 우울, 전복의 아이러니

여기에서는, 보들레르의 『파리의 우울』에 담긴 아이러니를 파악하고 앞서 살펴본 멜랑콜리와의 맥락을 이해하기로 한다. 흔히 상징과의 비교를 통해 언급되는 알레고리는 보들레르 문학의 한 특징으로 자리하며 전복적 사유에 의한 미학적 방식으로 언급된다. 조화롭고 재현의 방식에 충실한 통일성의 방법에서 벗어나는 전복적이고 전위적인 사고에의 추구는 보들레르가 지향했던 문학이었다. 당시 "부르주아적 세계"가 유지하는 현실의 체계를 허위적인 것으로 파악하고, 거기에 대항하기 위한 문학적 방편으로써 파편화된 의미의 알레고리적인 요소를 도입했던 보들레르였다. 그러나 그의 문학의 전복적 사고와 상상력의 측면에서는 알레고리보다 아이러니가 좀 더 구현되는 양상으로 작동되기도 했다. 여기에서는 "사악한 아이러니"라고까지 불리는 보들레르의 산문시집 『파리의 우울』의 「불쾌한 유리 장수」를 통해 이러한 예를 간략히 이해하고 가기로 한다. 산문시의 내용은 대략 이러하다.

나 역시 여러 번 이와 같은 발작과 충동의 희생자였다. 그럴 때면 우리는 어떤 악랄한 악마가 우리 내부로 슬쩍 들어와 우리도 모르는 사이에 그들의 터무니없기 이를 데 없는 의지대로 우리를 움직인다고 생각하게 된다.

어느 날 아침 나는 자리에서 일어나면서부터 우울하고 슬프고 무료함에 지쳐 무언가 어마어마한 짓을, 무언가 놀라운 행동을 하고 싶은 충동에 사로잡혔던 것 같다. 그래서 창문을 열었다. 그런데 아!

(중략)

내가 길에서 맨 처음 본 사람은 유리 장수였다. 그의 째지는 듯한 귀에 거슬리는 고함 소리는 무겁고 더러운 파리의 공기를 뚫고 내가 있는 데까지 올라왔다.

그런데 내가 왜 이 불쌍한 친구에게 그처럼 갑작스럽고 포학한 증오에 사로잡혔는지 나 자신도 설명할 수 없다.

"어이! 어이!" 하고 나는 그에게 올라오라고 소리쳤다. 그동안 나는 내 방이 7층에 있고 게다가 층계가 좁으니 이곳까지 올라오자면 사나이가 고생깨나 할 것이라는 것과, 그의 깨지기 쉬운 상품이 여기저기 층계의 모서리에 부딪히리라고 생각하며 어떤 쾌감마저 느꼈다.

마침내 그가 나타났다. 나는 그의 유리를 모두 자세히 살펴보고 말했다. "어째서지? 색유리가 없잖아. 붉은 유리며, 푸른빛, 장밋빛, 마술 유리, 천국의 유리 말이야. 뻔뻔하군. 인생을 아름답게 보게 하는 색유리도 없이 이 가난한 동네를 감히 돌아다니다니!" 그러면서 그를 세차게 계단 쪽으로 밀어붙였다. 그는 계단에서 비틀거리며 투덜거렸다.

나는 발코니로 다가가서 조그만 화분 하나를 들었다. 그리고 그가 다시 문 앞에 나타나자, 그의 유리를 받치는 지게 뒤 끝 위로 내 무기를 수직으로 던졌다. 그러자 그 충격으로 그는 나동그러졌고, 이 초라한 행상의 상품은 그의 등 밑에서 박살이 나고 말았다. 이 깨지는 소리는 벼락을 맞은 수정 궁전이 파열하는 소리 같았다.

그리고 나는 나의 광기에 더욱 도취되어 그에게 노기등등하게 외쳤다.

"인생을 아름답게! 인생을 아름답게!"

이러한 신경질적인 장난에는 그러나 손해가 따르기 마련이다. 흔히 그에 대한 비싼 대가를 치르는 수가 있다. 그러나 일 초의 순간이나마 무한한 쾌락을 얻는 자에게 영원한 형벌쯤 대수랴?

—「괘씸한 유리 장수」 부분

일인칭 화자 '나'로 전개되는 「괘씸한 유리 장수」는 한 편의 단편 소설을 연상시킬 정도로 줄거리와 구성이 명확한 작품이다. '나'조차도 "이와 같은 발작과 충동의 희생자"에서 드러나듯이, '나'는 당시 퍼져 있던 사회적 분위기로 말미암아 권태와 발작, 충동, 망상, 분노의 감정을 겪고 있는 자로 어느 날 아침 "우울하고 슬프고 무료함에 지쳐 무언가 어마어마한 짓"을 저지르게 된다는 것이 산문시의 내용이다. '나'는 어느 날 아침 유리 제품 파는 유리 장수를 자신의 7층 방까지 불러들여 난데없이 "인생을 아름답게 보게 하는 색유리"를 팔지 않는다는 터무니없는 이유로 장사꾼에게 노기를 띠며 유리 제품을 깨 버린다. 그리하여 유리 장수가 갖고 있던 유리들은 한꺼번에 깨지며 수정 궁전이 폭발하는 듯 커다란 소리를 내게 된다.

그렇다면, 이렇듯 충동적이고 악마적이기까지 한 기질의 '나'의 이야기는 무엇을 의미하는 것인가. 단지 시대적 분위기에 젖은 방탕자의 모습을 의미하는 것인가. 붉고 푸른, 그리고 장밋빛 등 "마술 유리, 천국의 유리"를 찾는 화자의 모습은 급기야 인생의 망상에 사로잡힌 인물로 여겨지기도 한다. 그렇지만, 이 산문시는 오히려 "인생을 아름답게 보게 하는 색유리" 즉, 사람을 현혹한 유리의 배경적 사회상을 이해해야 파악이 가능해진다. 여기서 "벼락을 맞은 수정 궁전이 파열하는 소리"는 의미심장하게 작용한다. '수정궁'은 당시 파리의 "화려한 거리나 혹은 국제박람회에서 경탄을 불러일으켰던 소비의 성전"에 대한 비유이며, 그럼으로써 "삶을 아름답게! 삶을 아름답게!(La vie en beau! la vie en beau!)"라는 고성의 외침은 당대 사회와 그 요구에 복무하는 "문학적 경향에 대한 비판적인 아이러니"의 의미를 함축한다. 그래서 "괘씸한" 유리 장수라는 심정적 판단은 당대 사회적 분위기 내에서 그걸 부추기는 상인의 암시로 이해해야 이해가 가능해진다. 당시 날로 화려해지는 파리와 자본주의적 소비는 이렇게 동시대 문학인 『파리의 우울』이라는 텍스트를 통해 증언된다. 진보라는 최전선에 놓인 건축물의 비유인 수정 궁전과 그를 비판하는 발작과 충동에 휩싸인 인물은 탄생하게 되었다. 우리는 이로써 『파리의 우울』에 담긴 감정과 정서의 암시가 개인적인 차원이 아니라는 사실을 새삼 파악할 수 있다.

멜랑콜리, 고향과 도시 허수경

전광식의 해석을 빌려 와, 우리말의 고향 개념을 네 가지로 분류하면 다음과 같다. 고향 개념은 "첫째, 고풍성(古風性)의 지평이다. '고향'의 '故'는 '예' 내지 '오래됨'을 뜻하므로, 고향은 급변하는 시대에 따라 변모한 그런 새로움의 세계가 아니라 '예스러운 모습'을 가리킨다. 둘째, 회상성(回想性)의 지평이다. '고향'의 '故'는 '떠나보낸', '떠나온'의 의미가 있으므로, 고향은 내가 떠나온 지나간 과거에서의 내 삶의 공간이다. 그래서 고향은 늘 '추억' 및 '동심'과 결부되어 있다. 셋째, 은닉성(隱匿性)과 순수성(純粹性)의 지평이다. 고향은 일반적으로 '시골'과 바꾸어 쓸 수 있을 정도로 도회지처럼 노출되는 때묻은 공간이 아니라 감춰지고 숨겨진 영역이다. 넷째, 풍경성(風景性)과 풍물성(風物性)의 지평이다. 고향은 어떤 곳이든지 간에 대개 어린 시절 뛰어놀던 들녘과 강, 산과 바다가 있으며, 또 고유의 풍물이 있는 곳이다. 그래서 그것은 인위적 문화의 저편에 있는 천연적 자연을 지니고 있으며, 그 나름의 고유성을 지니고 있다."

이상으로 요약건대, 우리말의 고향 개념은 오래고 지나온 것이며, 동심을 동반하는 개념으로 순수하고 천연적, 자연 친화적인 의미를 함유하고 있음을 알 수 있다. 개념 정의를 빌리지 않아도, 인간 의식 속에서 '고향'은 어머니의 상징적 반영이며, 회귀 의식이고, 본능적으로 추구하는 공간이다. 어머니의 상징적 반영이란 인간의 무의식에 자리 잡은 원초·본능과 관련한 것으로 시원적인 모태 의식과 결부된다. 그렇기에 현실과의 불화가 생겼을 때 '고향'은 이에 대항하는 심리적 기제로써 의미가 두드러진다. 여기에서는 우울과 관련한 사항으로 귀향 의식을 살펴볼 것이다. 또한 앞서 서술한 편지 방식이 어떻게 고향과 연결되고 귀향 의식을 강화하는지 알아보기로 한다.

사내는 환한 등불 아래 웅크리고 앉아 건물을 지켰도다

오 쓸모없는 건물 이 건물의 주인은 자본이 사유해 낼 수 없는 꿈을 가졌던 모양이군 임대되지 않는 형이상학이야

사내는 천천히 도시락을 꺼내네

식은 밥은 마른 찬처럼 아픈 식도를 내려가 빈 위장에 가시처럼 박혔도다

아마 식은 밥이 내 생애의 전당물이었을걸 나는 아직도 밥을 먹으면 마음이

아파 오지 쓸모없는 건물같이 잘 임대가 되지 않는 생애에도 격절보다는 능선이

많은 법이거든 이만큼 이어 온 것이 차라리 식은 밥처럼 내 식도를 건드려 주기만 해도

내 표정은 변할 수 있었어 나의 무표정은 내 생애처럼 끈질기지 나는 어디에다 표정을 빠뜨리고 말았을까

꿈같군 임대를 기다리며 식후의 보리차를 데우는 것이

밥이 아픈 건 능선의 고향 같은 것일 뿐이야

새로 끼운 유리창 너머로 웬 아가씨가 여길 들여다보고 있을까

이봐요 아가씨

당신은 이 도시에서 몸부터 먼저 헐릴 거야 끝내 마음은 가지고 다닐 수 없이 무거워지겠지 벌써 저녁이 끔찍한가

아가씨

무표정과 동무할 수 있는 건 도시의 등불밖엔 없어

아가씨 빨리 갈 길을 가요 얼마나 수많은 끔찍한 저녁이 삭신에 걸

터앉아야 무표정하게 나를 스쳐 갈 수 있을지 때로 밥이 아프거든 능선의 고향을 생각해요 끝내 갈 수 없는 곳일 터이므로

이 건물의 주인은 조랑말도 지나갈 수 없는 곳에다 포클레인을 끌어들일 게 뭐람 저 가질 수 없는 표정을 한 아가씨
저 아가씨라도 자본이 소유해 낼 수 있는 꿈을 가졌으면 좋으련만 빌어먹을, 무표정을 새로 시작하려는 것들이 끊임없이 목숨을 받고 또받고 있는 걸까

—「표정 1」(『혼자 가는 먼 집』) 전문

도시로 팔려 오는 짐승들의 뼈에는 쓸모없는 핏물이 많도다 너, 도시로 들어오는 길에서 울었니
피곤한 뼈는 쪼개지지 않고 여편네는 뼈를 다루다 땀을 훔치는도다

저 아가씨 아직도 국밥을 먹고 있어 한 숟갈이 태산 하나 떠내는 것 같군
왜 이리 눈물이 나지 파가 너무 매운 모양이군

여편네는 자꾸 우네
파를 썰며 눈물을 훔치며
이봐요 아가씨, 국물을 먹을 땐 눈물을 삼키는 게 아냐
뼈가 시린가, 이렇게 뼈국물을 우리면 퍽퍽한 생애가 또한 뽀얗게 흐려질 터이므로

도시 한켠에 허깨비 같은 김에 둘러싸여 그러나 보낼 것 같은 표정

만 끝내

떠나보낼 수 없는 표정만 짐승 울음처럼 웅크리는 법인 게지

무작정 상경한 울음의 도시,

우리는 寸尺의 시야를 가질 수……

—「표정 2」(『혼자 가는 먼 집』) 전문

위의 「표정 1」과 「표정 2」는 시적 주체가 도시에서 겪는 심리를 바탕으로 자애심이 추락하는 모습과 자기 비난의 양상을 보여 준다. 허수경의 『혼자 가는 먼 집』에 실린 대다수의 작품들이 이러한 특징으로 구현되는데, '사내'와 '아가씨'로 전개되는 「표정 1」에서는 도시의 "쓸모없는 건물"에 대한 반어적 진술로부터 "자본이 사유해 낼 수 없는 꿈"을 끌어낸다. "환한 등불" 아래서 "도시락"을 꺼내 허기를 채우는 '사내'는 "아픈 식도"를 가진 사람으로, 그의 "무표정"은 피폐한 도시적 삶의 표상이다. 그러므로 도시에서 만난 아가씨에게 "당신은 이 도시에서 몸부터 먼저 헐릴 거야"라고 말을 거는 행위는 자신에게 하는 발화 그 이상이 아니다. "능선의 고향"은 이제 "끝내 갈 수 없는 곳"일 터이므로, "끔찍한" 도시에서 무표정한 우울함에 그는 빠져 있음이 틀림없다.

「표정 2」의 '여편네'와 '아가씨'의 대화 또한 진정한 대화 형식이 아닌 「표정 1」과 같은 말 걸기 행위를 통한 혼잣말의 중얼거림이다. 말하고 싶은 무엇이라기보다는 "도시로 팔려 오는 짐승들"의 "핏물"과 "눈물"이 "국물"로 합쳐져 생애를 말해 준다. 시적 주체가 일컫는 인생은 "우리면 퍽퍽한 생애가 또한 뽀얗게 흐려질 터이므로" 표정만 "짐승 울음"처럼 지을 수밖에 없다. 프로이트는 「애도와 멜랑콜리」

(1917)에서 '애도(Trauer)'와 '멜랑콜리(Melancholie)'를 구분하며 상실을 상세히 다룬다. 이때 "사랑하는 사람의 상실, 혹은 사랑하는 사람의 자리에 대신 들어선 어떤 추상적인 것, 즉 조국, 자유, 어떤 이상(理想) 등의 상실에 대한 반응"도 설명한다. 이로써 유추해 본다면, 허수경의 작품들은 '도시로 상경한 자의 슬픔'과 사랑한 사람을 상실한 '연인에 대한 실연의 아픔' 그리고 '아버지를 상실한 자의 애도되지 못한 반응'과 관련됨을 파악할 수 있다. 멜랑콜리로 인해 주체는 "자아의 빈곤"을 느끼고 수시로 허기를 호소하며 자애심이 추락하는 병리적 증상을 보이게 된다. 나르시시즘은 "자아를 포기된 대상과 동일시(Identifizierung)하는 데만 기여할" 뿐이기에, 상실된 고향, 연인, 아비지 등은 모두 현재의 자아에게로 되돌려진다.

……며칠을 서성인다, 들어가 보지 못하고, 저 숲의 속은 자궁처럼 고요하리라 탯줄처럼, 황홀의 타원 쭈글쭈글한 주름벽의 황홀…… 정말 가지고 싶은 것은 가져서는 안 된다, 인적의 바퀴처럼 지나온 것들은 마땅히 묻을 것을 묻어 준다…… 가져서는 안 된다, 이것이 나의 일생이었도다……

그러나 끝내 비틈한 어깨여
쓰러지고 싶지는 않았으나 끝내 쓰러지리라

……쓰러진 위에…… 위에 발자국을 지우며 하얀 녹음 밑의 시커먼 개골창……
나의 돌아감을 나여 허락하라
나는 나에게밖에 허락을 간구할 때가 없나니

　일관되게 대모(大母)의 모습으로 미학적 지형학을 마련한 허수경 작품의 흥미로운 지점은 고향의 아버지와 관련해 두드러진다. 「아버지의 유작 노트 중에서」가 한 사례가 되기도 할 터이지만, 그 외의 작품들에서도 나타나는 욕망의 대상은 어머니가 아니라 고향과 관련한 아버지라는 점이다. 이것은 고향과 아버지를 상실한 주체의 결핍으로부터 기인하는 것이라 할 것이다. 아버지의 유작 노트에서 발견되는 사항으로 추측건대, "자궁처럼 고요"한 "저 숲의 속"은 "탯줄처럼, 황홀의 타원 쭈글쭈글한 주름벽의 황홀"로 나타나는 '태생지'를 의미하며 이곳은 또한 생을 마감하는 '죽음'을 상징한다. 이것은 고향 개념에서 살펴보았듯이 인간의 무의식에 자리한 원초·본능과 관련한 '고향'은 시원적인 모태 의식과 결부되는 까닭이다. 따라서 언제나 아버지에 대한 상실감이 주를 이룬다고 해도 상실된 아버지를 창립하는 것은 다름 아닌 여성성, 어머니에 기초한 은유의 형태로 가능해진다. 그리고 이 작품은 앞서 서술한 무의식이 전해 온 편지와 동일한 구조로써 구현되는 작품이다. 그러므로 자기 자신에게 쓴 편지처럼 '나'는 목적지가 발신자 자신인 "나에게" 글을 적어 보내고 허락을 "간구할" 수밖에 없다.

　　너는 왜 胃가 아프니 마음이 아프지 않고
　　그래서 이렇게 묻잖아 약은 먹니 술은 안 마시니 지워진 길도 길이
　니 얼굴이 아플 때도 있니 너 누구에게 맞았니!

　　그래서 돌아본다 조용필이나 고르며 일테면 나는 물고기 비늘 많은

물고기 가시 많은 물고기 가거도에 가면 멸치를 잡을 수 있을까요

마음끼리 헤어지기 싫어할 때 견딜 수 없는 몸은 마음으로 들어온다
에이 바보같이 에이,
마음의 어깨 마음의 다리 마음의 팔이 몸을 안는다

약은 먹니 그래그래 너는 아가리의 심연을 아니
근데 왜 바보같이 맞기만 했을까
몸의 마음이 너를 때렸니 가기 위해
돌아오기 위해?
히랑허랑……

—「사랑의 不善」 전문

멜랑콜리커인 주체와 관련해 살펴볼 또 하나의 특징은 '애
증 병존'과 '자기 징벌'의 양태다. 프로이트에 따르면, '사랑 대상
(Liebeobjekt)의 상실'은 사랑 관계에서 '애증 병존'의 양상을 띤다.
'애증 병존'에 따른 슬픔은 "자신이 사랑하는 대상의 상실에 책임"
이 있다고 여기며 그러함으로 "자신을 비하하는 자기 비난의 형태"
로 표출된다. 「사랑의 不善」의 주체가 "胃"가 아픈(실상은 마음도 아
픈) '너(=나)'에게 끊임없는 비난을 퍼부으며 추궁하는 것도 바로 이
러한 까닭에서다. 상실한 대상과의 동일시로 인해 대상에 대한 증
오는 급기야 가학증으로 발전해 나간다. 멜랑콜리커가 "자기 징벌
(Selbstbestrafung)이라는 우회로를 통해 원래의 대상에 대해 복수를
하는" 모습을 띠는 것과 유사하다. 문맥에 드러나는 가학적 형태는
주지하다시피 모두 나르시시즘적 퇴행 과정에서 온전히 이해할 수

있게 된다.

참고 문헌

허수경, 『혼자 가는 먼 집』, 문학과지성사, 1992 외.

김홍중, 『마음의 사회학』, 문학동네, 2009.

샤를 피에르 보들레르, 『파리의 우울』, 윤영애 역, 민음사, 2008.

수전 손택, 『우울한 열정』, 홍한별 역, 이후, 2005.

슬라보예 지젝, 『당신의 징후를 즐겨라』, 주은우 역, 한나래, 1997.

─────────, 『그들은 자기가 하는 일을 알지 못하나이다』, 박정수 역, 인간
　사랑, 2004.

양운덕, 『문학과 철학의 향연』, 문학과지성사, 2011.

에르빈 파노프스키, 『인문주의 예술가 뒤러』, 임산 역, 한길아트, 2006.

이미예, 「허수경 시의 귀향(歸鄕) 의식」, 한국교원대학교 교육대학원 석사
　학위논문, 2017.

자크 라캉, 『욕망 이론』, 권택영 역, 문예출판사, 1994.

지그문트 프로이트, 『무의식에 관하여』, 윤희기·박찬부 역, 열린책들, 1997.

─────────, 『정신분석학의 근본 개념』, 윤희기·박찬부 역, 열린책들,
　1997.

최문규, 「불협화음의 문학과 보들레르」, 『문학동네』, 1998.겨울.

홍준기 편, 『발터 벤야민: 모더니티와 도시』, 라움, 2010.

숲에 부는 봄바람, 명랑과 우울
─황인숙 시를 중심으로

뜸부기 갈매기 기러기 솔개 밀화부리 까마귀를 적었다 새가 와글거
리더니

오래전 살았던 둥구나무 한 그루 서고, 한 가지 휘어져

마음에 접붙고, 가슴이 품어 낸 수천 가지 수림으로 뻗쳤다

행간으로 숲 바람은 쇄 불다 잦아들었다

하, 마치 수만 개 말 중 연인들의 밭은 신음처럼

새가 날고, 오고,

서로를 재우는 은근한 공기가 고였다

인간 대신 목향이 공간 대신 풀숲이 일렁거렸다

맥없이 눈앞의 사물은 무너졌으나

저 너머 나무 꼭대기가 또렷이 바라다보였다

나직이 속삭여 보았다 나의 새야, 두려워 말고 어서어서 날아가

고개 숙여 앉았어도 훨 훨 훨

너 있을 숲으로 활개 치는 나의 두 팔

—김윤이, 「새 폴더」에서

공기 요정의 사랑과 리듬

얼마 전엔가, 내 머리에 떠오른 문장이 산문이라는 걸 문득 깨달았다. 그러고 보니 이즈음은 항상 그랬던 것 같다. 전에는 무슨 문장이 떠오르면 당연히, 저절로 시구로서였는데.

좀 정나미가 떨어지고 충격적인 일이다.

나의 리듬은 어디로 가 버렸는가?

그것을 찾는 것이 내 당면 과제다.

—『슬픔이 나를 깨운다』 自序

'리듬'은 "심장의 고동, 호흡, 신체적 운동 등 모든 생명의 기능"이다. 즉 살아 있는 생명은 숨이 붙어 있는 한 규칙적 반복과 휴지를 통해 리듬을 구성해 내는 존재가 된다. 그렇기에 흔히 통상적으로 떠올리는 운율, 운(rhyme)과 율(meter)이라는 개념적 설명을 하지 않아도 리듬을 내재적으로 느낀다고 할 수 있을 것이다.

에즈라 파운드는 다음 세 가지 구분을 적용해 현대시에서 '리듬'에 대한 현대적 의의를 밝히고 있다. 분류 때문에 '음악시(melopoeia)', '회화시(phanopeia)', '논리시(logopoeia)'로 나뉜 각 영역은 '음악', '시각 이미지', '말의 용법'이라는 시적 특징을 갖는다. 그런데 현대의 시대 흐름에 따라 시와 산문의 양자 간 엄격한 장르 경계는 허물어지고 있는바, 음악적 요소를 갖춘 시보다는 시각적이고 논리적인 언어 형태가 현대시에선 중요시된다고 볼 수 있다.

그렇다면, 앞서 산문적 문장을 엄격히 구분하고 "나의 리듬은 어디로 가 버렸는가?"라고 묻는 한 시인의 반성의 자서는 1990년대 시집에만 허용되는 사항이 돼 버린 것일까. 리듬적 요소는 이제는 정형적이고 인습화된 형태적 요소인가, 되돌려 물어볼 수 있을 것이다.

지금부터 살펴볼 사항은 바로 이것이다. 리듬이 정형적으로 반복 운용되는 것은 아님을 황인숙의 시 세계로 살펴본다는 것, 그리하여 리듬의 현대적 의의를 돌아본다는 것이다. 자아의 연속성을 갈망하는 인간적 특징인, 리듬에 대해서.

여기 한 여성 시인이 있다. 그녀는 1980년대 여성 시인의 목소리가 본격적으로 높아지기 시작할 때 등장한다. 주지하다시피, 1980년대는 1970년대 민중 의식이 계속해서 이어진 시대였으나, 또한 한결 자유로워진 시대적 분위기에 힘입어 여성 시인이 자신의 감각과 발화를 다채롭게 선보이기도 한 시대였다. 또한 1980년대 말부터 1990년대에 이르러 한국시사에서는 도시적 서정이라 일컫는 신서정이 대두되었는데, 1984년에 등단하여 작품 활동을 활발히 하던 황인숙은 여기에 속해 있었다. 다시 말해, 시인이 활동을 시작하던 시기는 새로운 가능성이라는 문학적 현상이 양적 단위로도 넓어지던 시기였고, 그러한 시대적 분위기 속에서 시인은 자신만의 시 세계를 뚜렷이 그려 냈다.

황인숙은 이후 작품 세계에서도 시적 성취를 드러내는데, 그것은 시의 정량적 기준(현재까지 작품집은 『새는 하늘을 자유롭게 풀어놓고』(1988), 『슬픔이 나를 깨운다』(1990), 『우리는 철새처럼 만났다』(1994), 『나의 침울한, 소중한 이여』(1998), 『자명한 산책』(2003), 『리스본행 야간열차』(2007), 『못다 한 사랑이 너무 많아서』(2016)이다)에 의해서만이 아니라, 그녀만의 일관적 시적 특징에서 비롯된다고 할 것이다. 상징이나 비유 등의 수사적인 방법론과는 거리가 먼 시인의 작품들은 시종 리듬을 살리는 꾸밈말(의성어, 의태어)을 사용해 경쾌, 발랄을 그려 낸다. 이미지 면에서도 시인은 줄곧 '숨', '바람', '공기', '새' 등의 공기 이미지를 통해 역동적인 명랑을 두드러지게 표출한다. 일곱 권 시집을 관통하는 특징으로 '공기'를 바로 떠올릴 만큼 시인은 사원소 중 '공기'에 밀착된 모습을 보인다. 보라. 탄성력으로 튀어 오르는 새와 하늘을. 시선이 역전된 유쾌한 표현을.

보라, 하늘을.
아무에게도 엿보이지 않고
아무도 엿보지 않는다.
새는 코를 막고 솟아오른다.
얏호, 함성을 지르며
자유의 섬뜩한 덫을 끌며
팅! 팅! 팅!
시퍼런 용수철을
튕긴다.

　　　　　　　　　　　　―「새는 하늘을 자유롭게 풀어놓고」 전문

　바슐라르는 "새에 있어서 아름다운 것은 원초적으로 새의 비상"이라고 하였다. "역동적 상상력에 있어서 비상은 으뜸가는 아름다움"인 것이다. 또한 새는 "인격화된 자유로운 공기"이기에, 위의 작품은 새가 하늘을 풀어놓는다는 역전된 시선과 함께 공기적 상상력을 자유롭게 펼친 작품이라 할 것이다. 이렇듯 공기 이미지와 더불어 상승·비상하는 메타포들은 시인의 초기 시 세계를 관통하는 주요 특징으로 자리한다.

질주하는 새는 흡사
집중 사격을 받고 공중에
치솟아 일순
정지해 있는 것 같다. 그리고 대기가
대신 달리는 것이다.

　　　　　　　　　　　　　　　—「벌레들의 계절」 부분

아아 남자들은 모르리
벌판을 뒤흔드는 저 바람 속에 뛰어들면
가슴 위까지 치솟아 오르네
스커트 자락의 상쾌!

　　　　　　　　　　　　　　　—「바람 부는 날이면」 전문

공기와 나는 서로에게서 빠져나와
담백해지려고 서두른다.
날면서 나는 죄, 혹은 의식을 토해 내고
끊임없이 나를 용서하고
세계의 운율들이 한꺼번에 몰려들어
숨과 교체하고

　　　　　　　　　　　　　　　—「추락은 가벼워」 부분

저녁의 겨드랑이 시위처럼 당겨져
누가 행복한 햇님을 쏘아 올린다

너는 달아난다
내게 쫓아가는 기쁨을 주기 위해?

(중략)

오, 모든 무게들이
튕겨져 오르는 순간!

—「황혼」 부분

낯선 사람들이 드리우는
청명한 어둠 속에서
내 발목은 유연하다.
어깨 역시 편안해라.
아, 친근한, 낯선 어깨들 속에서.

(중략)

낯선 사람의 시선은
서늘한 바람.

(중략)

나 역시 그에게
섬광이거나 바람.

—「덤으로, 춤을 추다」 부분

산 중턱 무덤가인데요.

부들이 손짓하듯 나부끼는데요.

갈대도 억새풀도 나부끼는데요.

하늘과 산모롱 가득히

노란 깃털 파란 깃털이 흩날리는데요.

무덤의 주인들이 잠을 깨어나

가늘게 가늘게 눈을 뜨는데요.

—「죽음의 춤」 부분

황인숙의 초기 시 세계는 이처럼 역동적 상상력으로 구현된다. 시
인의 역동적 상상력은 중력을 이겨 낸 이미지로 행복과 자유를 싣고
단박에 밝은 쪽으로 날아간다. 이때 "힘차고도 부드러운 바람"은 주
로 공중에서 불며, "불길한 바람"으로 돌변한 바람은 주로 '대지＝저
지(심연)＝어둠'으로 흡수된다. 이것은 무엇보다 시적 화자의 심상이
바람에 투영되었기 때문이리라.

어머니인 대지는 밟아서 다져진다. 한편 그 땅을 밟고 다시 솟구친
(무용수의) 도약의 높이가 점점 높아지는 만큼 식물은 자라 솟아오르
게 될 것이다. 이것은 봄의 상징들과 풍요의 제례(祭禮)들에 관계된다.
'봄의 제전'은 바로 이와 같은, 땅을 밟으며 발을 구르는 제례 행위들로
채워질 것인데 그럼으로써 그러한 밟기와 도약에 어쩌면 최초의 것이
될 하나의 의미를 부여할 것이다.

—바슐라르, 『공기와 꿈』

작품에 빈번히 등장하는 바람(공기) 이미지는 "솟구친 (무용수의)

도약"을 연상시키기에 충분하다. 그리고 숲과 식물(나무)에 유난히 애착을 보이는 황인숙의 시 세계는 비정하고 메마른 도시와 대비되어 일종의 산책 몽상을 꿈꾸게 한다. 이쯤에서는 바슐라르의 『공기와 꿈』의 해석을 빌어, 무용수의 도약을 하는 '공기 요정'을 떠올려보지 않을 수 없게 된다.

일찍이 서양 신화에서 작거나 어린 '실프(sylph)'인 '라 실피드(La sylphid)'는 '공기의 요정(La sylphide)'을 일컬었다. 이 작고 귀여운 어린 요정은 문학에서뿐만이 아니라, 19세기 유럽 낭만주의 운동에 힘입어 탄생한 낭만 발레(Romantic ballet)에도 등장하게 된다. 그리하여 탄생한 「라 실피드(La Sylphide)」는 이탈리아 발레리나인 마리 탈리오니(Marie Taglioni)가 주연을 맡아 명성을 떨친 작품이 되었다.

프랑스 혁명 이후, 군주주의와 민주주의의 투쟁이라는 힘든 현실 세계에서 벗어나고픈 의식에서 비롯된 환상의 세계는 '낭만주의 예술' 경향으로 나타나게 된다. 19세기는 여성 무용수들의 활약이 의미 깊던 시대였는데, 탈리오니는 그중 대표적 인물이었다. 그녀는 이전까지의 발레 의상인 거추장스러운 궁중 드레스를 종 모양의 '튀튀'로 과감하게 변형해 입고, 공중에 오랫동안 머무는 '발롱(ballon)'이라는 기법을 선보이게 된다. 낭만 발레에서 숲속 산들바람에 실려 둥실 떠오른 공기 요정은 역동적 상상력에 의해 바람을 타는 황인숙의 공기 이미지와 등치가 된다. 이것은 '페리(Péri, 페르시아 요정)'와 '실피드(Sylphide, 여자 공기 요정)'로 대표되는 공기 요정이 "대기적 전형"인 까닭에서다. 실피드는 "새를 상당 부분 의식적으로 추론해 낸" 것이기에 우리는 비상을 어렵지 않게 떠올리게 되며, 그러한 이미지에 사로잡힌다.

황인숙이 감지하는 "바람은 이토록이나 상쾌"하고, "빗물 고인 풀

밭에서 풀잎에 걸린 회색빛 구름 터뜨리는 맨발처럼" 경쾌한(「산책」),
"야채즙 같"이 특별하게 빨리는 "공기"다(「밤은 빗속을」). 그리고 대기
의 변형체인 안개는 "비누방울처럼 터뜨려"지는 유쾌함을 안겨 준다
(「눈가리기 할까요?」).

> 그가 '영혼'이라고 말했다.
> 가을 햇살 속에 떨어지는 첫눈처럼
> 이국어처럼
> 이국에서 듣는 모국어처럼
> 그것은 부드럽고 신선하게
> 내 귀에 스며든다.
>
> 방금 지나가는 노란 택시는
> 이 순간 고요하고 투명하다.
> 덜컹거리며 들어서는 외기를
> 햇살은 감싼다.
> (중략)
>
> 커피 잔과 흰 탁자와 유리창, 바깥 거리가
> 물속에서처럼 흔들린다.
> 어떤 말 속에서 우연히
> 그가 '영혼'이라고 말하자
> 가랑잎들은 동요하며 되뇌인다.
> '영혼' '영혼'이라고.

그가 '영혼'이라고 말했다.

그 말은

야, 되게 신!

오렌지처럼 향기로운 햇빛!

피에 산미를 더해 주는 바람!

나의 피톨들은 햇살을 가르고

수억 개의 팔랑개비처럼 돌아간다.

—「그가 '영혼'이라고 말했을 때」 부분

그러면 이제, 서두의 「자서」에 적힌 의문으로 되돌아가 보자.

"나의 리듬은 어디로 가 버렸는가?"에 대한 대답을 물음으로 재차 해야만 한다. 시인의 리듬은 어디로 가 버렸는가?

시인의 작품들은 지속적인 공기 이미지를 통해 "팅! 팅! 팅" 튕겨 오르는 탄성력을 시에 복원하였다. 관습에 의해 정형적으로 이뤄지지 않은 자유로운 리듬은 여전히 시인의 작품 문맥에 드러난다. 일례로, 위의 아름다운 시는 특별히 낭독의 힘을 빌려 읊고 싶을 정도로 우리 귀를 동요시킨다. '영혼'이라는 말이 얼마나 총체적인 도약으로 솟아 '신'이 되고, "오렌지처럼 향기로운 햇빛"이 되는지를 고요하고 투명하게 보여 준다. "이국어처럼" 낯선 아름다움과 "이국에서 듣는 모국어처럼" 그리운 정서를 동시에 유발하는 '영혼'이라는 말은 실상 '그'가 "어떤 말 속에서 우연히" 말했을 때야 비로소 아름답게 자리한다. 시구 속에서 인간의 영혼은 동요된다. 연인 같은 '그'의 '영혼' 발음 속에서 "공기적 질료"가 언어적 의미에 "살러" 오기 때문에, 그걸 감지하는 우리는 심히 동요된다. 바슐라르는 일찍이 이러한 신비로운 사실을 알고 있었던 철학자였다. 오래전에 이미

"시구는, 가속되다가 느려지는 어떤 유성적 운동에 의해 고무됨과 동시에 부풀고 이완되는 공기적 현실로써 산다"라고 적지 않았던가.

그런데 실상 시인의 리듬은 의지적으로 운위되는 형태에서 드러나는 것이 아니라, 그저 "공기적(pneumatique) 현실"일지도 모른다. 우리는 모두 하루 24시간 숨 쉬는 존재로 살고 있기 때문이다.

유희적 진술과 여성적 응시

앞서 전술한 내용으로 인해 황인숙의 시 세계에서 '바람'이 중요한 모티브라는 것을 확인하였다. 그런데 '바람'은 여성적 응시에도 관여하는 양상을 보인다.

> 내 귀는 네 마음속에 있다.
> 그러니 어찌 네가 편할 것인가.
> 그리고 내게
> 네 마음밖에 그 무엇이 들리겠는가.
>
> ─「응시」 전문

황인숙의 초기 시 세계에서 시적 주체의 위치는 '응시'를 통해 보는 주체로 거듭나고 있다. 보는 주체의 위상은 근대 이후의 주체를 시사하는 것으로, 욕망을 타자의 욕망으로 보는(『욕망 이론』) 라캉의 정신분석 관점에 의하면 '응시(gaze)'는 "시선(eye)에 앞서 존재"하게 된다. 주체는 "한곳을 바라보지만" 실상 보는 주체는 "모든 방향에서 보여"지는 주체이기 때문이다.

다시 말해, '보는 주체'는 존재론적 결여에서 기인한 무의식적 욕망으로 말미암아 반대로 '보여진다'라는 것이며, 이같이 '타자(other)'

에 의한 보여짐(seeing)으로 인해 '응시'는 생겨난다. 그러한즉, 주체에 귀속되는 '시선'과 대상에 귀속되는 '응시'는 시각장 내에서 일치할 수 없는, 주체의 분열이기도 하다. 그렇다면 타자의 욕망 대상으로 발견되는 '응시'는 작품 속에서 어떻게 드러나고 있는가. "네 마음밖에 그 무엇이 들리겠는가"라는 「응시」의 마지막 시행은 그래서 의미심장해진다. 이것은 주체를 인지하는 것이며, 이는 주체가 이미 보고 싶은 이미지에 포획되어 있는 것을 의미한다. 주체가 관찰당하는 모습으로 말이다. 시각장 내에서 투사된 욕망은 이처럼 작품 속에서 여러 차례 나타난다.

1
바람은 불 만하니까 불겠지
그러니 불 만해야 불겠지
동굴처럼 열리는 바람
열릴 만하니까 열리겠지만
열릴 만해야 열리겠지만

(중략)

오, 열려라, 바람이여
고통스럽겠지만
이대로 잠들지 말아 다오, 언어여
실어가에 나직이 자리 잡은
존재여

2

나는 안다.

내 문 앞에 그가 늘 기대어 있는 걸.

어쩌다 내가 문틈으로 내다볼라치면

그의 눈과 마주친다.

그러면 그는 꽥 소리를 지른다.

기쁘고 쑥스럽고 슬픈 목소리로.

나는 즐겁다.

그가 내 문에 기대어 있는 것이

그의 눈을 보는 것이

그와 잠깐 얘기를 나누는 것이

즐겁기도 하지만

그 모르게 살짝 외출을 다녀올 때

빈방 안을 하염없이 지켜보는

그의 등을 보는 것이

즐겁다.

―「로망스」 부분(강조는 인용자)

「로망스」 2에서 시적 주체는 "문틈으로" '그'를 보고 있을 뿐만 아니라, "그의 눈과 마주"치는 '그'의 시선을 의식한다. "그와 잠깐 얘기를 나누는 것이/즐겁기도 하지만" 그보다 자신의 "빈방 안을 하염없이 지켜보는/그의 등을 보는 것"이 더 즐거운 '나'는 엿보기의 욕동에 붙잡혀 있다. 지젝은 '앎(knowledge)'을 네 가지로 구분해 설명한다. 그에 따르면, '앎'에는 '알고 있음을 알고 있는 앎'과 '알지 못함을 알고 있는 앎', '알고 있음을 알지 못하는 앎'과 '알지 못함을 알지 못하는 앎'으로 나뉜다. 여기서 중요한 것은 '알고 있음을 알지 못하는 앎' 즉, 무의식은 알지만, 의식이 이걸 모른다고 생각하는 '앎'이다.

여기에서 본다는 행위는 구체적인 생물학적 눈의 행위가 아니다. '앎과 모름'의 문제는 욕망과 관련하여 드러나며, 욕망은 주체가 알고 있다는 사실조차 모르게 만든다. 위 시에서 욕망은 무의식과 관련한 것으로, 주체의 '앎'을 모르게 하고 향유(jouissance)를 즐기는 것이다. 그러므로 1로 거슬러 해석하자면, 1의 "오, 열려라, 바람이여/ 고통스럽겠지만/이대로 잠들지 말아 다오, 언어여"라는 호격조사 이후의 진술은 라캉이 말한 '무의식의 조건'이 되는 '언어(앎)'로 보아도 될 것이다.

「로망스」와 동일한 차원의 시선과 응시의 분열은 「길을 가다가」에서는 '창(철망)'을 통해 이뤄진다. 여기서 주체는 "지금 풍경의 창인/철망"을 인지하는 주체다. 그리고 "은행나무처럼" 노오랗게 "철망을 들여다본다"고 진술하며 사실상 (풍경 안쪽의) 인간이라는 주체가 사물에 의해 관찰당하는 보여지는 주체임을 알려 준다.

'창(철망)'은 풍경에서 이탈하고픈 주체의 욕망과 자유로울 수 없다는 주체의 의식이 충돌하는 레드라인으로 작동한다. 이로 말미암아 "풍경을 지켜 주는" "철망을 그리자"라고 청하기도 하고, "철망을 퇴색시키라"고 명령하기도 한다. 그러나 '눈'이 결국에는 "굴절된 사팔뜨기"임을 알고 있기에 심상하게 "눈을 지압하고/버스를 타러 가자"라고 말할 도리밖에 없다.

풍경을 이루는 데는 쓰잘데없지만
풍경을 지켜 주는

그리고 지금 풍경의 창인

철망을 그리자. 우선

그림의 액틀. 액틀 속의 액틀 그림.

진하게. 칠이 벗겨진 녹색으로.

다음에 무슨 색을 쥐어야 할까?

(중략)

노오랗게 나는 은행나무처럼 철망을 들여다본다.

등 뒤로는 자동차들이 쏟아지고.

이제 마무리하자.

발밑에 둔덕진 은행잎과 먼지흙을 휘저어라.

철망을 퇴색시키라.

굴절된 사팔뜨기의 네 눈을 지압하고

버스를 타러 가자.

—「길을 가다가」부분

「여섯 조각의 프롤로그」에서는 아예 시의 문면에 '의사(분석가)'와 '환자'의 '대화 요법(Talking Cure)'처럼 정황이 진술된다. "그래, 요즘은 무슨 꿈을 꾸어요? (의사는 메모지에/낙서를 하는 체하지만, 꿈. 꿈. 무슨.)"라고 묻고, 나는 "내 가지 끝으로 바람이 불어와요. 내 머리는 부풀어 구름처럼 바람에 휘둘리는데 지구는 내 발을 누르고 나사를 조여요."라고 대답한다. 그리하여 의사에게 받은 '진단'은 "비밀과다"이다. 나는 "그 사람이 보고 있"다는 오직 그 이유 하나만 공개

할 뿐(그것도 의사 모르게), "뿌연 이중창 너머" 숲에 든 공기, 햇빛, 바람만 진술하며 대뜸 "활주하는 새"를 "보고 싶어" 한다. 1과 2의 맥락이 모호한「여섯 조각의 프롤로그」는 그야말로 무의식과 무의미가 혼재된 상태를 보여 줌으로써 언어적 질서가 지배하는 상징계를 벗어난다.

1
일전에 받은 진단은 이렇다.
병인: 비밀 과다. (아마, 결국, 의사는 자신 없이
중얼거렸다.)
증세: 눈알이 식물처럼 멀개지다. (의사는 한참을 끙끙거리다
만족한 듯 웃어 보였다. 문장이 마음에 들었나 보다.)
과연 며칠 후, 숨이 차서 내려다보니
발바닥부터 가슴까지 목질이 되어 있었다.
그리고 머리털 끝까지 목질이 됐었던 모양이다.
된 잠에 청어처럼 절어
간신히 아가미를 열 때까지.
(중략)

2
그래, 요즘은 무슨 꿈을 꾸어요? (의사는 메모지에
낙서를 하는 체하지만, 꿈. 꿈. 무슨.)

　　　　　　　　　　　　　—「여섯 조각의 프롤로그」 부분

결여된 주체의 욕망은 이 밖에도 '느닷없이 몸서리치는' 늑골 아

래를 응시하기도 하며(「그 여자 늑골 아래」), '안경'(「믿지 못하여」)과 '거울'(「거울」), '스크린'(「안개」)을 통해 "믿지 못하"고 "만족하지 못하"는 욕망과 만나기도 하고, 거울에 의해 감시당하기도 하며, 카메라의 시선이라는 남성적인 응시를 통해 욕망하는 주체로서의 관음에 동참하기도 한다. 이때, 원근법은 주체와 욕망과 관련한 것으로 원근에 의해 응시의 역투사 또한 이뤄지게 된다. 이처럼 여성적 응시는 궁극적으로 기존의 거세와 관련한 남성적 응시의 범위를 생각하게 하며, 여성적 향락의 시적 가능성을 동시에 가늠해 보게 만든다.

> 그 여자 늑골 아래
> 흉가 한 채 있다네.
>
> (중략)
>
> 하지만
> 나 잘 있어요, 하고
> 전보라도 보내듯
> 이따금 놈은
> 느닷없이 물어뜯네.
> 느닷없이 그녀가 몸서리치며
> 가슴 뜨끔해하는 걸 보았는지?
>
> 난 알지, 거기엔
> 붉은 지네 살고 있어.
>
> ──「그 여자 늑골 아래」 부분

믿지 못하여 나는
만족하지 못하여
나는 안경을 썼다

—「믿지 못하여」 부분

거울은 내 눈알을 자기 눈알에 집중시키기를 고집하고
그런 주제에 따분해하고
나는 사랑도 없이
그를 감시하네.

(중략)

내가 외도를 한다면
나는 훨씬 소박하고 상냥하게
웃을 수 있을 터.

—「거울」 부분

아무리 기다린다 해도 나는
아무것도 보지 못한다.
나는 스크린 속의 인물이다.

(중략)

그대의 눈. 그대의 코. 그대의
놀라운 입술, 놀라워라.

동화적 아이러니적 인식

황인숙의 시 세계에서 쉽게 찾아볼 수 있는 특징은 동화적 상상력
이다. 동화적 상상력은 무엇보다 어린아이 같은 동심과 그와 어울리
는 어조에서 비롯한다. 여기에 더해 꾸밈말(의성어, 의태어)의 잦은 사
용은 행복한 우화나 동화를 연상시키기에 충분하다. '어조'는 "제재와
청중(독자)", 그리고 "화자의 태도"로 드러나기에 예컨대 "목소리의 비
유"라고 할 수 있다. 목소리는 시적 화자의 태도를 직간접적으로 표현
하는 것이다. 「시장에서」는 "둘러보았죠", "살까?/사 줄까?"라는 서술
어 반복으로 리듬을 살린다. 여기서 화자의 목소리는 말괄량이 아가
씨처럼 발랄하기 그지없다. 시적 장치로 작용하는 어조는 메시지라는
외연을 넘어 작품의 문맥 속에서 소리가 표현할 수 있는 심리적 기분
까지 내포하게 된다. 그러한즉, '그'를 꼬리기라도 하는 듯한 어조 구
사는 경쾌·발랄을 드러내게 된다. 부드러운 유성자음 'ㄹ'("그를", "무얼
살까", "둘러", "딸길", "살까", "바나날", "익살", "이걸", "사 줄까", "뽀골뽀골", "오렌
지", "실크")과 모음 'ㅐ'로 시종 구사되는 음질(timbre)은 어조와 상관관
계를 이루며 여성적 기질을 더욱 뚜렷이 표면화시킨다.

그를 위해 무얼 살까 둘러보았죠.
수줍은 제비꽃에 벗은 완두콩.
그에게는 아무짝에 소용없는 것.
그럼그럼 딸길 살까 바나날 살까?
아니면 익살맞은 쥐덫을 살까?
그를 위해 무얼 살까 둘러보았죠.

한 쾌의 말린 뱀, 목에 늘인 할아범.
아아아아 재밌어 이걸 사 줄까?
뽀골뽀골 미꾸라지 시든 오렌지
아니면 특제실크덤핑넥타이.
아아아아 재밌어 이걸 사 줄까?

　　　　　　　　　　　—「시장에서」 부분

　현대시의 동화적 상상력은 이처럼 어조에 의존해 있음은 두말할
필요도 없다. 자연물과 동물이라는 인간과 친숙한 시적 대상을 객관
적 상관물로 잡아 자연 친화적인 모습을 드러낸다. "당신의 손끝이
내 등을 스치면 별들이 벌떼처럼 날아오르죠"라는 「고양이」가 그러
한 전형적 작품이다. 이준관은 "동심은 인간의 가장 원초적이고 근
원적인 의식"이라고 정의하였다. 그렇기에 동심 속에서 구현되는 작
품들은 수사적 장치라고만 할 수 없는 가장 순수했던 최초의 시간성
을 담지하고 있다. 동화의 한 장면으로 바로 바꾸어도 될 만큼 앙증
맞게 표현된 「봄노래」를 읽고 있노라니, 경애하는 마음이 절로 생기
지 않을 수 없다. 게으르게 "낮잠 좀 자렸더니", 시가 자꾸만 머릿속
에서 공을 튕긴다.

　낮잠 좀 자려는데
　동네 아이 쉬지 않고
　대문을 두드리네.
　"공 좀 꺼내 주세요!"
　낮잠 좀 자려는데
　어쩌자구 자꾸만

공을 넘기는지.

톡톡톡 누가
창문을 두드리네.
"하루해 좀 꺼내 주세요!"
아아함, 낮잠 좀 자려는데.

마음껏 꺼내 가렴!
대문을 활짝 열고
건들건들 거리로 나섰네.
아아함, 아아함
낮잠 좀 자렸더니.

―「봄노래」 전문

　어조는 동화적인 특징 외에 또 하나의 시인 의식에 관여하는데, 그것은 다름 아닌 현실을 풍자하는 아이러니 인식이다. 아이러니는 '변장, 시침 뗌, 위선(dissimulation)'을 뜻하는 희랍어 '에이로네이아(Eironeia)'에서 유래한, "변장의 기술"이다. 에이로네이아의 어원은 '에이론(Eiron)'으로부터 시작되기에, 희랍 희극의 두 유형인 '에이론(Eiron)'과 '알라존(Alazon)'을 통해 두 개의 퍼소나를 살펴볼 수 있다. 시에서는 아이러니의 "이중성과 복합성"이 중요하게 작용하는데, 이것은 "원칙적으로 알라존(강자로 고집 센 허풍선이이며 우둔한 인물)은 표면에 나타나고, 에이런(약하고 겸손한 척하지만, 영리한 인물)은 뒤에 숨어" 있는 아이러니 구조에서 비롯된다. 폴 드 만의 해석을 빌자면, 아이러니는 "순간 속에서 자아가 이중으로 나타나거나 분열되는" "공시적 구조(synchronic structure)"이다. 시인의 아이러니 인식 또한 숨은 퍼소나에 시인의 시점이 동일시되면서 현실 비판이 전개된다.

「링반데룽」은 속도에 매몰된 도시를 아이러니컬하게 그려 내 보인다. '링반데룽(Ringwanderung, 環狀彷徨)'은 둥근 '원'의 독일어 'Ring'과 '걷다'의 독일어 'Wanderung'이 합쳐진 등산 용어로, 등산 도중 악천후로 인해 방향감각을 잃어버리고 같은 지역을 맴도는 환상방황을 가리킨다. 시적 화자는 도시라는 현실 공간에서 방향감각을 잃고 헤매는 모습이기에, "오늘, 이 거리가/나를 골리기로 작정했나 보다"라고 토로하고 있다.

오늘, 이 거리가
나를 골리기로 작정했나 보다.
버스는 낯선 곳에서 낯선 곳으로만
달리고, 서고, 그래서
난
걷기로 했다.
얼마나 걸었는가.
불안의 매연에 절어
발바닥보다 화끈거리게
목이 부어도
거리는 슬쩍 시선을 돌리고,

거리는 여전히 느물느물,
나는 지쳤다. (아무도 내게 지쳤다는 말
못 하게 할 수 없어!)

길바닥에 널부러진 내게
기이한 눈초리 하는 자 누구인가?
그대들, 제 갈 길로 내딛는 다리들.
주저함도 없어
부러워라.
그 많은 다리에 밟힐까 겁냈지.
하지만 누구 하나
부랑아의 발
밟으려 들지 않네.
하핫, 당당한 보무!

이대로 나는 어떻게 되는 것일까?
팔월의 어둠이 거미줄처럼 깔리고
등 댈 것이라곤
육교 기둥뿐.
처참하도록 유유한
홀로 유유한 평화.
파리 요람의 평화.

—「링반데룽」 부분

첫 연에 이어 2연에 오면 아이러니의 어조는 더욱 분명해진다.
"길바닥에 널부러진" '나'는 다름 아닌 "그대들"(사람들)이 밟지도 않
는 "부랑아"다. 그러므로 3연에 와서는 별안간 어조의 하강이 이뤄
지고 숨은 퍼소나가 극적 전환을 도모하게 된다. 타인에게 일말의
관심도 주지 않는 도시적 삶을 "처참하도록 유유한" "평화"라는 핵

심적 시행으로 드러낸다. 이와 같은 아이러니한 세계관은 다른 시편들에서도 종종 드러난다. 가령, "거리는 최신 공법의 빌딩을 따라/냅다 달리고 있었다.//(중략)//오, 나를 아무 데고/아무 데고 데려다 줘!/빨리! 빨리!"라고 속도에 탐닉한 현상을 효과적으로 심화시키기도 하며(「거리에서」), "오늘도 신문은/어떻게 살의를 만드는지 무엇으로 피를 뿌리는지/도주로까지 일러 준다./그 아래, 월수 백만 원의 아르바이트 광고가 행진한다.//(중략)//(이게 시가 되는 건지, 안 되는 건지/"에라, 모르겠다!"/나도 달콤하게 눈을 감는다.)"라는 세속 사회에 대한 극단적 인식을 보이기도 한다(「미필적 고의」).

한편으로 황인숙은 초창기부터 '자연'과 '영혼'에 집중하고 있어, '신'과 '시간'에 대한 복합적인 아이러니 인식도 두드러지게 엿보인다. "신이 내리시는 선물은/하난들 달가와 할 것 없노니./(중략)/그의 혀가 내 머리를 핥는 순간의 애틋함이여."라는 시행과(「쓰디쓴 자유」) "세상은 결코/결코 변치 않는다./늙어빠진 지구./군내 나는 지구. 싫증나는 지구./떠날 순 없다. 갈 곳도 없다."는 시행은(「당신들의 문제야」) 유한한 인간이 절대아인 신 앞에서 갖는 한계 의식을 나타낸다. 한계로 인해 비록 환멸이라는 불가피한 결말에 도달하게 되지만, 현실 세계로부터 이상 세계로 초월하거나 타협하지 않는 시인 의식은 존재론적 의미를 띠고 있다.

명랑과 우울, 나의 침울한, 소중한 이여

초창기부터 '경쾌'와 '발랄'이라는 시적 특징을 선보이며, "이 세계를 윤택하고 탄력 있는 세계로" 그려 낸 황인숙은 점차로 '우울'의 정조로 이동한다. 동화적이고 명랑한 어조를 구사했던 작품들이 이같이 옮겨 간 데는 분명 어떤 심리적 이유가 계기로 작용했을 것이다.

아아 남자들은 모르리

벌판을 뒤흔드는 저 바람 속에 뛰어들면

가슴 위까지 치솟아 오르네

스커트 자락의 상쾌!

—「바람 부는 날이면」 전문

전술했던 것처럼 바람 부는 날의 상쾌한 탄성(歎聲)은 여성성과
더불어 상승과 도약, 뛰어 오름의 탄성(彈性)으로 솟구친다. 물질
적 상상력은 사원소의 교호로 나타나기에, 바람, 공기, 대기, 안개,
(들/날)숨 등은 새로 춤의 이미지로도 변형된다. 「나는 고양이로 태
어나리라」에서는 운동 양태가 가시적인 면에서 그치지 않고, 긍정적
의지를 드러낸다. 시종 '-리라'라는 서술형으로 진행되어 종국에는
"놓친 참새를 쫓아 밝은 들판을 내닫는 꿈을" 꾸는 결말로 수직 상
승한다. 이렇게 삶의 의지를 내보이며 살아 있음의 의지를 고취하는
공기적 운동성은 「조깅」에서는 "후, 후, 후, 후! 하, 하, 하, 하!" 내쉬
는 '공기'로 "生의 드문 아침"을 맞이하며, 「봄이 씌다」에서는 "햇빛
속에 여려졌다 짙어지는 녹색의 현들"이라는 "너의 호흡"으로 "삶의
상냥함과 온순함을 꿈틀거리게" 한다. 마찬가지로 「양생」에서는 "나
무들이 일제히 치이익! 산소를 뿜"을 때 "오, 저처럼! 상쾌히 상체를
젖히고 머리를 흔들어" 마치 화자가 대기적 존재인 듯 팽창과 상승
을 시도한다.

사뿐사뿐 뛸 때면 커다란 까치 같고

공처럼 둥굴릴 줄도 아는

작은 고양이로 태어나리라.

나는 툇마루에서 졸지 않으리라.

사기그릇의 우유도 핥지 않으리라.

가시덤풀 속을 누벼누벼

너른 벌판으로 나가리라.

거기서 들쥐와 뛰어놀리라.

(중략)

나는 꿈을 꾸리라.

놓친 참새를 쫓아 밝은 들판을 내닫는 꿈을.

　　　　　　　　　　　　　―「나는 고양이로 태어나리라」 부분

　황인숙의 시 세계는 명랑과 일상의 우울이 두드러지게 대비되며
나타난다. 명랑과 우울은 서로 배타적인 기질이므로 전혀 어우러지
지 않는 듯 여겨진다. 그러나 시인의 시적 특징이 고양된 긍정적 명
랑에 자리한다고 볼 때, 즐거움을 선사했던 사랑이 상실되고 늙는다
면 우울의 정서는 더더욱 짙게 나타날 수밖에 없게 된다. 그러한즉,
사랑의 실패와 유한한 인간의 시간에 기인한 시인의 우울은 필연성
을 내장하고 있었다고 할 수 있다.

　프로이트는 '슬픔'과 '멜랑콜리'를 구분하며 '멜랑콜리(melancholy)'
라는 질병을 설명한다. 슬픔과 멜랑콜리는 우선 사랑하는 대상의 상
실이라는 공통점을 갖는다. 그런데 전자는 '대상의 상실'을 받아들
이고 애도에 성공하지만, 후자는 애도에 실패하여 심각한 질병적 증
환을 드러낸다. "이유를 알 수 없는 슬픔"과 "부끄러움 없는 자기 비
난"이 바로 그것이다. 한데, 이러한 증환이 시인의 시행들에 적잖이
투영되고 있다. "매일 새벽 나를 깨우러 오는 슬픔"은 어느새 "그 시

간이 점점 빨라"지기에 이른다. 슬픔은 "나를 그대로 누워 있게" 하고, 나는 그저 슬픔이 노래해 주는 "어제와 그제, *그끄제 그 전날의 일들*"에 온몸을 맡긴다. "그리고, 오늘은 무엇을 할 것인지 묻는" 슬픔에게 화자는 "모르겠어……"라는 무기력한 멜랑콜리커의 모습으로 중얼거릴 뿐이다.(「슬픔이 나를 깨운다」)

'명랑'에서 '멜랑콜리'로 진행됨에 따라 공기 이미지의 제재들도 그에 맞춰 변형된다. 요컨대, "시퍼런 용수철"이 되어 밝은 쪽으로 향하던 색채마저도 다른 정조를 띠게 된다(「새는 하늘을 자유롭게 풀어놓고」). "끝없이 투명에 가까운, 파랑". 일본 소설가 무라카미 류의 소설 제목을 써야만 했던 이유는, 우울의 색채라는 심리에서 비롯한다. '파랗다(靑)'가 아닌 심리가 투영된 '블루(ブルー)의 파랑'으로 표기해야만("피가 가장자리에 묻은 유리 파편은 새벽 공기에 물들어 투명에 가깝다. 한없이 투명에 가까운 블루다. 나는 이 유리처럼 되고 싶다고 생각했다.", 『한없이 투명에 가까운 블루』, 2002) 하는 까닭에서다.

> 끝없이 투명에 가까운,* 파랑.
> 결코 투명해지지 않을, 하양.
> 녹아 버린다면 파랑으로 녹아 버릴, 그러나 결코
> 녹지 않을, 하양.
> 첫 균열이 간 빙해의 균열.
> 얼음을 띄워 놓은 페퍼민트.
> 내가 마신 물방울들의 기억.
>
> 그를 차용한 셈이어서 께름칙하고, 께름칙해 하는 것도 께름칙하다.
> 꿈을 그대로 옮기려고 했는데 내 꿈은 이 시보다 더 파랗고 더 하얬

다.

●무라카미 류의 소설 제목으로 『끝없이 투명에 가까운 블루』가 있다.

—「심연이 있는 눈」 부분

이처럼, 혈기방장의 긍정적 에너지를 쏟던 공기 이미지('바람'과 '춤' 등)도 어느덧 우울에 젖게 된다. 그러한 이유로 "나는 손바닥을 입에 대고 아아! 아아! 소리쳐" 보지만(「거대한 아가리」), "따뜻한 입김, 그 목소리"의 바람은 "까마득히 날아가 버렸"다는 부재를 감지하며, "홀연 뼈다귀처럼 인적 없는 바람 속에 던져진다"라고 느낀다. 또한, 부재와 좌절의 감정은 탄성력으로 튀어 오르던 도약을 일순간 지상으로 끌어내린다. 이때, "오, 취해서가 아니에요. 난 절름발이거든요. 절름발이는 춤을 추지 못해요. 탱고, 지르박, 디스코! 못 추지요. 꿈을 꾸지도 못해요."라며 자조 섞인 말을 서슴없이 내뱉는, 도약을 꿈꾸지도 못하는 절름발이를 화자로 등장시키기도 한다(「사랑의 인사」).

그렇다면, 무엇이 삶의 긍정을 이토록 멜랑콜릭한 정서로 끌고 갔을까. 멜랑콜리를 설명하는 많은 분석가는 다름 아닌 "광적인 사랑"으로 그 원인을 돌린다. "미지근한 사랑이 아니라, 광적인 사랑"에서 "멜랑콜리는 탄생"하고 지속된다는 것이다. 그러니 체적으로 설명할 수는 없는 일일 테지만, 사랑의 정도가 클수록 멜랑콜리커가 될 가능성은 커진다고 말할 수 있다.

얼핏 판단키로 멜랑콜리가 부정적으로 인식되지만, 멜랑콜리는 원체 "모든 감각과 생각의 가능성들이 최대로 실현"되게 하는 시인의 기질적 성향이기도 해서 이로 말미암아 시인은 "보통 사람들이 생각하거나 볼 수 없었던 것들"을 보게 된다. "내 청춘, 늘 움츠려 아무것도 피우지 못했다, 아무것도"이거나(「꽃사과 꽃이 피었다」), "그의

늙음은 가히 주술적이다"이거나(「몽환극」), "젊다는 건, 아직 가슴 아
플 많은 일이 남아 있다는 건데"(「칼로 사과를 먹다」), "이제는 더 이상
청춘도 없다. 사랑도"(「삶의 시간을 길게 하는 슬픔」), "이 년 후면 이 몸
도 그토록 능멸했던 연세가 되시는구나"(「거울들」) 등과 같이 외관상
우울의 감정은 거의 시간과 늙음에 관련해 진술되는데, 이것은 나이
듦에 대한 한탄이나 자조로 그치지 않는다. 오히려 삶의 비극적 감
정으로 인해, 그 이전에는 생각하거나 볼 수 없었던 것들을 보게 한
다. 그러니까 깊은 절망은 다시금 시인에게는 새로운 가능성으로 작
용한다고 하겠다.

"희디흰 불꽃이다. 꽃사과 꽃, 꽃사과 꽃. 눈으로 코로 달려든다.
나는 팔을 뻗었다. 나는 불이 붙었다. 공기가 갈라졌다"는(「꽃사과 꽃
이 피었다」) 뛰어난 직관은 늙음을 인식하는 가운데 발견되는 사항이
며, 한 노파를 "저 가뭄! 영원히 해갈될 수 없는 대가뭄."으로(「몽환
극」) 발견해 내는 관찰도 늙음에 대한 인식에서 비롯된다. 또한 무심
히 칼끝으로 찍어 올린 사과 한 쪽에서 "내가 칼로 무엇을 먹인 사
람들"이라는(「칼로 사과를 먹다」) 타자에 관한 관심이 드러나기도 한다.
그리고 멜랑콜리는 무엇보다 "당신을 저버린 연인이 무섭게 차갑다
고? 죽음보다는 따뜻하다"(「삶의 시간을 길게 하는 슬픔」), "여기, 변변히
젊어 본 적 없는 자. 고이 늙지 못하다"처럼 실존적 삶을 돌아보는
계기로 작동한다.

다시 말해서 황인숙의 멜랑콜리는 삶의 욕망이 사그라지는 좌절
로만 작용하지 않고 커진 사랑 속에서 새롭게 개진되는 고뇌의 욕
망으로 재탄생한다. 그리하여 "욕망이면 욕망이었지, 집어치우자.
십대의 나무를, 이십대의 나무를. 무엇보다도 불혹의 나무를"이라
고 말하는 것이다. 늙음으로 구분 짓는 욕망을 "오, 집어치우자"라

고.(「복 받을진저, 진정한 나무의」)

　그러니 우리의 소중한 이여, 침울한, 소중한……. 삶의 긍정 못지
않게 시인의 그 깊은 절망도 우리는 사랑할 수밖에 없다.

　　비가 온다.
　　네게 말할 게 생겨서 기뻐.
　　비가 온다구!

　　나는 비가 되었어요.
　　나는 빗방울이 되었어요.
　　난 날개 달린 빗방울이 되었어요.

　　나는 신나게 날아가.
　　유리창을 열어 둬.
　　네 이마에 부딪힐 거야.
　　네 눈썹에 부딪힐 거야.
　　너를 흠뻑 적실 거야.
　　유리창을 열어 둬.
　　비가 온다구!

　　비가 온다구!
　　나의 소중한 이여.
　　나의 침울한 소중한 이여.
　　　　　　　　　　　　　　―「나의 침울한, 소중한 이여」 전문

참고 문헌

황인숙, 『새는 하늘을 자유롭게 풀어놓고』, 문학과지성사, 1988.

──────, 『슬픔이 나를 깨운다』, 문학과지성사, 1990.

──────, 『우리는 철새처럼 만났다』, 문학과지성사, 1994.

──────, 『나의 침울한, 소중한 이여』, 문학과지성사, 1998.

가스통 바슐라르, 『물과 꿈』, 이가림 역, 문예출판사, 1980.

──────────, 『공기와 꿈』, 정영란 역, 이학사, 2001.

김동규, 『멜랑콜리 미학』, 문학동네, 2010.

김준오, 『시론』, 삼지원, 1982.

슬라보예 지젝, 『이라크』, 박대진 외역, 도서출판b, 2004.

자크 라캉, 『자크 라캉 세미나 11』, 맹정현 역, 새물결, 2008.

한국 현대사에서 현대사회의 시각문화까지
—현대사를 중심으로

지난봄이 시작되는 것을 알린 것은 부활절의 불이었다.

(중략)

불 앞에서 생각한다.

이 지상의 한 마을에서 나는 정말 살아가고 있는가? 곧 스러질 저 불 앞에서 모든 삶이 갑자기 낯설 만큼 생기가 생기는 순간, 고향이 아닌 지상의 한 마을에서 늙어 가고 있는 내 자의식도 활활 타기 시작한다. 이 모든 것은 지독하게 낯설고 고독하다. 그게 삶, 아닌가. 어디에 있든 이별과 새 시작을 시작하며 아등바등, 또한 고요하게 지나가는 시간, 무시무시한 낯선 시간, 이것은 사는 것이다. 이것은 보면서 느끼면서 섞이면서 울면서 웃으면서 사는 것이다. 불이여, 겨울을 활활 잘 보내 주렴. 고향에서 멀리 떨어져 있다는 자의식마저 겨울의 불 속을 넘어갈 때 봄은 시작될 것이다. 수많은 죽음과 그 죽음에 대한 온갖 욕설, 물길과 불길, 지하철과 비행길 사이, 우리는 얼마나 많은 것에 실망했고 울고 그리고 미워했나. 죽어 가는 모든 흔적에 대항해서 싸우

던 이들에게 경멸을 보내며 우리는 지쳤는지도 모른다. 그러나…… 곧
5월이 오면 이 마을 사람들은 마을 한가운데에 온갖 꽃으로 장식된 생
명의 나무를 세우며 그들의 춤을 출 것이다. 그 춤을 지켜보며 타향에
서 살아가는 나는 억울한 모든 생명을 기억할 것이다. 그것 또한 이 세
계에 어디에 있든 시인의 일이다(세월호. 남은 사람들. 세월호, 사람들).

—허수경, 「이 지상의 어느 마을」에서

현대시의 변화, 현대의 정의

오늘날 현대시의 흐름은 무엇일까. 결국 이 질문은 거대 서사와
담론이 사라진 현대 흐름에서 문학의 실천적 토대는 무엇으로 마련
되는가에 대한 질문일 수 있다. 이데올로기와 여러 문화적 측면, 그
리고 사회적 문제와 의미가 생산되고 갱신되는 사항 등을 살핀다면,
단순한 이분법적 사고를 개진하는 일에서 벗어날 수 있을 것이다.

오늘날 현대시가 시대에 따른 새로운 감각이나 혹은 새로운 수사
학으로 특징지워지는 모습은 쉽사리 찾아낼 수 있으며, 사회적 의
미망에 포섭되기보다는 개인에 집중된 모습을 스스로 보여 주고 있
음은 분명하다. 하지만 섣부른 가치판단은 삼가야 하는 사항이므로,
예술적 성패가 아닌 현대시의 특징을 살피는 것으로 진행하기로 한
다. 어느 시적 유파나 유형의 의미와 가치를 내세우기보다는 현대시
의 흐름이 어떻게 변화되고 있는지를 파악해 봄으로써 현대시의 의
미를 생각해 볼 수 있을 것이다. 우선으로 여기에서는 '모더니티'의
정의부터 살펴본다.

사전적 의미로 '모더니티'는 모던(moderne)한 것, 근대·현대적인
것을 지칭한다. '근대'란 말은 '새로운 시대(Neuzeit)'라는 의미를 지닌
로마자 'modern'을 한자로 옮긴 것이며, 또한 그 말은 '새로운' 또

는 '요즈음'이란 뜻을 지닌 라틴어 'modernus'에서 유래한다. 그리고 문학사에서 '모더니즘(modernism)'은 리얼리즘의 반대 항으로 사회학적이기보다는 개인적이며 미학적인 예술로서 설명되었다. 그러나 단순히 이분법적으로 설명하기에는 모더니즘의 기원으로서의 모더니티를 잘못 이해할 가능성이 크며, 이로 인해 모더니티의 특질은 작품을 잘못 이해하는 결과를 초래할 수 있다. 그러므로, 좁은 의미망에 갇힌 모더니즘의 파생적 개념을 방지하기 위해서는 올바른 개념 정의가 먼저 필요할 것이다.

『모더니티란 무엇인가』를 통해 알 수 있는 '모던'이란 개념은 16세기에 처음으로 나타났으며, 어원에 따라 '최근', '지금', '당대'의 뜻을 지닌다. 모더니즘과 모더니스트는 1890년부터 1940년대까지의 예술과 문학에서의 실험적인 경향을 가리키는 것으로 사용되었지만, 모던은 새로움에 대한 특징적 의미 때문에 언제나 더 최신의 것에 의해 추월되는 속성을 갖게 되었다. 요컨대, 모던은 유럽 사회의 새로운 시대 의식이 형성될 때마다 "자기 이해의 개념으로" 쓰였다. 이렇듯 유럽에서 19세기에 옛것과 새것(antiqui/moderni)을 구분하던 용어는 "문화적 전환(via antiqua/moderna)"(Art Berman)을 통한 구분으로 사용되었다. 이상으로 사전적·어원적 의미만 살펴보아도, '모던'은 하나의 의미가 아닌 다의적으로 사용돼 온 용어임을 알 수 있다.

모더니즘의 개념에서 "역사적 기원으로서의 모더니즘은 유토피아를 지향하는 낭만주의 예술의 미학적 욕망을 가졌음에도 불구하고 경험주의적이고 물질적인 욕망을 함의"하는 것이었다. 즉 상업의 발달, 자본의 축적, 인간성과 영혼에 관한 생각 등 낭만주의적 특질과 물질적인 경험주의 특성이 내재해 있었다. 그런데 리얼리즘의 반대 항으로서만 모더니즘을 파악한다면 모더니즘을 주관적인 미적 특성으로만 파악하는 것이 된다. 이것은 이질적인 특성을 함의하고 있는 모더니즘의 속성을 축소화한 설명이 되기 때문에 모더니즘을 파악할 때는 좀 더 세분된 인식이 필요하다.

모더니티는 일반적으로 근대를 뜻하며 이것은 근대의 현실을 담는다는 의미다. 그래서 모더니티는 근대과학의 진일보, 자본주의에 따른 사회경제적 변화 등 부르주아 이념의 표상으로서 일컬어진다. 칼리니스쿠는 이러한 특성의 모더니티를 '역사적 모더니티(modernité historique)' 혹은 '부르주아 모더니티(modernité bourgeoise)'라고 설명한다.

> 부르주아의 모더니티 관념과 관련해서 이야기하자면, 그것은 대체로 근대적 관념의 역사에서 초기에 두드러진 전통들을 계승한다. 진보의 원리, 과학과 기술의 유용한 활용 가능성에 대한 신뢰, 시간(측정할 수 있는 시간, 사고팔 수 있는 따라서 다른 상품과 마찬가지로 돈으로 계산 가능한 등가물인 시간)에 대한 관심, 이성숭배, 그리고 추상적 인본주의의 틀 안에서 정의된, 그러나 동시에 실용주의 내지는 행동과 성공의 숭배를 지향하는 자유의 이상, 이들 모두는 다양한 정도로 근대를 위한 투쟁에 연루되어 왔으며 중산층에 의해 수립된 승승장구하는 문명의 핵심적인 가치로 보존되고 증진되어 왔다.
>
> —M. 칼리니스쿠, 『모더니티의 다섯 얼굴』

이에 반해, '미적 모더니티(modernité esthétique)'는 부패하고 속물근성적인 부르주아와 부르주아지에 반하는 모더니티로, 예술을 위한 예술(l'art pour l'art), 데카당티즘, 상징주의와 같은 예술운동이 해당한다. 이를 칼리니스쿠는 다음과 같이 설명한다.

부르주아 모더니티와는 대조적으로 전위(아방가르드)가 될 운명에 처해 있는 또 다른 모더니티는 자신의 낭만적 시초로부터 근본 개혁적인 반부르주아적 태도로 기울어졌다. 그것은 중산층의 가치척도를 혐오했으며, 폭동, 무정부주의, 묵시론에서 귀족적인 자기 유폐에 이르는 극도로 다변화된 수단을 통해 자신의 역겨움을 표현했다. 따라서 문화적 모더니티를 규정한 것은 그것의 긍정적인 열망들(이 열망들은 통상 아무런 공통분모도 갖지 않곤 했다)보다는 부르주아 모더니티에 대한 철저한 거부 및 소멸적인 부정적 열정이라 말할 수 있다.

—M. 칼리니스쿠, 『모더니티의 다섯 얼굴』

이렇듯, 칼리니스쿠의 '미적 모더니티'는 시대 반영적인 '부르주아 모더니티'의 속성에 반하는 모더니티 개념을 일컫는다. 결국 서구의 이론에 바탕을 둔 '모던'은, 한국문학사에도 그대로 수용되어 일반적으로 우리가 아는 바대로 '최근', '지금', '당대'를 지칭하는 것으로 쓰였으며, 이때의 모더니티는 "중산층에 의해 수립된" 부르주아 속성에 반대하는 다시 말해, 반전통적 태도로 말미암아 '미적 모더니티'의 속성으로 나타난다고 할 수 있다.

한국 현대사와 민중시

지금부터 다루려는 사항은 바로 이러한 모더니티의 속성이 한국 현대사에서 어떻게 진행되었으며, 이에 따른 문학적 성과는 무엇이었나 하는 것이다. 한국 현대사는 민주화를 위한 부단한 투쟁의 역사였다. 일제강점기와 군사정권에 대한 민주항쟁, 거기에 노동운동과 촛불시위까지 민주주의를 향한 국민의 열망과 좌절 등은 한국사에서 끊임없이 나타났다.

현실 공간에서 일어난 사건들이 작가의 심층 의식으로 자리 잡고, 이것이 전제되어 의식화된 작품으로 드러나는 것은 불문가지일 것이다. 그러한 까닭에 질곡이 많은 한국 현대사는 작품에 적잖이 투영되었으며, 역사적 의무와 실천적 행위가 강조되었다.

신분제도 철폐가 이뤄진 조선 말기부터 일제강점기는 지주와 농민이라는 양분화된 계층구조 속에서 식민 자본주의가 전개되었다. 또한 이 당시 자본가였던 일본 지주들에 의해 농민 수탈은 빈번하게 자행되었으며 그로 인해 자본주의가 점차로 의식화되어 가는 상황임에도 불구하고, 여전히 농업을 기반으로 한 1930년대 계층구조는 '지주-소작 관계'로 파악되었다.

한국은 1945년 해방 이후 1950년대에 들어서야 농지개혁을 통해 반봉건적인 지주 계급을 없애고 자본가로 대변되는 자본주의적 구조를 형성하게 되는데, 이러한 한국의 자본주의 구조는 이후 1960년대부터 급속하게 진행되는 산업화를 통해 발전과 동시에 심각한 계층화 구조와 빈부 격차를 낳는 원인으로 자리하게 된다. 정치적으로도 대혼란의 시대였는데, 10.26 사건으로 박정희 정권이 몰락하자 정국은 혼란에 빠지게 된다. 신군부가 정권 야욕을 드러내기 시작한 무렵이었다. 주지하다시피, 이에 촉발된 민중운동은 전국적으로 번지게 되고, 국민의 민주주의 열망은 5.18 민주화운동으로 나타나게 된다.

민중의 열망과 노력에도 불구하고, 신군부는 5.18 민주화운동을 무력으로 진압하고 정권을 장악하기에 이른다. 그 결과, 1980년 당시 5월 18일에 일어난 민중운동은 신군부에 의해 '사태' 등으로 호도된다.(그러나 민주적인 열망과 염원으로 말미암아 1988년 비로소 '광주민주화운동'으로 공식 명칭이 정해지고, 1995년 '5.18 민주화운동 등에 관한 특별법'이 제정되면서 다시 '5.18 민주화운동'으로 공식화된다. 무려 십수 년에 걸친 '5.18 민주화운동'의 정착을 위한 노력은 한국 현대사에 오명처럼 자리하고 있던 민중운동에 대한 올바른 인식을 정착시키는 것에 다름 아니었다. 또한 5.18 민주화운동에 대한 올바른 인식과 공식 명칭의 정착은 한국 현대사가 얼마나 암울했는가를 보여 주는 사례이기도 했다.)

암울한 현대사를 거치는 동안 민중 의식과 실천적 행동의 결과물로 민중운동은 형성되었다. 민중운동은 1970-80년대 한국문학사의 '참여'와 '순수' 논쟁 속에서 민중시를 탄생시키는 결과를 낳게 된다. '민중시'는 '민중문학'의 범주에 속해 있는 개념이었다. 민중시를 포괄하는 민중문학은 민족·민중문학론으로 거론되는 1970년대부터 등장하여 1980년대 널리 쓰인 용어였다. '민중시'는 '민중'에 초점을 맞춰 해석될 수밖에 없는 문학 양식이었다. 이유인즉, 1980년대 민중시는 당시의 민중운동과 민족문학론이 결정적인 요소로 작용하여 탄생한 문학 양식이었기 때문이었다. 1970-80년대에는 민족과 민중에 대한 논의가 여러 학자(백낙청, 신영복, 조희연, 조정환 등)에 의해 이뤄졌는데, 그들의 논의는 민중의 범위를 어떻게 잡을 것인가와 민중운동에 대한 인식 등으로 인해 범주가 다르게 결정되었다. 그러나 민중시가 활발히 발표되던 1980년대 민중시의 특징을 통해 공통적으로 가늠해 볼 수 있는 것은 무엇보다도 민중시의 시적 인식이었다. 민주화에 대한 열망과 군부독재를 반대하고 그에 대응하는 모습으로서의 현실 반영의 인식이 바로 그것이다.

또한, 민중시에는 반외세를 통한 자주화운동이 드러났다. 미국과 일본으로 대표되는 제국주의 식민지적 야욕에서 벗어나길 바라는 염원으로 발현된 사항이었다. 그러한 이유로 한국 정부에 자국의 농축산물을 수입하도록 통상 압력을 행사한 미국을 상대로 반미적 태도를 그려 내는 것이 민중시를 통해 나타난 주요한 주제였다. 민주주의와 농축산물의 수입화에 따른 문제는 지금의 국내 상황과는 차이가 있었다. 1980년대 농민은 독재 정권 하에서의 근대화 정책으로 인해 도농(都農)의 빈부 격차 속에서 급격한 농촌 사회의 붕괴를 경험하게 되었다. 그러므로 민중운동과 민족문학의 결합 가운데 탄생한 민중시 범주에는 가난한 농촌의 현실 문제에 따른 농민운동까지도 포함될 수밖에 없었다.

이상으로 한국 현대사를 관통하는 큰 사건을 짚어 보았는데, 이것은 문학이라는 별도 영역이 아니라, 문학이 당대 현실적 문제와 닿아 있다는 점을 돌아본다는 맥락에서 서술된 것이다. 이하 작품에서도 과거를 알아봄으로써 현대문학의 변화와 현대사회의 시대적인 추이를 파악해 볼 수 있을 것이다.

농촌의 현실, 슬픔만 한 거름

민중의 연대와 저항이 첨예하게 드러났던 1970-80년대의 작품들에서는 무엇보다 시대 당면적 문제가 직접적으로 제시되고, 민족·민중문학의 이름으로 묶일 수밖에 없었다. 그러므로 1980년대 민중시는 "지배계층에 대한 피지배계층의 저항이라는 특징"을 갖고 있었다. 이러한 특징적 분류의 "계층이나 저항의 방향성"으로 말미암아 민중시는 구분되었다. 예로써, 1980년대 민중시는 "노동자와 농민시, 민중적 서정시, 반외세 극복의 시"로 세분되었다.

그러나 실천적 문학관을 천명하면서도, 적극적으로 민중시로 호명되지 않은 작품도 있었다. 분류상 이러한 작품들은 직접적 투쟁의 저항성과 저자의 계급성 이유 때문이었는데, 허수경 작품은 여기에 속한다고 할 수 있을 것이다. 하지만 피지배계층의 삶을 다루는 서정 인식은 실천적 효과를 촉발하며 당대 민중의 삶에 주목하는 특징을 보였다.

　앞서 서두로 적은 허수경의 산문은 『문학사상』(2014.10)에 실린 글이다. 봄의 시작을 부활절 불로부터 시작하는 글. 고향이 아닌 지상의 한 마을에서 늙어 가는 시인의 자의식을 서술하는 글. 타향에서 세월호를 겪은, 고향의 생명을 애타게 상기하는 글. "나는 정말 살아가고 있는가?"라는 질문이 그 누구의 의식보다 절절하게 감지되는 것은 비단 나만은 아닐 것이다. 시인의 마지막 원고에 속하는 글들을 접하며, 마지막까지 시인의 자의식을 갖췄던 그녀의 첫 시집을 이제 되짚어 보고자 한다.

　허수경의 『슬픔만 한 거름이 어디 있으랴』는 1988년 실천문학사로 출간된 78편의 작품이 실린 첫 시집이었다. 1964년생인 시인은 경상대 국문과를 졸업하고 1987년 『실천문학』에 「땡볕」 등의 시를 발표하면서 등단하게 된다. 시집 발문을 쓴 송기원은 1986년 가을 무렵 허수경 시를 처음 접한 느낌에 대해 다음과 같이 적고 있다.

　당시 나는 1985년도에 일어났던 '민중 교육' 사건에 연루되어 1년 남짓한 옥살이 끝에 풀려나와, 창간호에 이어 여름호로 폐간된 계간지 『실천문학』을 위시하여 여기저기 쑥대밭이 되어 버린 실천문학사의 경영 문제 때문에 숨돌릴 겨를도 없이 천방지축으로 분주하던 때였다. 그 험한 시절에 쑥대밭이 된 것이 어디 실천문학사뿐이었으랴. 이웃에 있는 창작과비평사는 등록 취소를 당한 끝에 많은 이들의 깊은 우정에 힘입어 가까스로 창작사라는 개명으로 기사회생에 여념이 없었고, 나아가 학생, 노동자, 지식인 등 각 계층의 민중운동은 전두환 군사정권의 극에 달한 말기적 발악에 맞서 어려운 싸움을 하고 있을 무렵이었다. 이런 상황 속에서 폐간되어 버린 계간 『실천문학』을 다시 종전의 무크지 체제로 되돌려 1987년도 판을 준비하다가, 투고된 작품 속에서 허수경의 시를 발견한 것이었다. 나는 허수경의 시를 두고 적잖은 고심을 했던 것으로 기억된다. 1987년도 판의 특별 기획으로 현장시를 묶어 기왕에 실천문학을 통해 나온 김기홍, 김해화 외에 나머지 8명의 신인들을 대거 등장시켜 현장문학 혹은 노동문학을 위시한 이 땅의 민중문학의 영역을 보다 확대시키려는 것이 편집의 의도였다. 이런 특별 기획의 '현장시'에 허수경이 포함된 것이다. (중략) 보다 질박하고 힘찬 나머지 현장시들에 비하여 허수경의 시들은 어쩌면 현장시하고 부르기에는 적절치 않게 너무 세련되고 시적 전문성(?)이 돋보였는지도 모른다. 편집위원들 사이에 가벼운 논란이 있었고, 나는 현장시라고 해서 왜 세련되어서는 안 되는가라는 반문을 했던 것 같다. 그렇게 허수경의 시를 현장시에 묶으면서, 나로서는 일말의 불안감도 없지 않았다. 대학교 졸업반인 것으로 일려진 나이에 걸맞지 않게 구사하는 세련되고도 화려한 언어 감각, 반짝이는 시적 기교들이 나에게는 차라리 염려스러웠을 것이다.

두 번째로 허수경의 시를 대한 것은 『실천문학』의 복간호에서였다. 그리고 나는 비로소 허수경의 시 세계에 대해서 안심하는 마음이었다. (중략) 화려하고 반짝이는 것들이 그 빛을 죽인 대신에, 보다 확고한 역사의식과 시대감각이 전면에 떠오른 일련의 시들을 보면서 나는 아직껏 만나 보지 못한 허수경의 변화를 상상했다. 어쩌면 허수경은 두 해 사이에 그녀가 살고 있는 진주 남강의 유유한 흐름 속에 자신의 한 시기의 아름다움을 던져 넣는 법을 배웠는지도 모른다. 그렇다.

—송기원, 「저주와 은총의 사랑」

위 발문을 통해 알 수 있는 것은 1980년대 허수경 시가 민중문학에 포함될 현장성을 갖춘 작품이었으나, 또한 동시에 현장시에서 벗어날 특징도 보였다는 점이다. 요컨대, 저자가 노동자라는 신분에서도 벗어날뿐더러, 세련되고 화려한 언어 감각을 통해 시를 구축하고 있기에 현장시로서는 동떨어져 있음을 염려한다. 이러한 우려는 두 해 뒤 시인의 작품을 통해 해소된 것으로 보이지만, 실상 근본적인 문제는 작품 문면에 드러난 현장성, 다시 말해 민중문학에 속한 특징으로 판가름 나는 성숙과 변신은 아닐 것이다.

수십 년이 지나 고향을 떠나서 맞는 봄 채비 중에도 고국의 죽음과 애도는 발현된다. 이것은 초장기부터 지속해서 일관하는 시적 인식에 기인한다. 미학적으로 세련된 결과물로서의 서정시와 노동 현장의 체현이라는 구별은 시인의 작품 내에서는 큰 의미가 없을 것이다. 오히려 그러한 각 요소를 생래적으로 겸비했다고 하는 것이 옳을 성싶다.

그러므로 다시 한번 시인의 질문을 돌아보아야 한다. "이 지상의 한 마을에서 나는(우리는) 정말 살아가고 있는가?" 이로써 남은 이들인 우리의 자의식도 활활 타기 시작할 것이다.

여게가 친정인가 저승인가 괴춤 전대 털리고 은비녀도 빼앗기고 댓가지로 머리 쪽지고 막걸리 담뱃잎 쩔어 미친 달빛 눈꼬리에 돋아 허연 소곰발 머리에 이운 곰보 고모가 삭정이 가죽만 남은 가슴 풀어헤치며 6.25 이후 빼앗길 것 몽땅 빼앗긴 친정에 왔는데 기제사 때 맞춰 왔는데 쑥대밭 쇠뜨기도곤 무성한 만단정회여 고모는 어느 녘에서 이다지도 온전히 빼앗겼을거나 빼앗김만이 넉넉한 빼앗김만이 남아 귀신 보전하기 좋은 우리 집이여.

―「그믐밤」 전문

"1부 진주 저물녘", "2부 원폭수첩", "3부 유배 일기", "4부 조선식 회상" 이렇게 4부로 구성된 시집의 주요 모티브는 '일제강점기', '육이오', '군부독재', '농축산물 수입 개방' 등 한국 근현대사의 중심에 놓인 굵직한 사건들이다. 그러나 허수경은 이같은 당대의 현장성을 이데올로기적인 문제에 맞춰 초점화하지 않고, 신산하고 애옥한 민중의 삶으로 체현한다. "잘못도 용서도 구할 수 없는" "한반도 근대사 속을" 제 속에 품는다(「지리산 감나무」).

「그믐밤」은 죽은 귀신이 되어 고향 친정으로 찾아온 '곰보 고모'의 육성을 통해 육이오 이후 한국의 모습을 이야기시로 들려준다. 굽이굽이 가락을 타넘듯이 이어지는 구성진 목소리는 "괴춤 전대"도 털리고, "은비녀" 등의 대단치 않은 귀금속마저 빼앗기고, "막걸리"와 "담뱃잎"에 쩔어 사는, 뼈만 앙상한 모습으로 "가슴 풀어헤치며" 찾아온 고모의 모습을 통해 6.25 이후 모든 걸 빼앗긴 소시민의 모습을 통렬하게 그려 낸다. 작품 내에서의 고모는 전지적 화자에 의해 기제사 때 맞춰 온 귀신의 모습으로 이해되지만, 궁극적으로 이것은 "빼앗김만이 넉넉한" 그리하여 "빼앗김만이 남아 귀신 보전하기 좋은" 당시의 우리나라("우리 집")를 풍자한다.

6.25는 일제 치하에서 벗어나 주권을 되찾은 대한민국 국민들이 삶의 터전을 가꾸기도 전에 그들을 "제국주의 전쟁의 피해자"로 만들어 버렸다(「원폭수첩 5」). 이후 "자본주의 가장 추악한 곳에 생존을 맡겨 버린" "조선 백성"의 모습은 "마약 상습복용자"로(「원폭수첩 5」), "어느 도시 변두리에 살고" 있는 소시민으로(「남강 시편 5」), "도시의 산동네 하루벌이"의 모습을 띠게 된다(「밤 소나기」).

재실댁은 아파트 파출부 그 집 아재 김또돌 씨는 하수구 치는 일을 했제 야반도주 고향을 베린 지 어언 십여 년 하루떼기 벌이에 이골은 났지만 날이 갈수록 왜 이리 쪼그라만 드는 살림 단칸 월세방에 내외 간이 딴이불 거처를 하는데 김또돌 씨 술이라도 한잔 들이키는 날에는 이불 싸 가지고 마루에 누웠제 옌장 마누라쟁이라고 암만 고달퍼도 할 일은 해야제 돌아누우니 살맛이 나 살맛이

쓴 담배만 뻑뻑 빨다 잠이 들었는데 이쿠 소나기야 마루까지 치받고 후둑거리는 소나기 피해 우당탕탕 챙겨 방으로 들어왔는데 소나기 핑계로 들어와 누웠는데

웬일로 재실댁이 먼저 안겨 오지 않나 소나기 한번 장하데이 이녁도 장하게 한번 들어오소 김또돌 씨 소나기처럼 황소처럼 달려들었제 임자요 섭했지예 몸이 천근 같으니 내사 우찌 살 붙일 정이 나겄소

재실댁 마른 가슴 더듬다 잠이 든 김또돌 씨는 빚에 몰려 쫓겨 온 고향 쩬한 고향 보리밭에 또 한 번 재실댁을 넘어뜨리는 꿈을 꾸었지 러 별 숭숭 말짱한데 도시의 산동네 하루벌이 부부

—「밤 소나기」 전문

한국은 1960년대부터 급속한 산업화·공업화의 길로 들어서게 되면서, 정부의 성장 제일주의에 따른 경제개발 정책으로 말미암아 불균형한 발전이 이뤄졌다. 농촌의 소외로 농민들은 고향을 떠나야 했고, 고향을 떠나서도 당시 도시 노동자는 분배되지 않은 성장 일변도로 인해 열악한 환경과 저임금에 시달려야 했다. 청계천과 중랑천 등에는 판잣집이 들어섰고, 달동네라는 빈민촌은 우후죽순 늘어나기에 이르렀다. 허수경 초기 작품에는 바로 이러한 고향을 버리고 등진 이들의 가난한 삶이 중심화된다. 「밤 소나기」의 "아파트 파출부"를 하는 "재실댁"과 "하수구 치는 일"을 하는 "아재 김또돌" 씨

의 삶 또한 그러하다. 고향을 버리고 떠났건만, 부부는 단칸 월세방에 머무르는 가난한 삶을 벗어나지 못한다. 좁디좁은 단칸 월세방에서 이뤄지는 부부의 내외간 이야기는 우스꽝스러운 모습으로 전개되지만, 그 이면에선 당시 농촌을 버리고 도시의 산동네에 정착해야 했던 도시민들, 그들의 "천근" 같은 삶의 무게를 보여 준다.

자본주의적 산업화에 따른 산업구조는 농업 종사자의 감소를 가져왔으며, 계층화 구조에 있어 농촌에서 도시로 유입된 인구는 도시 빈민층의 증가를 초래하였다. 취업자의 분포도에 따라 살펴보자면, "1963년도에는 63.0%가 농업 및 기타 1차 산업에 종사"했지만, 1960-1980년대로 넘어가서는 계속해서 감소하게 된다. 1995년에 이르러서는 "12.5%로 30여 년간 무려 1/5 수준"으로 줄어들게 된다.(전체 농민층은 해방 이전부터 식민지 자본주의화가 진행되어 감에 따라 감소 추세에 있었지만, 해방 이후 특히 공업화가 진행되면서 급격히 감소했는데, 공업화 초기인 1960-1970년의 10년간에는 약 20% 감소하였으며, 그 후로도 매 10년마다 10% 이상씩 감소 추세를 보였다. 해방 당시인 1945년 전체 농민층을 약 75% 정도로 추산한다면(1930년 82%, 1955년 70.6%로 미루어 대략 추산), 해방 50여 년 동안 거의 60% 정도 가까이 감소한 것으로 볼 수 있다.) 농민층의 몰락과 이동 현상은 농촌의 붕괴를 가져왔고, 이들의 가구 이출은 도시 하류계급으로 흡수되었다.

1960-70년대 농촌의 붕괴를 가져온 위기 요소로 농산물 수입 개방도 한몫을 하였다. 당시 농산물 수입 개방은 미국의 헤게모니가 작동하여 전개되었다. 1970년대 미국은 무역수지 적자에 따른 재정적 문제와 해소 방안을 다자간 협정의 자유무역에서 찾으려 하였다. 우루과이 라운드(Uruguay Round)는 이러한 현실적 전제하에서 제기되었으며, 미국의 자유무역 강화는 한국 정부의 경제 정책과 맞물려

진행되었다. 1970년대 한국 경제의 무리한 투자는 높은 경제 성장률을 보였음에도 불구하고 인플레이션을 불러왔다. 이에 정부는 "저임금 기반의 안정적 확보"를 위한 농산물 수입 개방을 시행하였다. 이러한 농산물 수입 자유화의 단행은 농민의 희생을 전제로 한 것이므로, 노골적인 반미적 성향은 반미 운동과 함께 「우리는 같은 지붕 아래 사는가 2」처럼 나타날 수밖에 없었다.

아버지 미국이 우리의 숨통을 조여요
애야 월급을 다 못 타 왔다

아버지 군부독재가 우리의 먹을 양식을 빼앗아 가요
애야 너의 어머니 관절염은 어쩌지

　　　　　　　　　　　　 ―「우리는 같은 지붕 아래 사는가 2」 부분

조선 산천이 궁기로 허덕였을 때에도
어머니는 아리따운 처녀 아버지는
어머니의 젊음 속에서 당신의 젊음을 더해
피로 엉긴 나를 세웠으나

발바닥까지 시대의 통증을 아로새겨 놓고
그녀의 아랫도리 삭신을 갉아먹은
아버지와 나는 공범자이다.

―당신과 딸한테는 언제나 최루탄 냄새가 나오 최루탄 냄새 거두어
빨래를 하고 나면 행굼물 속에는 나의 눈물이 첨벙거려 오 오 제발 밥

상에는 시대의 뒷모습아 제발 우리의 양식으로 들어오지 말게 우리의
반찬 양념으로 달라붙지 말게 그리고 안녕히. 대문 밖에서 안녕히. 건
강하게.

　　　　　　　　　　　　　　　　—「우리는 같은 지붕 아래 사는가 4」 전문

「우리는 같은 지붕 아래 사는가 4」는 한 가계 내에서의 일화로 시
대상을 그려 내고 있는 연작시 형태의 작품이다. '아버지'와 시적 화
자인 '나'는 처녀 적 '어머니' 때부터, 다시 말해 "조선 산천이 궁기로
허덕였을 때"부터 그녀의 "삭신을 갉아먹은" 존재들이다. '어머니'와
부부 관계를 맺고 '나'를 낳았든('내'가 태어났든) '아버지'와 '나'는 '어머
니'의 몸을 빌었다는 데에 있어 "공범자"인 것이다. 그리고 여태 도
록. 요컨대, '어머니'의 직접 발화를 통해 그려 낸 이후 행은 '아버지'
와 '딸'의 또 다른 공범 행위를 보여 준다. 남편과 딸의 옷에는 언제
나 "최루탄 냄새"가 배어 있다. 그녀는 빨래로 그 냄새를 헹궈 보지
만, "헹굼물"에는 끝내 눈물이 섞여 든다. "시대의 뒷모습"은 질기게
들러붙어 한 가족을 공범화시킨다.

1961년 5월 16일, 서울 제6관구 사령부에서 박정희 소장에 의해
쿠데타는 시작되었다. 이어 5월 18일, 군사혁명위원회는 군사혁명
위원 30명과 고문 두 명의 명단을 발표했고, 내각은 모두 군인으로
임명되기에 이른다. 민주주의의 암흑기였던 유신 독재 시절, 학생들
의 반유신 시위는 끊임없이 이어졌고, 이에 직면한 박정희 정권은
긴급조치를 발동하여 진압하고자 했다. 이로써 대학들은 장기간 휴
교를 해야만 했던 암울한 시대가 한국 현대사에는 계속되었다.

「아버지와 얘기를 나눌 만큼」에서도 이러한 시대적 분위기는 '아
버지'와 '딸'의 대화를 통해 나타난다. 영부인이 총에 맞아 죽은 날,

수업을 중단하고 분향소에 갔다 돌아온 '딸'의 이야기는 불현 시작된 '딸'의 초경으로 인해 중단된다. '딸'이 그날 겪는 초경은 "아랫도리에 불덩이가 치밀고 뭔지 모를 통증"으로 "머리칼까지 곤두서게" 하는 것이지만, 누구도 그날 '딸'이 겪은 피(영부인의 죽음과 초경)에 대해서는 더 이상의 언급을 피한다. 그저 '아내'는 "팥밥을 짓고 광목개짐을 내놓"을 뿐이었고, '아버지'는 "별들이 딸의 머리맡에 내려앉는" 듯한 착각 속에서 "시대여 그대는 얼마나 수상하냐"라고 고뇌할 뿐이다. '딸'의 "비릿한 핏내"만이 하 수상한 시대를 사는 '딸'과 '아버지'의 대화 속에서 진동할 뿐이다.

육영수 저격 사건이 일어나자 박정희를 수호한다는 미명 아래 차지철이 경호실장으로 취임하게 된다. 권력 세력으로 부상한 경호실은 마침내 권력의 최고 핵심 기관이 되어, 국정에 개입하기 시작한다. 유신 독재는 1979년 10월 26일 청와대 옆 궁정동 안가에서 발생한 중앙정보부장 김재규의 총탄으로 막을 내렸지만, "시대의 통증"은 그 후에도 여전하였다.

1980년 8월 27일에 실시된 제11대 대통령 선거는 서울 장충체육관에서 실시되었다. 선거 방식은 국민의 직접 투표가 아니었으며, 국민에 의해 선출된 통일주체국민회의 대의원들이 대통령을 선출하는 간접선거 방식이었다. 출마한 사람은 단독 후보 전두환 후보뿐이었다. 투표 방식은 무기명 비밀투표와 동시에 찬반을 묻는 방식이었으며, 결과적으로 전두환 후보가 당선되어 대통령으로 취임하게 된다.(전두환 후보는 통일주체국민회의 재적 대의원 2,525명(투표율 99.4%)이 투표한 결과 2,524명(찬성률 99.9%)의 찬성을 얻어 당선되었다. 박정희, 최규하 그리고 또 한 번 체육관에서 대통령이 등장(1980년 9월 1일 제11대 대통령으로 취임)하였다). 이렇듯 신군부독재 시대의 서막은 이후 신군부독재 정권에 저항하는 수많은 사람을 검문, 통제, 고문함으로써 비극적 상황을 낳게 하였다.

농촌의 가난한 현실, 그리고 도시로 옮겨 간 민중들의 신산한 삶과 혼란스러웠던 시대상을 담아냈던 허수경 작품들은 삼십 년이 지난 지금, 이렇게 반추되고 있다. 이제, 새 시대의 "정의론"과 "인권론"은 너머 어디를 바라보고 있는 것일까.

새로 산 책을 넘긴다
스승은 새로운 학문을 수용하고 도시를 다스리는 정의론과
인권론과 형평론을 안경 너머로 바라본다
눈을 부빈다

(중략)
그러나 새롭게 등장하는 것들을 어깨에 짊어지고
스승이 낡아 가는 것인가
새로운 모습으로 다가오는 모든 것들이
훨씬은 더 먼저 낡아 갈 것인가

—「스승의 구두」부분

현대사회와 시각문화의 주체

오늘날 새롭게 부상하는 시적 인식은 무엇일까. 현대시로 호명되는 이 시대의 시는 어떤 형태를 띠고 어느 내용을 담고 있는가. 여기에서는 이와 같은 질문을 전제로 주체의 탄생에서 비롯되는 현대시와 현대사회를 알아보고자 한다. 이것은 궁극적으로 현대인들이 중요시하는 오늘날의 사항이 무엇인지 생각해 보게 할 것이다.

이미지의 역사에서 무엇보다 중요한 것은 시각적 요소다. 그러므로 시각과 관련한 회화 분야에서의 변화가 무엇보다 이미지에 직결되는 사항이라고 보아도 좋을 것이다. 15세기 르네상스 초기에 이르러 이탈리아에서는 원근법이 발명되었다. 이것은 평면적이었던 회화에 있어 혁명과도 같은 일이 벌어진 것이었다. 원근법은 평면적인 회화의 표현 기법에서 눈으로 볼 수 있는 현실처럼 원근의 표현을 묘사하는 기법으로, 원근법이 회화에 도입되자 그 이전까지 평면 위에서 그려지던 다중심적인 구도는 점차 사라지게 되었다. 다중심 구도는 중세미술의 화면 구도를 일컬으며 원근법이 발명되기 이전까지는 화가의 시각이 미치지 못하는 영역도 마치 보고 아는 듯이 그려졌다.

예컨대, 마사초(Masaccio)는 원근법을 사용해 「성 삼위일체」(1428)를 그린 최초의 화가였다. 원근법을 적용한 「성 삼위일체」는 산타 마리아 노벨라 성당에 그려진 프레스코화로 정중앙의 그리스도를 중심으로 마리아와 성 요한이 배치되었고 중앙의 하느님이 십자가를 붙잡고 있다. 이같이 빛과 그림자, 그리고 자연광을 고려한 원근법에 따라 회화는 입체감을 부각하며 완성되었다. 레오나르도 다빈치의 「최후의 만찬」 같은 경우도 원근법을 잘 보여 주는 대표적인 그림이었는데, 중요 인물을 도드라지게 부각했던 기존의 회화 기법에서 벗어나 열두 제자의 모습은 관찰자의 관점에서 사실적으로 그려졌다.

원근법이 발명되기 이전 회화는, 하나의 공간에 다른 시간의 이야기가 함께 전개되기도 하고, 멀고 가까운 거리와 공간감이 화가의 판단에 따라 묘사되기도 하였다. 인물에 있어서도 이러한 중요성에 의해 크기가 결정되었다. 예컨대, 신분 계급에 의해 왕, 성직자, 기사, 남성 등은 중심에 크게 그려졌으며, 이에 반해 평민, 하인 등은 중심에서 밀려나며 중심인물보다 작게 그려졌다. 그러므로 원근법은 이전보다 관찰자 시점과 소실점을 바탕으로 한 회화를 탄생시키는 계기가 되었으며, 이러한 결과로 서구 문명의 시각적 원리(16세기 원근법 원리 기계인 카메라 옵스큐라)는 진일보하게 되었다.

르네상스와 바로크 회화를 구분하는 중요한 기준점은 소실점과 관련한 사항이었다. 르네상스의 회화는 화가가 격자판에 대고 비치는 대로 상을 옮기는 방법으로 그려졌는데, 이러한 회화적 방법은 바로크에 이르러 전면적으로 바뀌게 되었다. 벨라스케스(Diego Velázquez)의 「라스 메니나스」는 바로 이런 특징을 잘 드러내는 회화였고, 그림은 거울에 비친 펠리페 4세(Felipe Ⅵ)와 왕비 마리아나(Mariana)의 모습을 통해 르네상스 시대의 평면적인 투시법과는 확연히 다른 차이를 보여 주었다.

17세기 스페인 궁정 회화의 대가 디에고 벨라스케스의 「라스 메니나스(Las Meninas)」(1656)를 분석한 미셸 푸코의 『말과 사물』에 의하면 「라스 메니나스」는 여러 인물의 시선 교차를 통해 "투시점과 소실점이 (그림에서) 동일한 점"을 보여 주는 작품이 된다. 이것은, 그림의 "투시점이 외부에 있는 것이 아니라 내부에 있음"을 시사한다.

간추려 보자면, '투시점'은 화가가 바라본 관점을 말하며, '소실점'은 캔버스 내에서의 원근법에 따라 모이는 점을 의미한다. 그런데, 얼핏 궁전의 일상을 그린 듯한 「라스 메니나스」는 공주 마가리타(Margarita)와 시녀들을 그린 것에만 그치는 것이 아니라, 여러 시선의 교차를 보여 줌으로써 재현과 관련한 주체를 보여 준다는 것이다. 국왕 부부는 희미한 존재가 되어 거울로(실제로는 거의 불가능한 위치에서) 비쳐 보이며, 예술가인 그림 밖 화가 자신의 모습은 그림 한 켠을 차지한다. 또한 뒤편 계단에는 이 전체를 지켜보는 왕비의 시종

관 니에토(José Nieto Velázquez)가 관객처럼 배치되어 있다. 푸코는 이 같이 관객이 구성 요소로 포함된다는 특이점을 중요시한다.

벨라스케스의 이 그림에는 아마도 고전주의적 재현의 재현 같은 것, 그리고 고전주의적 재현에 의해 열리는 공간의 정의(定義)가 들어 있을 것이다. 실제로 재현은 여기에서 자체의 모든 요소, 자체의 이미지들, 가령 재현이 제공되는 시선들, 재현에 의해 가시적이게 되는 얼굴들, 재현을 탄생시키는 몸짓들로 스스로를 재현하고자 한다. 그러나 재현이 모으고 동시에 펼쳐 놓는 이 분산으로 인해, 어쩔 수 없이 본질적인 공백이 뚜렷이 드러난다. 즉 재현이 닮음으로만 비치는 사람이 사방에서 자취를 감춘다. 이 주체 자체, 즉 동일 존재는 사라졌다. 그리고 재현은 얽매어 있던 이 이해 방식으로부터 마침내 풀려나 순수 재현으로 주어질 수 있다.

—미셸 푸코, 『말과 사물』

요컨대, 그림의 각 인물은 재현으로 형성되는 듯 보이지만, 실상 그림은 닮음으로 구성되는 재현적 그림은 아니다. 그림은 거울을 통해서 지켜보는 "왕의 시점"과 그림 밖에 있지만 "화가의 시점"으로 들어가 있는 화가, 그리고 "그림을 보는(관람하는) 우리의 시점"을 교묘하게 보여 준다. 다시 언급하자면, 이 회화는 재현적 원리인 "닮음으로만 비치는 사람"이 자취를 감추고, "고전주의 회화 원리 자체에 대한 재현"을 보여 주고 있는, 메타적인 성격의 작품이 된다. 이렇듯, 회화에 대한 회화로 그려진 「라스 메니나스」는 이전과 달리 근대적 '바로크적 시선'을 보여 주는 작품이었다. 결국 이전 시대의 회화와 비교해, 각 대상 간의 거리 확보와 세계를 파악하는 시선의 탄생은 근대적 주체의 시선임을 보여 준다고 할 것이다. 주체가 되는 위상의 문제는 이렇듯 시선과 관련하여 점차 확대된다.

현대 예술의 주체

근대적 '주체'와 관련해 문학작품에서는 통상적으로 '화자'와 혼동된 개념으로 사용된다. 문학작품에서 "시적 발화를 수행하는 행위자"를 화자라 부르고, 화자라는 퍼소나로 발화하는 발화자를 통상적인 시인이라고 지칭한다. 널리 알려져 있다시피, 문학작품 내에서 발화(speech)는 화자가 저자 개념인 시인의 시적 인식과 세계관을 드러내는 행위다. 그런데 엄격히 말해 여기에서부터 '시적 주체'는 '시적 화자'와 혼동을 빚게 된다고 할 수 있다. 이유인즉, 우리가 통상적으로 받아들이는 '시적 화자'란 개념은 문학작품 내에서 단일한 목소리로 발화되는 세계관이 시인(생산자)에게서 독자(수용자)에게로 전달된다는 이론에 바탕하고 있기 때문이다.

그런데 이러한 화자 개념과 달리 '시적 주체'는 저자 개념이 포함되는 동일성의 존재가 아니기에 텍스트 내에서 구성되는 특징을 갖는다. 예컨대, '주체'는 화자라는 단일한 목소리에서 벗어나 "발화 자체의 다층적인 양상"을 설명하기 위해 발화 주체로 설명되는 것이다. 오늘날 논의되는 주체 개념은 포스트 구조주의와 정신분석학의 주체 개념에서부터 비롯되었다고 할 수 있는데, 요약하자면, 단일한 화자로 설명 불가능한 여러 다성적 목소리들, 그리고 정신분학적인 주체 개념으로 설명 가능한 작품들의 양산으로 인해 오늘날 '화자'는 '주체'와 혼동되기도 하고 혼용으로 쓰인다고 할 것이다.

벨기에 초현실주의 화가 르네 마그리트의 그림 「인간의 조건(La condition humaine)」(1935)은 '주체의 시선'과 관련하여 '눈'과 '응시'에 대해 생각하게 한다. 「인간의 조건」은 얼핏 보기에는 정밀한 묘사로 그려진 풍경화로 여겨지기도 할 만큼, 창밖의 풍경을 캔버스의 그림으로 잇대 놓은 작품이다. 그림 속 이젤의 그림은 길게 세로로 구분되는 캔버스의 가장자리 구획선이 아니라면, 실제와 허구, 외부와 내부, 참과 거짓은 불명확하게 느껴질 정도다. 이렇듯 시각을 통한 이분법적 구분이 와해되는 그림을 통해 알 수 있는 것은 우리가 세계를 보는 눈이 이와 같다는 것이다. 우리는 외부에서 세상을 바라본다 생각하지만, 정작 내부에서 재현이라고 믿는 그림을 들여다보고 있는 것에 다름 아니다.

이것을 상상계-상징계-실재계라는 개념으로, 다시 말해 라캉식으로 설명하자면 그림에서의 '창밖'은 '실재'라고 할 수 있다. '창'은 이러한 층위에서 '상징계'로 자리하고 있으며, 방의 내부인 '창 앞의 캔버스'는 응시가 드리우는 '영사막(스크린)'처럼 작동한다. 눈(eye)은 원근법과 기하광학에 입각한 주체의 시선이지만, 이와 달리 응시(gaze)는 시각장의 욕망의 원인으로 눈과 응시는 명백히 구분된다. 요약건대, '캔버스'는 '창밖'과 같은 풍경을 보여 줌으로써 결론적으론 시선의 맹점을 알려 준다.

이처럼 외부/내부로 나뉜 풍경은 다음 시 작품에서도 찾아볼 수 있다.

풍경을 이루는 데는 쓰잘데없지만
풍경을 지켜 주는
그리고 지금 풍경의 창인
철망을 그리자. 우선
그림의 액틀. 액틀 속의 액틀 그림.

진하게. 칠이 벗겨진 녹색으로.

다음에 무슨 색을 줘어야 할까?

종탑과 유리창의 윤곽을.

찌그러진 남대문통의 소음도
성마른 시간도 남산터널도 비껴간
오램. 부드러움. 침묵. 비밀.
하염없음. 개방된 조용함.

노오랗게 나는 은행나무처럼 철망을 들여다본다.
등 뒤로는 자동차들이 쏟아지고.

이제 마무리하자.
발밑에 둔덕진 은행잎과 먼지흙을 휘저어라.
철망을 퇴색시키라.
굴절된 사팔뜨기의 네 눈을 지압하고
버스를 타러 가자.

—황인숙, 「길을 가다가」 전문

앞서 밝힌 '주체'의 사항으로 살펴볼 때, 「길을 가다가」는 눈과 카메라의 유사성으로 설명 가능한 원근법적 공간 하에서의 정황이 아니다. 라캉이 보는 눈과 응시를 명백히 구분하는 것은 이처럼 응시가 관여하는 욕망의 주체와 관련해서다. 요컨대, 보는 주체가 아니라 욕망의 주체가 산출하는 사건이다. 그러면 시각적 접근(visual access)을 통한 작품의 구조를 살펴보도록 한다.

　다소 도식적이지만 이해의 차원상, 르네 마그리트의 「인간의 조건」과 「길을 가다가」를 비교해 보자면 이렇다. '창(=상징계)'과 '창밖(=실재)', '캔버스(=스크린)'라는 회화의 구도는 "지금 풍경의 창(철망)"으로 인해 액자 틀 그림처럼 조성된다. 고로, 시의 주체는 화가와 동일한 선상에서 문면에 위치한다. 그러므로 "칠이 벗겨진 녹색"은 액틀 또는 액틀 속의 그림을 그리기 위한 것이겠지만, 「인간의 조건」처럼 이것은 모두 작품 속의 작품이기에 캔버스와 캔버스 풍경과 유사하다. 알고 보면, "풍경을 지켜 주는" 것은 상징계로 작동하는 '창'일 뿐이다. 그러므로 풍경에서 보여지는 "종탑과 유리창의 윤곽"과 소음으로 시끄러운 "남대문통"과 "남산터널" 등은 시각장 내에서 다뤄지는 재현적 풍경이 아니며, "개방된 조용함"으로만 자리하게 된다.

　이윽고 '나'는 풍경이자 배경인 "은행나무처럼" "철망을 들여다"보는데, 그때 등 뒤로 배경인 "자동차들이 쏟아"진다. 시의 주체는 심상하게, "철망을 퇴색시키라", "버스를 타러 가자"라고 마무리를 짓건만, 그리고 풍경은 여전히 변함이 없건만, 주체는 기괴함이 불러일으키는 혼란스러움에 휩싸이게 될 수밖에 없다. 이것은 "액틀 속의 액틀 그림"처럼, 「인간의 조건」으로 언급하자면 풍경에 겹쳐진 캔버스 풍경처럼, 보는 눈이 인지하는 풍경이 실상은 하나로 꿰매 놓은 봉합된 풍경인 까닭이다. 결론적으로, '보다'라는 행위는 이처럼 '눈'과 '응시'를 분열시키는데, '눈'은 주체를 특권화된 자리에 두지만, '응시'는 주체를 대상 속에 포함시키기 때문이다.

주체와 거울의 환상(통)

　시의 주체와 관련한 사항은 최근의 논의 같지만, 사실상 그렇지는 않다. 여기에서는 우리가 익히 알고 있었던 거울 모티프 작품을 통해 주체와 관련한 사항을 재점검하게 될 것이다.

거울을 통해 '본다'라는 행위는 보는 자와 보여지는 자를 구분 짓게 하는데, 이 구분은 보는 자가 다시금 보여지는 자가 되게 하며 '주체'와 '대상'의 관계를 조성해 낸다. 플라톤은 "인간의 영혼은 곧 신성(神性)의 반사상"이라고 단언했으며, 아우구스티누스는 인간의 비극적 모습을 투영하며, "성경이라는 거울에 자기 모습을 비춰 보는 사람은 빛나는 신의 영광과 자기 자신의 비참함을 보게 된다"라고 했다.

종교적·사회적 영역에서 주체와 정체성 개념이 형성된 것도 거울이 사용되고, 자화상이 그려지면서부터다. "자기 인식의 도구로서의 거울"은 이처럼 인간 존재에 대한 주제와 연결된다. 반사상으로 나타나는 거울의 상은 환상이지만, 이 환상은 충분히 현실의 "유용한 순간"으로 작용한다. "거울의 허구"가 현실과 상상의 명확하고도 엄격한 구분을 거부하고, "주체의 변증법"을 실현시키기 때문이다. 요약건대, 주체와 대상의 정립은 거울상으로부터 기인한다.

①
그러나 나는 네 속에서만 나를 본다 온몸을 떠는 나를 내가 본다
어디선가 관자놀이를 치는 망치 소리
밤거리를 쩌렁쩌렁 울리는 고독의 총소리
이제 나는 더 이상 숨 쉴 곳조차 없구나

나는 붉은 잔을 응시한다 고요한 표면
나는 그 붉은 거울을 들어 마신다

몸속에서 붉게 흐르는 거울들이 소리친다
너는 주점을 나와 비틀비틀 저 멀리로 사라지지만
그 먼 곳이 내게는 가장 가까운 곳
내 안에는 너로부터 도망갈 곳이 한 곳도 없구나
　　　　　—김혜순, 「한잔의 붉은 거울」(『한잔의 붉은 거울』) 부분

②
당신 속에는 또 하나의 당신이 들어 있습니다

당신 속의 당신은 당신의 몸을 안으로 단단히 당겨 잡고 있습니다
그래서 당신의 손톱은 안쪽으로 동그랗게 말려들고, 당신의 귓바퀴 또
한 당신의 몸속으로 소용돌이치며 빨려들고 있습니다 당신 속의 당신
이 당신을 당겨 잡은 그 손을 놓는 순간 당신은 아마 이 세상에 없을
겁니다

당신의 얼굴은 당신 속의 당신이 당신을 팽팽하게 당기고 있는 모
습 그대로 굳어져 있습니다 가끔 그 얼굴이 당신 밖의 내 얼굴로 기울
어지기도 하고, 당신의 두 눈동자 속에서 나를 내다보는 당신 속의 당
신을 내가 느끼기도 하지만 당신 속의 당신이 당신을 당겨 잡은 그 손
을 놓은 적은 한 번도 없습니다 당신은 여전히 팽팽히 당겨져 있습니
다 당신의 얼굴은 그 긴장을 견디느라 이제 주름이 깊습니다

당신 속의 당신은 또 얼마나 힘이 센지 내 속의 내가 당신 속으로
끌려 들어갈 지경입니다

당신은 지금 붉은 포도주를 한 잔 마시고 치즈를 손에 들었습니다

내 속의 나는, 치즈는 우유로 만들어졌다는 걸 상기합니다 그리고
곧이어서 그 우유는 어느 암소 속의 암소가 내뿜는 걸까 고민합니다

혹 당신이 멀리 떠나 있어도 당신 속의 당신은 여기에 또 있습니다
나는 당신 속의 당신을 돌려보내지도, 피하지도 못합니다

아마 나는 부재자의 인질인가 봅니다

내 속의 내가 단단히 나를 당겨 잡고 있는 동안 나 또한 살아 있을
테지만 심지어 나는 매일 아침 내 속의 나로 만든 치즈를 당신의 식탁
위에 봉헌하고 싶어집니다

—김혜순, 「얼굴」(『한잔의 붉은 거울』) 전문

김혜순 시에는 유독 거울의 변형된 이미지가 많이 쓰이고 있는데
"TV", "컴퓨터 모니터", "물", "얼음", "포도주" 등 변주는 다양하다.
여기서는 바슐라르가 『물과 꿈』에서 밝히고 있는 것처럼 물거울의
심리학적 효용성을 언급할 필요가 있다. 거울은 "꿈의 도구로써는
너무나 명증적"이기 때문이다. 위에 언급하고 있는 ①과 ②의 작품
은 모두 거울의 반사상과 같은 중첩되는 분신(double) 이미지를 거느
린다. 그러므로 ①에서 나는 "네 속에서만 나를" 보고, "온몸을 떠는
나"를 "내가 본다"라는 진술은 가능해진다. 분열된 주체로 인해 주
체는 대상화되고, "먼 곳"이 "가장 가까운 곳"이 될 수밖에 없다. '너'
라는 모든 외피의 사물, 장소화는 결국 돌올한 주체의 모습이었던

셈이다. 이처럼 분열된 주체와 관련한 진술은 ②에서도 발견된다.

"당신 속에는 또 하나의 당신이 들어 있"는 '당신'이라는 상(像)은, "당신 속의 당신이 당신을 당겨 잡은 그 손을 놓는 순간" 예컨대, '당신'을 인지하는 그것을 포기할(망각하거나) 때 '당신'은 "이 세상에 없"게 된다. 그러나 정작 '당신'의 소멸은 감지되지 않는다. 즉, '당신' 또는 '나'로 변환되는 주체는 욕망의 자장에서 형성되기에 "당신을 당겨 잡은 그 손을" 놓지는 않는다. 거기에 더해 진술되는 '치즈'와 '우유'와 '암소'의 발생 선후 관계는 더 주체적이고 근원적인 존재의 물음과 성찰에 관여하기에 이른다. 궁극적으로 주체에 연원한 작품이기도 하지만, 작품은 "봉헌"을 통해 당신에게 고하는 한순간으로 넘어간다. 연시의 아름다운 진술을 함께 읽어 낼 수 있는 한순간이다.

그런데 거울의 반사상이 많아질수록, 주체는 공고히 자리 잡는 것이 아니라 오히려 분열된다. 끝없이 이어지는 환상이 자리를 넓히기 때문인데, 그러한 연유로 "거울 속에, 거울 속에 번져 가고" 혹시나 "거울 밖으로 쫓겨나지나 않나"라는 신기루 같은 거울의 환상을 맛보게 된다(「신기루」).

거울을 열고 들어가니

거울 안에 어머니가 앉아 계시고

거울을 열고 다시 들어가니 그 거울 안에 외할머니 앉으셨고

외할머니 앉은 거울을 밀고 문턱을 넘으니

거울 안에 외증조할머니 웃고 계시고

외증조할머니 웃으시던 입술 안으로 고개를 들이미니

그 거울 안에 나보다 젊으신 외고조할머니

돌아앉으셨고

그 거울 열고 들어가니

또 들어가니

점점점 어두워지는 거울 속에

모든 웃대조 어머니들 앉으셨는데

그 모든 어머니들이 나를 향해

엄마엄마 부르며 혹은 중얼거리며

입을 오물거려 젖을 달라고 외치며 달겨드는데

젖은 안 나오고 누군가 자꾸 창자에

바람을 넣고

(중략)

정전, 암흑천지.

순간 모든 거울들 내 앞으로 한꺼번에 쏟아지며

깨어지며 한 어머니를 토해 내니

흰옷 입은 여럿이 장갑 낀 손으로

거울 조각들을 치우며 피 묻고 눈 감은

모든 내 어머니들의 어머니

조그만 어머니를 들어 올리며

말하길 손가락이 열 개 달린 공주요!

　　　　—김혜순, 「딸을 낳던 날의 기억」(『아버지가 세운 허수아비』) 부분

　라캉의 이론으로 설명하자면, 정신분석학에서 '거울 단계(the mirror stage)'는 상상계(the Imaginary)와 상징계(the Symbolic)를 구분 짓는 경계선으로 작동한다. 발달 단계에서 생후 6-8개월에 이른 아이는 자신의 거울 이미지를 자신이라고 인식하게 된다. 거울 이미지를 통해 비로소 조각난 자신의 몸에서 통합된 신체를 파악하기 때문이다. 아

이의 이러한 동일화 과정은 아이에게 최초로 완성된 자아를 느끼게 한다. 그러나 엄밀히 말해 아이가 느끼는 자신의 완성된 이미지는 자신이 아니며, 반영된 유사성에 의한 오인식(誤認識)으로 라캉은 이런 동일시 단계를 상상계라 한다. 이윽고 생후 18개월쯤 아이는 언어의 습득과 실천으로 말미암아 언어가 지배하는 세계인 상징계에 진입하게 된다. 마침내 그전까지 동일시하며 또한 욕망의 대상(어머니)이었던 것을 상실하게 되는 것이다. 그러므로 상징계에 진입하면서 주체는 최초의 분열을 겪게 된다고 할 것이다.

「딸을 낳던 날의 기억」에서 주체는 이러한 상징 질서를 가능하게 한 "거울 단계를 거슬러" 올라간다. 논리적·이성적·합리적·남성적·과학적 언어의 층위인 상징계는 여성적 주체의 출산 경험으로 말미암아 중심에서 오히려 밀려나게 된다.

'거울'은 무한 증식한다는 점에서 분열된 주체와 일맥상통하며, 거울 속의 거울로 진입하며 주체는 "어머니들의 어머니"와 조우한다. 주체는 '거울'을 통하여 자신의 상(像)이 아니라 "어머니들의 어머니"를 만나게 되는 것이다. 다시 말해, "거울을 열고 들어가"는 것은 아이를 낳기 위해서 몸이 열리고, 출산의 고통으로 들어가는 과정을 의미한다. 그러므로 거울을 보는 행위는 어머니를 거듭 만나는, 어머니가 되는 과정이라 할 것이다. 「딸을 낳던 날의 기억」에서 주체는 급기야는 어머니의 "고대 적 몸과 하나"가 되기에 이르는데, 이것은 거울로 나타나는 여성의 출산을 통하여 '어머니되기'와 '아이되기'를 동시에 달성하는 여성적 행위에 다름 아니다.

실재의 귀환, 언캐니

이상으로, 한국 현대사에서 시선의 주체까지로 소략하나마 현대시를 살펴보았다. 여기에서는 주체의 영역에서 발생하는 억압을 중심으로 현대시에서 나타나는 '언캐니'를 다루고 마무리하기로 한다.

'운하임리히(Unheimlich, 영역 uncanny)'는 프로이트가 논문 「Das Unheimliche」(1919)에서 '기이한' 또는 '친숙하지 않음'으로 규정한 개념을 일컫는다. 요컨대, 통상적으로 '낯선 두려움'으로 사용되는 독일어 'Unheimlich'에서부터 기원한 개념이라 할 것이다. 프로이트는 '운하임리히(Unheimlich)'라는 단어에 벌써 '하임리히(Heimlich)'라는 반대말이 포함된다고 본다. 그럼으로써 '하임리히'에 내포된 '친근함', '다정함', '아늑함', '집에서 느끼는 편안함', '고향 같은' 등이 정반대의 위치에 놓인 '운하임리히'('비밀스러움', '숨겨져 있음', '공포스러움', '괴기함', '불편함', '불안함', '음울함', '울적함')에 속해 있다는 것이다.

> 그러나 이 언캐니한 장소는 모든 인간 존재가 이전의 고향으로 들어가는 문이며, 모든 사람이 옛날 옛적 태초에 살던 곳으로 들어가는 문이다. "사랑은 향수병"이라는 재미난 말이 있다. 누가 어떤 장소나 나라에 관한 꿈을 꾸면서 "이 장소는 낯익어, 전에 와 본 적이 있는 곳이야"라고 꿈속에서 여전히 혼잣말을 하는 경우, 언제나 그 장소는 어머니의 성기 또는 어머니의 신체라고 해석할 수 있을 것이다. 이 경우에도 언캐니는 한때 고향이었던 것(heimische), 오래전에 낯익었던 것이다. 여기서 'un'이라는 접두사는 억압의 표시다.
>
> —Freud, "The Uncanny"

위의 설명과 같이 '운하임리히'에는 '운하임리히'와 "한때 고향이었던 것"('하임리히')이 양가성을 지닌 채 동시에 공존하는데, 그리하여 억압된 것들이 무의식의 회로를 통해 그 모습을 드러낼 때, '운하임리히'라는 섬뜩하면서도 미묘한, 친밀한 느낌이 다가오는 것이다. 이것이 바로 프로이트가 친밀하던 것이 억압되었다가 되돌아올 때 섬뜩('운하임리히')하다고 한 내용이며, 라캉이 실재와 관련해 논의를 전개한 부분이다.

라캉에게 있어, 현실은 표상의 바깥에 있다. 그러므로 현실이 아닌 다른 현실이 실재 개념에서 말하는 현실로서 자리하게 된다. 실재(das Reale)와 현실(die Realität)은 이렇게 구분된다. 상징계 진입 시에 상징화라는 언어에 속하지 못하는 것들은 실재에 머물게 된다. 그래서 실재가 귀환할 때는 주체에게 현실보다 더 현실적인 실재를 알려 주므로 '운하임리히'가 발생한다.

현대시가 시적 화자 개념에서 주체로 바뀔 수밖에 없는 이유는 현실과는 이처럼 다른 현실의 개념, 즉 실재를 그려 내는 시대가 도래했기 때문이다. 욕망으로 인한 결여를 메우고 있는 구멍을 발견하는 과정에서, 주체가 기괴한 운하임리히를 맞닥뜨릴 수밖에 없는 시대임을 우리는 목도하게 된다.

우리가 앞서 살핀 작품들에서도 예컨대 '낯선 두려움'은 지속해서 드러난다. 결론적으로는 자아를 넘어서는 분열적 주체의 결과일 것이다. 억압으로 인해 낯선 것이 되어 복귀하는 언캐니는 문학에서 지금보다 더 많이 나타날 것이다. 자아의 충족을 보여 주지만, 실상은 오인식에 불과한 상상계와 기표로 이루어지는 세계인 상징계는 "욕망의 온전한 합일의 상태를 이를 수 없"기에, 알 수 없는 '너머'의 세계(실재계)는 구성될 수밖에 없으며, 초현실주의 미술 및 현대 문학작품에서는 이러한 흐름이 끊임없이 확대되고 있다.

이상으로 현대의 흐름을 부족하나마 짚어 보았다. 예술과 이에 속한 문학이 어느 시대 어느 모습으로든 변화상을 그려 내고, 또한 예술적 반성을 할 수 있는 역설적 계기를 마련하기를 바라며 글을 마치기로 한다. 영상매체에 의한 미디어 시대인 오늘날임에도 (죽음충동만이 아닌) 삶충동을 내장한 문학, 우리는 그것을 읽어 나갈 것이다.

참고 문헌

권혁웅, 『시론』, 문학동네, 2010.

김성기 외저, 『모더니티란 무엇인가』, 민음사, 1994.

김혜순, 『아버지가 세운 허수아비』, 문학과지성사, 1985.

――――, 『여성이 글을 쓴다는 것은』, 문학동네, 2002.

――――, 『한잔의 붉은 거울』, 문학과지성사, 2004.

미셸 푸코, 『말과 사물』, 이규현 역, 민음사, 2012.

사빈 멜쉬오르 보네, 『거울의 역사』, 윤진 역, 에코리브르, 2001.

서중석, 『한국현대사』, 웅진씽크빅, 2013.

신승환, 『우리말 철학 사전 3』, 지식산업사, 2003.

앤터니 이스톱, 『시와 담론』, 박인기 역, 지식산업사, 1994.

오민석, 『현대문학이론의 길잡이』, 문학의전당, 2017.

유명자, 「운하임리히(Unheimlich) 메커니즘 연구」, 경북대학교 박사학위논문, 2017.

윤석진, 「1980년대 한국 민중시 연구」, 전남대학교 박사학위논문, 2009.

이진경, 『근대적 시·공간의 탄생』, 그린비, 2010.

장일·이영음·홍석경, 『영상과 커뮤니케이션』, 에피스테메, 2008.

칼리니스쿠, 『모더니티의 다섯 얼굴』, 이영욱 외역, 시각과 언어, 1993.

한국사회사학회 편, 『한국 현대사와 사회 변동』, 문학과지성사, 1997.

핼 포스터, 『강박적 아름다움』, 조주연 역, 아트북스, 2018.

허수경, 『슬픔만 한 거름이 어디 있으랴』, 실천문학사, 1988.

――――, 「이 지상의 어느 마을」, 『문학사상』, 2014.10.

황인숙, 『새는 하늘을 자유롭게 풀어놓고』, 문학과지성사, 1988.

Art Berman, *Preface to Modernism*, Univ. of Illinois Press, 1994.

Freud, "The Uncanny", *Studies in Parapsychology*, New York, 1963.

환상성
―알레고리와 은유/환유를 중심으로

네트워크가 발달한 복제 시대에 숭고한 예술이 과연 존재할 수 있을까요.

여전 예술은 어렵고 전망은 어둡다는 게 저의 생각입니다. 그런데 말이에요. 한편으로 이렇게도 생각해 봅니다. 이젠 디지털 시대를 누구도 부정할 수 없거니와, 도래한 심(sim. simulation)의 세계를 모르지 않잖아요. 스마트폰 하나만으로도 지구 반대편에 있는 예술작품을 지근거리인 듯 공유할 수 있는 시대니까 말이어요. 마치 현대의 집단지성(集團知性)처럼 동시다발적으로 지구 반대편에서 일어나는 일들을 우리는 접하고 지식을 공유하게 되었지요. 그러한즉, 예술은 과거·현재와 마찬가지로 미래에도 진가를 발휘하게 될지 모를 일이라고, 저는 예상해 보는 겁니다. 한 세기 전에 시작되었으나 현재에도 진행되며 미래에도 이뤄질 대성당처럼, 그러한 연속선상으로서요. 또 다양하게 접목될 미래 예술의 가능성으로서 말이지요.

다시금 대성당을 들여다보고 있습니다.

거듭하노라면, 한 세기 전 전체를 조망하던 프로젝트 산물에 계속 놀라게 되어요. 외관상 드러나는 건축예술의 현란함을 넘어 공동 작업이란 평범한 통찰이 시사하는 측면은 크네요. 현재 속도를 늦추고 과거 예술로 침잠하는 것은 거기 머무는 것이 아니라, 시작된 미래의 예술로 나아가는 길일 거고요. 예술은 앞으로도 단절과 연속의 힘으로 헤쳐나갈 겁니다.

다 같이.

—김윤이, 「시에서 발견하다 1」에서

환상성 개념과 범위

거울로 된 미로에서 쉽게 빠져나오지 못한 경험은 누구나 있을 것이다. 인식의 혼동을 불러들이는 미장아빔(mise en abyme)처럼 끝없는 반사로 중첩되는 거울상은 어린 시절 매혹스러운 대상물이 아닐 수 없다. 거울이라는 물상 자체가 형상을 비춤으로써 유년의 즐거운 상상적 체험을 선사한다고 하겠다. 영국의 수학자이자 작가인 찰스 도지슨이 필명 루이스 캐럴로 발표한 『이상한 나라의 앨리스(Alice's Adventures in Wonderland)』(1865)와 속편 『거울 나라의 앨리스(Through the Looking-Glass and What Alice Found There)』(1871)는 이처럼 우리가 어린 날 매료되었던 환상과 거울상을 중심으로 환상적 이야기를 전개한다. 전편은 앨리스가 토끼굴에 들어가 겪는 모험담이며, 속편은 거대한 체스판의 나라로 간 앨리스를 여왕으로 추대하려는 줄거리로 전개된다. 이처럼 『이상한 나라의 앨리스』 시리즈는 현실에서는 일어날 수 없는 환상을 전면적으로 내세운 환상문학의 대표작이라고 할 것이다.

오늘날 환상의 의미와 확장은 그 범위가 실로 어마하다 하겠다.

'현실'의 대극에 있는 초현실적 '환상'을 넘어 어느덧 '가상현실'이 도래한 시대이므로, 환상을 유아나 아동문학의 장르로만 국한해서는 오늘날 환상(문학)이 파생시키는 의미를 간과할 소지가 다분해진다. 따라서, 현실 범주 내에서 주저되었던 환상을 개념부터 거듭 확인하는 것이 환상을 파악하는 전제 요건이 될 것이다. 이제 포스트모더니즘의 흐름과 함께 그 영향력이 가중되고 있는 '환상'을 살펴보고자 한다.

'환상성'은 '판타스티쿠스(phantasticus)'라는 라틴어에 어원을 두고 있으며, '나타나 보이게 한다' 또는 '기이한 현상이 드러나다'라는 의미를 지닌다. 주지하다시피, 시각적인 의미를 내포하는 기이한 현상의 출현이다. 이러한 '환상성'에 대한 본격적인 연구는 츠베탕 토도로프가 그 대표라고 할 수 있는데, 이후 로즈메리 잭슨과 캐스린 흄에 의해 환상의 기능 면에서 의미가 수정, 보완되고 확장되기에 이른다. 여기에서는 환상성에 대한 개념과 정의를 순차적으로 살펴볼 것이다.

환상문학 연구자의 선구자 격인 츠베탕 토도로프는 환상문학을 장르론으로 분류해 구분함으로써 이론적 토대를 마련하였다. 토도로프는 환상을 독자의 관점에서 리얼리티와 상상력과 환영으로 보느냐에 따라 구분하였으며, 독자의 느낌(불안감)을 기준으로 '괴기문학'과 '경이문학'으로 분류하였다. 그러나 이러한 준거점으로 말미암아 시적이고 알레고리적인 것과 우의적인 것은 제외되었으며, 그로 인해 간과되는 지점이 발생하게 되었다. 초자연적인 현상을 독자가 규명할 수 없을 때, 즉 그러한 경이문학만을 환상문학으로 분류하였고 이러한 토도로프의 환상 이론은 그 범주의 협소함으로 인해 한계를 드러내게 되었다.

이처럼 토도로프가 장르론으로 환상성을 개념화하는 데 비해, 로즈메리 잭슨은 환상문학의 범주를 넓히면서 환상의 전복성을 강조하게 된다. 장르론으로만 환상성을 보는 것이 아니기에 토도로프가 제외했던 시와 알레고리를 포함하면서 정신분석학을 원용하게 되는 것이다.

환상성은 의식적인 담론과는 다른 담론 공간을 창조하고자 하는 문학이다. 환상물은 욕망의 발화에서 말이 문제시되고 언어가 문제시되도록 이끈다. 환상문학의 형식적이고 주제적인 양상은 동일하게 욕망에 대한 언어를 발견하고자 하는 (불가능한) 시도에 의해 결정된다. 토도로프는 텍스트의 구조적인 효과들에만 배타적으로 집중하면서 이런 쟁점들을 회피한다. 그러나 이러한 서사적 효과와 형식들은 주체를 사회적 맥락과 언어 안에 위치시키고자 하는, 보다 심도 있는 문화적 쟁점들의 표현으로 보아야 한다. 그리고 이것은 무의식적 욕망의 체계를 이론적으로 설명하는 정신분석학적 연구에 의지함으로써만 가능하다. 기괴한 것과 인간 주체의 형성에 대한 프로이트 이론을 통해서 우리는 근대 환상문학이 무의식적 욕망에 몰두하고 있음을 살펴볼 수 있다. 그리고 이런 욕망을 문화 질서와 관련시킴으로써 토도로프가 소홀히 한 이데올로기적 쟁점들을 재고할 수 있게 된다.

—로즈메리 잭슨, 『환상성』

로즈메리 잭슨의 환상성은 무엇보다 사회적 맥락과 이데올로기적 쟁점들을 재고함으로써 환상문학의 전복성을 성취하게 된다. 저서 『환상성』에서는 정신분석학적 연구에 의지해 '기괴함(das Unheimlich)'을 중요한 개념으로 설명한다. 기괴함은 익히 프로이트를 통해 알려져 있듯이 영역 '언캐니(Uncanny)'로 '낯선 두려움'을 뜻하는데, 로즈메리 잭슨은 독일어 '운하임리히(das Unheimlich)'에 드러나는 "두 가지 층위의 의미"가 환상에 관한 이론을 이해하는 데 매우 중요하다고 설명한다. 두 가지 층위는 다음과 같다.

프로이트가 지적하듯이, 기괴함을 뜻하는 독일어 das Unheimlich 에는 두 가지 층위의 의미가 있다. 이 두 의미는 환상에 관한 그의 이론을 이해하는 데 매우 중요하다. 그것의 긍정형 das Heimlich 역시 이중적 의미를 갖는다. 의미의 첫 번째 층위에서 그것은 편안한, 친숙한, 다정한, 쾌활한, 안락한, 친밀한 것을 의미한다. 그것은 세계 속에서 '편안한' 상태를 의미하는데, 그것의 부정은 친숙하지 않은, 불편한, 낯선, 이질적인이라는 단어들이다. 그것은 낯섦에 대한 느낌, 즉 세계 속에서 편안하지 않은 느낌을 산출한다. 위에서 인용한 기괴한 것의 몇몇 예들은 이런 효과를 지니고 있다. 의미의 두 번째 층위는 기괴함의 교란적인 힘을 설명한다. das Heimlich는 또한 다른 사람으로부터 감추어진 것을 의미한다. 그것은 감추어지고 비밀에 부쳐지고 모호한 모든 것이다. 그래서 그것은 부정형 das Unheimlich는 보통의 눈으로는 보이지 않는 영역을 발견하고 폭로하고 제시하는 기능을 한다.

―로즈메리 잭슨, 『환상성』

근대적 환상의 출현이 기괴함의 인식에 근간한다는 로즈메리 잭슨의 생각은 1919년 출판된 프로이트의 논문 「Das Unheimliche」로 말미암아 본격적인 분석에 이르게 된다. 프로이트의 논문이 19세기 작품들을 분석하는 데 유용한 이론으로 작용했기 때문이다.

'운하임리히'는 두 가지 층위로 설명된다. 첫 번째는 '운하임리히'

에 포함된 '하임리히'로 인해 대립하는 단어들이 '운하임리히'에는 공존하게 된다는 것이며, 두 번째는 기괴함의 교란적인 힘에 의한 것이다. 이 두 번째 층위는 환상에 전복성을 부여하는 중요한 의미로 기능하게 된다. 요컨대, 환상문학은 감추어진 이면에 대한 폭로로써 의미화된다. 기괴함을 불러일으키는 환상성은 뭔가 기이하고 신기한 것이 아니라, 세상에 익히 존재해 왔으나 숨겨져 있던 것들을 발견해 내고 드러낸다. 다시 말해, 폭로를 통해 환상문학은 '실재'적인 것을 '변형'한다. '하임리히'한 것 이면의 모호한 영역인 실재는 기괴함의 영역 내에서 드러나는 것이다. 단적으로 말해 환상성은 실재의 축, 그 선상에 놓인다.

실재로 드러나는 기괴함은 무엇보다 "서사적 효과와 형식들"의 주체를 "사회적 맥락과 언어" 속에 담는 행위, 즉 문화와 관련된 욕망의 문제로 해석된다. 무의식적 욕망은 이러한 정신분석학적 연구를 통해서만 가능하다고 본 잭슨은 토도로프가 소홀히 한 쟁점들을 한계로 보고, 환상성 내에서 다뤄지는 것을 인간의 무의식적 욕망과 관련한 것으로 설명한다. 요컨대 억압된 것으로 회귀하는 환상을 다룸으로써 환상문학이 지닌 정치적·이데올로기적 함의를 다룬다. 이로써 현실의 대극에서 다뤄지는 허구적 의미로서의 환상이 아니라, 현실을 문제 삼는 현실 전복 가능성으로서의 환상으로 거듭나게 된다.

환상성에 있어 또 다른 이론은 캐스린 흄에 의해 전개된다. 캐스린 흄이 정의내리고 있는 문학의 환상성은 좀 더 본질적인 문학의 문제로 설명되는데 예컨대, '환상'을 '미메시스'와 마찬가지의 문학의 요소로 본다는 것이다. 그러한 까닭에 흄은 이전까지는 환상을 문학에 내재한 주요한 충동으로 보지 않고, 분리된 주변적인 현상으로 파악했다고 지적한다. 흄은 미메시스론처럼 환상 또한 문학적 충동으로 파악하는데, 여기서 환상은 리얼리티를 바꾸려는 욕구(충동)로 본다. 다시 말해, 두 가지 충동으로 문학은 형성된다고 판단한다.

문학은 두 가지 충동의 산물이다. 하나는 '미메시스'로서, 다른 사람들이 당신의 경험을 공유할 수 있다는 핍진감(逼眞感)과 함께 사건·사람·상황·대상을 모사하려는 욕구이다. 다른 하나는 '환상'으로서, 권태로부터의 탈출·놀이·환영(幻影)·결핍된 것에 대한 갈망·독자의 언어 습관을 깨뜨리는 은유적 심상 등을 통해 주어진 것을 변화시키고 리얼리티를 바꾸려는 욕구이다. 어떤 작품을 환상이라고 주장할 필요는 없다. 마찬가지로 어떤 작품을 미메시스적인 것으로 묶어 둘 필요도 없다. 오히려 많은 장르와 형식 속에 두 가지 충동이 특색 있게 혼합되어 있다고 보는 것이 바람직하다. 환상을 '(자연스러운) 인간의 행위'로 정의한 톨킨의 견해는 실로 적절하다. 환상은 작가와 독자 모두에게 필요하며 유용하다. 환상은 작가의 긴장을 완화시키고, 작가의 상상력에 목소리를 실어 준다. 환상은 독자의 긴장을 증폭시키고 해방시킨다. 환상은 충격적이고, 매혹적이며, 만족을 준다. 무엇보다도 환상은 마음속의 무엇이든 의미감(a sense of meaning)을 제공하는 것이라면 그것을 활성화시킨다.

—캐스린 흄, 『환상과 미메시스』

이상 세 연구자의 각각 다른 환상성을 살펴보았다. 이를 통해 파악되는 바는 문학의 영역을 넓히는 기능으로 작용할 것이기에, 이것을 바탕으로 작품의 실제를 알아보기로 한다.

야콥슨의 은유와 환유, 라캉의 은유와 환유

여기에서는, 정신분석학적 작품 분석을 이해하기 위한 라캉 이론에서의 은유와 환유에 대해 간략하나마 알아볼 것이다. 라캉의 은유와 환유 개념은 프로이트의 '압축'과 '전위'를 수사학적 용어로 바꾼 것이기에, 야콥슨의 은유, 환유로부터 프로이트의 '꿈 작업', 그리고 라캉의 은유, 환유에 대해 살펴보아야 두 개념의 상세한 이해가 가능할 것이다. 그러므로 야콥슨-프로이트-라캉 이론에서의 은유와 환유 개념을 서술하기로 한다.

우선 살펴볼 구조주의 문학 이론가인 로만 야콥슨의 은유와 환유는 시적 기능을 살펴보는 데 매우 유효하게 작용한다. 언어 행위에 이용되는 두 가지 배열 방식은 '선택(selection)'과 '결합(combination)'을 통해 이뤄지며, 이때 선택은 등가성·유사성(상이성)을 결합은 인접성을 바탕으로 한다. 풀이하자면, 선택은 등가성에 의지해 단어들이 선택되고 대체되는 것으로써 은유로 기술되며, 결합은 단어들의 형성 관계로 환유로 기술된다. 이처럼 야콥슨이 수사학의 용어를 들어 언급한 시적 기능은 유사성과 인접성의 은유와 환유로 정의된다. 하지만 익히 알다시피, "인접성과 유사성이 중첩되는" 시에서는 두 개념이 특징을 공유하게 되고, 이로써 환유는 모두가 다소 '은유적'이며 은유는 모두 '환유적'인 특징을 지닌다고 말할 수 있게 된다.

시에서는 음운적 배열뿐만 아니라 의미 단위의 배열도 똑같이 등가성을 형성하려는 경향을 보인다. 유사성이 인접성 위에 중첩될 때, 시는 철두철미하게 상징적, 복합적, 다의적 본질을 표출하는데, 괴테의 "무상한 모든 것은 비유에 불과하다(Alles Vergängliche ist nur ein Gleichnis)"는 말은 이를 적절히 암시한 것이다. 좀 더 전문적으로 말한다면 모든 배열은 직유이다. 인접성에 유사성이 중첩되는 시에서는 환유는 모두가 다소는 은유적이며 은유는 모두 환유적 색깔을 갖는다.

—로만 야콥슨, 「언어학과 시학」(『문학 속의 언어학』)

환유적인 것과 은유적인 것의 경쟁은 어떤 상징적 과정—그것이 개인적인 세계이건 사회적인 것이건—에서나 엿볼 수 있다. 그렇기 때문에 꿈의 구조를 검토함에 있어서도 결정적인 문제는 거기에 나타난 상징들과 시간적 연속이 인접성(프로이트의 환유적 '전치(displacement)'와 제유적 '응축(condensation)')에 바탕을 둔 것인가 유사성(프로이트의 '동일시와 상징화(identification and symbolism)')에 바탕을 둔 것인가의 여부이다.

—로만 야콥슨, 「언어학과 시학」

그런데 여기서 살펴보아야 할 것은 야콥슨이 이러한 '환유적·제유적 인접성'으로 정의한 '전위(전치)', '압축(응축)'과 유사성에 바탕을 둔 '동일시와 상징화'다. 다시 정리하자면, 야콥슨에 의한 프로이트의 꿈 구조에 관한 설명을 통해 파악되는 것은 '전위'는 '환유적'으로, '압축'은 '제유적'으로, '동일시와 상징화'는 유사성에 의한 '은유적'으로 본다는 것이다.

그러나 야콥슨의 이와 같은 정의는 프로이트의 '압축'과 '전위'에 적절히 해당하는 것일까. 정신분석학의 꿈의 기능에 대해 더 파악해 보자. 프로이트는 『꿈의 해석』(1900)과 『정신분석 강의』(1917)를 통해 꿈의 네 가지 유형인 '압축', '전위', '조형적 변환', '이차 가공'을 설명한다. 이 가운데 위에서 언급한 '압축'과 '전위'를 중심으로 기술해 보자면,

꿈-작업의 첫 번째 성과는 압축(Verdichtung)입니다. (중략) 압축
은 (1) 어떤 잠재적 요소가 완전히 생략되거나 (2) 잠재적 꿈의 여러
가지 복합체 중에서 단지 어떤 조각만이 외현적 꿈으로 이행되거나
(3) 어떤 공통점을 갖고 있는 여러 개의 잠재 요소가 외현적 꿈에서는
통합되어 하나의 단일 요소로 용해되어 버리면서 일어납니다.

—프로이트, 『프로이트 전집 1—정신분석 강의』

꿈-작업의 두 번째 기능은 전위입니다. (중략) 우리는 이 전위 작용
이 전적으로 꿈-검열의 업적이라는 것을 알고 있습니다. 전위는 두 가
지 방식으로 나타납니다. 첫 번째 방식에서는 잠재적 요소가 그 고유
의 구성 요소에 의해서가 아니라 그와 관련이 없어 보이는 것, 즉 암시
에 의해 대체되어 나타나고, 두 번째 방식에서는 심리적인 강세가 중
요한 요소에서 중요하지 않은 다른 것으로 옮겨져서 꿈의 중심이 다른
곳으로 이동된 것처럼 보이고 생소하게 느껴집니다.

—프로이트, 『프로이트 전집 1—정신분석 강의』

그런데 프로이트가 정신분석 강의에서 설명하는 '압축'의 개념은
"잠재적 요소"로 인해 조각난 것만이 꿈으로 이행되거나 통합, 용해
되어 나타나는 것으로 실상 '제유적'이라고 파악하기에는 무리가 따
른다. 익히 알려져 있다시피, 제유는 종속적인 관계로 부분과 전체
의 대체 관계이기 때문이다. 통합되어 용해된다면 위계적 종속성은
파악하기 어려워진다.

다음으로 '전위'의 개념은 관련 없어 보이는 '암시에 의한 대체'나
"꿈의 중심이 다른 곳으로 이동된" 듯 느껴지는 변환에 해당한다. 이
것은 야콥슨이 언급한 '환유'적 인접성에 가까운 것으로 판단되기도

하나, 이 역시 꿈의 중심이 다른 곳으로의 이동으로 생소하게 전달되는 꿈의 구조에는 부합된다고 볼 수 없다. 요컨대, '언어학적 현상'만으로는 꿈의 심층적이고 복합적인 이동을 확정 지으며 바로 대입하기에는 무리가 있음을 알 수 있다. 무엇보다 꿈은 억압된 욕망의 소산이므로, 그대로 드러나는 것이 아닌 왜곡과 변형으로 이뤄지기 때문이다.

이제, 라캉의 이론을 검토할 것이다. 프로이트의 '압축'과 '전이'를 바탕으로 라캉은 주체 형성의 관점을 정신분석학적으로 새롭게 제시한다. 라캉도 '은유'와 '환유'라는 개념으로 '압축'과 '전이'를 설명하는데, 그는 일찍이 언어학에서 야콥슨이 설명한 유사성과 선택보다 확장된 의미로 은유를 기술한다. 그렇기에 라캉이 언급하는 은유 개념은 언어학자들의 논지와는 차이를 둔다. 예컨대, 라캉은 야콥슨의 언어학에서 기의와 기표의 논리에서 '기표(시니피앙)'를 중심으로 "기표(시니피앙)의 논리"로써 주체의 무의식을 전개해 나간다. 이로써, "주체는 은유에 의해 구성되며, 욕망은 환유에 의해 지속"되는 양상으로 나타난다.

이러한 사항으로 정리된, 라캉의 무의식적 욕망을 발생시키는 상징적 공식인, 은유 공식은 아래와 같다. 이때, 공식은 'f'(함수, function), 'S'는 시니피앙(signifiant, 記表), 's'는 시니피에(signifié, 記意)다. 'S''는 의미를 만들어 내는 용어로, 함수 공식에서 '一'를 중심으로 기표 S가 S'의 밑에서 억압된 무의식으로 존재함을 의미한다. 이러한 무의식은 종국적으로 정신분석적 의미를 산출하는 오른쪽으로 도출된다. 즉, 잠재된 무의식은 왼편과 오른편 가운데 자리한 합동의 부호 '≅'를 통해 오른쪽의 의미화로 나타나게 된다.

$$f(\frac{S'}{S})S \cong S(+)s$$

앞서도 언급했지만, 라캉의 은유 공식은 언어학에서의 수사학적 의미인 은유의 유사성의 원리로 바로 대입되지 않는데, 요컨대 바로 이 억압된 무의식에 의해 의미화된 유사성으로 꿈 이미지가 드러나지는 않기 때문이다. "증후는 은유이다(Le symptôme est une métaphore)"라는 라캉의 언급은 표면으로 드러나는 증후적 시니피앙 아래 숨겨진 시니피앙 S 때문이다.

이러한 은유 공식과 마찬가지로 라캉은 환유 공식 또한 제시하는데, 그것은 아래와 같다.

$$f(S...S')S \cong S(-)s$$

라캉의 환유 공식은 야콥슨이 언급한 환유적 인접성의 원리를 수용한 형태로 나타난다. 하지만 언어학적 개념은 원관념이 숨고 인접성에 놓인 기표들의 나열로 드러나는 수사학적 형태지만, 정신분석학적 라캉의 환유는 "의미 작용의 저항"을 구성하기에 둘은 차이를 보인다. 즉, 기표 간 관계의 생략이 이뤄지는 가운데 존재의 결여가 자리하고, 욕망은 이 결여를 채우고자 나타나게 된다. 그러나 포착되지 않는 욕망과 말은 환유 속에서 점점 더 분열되며 자신의 타자로만 남게 된다. 환유 공식에서 오른쪽 (一)는 환원 불가능성한 '비환원성'을 가리키는데, 이러한 환유적 의미 작용의 '비환원성'으로 말미암아 인접성의 환유적 특징을 공유하면서도, 일반적인 수사학의 환원 가능성을 함유하는 환유와 구별되는 정신분석학적 환유가 생성되는 것이다.

검고 붉은 노래, 알레고리―허수경

여기서부터는 환상성과 관련하여 작품의 사례를 들어 살펴볼 것이다. 2000년대 이후 포스트모더니즘의 기류 속에서 시의 변화는 다양한 수사의 유형으로 나타나게 되었다. 기존의 문학 논의에서 "현실 세계와는 무관한 동화적 퇴행의 세계" 또는 "황당무계한 저급의 취미" 등으로 평가절하되었던 환상성은 이제 더는 장난스러운 표현이나 치기로 치부되지 않는다. 그러나 지금까지도 환상에 대한 인식은 재현적 의미와 가치에 중심을 두는 리얼리즘과는 다른 위치에서 논의되고 현실의 문제와는 다른 속성을 지닌 개념으로 이해되곤 한다. 그러한 까닭에 이 시점에서 로즈메리 잭슨의 환상성으로써 오늘날 환상성의 의미를 재고해 본다면, 기존 질서에 대한 현실 전복적 의미를 새삼 깨닫는 계기가 될 것이다.

환상은 재현적 의미의 대극에 있는 것이 아니다. 오히려 억압된 것의 귀환으로 말미암아 제도화된 질서에 첨예하게 저항할 수 있다. 상술했던, 토도로프의 환상 개념에서 제외되었던 알레고리는 이러한 현실 전복의 의미로써 다시 환상성에 포함되는데, 이러한 예는 우리가 익히 알던 시인들의 작품에서도 방법론적 수사학으로 활용되어 왔다. 2000년대 이후 여성 시인에게서 많이 발견되는 우화적 알레고리의 방식이 여기에 속한다고 할 수 있는데, 민중의 애옥한 삶과 암울한 시대상을 그려 냈던 허수경은 그들보다 먼저 한국시사에 알레고리 작품을 선보였다. 이제 그 작품들을 검토하기로 한다.

첫 시집 『슬픔만 한 거름이 어디 있으랴』(1988)에서 전통적 리얼리즘의 방식으로 민중의 삶을 그려 냈던 그녀는 두 번째 시집 『혼자 가는 먼 집』(1992)에서는 좀 더 개인사에 밀착한 작품을 선보인다. 그런데 세 번째 시집 『내 영혼은 오래되었으나』(2001)에 와서 그 변모

양상이 상당히 뚜렷해진다. 그것은 다름 아닌 이 무렵부터 시적 방법론으로 제시된 알레고리 때문이다.

'알레고리(allegory)'는 그리스어 '알레고리아(allegoria)'를 어원으로 삼기 때문에, 표면적인 것과 이면적인 의미로 나뉘며, 무언가 다른 것을 말하는(other speaking) 기능으로 작동한다. 문학사에서 알레고리는 주로 '상징(symbol)'과 비교되어 논의됐는데, 이러한 바는 코울리지, 괴테, 폴 드 만, 벤야민 등에 의해 다뤄졌다.

코울리지는 『공상과 상상력』에서 예술작품이 "개별적 부분의 총합 이상의 것으로서의 통일을 형성하는가"를 언급하며, 이러한 유기적 통합을 이루는 것이 "상징의 본질적 특성"이라고 피력한다. 그리고 상징과 우의(寓意)의 구분에 있어 상징적인 것은 "항상 그 자체가 우의적인 것의 일부분으로서 그 전체를 대표하는 것"이라고 설명하며, 상징을 알레고리보다 뛰어난 수사학으로 서열화한다.

코울리지와 마찬가지로 괴테 또한 상징이 "시인이 특수한 것 속에서 보편적인 것을 찾는" 것으로, 이것이 "문학의 본성"에 해당한다고 설명한다. 반면 알레고리는 그 반대의 경우 즉, "시인이 보편적인 것을 위해 특수한 것을 찾는" 것으로 보고, 이 경우 "특수성은 단지 일반적인 것의 예나 본보기로서만 효력을 갖는다"라며 범주를 축소한다.

그러나 이와는 반대의 논의도 존재한다. 이러한 상징의 우위에 반해, 폴 드 만은 알레고리가 무엇보다 '윤리적'이며, 이때 "윤리적 범주는 주관적인 것이 아니라 언어적이며" "윤리적인 어조로의 이행은" "언어적 혼돈을 지시하는 양상"으로 그러하다고 설명한다.

벤야민 역시 『독일 비애극의 원천』에서 "알레고리적인 것은 존재의 토대로부터 나와 의도의 진행에 반격을 가하고" "그 의도를 제압

한다"라고 언급하며, 알레고리적인 특징은 "끊임없이 새롭고 지속적으로 전개"되는 것으로 그에 비하면, 상징은 "낭만주의 신화 연구가들이 통찰한 대로 동일한 것으로" 머문다고 설명한다. 결론적으로 언급하자면, 폴 드 만과 벤야민은 상징과 비교해 폄훼되어 온 수사학의 위계를 뒤엎고 알레고리의 의미를 복권한 것이라 할 수 있다.

이러한 알레고리의 의의는 범위와 위상이 더욱 높아져 현대에는 다양한 쓰임으로 나타난다. 가령, 앞으로 살펴볼 허수경의 알레고리는 첫 시집과('가족공동체'와 '대모신(大母神)'의 모성) 두 번째 시집의('여성 가장의 서사') 여성성이 선회함으로써 나타나는 방법론적 결과라 할 것이다. 여성 시인의 알레고리 서사가 주로 여성 자신의 정체성을 탐색하는 과정으로 나타난다면, 허수경의 알레고리는 여성성의 자아 정체성에서 확장된 모습을 띤다. 예컨대, 전쟁을 일으키는 남성 중심의 세상에 대한 비판적 시각으로 구축된다.

①
얼굴을 가리고 여자들은 언덕으로 도망쳤네
말을 탄 남자들이 여자들을 몰고 마을로 내려오네
울던 여자들이 어디론가 실려 가네
가서 어느 낯선 곳에서 낯 모르는 많은 남자들과 잠을 자네
낯 모르는 남자와 잠을 자다가 우는 여자들이
우리 마을을 떠나 먼먼 곳에서 사네
노래를 부르네, 여자들이 웃으며 손으로 목을 조이며
그 소리는 슬픔이 날아가는 소리
날아라, 날아라 깃든 슬픔아

(중략)

먼 곳에서 벌어진 전쟁을 보기 위해 사람들은 모여들었다

모깃불을 안고 퍼런 전파를 보다가 진짜 전장으로 가 버린 남자들

남자들을 따라 전장으로 나간 여자들은 옷을 벗고 춤을 추었다

춤을 추다가 가끔 아편을 맞기도 했다

들판에서 단내가 녹진하게 나는 풀을 맞은 여자들은

다시는 마을로 돌아오지 않았다

부끄러움은 여름 민물풀처럼 우거져

울어도 되는 일이 없는 세월이 스며들어 와 마음에 거칠 것 없는 들
판을 만든다

작은 아이들이 무더기로 몰려다니며 노래를 부른다

가슴이 무덤에 들어간 아이들이다

태어나는 아이들은 세월을 몰라 다리에 힘이 돋아 걸어 다닐 만하면
집을 나갔다

먼먼 등성이를 술 취해 돌아다니는 아이들도 많았다

못을 들고 제 가슴을 찌르며 남의 고행을 흉내 내는 아이들은 아무
잘못이 없다

오, 검은 어머니 노란 곡식 속에 사는 메뚜기를, 메뚜기가 파 놓은
세계를 먹어 주세요

스민 슬픔은 아물지 않고 어디론가 가고

그 자리에 검은 군인이 우리 마을을 향하여

걸어오고 있다

—「검은 노래」 부분

②
팔뚝에 문신을 한 검은 군인들은 해가 뜨지도 지지도 못하게
성안 마을을 지켰네 느리게 흘러가는 노을을 보다가
검은 군인들은 건빵을 씹으며 가끔 묻는다, 나의 아버지, 당신은 왜
나의 내장인가

머리가 둘 달린 아이들이 태어나 자라나
성안 마을을 돌아다니고
머리는 하나이고 몸은 둘인 아이들은 술청에 앉아
오래된 노래를 부른다

검은 군인들이 일으킨 일을 잊을 수가 없다고
둘인 몸은 서로를 껴안고 하나뿐인 얼굴에서는 눈물이 흐른다
오 오 어느 날
가 버린 사람들은 별이 되었을까, 오래된 노래는
성안 마을 시궁을 흐르고 시궁에서는 먹가슴 같은 물이 흘러
노을은 지나다가 가끔 멈추어 서서 피곤한 얼굴을 씻는데

검은 군인들은 건달들과 함께 쪼그리고 앉아 땅바닥에
이름을 알 수 없는 여자의 젖가슴을 그리고 그린 젖가슴에
얼굴을 대고 묻는다, 나의 어머니, 당신은 왜 더 이상
대지가 아닌가

얼굴은 하나이고 몸은 둘인 아이들은
성벽을 기어올라 가네 가슴에 석유통을 안고서
검은 군인들은 술 취한 눈으로 아이들을 바라보네
저 기형아들은 어떻게 이 마을에 태어나게 되었을까

노을 탓이다, 너무도 오래된 노을
검은 군인들은 팔뚝 문신에서 자라는 장미꽃의 머리를 툭툭 치다가
침을 뱉듯 아래를 향하여 포신을 여네
얼굴 하나와 몸 둘은 성 아래 절벽으로 떨어지고
석유통에서는 폭죽이 터져 아이의 얼굴을 비추는데

노을은 그 자리에 그대로 있고
아이의 어머니인 팔려 간 처녀들은 다리를 벌리며
태양 아래에 눕네 오 오
붉은 노래여

—「붉은 노래」 부분

허수경의 세 번째 시집 『내 영혼은 오래되었으나』에서 기존 시집
과 두드러진 차이는 무엇보다 장소성이다. 구체적 장소명을 생략하
는 작품들은 시종 어느 정복당하는 '마을'로 서사화되는데, 이로 말
미암아 혼종적 공간은 탄생한다. 예컨대, 어느 '마을'로 지칭되는 이
국의 지명은 시인이 발굴 작업을 위해 돌아다닌 고대 근동(옛 페르시
아)의 장소를 상기시키기에 충분하다. 시대 상황을 개관하지 않아도
이른바 마을을 중심으로 전개되는 전쟁 서사는 터키와 이집트, 시리

아, 이라크, 중동 등지에서 벌어진 전쟁과 관련됨을 미루어 짐작할 수 있다. 주지하다시피, 중동에 벌어진 전쟁은 이민족과 이방인들의 고통을 초래했다. 인류의 역사를 고스란히 환기하는 이러한 서사는 알레고리로써 드러난다. 재차 부언컨대, 작품 내의 장소는 마치 세계의 변방인 양 맥락화되지만, 실상은 시인이 체험한 현장인 유적 발굴지이자 중동전쟁의 장소라고 감지된다. 이집트, 이라크, 시리아가 고향 진주의 분위기와 섞여 혼종의 장소와 탈시간성을 갖게 된다. 알레고리적 환상성으로 귀결되는 것도 바로 이 같은 사정 때문이다.

「검은 노래」와 「붉은 노래」의 '마을'은 "말을 탄 남자들"의 약탈과 겁탈이 이뤄진 곳이다. 이민족의 침략으로 "스민 슬픔"이 아물기도 전에 "검은 군인"이 상주하는 '마을', "팔뚝에 문신을 한 검은 군인들"이 "해가 뜨지도 지지도 못하게" 지키는 땅이다.

고향에 대한 애착은 "근원적"이며 "범세계적"인 것이다. 이-푸 투안은 고향에 대한 애착을 도시 거주자만이 아니라 (비)문자 민족, 수렵채집인과 정착 농민에게도 나타나는 현상으로 보았는데, ①과 ②에서 '마을'로 표현되는 장소는 시적 주체가 속해 있는 가족과 고향 나아가 민족이라는 공동체를 일컫고 있다. ①과 ②에서 구체적 장소를 지칭하지 않음으로 인해, 마을 공동체라는 표상은 공동체 구성원이 힘의 논리에 의해 핍박받는 이데올로기의 사회적 의미를 함유하게 된다. 허수경의 알레고리적 환상성은 바로 이러한 장소와 인물, 배경, 우화적 이야기를 통해 조성된다. 그리고 작품 속에서 색깔의 분명한 대비와 동물의 표상은 환상성을 배가시키는 역할로 기능한다. '마을'의 "언덕"과 "성안"이라는 장소성 내에서 두드러지는 색채감은 전쟁의 전조를 예감케 하는 것이다.

①의 침략당한 땅에서 겁탈로 인해 마을을 떠난 여자들은 "먼먼 곳에서" "우는 여자들"로 그려진다. 그리하여 여자들은 "슬픔이 날아가는 소리"로 "검은 노래"를 부르게 되고, 태어난 아이들은 "못을 들고 제 가슴을 찌르"면서 사람들의 "고행을 흉내" 내며 커 간다. 이러한 폭력상을 지켜봐야만 하는 무기력한 신은 어느덧 풍요로운 대지를 관장하는 대모신(大母神)에서 분노한 "검은 어머니"로 자리한다. 슬픔은 "아물지" 않고, "검은 군인"이 진군해 오는 죽음의 빛깔로 물든 땅이다. ②에서도 ①에서와 마찬가지로 죽음의 빛깔은 "붉은 노래"로 의미화된다. 폭력으로 물든 땅에서는 "아주 오랫동안 저녁"만 이어지고 시간성은 파괴된다. 그리하여 "어제" 태어난 "아가들"의 도려낸 가슴을 "건달"은 생명을 앗은 징표로 오늘의 훈장처럼 "가슴에 꽂고", "검은 군인들"은 "해가 뜨지도 지지도 못하게", 예컨대 뜨겁고 흉포한 총포처럼 불과 열로써 죽음의 기갈과 가뭄만이 남도록 "마을을 지"키는(점령하는) 것이다. 시인이 줄곧 모성적 물로 보듬고 지켜 온 곡진한 모성성과 첨예하게 대립하는 자리에는 이렇듯 포신(불)의 강렬하고 황포(荒暴)한 파괴가 놓이게 되며, "노을"과 "태양" 또한 붉은 폭력성으로 자리하게 된다.

「붉은 노래」에 드러난 폭력성은 마치 농업의 신 사투르누스와 대지의 여신 데메테르처럼 친족 살해와 대지의 재앙이라는 모티프로 확대될 수 있는 지점을 내포한다. 5연의 "검은 군인들"이 "건빵을 씹으며" 묻는 진술, "나의 아버지, 당신은 왜/나의 내장인가"와 8연 땅바닥에 그린 젖가슴에 대고 묻는 진술, "나의 어머니, 당신은 왜 더 이상/대지가 아닌가"라는 극적 발화 양식은 인류의 비극적 상황에 대한 실존적 물음과 자기부정일 것이다.

기형아들이 "술청"에서 오래된 노래를 부르고, "석유통"을 안고

"성벽을 기어올라 가"는 '마을'은 동/서양과 모국(고향)/이국(타향)이 뒤섞여 있는 탈시간성의 시공간이다. 침략(전쟁)의 피해로 태어난 기형아들의 모습은 비극적 혼종성이 극대화된 모습으로 구현된다. 허수경의 알레고리는 이렇듯 전쟁의 함의를 지님으로 인해 무의미하게 간과될 수 없는 지점이 발생하였지만, 동시에 강한 이미지의 대립은 이데올로기적인 경직성을 지닐 수밖에 없게 되었다. 결론적으로 허수경의 알레고리적 환상성은 시인의 신념 체계에서 비롯한 것으로, 사회적 역할을 비약하며 넘나든다.

아이들은 장갑차를 타고 국경을 지나 천막 수용소로 들어가고 할미는 손자의 손을 잡고 노천 화장실로 들어간다 할미의 엉덩이를 빚은 어루만진다 죽은 아들을 낳을 때처럼 할미는 몽롱해지고 손자는 문 바깥에 서 있다 빛 너머로 바람이 일어난다

늙은 가수는 자선공연을 열고 무대에서 하모니카를 부른다 둥근 나귀의 눈망울 같은 아이의 영혼은 하모니카 위로 날아다닌다 내 영혼은 오래되었으나 빛 속으로 들어간 것처럼 아이의 영혼에 엉긴다 그러니까 누군가를 기다리는 영혼처럼 허덩거리며 하모니카의 빠각이는 이빨에 실핏줄을 끼워 넣는다

내 영혼은 오래되었으나 장갑차에 아이들의 썩어 가는 시체를 싣고 가는 군인의 나날에도 춤을 춘다 그러니까 내 혼은 내 것이고 아이의 것이고 내 영혼은 오래되었으나

　　　　　　　　　　　　　　　　　　　　—「내 영혼은 오래되었으나」 전문

허수경의 세 번째 시집 표제시 「내 영혼은 오래되었으나」는 카메라의 촬영 기법인 오버 더 숄더 숏(over the shoulder shot)처럼 장면 내에서 객관적 시점과 주관적 시점이 공존하며 진행된다. 1연에서 객관적 묘사 위주로 진행되던 시행은 2연의 "영혼"이라는 시어를 통해 주관적인 시점으로 전환하는데, 급기야 "자선공연" 무대에서 하모니카를 부르는 "늙은 가수"의 "하모니카"로 "둥근 나귀의 눈망울 같은 아이의 영혼"은 날아간다. 그리고 시적 주체의 영혼 또한 비록 (오래되었으나) 어느덧 순수한 존재의 보충분을 흡수하려는 듯 "아이의 영혼"에 엉겨든다. 바슐라르의 『공간의 시학』에 의하면, 공간의 특질은 "전인간적(前人間的)" 휴식의 장소로, 인류의 과거에서 비롯되는 "원형적인" 의미를 포함한다. 위 작품에서도 이와 같은 공간적 의미를 발견할 수 있다. 아이들이 "천막 수용소"로 들어가는 국경 지대, 죽은 아들을 낳은 옛날로 "할미"를 인도하는 몽롱한 기억은 빛에 의해 이뤄진다. 전쟁터의 시체로 둘러싸인 공간은 어느덧 "늙은 가수"의 '자선공연 무대'를 통해 태고의 과거와 같은 선한 인류의 과거로 되돌아간다. 그러므로 주체의 영혼은 이미 오래되었으나, "나귀의 눈망울"같이 선한 "아이의 영혼"과의 기이한 융합으로 말미암아 "군인의 나날" 속에서도 "춤을" 출 수 있게 된다. 시적 주체가 "누군가를 기다리는 영혼처럼" 바라마지 않던 평화로운 기억(고향)의 장소는 이렇게 현상한다.

앞서도 언급했다시피, 허수경의 세 번째 시집의 특질로 나타나는 알레고리적 환상성은 기존 방식에 대한 현실 전복의 의미와 맞닿는다. 인간성 소멸은 인간 부정의 결정적 역할을 하며 세계상을 알레고리화한다. 유기적인 생명 연장을 위한 필요 불가결한 죽임이 아니라, "미움"이 불러들이는 "미움"을 양식으로 삼는, 요컨대 동족을 살육하는 인간상이다. 이렇듯 인간의 반성적인 사고를 불러들이는 알레고리는 「우리들의 저녁 식사」를 통해 확인하게 된다.

토끼를 불러놓고 저녁을 먹었네
아둔한 내가 마련한 찬을 토끼는 물끄러미 바라본다
이건 토끼가 아니야, 토끼 고기라니까!
토끼 고기를 먹고 있는 토끼는 나와 수준이 똑같다

이 세계에 있는 어떤 식사가 그렇지 않을까요
풀을 불러놓고 풀을 먹고
추억을 불러놓고 추억을 같이 먹고
미움을 불러놓고 미움을 같이 먹었더랬지요

우리는 언제나 그랬지요
이 세계에 있는 공허한 모든 식사가 그랬지요
　　　　　　　　　　　　　　—「우리들의 저녁 식사」 전문

우화적 존재로 표상되는 "늙은 새", '냉동관 토끼', '폭발하는 토끼', '바다거북' 등은 폭력적 정황과 맥락을 형성하면서 전시 상황 속에서 당위성을 획득한다. 우화적 알레고리의 구체적 용례를 살펴보자면 다음과 같다.

아이들은 태어나
두 손과 두 발로 땅을 기며 웃고
아이들의 머리 위로 발을 감춘 늙은 새는 날아간다

늙은 새는 어디에서 왔는가, 거대한 촛불을 켠 사제의 뱃속에서 왔는
가

—「늙은 새는 날아간다」 부분

돌아올 수 없는 사람 많고 이룰 수 없는 일 많고 돌아와 지렁이 되
고 여치 되고 쇠스랑 되고
쇠침 쇠뜨기 푸른 이상한 해들 사방에서 뜨고
(중략)
냉동관 안에는 토끼, 귀를 둥글게 말고 얼어 있다

—「비행기는 추락하고」 부분

차 안에 앉아 있던 토끼, 씽긋 웃으며 벌건 몸을 가스통에 던진다

폭발하니 토끼야?

그럼!

그러지 말지……

우는 토끼를 달래네

먼바다 거북 눈을 껌벅거리며 연기를 바라보네

—「폭발하니 토끼야!」 부분

위 작품들은 모두 전쟁의 극한 상황을 알레고리를 통해 구현한다. 현생의 전쟁은 후생에 남을 인간의 죄다. 「늙은 새는 날아간다」에서 "늙은 새"는 전시의 비행기처럼 "발을 감춘" 채 날아간다. 카르마(業報)의 무게를 지고 날아갈 뿐이다. 부메랑처럼 인간의 업보는 태어난 인류의 아이들에게로 돌아가고, "늙은 새"는 "아이들의 머리 위"를 가로지른다. "늙은 새"가 "거대한 촛불을 켠 사제의 뱃속에서 왔는가"라고 묻는 시행은 그렇기에 의미심장하게 다가온다. 종교와 신앙적인 의미로 포섭되지는 않으나, 『내 영혼은 오래되었으나』의 시편들은 전쟁과 폭력을 일삼는 인간의 죄성에 대해 접근하고 있음을 분명하게 표출한다. 그리하여 「비행기는 추락하고」에서는 피라미드의 정점에서 생명을 잠식하고 생태계를 파괴한 인간, 그들의 "푸른 이상한 해들"이 솟는 세계상을 우화로 드러낸다. 또한 「폭발하니 토끼야!」는 폭발하는 "토끼"를 지켜보는 "토끼"를 통해 종족 간 죽음을 목도하는 테러와 폭력의 현장을 암시한다. 이상은 이전과는 확연히 다른 양상으로 현실의 문제에 접근했음을 실감케 한다. 변화는 이후 시간의 지층으로 점철된 신화적이고 고고학적인 상상력의 영역으로 확장되는데, 그로 말미암아 네 번째 시집(『청동의 시간 감자의 시간』, 2005)의 알레고리는 더욱 명확한 반(反)전쟁의 모습을 띠게 된다.

그렇게 웃는 나날이 계속되었다. 낯선 이들이 이곳으로 들어와서 퍼런 큰 새를 타고 다니는 동안, 아이들은 폭탄을 주머니 속에 넣고 다녔다. 나귀가 지나가는 자리마다 검은 기름이 솟아났다. 검은 기름 속에서는 아주 오래전에 사라진 사람들이 끈적거리면서 나타나 오래전에 헐린 집에 대해서 물었다. 그때마다, 그 강변에 꽃이 피었다. 붉거나 흰 꽃들이었다. 바람이 불면 꽃은 지고, 꽃 진 자리에서 열매가 돋아났

다. 돋아난 열매는 우는 여자의 눈동자 모양을 하고 있다. 열매를 먹
으면 갑자기 마음속에 쟁여 둔 슬픔으로 가는 마음이 사라졌다. 자지
러지게 웃고 싶어서 강변으로 나가서 그렇게 웃었다. 아이들의 주머니
속에 든 폭탄이 터져 아이들이 공중에서 흩어졌다. 그런데 그렇게 웃
는 나날들이 계속되었다. 우는 여자의 눈동자 같은 열매가 우리를 지
켜보고 있었다.

—「그렇게 웃는 나날이 계속되었다」 전문

위 작품은 알레고리적 환상성이 반(反)전쟁시의 양상으로 확연하
게 드러난다. 폭탄을 주머니에 넣고 다니는 "아이들"과 "검은 기름"
이 솟아나는 땅은 중동 지역과 그 지역의 분쟁을 표상하는 시적 상
관물이다. "퍼런 큰 새"를 타고 다니는 "낯선 이들"과 "검은 기름 속
에서" 부활하는 "사람들" 그리고 "우는 여자의 눈동자" 모양으로 "돋
아난 열매" 등의 이미지와 시적 언술은 충분히 낯설고 기괴한 정경
이지만, 그것이 그려 내는 환상성(anti-reality)은 현실(reality)에 대한
항변과 충분히 맞닿는다. 현실의 은폐된 세계, 즉 현실 범주의 틀을
벗어난 공간을 창출하며 현실에 대한 전복적인 의미를 담아낸다. 요
컨대, 허수경의 알레고리적 환상성은 현실의 시간을 현실 초월의 다
른 시공간으로 대체함으로써 오히려 전쟁의 참혹상을 가시적으로
담아낼 수 있게 된다. 일찍이 잭슨이 주목한 환상성처럼 기존 질서
에 대한 비판 기능으로써의 환상성이 개진된다고 보아야 할 것이다.
현실의 문제에 대한 반(反)현실의 목소리가 들어간 작품들은 그 후
로도 계속된다. 시인이 타전하는 나지막한 희망의 전언은 방법론적
인 변화를 통해 이렇듯 전쟁과 맞선다.

꿈과 환각, 불에 타는 죽은 아이

앞서 서론에서 밝혔듯이, 기괴함이라는 특징으로 나타나는 환상성의 기저에는 정신분석적 의미가 자리한다. 여기에서는 억압된 무의식이 증상으로 나타나는 외상의 주체화 과정을 통한 작품들을 살펴보고자 한다. 우선하여, 꿈의 한 예인 "불에 타는 죽은 아이"로서 꿈 내용과 해석적 의미를 파악할 것이다. 한 아버지가 꾸는 "불에 타는 죽은 아이"의 꿈 사례는 다음과 같다.

병든 한 아이의 침상 곁에서 며칠 밤낮을 지새우며 간호를 하는 아버지가 있다. 아버지는 아픈 아이 때문에 매일 밤 편히 잠들지 못하다가, 아이가 죽은 다음에야 옆방으로 가서 잠시 쉴 수 있게 된다. 아이의 시신은 다른 간병인 노인에게 맡긴 뒤, 자신은 방문을 열어놓은 채 촛불에 둘러싸인 아이의 시신을 지켜보는 가운데 잠들게 되는 것이다. 이때 아버지가 꾸는 꿈 내용이 중요한데, 중핵은 바로 죽은 아이가 아버지를 붙잡고 말하는 대목이다. 죽은 아이는 아버지를 붙잡고 원망하듯이 말한다. "아빠, 내가 불에 타는 것이 안 보이세요?" 이 말에 아버지는 소스라쳐 잠에서 깨고 만다. 그런데 마침 촛불이 쓰러져 죽은 아이의 수의(壽衣)에 옮겨붙고, 아이의 한쪽 팔은 불탄다. 시신을 지키던 노인이 옆에 있었지만, 그도 잠에 빠져 벌어진 일이었다.

이러한 세 사람의 일화, '죽은 아이'와 '아이의 아버지'와 '시신을 지키던 노인'에게서 벌어진 일 가운데 아버지가 꾼 백일몽은 그렇다면 과연 무얼 말하는 것인가. 직접적으로 드러나는 의미가 아니라면 어떤 암시가 이 사례에는 숨어 있는 것일까. 프로이트에 의하면, 꿈을 통해 전달된 내용은 현실과 동떨어진 상황이 아니다. 그것은 무엇보다 아버지의 욕망과 가깝다. 현실의 맥락을 정리하자면 다음과 같다.

① 한 아이가 **고열이 나는 상태**로 죽었다.

② 죽은 아이의 아버지는 병간호로 지쳐 있던 상태에서 옆방에서 문을 열고 잠들게 된다.

③ 시신(죽은 아이)을 지키는 노인은 **촛불을 켜 둔 방**에서 잠들게 된다.

④ 죽은 아이가 아버지의 꿈에 나타나 "아빠, **내가 불에 타는 것**이 안 보이세요?"라고 말한다.

⑤ 아버지는 놀라 잠에서 깬다.

⑥ 촛불이 쓰러져 죽은 아이의 **수의에 불이 붙었고, 시신의 한쪽 팔은 불타고** 있다.

위와 같은 현실의 맥락은 그렇다면 꿈 내용과는 어떠한 관계를 맺고 있는 것일까. 공교롭게도 현실과 백일몽이 맞아떨어졌을 뿐인가. 하지만 현실의 맥락을 추적하는 가운데 판별되는 것은 마치 계시처럼 떠오른 아버지의 꿈 영상은 실상은 죽은 아이에 대한 아버지의 욕망으로부터 기인한다는 것이다. 아이의 불덩이 같은 신열은 마침 방에 있던 (촛)불로써 대체되며 아이의 죽음에 따른 죄책감으로 강하게 분출한다. 그렇기에 아이의 몸에서 불이 붙은 현실은 잠재된 의식을 볼모 삼아 소환된다고 하겠다.

그렇다. 프로이트가 『꿈의 해석』에 밝히고 있는 '불에 타는 죽은 아이'는 죽은 아이의 아버지가 이루는 소원 성취의 장면이라고 볼 수 있다. 꿈은 잠을 방해하는 것이 아니다. 꿈은 오히려 잠의 연장을 돕는다고 말함으로써 프로이트는 꿈의 '수면 연장 기능'이라고 설명한다. 예컨대, 죽은 아이의 아버지는 자식이 불에 타는 모습으로라도 살아 있기를 바라며, 그 꿈을 통해 소원 성취하고 있다. 그러나 그것만으로 분석되는 사례일까? 잠들기 전, 시신이 놓인 방문을 열어 둠으로써, 노인에 대한 믿음보다는 미심쩍어 한 의심으로부터 꿈은 출발한다. 방문을 열어 놓은 채 잠듦으로써 불이 난 사건은 백일몽으로 진입하고 아이 아버지의 꿈은 뒤숭숭한 잠 속에서 극적인 효과를 불러들였다.

앞에서 소개한 불에 타는 죽은 아이에 관한 꿈은 소원 성취 이론이 부딪치는 어려움을 생각해 볼 수 있는 좋은 계기이다. 확실히 우리는 그 꿈이 소원 성취에 지나지 않는다는 사실을 의아하게 받아들였다. 그러나 그것은 불안-꿈에서 비롯되는 모순 때문만은 아니었다. 분석을 통해 먼저 꿈의 이면에 어떤 의미와 심리적 가치가 숨어 있다는 것을 밝혀냈다고 해서, 이 의미를 명백하게 간단히 규정해 낼 수 있으리라고는 결코 기대할 수 없다.

—프로이트, 『프로이트 전집 4—꿈의 해석』

잠 속의 꿈은 낮의 일들이 난무함으로써 수면 연장을 통해 소원 성취를 이룬 것이라 하겠지만, 그것만으로는 석연치 않은 부분이 있다. 죽은 아이가 살아오기를 바라는 아버지의 욕망이 환각을 일으킨 것이지만, 아이는 분명 "아빠, 내가 불에 타는 것이 안 보이세요?"라며 원망 섞인 말로 아버지를 붙잡았다는 데 있다. 이러한 이유로 프로이트는 그 꿈이 소원 성취와 동시에 꿈꾸는 주체가 각성하는 불안-꿈이기도 하다고 판별한다. 그러나 더한층 들어가 결론의 요약부터 말하자면, 프로이트는 이 사례의 분석은 어렵다고 결론 내린다. 이유인즉, 욕망이 실현되는 꿈에서는 "무의식적 욕망이 전의식의 검열을 거치"며 나타나는데, 여기서는 무의식과 전의식 간의 검열 없이 바로 욕망의 실현이라는 일치된 모습으로 꿈에 나타났기 때문이다.

그렇다면 라캉의 꿈의 분석으로 보자면, 이 사례는 어떠할까. 라캉의 분석에서도 역시 꿈속 아이의 말, "아빠, 내가 불에 타는 것이 안 보이세요?"는 중핵으로 자리한다. 요컨대, 아이의 원망 섞인 목소리는 아이의 죽음에 대한 아버지 죄의식의 투사이며, 이것은 억압된 무의식이 욕망의 실현으로 드러났기 때문이다. 이것은 익히 알다시피, '실재의 귀환'이라 할 수 있다. 즉 현실로부터 추방된 실재의 귀환, 섬뜩함(das Unheimlich)의 출현이 된다. 불은 거기서 불타오른다.

꿈의 방식, 은유/환유—황인숙

프로이트가 언급했듯이 기괴함을 일컫는 독일어 '운하임리히(das Unheimlich)'는 환상성을 논하는 데 있어 중요한 준거점으로 자리한다. '하임리히(heimlich)'의 부정형(das Unheimlich)은 '낯선 기괴함'이라는 실재의 영역을 제시하기 때문이다. 그러한 기능은 가시적인 현실 이면을 폭로함으로써 기존 질서에 대항하는 힘으로 작동한다. 늘 낯익은 현실의 질서를 교란하며 낯선 것으로써 환상을 확보한다. 이제 현대시에 나타나는 이러한 환상성과 꿈의 방식을 살펴보기로 한다.

뒤늦게 입장한 사람의 그림자가
자막을 쏠며
쥐처럼 긴다
좁은 의자들에 포위되어

간신히 목이나 까딱거릴 수 있을 뿐
나는 라디에이터처럼 열이 난다

(중략)

까닭을 알 수 없지만 그 여자는
아득히 웅얼대며
눈물 흘린다
벽로의 장작을 들쑤시며
꿈결처럼 불티가 날아
자욱한 음악, 굴뚝을 빠져나온다

종이컵들은 의자 아래 포개져
밭은 먼지를 빨고
몇 개의 기침 캄캄히 튀어 오르고

지금 바깥에선 가로등이
침침한 눈을 뜨고 우두커니
발치를 보고 섰을 것이다
　　　　　—「어떤 저녁—프랑스 문화원에서」(『슬픔이 나를 깨운다』) 부분

「어떤 저녁—프랑스 문화원에서」는 문화원 영화를 매개로 억압된 욕망의 언술을 그리고 있다. 이 작품에서 프랑스 문화원 내 스크린은 욕망의 영사라는 스크린으로 기능한다. "뒤늦게 입장한 사람의 그림자"가 "쥐처럼" 기는 문화원 내에서 시적 주체는 "라디에이터

처럼" 열이 나는 상태로 고립되어 있다. 문화원의 영상과 현실 바깥의 일은 마치 꿈 작업처럼 상호 침투가 일어난다. 이 작품은 기존 전통 수사학의 차원에서 보자면 병치 은유의 방식이 된다. 가령, 문화원 영상으로 시작되는 도입부 이후, 4연부터의 행들은 '여자'가 흘리는 '눈물'과 '웅얼거림' 속에서 "벽로의 장작을 들쑤시"는 "불티"가 꿈결처럼 드리우고, "자욱한 음악"은 "굴뚝을 빠져나온다". 이와 같은 인접성의 원리에서 멀어진 연관성 없는 이미지의 배열은 5연에서도 이어진다. 예컨대, "밭은 먼지를" 빠는 "종이컵"들은 포개져 놓여 있고, "기침"은 "캄캄히 튀어 오르"며, "가로등"은 "발치를 보고 섰"다는 이질적인 이미지를 병치시킨다. 마지막 연의 언술("얼마나 멀고 먼가/집은 가는 길은")로 마무리하자. 위 작품에서 주체의 결여된 욕망은 '영화 주인공'과 '영화(관) 바깥 풍경'의 기표가 다른 기표로 미끄러지며 나타난다. 기표 간 관계는 생략으로 인해 의미가 교란된다. 라캉이 언급한 환유적 개념을 확인할 수 있는 지점이다.

이처럼 정신분석학적 실제는 황인숙의 다른 작품에서도 찾아진다.

> 2
> 거리는 최신 공법의 빌딩을 따라
> 냅다 달리고 있었다.
>
> 달리는 거리는
> 망측한 구두를 신고 있었다.
> 그 안에서 길을 잃을 만큼
> 엄청 큰 구두.

(그런 구두를 들은 적 있지.
뒤축을 세 바퀴 돌리게나.
원하는 곳으로 갈 수 있다네.
하지만 난
속도를 견딜 수 없어

3
나의 詩, 나의 구두.
난 뒤축을 돌렸다.
돌려라, 돌려라, 나여!
(중략)

4
덤불 사이로 거리가 보였어.
뽀얗게
피 향기 뭉클한
반짝이는 가시 사이로
나는
기다리고 있었어.
한 송이 엉겅퀴꽃을.
이제 곧 흐느적거리며
촉수를 뻗쳐
모든, 모든 것을 빨아들일
보랏빛 말미잘을.

5
문은 있다.
내 이마 필라멘트처럼
투명해지는 저녁.

나는 문 앞에 서 있다.
그것은 회전문으로
눈이 빙빙 돌도록 빨리 돌아
그 너머의 텁텁하거나 향기로운
공기를 조금씩 뿌리면서
거기와 여기의 공기가
같지 않음을
확실히 같지 않음을
풍기면서.

그것은 문이라기보다
회전 채칼이다.

―「거리에서」(『슬픔이 나를 깨운다』) 부분

　프로이트의 『꿈의 해석』에 따르면, '환상'은 욕망 주체의 각성으로 말미암아 자신에게 말하는 분열된 주체로 태어날 때 발생한다. 그러므로 앞서 다룬 꿈이나 백일몽 외에도 시적 환상은 무의식적 욕망으로 인해 탄생하게 된다. 「거리에서」는 각 번호에 해당하는 언술을 통해 주체의 좌절된 욕망과 세상에 대한 공포를 문면에 드러낸다. 요컨대, 로즈메리 잭슨이 일찍이 프로이트의 「두려운 낯설음

(The uncanny)」으로 '기괴함'을 개진한 환상의 의미가 발생한다. 현실 이면의 감추어진 영역은 이로써 폭로되고 가시화된다. 현실을 배제한 초현실이 아닌, 현실의 접점인 틈새에서 발생하는 영역이기에, 2의 "최신 공법의 빌딩"이 들어선 "거리"는 "망측한 구두"를 신고 달린다. 이러한 기이한 광경은 속도전으로 치닫는 현대에서 기괴한 변신의 발생을 매개한다. 그리하여 3에서는 "나의 詩, 나의 구두"가 속도전을 벌이고, 4에서는 "덤불 사이"로 보이는 "거리"를 통해 "한 송이 엉겅퀴꽃"을 소망하기에 이른다. 5에서는 "회전 채칼"로 드리우는 속도의 "문 앞에" 주체가 서 있게 된다. 번호를 붙여 진행되는 각 연행은 모두 개별적인 현실의 위반을 자유연상적으로 기술한다. 이것은 무의식이 현실의 방어기제로 출몰시킨 심인적 방식이다. 속도전을 만끽하는 현실을 토대로 발생하는 억압은 환상을 주이상스(jouissance)한다. "속도를 견딜 수 없"어 하는 주체의 억압으로 회귀하는 환상이 구축되었다.

목을 졸리는 순간에 극치의 쾌감을 맛본다고 해. 그게 사실일까요? 알 수 없지. 하지만 그럴듯하지 않나? 하긴 신문 기사를 본 적이 있어요. 한 남자가 그 쾌감에 맛을 들여 들보에 목을 매곤 했는데, 그날은 잘못 의자를 차서 아주 가 버렸다구요. 그래, 혼자서는 위험해. 누군가 옆에서 봐 주어야 해…… 궁금하지 않아요? 목이 졸리는 순간, 어떤 기분일까요? 글쎄, 궁금한가? 글쎄요…… 아, 난 궁금해요. 나도.

천장에 늘어진 밧줄 고리, 그 밑에 의자
축축한 불빛
벽을 따라 흘러내린다.

너는 밧줄에 목을 걸고

가비얍게 허공을 찬다.

이것은 게임.

그는 의자를 치운다.

밧줄을 목에 걸고 허공을 찬다.

네 동공이 입처럼 벌어져,

이젠 됐어요!

(중략)

네 몸은 딱딱하게 굳어 있다.

죽은 네 몸에 코가 생기고 귀가 생긴다.

심장 깊숙이서

바늘 끝만큼 작아진 네가

꼬물꼬물 자라기 시작한다.

똑. 똑. 똑, 똑. 똑. 똑.

너는 도로 작아져

심장 깊숙이 달아난다.

―「똑. 똑. 똑.」(『우리는 철새처럼 만났다』) 부분

　정신분석학적으로 해석되는 환상은 억압된 무의식의 욕망으로 인해 불안과 죽음충동을 초래한다. 「똑. 똑. 똑.」은 이처럼 상상계에서 상징계로의 진입 시에 나타나는 죽음충동을 그려 내고 있다. 라캉의 개념에 따르면, 환상에서의 주체의 분열은 '$\$\Diamond a$'라는 수학소 공식으로 표현된다. 여기에서 빗금 친 주체는 '$\$$'로 표기되며, 이것은 분열

환상성　303

된 주체를 가리킨다. 빗금은 언어에 의한 주체의 분열(split)이며, 이러한 분열은 주체가 상상계에서 상징계로 진입하면서 일어난다. 이때 라캉이 'a'라고 약칭하는 소타자(autre)는 대상을 통해 대리되는 주체이다. 라캉의 수학소에서 '◇'로 표기되는 기호(poinçon)는 실재계의 구멍으로 '각인(송곳, 펀치)'을 뜻하며, 욕망은 "텅 빈 기호로써 대상 a(objet a)만을 원인이자 대상으로" 가진다. 다시 말해, 환상의 기제는 이러한 결핍된 주체의 욕망과 실재계를 통해서 접근 가능해진다.

「똑. 똑. 똑.」은 목이 졸리는 순간 맛본 "극치의 쾌감"에 대해 서술하고 있다. 목 졸리는 기분에 대한 장황한 진술은 궁금증과 두려움을 저울질하다가 급기야 자살을 "게임"으로까지 언급하게 된다. 죽음을 향유하는 주체의 몸부림처럼 시는 산문 형식에서 자살을 실행하는 급박한 연행시로 전환된다. 자살 행위로 나타나는 공격적이고 파괴적인 죽음충동은 프로이트가 언급한 쾌락원칙으로 작용한다. 자기 자신을 고통으로 몰아넣는 극단의 쾌락, 즉 라캉이 명명한 '주이상스(jouissance)'는 이렇게 억압된 무의식으로 인해 발생하며 주체와 관련해 집약된다. 4연 이후 「똑. 똑. 똑.」의 심리 상태(무의식)는 "똑. 똑. 똑, 똑. 똑. 똑."으로 들리는 환청과 환각을 유지한다. 트라우마가 주체화되어 이 같은 증상을 지속시키는 것이다. 욕망의 재현과 은폐는 이렇게 환상(꿈)을 통해 드러난다.

현대시의 꿈과 환상

여러 이론가의 환상성 이론과 정신분석학적 환상의 영역을 부족하나마 살펴보았다. 환상은 현실의 반대에 있는 영역이 아니라, 현실에서 비롯한다. 요컨대, 환상은 현실을 제대로 파악하기 위한 현실의 교두보일 것이다. 물론 목적지는 감추어진 현실이다. 두루 알려져 있다시피, 프로이트는 꿈 작업이 잠재적인 꿈의 사고가 외현적인 꿈의 내용으로 드러나는 과정이라고 말하였다. 그러므로 꿈을 해독하는 작업은 인간의 무의식이라는 심층적인 면을 세밀하게 파악하는 일련의 과정이라 할 것이다. 그리고 문학의 작업 또한 의미의 추적 과정에 있어 이와 유사하다고 할 것이다.

환상은 알레고리 수사가 되었든 정신분석학이 되었든 간에 표면적으로 양분하는 인간의 판별을 간파하고 의문을 제기한다. 발설할 (될) 수 없는 무의식적 욕망이 바로 지금 우리에게 말을 건네고 있다고 한다면, 그것은 무엇일까? 기의 아래로 미끄러지는 기표는 무엇일까? 강요된 침묵은 무엇일까? 당신의 말실수는? 무심코 흘러나오는 잠꼬대는? 나의 농담은? 무엇일까.

나는 터덜터덜
잡초가 함부로 자란 길을 걷고 있었다.
하늘엔 암소 구름이 굼뜨게 움직이고 있었다.
목이 좀 마른 듯했다.
그 아름 고목 밑둥은
이 빠진 항아리처럼 덤불 속에 던져져 있었다.
무엇이 움직이는 듯해서 나는 다가갔다.
고목 밑둥에서 잔가지가 자라났다.
갈색 사슴이 고개를 내밀었다.
그 사슴의 한쪽 눈은 나무 옹이로 되어 있었다.
반은 나무인 사슴이 비비적거리며 나무 구멍 속에서 몸을 일으켰다.
가슴이 드러나자 나는 그것이 올빼미인 것을 알아챘다.

푸드덕거리며 올빼미는 날아올랐다.

날아가는 것을 보면서

나는 그것이 사슴이라는 것을 깨달았다.

나무 옹이 눈을 가진 사슴은 나를 한번 힐끗 돌아보고

절뚝거리듯이 날아, 뛰어 달아났다.

사방이 찌르듯 조용했다.

내 얘기를 들으신 프로이트 선생님께서는

자신만만하게 풀이하신다.

"모든 꿈은

성적인 것이야"

단성사 근처

핫 댄스 곡이 쾅쾅 울리는

복작복작한 커피점에서.

                —「모든 꿈은 성적이다」(『우리는 철새처럼 만났다』) 전문

참고 문헌

게오르크 루카치, 『루카치 미학 4』, 반성완 역, 미술문화, 2002.

김석, 『에크리』, 살림, 2007.

김인환, 『문학의 새로운 이해』, 문학과지성사, 1996.

로만 야콥슨, 『문학 속의 언어학』, 신문수 편역, 문학과지성사, 1989.

로즈메리 잭슨, 『환상성—전복의 문학』, 서강여성문학연구회 역, 문학동네, 2001.

발터 벤야민, 『독일 비애극의 원천』, 최성만 역, 한길사, 2009.

오형엽, 「정신분석적 시학과 수사학—은유와 환유를 중심으로」, 『어문논집』 53집, 2006.

이-푸 투안, 『공간과 장소』, 윤영호 역, 대윤, 2007.

임진수, 『은유의 정신치료』, 파워북, 2013.

지그문트 프로이트, 『프로이트 전집 1—정신분석 강의』, 홍혜경·임홍빈 역, 열린책들, 1997.

——————————, 『프로이트 전집 4—꿈의 해석』, 김인숙 역, 열린책들, 1997.

츠베탕 토도로프, 『환상문학서설』, 최애영 역, 일월서각, 2013.

캐스린 흄, 『환상과 미메시스』, 한창엽 역, 푸른나무, 2000.

폴 드 만, 『독서의 알레고리』, 이창남 역, 문학과지성사, 2010.

B. L. Brett, 『공상과 상상력』, 심명호 역, 서울대학교출판사, 1987.

시적 순간
—몸 인식을 중심으로

일 년 삼백육십오 일 사랑에 조바심 나는 사월 하순부터

잠자는 정신이 육체의 표피를 벗고 악머구리 끓듯 그이 집 쪽으로 갔네

다신 확인할 마음도 나지 않는다면서 한 가지의 내가, 잊자, 잊자, 잊잔 말이다, 이골이 난 내가, 새로이 영그는 오얏을 쪼는, 땅이 아주 기름져서 내가 한 천년째 초목으로 선 내가, 흐드러진 꽃숭어린지 멍텅구리 새인지 연옥불인지 정체를 간파하지 못하고

나 하나하나가 빠짐없이 발가벗겨지는

불신의 눈초리 부릅뜬 그것은 내가 아녔네

한 치 앞도 내다보지 못하게 자 봐라,

궁금하기 짝이 없으니 양보 없이 최후까지 같이할까

점막마저 빼내 갔음이 틀림없는 원래 제자리라는 쉼 없는 삶이

짝할 이 없는 나의 짝으로 한시도 놓지 않고 날 넘겨다봤네

몸 인식의 역사

가만히 쉬고 있거나 꿈틀대는 육체들의 가물대는 윤곽들—그것을 입 밖으로 소리 내어 말하는 순간, 우리는 그것으로부터 멀어집니다. 마치 추락하는 사람처럼 말입니다—그렇다면 이들 육체를 어떻게 표현하면 좋을까요? 로댕의 소묘에서는 꽃들과 동물들 그리고 아가씨들의 본질이 잘 드러나 있습니다. 극한적인 사랑과 고통과 마음의 흔들림과 행복의 표정이 정말로 살아난 거죠. 그것을 표현하는 데에는 푸른 선 하나면 충분합니다. 그러면 사방에서 소묘의 화폭을 향해 공간이 우르르 몰려와 이 형상들을 원경(遠景)과 심연(深淵)으로 에워싼 다음 그것들 속으로 흠뻑 스며듭니다. 이어서 공간은 그 형상들을 우리 앞에 보여 줍니다. 그것들을 바라보는 우리는 엄청나게 높은 산꼭대기에서 현기증을 느끼는 것처럼, 부드러운 손놀림으로 화폭을 들고 있는 그 대가의 손을 얼른 붙잡고 싶어집니다. 그렇습니다. 이 소묘들은 다른 목적으로 사용하려고 급하게 만든 각주나 임시방편의 것이 아닙니다. 놀라우리만큼 도무지 파악할 수 없고 그러면서도 온갖 법칙으로 가득 차 있는 순간적인 것입니다. 그러니 이것이 궁극적이고 영원한 것과 다를 바가 무엇입니까?

—릴케, 『황홀의 순간』

사랑의 신 에로스가 우리에게 찾아올 때는 언제일까. 조각 「키스(Le Baiser)」(오귀스트 로댕, 1880-1898)는 사랑에 들뜬 자들의 윤곽은 하나, 그 이상 무엇도 없다는 걸 명확히 보여 준다. 릴케는 이처럼 아

름다운 순간을 포착한 로댕의 작품들을 『황홀의 순간』에 적어 놓고
있다. 입 밖으로 소리를 내 말하는 순간 멸하는 아름다움이다. 소리
를 내 말하는 순간 추락하는 사랑을 붙잡는 길은 오직 침묵 속에 행
해지는 예술(애정) 행위임을 두 예술가는 애써 알려 주고 있다. 이제
에로스 그 황홀한 순간의 영원성에 관한 이야기다.

아름다운 열락의 순간을 담아냈다는 미학적 의미 너머 몸에 대한
담론은 일찍이 이성 중심의 세계관에 반성적인 질문으로 다가간다.
이것은 당연히 존재론적인 내용을 담지하기에 특정한 성에 대한 인식
은 아닐 것이다. 예컨대 근대 의식에서 중요한 몸에 관한 담론은 일찍
이 여러 층위로 다양한 철학자들에 의해 피력되어 온 사항이었다.

고대철학자 플라톤(Platon)은 육체와 정신을 이분법적인 대립 관계
로 파악하여, 육체를 변화하고 소멸하는 물질성의 세계에 속해 있는
것으로 인식했다. 이에 비해 영혼은 본질의 세계를 알고 있는 것으
로써, 부단히 육체의 물질성을 거부하고 영혼의 순수성을 간직해야
한다고 보았다. 플라톤의 육체와 정신의 이원론적 개념은 이후 선과
악, 존재와 비존재라는 이원론적 개념으로 정립되었다.

17세기 데카르트도 육체와 영혼을 이분화된 두 개로 파악했다. 육
체는 물질적인 것으로 인간 본성이 아니었다. '나는 생각한다. 그러
므로 나는 존재한다.'와 같은 명제는 인간의 본질을 생각으로 파악
하려는 바를 반영했다. 데카르트는 사유하는 코기토(cogito)의 모습
만이 중요하다는 견해였다. 이원론적인 주장은 사유의 우월성을 강
조하며 육체를 동물의 본성으로 보았다.

니체는 비극의 개념이 아폴론적인 것과 디오니소스적인 것으로
상징되는 두 가지 예술적 충동의 모순적 통일로 이루어지며, 아폴론
적인 것의 특징이 현상계의 원리와 질서의 모습으로 예술의 형식을

부여했다면, 디오니소스적인 것의 특징은 맹목적이고 혼란스러운 본능적 충동으로서 삶의 역동적 내용이라고 하였다. 아폴론적인 예술적 충동보다 디오니소스적인 충동을 중시하며, '정신'을 육체라는 '큰 이성' 속에 부분으로 속해 있는 '작은 이성'으로 정의했다.

20세기에 접어들면서는 데카르트적인 이원론의 정신과 육체 분리를 비판하는 철학자들이 대거 등장하였다. 사르트르, 하이데거, 야스퍼스, 가브리엘 마르셀, 메를로 퐁티 등의 실존주의 철학자들은 인간의 개인적 주체성을 주장하며 육체의 감각적 중요성을 설명하였다.

사르트르는 세계에 존재하는 것을 의식(conscience)의 유무로써 구분했다. 이로써 의식을 가진 존재는 인간이며 의식을 가지지 못한 존재는 사물이 되었다. 두 존재를 각각 대자존재(l'être-pour-soi)와 즉자존재(l'être-en-soi)라고 명명하며, 두 존재 사이의 존재론적 관계를 현상학적 방법을 통해 기술했다. 사르트르에게 있어 신체는 바로 의식으로 작용했다. 고로 신체는 나의 의식이고 나 자신이었다. 의식과 동일시된 신체의 의식성이었다.

푸코는 『감시와 처벌』에서 권력과 대상이 된 육체에 대해 고찰하였다. 근대사회에서 몸에 대한 정치·사회적 권력이 어떻게 강화되는지를 설명하였다. 또한 『성의 역사』에서는 권력이 개인의 육체를 어떻게 지배해 왔는지를 규명하고자 하였다.

보드리야르는 사회·문화적인 접근으로 육체를 파악했는데, 이는 소비의 대상으로서의 육체다. 현대인의 몸은 자본이며 물신이기에 교환가치와 맞물려 육체를 이용한 사회적 활동 및 정신적 표상은 사유재산과 똑같은 지위를 부여받는다고 보았다. 즉 자본으로, 물신(또는 소비 대상)으로 육체를 취급하는 것이다. 과거 청교도주의적으로 예속되었던 성은 해방되었으나 그것은 표면적 해방일 뿐이며 사실은 성의 해방을 통해 소비의 매커니즘에 예속된 것이었다.

그 외 들뢰즈, 가타리는 사회적 몸을 고찰하였는데, 인간은 생산하는 욕망이고 욕망하는 기계라고 보았다. 다시 말해, 인간은 '젖을 짜는 기계, 먹는 기계, 항문 기계, 말하는 기계, 숨 쉬는 기계'에 불과하며, 자연은 생산과정에 불과하다. 이때, 인간 중심주의적인 시각은 해체되며, 정신질환은 욕망의 좌절에서 오는 것이라고 주장했다. 욕망하는 기계는 '기관들 없는 신체'로 탈바꿈하는데, 그것이 욕망이 중단된 정신분열증적인 몸, 죽음을 욕망하는 몸, 소비되지 않는 몸을 일컫는다. 들뢰즈는 가타리와 함께 쓴 『앙띠 오이디푸스』에서 욕망의 문제를 새롭게 논의하기 위해 '욕망하는 기계(machine désirante)', '기관들 없는 신체(corps sans organes)', '독신 기계(machine célibataire)' 등 상호 연결성을 갖는 개념들을 제시하고 설명했다.

이들은 기존의 정신분석과 관련된 자본주의 사회의 억압적 논리와 남근 중심적 체제를 비판하면서 체제에서 희생된 분열증 환자의 목소리로 욕망의 해방을 모색했다. 여기서 정신분열증적 인간의 모습은 자본주의 사회에서 병적인 모습으로 규정된 환자가 아니라 기존의 관습과 구조, 통제된 언어에서 벗어나 끊임없이 자유롭고 유동적인 질서 속에서 유목민처럼 사는 사람이다. 라캉의 무의식과 욕망의 개념을 비판하는 들뢰즈와 가타리는 언어 표상으로 환원될 수 없는 무의식 안에서 욕망의 부정적 의미가 아닌, 능동적이고 생산적인 의미를 파악하고, 그러한 욕망을 '욕망하는 기계들'로 명명했다. 이렇게 들뢰즈와 가타리는 육체의 모든 기관이나 욕망에 기계라는 개념을 부여했다. 푸코가 권력을 '생체 권력'의 개념으로 권력에 의한 개인과 육체의 예속성을 탐구했다면, 들뢰즈는 '욕망하는 기계'가 권력의 지배체제들로부터 어떻게 벗어날 수 있는지를 모색했다.

메를로 퐁티는 사물 존재로 취급되기 이전, 있는 그대로의 몸을 '고유한 몸(corps propre)'이라는 용어로 설명했다. 서양철학에서 오래 사유되어 온 몸과 정신의 이분법을 없애는 메를로 퐁티의 개념은 '세계-에로-존재(être-au-monde)'와 '살(la chair)'이다. 메를로 퐁티의 '세계-에로-존재'와 '살 존재론'은 전혀 낯선 세계에 있으면서 소통하고 접촉하며 세계를 자신의 몸으로 만드는 특성이 있다.

욕망과 관능 에로티시즘

육체와 관련해서 살펴볼 사항은 무엇보다 욕망의 문제다. 조르주 바타이유는 에로티시즘(eroticism)의 금기와 위반을 다음과 같이 설명하고 있다.

금기는 인간의 어떤 근본적인 감정의 결과물이다. 금기는 인간의 태도를 이해하는 데 없어서는 안 되는 결정적인 열쇠이다. 금기는 밖에서 주어진 것이 아님을 알 수 있으며, 알아야 한다. 금기를 범할 때 특히 금기가 우리의 마음을 아직 옭아매고 있는데도 불구하고 충동에 무릎을 꿇을 때, 우리는 진실이 무엇인가를 비로소 번뇌와 함께 깨닫게 되는 것이다. 금기를 준수하고, 금기에 복종하면, 우리는 더 이상 그것을 의식할 수 없다. 그러나 그것을 범하는 순간 우리는 고뇌를 느끼며, 고뇌와 함께 금기가 의식되고, 죄의식도 체험하게 된다. 이러한 고뇌와 죄의식 끝에 우리는 위반을 완수하고, 성공시킨다. 그런데 역설적인 것은 우리의 의식은 그 위반을 즐기기 위해 금기를 지속시킨다는 것이다. 금기를 어기려는 충동과 금기의 밑바닥에 깔려 있는 고뇌를 동시에 느낄 때 비로소 에로티즘의 내적 체험은 가능한 것이다. 욕망

과 두려움, 짙은 쾌락과 고뇌를 긴밀히 연결 짓는 종교적 감정과도 다
르지 않다.

—조르주 바타이유, 『에로티즘』

에로티시즘은 무엇보다 금기와는 떼려야 뗄 수 없는 관계에 있으
며, 금기를 위반한다는 것은 욕망의 성취이자 그 쾌락에의 도취를
느끼는 것이다. 그런데 욕망의 성취는 반대 항인 두려움과 그에 따
른 고통을 동반한다. 모순적이고 극단적인 금기와 그것의 위반 행위
는 현실을 넘어서는 극단적 체험이기 때문이다. 이와 같은 이유로
금기에 대한 위반은 인간이 신의 영역인 신성에 도전하는 행위에 비
견될 정도다.

인간은 파토스(pathos)를 동반하는 에로티시즘을 통해 "불연속적
이고 폐쇄적 존재의 구조를 파괴하고자" 한다. 바타이유의 통찰을
빌려 보자면, "생식은 불연속성을, 죽음은 연속성을 의미한다고 볼
때 그것의 극단적인 추구는 죽음에 닿아 있다"는 것이다. 다시 말해,
성행위를 통한 사랑의 방식이 의사(擬似) 죽음이라는 상징적 희생을
함축한다는 점에서, 성을 근간으로 삼고 있는 에로티시즘의 속성은
제의의 의미를 갖는다. 그러므로 성적 결합이라는 죽음이 구현되는
작품들은 외설이 아니라, 오히려 제의적인 측면과 인간의 존재론적
인 의미를 내포하고 있다고 할 수 있다. 그런 차원에서 에로티시즘
은 카니발적인 고대인의 희생 제의와 비슷한 유형으로 드러난다. 술
과 춤과 성적 도취와 카오스를 동반한 광란의 상태 등으로 인해 성
적 파토스는 디오니소스 축제를 재현해 낸다.

주지하다시피, 욕망은 억압의 심리에서 생겨나는 것이다. 억압은
프로이트에 따르면, 쾌락 원리와 현실 원리의 갈등에서 빚어지는 현

상으로, 현실 원리는 자아를 억압하는 금기이며 쾌락 원리는 그러한 금기에 맞서는 욕망이다. 현실 원리에 속하는 것으로는 분류상 전통, 인습, 이성 등이 있다. 이러한 현실을 다스리는 제도적 억압이 현실 원리로서의 규범이다.

프로이트를 해석하는 마르쿠제에 따르면 존재는 본질적으로 쾌락의 추구이다. 이러한 추구가 인간 실존의 유일한 목적이 된다. 또한 쾌락을 추구할 때, 에로스의 원리는 살아 있는 실체를 더 크고 더 튼튼한 단위들로 결속시킨다. 그러나 이 에로스가 문명으로 승화되면서 과잉 억압이 시작된다. 마르쿠제의 『에로스와 문명』을 통해 파악되는 '에로스'와 '에로티시즘'의 관련성은 이와 같다. 요약건대, 에로스는 사랑의 감정이며, 신체적으로는 성을 통해 성적 욕구, 성애, 성적 충동, 리비도 등으로 드러나며, 정서적으로는 전이될 수 있는 상상 세계라는 의미다. 그리고 이러한 에로스의 원리는 문명으로 승화되면서 문명에 의해 억압으로 작용한다. 에로스의 문학·예술적 경향인 에로티시즘은 그러므로 자아의 의식에서 출발하여 신체를 통해 문명으로까지 연결된다. 에로티시즘은 상실, 분리, 구속, 부조화 등의 타나토스에서 시작된 자아가 회복, 통합, 조화 등의 에로스로 자기를 복원시키려는 정신 의식의 발로가 된다. 다시 말해 에로티시즘은 결핍과 그걸 만족시키려는 충족의 의미 선상에서 이루어진다.

그리고 또 한편 에로티시즘은 모태로 회귀하려는 본능에 의식의 근간을 둔다. 에로티시즘의 시 세계에서 고향은 모체 상징의 공간이며, 분리 상실을 경험한 자아가 상실된 육체성과 함께 의식을 회복하려는 원초적 통합을 표상한다. 고향의 상징성은 에로티시즘이 추구하는 자아 상실과 분리에 따른 회복, 육체성 회복에 중점을 두고 있음을 알려 준다.

그러므로 에로티시즘은 "자기 아닌 것, 자신에게 결여된 것, 자기가 현재 소유하지 않고 있는 것, 자유대로 할 수 없는 것에의 갈망이며, 단순한 육체, 단순한 생리적 만족에의 추구가 아닌 것"이다. 성적인 측면에서 "육체는 단순히 생식 능력만을 뜻하는 것이 아니라 보다 넓은 개념인 성적 존재로서의 자아 개념을 뜻하며, 세계에 대한 기호적 매개체(vehicle)"이다. 에로티시즘이 궁극적으로 추구하는 세계는 조화와 질서 그리고 생명으로 충일한 우주 합일의 세계이며, 원초적 회귀를 지향하는 고향인 것이다.

마지막으로 앞에서 고찰한 에로티시즘과 관능의 표출 시 이해하면 도움이 될 사항 하나를 더 짚어 보기로 한다. 그것은 현대시의 에로티시즘과 관련된 '응시'의 측면이다. 요컨대, 남성적 "'응시(gaze)'의 전형적인 구도에서 여성은 '나'의 타자성 실현과는 거의 무관한 욕망 해소의 대상으로만 호출당하게 되기" 때문이다. 이런 "타자의 대상화·수단화" 속에서 에로티시즘의 가장 큰 의미로 작용하는 타자를 받아들이고 이해하는 도약은 어려워진다. '응시'의 특권화 속에서 타자라는 여성은 관능의 주체로 자립하지 못하고 관능의 대상으로만 남기 때문이다. 그러나 여성적 욕망은 중요한 쟁점의 문제이므로, 응시와 욕망의 사항은 함께 좀 더 세밀히 논의되고 다뤄질 필요가 있다.

시적 순간, 미적 순간

여기에서는 시적 창조의 한순간인 시간성에 대해 알아보고자 한다. 근대 이후의 시간 의식은 현대시의 근간으로 자리하기에 실존과 관련한 사항에서 중요한 지점이라 할 것이다. 시간 개념에 있어 베르그송의 '지속'이라는 시간 개념은 근대과학의 반대편에서 실존적인 인간 의식과 관련해 다뤄지는 시간성이다. 예컨대, 시간에서 철학적 입장의 하나라고 할 것인데, 근대의 시간인 직선적이고 물리적으로 진행되는 시간에 대항하는 개인이 체험하는 경험적이고 신체적인 시간이다.

당연히 문학사적 의미로는 이러한 물리적 시간이 아닌 자기 정체성과 관련한 신체적인 시간이 중요시될 것인데, 이 시간은 '지속'과 '순간'의 관점에 따라 설명되는 차이가 있다. 베르그송의 경우 지속의 중요성을 언급하기에 순간은 지속 내에서 가능한 순간적 단면으로 파악하였다. 따라서 순간은 일정한 지속 내에서 파악할 수 있다는 인식이다. 그러나 이와 같은 순간의 개념은 지속의 한 단면에 불과한 것이 아니라, 그것 자체로서 충분한 시간 개념이며 실존적 정체성의 시간이라는 것을 보여 주기도 한다. 이러한 주장은 바슐라르의 '미적 순간'의 개념으로 정리되는데, 여기에서의 순간은 지속을 지니고 있지 않은 순간이다.

과거도 미래도 존재의 본질을 건드리지 않기 때문에, '시간'의 최초의 본질 역시 건드리지 않는다. 되풀이해서 말하자면, 루프넬에 있어서 '시간'은 순간이고, 시간으로서의 모든 역할을 갖고 있는 것은 현재적 순간이다. 과거는 미래와 마찬가지로 공허하고 미래도 또한 과거와 마찬가지로 죽은 것이다. 순간은 그 내부에 지속을 지니고 있지 않다. 그것은 어떤 하나의 방향으로도, 또 다른 어떤 방향으로도 힘을 밀고 나가지 않는다. 그것은 두 개의 면을 가지고 있지 않다. 그것은 전체이고 유일한 것이다.

—가스통 바슐라르, 『순간의 미학』

시인이 연결된 시간에 대해 단순하기만 한 연속을 단절시키고자 하는 것은 하나의 복합적인 순간을 구성하기 위해서이며, 그 순간 위에 수많은 동시성을 결부시키기 위해서이다.

모든 참다운 시 속에서, 우리는 정지된 시간, 척도에 따르지 않는 시간, 즉 강물이나 지나가는 바람처럼 수평적으로 사라져 버리는 보통 일반적인 시간과 구별이 가능한, 특히 '수직적'이라 부르고 싶은 시간의 요소를 발견할 수 있다.

—가스통 바슐라르, 『순간의 미학』

수직적 시간이라고 파악되기도 하는 이 순간은 시적 순간, 다시 말해 창조의 순간에 다름 아니다. 현재적이며 그 자체로 존재론적인 순간의 수직성은 "그 순간 위에 수많은 동시성"을 갖기에 시적 순간이라고 일컬을 수 있는 "충만한 현재"가 된다. 모든 감각은 이 순간의 영원성으로 도래하며, 수평적인 시간과 구별되는 수직적 시간성은 미적인 시적 창조의 무시간성으로 존재하게 된다.

관조와 응시—황인숙

여기에서는 한국시의 에로티시즘에 관해 앞서 다뤄 온 시인들의 작품으로 짧게나마 짚어 보고 가려 한다. 에로스와 관능의 차원에서 중요 작품들이 많이 있지만, 다소 범위를 좁혀 관조와 응시의 관점에서 살펴볼 것이다. 로댕의 작품 「키스」처럼 사랑의 순간을 포착해 낸 작품 중 하나인 「연인들」을 감상하기로 하자.

마른 나무뿌리처럼
뼈들이 엉겨 있구나

앞에 가는
저 연인들의
서로의 허리에 감겨 있는
아무튼 손들은 아직 따뜻하고
입에선 김을 피워 올릴 것이지만

저렇게 움켜쥐는구나
자꾸 갸우뚱거려지는
뚝딱거리는
내장과 피톨과 땀방울이
욕망으로 부풀수록
벌어지는 간극을

오목한 곳으로 손들은 쏠리지만
가장 오목한 곳에서도
허전하리.

　　　　　　　—「연인들」(『슬픔이 나를 깨운다』) 전문

　숨은 화자가 바라보는 연인들의 모습은 앙상한 나무뿌리처럼 엉겨 있다. 「연인들」은 자못 아름다울 것이라는 기대를 저버리고 "뼈들"이 엉기는 모습으로써 "욕망으로" 인해 "벌어지는 간극"을 보여준다. 연인들은 "따뜻"한 포옹의 모습을 보이지만, 서로의 신체를 접하는 부위의 "오목한 곳"은 사랑으로 충만한 체험이라기에는 불충분한 상태다. 하지만 "허전하리"라는 진술이 암시하는 것은 사랑 행각의 불충분함이 아니다. 그것은 욕망 차원에서의 결핍의 문제라는 것을 말해 준다. 라캉의 언명처럼 욕망은 충족될 수 없는 대상이므로 실재적 이미지로 나타난다. 그러나 오이디푸스 콤플렉스에 근원한 욕망의 문제가 어머니와의 완벽한 결속의 불가능성으로 귀결되는 것처럼 언제나 충족될 수 없는 결핍의 사항으로써만 욕망은 가능한 것이 된다.

황인숙 작품에서 나무 은유의 시적 의미는 바슐라르의 생태적인 의미와 만난다. 예컨대, "나무는 동시에 도처에 있다(L'arbre est partout à la fois)"는 전언처럼(『대지 그리고 휴식의 몽상』) 생태학적인 상상력은 자연을 넘어 존재론적이고 우주론적인 의미로까지 확장된다. 나무뿌리에 관한 상상력은 바슐라르의 『대지 그리고 휴식의 몽상』을 통해 구체화되었는데, 땅속이라는 지하의 보이지 않는 식물의 부위는 가시화의 영역을 넘어서는 상상력으로 작동하여, 지하와 지상을 아우르는 것의 의인화(personification)로써 표현된다.

쑥향과 유황향과 치자향과 인삼향,
장미향과 발삼향과 박하향과 오이향,
올리브향, 우유향, 계란향의 안개를 뚫고
한 노파가 걸어온다.
네 개의 욕조를 가득 채우고
천정까지 활짝 핀 물속에서
엉거주춤,
저 가뭄! 영원히 해갈될 수 없는 대가뭄.

나는, 마침 빈 내 옆자리에
그를 위해 깔개 의자와 물그릇을 놓아 주지만

그의 늙음은 가히 주술적이다. (잿빛

상고머리와 수건이 든 비닐봉지로 위장하고 있지만)

뙤약볕의 개구리처럼

끔찍하게 마른 사지, 오그라든 젖퉁이

눈꺼풀은 돌비늘, 눈알을 덮고

나무 옹이 같은 입.

바라보는 것만으로도,

네 젊음을 나에게

쬐금난 다오, 라는 말을 듣는 듯.

돌비늘 틈의 섬광, 나뭇골에 새는 바람.

이런 노인을 혼자 욕탕에 보내다니……

팔 둘레에 비누 거품을 레이스처럼 단

왼쪽 자리의 여자가 중얼거리고

노파는 찔꺽찔꺽 물을 끼얹는다.

—「몽환극」(『슬픔이 나를 깨운다』) 전문

나무가 「연인들」에서는 나무뿌리의 비유적 수사로 표현됐다면, 「몽환극」에서는 보다 전면적으로 의인화된다. 목욕탕의 한 노파에 비유되는 식물화는 주술적일 정도로 늙음의 형상화가 뚜렷하다. 나무는 확실히 인생을 통합적으로 비유해 낼 수 있는 존재로 재발견되고 있다. 젊고 산뜻한 느낌을 보여 주는 여러 향을 헤치고 다가온 노파의 모습은 "천정까지 활짝 핀 물속"에서 저 홀로 가뭄이다. 그것도 "영원히 해갈될 수 없는 대가뭄"이니 갈라 튼 나뭇결이 "뙤약볕의 개구리처럼/끔찍하게 마른 사지"와 "오그라든 젖퉁" 그리고 "나무 옹이 같은 입"이라는 나무 한 그루를 넘어 대자연의 가뭄까지 확장된다. 예컨대, 나무 한 그루에 인간의 생애가 고스란히 투영된 모습이다. 이것은 우주가 압축된 형상에 가까울 것이다. 자연을 통해 생명의 본질적 가치를 투영하는 상상력은 단순한 의인법이 아니며, 궁극적으로 이것은 생명에 대한 가치관에서 비롯된 수사라 할 수 있다. 아날로지적인 상응의 세계는 다른 시편들에서도 관찰되는 사항으로 나무뿐 아니라 바람(공기)과 그 밖의 자연물을 통해서도 인간 존재와 통합되는 양태로 나타난다.

> 아아 남자들은 모르리
> 벌판을 뒤흔드는 저 바람 속에 뛰어들면
> 가슴 위까지 치솟아 오르네
> 스커트 자락의 상쾌!
> 　　　　　　—「바람 부는 날이면」(『슬픔이 나를 깨운다』) 전문

옥타비오 파스는 "인간의 존재는 이제 그가 되고 싶어 했던 타자를 포함"한다고 하며, 인용문으로써 설명한다. 사랑하는 남녀는 에로틱한 의미에서가 아니라, 존재론적으로 하나라는 것이다. 이로써 파악되는 바는 사랑의 대상이 "타자성"으로 자신에게 포함되어 있음이다. 다시 말해, "존재는 에로티시즘"이라는 심오한 자기 인식에 다름 아니다. 존재는 "존재의 욕망"이기에 욕망의 목소리에 귀 기울일 필요가 있다는 맥락이다.

그런 차원에서 바라보는 「바람 부는 날이면」은 존재론적인 욕망

의 목소리가 직접적으로 문면에 드러난 작품이라 할 것이다. 단도직입적인 감탄사로 시작하는 「바람 부는 날이면」은 여성 화자의 목소리가 간명하지만 솔직 담백하다. 관능과 바람의 어울림이 이토록 솔직하고 시원할 수가 있을까. 일말의 수사조차 허용하지 않은 작품은 1980년대 여성 시인의 목소리를 새롭게 시도한 바가 있다고 하겠다. 본능적인 여성적 에너지의 분출은 억압을 해방하며 자연물과의 상호작용을 통해 일체감을 형성시키는 특징을 보여 주고 있다. "가슴 위까지 치솟아 오르"는 "스커트 자락"은 여성적 희열이라는 욕망의 목소리를 실현한다. "아아 남자들은 모르리"라면서.

> 너무 멀리 나왔나 봐.
> 구름 뒤에서 천둥이 으르렁대네.
> 덤불이 흔들리네.
> 하지만 기분 좋아.
> 바람은 젖은 풀잎처럼
> 목덜미에 감기고.
>
> 너무 멀리 나왔나 봐.
> 나는 그가 아주 갔는 줄만 알았지.
> 저렇게 숨어서
> 눈을 번쩍거릴 줄이야.
> 아, 어쨌건 바람은
> 이토록이나 상쾌하네.
> 빗물 고인 풀밭에서 풀잎에 걸린
> 회색빛 구름 터뜨리는

맨발처럼.

그런데 너무 멀리 나왔나 봐.
참 긴 비가 그쳐
빈터마다 버섯부락이 서고
나는 산책을 나섰지.
추장처럼 의젓하게 바람을 타고.
하늘은 공손히 허리를 굽히고
참새는 조그맣게 재재거렸지.
그리고 내 고양이는 다리를 긁으며
달콤하게 울었었지.
그를 데려오는 건데.
아무래도 너무 멀리 나왔나 봐.

아, 덤불이 무너지네!
뛰자!
놀란 풍뎅이, 모자챙에 달려드네.
하느님, 모자 좀 빌려 주세요!

와, 와, 나는
헤엄쳐서 돌아왔네.
풀섶은 나뭇가질
수초처럼 헤치고.

> ─「산책」(『새는 하늘을 자유롭게 풀어놓고』) 전문

바람 부는 날의 산책과 관련한 작품 한 편을 더 살펴보기로 한다. 「산책」은 황인숙의 시적 특징인 관조와 응시의 구도를 통해 여성적 응시의 가능성을 보여 준다. 시적 화자는 1-3연에 걸쳐 연신 "너무 멀리 나왔나 봐"라는 걱정과 두려움을 내보이지만, 한편으론 "기분 좋"은 상태다. 이런 양가적인 감정은 그가 있는 장소에서 너무 멀리 산책 나왔지만, 그가 다시 아주 가지 않고 "저렇게 숨어서/눈을 번쩍거"리기에 오히려 기쁜 것이다. 게다가 여성 화자는 되레 보이지 않는 그의 모습 때문에 "그를 데려오는 건데"(3연의 '그'는 앞 행의 "고양이"에 걸리기도 하지만 '그'가 되었든 다른 대상이 되었든 크게 중요하지는 않다. 응시의 구도가 중요하다.)라며 후회하기도 한다. 종래의 해석에서는 남성적 응시의 문제로 관음을 규정하는 식이었으나, 이러한 여성적 응시에 대해서 새로운 해석적 가능성을 열어 둘 필요가 있다는 점에서 황인숙의 작품 세계는 의미화될 수 있을 것이다. 주지하다시피, 보는 방식은 이데올로기적인 차원에서 설명되며, 권력과 관련해 사회·정치적인 문제와 함께 논의될 사항이기 때문이다.

관음의 주체는 시관충동이라는 보는 차원에 국한되는 것이 아니다. 다시 말해, 응시는 타자가 완벽하게 숨겨져 있는 응시로써 갑작스럽게 출현한다. 주체의 응시가 아니라, 타자의 응시라는 개념은 라캉에 의해 제시되는데, 이 같은 구조는 오로지 '충동 형태'를 통해서 나타난다. 요컨대, 응시는 무의식의 층위에서 가능해지며, 시각이 작동할 때는 무의식적 층위의 응시는 소멸함을 의미한다. 그러므로 「산책」은 시각의 차원이 아닌, 보는 자와 보여지는 자로 분열된 응시의 맥락에서 이해 가능해진다. 무의식적 타자의 응시를 욕망하는 여성적 주체로써 설명되는 작품이다.

기억 이미지와 시적 순간—허수경

성과 관련한 에로티시즘의 차원에서 살펴볼 또 다른 작품은 허수경의 「남해섬에서 여러 날 밤」이다. 앞서 예시로 든 황인숙과는 동시대 다른 여성성의 특징을 보였기에 현대시 계보에 있어 비교 고찰할 수 있을 것이다.

> 육지의 불빛이 꺼져 가는 아궁이 쑥 냄새 같은 저녁이었고 모래 구
> 멍엔 낙지들이 살고 있었습니다 수만의 다리로 머리를 감추고 또한 머
> 리와 다리가 무슨 兩性처럼 엉기면서 먼 저녁의 구멍을 지탱하고 있었
> 는데요 그 구멍마다 저 또한 어둠이겠지만 엉겨 붙어 살아남는 것들이
> 여 멀리 무덤 같은 인가에도 엉겨 붙는 저녁과 밤과 새벽이 있을 거구
> 요 이리 어둑하게 서 있는 나는 저 미역 저 파래 저 엉겨 붙는 그리움
> 으로 육지를 내치고 싶었습니다 진저리 치는 저 파도 저 바위 저 굴딱
> 지처럼 엉겨 붙어 엉겨 붙어,
>
> —「남해섬에서 여러 날 밤」(『혼자 가는 먼 집』) 전문

앞서 언급한 조르주 바타이유의 『에로티즘』을 통해 살펴보자면, 에로티시즘은 성행위만을 다루는 차원이 아니라 존재론적 융합의 의미를 내포한다. 그렇기에 「남해섬에서 여러 날 밤」은 "모래 구멍"과 "낙지"가, 다시 "머리와 다리"가, "兩性처럼 엉기"는 물활론적 결합을 강렬하게 꿈꾸는 작품이 된다. (무)생물과 하나가 되려는 결합의 욕망은 인간 존재에만 국한되지 않고 동식물과 무생물까지도 포괄한다. 인간 개체의 불연속적인 한계를 넘어 존재의 연속성을 체험하게 하는 에로티시즘은 이러한 대상과의 일체를 통해 자아가 전 우주적인 존재로 변환되는 계기를 마련해 준다.

물활론적 사유가 동반하는 양성화의 이미지는 매우 중요한 점을 시사하는데, 위와 같은 물활론적 전개는 이분법적 사고를 융합적인 사유로 변환시키기 때문이다. 요컨대, (주로 남성이 바라보는 여성의 몸이라는) 두 개의 성으로 나뉘는 이분화된 인식 너머로 확장된다.

이런 맥락에서 일찍이 깊이 있는 모성적 사유를 보여 준 릴케의 글은 참고할 만한 여지가 있다.

터무니없이 붙여진 다양한 이름들과 복잡하기 이를 데 없는 경우들로 정신의 갈피를 잃지 마십시오. 이 모든 것 위에는 우리 공동의 그리움의 대상인 위대한 모성이 자리 잡고 있으니까요.

(중략)

그리고 제 생각에는, 남성에게도 모성이 있는 것 같습니다. 정신적이고 육체적인 모성이 말입니다. 무언가를 만들어 내는 그의 행위도 일종의 분만이라고 할 수 있습니다. 즉 그의 창조가 내적인 충만에서 이루어질 경우, 그것은 분만인 것입니다.

이렇게 본다면 남녀 양성은 우리가 생각하는 것 이상으로 가까운 것 같습니다. 그리하여 세계의 위대한 개혁은 남자와 여자가 모든 그릇된 감정과 혐오감에서 벗어나, 서로 반대되는 존재로서 상대를 찾지 않고 형제자매로서 이웃으로서 인식할 때일 것입니다. 그리고 "인간"으로서 연대하여 그들의 어깨에 부과된 무거운 성의 굴레를 소박하고 진지하고 끈기 있게 함께 짊어지고 나아가는 데 있을 것입니다.

―릴케, 『젊은 시인에게 보내는 편지』(1903, 『황홀의 순간』에서 재인용)

릴케의 『젊은 시인에게 보내는 편지』를 통해 파악되는 것은 남성에게 존재하는 '모성'이다. 여성만이 아닌 남성에게도 존재하는 모성은 그야말로 정신과 육체를 아우르는 총체적 모성이다. 시인의 창작 행위와 마찬가지로, "무언가를 만들어 내는" 행위는 내적인 충만으로 인해 일종의 "분만"으로 정의된다. 그러한 이유로 남녀 양성(兩性)의 의미는 편재해 있는 것, 즉 "서로 반대되는 존재"를 넘어 ""인간"으로서 연대"하는 지각 작용이며 이것은 관습적인 성의 구속성을 벗어난다. 예컨대, 모성의 진정한 의미에서 여성적 수용(受容)은 바로 이러한 타고난 성별에 국한되지 않을 때 가능해진다.

진정한 모성으로 비유되기도 하는 창조의 순간은 예술에 있어서 반드시 중요한 시간성과 맞닿아 있다. 앞서 서술했지만, 시적 순간이라는 시간성은 직선적이고 물리적인 시간이 아니므로, 무시간성으로 도래한다. 이러한 무시간성은 기억으로 말미암아 재구성된 경험들인 만큼 순간의 시간으로 보존된다. 항상 '현재'이며, 이 현재는 "과거와 미래의 가능성"을 함유하는 시간이다. 직선적인 시간관과는 다르게 "실제로 경험되지 않은 것"이어도 어느 한순간은 무한한 가능성으로 열리게 된다. 그리하여 무시간성은 영원성으로 존재를 편입시킨다.

가지에 깃드는 이 저녁
고요한 색시 같은 잎새는 바람이 몸이 됩니다
살금살금, 바람이 짚어 내는 저 잎맥도
시간을 견뎌 내느라 한 잎새에 여러 그늘을 만드는데
그러나 여러 그늘이 다시 한 잎새 되어
저녁의 그물 위로 순하게 몸을 주네요
나무 아래 멈춰 서서 바라보면 어느새 제 속의 그대는
청년이 되어 늙은 마음의 애달픈 물음 속으로

들어와 황혼의 손으로 악수를 청하는데요
한 사람이 한 사랑을 스칠 때
한 사랑이 또, 한 사람을 흔들고 갈 때
터진 곳 꿰맨 자리가 아무리 순해도 속으로
상처는 해마다 겉잎과 속잎을 번갈아 내며
울울한 나무 그늘이 될 만큼
깊이 아팠는데요

(중략)

애처로운 저 개를 데리고 한때의 저녁 속으로 당신을 남겨 두고 그
대, 내 늙음 속으로 슬픈 악수를 청하던 그때를 남겨 두고 사라지려 합
니다, 청년과 함께 이 저녁 슬금슬금 산책이 오래 아프게 할 이 저녁
　　　　　　　—「청년과 함께 이 저녁」(『혼자 가는 먼 집』) 부분

"한 사람이 한 사랑을 스칠 때" 또 "한 사랑이 또, 한 사람을 흔들
고 갈 때"를 어떤 방식으로 서술할 수 있을 것인가. 「청년과 함께 이
저녁」은 "가지에 깃드는" 저녁의 순간으로 영원한 시간성을 담으면
서 사랑의 아픔을 구체화한다. 현실적이고 물리적인 "시간을 견뎌
내느라" 잎새는 그늘을 만들고, "여러 그늘"은 "다시 한 잎새"가 되
는 아름다운 융합처럼 "어느새 제 속의 그대"는 "청년이 되어 늙은
마음"을 묻는다. 현재 속에 포개지는 과거와 미래라는 시간성은 다
름 아닌 현재가 다른 시간을 소환하기 때문이다. 그러한 까닭에 '청
년'과 '늙음'은 기이한 융합을 일으키고, '사랑'의 시간성으로 비약한
다. 다시 말해, 한순간으로 포착된 "저녁"은 '사랑'의 아픔을 대변하

고 있다고 할 것이다. '한 사람의 한 사랑'은 시간을 견뎌 내는 잎새처럼 아플 수밖에 없는 숙명이기에 시인의 저녁은 이 아픈 저녁을 순연하게 받아들이는 면모를 보이며, 종국에는 "애처로운 저 개를 데리고" "한때의 저녁 속으로" 사라진다. 이렇듯 기억의 어느 한때와 유년의 한순간을 영원성의 시간으로 감각화하는 작품은 허수경의 시 세계를 관통하는 특징이다. 이것은 바슐라르가 『공간의 시학』에서 "고향과 지나간 유년 시절의 추억"을 이미지화하는 노력과 상통한다.

> 그가 『순간의 미학』에서 베르그송의 '순수지속'이라는 시간 개념을 부정하면서 주장한 '비연속적 순간'의 차원에서는 과거까지도 고정된 불변의 실체가 아닌 것이다. 그러니까 우리에게 끊임없이 새로운 미래가 가능할 수 있는 것은 "한없이 처음부터 몇 번이고 반복되는 고독" 또는 "모든 것을 다시 시작한다는 것, 씀으로 해서 살아간다는 것"이라고 말했을 때의 시간의 본질에 충실한 삶의 실존적 팽팽함 속에서이다.
> 『공간의 시학』에서 바슐라르는 그의 고향과 지나간 유년 시절의 추억을 지나치게 많이 말하고 있는데, 이것은 단순히 노경(老境)에 들어선 자의 회상 취미에서 비롯된 것이 아니다. 그것은 과거 속에서 살아 있는 추억의 '중심적 생명', '하나의 항구적인 이미지'에 가까이 가려는 노력의 표현이다. 다시 말하면 그것은 도달해야 할 미래, 이루어야 할 창조적 과제를 기술(記述)에 의해 붙잡으려는 것이다.
>
> ─가스통 바슐라르, 『순간의 미학』

바슐라르의 통찰은 기억과 추억으로써 "과거 속에서 살아 있는" 것들이 실상 인간 존재의 "중심적 생명"이자 "하나의 항구적인 이미지"에 가깝다는 것이다. 그것은 직선적 시간에서의 과거가 아니라 오히려 "도달해야 할 미래"로써 파악된다. 프루스트의 마들렌 한 조각이 유년을 송두리째 환기하며 현재의 감각적 체험으로 불러들이듯이 시간성은 감각적 이미지를 실재화한다.

철물점 모퉁이에 자귀나무 연자꽃이 붉어 갑니다

제 몸보다 더 큰 배터리를 동쳐 맨 라디오에서

운다고 옛사랑이 흘러나오면 꾸깃꾸깃한 치마를

뒤뚱이며 역전다방 미스 김이 커피 배달 가는,

길을 가로질러 어느 문으로 사라지는 미스 김

마치 꿈의 문을 통과해서 당도하는 거대한 무의식의 아가리 같은 저
문

자귀나무 연자꽃이 봉긋한 반달의 옆구리를 털어

수염꽃을 피우고, 라디오는 제 몸보다 더 큰 동력으로

운다고 옛사랑이, 과격해진다고 옛사랑이

머리칼을 쥐어뜯고 앞가슴을 풀어헤치며, 그러나

졸면서 한낮의 햇살 아지랑이를 피워 내는

철물점의 쇠사슬, 대못, 가시 철망 그러나

풀붓이며 대싸리 빗자루며

가두려는 억센 것이 풀려는 순한 것 사이에서 고대로 정돈되어 있는
저 무의식의 무심함!

미스 김은 나올 줄 모르고 채권 가방을 든

한 사내가 지나갑니다

전화 채권이나 수도 채권 사압니다

사압니다

운다고 옛사랑이 미친다고

옛사랑의 그림자가……

　　　　　　　—「아직도 나는 졸면서」(『혼자 가는 먼 집』) 전문

　허수경에게 있어서 유년과 옛것의 오브제는 과거로의 탐닉이나 개인의 정서를 넘어 시간 의식을 통한 자기 정체성 회복으로 작동한다. 요컨대, 현재의 자아는 과거와 동시에 존재하면서 현재의 순간을 영원성을 담지한 원형적 시간으로 탈바꿈시킨다. 「아직도 나는 졸면서」에서도 시종 과거의 문제를 그려 내고 있는 듯하지만 명백하게 말해, 시인이 그려 내는 변두리 풍경은 어느 한때의 추억만은 아니다. "길을 가로질러 어느 문으로 사라지는" 것들은 "미스 김", "자귀나무", "라디오", "철물점" 등이다. 이것들은 "가두려는" 것과 "풀려는" 것으로 대치되는 듯하나, 그 사이에는 무의식이라는 심연이 자리하고 있다. 이처럼 구분되는 공간과 시간 사이에는 문이 존재하는데, "꿈의 문을 통과해서 당도하는" "무의식의 아가리"는 현재적 삶과 죽음, 연속과 단절 그리고 의식과 무의식의 경계로 자리한다.

　이와 같은 경계에 대한 사유는 다른 작품을 통해서도 드러난다. 가령 같은 시집 『혼자 가는 먼 집』에 수록된 「저 누각」에서는 "장마 雨中에 아버지와" 산에 오른 화자가 아버지의 아픈 몸이 "세계의 경계"를 만들어 내는 것을 바라보게 되며, 「저 門은 어디로 갔을까요」에서는 "생식도 수유도 끊어진 할머니"가 지나는 문으로서 있음과 없음, 동물과 식물, 생과 사, 성과 속이 공존하고 있다는 것을 보여 준다. 각각의 시들은 여성적 문체를 동반하면서 이러한 '경계'에 대한 사유를 독창적으로 변화시킨다. 「아직도 나는 졸면서」는 말줄임을 통해서, 「저 누각」은 '-요' 종결형 어미를 통해서, 그리고 「저 門은 어디로 갔을까요」라는 의문형을 통해서 육체적 글쓰기를 시도한다. 엘렌 식수가 말한 생략, 읊조림 등의 여성적 문체를 통해 더한층 특징화된 감각적 표현을 문면에 드러낸다고 하겠다. 정리하자면, 여성 시인에 의한 사랑의 사유는 이렇게 외면받는 과거와 죽음을 소환하여 배타성이 없는 삶을 현재화시킨다고 할 것이다.

> 장마 雨中에 아버지와 나는 산을 올랐습니다 산이래야 일테면 베개 머리모양 가벼운 거였지만 산행은 일테면 베개머리를 괴고 누운 한 마음같이 무거운 거였지요
>
> (중략)
>
> 저 아른거리는 물안개 저편
>
> 저편이래 봤자 손으로 젖히면 열릴 거였지만 그러나 손을 내밀기는 천근처럼 무거웠지요 그러나 아버지는 성큼성큼 물안개를 건너가더니 다시 나오지 않았고 망연히 쳐다보는 나는
>
> 아련히 올라간 마음의 끝을 좇아 몸으로 빗장을 삼은 아버지가 아팠습니다 아픈 아버지의 아련한 몸이 세계의 나무처럼 누각 끝의 풍경을 건드리고 풍경은 물안개를 건드리고 긴긴 세계의 경계를 만들어 내는 것을 나는 망연히 바라만 보고 있었습니다
>
> ―「저 누각」(『혼자 가는 먼 집』) 부분

> 저 門 아래에서 그대와 꿈을 꾸었네 헤어지지 말기를
>
> 이제 나 혼자 와서 본다네 저 門은 어디로 갔을까
>
> (중략)

저 門은 동물성인가 식물성인가

저 門은 한 인간의 아가리였거나 근데 천천히 지나가는 생식도 수유
도 끊어진 할머니
할머니, 어디 편찮으셔요?

이제 혼자 와서 보는 나는 무엇인가
무너져 내린 곳에 서 있는 얼굴은 심술궂어라 무심의 심술이 날 울
려요
그게 사랑인가 그게 없어져 버림인가
그것이
　　　　　　　—「저 門 은 어디로 갔을까요」(『혼자 가는 먼 집』) 부분

참고 문헌

가스통 바슐라르, 『대지 그리고 휴식의 몽상』, 정영란 역, 문학동네, 2002.

─────────, 『순간의 미학』, 이가림 역, 영언문화사, 2002.

릴케, 『황홀의 순간』, 김재혁 역, 생각의 나무, 2002.

모리스 메를로 퐁티, 『지각의 현상학』, 류의근 역, 문학과지성사, 2002.

변광배, 『장 폴 사르트르 시선과 타자』, 살림, 2004.

───, 『존재의 무―자유를 향한 실존적 탐색』, 살림, 2005.

엘렌 식수, 『메두사의 웃음/출구』, 박혜영 역, 동문선, 2004.

오생근, 『미셸 푸코와 현대성』, 나남, 2013.

옥타비오 파스, 『활과 리라』, 김홍근 외역, 솔, 2001.

이광래, 『미셸 푸코』, 민음사, 1989.

이광호, 『시선의 문학사』, 문학과지성사, 2015.

자크 라캉, 『욕망 이론』, 권택영 역, 문예출판사, 1994.

───, 『자크 라캉 세미나 11』, 맹정현 역, 새물결, 2008.

장 보드리야르, 『소비의 사회』, 이상률 역, 문예출판사, 1992.

조르주 바타유, 『에로티즘』, 조한경 역, 민음사, 1997.

질 들뢰즈, 『앙띠 오이디푸스』, 최명관 역, 민음사. 1994.

최민홍·박유봉 공편, 『철학대사전』, 휘문출판사, 1985.

프리드리히 니체, 『짜라투스트라는 이렇게 말했다』, 곽복록 역, 동서문화사, 1976.

피터 부룩스, 『육체와 예술』, 이봉지 역, 문학과지성사, 2000.

한스 마이어홉, 『문학과 시간현상학』, 김준오 역, 심상사, 1979.

헤르베르트 마르쿠제, 『에로스와 문명』, 김인환 역, 나남, 1989.

사랑의 이미지
—사랑의 상상 구조

벌써 찌는 계절이 가고 다시 선선한 계절이 돌아왔다 합니다.

연일 37°C를 찍는 불볕더위로 폭염경보가 발효되었지만, 그럼에도
가을에 접어들었음을 알리는 절후 입추(立秋)였습니다. 더운 날 입추
가 있고, 추운 날에 입춘이 있는데, 그건 왜 그러한지요. 제가 어느 해
이즈음 당신께 물었지요. 일찍이 농경사회의 필요 때문에 절기가 만들
어졌다지만, 억겁 시간을 태양의 운동으로 파악해 객관적 실체로 계절
을 나눈다는 게 얼마나 감탄스러운 일인지……. 다시금 생각해도 그러
합니다. (중략) 그런데 말입니다. 눈 들어 하늘을 보고 있노라니 제 심
정과는 다르게 아니 오히려 서러울 만큼 높고도 맑은 하늘이 그때 하
늘과 어찌 그리 똑같아 보입니까. 인생은 참으로 알 수 없는 일들의 연
속입니다.

—김윤이, 「사랑의 진화」에서

향연, 사랑에 대하여

'사랑', 항시 우리가 알고 행한다고 자신하는 사랑. 하나 정작 이
에 대해 쉽사리 정의할 수 있는 사람은 없을 것이다. '사랑'의 사전적
의미는 "이성의 상대에게 끌려 열렬히 좋아하는 마음 또는 그 마음
의 상태"와 "부모나 스승, 또는 신이나 윗사람이 자식이나 제자, 또
는 인간이나 아랫사람을 아끼고 소중히 여기는 마음", 그리고 "남을
돕고 이해하려는 마음", "어떤 사물이나 대상을 몹시 아끼고 귀중히
여기는 마음" 등으로 풀이된다(『표준국어대사전』, 1993). 종합해 보면 사
랑의 사전적 의미는 대상만 달라질 뿐이지 어떤 대상에 대한 애틋한
마음에 속한다고 할 것이다. 좋아하고, 아끼고, 소중히 여기고, 돕고
이해하려는 것이 사랑인 것이다. 구체화한 형상보다는 형이상학적
이고 추상화된 애매성을 내포하는 이 같은 사랑의 정의로 말미암아,
사랑은 사전상 뜻풀이로 해명되는 것이 아니라, 한층 모호해진다.

현대의 '낭만적 사랑(romantic love)'을 통해 살펴보자면, 사랑은 이
제 일개인의 일에 머무르지 않게 되었다. 사랑은 결혼 등 사회적 규
약 관계로 인해 더욱 넓은 영향 관계 하에 놓이면서 이데올로기적
문제로 환원되었고, 공적 영역에 속한 문제로 인해 사회구조에 포함
되어 있음을 인정하지 않을 수 없게 된 것이다. 그렇다고 하면, 일찍
이 서구에서 언급한 종교·신화·역사적인 관점에서 해명하면 되는
것일까. 다시 말해 인간에 대한 신의 절대적 사랑인 '아가페(agape)'
와 남녀의 사랑을 연결해 주던 에로스(큐피드)에 기원한 이성 간의
사랑인 '에로스(eros)', 그리고 남녀에서 더욱 넓어진 공동체적인 사
랑 또는 남자들의 우정(friendship)을 뜻하는 '필로스(philos)', 이 셋으
로 사랑은 설명 가능한가.

그런데 사랑은 구성원이나 개인의 감정이라고 쉽사리 단언하기도
힘들다. 예부터 동서양을 막론하고 사랑에 대한 수많은 사고가 철

학자들에 의해 언급되었다. 플라톤에 의하면 사랑은 '변증법에 의해 점차로 상승하는 것'으로 설명되었으며, 아리스토텔레스는 '인격을 동반한 사랑'을 말하고자 하였다. 현대에 와서도 사랑은 여러 차원으로 해명되었는데, 사르트르에게 있어 사랑은 '타자와의 근원적 관계'이며, 레비나스에게 있어 사랑은 '신학적인 테제에서 보편적인 사랑의 의미'가 더해진 것이었다. 그리고 바디우에게 있어 사랑은 '둘의 주체'가 이끌어 내는 타자와의 관계이고, 이것은 철학적 인식을 형성하게 되었다. 또한, 사랑은 현대에 들어서는 종교·신화적인 사랑과 궤를 달리하여, 정신분석학적 연구를 통해 해석이 다층화되었다. 사랑은 리비도의 욕망으로 인해 사랑에 대한 다른 담론을 형성하게 된 것이다. 요컨대, 이상으로 간략히 고려해 보아도, 오늘날 사랑은 너무나도 간단히 줄여 말할 수 있는 사항이 아님을 알게 된다. 그리고 우리가 첨단 시대에 살고 있음에도 불구하고 타자를 포함하고 있는 사랑에 대해 생각해 보지 않을 수 없음도 알게 된다.

그래서 재차 어리석은 물음을 반복하자면, 시간을 거슬러 고찰할 때 고대철학자인 플라톤에게까지 닿아 있는 사랑은 궁극적으로 무엇을 일컫는 것이었을까. 이쯤에서 플라톤의 『향연』을 통해 자기에서 타자로 나아가는 사랑이 어떻게 사유가 되었는지 알아보고자 한다. 사랑이라는 감정을 인간이 추구해야 할 '이데아'로 연결해 내는 플라톤은 오늘날에도 사유해 볼 지점에 놓인 사랑의 선구자적인 철학자라고 할 수 있으니, 희미하게라도 어리석은 물음에 대한 현명한 대답이 돌아오길 바라면서 가 보려는 것이다.

고대 그리스 시대에는 이성애 외의 동성애(그리스식 동성애, Greek love)가 일반적 사회현상이었다. 이러한 역사적 사실은 고대 그리스 도자기 파편의 그림을 통해 발견된다. 동성애 커플은 사회적 지위로 말미암아 나이가 더 많거나 스승인 성인 남자가 구애자(求愛者, 에라스테스)였고, 가르침을 받는 미소년이 피애자(被愛者, 에로메노스)였다. 고대철학자 소크라테스 또한 이러한 일반적인 사회현상에서 멀지 않았으며, 알키비아데스와의 동성애 관계는 기원전 5세기경 플라톤의 저서인『향연』을 통해서도 알 수 있다.

또한 그리스 시대 '에로틱'이란 남녀 관계에서 통용되는 사항이 아니었다. 당시 에로틱은 남녀가 아니라, 성인 남성과 어린 소년 사이인 동성애에 속한 문제였다. 고대 그리스 시대 성애와 성에 대한 규제와 규범적 사항은 특정한 형태의 성애를 규제하거나 금지하는 것이 아니었고, 단지 과도함에 대한 질책만이었다. 그러한 이유로 절제만이 성 윤리로 제시되었으며, 성인 남자는 미소년에게 지혜의 말을 알려 줌으로써 공적 영역인 교육을 담당하게 되었다. 이러한 까닭에 성인 남자(구애자)가 소년에게 지혜를 전달하고, 소년(피애자)이 아름다운 몸을 허락하는 관계에서 둘의 주체가 평등해지는 필리아(philia, 友愛, 兄弟愛)로 나아간다고『향연』에서는 서술하고 있다.『향연』의 여사제 디오티마와 소크라테스의 대화는 다음과 같다.

올바른 소년 사랑을 통해 올라가다가 저 아름다운 것을 직관하기 시작할 때 그는 거의 끝점에 다다랐다 할 수 있을 것입니다. 올바르게 에로스 관련 일들을 향해 가는, 혹은 다른 이에 의해 이끌리는 것이란 바로 이것이니까요. 즉 이 아름다운 것들에서부터 시작하여 저 아름다운 것을 목표로 늘 올라가는 것 말입니다. 마치 사다리를 이용하는 사람처럼 그는 하나에서부터 둘로 둘에서부터 모든 아름다운 몸들로, 그리고 아름다운 몸들에서부터 아름다운 행실들로, 그리고 행실들에서부터 아름다운 배움들로, 그리고 그 배움들에서부터 마침내 저 배움으로, 즉 다름 아닌 저 아름다운 것 자체에 대한 배움으로 올라가게 됩니다. 그렇게 되면 마침내 그는 아름다운 바로 그것 자체를 알게 됩니다.

친애하는 소크라테스, 인간에게 삶이 살 가치가 있는 건 만일 어딘가에서 그렇다고 한다면 바로 이런 삶에서일 겁니다. 아름다운 바로 그것 자체를 바라보면서 살 때 말입니다.

—플라톤, 『향연』

위와 같이 『향연』에 등장하는 여사제 디오티마의 입을 통해 알 수 있는 것은 "사다리를 이용하는 사람처럼" 점차 올라가는 사랑의 승화이다. 에로스와 관련하여 "아름다운 것을 목표"로 올라간다고 보는 단계는, "하나에서" "둘로" 그리고는 "모든 아름다운 몸들"로 향해 가며, 그리고는 "아름다운 행실들", 또 거기에서 "아름다운 배움들"로, 그리고 마침내 "아름다운 것 자체에 대한 배움"으로 올라간다. 그리하여 최종적으로 천상에 이르는 미, 그 자체의 '미의 이데아'로 승화된다. '아름다운 그것 자체'는 삶의 가치로까지 인정되기에 이른다.

요인즉, 『향연』은 육체적 사랑에 머물지 않고, 점차 배움을 통한 지혜로 나아가야 하는 사랑의 관계를 보여 준다. 그리고 이 지혜는 궁극적으로 천상의 이데아를 향한다. 앞서 살펴본 것처럼 우애나 형제애로 해석되는 성인 남자와 소년의 필리아(philia)는 종국적으로 지혜(sophia)라는 철학을 향한 것임을 확인할 수 있다. '필로소피아(philosophia)'라는 '철학'의 어원적 의미가 이 둘의 결합인 것도 여기에서 비롯된다. 이렇듯, 고대 그리스로부터의 사랑의 의미가 '아름다움 그 자체'인 '이데아'를 향한 것이라면, 현대 사랑의 의미는 무엇을 향하고 있는 것일까.

성, 사랑, 에로스

사랑을 정의하기도 어려운 일일 테지만, 형이상학적인 사랑을 그려 내는 것 또한 간단치는 않다. 육체를 중심으로 성의 이미지를 형상화할 수 있겠지만, 사랑이 육체적 성에만 국한된 사항도 아니거니와, 『향연』에서와 같이 육체적인 사랑이 정신적인 것으로 옮겨 가는 것이 맞다고 볼 까닭도 명확히는 없기 때문이다. 오히려 『향연』을 들어 설명한 미셸 푸코의 통찰을 빌리자면, 『향연』은 소년의 수동적이고 불평등한 사랑의 관계(아프로디지아)가 두 남성의 능동적인 사랑의 관계(필리아)로 바뀌는 것이 중요하다.(다시 말해, 여성의 역할을 했던 소년이 점차로 성인 남성으로 커 나가게 돕는 '교육'이라는 공적 사항이 '사랑'에 포함된다.)

일찍이 푸코는 고대 그리스식 사랑에서 그 무엇보다 '쾌락'의 중요성을 간파하였던 인물이다. 그는 당시 성에 대한 금욕적인 행동은 사실 금기나 금욕 때문이 아니라, 자신의 절제로써 얻어지는 쾌락에 그 이유가 있다고 보았다. 즉, 고대 그리스 시대의 쾌락은 금기된 쾌락이 아니라 외려 추구되는 쾌락이었으며 성에 관한 절제도 스스로가 행한 선택적 사항이었다.

인간의 행복이 '진리의 기준에 따른 쾌락'이라는 고대인들의 이 같은 윤리학은, 중세 기독교 문화의 영혼과 정신을 중시하는 사고로 인해 경시되고, 근대의 몰이해로 인해 변질된다. 결국 고대의 정신은 왜곡되고 잘못 이해된 것이 아닐 수 없다. 그러한 까닭에 푸코는 고대 그리스인의 쾌락과 절제를 스스로(자기, soi) 규범화한 성 윤리로 보고 이를 현대에 적용하려 한 철학자라고 할 수 있겠다. 이처럼 성과 사랑은 떼어 놓고 말할 수 없을 뿐만 아니라, 시대를 대변하고 있는 사고였다. 성과 사랑에 대한 담론은 현대에 더욱더 다양해져 프로이트, 마르쿠제, 라캉, 미셸 푸코, 니콜라스 루만, 기든스, 울리히 벡

등 정신분석에서 사회학까지 다층적으로 세분되기에 이른다.

이성애(heterosexuality)에만 국한된 것이 아닌 사랑은 그 의미가 광범위하고 모호하기 그지없다고 할 수 있다. 그러나 정의의 어려움에도 불구하고, 성과 사랑은 시대의 대변 외에도 인간의 존재 미학으로써 매우 중요한 의미를 지닌다. 마르쿠제가 『에로스와 문명』에서 밝히고 있듯이 "자유로운 에로스"는 "문명화된 사회관계"를 지속시키는 조건인 까닭이다.

고대 이상화된 이데아나 현대 이미지의 현란한 유희로도 다 표현할 수 없는 사랑은 그렇다면 그간 문학사에서 어떻게 표현되었을까. 여기서는 단편적으로나마 과학철학자의 선구자인 바슐라르와 그의 계보를 잇는 질베르 뒤랑을 따라가 보기로 한다.

바슐라르의 물질적 이미지

프랑스 출생의 과학철학자인 가스통 바슐라르는 1884년 프랑스 샹파뉴의 바르-쉬르-오브(Bar-sur-Aube)에서 태어났다. 당시 19세기 유럽은 산업혁명으로 인해 급격한 발전과 과학의 비약적인 성과가 이루어진 시대였다. 이러한 시대의 격변기에 태어나 성장한 바슐라르는 자연과학의 발전에 힘입어 20세기를 맞았던 인물이다. 그는 당연히 세기에 걸친 과학혁명의 패러다임을 겪을 수밖에 없었고 이 같은 시대적 배경은 그의 철학적 바탕이 되지 않을 수 없었다. 게다가 그는 여타 학자들과는 다르게 (구두 수선을 하던) 가계의 경제적 문제로 인해 중학교에서 교사로 근무하며 학비를 벌어야 했고, 후에는 우체국에서 전신 기사로 근무해야 했다.

바슐라르는 우체국 전신 기사로 근무하면서도 공부하는 것을 게을리하지 않았다고 전해진다. 그리하여, 1913년까지 우체국에서 일하면서 그는 독학으로 수리과학(mathematical sciences) 학위를 취득한다. 이듬해에는 초등학교 교사였던 잔 로시와 결혼하게 되나 곧바로 제1차 세계대전이 발발하여 군대에 징집당하고, 종전되어 그는 집으로 돌아오게 되었지만, 딸을 출산한 아내를 잃게 된다. 연이어 부모님마저 여의게 되는 그의 삶은 어찌 보면 개인의 행복과는 상당히 동떨어져 있다고 할 것이지만, 이러한 어려움에도 불구하고, 그의 학문적 열의는 식지 않는다. 1927년 바슐라르는 '근접 인식 연구와 물리학적 문제의 진화에 관한 연구'로 소르본 대학에서 박사학위를 취득하고, 1930년에는 디종 문과대학의 철학 교수로 임명되며, 1940년에는 소르본 대학의 과학사 및 과학철학 교수로 일하게 된다. 그의 삶이 비록 순탄하진 않았지만, 오히려 그로 인해 역경 속에서도 언제나 행복과 긍정적 사고를 잃지 않았던 철학자임이 분명해진다. 초기에 합리적 이성에 몰두했던 그는 이미지를 분할하는 과정에서 점차 물질의 이미지에 대한 사유로 전환한다. 그리하여 명증한 객관적 인식에서 물질의 상상력으로 옮겨 가게 되는 것이다.

가스통 바슐라르는 사물의 형태와 성질, 속성을 나눠 전자를 '형태적 이미지(image formelle)'로 후자를 '물질적 이미지(image materielle)'로 구분한다. 이 중 4원소인—물, 불, 공기, 흙—물질의 속성으로 '물질적 상상력'에 관한 저술을 발표하는데, 4원소에 대한 바슐라르의 저술은 『불의 정신분석(La psychanalyse du feu)』(1938), 『물과 꿈(L'eau et les rêves)』(1942), 『공기와 꿈(L'air et les songes)』(1943), 『대지와 휴식의 몽상(La terre et les rêveries du repos)』(1946), 『대지와 의지의 몽상(La terre et les rêveries de la volonté)』(1948) 5권이다. 이것은 4원소를 통해 고착되지 않은 사유를 하는 새로운 이미지 연구였고, 물질 상상력 연구자로서의 그의 업적이라고 할 수 있다.

바슐라르는 또한 4원소를 바탕으로 인간의 콤플렉스를 여러 각도로 분석해 내기에 이른다. 이를테면, 불에 관해서는 프로메테우스 콤플렉스(the Prometheus complex)와 엠페도클레스 콤플렉스(the Empedocles complex) 등이다. 전자는 인간에게 불을 전한 프로메테우스로부터 기원해 설명되며, 후자는 화산에 몸을 던진 엠페도클레스로부터 삶과 죽음 본능이 결합하는 콤플렉스가 제시된다. 그 밖에도 알코올로 존재의 타오름과 연소를 해명하는 호프만 콤플렉스(the Hoffman complex)가 불의 상상력에 속한다.

4원소 가운데 물은 특히 여성적인 의미로 드러나는데, 물은 탄생만이 아니라 죽음도 동시에 주관하는 특징을 보인다. 결국, 물은 모태의 양수와 같이 탄생 이전과 죽음마저 아우르는 표상으로 여겨진다. 그리고 흔히 나르시시즘(narcissism)으로 상기되는 맑은 물(샘물)은 그 속성을 자기반영성(자기애)을 내포한다. 포의 작품으로 어두운 물을 설명하는 바슐라르는, 생의 생성과 소멸 과정에서 탄생하는 에로스를 물의 물질적 상상력이 구축한다고 본다. "검은 고통"이라고까지 표현되는 물의 죽음 이미지는 상상적 힘의 결정체에 다름 아닌 것이다.

불과 물 못지않게 중요한 공기는 바슐라르에 의해 식물적 상상력으로 확장된다. 그는 '공기 나무(aerial tree)'를 가지고 자신의 철학을 설파하는데, 『공기와 꿈』에서는 '공기 나무'의 이미지를 통해 "마치 예민한 안테나('공기 나무(aerial tree)'의 'aerial'은 '안테나(antenna)'이기도 하다)처럼 평원에서의 극적인 삶"이라고 표현한다. 또한, 니체의 작품으로 직립해 있는 나무의 수직적 이미지를 설명하는 바슐라르는 거의 모든 사유를 인간의 입장에서가 아닌 식물의 상상력으로 전도시킨다. 릴케 역시 지상적인 것에서 공기적인 것으로 이동하는 축이

나무임을 잘 느끼고 있는 시인이라고 언급한다. 그러나 무엇보다 뛰어난 그의 통찰은 나무로 우주 발생론까지 뻗는 식물적 상상력이다. 이그드라실(우주목)로부터 끌어올려지는 것은 고정된 형태적 이미지가 아니라 운동의 상상력인 까닭에, "상상력 속에서 펼쳐지는 식물화"는 원초적인 식물의 힘으로 발생한다. 인간이 아닌 식물들이 "계절들을 낳고" 온 숲에 "미풍을 불러오고" "잎새들을 금빛으로 물들게 하는" 우주 발생적인 나무의 꿈을 형성한다.

마지막 대지적 이미지가 있다. 『대지 그리고 휴식의 몽상』에서 바슐라르는 '휴식', '은신처', '뿌리내리기'의 이미지로 솟구침과 역동성의 반대편에 있는 내밀성의 상상력을 체험하게 한다. 그는 이 이미지들이 동형구조는 아니지만 적어도 '등방성(等方性)'을 확인할 것이라며 휴식으로 이끄는 운동성을 제시한다. 집, 배(腹), 동굴 등으로 대표되는 이러한 이미지들은 한결같이 모성으로 회귀하고 있는 "절대적 무의식"의 소산이다. 그러한 까닭에 여기서 다뤄지는 이미지들은 밤과 지하 세계로 그려지는 심연의 세계가 된다.

뒤랑의 상징 체계

이미지와 상상력에 대한 개념은 바슐라르에서 질베르 뒤랑에게로 이어진다. 뒤랑은 '물질적 상상력(material-imagination)'의 사유를 인류학적인 구조에 의해 분류해 체계화한다. 뒤랑의 통찰을 빌리자면, "이미지가 구성하는 아날로공(analogon)은 자의적으로 선택된 언어적 기호가 아니라 언제나 내재적으로 동기 부여된 것으로, 언제나 상징"이다. 즉, 상상력은 인류학적인 지혜의 축적처럼 구조화된다는 것이다.

이처럼 바슐라르와 카를 융의 뒤를 이어 상상력 이론을 확립한 신화 상징 연구가인 질베르 뒤랑은 1921년에 출생한 프랑스 학자다. 그는 제2차 세계대전에 참전하여 레지스탕스 활동을 하고, 1959년에는 문학박사학위를 취득한 뒤 그르노블 대학 문화인류학, 사회학 교수를 지낸다. 1966년에는 사부아 대학에 상상계 연구 센터를 설립하였는데, 훗날 상상계 연구 센터는 프랑스 전역의 대학과 세계 50여 개 국가에 지부를 두는 국제적인 조직으로 발전한다.

그가 최초로 저술한 『상상계의 인류학적 구조들』은 신화비평의 이론적 기틀이 되며, 상상적인 이미지를 정확한 '체제(régimes)'와 '구조(structures)'로 분류하는 그의 상상력 체계는 보편적인 인류학의 설립이라는 평가를 받는다. 뒤랑은 상상계(l'imaginaire)를 두 체제로 분류해 하나는 낮 그리고 다른 하나는 밤의 체제로 구분한다. 낮의 체제는 길항 또는 대립 관계이며, 이에 반해 밤의 체제는 융합적이다. 둘로 나뉜 체제는 그보다 하위 차원인 셋의 구조 단위로 다시 분류된다. 이 분류는 베흐테레프가 정립한 인간의 반사학(réflexologie)에 근거해 이루어지는데, 이러한 몸짓은 '지배 반사(réflexe dominant)'로 밝혀진다. 여기에서 지배 반사란 다른 반사들을 억제하는 것을 일컫는다. 신생아들의 자세와 영양 섭취, 그리고 짝짓기에 관련한 인간과 동물의 지배 반사들을 바탕으로 뒤랑은 '원형(archétype)'과 '상징(symbol)'을 체계화하는 것이다.

그가 지배 반사를 토대로 구조화한 상상계의 세 가지는 '분열 형태 구조', '신비 구조', '종합 구조'로 불리며, 이 가운데 '분열 형태(schizomorphe) 구조'는 자세 지배 반사와 관련한 것으로 '왕홀(王笏)', '검'의 원형들로 분류된다. 분열되고 수직화된 원형적 구조는 분열이나 분할되는 대조가 중심으로 자리하며, 이것은 '영웅적(héroïque)' 구조로 통한다. 영웅은 운명에 저항(anti-destin)하는 인물의 표상이 된다. 두 번째 '신비 구조(mystique)'는 영양 섭취 지배 반사와 연관된다. 분열과는 반대로 동일시, 결합적, 내면적인 특징을 보인다. '잔(coupe)'과 내면적 깊이의 이미지들로 하강 또는 내면적인 표상을 도식화한다. 마지막 '종합(synthétique) 구조'는 짝짓기 지배 반사와 관련한다. 무한한 반복을 나타내는 '바퀴'나 '리듬' 도식이 여기에 속한다.

사유와 그 상징적 표현들의 화합은 마치 지속적인 교정 과정 혹은 영속적인 정제 과정처럼 보인다. 그러나 정제된 사유, 즉 "수천만 원짜리" 사유도 "서푼짜리" 이미지들 없이는 이루어질 수 없으며, 역으로 가장 혼돈스럽고 착란이 일 듯한 경우에도 이미지들의 찬란한 분출은 하나의 논리를 따라—그 논리가 아무리 빈약한 "서푼짜리"라 하더라도—이어진다. 상징은 기호학의 분야가 아니라 특수한 의미론의 영역에 속하며, 이를테면 인위적으로 주어진 하나의 의미 이상의 것을 소유하는 것으로서 울림의 본질적·자발적 힘을 보유하고 있다고 할 수 있다.

이 같은 상징의 정의에서 비롯되는 첫 번째 중요한 결과는 상징 체계가 모든 시청각적 기호 작용보다 시간적으로나 존재론적으로나 선행한다는 사실이다.

— 질베르 뒤랑, 『상상계의 인류학적 구조들』

뒤랑은 저서 『상상계의 인류학적 구조들』을 통해 자신이 무엇을 체계화할 것인지에 대해 밝히고 있다. 서론에 해당하는 위의 '서푼짜리 이미지론'은 궁극적으로 "시청각적 기호 작용"보다 선행하는 '상징'에 대한 존재론적인 의의이다. 인간의 상상력은 원형들로 인해 의미 체계를 갖추고 있으며, 이로 인해 상징 분류는 구성된다. 뒤랑이 언급하는 이미지의 중요성은 비록 '서푼짜리'라 하더라도 자의적 기호가 아닌 의미망으로서 중요하다는 것이며, "상상계의 인류학적 구조"란 오랜 시간을 거쳐 상상력이 끌어낸 이미지들이 집결된 의미로써 작용한다는 것이다.

잃어버린 원형적 공간과 여성적 이미지

여기에서는 1990년대부터 한국 문단에서 이미지를 중심으로 자신의 시 세계를 구축한 두 시인을 살펴보고자 한다. 그들의 초기작과 이후 작품의 연관성을 살펴보는 것은 미약하나마 시의 이미지를 강조하고 이와 연관된 상상력을 논의하기 위해서다. 여성적 원형이라고 알고 있는 몇 가지 이미지들이 어떠한 형태로 제시되었는지 살펴볼 것이다. 원형적 이미지가 갖는 근본적인 시적 동력을 두 남성 시인의 시 세계로 접근하기로 한다. 우선하여 살펴볼 이미지는 '물'이다.

초기부터 '물'은 그들의 시 세계에 있어 존재론적 언표로써 기능한다. 1966년 전북 정읍 출생인 박형준은 (바다와 가까운) 인천에서 성장한다. 이것은 우연히도 1965년생으로 태생지가 인천(덕적도)인 장석남과 공통되는 작가적 약력이다.

장석남이 대체로 사랑의 감정을 물 이미지에 투영한 데 비해, 박형준은 현재와 과거 또는 현실 공간과 이상 공간의 가교 역할을 물로 삼는다.

잃어버린 바다의 주소록이 한 방울 물방울로 맺혀 있습니다. 가슴의 환한 고동 외에는 들려줄 게 없는 식물의 노래, 식물의 별입니다. 물의 씨앗들이 잠든 물방울은 길 끝에서 만난 저녁의 무늬입니다. 솟구치는 자세로, 막 저녁의 깊고 기운 빛을 입고 날아가는 구름 형상을 한 식물과 만난 밤은 날갯짓도 고요합니다. 똑똑뚜뚜르르르 내부의 가장 깊은 곳 어둠을 쳐 비스듬히 올라온 가지 위로 또 다른 물방울 성좌가 운행합니다. 버리고 버립니다. 물을 찾아 내려오는 짐승들 맑고 찬 눈동자에 떠도는 빛, 떨리는 걸음 하나만 남겨 놓습니다. 어느새 사막의 모래 먼지 두터운 마음이 씻기고 씻겨 거기 참한 한 별로 떠오르고 있습니다. 오색 물속에 피는 꽃잎들 쫙 펴 음악 소리를 내줍니다. 저녁이 잘 비칩니다. 두 다리를 비틀리게 하는 그 음악 소리 자세히 들여다보면 딱딱하고 굳은 혀와 마른 등걸처럼 갈라진 세월 속에 솟구치는 무늬, 바로 내 버려진 어둔 날들의 황홀한 고동 소리입니다. 그러나 나는 물방울 속 깊이 감춘 그 시절 내 이름을 결코 찾지 않으렵니다. 부르지 않으렵니다. 창턱에 턱을 괸 수염이 꺼칠한 외로운 청년 하나, 먼 곳 집의 눈꺼풀인 커튼이 어른거리는 저녁, 모두 빛과 물의 씨앗들로 둥싯 부풀어 갑니다.

—박형준, 「물방울의 밑그림」 전문

시 「물방울의 밑그림」은 시인의 첫 시집 『나는 이제 소멸에 대해서 이야기하련다』(1994)에 실린 작품으로, 뒷날 「가슴의 환한 고동 외에는」[1]의 밑그림이 되는 모티브 격 전작이다. 비교적 길지 않은 분량

---

1 "가슴의 환한 고동 외에는 들려줄 게 없는/봄 저녁/나는 바람 냄새 나는 머리칼/거리를 질주하는 짐승/짐승 속에 살아 있는 영혼/그늘 속에서 피우는/회양목의 작은 노란 꽃망울이 얼마나 아름다운지/눈꺼풀에 올려논 지구가 물방울 속에서/내 발밑으로 꺼져 가는데/하루만 지나도 눈물 냄새는 얼마나 지독한지/우리는 무사했고 꿈속에서도 무사한 거리/질주하는/내 발밑으로 초록의 은밀한 추억들이/자꾸 꺼져 가는데". 「가슴의 환한 고동 외에는」(『생각날 때마다 울었다』) 전문.

으로 완성도 높은 서정성을 드리운 「가슴의 환한 고동 외에는」에 반해 산문시 형태로 긴 호흡을 보이는 작품이다. 시는 소멸의 함축적인 의미가 있는 '빛'과 어우러져 낭만적 색채로 가득 차 있다. 훗날 작품과는 이미지의 응축과 밀도 면에서 차이를 드러내지만, 박형준 시 세계의 특징인 "존재의 쓸쓸함과 비애"를 서정 언어로 주조해 낸 "사물에 대한 감각적 인식"은 초기부터 드러난다. 화려한 이미지 구사가 두드러지는 작품은 '물'이라는 원소가 변형체로써 작용함을 보여 준다. 이상 공간으로 화자를 이동시키는 것은 다름 아닌 '물'인 까닭이다. 거대하고 무한한 넓이와 깊이를 지닌 실체적인 바다와 "잃어버린 바다의 주소록"으로 감지되는 시간의 공간인 바다는 단 "한 방울 물방울"로 응집된다. 작품은 시종 탐미적 성향을 보이는데, 이것은 현실보다는 초기 시 세계를 지배하고 있는 심미성에 기인한다.

각 작품의 개별적 특징과는 별개로 작품의 연장선상에서 드러나는 원형적 이미지와 모티브의 동형성을 파악하는 것은 작품 해석을 풍요롭게 넓히는 일이 될 것이다. 그러한 이유로 「가슴의 환한 고동 외에는」을 통해 전작을 파악해 본다면, "거리를 질주하는 짐승"으로 그려지는 젊고 어린 날의 '영혼'이 「물방울의 밑그림」에는 이미 자리한다고 할 것이다. 요컨대, 두 작품은 공통으로 시인의 유년 세계에 근원하고 있으며, '물방울'을 통해 세계를 파악하는 미의식으로 심화하였다고 해석함이 합당할 것 같다.

"한 방울 물방울"은 "물의 씨앗들"이 잠들어 있는 물방울인 까닭에, 여러 생명체에게로 이동하며 궁극적으로 "물방울 속 깊이 감춘 그 시절"로 화한다. 지금은 "창턱에 턱을 괸 수염이 꺼칠한 외로운 청년"인 화자의 "빛과 물의 씨앗들"에 빚진 한 시절이 투명하게 드러난다. 그런데 작품에서 흥미로운 점은 시종 부드럽고 유동적인 물 이미지가 역동적으로 "솟구치는" 수직적 빛 이미지와 어우러져 있다는 것이다. 이같이 풍요로운 이미지를 동시에 내장하고 있던 초기 시는 점차 물/불의 이미지가 분명하게 대립·확산하는 양상을 띠게 된다.

생성, 발전, 진화보다는 소멸, 낡음, 씻김이라는 세계의 탈중심에 서 있는 박형준의 시 세계는 무엇보다 물 이미지가 갖는 특질을 바탕으로 형상화되기에, 투명 지향성을 가진다. 기억과 유년 세계의 하찮고 보잘것없는 것들을 소재로 삼아 역설적이게도 그는 아름다운 이상 공간을 그려 낸다. 이로써 파악되는 바는 물의 여성적 특질이 다양하게 다뤄질 수 있는 가능성이다.

> 버드나무 가지에 매달려
> 오늘 밤 흰 달로 오시네
>
> 물가에 둥근 돌
> 빨래가 쌓였던 곳,
> 돌덩어리 가슴에 박혀 울던 사람들
> 물결에 씻겨 가네
>
> 물살 아래
> 누워 있네
>
> 처녀들 모두 떠나가고
> 얼음 구멍에 손을 넣고
> 어머니 빨래를 끄집어내시네
> 죽은 처녀들 끄집어내시네

물에 잠겨 있는 어머니

오늘 밤 흰 달로 오시네

—박형준, 「冬母冬月」 전문

「冬母冬月」은 『물속까지 잎사귀가 피어 있다』(2002)에 실린 작품으로 그의 초기작에서 보였던 물 이미지가 변주된 양상을 살펴보는 데 유효하다. 작품은 동네 여자들의 빨래터로 유추되는 언 "물가"에서 "흰 달"로 오시는 '어머니'를 간결한 필치로 이미지화한다. '물'과 '달'은 일찍이 모성적 어머니(처녀들)의 표상이었기에 한겨울 빨래터를 중심으로 인고와 정한의 삶으로만 보는 것은 범박한 해석일 터이고, 4연의 '어머니'와 "죽은 처녀들"에 의문을 가져 보는 것이 시의 의미를 확장하는 데 도움이 될 듯싶다.

4연의 "죽은 처녀들"은 떠나간 처녀들이며, 이들은 2연에 언급되는 "돌덩어리 가슴에 박혀 울던 사람들"의 한 축을 이룬다. 즉, 어떤 연유에서인지는 명확히 제시되지 않으나, 이 시에서 '물'은 비춤이라는 반영성보다는 수심적 깊이를 드리우고 있다. 또한 어떤 여인과 처녀로 국한하지 않는 작품적 배경과 서사는 대모신(Great Mother)의 이미지, 요컨대, 만물을 주관하는 어머니를 끌어낸다. 성경 「창세기」부터 물의 상징은 죽음과 부활(재생)을 동시에 의미했고, 인간 의식의 심층을 지배하는 원형으로 자리 잡았다. 그러한즉, "물살 아래/누워" 있는 죽은 이들(처녀들)은 "물에 잠겨 있는"(물을 주관하는) 신모 격인 어머니에 의해 건져 올려질 수 있는 것이다. 결국 작품에서 '물'은 죽음과 삶(재생)이 모두 이뤄지는 곳이며, 물속으로 침잠한 죽음의 상태는 삶을 잉태(재생)하는 자궁으로 돌아간 것에 다름 아니다.

이처럼 '물'을 통해 삶과 죽음이 종합되는 형태는 그의 다른 작품에서도 발견된다.

    풀잎이 무성한 강기슭에 서서 한 여인을 바라보았습니다. 죽은 사람을 강물에 떠내려 보내기 위해 물단지의 물을 시체에 뿌리는 여인을. 그녀는 해가 저물 때까지 물단지에 강물을 가득 채웠다가 다시 허공에 따라 보냅니다. 나는 불볕더위 속에서 사람의 손이 틀 수 있다는 것을 알았습니다. 여인의 손에 서리가 내려앉아 있는 것 같았습니다. 그건 서리가 아닌지 모르겠습니다. 너무 엄숙해서 허공에서 물 따르는 소리가 순백의 한(恨)으로 그녀의 손에 맺혔는지 모르겠습니다. 단지 나는 말은 아예 존재하지도 않는 곡소리가 이 세상에 있다는 것을 처음 알았습니다. 울음도 없는, 풀잎이 무성한 강기슭에서 끝날 것 같지 않은 물 따르는 소리를 들었습니다. 여인이 물단지의 물을 허공에 바쳤다가 따라 내면 강물은 천상의 음료에 취해 갔습니다. 강물은 시체를 품고 붉은빛으로 일렁이기 시작했습니다. 이윽고 누군가 시체에 불을 붙였습니다. 진물의 눈동자에서 불꽃이 녹아 한 줄기 흘러내렸고 닫혀 있던 시체가 꽃봉오리를 활짝 열었습니다. 강물이 꽃불을 긷고 먼 바다를 향해 떠나갔습니다. 강물 저 너머, 우리는 불탄 집으로 다시 돌아가야 하는지 모르겠습니다. 수평선에서 잿더미들이 쌓이고 다시 불씨들이 허공에서 치솟는 그 불탄 집으로 돌아가 시체는 다시 태어나는지 모르겠습니다. 강물에 번지는 황혼에도, 반짝이는 물단지의 물이 섞여 흘러가는 소리가 들립니다. 여인은 강물 속에서 영원한 화음이 된 것 같습니다.

—「불탄 집」 전문

노스럽 프라이에 따르면, 시는 "주기적 과정(cyclical process)으로서의 자연을 모방하며", 시의 리듬도 "자연의 반복된 과정을 모방함"으로써 이뤄진다. 그러한 까닭에 원형은 "전달이 가능한 상징"으로 작용하며, 여기서는 '물'의 원형성이 강조된다고 하겠다. 앞서 살핀 「冬母冬月」이 실린 『물속까지 잎사귀가 피어 있다』(2002)와 십 년 이상의 시차를 둔 『불탄 집』(2013)을 살핌으로써 우리는 시인이 얼마나 물 이미지에 매혹되어 있었는가를 알 수 있게 된다.

「불탄 집」은 「冬母冬月」에서 보여 준 신성한 여인이라는 상징적 어머니의 변용이라 할 것이다. 『불탄 집』의 후기("어머니는 '불탄 집'이다. 어머니는 평생 심화(心火)를 가슴에 안고 사셨다. 이제 그 집은 불타 사라졌지만, 그 심화는 쉽사리 지워지지 않는다. (중략) 이제는 어머니와 나의 심화만이 아니라 인간의 모든 심화가 승화된 불로 세상을 환하게 비추는 시를 쓰고 싶다. 영원히 잃어버릴 것 같은 망각의 변방에서 승승장구 돌아올 밝은 시를 쓰는 것은 언제나 나의 꿈이었다.")를 통해서도 파악되는, 시인의 어머니에 대한 애정 어린 헌사를 차치하더라도, "불탄 집"은 어머니의 상징이 드리운 작품으로 볼 수 있다. 인류의 무의식을 통해 원형으로 자리한 대모신에 대한 사려 깊은 설명이 아닐 수 없다.

'불'과 '물'이라는 대립적 요소는 불의 수직성과 물의 수평성이 융합되고 수용되면서 『불탄 집』 전편에 신성한 제의적 생애를 담아낸다. 인도 갠지스강에서 행해지는 화장 풍습은 「불탄 집」 문면에 드러나는 정황이지만, 시의 정황을 넘어 그보다 중요한 것은 삶과 죽음을 주관하는 이미지들이다. 한(恨)의 색채인 "순백"과 시체를 품은 황혼의 "붉은빛"은 강물 속에서 익숙한 수사의 색채가 아닌 비가 시적인 소리로 옮겨 가면서 청각적 요소를 가시화한다. 궁극적으로 생과 사를 영원한 화음처럼 하나로 융합시키는 '불'과 '물'의 이미지들은 순환론적 사고와 우주관이 투영된 것이며, 이것은 「冬母冬月」에서와같이 죽음과 재생이 강물로 공존하는 우주적 상태, 즉 제의와 정화라는 존재론적 깊이에 다름 아닐 것이다.

박형준과 함께 살펴볼 또 한 명의 시인이 있다. 그 역시도 초기부터 줄곧 물 이미지의 양태가 두드러졌던 시인으로, 한국시사에서 신서정의 대표 시인인 장석남이다. 1987년 시 「맨발로 걷기」로 등단한 그는, 덕적도라는 고향 때문인지 초기부터 물에 경도된 모습을 드러낸다. 순도 높은 서정의 경지를 보여 준 장석남에게 있어 특히 '물'은 그의 고향이고, 사랑의 장소이며, 나아가 사랑 자체이다.

> 내가 반 웃고
> 당신이 반 웃고
> 아기 낳으면
> 돌멩이 같은 아기 낳으면
> 그 돌멩이 꽃처럼 피어
> 깊고 아득히 골짜기로 올라가리라
> 아무도 그곳까지 이르진 못하리라
> 가끔 시냇물에 붉은 꽃이 섞여 내려
> 마을을 환히 적시리라
> 사람들, 한잠도 자지 못하리
>
> ―「그리운 시냇가」 전문

장석남의 첫 시집 『새 떼들에게로의 망명』(1991)에 실린 「그리운 시냇가」는 유토피아적인 상징적 공간으로 시냇가를 상정한다. 수직적 공간 사이에 자리한 "골짜기"에서 연원하여 "시냇물"에 섞여 마

을로 내려오는 '당신'과 '나'의 사랑은 이처럼 인간 본연의 행위임에
도 "아무도 그곳까지 이르진 못하"는, 다시 말해 감히 누구도 범접하
지 못하는 신성한 영역의 일로 변화된다. 이 밖의 시에서도 시인의
편애 된 이미지인 '물'이 은유적 또는 수사적 차원으로만 자리한 것
이 아님은 파악된다. 물은 감각의 에로화를 두드러지게 드러내는데
가령, 『왼쪽 가슴 아래께에 온 통증』(2001)에 실린 세 편의 시들이 여
기에 속한다. 화자가 느끼는 사랑은 세상 만물로 옮겨 가며, 그 원심
력을 드러낸다.

아무 소리도 없이 말도 없이
등 뒤로 털썩
밧줄이 날아와 나는
뛰어가 밧줄을 잡아다 배를 맨다
아주 천천히 그리고 조용히
배는 멀리서부터 닿는다

사랑은,
호젓한 부둣가에 우연히,
별 그럴 일도 없으면서 넋 놓고 앉았다가
배가 들어와
던져지는 밧줄을 받는 것
그래서 어찌할 수 없이
배를 매게 되는 것

잔잔한 바닷물 위에

구름과 빛과 시간과 함께

떠 있는 배

배를 매면 구름과 빛과 시간이 함께

매어진다는 것도 처음 알았다

사랑이란 그런 것을 처음 아는 것

빛 가운데 배는 울렁이며

온종일을 떠 있다

　　　　　　　　　　　　　　　　—「배를 매며」 전문

　「배를 매며」(「마당에 배를 매다」, 「배를 밀며」, 「배를 매며」 이렇게 나란히 실린 세 편의 시들은 3부작으로 읽어야 할 것이다)[2]는 장석남의 물 이미지가 잠언과 만나 얼마나 아름답고 유연하게 사랑에 그물을 드리우는지 일깨워 준다. '배(舟)'라는 시적 상관물로 당기고 다시 내 밖으로 밀어내

---

2 "배를 민다/배를 밀어 보는 것은 아주 드문 경험/희번덕이는 잔잔한 가을 바닷물 위에/배를 밀어 넣고는/온몸이 아주 추락하지 않을 순간의 한 허공에서/밀던 힘을 한껏 더해 밀어 주고는/아슬아슬히 배에서 떨어진 손, 순간 환해진 손을/허공으로부터 거둔다//사랑은 참 부드럽게도 떠나지/뵈지도 않는 길을 부드럽게도/배를 한껏 세게 밀어내듯이 슬픔도/그렇게 밀어내는 것이지//배가 나가고 남은 빈 물 위의 흉터/잠시 머물다 가라앉고//그런데 오, 내 안으로 들어오는 배여/아무 소리 없이 밀려 들어 오는 배여"(「배를 밀며」 전문). "마당에/綠陰 가득한/배를 매다//마당 밖으로 나가는 징검다리/끝에/몇 포기 저녁별/연필 깎는 소리처럼/떠서//이 世上에 온 모든 生들/측은히 내려보는 그 노래를/마당가의 풀들과 나와는 지금/가슴속에 쌓고 있는가//밧줄 당겼다 놓았다 하는/영혼, 혹은,/갈증//배를 풀어/쏟아지는 푸른 눈발 속을 떠갈 날이/곧 오리라//오, 사랑해야 하리/이 세상의 모든 뒷모습들/뒷모습들"(「마당에 배를 매다」 전문).

는 행위, 다시 말해 마음의 움직임을 시인은 물의 수평성 위에서 진행한다. 소재와 주제의 동일성은 3부작의 시편들을 관통하고 있으며, 시인이 시행을 유기적으로 엮는 모습도 발견하게 된다. 「배를 밀며」의 마지막 행인 "아무 소리 없이 밀려들어 오는 배여"는 그러한 지속성으로서 "아무 소리도 없이 말도 없이" 밧줄을 끌고 「배를 매며」의 첫 행으로 자리한다. 일관되게 온화한 화법으로 이미지와 어우러지는 시편들은 사랑에 대한 탐구이자 사랑의 발견이다. 사랑에 대한 시인의 태도는 조금의 강요나 인위를 동반하지 않는다. 배를 매는 행위도 그저 "넋 놓고 앉았다가" 배가 들어오게 되자 "밧줄을 받는" 정도다. 요컨대, 그가 생각하는 사랑은, "우연히" 일어나는 행위일 따름이다. 그리하여 시간까지도 매어지는 것이 비로소 사랑임을 그는 물에 띄운 배로 보여 준다.

밀고 매는 행위는 물 위의 '배'를 통해 이뤄지는 것이기에 시에서는 줄곧 수평적 장소가 출발이 된다. 「배를 매며」와 「배를 밀며」를 지탱하는 이러한 수평성은 「마당에 배를 매다」에 와서 '마당'이라는 보다 구체화한 장소로 말미암아 하향의 구조로 확장된다. '물'에 의한 하향 이미지는 '불'이라는 상승과는 대비되는 것으로 시에서도 대응적인 이미지로 뚜렷이 드러난다. 뒤랑의 상상계 구조에 의하면, 수평적 하강의 상상력은 요나 콤플렉스에 속하며, 이는 삼키고 삼켜지는 능동과 수동태 둘 다를 아우른다. 하향 이미지는 동굴, 바다, 용기, 물고기, 배, 조개껍데기, 모자, 자궁, 물 등 내부로 느껴지는 모성성의 은유적 이미지들이다.

'녹음'의 은유로 읽히는 "綠陰 가득한/배"는 마당에 매여 있고, "마당 밖"에서는 "저녁별"이 "연필 깎는 소리처럼" 떠서, 지상으로 내려온다. 아름다운 정경을 지탱하는 것은 화자의 고정된 시점이 아니기에, 배를 매던 "밧줄"은 "영혼"에 의해 당겼다 놓인다. 그리고 더운 계절의 "綠陰"은 최종적으로 추운 계절의 "푸른 눈발"로 변화된다. 결국 이 작품의 매력은 수평이 아닌 수직적 깊이로 하향하는 배, 공감각적으로 드러나는 시간의 변화, 그리고 "연필 깎는 소리처럼" 뜬 저녁별과 "가슴속에 쌓고 있는" 노래와 "쏟아지는 푸른 눈발"로 유추되는 화자가 가야 할 쉽지 않은 (시인의) 길을 그려 냄에 있다고 하겠다. 아마도 이 길은 사랑의 길이자, 적극성을 띠며 "이 세상의 모든 뒷모습들"을 "사랑해야 하"는 작가의 길일 것이다. 시에서 말하는 사랑이란 결론적으로 무엇인가. 이에 대해 시인은 현답을 제시하는 걸로 마무리한다. 사랑일 따름이다.

사랑, 그 이름으로

'물'은 그 원소적 속성과 원형적 함의를 갖고 생성과 소멸 모두를 수용한다. 물의 내밀함은 물의 반영에서뿐만 아니라, 물의 깊이 차원으로 조응하며 작품의 의미를 확장한다. 뒤랑은 "다양한 매체를 동원한 이미지" 배포의 위험성에 대해 경고한 바 있다. 그것은 "정보의 자유"가 이제는 오히려 "정보 차단의 자유"로 대체되는 현실을 문제 삼은 것이리라. '인간'과 '영혼'이라는 무한한 깊이를 이미지에 담아내고자 하는 상상력은 허구와 가상으로 치부되고, 이와는 반대로 신자유주의 시대 자본을 위한 이미지만 추동되고 살아남는 오늘날이다. 이 같은 문제를 예견하고 회복하고자 애썼던 철학자들은 폭넓은 인간의 이해를 위해서 이미지와 상징에 관심을 기울였다.

이른바 문학은 한 차원으로 분류되는 것이 아니므로, 존재론적 깊이에 닿아 있는 상상적 계보로 인해 한층 풍요로워진다고 할 수 있겠다. 그리고 너무나 당연하게도 문학에 내재하고 추구되어야 하는 것은 획일화로 치닫는 상품적 가치가 아닌, 문학의 이미지여야 마땅하다. 또 재삼 부언컨대, 인간, 영혼, 사랑이 남아 있지 않다면 오늘날 문학의 거처를 그 어디에 마련하겠는가.

참고 문헌

박형준, 『나는 이제 소멸에 대해서 이야기하련다』, 문학과지성사, 1994.
──, 『물속까지 잎사귀가 피어 있다』, 창비, 2002.
──, 『생각날 때마다 울었다』, 문학과지성사, 2011.
──, 『불탄 집』, 천년의시작, 2013.
장석남, 『새 떼들에게로의 망명』, 문학과지성사, 1991.
──, 『왼쪽 가슴 아래께에 온 통증』, 창비, 2001.
가스통 바슐라르, 『물과 꿈』, 이가림 역, 문예출판사, 1980. 이외 바슐라르 저작물.
노드롭 프라이, 『비평의 해부』, 임철규 역, 한길사, 1982.
진중권, 『진중권의 현대미학 강의─숭고와 시뮬라크르의 이중주』, 아트북스, 2003.
질베르 뒤랑, 『상상력의 과학과 철학』, 진형준 역, 살림, 1997.
──, 『상상계의 인류학적 구조들』, 진형준 역, 문학동네, 2007.
플라톤, 『향연』, 강철웅 역, 이제이북스, 2010.

잔존하는 이미지
—재현을 둘러싼 작품들

새벽의 검은 우유 우리는 마신다 저녁에

우리는 마신다 점심에 또 아침에 우리는 마신다 밤에

우리는 마신다 또 마신다

우리는 공중에 무덤을 판다 거기서는 비좁지 않게 눕는다

한 남자가 집 안에 살고 있다 그는 뱀을 가지고 논다 그는 쓴다

그는 쓴다 어두워지면 독일로 너의 금빛 머리카락 마르가레테

그는 그걸 쓰고는 집 밖으로 나오고 별들이 번득인다 그가 휘파람으
로 자기 사냥개들을 불러낸다

그가 휘파람으로 자기 유대인들을 불러낸다 땅에 무덤 하나를 파게
한다

그가 우리들에게 명령한다 이제 무도곡을 연주하라

새벽의 검은 우유 우리는 너를 마신다 밤에

우리는 너를 마신다 아침에 또 점심에 우리는 너를 마신다 저녁에

우리는 마신다 또 마신다

한 남자가 집 안에 살고 있다 그는 뱀을 가지고 논다 그는 쓴다

그는 쓴다 어두워지면 독일로 너의 금빛 머리카락 마르가레테

너의 재가 된 머리카락 줄라미트 우리는 공중에 무덤을 판다 공중에
선 비좁지 않게 눕는다

그가 외친다 더욱 깊이 땅 나라로 파 들어가라 너희들 너희 다른 사
람들은 노래하고 연주하라

그가 허리춤의 권총을 잡는다 그가 총을 휘두른다 그의 눈은 파랗다

더 깊이 삽을 박아라 너희들 다른 사람들은 계속 무도곡을 연주하라

새벽의 검은 우유 우리는 너를 마신다 밤에

우리는 너를 마신다 낮에 또 아침에 우리는 너를 마신다 저녁에

우리는 마신다 또 마신다

한 남자가 집 안에 살고 있다 너의 금빛 머리카락 마르가레테

너의 재가 된 머리카락 줄라미트 그는 뱀을 가지고 논다

그가 외친다 더 달콤하게 죽음을 연주하라 죽음은 독일에서 온 명인

그가 외친다 더 어둡게 바이올린을 켜라 그러면 너희는 연기가 되어
공중으로 오른다

그러면 너희는 구름 속에 무덤을 가진다 거기서는 비좁지 않게 눕는다

새벽의 검은 우유 우리는 너를 마신다 밤에

우리는 마신다 너를 점심에 죽음은 독일에서 온 명인

우리는 마신다 너를 저녁에 또 아침에 우리는 마신다 또 마신다

죽음은 독일에서 온 명인 그의 눈은 파랗다

그는 너를 맞힌다 납 총알로 그는 너를 맞힌다 정확하다

한 남자가 집 안에 살고 있다 너의 금빛 머리카락 마르가레테

그는 우리를 향해 자신의 사냥개들을 몰아 댄다 그는 우리에게 공중

의 무덤 하나를 선사한다

그는 뱀들을 가지고 논다 또 꿈꾼다 죽음은 독일에서 온 명인

너의 금빛 머리카락 마르가레테

너의 재가 된 머리카락 줄라미트

—파울 첼란, 「죽음의 푸가(Todesfuge)」 전문

예술의 기원과 미메시스

오늘날 현대를 사는 우리가 인식하는 예술이란 무엇일까. 다시 첨
언하자면 복제 이미지가 만연해 있는 가운데 예술적 숭고를 가늠해
보는 것이 의미가 있는가, 하는 질문이다. 이는 어느새 재현이라는
현실의 반영적 의미가 고루하고 진부한 문제로 치부되는 현실에 관
한 물음이자, 그런데도 예술이란, 식으로 예술적 자기 항변을 하고
자 함이다. 예술의 의미란 오늘날 과연 무엇이란 말인가.

예술의 어원적 의미부터 거슬러 가자면, 우리는 어느새 '미메시스
(mimesis)'에 도달하게 된다. 아리스토텔레스의『시학(Poetics)』에서부
터 정립된 '미메시스'는 포이에티케, 다시 말해 만드는 기술에서 모
방을 일컫는 말이었다. 즉, 우리가 알고 있는 아리스토텔레스의『시
학』은 "제작의 기술"에 대해 쓴 저작이었다. 고대 그리스 때부터 "수
단, 대상, 방법을 선택하는 활동"을 위해 필요한 지식은 '테크네(art,
craft)'였고, 이러한 기술적인 글쓰기의 방법을 다룬 책이『시학』이었

다. 그런데 『시학』에서 다루는 '포이에티케'는 문학작품 가운데에서 도 서정시가 아니라 "서사시와 비극과 희극"에 관한 포이에티케였 다. 그러니까, 서사시, 비극, 희극의 창작을 위한 글이었다. 그리고 이러한 미메시스는 플라톤과 아리스토텔레스에 의해 차별화되어 나 타났던 개념이었다.

플라톤에 따르면 이데아는 모든 사물의 본질이 된다. 그리고 현상 세계는 이데아의 그림자에 불과하다. 이러한 이데아론은 플라톤이 제시한 형이상학론으로 예술의 개념에도 적용되었다. 플라톤의 이 데아론에서 제시하는 본질적인 것 이외의 자연 현상세계는 바로 이 이데아의 미메시스이기 때문이다. 그런데, 앞서 언급한 것처럼 미메 시스는 모방의 의미이므로 예술가는 이데아를 모방한 현상세계를 또 한 번 모방하는 사람들이 된다. 그러한즉, 플라톤에게 있어 예술 가는 본질적인 이데아를 모방한 현상세계를 다시 모방해 본질에서 점점 더 멀어지게 만드는 사람들이다. 그리하여 본질이 아닌 그림 자, 현상세계를 모방해 시뮬라크르라는 모방한 작품을 만들어 내기 에 공화국에서 추방되어야만 하는 불순한 존재들이 바로 시인이며, 급기야 시인 추방론이 나오게 된다(『국가』).

그런데 이러한 이데아론에 입각한 플라톤의 미메시스에 대해 아 리스토텔레스는 다른 생각을 하고 있었다. 그가 인식하는 미메시스 란 보편적인 지식을 통해 (보편적이거나 이상적인) 보편적 법칙(he universal or the ideal)을 구하는 인간의 행위였다. 그리하여 예술가들이 현실을 모방한 예술을 통해 이데아로부터 점점 멀어지게 한다는 플 라톤과 달리, 아리스토텔레스는 예술가들이 모방을 통해 보편적 현 실을 그려 낸다고 보았다.

세계의 모방에 관한, 인식론적 방법인 미메시스는 이처럼 고대철학자들에 의해 다르게 사유가 되었던 개념이었다. 그러나 미메시스는 이러한 혼돈된 정의에도 불구하고 "고대 그리스와 로마 문명이 이슬람 문화와 함께 유럽에 전파"되면서 "유럽의 고전주의 예술"에 지대한 영향을 끼치게 된다. "고전주의적 관점에서 '자연'은 '보편적 현실'이었으며, 그것은 감각적인 현상세계 너머에 존재하는 이상화된 패러다임인 동시에 일종의 초월적인 존재"였다. 그러므로 '자연'은 인간 본성처럼 숭상되었다. 예술은 18세기 낭만주의 예술로 치달아서는 현실의 모방보다는 '상상(imagination)'과 관련한 개념으로 나아간다. 즉 "천재, 취미, 상상력, 감정 같은 예술가 개인의 특성으로 미를 주관적으로 이해"하기에 이르고, 이러한 예술의 자율성은 '예술을 위한 예술'이라는 기치를 달고 19세기 말부터 20세기의 모더니즘 예술로 확대된다.

또한 20세기 예술은 이전 시대의 모방이라는 예술의 범주와는 다른 전개를 뚜렷이 드러내게 된다. 주지하다시피, 현실을 모방한 '재현(representation)'이 아닌 '현시(presentation)'와 '비재현적 모방(non-representation mimesis)'이 심화하는 것이다. 일명 '시뮬라크르'가 예술의 '숭고'에 대항적인 개념으로 더욱 뚜렷해지면서, 숭고와 아우라가 붕괴하는 지점이 눈에 띄게 전개된다. 이미지는 이처럼, 예술의 역사와 직접적으로 맞닿아 있는 문제였고, 계속해서 진행되는 논쟁적 개념에 속한 사항이었다. 그렇다고 하면, 시대에 한사코 저항하면서도 지속해서 역사에 연루되는 이미지는 이제 어디로 가고 있는 것인가.

고흐 구두로부터 시작된 논쟁

예술작품은 예술의 고유한 형태, 즉 가상을 통하지 않고는 달리 사상 내용을 가질 수 없다. 이 때문에 미학의 중심 과제는 가상의 구제인 것이다.

—아도르노, 『미학이론』

우리는 역사의 파국을 바라볼 때면, "아우슈비츠 이후에 서정시를 쓰는 것은 야만이다"라는 테오도르 아도르노의 발언을 떠올린다. 그러나 또 한 번 다시금 수정된 아우슈비츠 이후 서정시에 대한 문장을 떠올리게 된다. 요컨대, "아우슈비츠 이후 서정시는 불가능하다. 아우슈비츠를 바탕으로 한 것이 아니라면"이라는 조건절을. 역사의 파국 때마다 상기되는 이 문장들을 우리는 뇌리에서 떨쳐 버리지 못한다.

아도르노는 도구적인 측면으로 전개된 서구 이성주의 문명의 참담함을 개탄하며, 그러한 이유로 현대 예술은 "'아름다운 가상'이기를 포기"했다고 주장한다. 그는 미학의 중심 과제로 '가상의 구제'를 주장하게 되는데, 이것은 아도르노가 현실 문제를 타개하는 부정성을 중점화하기 위해 현실 모방적인 측면을 중요시하는 데에서 비롯된 것이라 할 수 있다. 그러한즉, 당연히 이 가상의 구제는 미메시스로부터 출발한다.

이제 그림 한 장으로부터 시작되는 철학자들의 논쟁, 다시 언급해 하이데거-샤피로-데리다에 이르는 각각의 회화론을 살펴볼 것이다. 살펴보려는 까닭은 바로 이것이다. 미메시스로부터 불거진 재현적 문제이다.

마르틴 하이데거는 고흐의 한 켤레 구두 작품(반 고흐, 「한 켤레의 구두」(1886))으로부터 자신의 회화론을 제시한다. 허름하고 낡은 끈이 달린 구두는 한 미학자의 해석을 통해 새로운 존재론적 층위로 부상하는데, 이는 사물이라는 구두가 아닌 사물 존재를 설명하기 위함이었다.

닳아 빠져나온 신발 도구의 안쪽 어두운 틈새로부터 노동을 하는 발걸음의 힘겨움이 굳어 있다. 신발 도구의 옹골찬 무게 속에는, 거친 바람이 부는 가운데 한결같은 모양으로 계속해서 뻗어 있는 밭고랑 사이를 통과해 나아가는 느릿느릿한 걸음걸이의 끈질김이 차곡차곡 채워져 있다. 가죽 표면에는 땅의 축축함과 풍족함이 어려 있다. 해가 저물어 감에 따라 들길의 정적감이 신발 밑창 아래에 밟혀 들어간다. 대지의 침묵하는 부름, 무르익은 곡식을 대지가 조용히 선사함 그리고 겨울 들판의 황량한 휴경지에서의 대지의 설명할 수 없는 거절이 신발 도구 속에서 울리고 있다. 빵을 안전하게 확보하는 데에 대한 불평 없는 근심, 궁핍을 다시 넘어선 데에 대한 말없는 기쁨, 출산이 임박함에 따른 초조함 그리고 죽음의 위협 속에서의 전율이 이러한 신발 도구를 통해 스며들어 있다. 대지에 이러한 도구가 귀속해 있고 농촌 아낙네의 세계 안에 이 도구가 보호되어 있다.

—마르틴 하이데거, 「예술작품의 근원」(『하이데거의 예술철학』)

하이데거는 낡은 구두 한 켤레에서 시적 묘사를 넘어서는 핍진함을 그려 내고 있다. 그가 묘파해 내는 구두는 이미 사물 구두를 넘어 농촌 아낙네의 신산하고 고생스러운 삶을 투사하기에 이른다. "노동을 하는 발걸음의 힘겨움"은 신발 도구의 쓰임을 "느릿느릿한 걸음걸이의 끈질김"으로 채워 놓으며, 신발 도구의 가죽 표면을 "땅의 축축함과 풍족함"으로 덮는다. 신발은 이제 들길에서 "대지의 침묵하는 부름"으로 넘어간다. 고흐의 구두는 이처럼 농촌 아낙네의 구두로, 그리고 대지로, 나아가 인간 존재의 영역으로 확장된다. 이것은 하이데거가 고흐 구두 그림 속에는 존재자의 진리가 은폐되어 있다고 보는 데에서 연유한다. 그런데 여기서 짚고 넘어가야 할 것은, 언급되는 구두의 모방은 구두의 재현적 의미는 아니라는 것이다. 그렇기에 구두 그림에서 우리가 알 수 있는 것은 미학에서 일컫는 재현적 진리는 아니다. 여기서는 '현시(現示)'되고, '개시(開示)'되는 존재자의 진리(알레테이아)이다. 다분히 민족적인 '대지'의 개념을 가져와 전개하는 하이데거의 구두는 그렇다면 현시의 진리로서 이해됨이 타당한가, 할 때 당시 철학자들이 느끼기에 그렇지만은 않았던 모양이다.

반론은 미술사학자 마이어 샤피로에 의해 불거져 나온다. 그에 따르면, 고흐의 구두 그림은 농촌 아낙네의 구두가 아니라, 그 무렵 도시 생활하던 고흐(예술가) 자신의 구두라는 것이다. 그러한 제작 연대에 연원한 이유로 인하여, 구두 그림에 농촌의 대지적 의미를 투영한 하이데거는 아예 그림에 무지한 사람이 되어 버린다. 제작 연대로 추정된 구두는 다름 아닌 고흐의 구두이고, 또 그것은 농촌이 아니라 도시를 활보한 도시 구두가 된다. 사실적 추론에 바탕을 둔 이러한 바가 맞다고 한다면 하이데거의 위와 같은 구두의 해석, 대지와 농민에 관한 글은 모두 허황하고 우스운 글로 전락하게 된다. 그런데, 여기서 중요한 점은 시골 혹은 도시의 구두냐 또 농촌 아낙네 혹은 고흐의 구두냐가 아니다. 하이데거가 주장하는 핵심적 내용은 고흐의 구두 그림으로 예술의 본질을 말하고자 함이기 때문이다. 전통적 개념과 달리, '미'가 아닌 '진리'가 예술의 본질이라고 주장하는 그는 구두가 도구 기능을 다 하는 사물로 아낙네의 일상이 구두라는 도구의 진리를 통해 화폭에 재현된 것으로 파악한다. 그러므로, 하이데거의 회화론은 사물에 대한 전통적인 규정이 아니라, 사물 개념인 도구가 중요시된다고 하겠다. 물론 이때의 사물은 당연히 도구적 사물이다. 즉, 고흐의 구두는 재현된 회화이지만, 여기서 재현된 구두는 사물 구두가 아니라, '도구로서의 구두'를 뜻한다고 하겠다. 그러하기에 샤피로가 고흐의 구두를 1886년 파리의 구두라는 연대적 사실을 들어 하이데거를 몰아붙인 일은 얼핏 들어 타당한 사항 같아 보이지만 정작 하이데거가 말하고자 한 바를 잘못 이해하고 있는 문제라고 할 수 있다. 하이데거는 미술사가의 의도로 말한 것이 아니라, 반 고흐의 구두를 빌어 예술의 미학론을 전개한 것이기 때문이다. 그래서 도구의 본질을 피력하는 하이데거는 샤피로와는 다른 관점의 문제로 고흐의 구두를 바라본 것일 뿐이다.

이제 고흐의 구두로부터 파생된 또 다른 회화론을 살펴보기로 한다.

하이데거의 『예술작품의 근원』에 의하면, 대지의 본질적인 특성은 '고향'에서 찾아진다. 그는 "이 세계를 대지 위에 되돌려 세움으로써 비로소 대지를 모든 것의 고향과도 같은 근거(der heimatliche Grund)로 드러낸다"라며 대지적 열망을 구현한다. 결국 그가 대지를 언급하는 것은 '고향의 근거'를 되돌려 세우고자 함이며, 이것은 '대지'라는 '민족' 개념을 드러내고자 하는 근본 의도에 있다. 즉, 그가 말하는 대지는 민족의 대지에 값한다. 미술사가 샤피로는 이러한 '민족의 대지'에 근거해 회화론을 펼치며 진리 개념을 설명하는 하이데거가 다분히 의도로만 회화를 파악한다고 보았을 것이다. 그리하여 이둘의 논쟁에서 불거지는 사항과 미학적 공백을 메우고자 자크 데리다는 이제 이 둘의 회화론을 논박하기에 이른다.

이 모든 구두들—그는 (구두를) 정말 많이 그렸는데 이러한 거침없
는 노력의 독특한 의의를 한마디로 못 박을 수 있는 문구가 없다면, 하
이데거는 도대체 무엇을 한 것일까?—은 귀속될 수 없는 선물로 남아
있을 뿐이다. 유령이 귀속될 수 있을까? 아무개의 구두라고 말하는 것
이 불가능하다면 누구누구의 유령이라고 말할 수는 있을까? (중략) 구
두들은 항상 타자의 무의식에 열려 있다. 다른 논제 혹은 다른 존재의
논제에 의해 찢겨져 나올 뿐이다.

—자크 데리다, 『회화 속의 진리』

자크 데리다는 『회화 속의 진리』에서 고흐 구두의 그림에 다음과
같은 의문을 제시한다. 그림의 구두가 양쪽이 같은, 쌍을 이루는 한
켤레 구두냐는 것이다. 앞서 각자의 회화론을 갖고 논쟁하는 하이데
거와 샤피로가 데리다가 보기엔 별다르지 않았던 모양이다. 둘 다
구두 주인에게 '농촌 아낙네'와 '화가 고흐'라는 여자와 남자의 성별
을 부여하고 귀속시킨다고 본다. 그렇기에 데리다는 이러한 해석은
오류라고 판단한다. 그림의 구두가 정확히 한 쌍 구두인지의 문제
는, 구두의 형체를 명확히 할 수 없는 것처럼(르네 마그리트의 구두인지
발목인지 분간되지 않는 「붉은 모델(Le modèle rouge)」(1935)을 참고하자. 진중권,
『현대미학 강의』참조) 모호하기 때문이다. 그러한즉, 도시에서 지냈던
고흐의 남자 구두를 진실로 보는 샤피로의 '재현의 미학'과 구두 사
물에 은폐된 하이데거의 '재현의 진리'는 모두 의미를 결정시키는 데
에서 시작되었다고 판단한다. 구체적으론 하이데거가 구두 사물에
존재하는 민족적 농민의 대지로 구두를 귀속시킨다고 할 때, 샤피로
는 도시에 사는 예술가에게로 구두를 귀속시킨다고 할 수 있다. 그
러므로 둘의 견해차는 있지만, 결국 해석적 의미에 귀속시키는 유사

함으로 나아간다. 재현적 문제는 이같이 고흐 구두 그림을 둘러싸며 회화론의 논쟁적 출발점이 되었다.

아우슈비츠 이후의 재현적 의미

아도르노의 저 유명한 선언, "아우슈비츠 이후에 서정시를 쓰는 것은 야만이다" 그리고 "아우슈비츠 이후 서정시는 불가능하다. 아우슈비츠를 바탕으로 한 것이 아니라면"은 1945년 이후 독일 시인들뿐만 아니라 세계인들의 머릿속에 남았다. 그리고 수정된 두 문장 사이에는 파울 첼란의 시가 자리하고 있다. 아우슈비츠 이후 서정시 선언의 반증으로 대표되는 파울 첼란(Paul Celan, 1920-1970)의 「죽음의 푸가」는 2번째 시집 『양귀비와 기억(Mohn und Gedächtnis)』(1952)에 수록된 작품이다. 시집은 '은유성'과 '초현실주의적'인 이미지들이라는 특징과 전쟁의 충격적 체험에서 비롯된 '실어(失語)'와 자살에 이를 정도의 '착란'적 치열함이 담긴 작품집이라는 평가를 받는다. 그렇다. 그 어떤 무엇보다 그의 작품들은 아우슈비츠 생존자가 겪은 상황을 기술한 재현적 의미가 두드러지게 강조된다.

「죽음의 푸가」는 시제부터 시의 구성적 측면이 드러나는 작품이다. 시는 다분히 작위적으로 구성되는데, 무도곡 형식과 대위법적 기법을 이해해야 작위적인 특징을 대수롭지 않게 받아들일 수 있다. 대위법은 각각 독립성이 강한 둘 이상의 선율을 동시에 결합해 하나의 조화된 곡을 이루는 기법을 일컫는데, 이러한 대위법은 아우슈비츠의 사실적 내용과 어우러지며 시를 한층 음울하게 구현한다. 「죽음의 푸가」는 푸가의 형식, 즉 여러 개 성부 중 하나가 울리고 다른 성부가 화답하는 음악 형식에 부합된다. 그러한 이유로, 총 7연 36행으로 진술되는 시행은, 1연 9행의 "이제 무도곡을 연주하라"라는 발단부에 따라 진행되면서 점차 그 리듬상 구성이 빨라지는 호흡을 드러낸다.

시의 문맥을 따라가 보자면, 아우슈비츠 수용소에 있는 '우리'가 마시는 "새벽의 검은 우유"로부터 시작된다. 옥시모론(oxymoron)으로 드러나는 "검은 우유"는 의미심장하게 시의 전체를 관통하는 이미지로 작동한다. 이 모순적 이미지는 "마신다"는 행위의 동사를 통해 반복적으로 삽입되는데, 시 전체를 통틀어 환기하는 것은 '죽음'에 다름 아닐 것이다. 거의 유일하게 언급되는 '그'라는 인물은 "집안"에 안락하게 사는 인물로, 독일에 있는 금빛 머리카락의 연인 '마르가레테'에게 편지를 쓴다. 이렇듯 연서를 적는 '그'는 무자비하게도 유대인을 죽이는 집단 수용소의 독일 장교로 그는 죽음의 무도곡을 연주하라고 명령하는 자이다. 반복적으로 운위되는 간략한 술어들에서도 '우리'로 일컬어지는 유대인이 구사하는 동사는 '마신다(trinken)'와 '판다(schaufeln)'뿐이다. 그런데 이에 반해, '그'와 연관된 동사는 '산다', '논다', '쓰다', '나오다', '불러내다', '명령하다', '외치다', '권총을 잡다', '총을 휘두르다', '맞히다'로 그 수도 많거니와, 능동적이며 강압적이고 폭력적인 의미로 확장되는 술어들이다.

이쯤에서 작품에 중요한 의미로 작용하는, 두 명의 여자를 짚고 가야 하겠다. 점층적으로 진술되는 시행 속에서도 번번이 반복되는 "금빛 머리카락 마르가레테"는 또 다른 한 명의 여자 "재가 된 머리카락 줄라미트"와 대비되며 독일인과 유대인 각각의 대표적 여인임을 제시한다. '마르가레테'는 "전형적인 독일 여인 이름"이며, 그 애칭인 '그레트헨'은 "『파우스트』에 등장하는 청순함의 전형"이라고 한다. 또, '줄라미트'는 짐작되는 바대로 "유대 여인 이름"이며 "솔로몬의 아가(雅歌)에서 자주 불리워지는 이름"이다. 여기서부터는 첼란이 완벽한 대비를 위한 의도로 기술했다는 사실이 불필요한 설명으로 느껴질 정도다.

작품은 '우리'라는 화자를 통해 마치 집단이 부르는 노래처럼 반복 리듬을 형성하면서, 죽음의 섬뜩함과 아우슈비츠의 공포감을 강렬하고 효과적으로 드러낸다. 죽음을 강요하는 "독일에서 온 명인"은 계속하여 크게 외친다. "더 달콤하게 죽음을 연주하라"라고. 그러한 모습은 쓸쓸하게도 베르톨트 브레히트의 『전쟁 교본』(1955)에 실린 나치의 세 거두가 나란한 흑백사진 즉, "오페라를 관람하는 괴링, 히틀러, 괴벨스"를 연상시킨다. 재현적 의미는 이렇게 역사의 파국과 함께 예술 속에 자리매김하였다.

이후와 민중의 잔존하는 이미지

과거의 진정한 像은 휙 스쳐 지나가 버린다. 다만 우리는, 그것이 인식되어지는 찰나에 영원히 되돌아올 수 없이 다시 사라져 버리는, 마치 섬광처럼 스쳐 지나가는 상으로서만 과거를 붙잡을 수 있을 뿐이다. '진리는 우리들로부터 달아나 버리지 않을 것이다.' 고트프리트 켈러에서 연원하는 바로 이 말은 역사적 유물론을 관통하는 역사의 이미지를 단적으로 말해 주고 있다. 왜냐하면 현재에 의해 인식되지 못했던 모든 과거의 상은 언제든지 현재와 함께 영원히 사라져 버릴 위험에 직면해 있기 때문이다.

—발터 벤야민, 「역사철학테제」(『발터 벤야민의 문예이론』)

과거가 현재에 빛을 던지는 것도, 그렇다고 과거에 빛을 던지는 것도 아니다. 오히려 이미지란 '과거에 있던 것'이 '지금(Jetzt)'과 섬광처럼 한순간에 만나 하나의 **성좌**를 만드는 것을 말한다. 달리 말하자면 이미지는 **정지 상태의 변증법**이다. 왜냐하면 현재가 과거와 맺는 관계는 순수하게 시간적이고 연속적인 반면, '예전'이 '지금'과 맺는 관계는 변증법적이기 때문이다. 즉 그것은 연속적인 것이 아니라 어떤 단속적 이미지이다. 오직 변증법적 이미지만이 진정한 이미지이다.

—발터 벤야민, 『아케이드 프로젝트』

현대에 들어 이미지의 중요성을 민중의 문제로 해석해 낸 이는 프랑스 철학자 조르주 디디 위베르만이다. 그는 어둠의 시대에 민중의 미약한 몸짓을 강조한다. 그에게 있어 미적 해방은 어둠에 저항하는 민중의 이미지에 근원한다. 이때, 민중은 밝은 빛이 아니라, '미미한 빛'으로서의 민중 이미지이고, 아울러 '지나가는 이미지'이다. 이러한 희미하고 지나가는 이미지는 벤야민이 「역사철학테제」에서 언급한 휙 스쳐 지나가는 과거의 진정한 상(像)에 상응하며, 벤야민의 '변증법적 이미지'와 상통한다. 다시 말해, 예정과 지금이 연속적이지 않고 단속적으로 출현하는 섬광 같은 이미지에서 우리는 진정한 민중의 이미지를 찾아낼 수 있는 것이다.

주지하다시피, 현대철학자 조르주 디디 위베르만은 벤야민의 변증법적 이미지를 승계하여 이미지의 정치성을 확장한다. '잔존'이라는 개념을 통해 이미지의 정치성을 타진하는 그의 저서 『반딧불의 잔존』(2009)은 한국에서도 세월호 이후라는 이 땅의 상황과 맞물려 재현의 윤리학을 환기한다. 그는 부르주아 자본주의인 우리 시대가 끊임없이 반복적으로 출현하고 소멸하는 이미지들이 넘쳐난다고 본다. 그러나 그런데도, 이미지는 잔존한다고 강조한다. 조르주 디디 위베르만은 존더코만도(Sonderkomando)가 찍은 아우슈비츠의 사진을 예로 들며 그가 주장하는 미약하고 희미한 반딧불 같은 이미지, 그러나 민중의 이미지로 화할 수 있는 이미지의 잔존을 설명한다. 존더코만도는 2차 세계대전 때 유대인 수용소의 시신 처리를 위해 만들어진 특수부대를 의미한다. 이들은 종전이 닥치자 황급히 아우슈비츠의 유대인 시신을 마당에 쌓아 놓고 불태워 흔적을 없애려고 하였다. 그때 마침 존더코만도 그들 중에서 누군가가 사진을 찍었고, 그리하여 그 흔들리는 사진들은 홀로코스트의 결정적 증거로 남게 되었다. 그렇게 존더코만도들에 의해 찍힌 사진 이미지는 연기가 나는 시신들을 찍느라 초점이 흔들리는, 간신히 찍힌 이미지들이다. 그러나 바로 이와 같은 미약한 이미지가 조르주 디디 위베르만이 말하는 잔존의 이미지에 속하며, 이것이 예전과 지금을 연결하는 단속적이고도 섬광적으로 도래하는 이미지라 할 것이다.

2000년대 들어 모더니즘의 문학적 기류에 의해 밀려났던 재현적 이미지는 세월호 이후로 지칭되는 재난·참사의 고통으로 말미암아 현실에 저항하고 투쟁하는 주체의 모습으로 수없이 드러났다. 그러나 우리가 초점화해야 할 것은 재난 이후의 문학적 의미만은 아닐 것이다. 재현적 목소리가 재난적 사건 이후에 도래함이 옳은가 하는 문제가 제기되어야 하기 때문이다. 즉 서정시는 세월호 이전에도 재현적 의미와 더불어 평가받았어야 할 문학이라는 얘기다. 아도르노는 말한다. "나는 사회로부터 서정시를 연역하려 애쓰지 않는다"라고. 그러면서 그는 또 서정시에 대해 언급한다. "바로 자신의 주관성 탓에 서정시의 실체(substance)는 사실 객관적 실체로서 말해질 수 있다. 그런 게 아니라면 우리는 서정시를 예술 장르로서 근거 지을 수 있는 바로 그 사실, 서정시가 독백을 늘어놓는 시인을 넘어 다른 이들에게 효력을 발휘한다는 점을 설명하지 못한"다고. 이처럼 아도르노의 「서정시와 사회에 관하여」를 통하여 알 수 있는 것은 현대 서정시의 무기력함이 아니라, 이 시대에서 절실히 요구되는 서정시의 본질이다. 이는 사회적 실체를 정확히, 그리고 자발적으로 그리는 서정시의 실체에 관한 주장일 것이다.

리얼리즘과 모더니즘 논쟁—재현과 표현 가능성

서정시가 사회와 맺는 관계를 한국 현실에 접목하기 위해 재현과 관련한 문제를 좀 더 살펴보기로 한다.

문학사를 어떤 기준으로 원칙을 세워 외적 지표를 마련하고 나눌 것인가. 이는 적어도 개인이 즉답으로 선뜻 답하기 어려운 문제이며, 직감이나 선호도만으로 구별할 수 없는 일임은 분명하다. 그러한즉, 지금부터 기술하는 바는 한국문학사로 수렴되어 온 그간의 문학 계보라고 할 수 있을 것이다. 그리고 이를 지정해 두는 일 역시 고정불변한 것이 아니므로, 그간의 문학사에 있는 논쟁을 중심으로 이뤄진 실증일 따름일 것이다.

한국문학사에 있어 중요시되어온 화두는 리얼리즘과 모더니즘의 논쟁적 대립이었다. 1965년에 창간된 창비와 5년 뒤 창간된 문지로 대변되는 리얼리즘과 모더니즘 논쟁을 호출해 내는 것은 2010년대 문학까지도 살펴볼 수 있는 문학적 근간을 마련하는 일이다. 그렇기에 리얼리즘과 모더니즘 양 진영의 개념론을 파악한 후, 각각의 양식으로서 촉발된 재현과 표현으로 환원하는 것은 현대 한국문학의 위치를 살펴보는 일이 될 것이다.

양식으로서의 리얼리즘

김현은 「한국 소설의 가능성—리얼리즘론 별견」을 통해 창비 진영에서 주장하는 리얼리즘론에 도전하는 방식으로 다음과 같은 논지를 펼친다. 요는, 리얼리즘 개념을 거슬러 파악하면 신학주의 논쟁에 이르게 되는데, 한국은 '사회주의'에 특별히 괄호를 치고 '리얼리즘'만 가져왔다는 주장이다. 즉, "서구 문학의 문맥 속에서 리얼리즘이 차지하고 있는 위치에 대하여 정직하게 편견 없이 접근해 가기를 포기하고 리얼리즘과 혁명이라는 괴이한 이원론을 선험적인 진리로써 받아들이려는 태도는 그 당연한 결과로서 한국문학과 리얼리즘이라는 어려운 문제를 미리 해결된 해답으로 유도"했다는 것이다. "그 해답 중에서도 뛰어나게 탁월한 것은 리얼리즘은 혁명적·진보적 태도와 연결되어 있으며, 현실을 있는 그대로 파악하려는 태도 외에 진취적 성향을 내보이지 않는 리얼리즘이란 내추럴리즘에 불과"한 것으로 본다는 논지다.

이처럼, "리얼리즘이란 어휘는 처음부터 혼란을 초래할 만한" 어떤 문제점을 갖고 있었다는 것이 김현의 생각이다. 그는 이를 뒷받침할 만한 근거를 '리얼리즘(realism)'이란 어휘의 대응어로 사용되는 '노미널리즘(唯名論, nominalism)'에서 찾는다.

1970년대는 리얼리즘론이 가장 첨예하게 대립하였던 시대였다. 주지하다시피, 백낙청, 염무웅의 창비 계열에서는 '민족', '민중'이라는 개념을 선택하여, 리얼리즘론을 펼쳐나간다. 이에 김현, 김병익의 문지 계열에서는 리얼리즘에 대한 첨예한 각을 세우며 대립하게 되고 『난장이가 쏘아 올린 작은 공』이 그 대표적 작품으로 거론된다.

염무웅은 리얼리즘론에서, 반 김현 리얼리즘론을 펼치고 있는데, 이때 리얼리즘의 개념 정의와 발자크의 리얼리즘을 어떻게 받아들일 것인가를 쟁점화시킨다. 염무웅은 리얼리즘이 19세기에 비로소 나타난 게 아니라, 매번 이와 같은 특징적인 시대의 예술작품으로 드러났다고 주장한다. 이로써, 리얼리즘이 높고 고귀한 무언가를 드러내는 예술적 지향점이 된다. 즉, 그가 지고의 미학적 목표 지점을 리얼리즘으로 보고 있음이 드러나게 된다. 또한 그는 발자크의 리얼리즘에 대한 오해로 "발자크가 다름 아닌 바로 그 반동적 세계관 때문에 위대한 리얼리즘의 소설을 썼다는 것, 예술가로서의 리얼리스트란 원래부터 자신의 의사에 반(反)하는 사람이라는 것"을 지적한다. 그러면서, "그가 보수적·반동적 세계관 때문에 위대한 리얼리스트가 된 것은 아니지만, 그러한 세계관에도 불구하고 위대한 리얼리스트가 된 것은 사실"이라는 사실에 주목한다.

오랜 논쟁을 끌어낸 리얼리즘에 대한 개념 정의는 백낙청에 의해서도 언급된다. 백낙청은 앞서와 마찬가지로 리얼리즘에 대한 개념 정의부터 문제를 끌어온다. 그러나, 그가 말하는 사실주의와 리얼리즘의 구분에는 그 너머인 '참된 리얼리즘'이라는 한 차원 끌어올린 리얼리즘에 대한 입장이 들어간다. 즉, 실존적 논지가 개입되는 것이며, 이때 사실주의는 참된 리얼리즘에 도달하기 위한 이론으로 설명된다. 다시 말해, 더욱 높은 차원의 리얼리즘 정의가 필요하게 된다.

이렇듯 리얼리즘에 대한 논쟁은 한국문학에서 오랜 논쟁적인 사항이었으며, 개념 정의부터 시작하여 서구적 개념을 어떻게 한국문학에 적용할 것이냐로 확장되었던 문제였다.

마술과 과학적 동의

예로부터 '재현(representation)'이란 '묘사(description)'적 방법을 통한 것으로 미메시스 즉, 모방으로 구현됨을 일컫는다. 이미테이션 또는 현실 반영, 거울 속으로서의 예술로도 비유될 수 있는 재현의 방법은 스탕달 문학처럼 흔히 도식적인 분류상으로는 19세기 고전주의의 반동으로 전개된 문학, 리얼리즘으로 설명되곤 한다. 이에 반해, '표현(expression)'은 '진술(statement)'적 방법을 통한 것이며 "예술은 표현"이고 문학은 "언어라는 예술"이란 입장으로, 워즈워드의 낭만적 선언 그대로 적용된다. 자발적 유추로 예술을 보게 함으로 일컬어지며, 낭만주의의 반동으로 나타난 모더니즘 문학이 이에 속하게 된다.

다시 정리하자면, 재현과 표현은 각각 리얼리즘과 모더니즘의 전면적인 특징이라 할 수 있으며, 리얼리즘과 모더니즘이 예술사와 더불어 진행되어 온 것이기에 (비록 미메시스가 현실 반영으로 설명될 때 클리셰로 느껴지는 오늘날임에도 불구하고) 이 구분은 문학적 논쟁에서 굉장히 중요하다 하겠다.

그런데 앞서 밝힌 재현과 표현으로 설명하면, 흔히 재현이 있는 그대로 현실을 모방하고, 표현이 그 형식적 특징을 통해 말하고자 하는 바를 그려 낸다라고 판단하기 쉽다. 하지만 구체적 사례로 들어가 살펴보면, '선택'이라는 '주관'의 영역이 재현에서도 먼저 전제될 수밖에 없다. 다시 말해 'representation' 속에는 이미 선택적으로 특기할 만한 걸 취한다는 의미가 포섭되어 있으며, 이는 마치 '정의'의 측면, 즉 대의제의 대표와 마찬가지인 형태를 가진다고 하겠다.

아놀드 하우저의 『문학과 예술의 사회사』는 구석기시대 라스코·알타미라 동굴벽화를 통해 경제적·물질적 변화가 있었음을 알려 준다. 강력한 현실 개념화인 동굴벽화는 우리의 고정된 개념을 깨뜨린다. 흔히 구상화를 리얼리즘에 입각한 그림으로 보는데, 구석기시대의 동굴벽화가 그 예로 적용된다. 그렇다면 무엇에서 우리의 고정관념이 깨진다는 것인가. 그것은 일반적으로 신석기시대의 기하학적 문양보다 구석기시대의 라스코 동굴벽화가 발전된 그림 형태를 가진다는 것에서 비롯된다. 즉 평면적인 신석기시대의 문양에 비해 현실 재현적 의미를 지닌 구석기시대 그림이 보다 더 입체적이며 뛰어나다는 데 근거한다. 다시 말해, 구석기시대의 벽화가 신석기시대보다 한층 발전된 환각주의(illusionism)라 할 수 있으며, 결론적으로 이것은 주제나 소재의 문제가 아닌 기법의 문제가 된다.

재차 언급하자면, 예술사에서 성립된 리얼리즘 예술적 기법을 재현이라고 할 수 있는데, 이것은 세계를 파악하고 있다는 생각(자신감)이 받아들여졌을 때 생기는 예술 기법이다. 완벽하게 제시할 순 없지만 구축할 수 있는 틀이 있고, 이렇게 하면 된다는 판단이 보편의 양식으로 받아들여질 때 리얼리즘 양식에 힘이 실리게 된다는 것이다. 그런데, 이와는 반대로 이 세계를 카오스적인 것으로 느낄 때 리얼리즘 양식은 힘을 잃고 만다. 이것은, 뉴튼의 이론이 아인슈타인(상대성 이론)에 의해 무너진 것을 들어 알 수 있다. 믿느냐/아니냐의 문제가 아니라 믿음을 상실했을 때 세계에 대한 흥미를 잃고 추상화가 일어남을 의미한다.

이상의 재현 예술을 바탕으로 분류하자면, 시대에 대한 보편적 신념을 잃을 때 재현적 예술의 포기가 등장한다고 결론지을 수 있다. 세계에 대한 자신감이 결여되고 낯설어질 때 돌연 등장하는 예술의 방식은 분류상 기법적인 되풀이가 두드러지며, 재현적 방식의 포기가 이뤄진다. 이러한 재현적 방식의 포기에 따라 세부적으로 기하학주의(추상주의, geometricism), 표현주의(expressionism), 네오리얼리즘(neo-realism) 등이 대두된다고 하겠다.

재현과 환각주의

앞서 밝혔듯이 현대에 들어서도 신념론에 입각해 진행되는 재현의 방식은 여전히 존재 가능하며, 이는 앞서도 길게 진술하였듯이(구석기시대 사냥의 성공과 목적하는 바를 이루기 위해서와 같이) 선택된 현실의 모습을 그려 내고자 함이다. 그렇다면, 오늘날에도 쓰이는 재현의 시는 어떤 내용을 담지하고 있는가. 다음 두 편의 시를 보도록 한다.

> 부뚜막 옆에는 석유풍로가 있어
> 그 뒤 흙벽엔
> 그을음 나무가 한 그루
> 검게 자라고 있지
>
> 하루하루 굵어지는 그 나무
> 이제는 베어 버려야 할 것 같아
> 천장까지 닿아 비가 새거든
>
> 하지만 굵은 나무가
> 쓰러지면서 집을 덮칠까
> 못 베고 있지
>
> 오동나무 아래서 비를 피하고 있으면
> 오동잎들이 빗물 뜯어먹는 소리가 들려
>
> 늦가을 집을 짓지 못한 누에처럼
> 오동잎들이 마르고 있어
>
> —안주철, 「오동나무 아래서」 부분

아버지는 고드름 칼이었다
찌르기도 전에 너무 쉽게 부러졌다
나는 날아다니는 꿈을 자주 꿨다

머리를 감고 논길로 나가면
볏짚 탄내가 났다
흙 속에 검은 비닐 조각이 묻혀 있었다
어디 먼 데로 가고 싶었으나 그러지 못했다

동생은 눈밭에 노란 오줌 구멍을 내고
젖은 발로 잠들었다
뒤꿈치가 홍시처럼 붉었다

자꾸만 잇몸에서 피가 났고
두 손을 모아 입 냄새를 맡곤 했다

왜 엄마는 화장을 하지 않고
도시로 간 언니들은 오지 않을까
가끔 뺨을 맞기도 했지만 울지 않았다

몸속 어딘가 실핏줄이 당겨지면
뒤꿈치가 조금 들릴 것만 같았다

— 신미나, 「연」 부분

위의 두 편의 시는 농촌공동체를 새삼 돌아보게 하는 힘이 있다.

시종 한 애옥한 가계 모습을 담고 있는 시는 '오동잎'과 '연'이라는 객관적 상관물을 통해 그 서정성을 한층 돋보이게 한다. 전통적 재현 방식을 따르는 위 시편들은 '오동나무'에서 '빗소리'로 확장되는 청각적 이미지와 '뒤꿈치'가 당겨지는 촉각적 이미지를 통해 사라져 가는 농촌공동체에 대한 연민과 그에 대한 애정을 바로 보여 주고 있다. 붕괴하는 전통사회에 대한 가치관과 현실에 대한 절망은 아름다운 이미지를 통해 현실의 적극적 극복 대안이 아니어도 윤리적 측면을 부각한다. 참여적 발언이 시에 직접 투영되지 않았음에도 '반쯤 남은 생'과 '도시로 간' 오지 않는 '언니들'처럼 빼앗긴 자의 정서가 심화하여 드러난다. 작품들은 공통으로 산업화로 인해 삶의 터전을 잃어버린 화자를 어린 날을 통해 반추하고 있다. 신경림의 계보를 따르는 전통적 리얼리즘의 방식은 서정적 이미지의 아름다움을 담보하며 오늘날까지로 이어지고 있다.

그렇다면, 재현의 방식은 이와 같은 전통적 맥락 안에서만 가능한 것인가. 다음에 살펴볼 시들은 재현적 현실을 다루되, 좀 더 입체적인 시각성을 부각하는 특징적 작품이다.

당신이라는 육식에만 힘쓸 것이다,
입 앞에 놓인 말(言)들만 게걸스럽게 먹을 것이다,
하면
나는 이타적인 사람입니다.
음절을 늘리듯
혀를 늘려 땅바닥에 질질 끌고 다니는 개구리마냥
입이라는 장애를 포기하겠다,
하면

나는 유능한 사람이겠지요.

그래서 내 울음의 몽리면적은 허락될 리 없습니다.

사람,

저녁이 오면 퇴근을 하고, 퇴근을 하면 취합니다.

취하면 당신이 내 손을 잡아 주시겠습니까?

이 손은 잡자마자 폐허입니다. 몸이라는 테두리도 사라지겠지요.

왜 사람이어야 합니까,

밥을 짓고 청소를 하고 사랑을 나누는 모든 것이.

왜 군중들은 범죄자에게

네가 사람 새끼냐,

라고 외칩니까, 언제 한번 사람인 적이 있었다는 듯이.

그들을 향해

노동하는 시체,

라고 말한 이는 아직 살아 있습니까?

—김안, 「사람」 부분

사내가 퇴근하여 돌아오기를 기다리며 귀신은 침대 위에 앉아 있다. 벽지가 뜯겨 나간 방 안으로 검푸른 어둠이 일렁인다. 라디오 시그널이 아득히 울린다. 그녀는 라디오 위로 손을 펼친다. 투명한 전파들이 그녀의 손을 통과한다.

(중략)

라디오 시그널이 울린다. 그녀는 사내를 침대로 데려간다. 그녀의 머리칼이 사내의 가슴을 덮는다. 메마른 달빛이 방을 가로시른다. 사내가 팔을 뻗어 라디오 주파수를 돌린다. 그녀의 머리칼이 사내의 어깨를 덮는다. 사내의 구두를 덮는다. 잊지 마. 잊지 마. 뒤척이는 사내의 얼굴을 덮는다.

—서대경, 「귀가」 부분

　김안과 서대경 시인은 1970년대 생으로(각각 1977년, 1976년) 2004년도에 동시에 등단한 시인들이다. 두 시인은 두 권과 한 권의 시집을 출간한 바 있으며, 시집 출간의 속도에 있어 격차를 보이고 있긴 하지만 시를 구축하는 방법적 측면과 지향하는 바가 같은 지점을 향하고 있다.

　먼저, 김안 시인의 첫 시집(『오빠생각』, 2011)에서는 몸과 사물을 연결한 '환상(환각)'의 방식을 도모한다. 이는 김안 시의 발생론적인 토대가 성인이 되기 전 트라우마에 근거하고 있기 때문이다. 이는, 등단 시 이후 그의 첫 시집을 관통하는 바가 라캉식의 '설명 불가능한 의미의 공백' 즉, 공백(the void) 그 자체이기 때문이다. 첫 시집의 이러한 특징은 두 번째 시집 『미제레레』(2014)에서도 이어지나, 외상적 향락이라 일컬어질 만한 육체에의 집중도는 덜어지고 여기에 정치적 함의가 덧붙여진다. 이는 첫 시집의 '육체적 서정'을 탈피하려는 모습으로 읽힌다. 하여 두 번째 시집에서는 시의 정치성을 드러내고자 한다. 이 같은 행보를 두고 조재룡 평론가는 "솟구쳐 나온 무시무시한 물음들은 지금-여기에서 시민-시인의 자격으로 삶을 살아나가야 하는 역설과 비극"에 "과감히 뛰어들고자 한 시인의 진지한 노력의 결실"이라 고평한다. 이와 관련된 구체적 작품으로는 「치자의 밤」, 「홀로코스트」, 「국가의 탄생」 들이다. 또한 「시취」, 「살가죽부대」, 「육식의 날들」, 「일요일의 혀」 등의 시편에서는 육체성과 결부되어 미학적 정치성의 영역을 확장하고 있다.

김안과 함께 살펴볼 서대경 또한 첫 시집부터(아직 한 권밖에 출간한 바 없지만, 등단작부터 지속해서) '환상의 감각'을 그려 낸다. 이것은 김안과 공통의 요소를 갖고 있으면서도 미묘한 차이점을 드러내는 측면이다. 그의 환상 감각은 주로 현실과의 연결과 단절을 공간 이동으로 구축하기 때문이다. 그러한 까닭에 그의 환상시는 김안에 비해 좀더 산문적 구성을 취하며 입체적인 형상으로 다가온다. 김안이 이상적 트라우마로 '몸화'시켰다면, 서대경은 시적 자아의 무의식을 통째로 '공간화'시켰다고 볼 수 있다. 그리하여 둘의 시는 공통과 차별점을 지닌 채 그로테스크한 낯선 세계를 개시한다.

서대경의 시집에는 「닌자」, 「요나」, 「바틀비」, 「검은늑대강」, 「허클베리 핀」 등의 거의 상징화된 요소가 작품으로 전면화된다. 이는 현실과의 철저한 경계를 드러내는 한 단면이다. 그의 시적 정치성은 주로 '공장' 주변을 담아내며 맥락화된다. '공장', '공장 지대 폐수' 등을 다룬 「여우계단」, 「검문」, 「죽은 아이」와 공장 지대에서의 욕망을 다룬 「철도의 밤」, 「백치는 대기를 느낀다」 등이 그러하다. 시집 곳곳에 산포된 '변두리 도시', '공장', '상가', '골목', '사무실' 등은 가라타니 고진의 통찰처럼 "인간을 강제하고 있는 구조"에 대한 인식을 가늠케 한다.

이상으로 살펴본바, 김안과 서대경 작품들은 욕망 생성과 정치성과의 연결 지점에 놓여 있으며, 그것은 '욕망의 정치학'이 고정성을 내보이지 않고 과정상으로 옮겨 가는 형태의 시인 것이다. 미학적 탐미를 추구하며 세계시민으로서의 공공적 측면을 덧붙이려는 노력으로 말미암아 그들의 시는 미학적 정치성이라고 언급할 수 있게 된다. 이처럼 리얼리즘의 큰 흐름인 재현에서도 현대시에 와서는 다양한 시적 방법의 결합 때문에 다층화되었다는 결론을 낼 수밖에 없게 되었다. 현실 참여 혹은 반영이라는 측면에서의 재현적 기능이 강한 시인들로는 이 밖에도 김선향, 김성규, 민구, 박소란, 박준, 서효인, 유병록, 이병일, 이설야, 이해존, 임경섭, 신철규, 박신규 등이 있다.

재현적 방식의 포기와 표현주의

레지스 드브레의 『이미지의 삶과 죽음』은 예술의 기원을 신석기로 삼고 있다. 이는 찬란한 환각주의는 배제한 것이며 동시에 영혼(anima)이라는 내재적 존재를 부각한 결과다. 영혼이라는 내재적 존재는 보이지 않지만 표상하려는 노력으로 신석기시대 때 비로소 가시화된다. 이때 이미지의 존재 의의는 image＝icon＝idol＝심상(心像)으로 드러난다. 세계의 실재성은 흔히 신비주의자들의 관념론적인 비약으로 인해 체계화된다. 즉 세계의 종교는 관념론적 독단을 기초로 하는 것이다. 서두에서도 밝혔다시피, 신과의 등거리론에서 살필 때 교권 계급(dogmaticism)의 독단 즉, 믿음의 문제가 미약해지면 회의가 생겨나고 불가지론이 발생한다. 결국, 세계에 대한 신념과 믿음이 깨질 때 재현적 방식이 포기된다고 할 수 있다. 그리하여 '기법적 되풀이'가 되고, '기하학주의', '표현주의', '네오리얼리즘주의'가 대두된다.

줄곧 밝혀 왔듯이 문학사가 예술사와 함께 이루어져 왔으므로 재현적 방식의 포기는 문학에도 등장하게 되는데, 2010년대를 기점으로 한 문학예술에서, 많은 젊은 시인들의 작품은 이러한 반재현주의로 나타난다. 이는 세계에 대한 신념과 믿음이 소멸하고, 자기 주도적인 성향이 외부적인 반향보다는 내부적으로 표출된 데에 기인한다.

살펴보자면 일단 기하학주의에서 비롯되는 추상을 들 수 있다. 추상미술을 비재현미술(Non-Representational Art)이라고 하는데, 비재현이란 외부 사항을 가져와 작업하지 않고 점, 선, 면, 색채 등의 순수 조형 요소로만 작업한다는 뜻이다. 그러하기에 냉철하고 금욕적인 걸 요구하는 성향이 두드러진다. 또한 서정과 가장 대비적인 예술적 매체를 포획하려 하므로, 회화의 선·면뿐 아니라 음악이나 소리 자체가 탐구 자체처럼 작동하기도 한다.

이제니, 임승유의 시는 시행의 배치가 상당한 차이를 보임에도 불구하고 시니피앙 놀이를 주축으로 이 같은 재현 불가능성을 투영한 작품이라 할 수 있다. 현대시의 계보로는 이수명, 김행숙부터 시작하여 황인찬, 송승언 등의 젊은 시인들에게서 두드러지는 점이다.

> 얼굴 없는 얼굴에게 영혼 없는 영혼에 대해 이야기하며 밤 없는 밤을 건너듯 마음 없는 마음을 복기한다 (중략) 얼굴 없는 얼굴 아래 이름 없는 이름을 새겨 넣고 기억 없는 기억의 온기 속으로 구름 없는 구름의 물기 속으로 입자와 파동의 형태로 번져 나가는 관악기의 통로를 여행하듯 걸어간다 걸어간다 그저 지나치듯이 지나치듯이
> —이제니, 「구름 없는 구름 속으로」 부분

> 모자를 벗으면
> 등 뒤로 걸어 나오는 삼촌이 있고
>
> 높은 가지 끝에서 植物의 잠을 자다
> 너는 자주 들켰다
>
> 사촌이 몸 안으로 들어오면 여긴 모르는 곳 구름과 이불 이불과 구

름 잘못된 발음을 할 때처럼 죄책감이 들어 풀잎과 꽃잎 꽃잎과 풀잎
우린 그만큼 가까운가요? 풀숲의 기분으로 달려도 도착하게 되지 않는
다 모자 속에서는 나쁜 냄새가 나는 것만 같다

　짓이겨지는 풀잎과 짓이겨지는 꽃잎 중에 뭐가 더 진할까? 피는 물
보다 진할까? 친척이 물 한 컵을 줄 때는 숨을 참으면 된다 맛도 안 나
고 냄새도 안 난다

　웃는 이가 된다
　젖은 웃는 이가 된다

　친척 집에 간다는 건
　페도라, 클로슈, 보닛, 그런 모자를 골라 쓰는 일 그런 모자 속으로
사라지는 일 모자는 아무것도 모르지만 그건 또 모자만 아는 일
　　　　　　　　　　　　　　　　　　　—임승유, 「모자의 효과」 부분

　오늘날 재현적 방식의 포기로 나타나는 또 다른 방식으론 표현주
의가 있다. 이것은 지성이 아닌 감성으로 시에 육박하려는 시도를
포함한다. 예로써, 1990년대 김참, 성미정 등이 있었으며 환상적 특
징을 지닌 진은영, 강성은 등이 여기 속한다.

　그는 거대한 톱을 들고 숲으로 걸어 들어온다 낡은 점퍼를 입고 흙
투성이 장화를 신고 주위를 두리번거린다 (중략) 톱이 이토록 쓸쓸한
말을 하다니 이토록 무서운 말을 하다니 그는 그것이 톱에서 나오는
소리인지 자신의 몸을 베는 소리인지 감각 없는 뼈를 자르는 소리인지

아니면 자신도 모르게 터져 나오는 울음소리인지 알 수가 없었다 그는
자신의 몸을 더 세게 톱질했다 거대한 톱과 거대한 소리는 숲을 가로
질러 그 너머까지 울려 퍼졌다

— 강성은, 「내 꿈속의 벌목공」 부분

마지막, 재현적 방식의 포기로 네오리얼리즘을 들 수 있다. 네오
리얼리즘의 특징은 감성의 폭발이라 할 수 있는데, 다시 말해 언어
의 자유로운 분출이다. 주로 단형시의 형식을 깨뜨리는 지점까지 끌
고 가려는 것이 주요 특징으로 꼽힌다. 과잉의 제스처가 두드러지기
도 하나, 근본적인 바탕으로는 낭만주의에서 비롯된 것이라고 특징
지을 수 있다. 한국 문단에서 미래파라 불렸던 시인군이 여기 속하
며 황병승, 김경주 등에 이어 주하림 등이 분화된 시적 흐름을 잇고
있다.

왕은 돌아왔는가 나를 찾다 지쳐 코를 골고 있는가
너는 누군가를 가져 본 적 있는가
가졌다 말할 수 있는 순간이 정말 있었느냐
매일 떠나고 무너지는 이곳은 대체 어디란 말이냐
……마지막 구절에는 어떤 말도 적지 말거라

쏟아지는 빛
세상 너머의 이야기
그럼에도 살아남은 자들에게 나무칼과 철로 된 곤봉을 주겠다
싸워 이긴 자 나를 가져라 피곤하다 양말을 벗기고 그다음 그다음으
로부터

—주하림, 「어린 여왕이 매음굴에서 운다—
떨려 오는 흙, 푸른 잎사귀, 요설」 부분

주하림 시에서는 연극적 요소와 고딕체, 이탤릭체를 사용한 다성의 발화, 그리고 다성의 발화로 인해 담론 생성을 억제하는 특징, 일인칭에서 벗어난 혼종적 주체 등이 두드러진다. 여기서 다성적 발화는 회화의 원근법으로 기능한다. 그러한즉, 주하림, 황혜경 등의 다성적 목소리를 내는 젊은 시인군은 입체파 방식을 구현한다고 할 수 있다.

이상 살펴본 바와 같이 2010년대 최근 시인들의 문학은 재현적 포기의 방식 안에서 몇 가지로 나눌 수 있었고, 사회적 맥락보다는 개인적 맥락에 치중됨을 파악할 수 있었다. 그러나 오늘날 하나의 문학적 형식에서 특징을 찾아낸다면 작품에 대한 협소한 시각이 될 것임은 불 보듯 뻔하다. 오늘날 젊은 시인들의 문학은 둘 또는 셋의 특징적 성격을 가지는 형태—'추상'과 '감성' 또는 '추상'과 '환상'의 결합—같이 여러 세부적인 특징을 갖는 문학이기 때문이다. 아직 첫 시집을 준비하는 많은 시인이 있기에, 우선하여 선택한 첫 시집을 대상으로 분류하였음을 밝히며 재현적 방식의 포기와 표현의 특징을 갖는 시인들로는 강지혜, 김성대, 김소형, 김이강, 김현, 박은정, 박지혜, 백은선, 성동혁, 손미, 안미옥, 안웅선, 안희연, 유계영, 이용임, 이혜미, 이현호, 이혜미, 장수진, 정한아, 황유원 등이 포함된다고 할 것이다.

현장의 목소리로 말하는, 다시 리얼리즘·모더니즘

그렇다면, 리얼리즘 논쟁과 정의로부터 시작된 논의가 오늘날은 상당 부분 해소되거나 축소되었는가. 답부터 하자면 아니다이다. 2010년대에도 동일하게 리얼리즘과 모더니즘의 성격으로 가늠될 문학은 여전히 두 개의 큰 축을 차지하며, 한국문학은 그 안에서 자생적 변화의 흐름을 꾀하고 있다. 그러나 영상매체에 의한 상업성이 큰 힘을 발휘하는 오늘날, 예전과 같은 탁월한 문학성의 기준이 더한층 모호해졌음은 두말할 나위 없다. 지고와도 같은 문학적 가치와 문학성은 이젠 어느 정도 공허하고 우스운 말이 되었으며 공공의 암묵적 합의가 따를 때, 그것은 탁월한 문학적 성취로 통용이 된다. 다시 말해, 오늘날은 어떤 탁월한 문학성이 존재할 수 없다는 것이다. 그렇다면 예술에서의 성패는 무엇이 결정하는가.

현재 그것은 다름 아닌 대중의 동의(agreement)[1]에 의해서다. 문학의 숭고함을 지지하는 입장이라면 매우 애석하고 받아들이기 힘든 사항일 수 있다(개인적으론 내가 그렇다). 그러나 우리가 구매자의 입장으로 돌아가 보면 이러한 상황을 유도하거나 그 흐름에 앞장선 장본인이 스스로임을 어렵지 않게 발견할 수 있으며, 이는 그리 놀라운 일이 아니다. 알고 보면 어그리먼트 시스템이 현대 우리의 운명적 조건이기 때문이다. 하나의 완결된 세트로서 우리에게 주어졌다는 것. 이 세계의 규약 체계에 들어와 있는 것을 발견할 수밖에 없다고 보는 게 옳다.

---

1 개인 미디어라 할 수 있는 온라인(인터넷, SNS) 상의 작가·출판사·독자의 활발한 관계는 이를 방증하는 실례다. 나 역시 올 초(2016년) SNS를 시작한 이래 몇 개월 만에 첫 작품집보다 대중에게 인지되는 바가 커졌음을 느꼈다. 출판 계약까지 성사되지는 않았으나, SNS를 통해 전자출판과 팟캐스트 제의도 받았다. 혹자는 나의 첫 작품집과 두 번째가 현격한 차이가 나는 작품집이라 추측할 수도 있겠으나, 문단 내 문학적 평가(작품평, 기금 및 수상 정도)는 엇비슷하다.

그러나 모든 게 시장 논리에 맡겨진다 단정하진 말자. 경험적 현실로 세계를 파악하여 원근법적 입체상을 그려 내는 리얼리즘 방식으로든 포스트모던 시대의 "재현(再現)에서 그 '재(再)'를 제거하고 현실 혹은 삶을 그 스스로 상상하도록 하는" 모더니즘 방식으로든 시인은 대상이 막 출현한 미결정 상태일 때 자신의 관심(흥미) 여부에 따라 현실화한 (묘사로서의) 행동을 할 수 있기 때문이다. 부연하자면 시인은 예술의 방법적 차원을 달리하며 현실에 동참할 수 있다는 것이다. 요컨대, 사회를 향한 관심(흥미)의 표명이 있을 때, 문학이 현실 모사론(模寫論)의 단순한 방식으로만 끝나지는 않는다는 것이다.

재현이란 회화나 조각 작품으로 다시(re) 나타나는(present) 걸 의미한다. 우리는 현실의 '나타낸다'가 아니라 '다시'에 방점을 찍어야 한다. 주지하다시피, 리얼리즘 문학은 오늘날에도 극복될 여지가 충분히 있기 때문이다. 기실, 현실의 반영이기만 할 때는 현실의 변혁이 없다면 리얼리즘은 극복될 수 없는 형태가 되지만, 리얼리즘을 현대의 관심(흥미) 영역으로 확장하면 리얼리즘은 새롭게 사회적 연대(solidarity)를 꾀하는 지점으로 나아갈 수 있다. 오늘날 2010년대의 시인들이 어떤 방향을 도모하는지는 두고 볼 일이지만, 희망을 걸 수는 있지 않겠는가. 비록 상업 매체에 점유된 21세기를 사는 우리이며 동의에 함몰되는 문학이지만 말이다.

고민하기 시작할 때 논의의 장은 형성된다. 지금이 바로 그때다.

참고 문헌

강성은, 『단지 조금 이상한』, 문학과지성사, 2013.

김안, 『미제레레』, 문예중앙, 2014.

서대경, 『백치는 대기를 느낀다』, 문학동네, 2012.

신미나, 『싱고, 라고 불렸다』, 창비, 2014.

안주철, 『다음 생에 할 일들』, 창비 2015.

이제니, 『왜냐하면 우리는 우리를 모르고』, 문학과지성사, 2014.

임승유, 『아이를 낳았지 나 갖고는 부족할까 봐』, 문학과지성사, 2015.

주하림, 『비벌리힐스의 포르노 배우와 유령들』, 창비, 2013.

김병선, 『이미지와 기억』, 새물결, 2018.

김현, 「한국 소설의 가능성—리얼리즘론 별견」, 『문학과사회』, 1970.가을.

레지스 드브레, 『이미지의 삶과 죽음』, 정진국 역, 글항아리, 2011.

발터 벤야민, 『발터 벤야민의 문예이론』, 반성완 편역, 민음사, 1983.

─────, 『아케이드 프로젝트』, 조형준 역, 새물결, 2005.

백낙청, 『문학이 무엇인지 다시 묻는 일』, 창작과비평사, 2011.

서동진, 『동시대 이후: 시간-경험-이미지』, 현실문화연구, 2018.

아르놀트 하우저, 『문학과 예술의 사회사 1』, 백낙청 역, 창비, 2016.

염무웅, 『민중시대의 문학』, 창작과비평사, 1979.

조르주 디디 위베르만, 『반딧불의 잔존—이미지의 정치학』, 김홍기 역, 길, 2012.

진중권, 『진중권의 현대미학 강의—숭고와 시뮬라크르의 이중주』, 아트북스, 2003.

파울 첼란, 『죽음의 푸가』, 전영애 역, 민음사, 2011.

제3부

페미니즘 인식으로 구축된 첫 시집
―주민현,『킬트, 그리고 퀼트』

주민현의 첫 시집 『킬트, 그리고 퀼트』(문학동네, 2020)는 페미니즘 문제를 우선으로 한다는 인상을 강하게 남긴다. 스코틀랜드에서 남자들이 전통의상으로 입던 치마 '킬트'로부터 여성의 가사 노동이었던 바느질의 기법을 일컫는 '퀼트'에 이르기까지 시집은 온통 페미니즘적 정서로 작품을 구성한다. 그런데 여기서 특기할 만한 지점이 포착되는데, 주민현의 페미니즘적 시각은 현대라는 맥락에서 살필 때, 동시대 젊은 여성 시인들의 작품적 특징인 정신분석학적 개념으로 포섭되지 않는다는 것이다. 주민현의 첫 시집 『킬트, 그리고 퀼트』는 애도, 우울증, 히스테리, 환상, 페티시, 기괴함, 전이, 주이상스, 코라 심지어 여성적 섹슈얼리티에도 포함되지 않는다. 그렇다면 신인의 첫 시집은 어떤 특이성(singularity)을 확보하였는가로 살펴볼 때, 거칠게나마 요약하자면 이렇다. 주민현 시집은 여성 인권에 관한 오랜 문제와 역사적 사항―가령, 아이슬란드 여성 총파업 날(「오늘 우리의 식탁이 멈춘다면」)이나 1912년 로렌스 섬유공장 파업(「빵과 장미 1」)

등—이라는 묵직한 의미론적 주제를, 경쾌하고 발랄한 현대적 리듬 감을 동원해 구성하며, 오늘날 공감의 연대를 넓히는 특징을 갖는다고 말이다.

남녀 불평등의 본질적인 문제에 있어 가부장제(patriarchy)는 오늘날에도 이성 간의 억압과 여성의 임신과 출산을 재생산하는 기제로 파악되며, 이러한 인식은 시집『킬트, 그리고 퀼트』의 곳곳에 포진된다. 일테면,

> 린응사의 여성 불상을 보고
> 핑크 성당을 향해 걸었지만
> 베트남이 꼭 여성적인 도시란 뜻은 아니지
> —「가장 완벽한 핑크색을 찾아서」 부분

> 꿈에서 만난 라라 아줌마는
> 할 일도 많고 하고 싶은 일도 많지
> 아침엔 마당을 정리하고 저녁엔 상을 차리는
> 가족의 옷 재봉이 기쁨이자 취미인
> —「세계과자 할인점」 부분

> 우리는 바구니에 빨랫감을 가득 든 마리를 볼 때마다 그쪽을 향해
> 뛰어갔다
> 멀리서 보았을 때 마리는 울고 있었지만 가까워졌을 땐 웃고 있었다
> —「선악과 맛」 부분

「가장 완벽한 핑크색을 찾아서」는 '핑크'라는 색이 상기시키는 여

성성의 측면과 그런데도 여성적인 국가와 도시로 판단되지 않는 세계의 모습을 통해 주체가 여성의 정체성을 돌아보는 계기를 마련한다. 결국 "당신이 원하는 가장 여성스러운 사람"이 되고 싶다고 말하지만, 다음 연에 바로 치마를 들춰 보며 "사실은 결코" "그러고 싶은 마음이 없다"라는 걸 밝힌다. 이 시는 시집 말미에 놓인 「가장 검은색을 찾아서」와 대비되며, "한 사람을 마음속에서 도려낸 일"에 대해, 그로 인한 가장 어두운 여성 주체의 얼굴에 대해 "공중에 든 비치볼처럼 가벼워져도 좋을 것"이라며 가장 검은색이 갖고 있던 부정성에 오히려 가벼워도 좋다는, 역전의 시선을 내비친다. 결국 여성 주체의 생각이 가장 중요한 색의 인식임을 알려 준다.

이외에도 「세계과자 할인점」에서 주체는 꿈에서 만난 '라라 아줌마'를 통해 여성 정체성을 은연중 말하고 있다. 평화로운 이국 한적한 마을의 바닷가에서 그려지는 꿈은 시종 나른한 풍경을 제시하지만, 그 속에서 생활상으로 비치는 여성은 주체에게는 여러 시각으로 다가온다. 즉, 가족을 위한 가사 노동이 기쁨이자 취미인 여성이지만, 꿈으로 제시된 정경과 "볼품없는 남자에게 어느 여자가 가슴을 줄까"를 통해 유추되는 바는 "새로운 엄마를 갖고 싶은" 주체에게 "동시다발적으로 태어나는" 혼돈을 초래하는 여성성의 모습이다. 가부장제에서 이뤄지는 가내제 생산양식(domestic mode of production)은 가정 내에서의 여성의 일과 모성적 역할을 당연하게 생각하는 암묵적인 사회적 동의 하에 이중으로 착취를 하게 된다. 이 같은 구조 속에서 여성 억압은 개선되지 못하는데, 이것은 「세계과자 할인점」에서 드러나는 '라라 아줌마'에 대한 주체의 감정이 엄마를 필요로 하기도 하는 등 복합적인 것으로 나타난다.

또한, 「선악과 맛」은 명명법(命名法)이라는 특징이 시의 이국적 느낌을 부각하는 작품이다. "대저택에서 종일 빨래를 하고 아이를 보는 마리"의 인생에서 중요한 것은 "생각하고 또 생각해 보지만 조금도 짐작할 수" 없을 따름이다. 마리의 삶에서 깨달음은 모과를 고르거나 침대의 소리를 벽에 기대 듣는 것뿐이다. 저택의 주인이라는 상당히 전근대적 인물로 보이는 인물과의 계급적 관계 등은 명명법과 극화된 특징으로 전개된다. 명명법은 황병승으로 대표되는 미래파 시인 이후 젊은 시인들에게서 자주 나타나는 수사법으로 주민현의 다른 작품에서도 가상적인 이국적 배경을 중심(「잭과 나이프」, 「복선과 은유」)으로 나타난다.

시집에서 그려지는 성 불평등의 본질적 사항을 사회구조의 차원에서 바라볼 때, 가장 핵심적 사항은 2020년에도 여전히 여성의 가사 노동과 사회적 계급처럼 드러나는 고용된 여성의 대우 문제다. 차별(discrimination)을 받는 여성은, 암묵적인 사회적 동의로 받는 불합리한 처우에 대항하는 연대(solidarity)를 꿈꾸기도 하는데, "배가 불러 온 사람들이 하나둘 사라진 자리에/아직 그렇지 않은 사람으로서 작은 창문을"(「빵과 장미 1」) 지키는 주체는 "건너편 창문에 선 당신"과 보이지 않는 감정적 교류를 한다. 당신은 "붉은 입술의 중요성과/복장 단장의 이중주를 듣고" 있고 나는 "상급자를 바꾸라는 전화와/꺾어지는 나이라는 농담 사이를 위태롭게" 걸어간다.

이처럼 타인과 내가 동등성의 위치에서 감정적 교류를 보이는 작품은 시집 『킬트, 그리고 퀼트』의 주된 특징으로, 시집의 주체는 언제나 다른 여성과 긴장의 균형을 맞추며 묘사된다. 「철새와 엽총」에서는 '히잡을 쓴 그녀'와 '나', 「우리는, 하지」에서는 '옆집 여자'와 '나', 「빵과 장미 1」에서는 '건너편 창문에 선 당신'과 '나', 「아무 해도 끼치지 않는 펭귄」에서는 '화를 내는 너'와 '나'다. 그 밖에도 다수의 작품이 '나'와 '너'(그녀/당신)를 교차해서 보여 주며 궁극적으로 '(여성) 우리'의 관계를 공고히 하려는 입장을 드러낸다. 이것은 여러 인물을 동원함으로써, 궁극적으로는 시적 자아가 독자와 긴밀한 관계를 맺으며 사회성을 고양하려는 목적이라 할 수 있다. 이때 세상과 대면하려는 태도로써, 자기폭로나 감정적 어조를 사용하지 않는 정돈된 목소리는 사회 인식의 주제적 의미를 보편화시키면서 가치 근원으로 확립시키는 역할을 수행한다.

또한 작품의 특징은 서사의 재구성과 어조의 변주를 통해 발생한다. 쉼표와 술어 생략 등을 통해 라임을 조성함과 동시에 전환과 비약을 빠른 템포로 진행한다. 이 같은 특징으로 인해 무거운 주제적 의미망에 묶일 것 같은 작품들도 한결같이 산뜻하게 읽히는 매력을 획득하는데, 「아무 해도 끼치지 않는 펭귄」, 「철새와 엽총」, 「우리는, 하지」, 「아무 해도 끼치지 않는 암소」, 「터미널에 대한 생각」, 「원피스에 대한 이해」 등이 그러하다.

　

　미래의 여자들은 강하다

　

　밝고 따뜻한 조명 아래서
　왜 그런 생각에 사로잡혔는지 몰라

　

　너희 아버진 독일 여행 중에
　펭귄의 화석 뼈를 관찰하는 사람을 만난 적이 있다지

　

　육천만 년 전엔
　펭귄의 키가 177센티미터, 몸무게는 100킬로그램이었다지

사람만큼 크고 사람보다 힘센
펭귄이 두 팔을 휘두르며 걷는 것을 상상한다

로랑생의 전시를 보고 나온 뒤에
멋진 옷을 입은 마네킹들을 지나쳐

미래의 여자들은 강하다
왜 그런 생각에 사로잡혔는지 몰라

언젠가 네가 화를 내며 식탁을 쾅 치자
식탁 위의 모든 사물이 흔들렸지

나는 네 손 아래서 부서진 과자를 모아
책상 위에 작은 천사를 그렸다

화내지 말라고 작은 목소리로 중얼거린다면
너는 그게 안 들리는 소리라고 하겠지

그러나 나는 하나의 귀로도
아무도 듣지 못하는 소리를 들어 왔다

그건 가끔 나의 비밀이었어

세상 사람들의 귀를 모아 전시한다면

그건 참 이상한 박물관일 거야

거기에 대고 하나의 말을 던진다면

미래의 여자들은 강하다,

밝은 조명 아래서 빛나고 좋아 보이는 옷을 골랐지
막상 걸친다면 금세 초라해지더라도

귀퉁이만 남으면 그것은 귀라고 믿으면서
　　　　　　　　　　—「아무 해도 끼치지 않는 펭귄」 전문

　단호한 정의적 진술로 시작하는 「아무 해도 끼치지 않는 펭귄」은 연행의 비약과 어조 구사를 통해 전술한 작품적 특징을 보이는데, 전문을 읽고 나면 시제에서부터 쓰이는 '펭귄'은 여자를 상징하는 동물이었음이 파악된다. 주체인 '나—너—너희 아버지—너희 아버지가 독일 여행 중 만난 펭귄의 화석 뼈를 관찰하는 사람'으로 주조해 내는 이야기는 "미래의 여자들은 강하다"와 "왜 그런 생각에 사로잡혔는지 몰라"라는 진술의 반복을 통해 여성 주체가 무/의식적으로 "힘센/펭귄" 말하자면, 강한 여자에 대해 동경하고 있음을 강조한다. 여기서 강한 여자는 화내야 하는 상황에서 화를 내는, 자기 목소리(voice)를 내는 '너' 같은 여자라고 해석되는데, "아무도 듣지 못하는" 불평등의 소리를 들어온 "비밀"을 가진 나는, 결국 미래의 강한 여자를 꿈꾼다. 너를 통해서 촉발된 목소리는 "하나의 말을 던진다면"이라는 자기 목소리로 옮겨 가게 되는 것이다.

원피스는 창문을 가리는 커튼이 될 수 있고
이목구비를 지우는 수건이 될 수도 있다

당신은 잠들기 직전까지 신문을 본다
거기에 인생의 중대한 의미라도 담겼다는 듯
그런 건 없더라도 해 지는 저녁이면 뭔가를 기대하게 되고
배부르게 먹고 난 뒤엔 그런 건 없어도 좋다고 생각하며 눈을 감게
된다

노래를 부르던 윗집 여자가 이윽고 조용해질 때까지
우리 둘뿐인 노란 방에서
고독은 끊임없이 흘러 우리를 연결한다
햇빛처럼, 전깃불처럼

오 일 만에 발견된 여자는 목이 긴 구두를 신고 있었다
자기 자신으로부터 걸어나가기 위함이라는 듯……
지금은 도주 중인 그 여자 애인과 당신은 조금 닮았다
우리도 종종 다정하거나 난폭하게 지퍼를 내리고 폭주기관차처럼
깊어지던 적이 있었다
그럴 땐 버려진 개의 눈빛을 이해한다고 생각했다

전깃불이 없다면 우리는 어떻게 서로를 볼까,
환한 빛 아래선 아무래도 서로를 잘 쳐다볼 수 없고
어두워져야 하는 순간에도 불이 들어올 땐 조금씩 어색한 순간이 찾
아오기 마련이어서,

깜박거리는 조명 아래 나는 원피스를 벗고, 당신은 여전히 신문에서 눈을 떼지 않는다

　그럴 때 원피스는 고장 난 창문, 삐걱거리는 슬픔, 얼룩덜룩한 반점 따위를 가리는 커튼이 될 수 있고

　어쩌다 흐른 땀이나 눈물을 몰래 닦는 수건이 될 수도 있다

　당신은 신문 속으로 들어가고, 나는 원피스를 덮고 잠이 들고

　그런 저녁이면 이대로 영화가 끝나도 좋다고 생각하게 된다

　　　　　　　　　　　　　　　　　─「원피스에 대한 이해」 전문

　치마 입은 남자들과 춤을 추었지

　스코틀랜드의 어느 광장에서

　치마는 넓게 퍼지고

　돈다는 것은 계속된다는 거지

　체크무늬, 백파이프, 퍼지는 담배 연기 속에서

　가끔 멋진 남자를 동경하지

　낮게 깔린 목소리도 그럴듯하게

　그리 깊지는 않은 역사를 간직한

　무늬의 치마를 입고

　춤을 추는 우리가 남자이거나 여자이거나

치마는 소리 없이 돌고
돈다는 것은
돌면서 계속 새로운 무늬를 가진다는 거지

돌았니, 하고 물었던 사람이 있었지
조용히 하라는 말도 들었지
치마를 입고 상스럽게 앉은 어느 날이었지

치마를 입고 함께 춤을 춘다고 해서
우리의 성이 같아지는 건 아니지만

한때 노동복이었던
치마를 입은 내가 스코틀랜드에선
남자여도 이상할 건 없지

체크무늬, 바둑알을 두기에도 좋은 타탄무늬
계급과는 먼, 복고풍의 치마를 입은 내가
남자이거나 여자이거나

한때 노동자였던
사람들의 타탄무늬를 그리며

이 거리에서 우리는 모호하게 기워져 있지
깁다, 라는 것은 깊다는 것과 별 관계가 없지

킬트, 그리고 퀼트

그리 깊지는 않은 전통에 대하여

허리나 엉덩이 주변을 감싸는 천

또는 그런 손에 대하여

체크무늬 치마, 우리를 깁지

—「킬트의 시대」 전문

이성 간의 성애(sexuality)적 문제를 드러내는 「원피스에 대한 이해」는 「킬트의 시대」의 이데올로기적인 사항을 들춰내는 치마와 비교될 작품으로 여간 적절하지 않다. 치마는 작품들에서 여성 억압의 핵심적 매개물로 이바지하며, 주체는 여성에 대한 차별과 폭력의 문제를 (프롤레타리아) 계급의—이러한 여성의 가사 노동과 가정에서의 문제는 프롤레타리아 계급의 문제로 환원 가능하며, 이것은 전술한 작품들 가령, 「세계과자 할인점」, 「선악과 맛」에서도 애매하지만 공통으로 나타나는 사항이다—문제와 맞닿아 인식한다. 「원피스에 대한 이해」는 그런 차원에서 원피스가 다른 목적이나 용도로 사용 가능하다는 중요한 단서적 진술로 시작된다. 여성 정체성으로 구현되는 원피스가 "창문을 가리는 커튼"이나 "이목구비를 지우는 수건"으로 사용될 수 있다는 것은 일종의 암시로, 이후 평범해 보이는 일상 속 위험천만한 사태와 긴밀한 유기적 관련을 맺으며 일치한다. 평소에 "노래를 부르던 윗집 여자"는 "오 일 만에 발견"되고, "지금은 도주 중인 그 여자 애인"은 동거인인 '당신'과 어쩐지 닮았다. (데이트 폭력이나 가스라이팅을 연상시키는) 당신과의 관계로 말미암아 주체의 원피스는 삐걱거리는 슬픔이나 눈물을 몰래 닦는 수건이 되고 만다. 사사로운 영역에서 벌어지는 이 같은 일은 심리적 기제로 작용하여 종국에는 지배관계로 드러나며 불평등한 성 고착화 현상의 문제에 맞물린다. 타인에 대한 지배력을 벗어나기 위한 "자기 자신으로부터 걸어나가기 위함"의 행동은 이처럼 범죄로 유추되는 문제로까지 번져 간다.

결론적으로 언급하자면, 권력관계의 우위를 차지하려는 이성 간의 잘못된 폭력적 상황은 암묵적으로 진행되며 사회적으로도 고착되기 쉽다. 이러한 불합리성에 반기를 들고자 시인은 서두에 언급한 '킬트'로부터 '퀼트'까지, 다시 말해 「킬트의 시대」까지 걸어가게 되는 것이리라. "역사를 간직한/무늬의 치마를 입고/춤을 추는" 이들은 남자나 여자의 구분이 아닐 것이다. 다만 함께 입은 치마, "한때 노동복이었던/치마"를 착용함으로써 "소리 없이 돌고" 돈다는 걸 말하고자 함이겠다. 결국 치마는 시적 주체와 당대의 삶을 이해하는 중요한 의복으로 자리매김할 수밖에 없다. 지극히 당연한 일이겠지만, 우리가 같은 모습으로 "돈다는 것"은 새로운 무늬와 새로운 시대로 나아가는 일일 테니까 말이다.

응집의 구심력으로 구축된 첫 시집
―박은영,『구름은 울 준비가 되었다』

체험적 재현으로써의 작품이 현재에도 힘을 발휘하는가. 다시 말해 은유와 진술을 통해 삶의 애환과 삶과 죽음의 성찰을 돌아보는 작품이 현대에도 읽힐 힘이 있는가. 우문이 될지도 모르나 급변하는 현실에서―가령 AI, 전기차, 영끌, MZ 세대, 뉴노멀 등에 더해 포스트(post) 무엇에 부응하는 포스트산업사회, 포스트모더니즘, 포스트페미니즘 등―문학의 변화도 해체되고 쉽사리 정의 내릴 수 없을 정도로 다변화된다. 그러므로 어리석은 물음이 될 법한 질문을 미숙한 나도 하지 않을 수 없는 심경이라 할 것이다.

어쨌든 문학이라는 본론으로 다시 돌아와 말하자면, 그런데도 현대에도 기존의 전통과 의미를 고수하고 중시하면서 완숙미를 더하는 이들도 있다는 사항이다. 단단한 세계를 구축하는 시, 바로 지금부터 언급할 박은영의 첫 시집『구름은 울 준비가 되었다』(실천문학사, 2020)가 여기에 속한다.『구름은 울 준비가 되었다』는 근래 신인의 첫 시집 가운데 독보적으로 꼽을 만큼 확산과 발산이 아닌 내부로의 수렴과 응집의 힘을 가진 작품집이다. 요컨대, 체험적 현실에 몸담고 있으면서도 공통의 보편적 정서로 나아갈 수 있는 생활의 진정성과 고유성을 함께 담보하고 있는 특징을 지닌다. 2018년『문화일보』신춘문예와『전북도민일보』신춘문예로 동시에 등단한 시인의 조금 늦은 등단(1977년생)이 완숙미 쪽으로 나아가게 했는지도 모를 일이지만, 여하간 52편으로 엮은 첫 시집을 통해 구축된 시적 화자의 계보와 그녀의 "울 준비"가 무엇인지 조금씩 파악하기로 한다.

　박은영 시집의 시적 특징은 비유적 언어의 용법에 있어 주로 은유로 구현된다. 은유는 아리스토텔레스에 의해 문학적 용어로 정의된 이후 휠라이트, 폴 리꾀르, 흐루쇼브스키 등 여러 연구자에 의해 다양한 형태로 심화 설명되었다. 박은영 시집이 은유 방식에 의해 나타나는 까닭을 이해하기 위해 은유의 속성에 대해 먼저 개략적으로 짚어 본다면 이러하다. 은유는 익히 알다시피, 원관념(tenor/primary meaning)과 매개하는 보조관념(vehicle/secondary meaning)을 동원하여 그 둘 사이 간의 유사성을 발견해 구현해 내는 수사법이다. 비유의 원어에 해당하는 'metaphor'는 그리스어인 'metaphora'에서 파생되었는데, 주지하다시피, 'meta'는 '-을 초월/넘어서'라는 뜻이며 'phora'는 '가져가다/이동하다'를 뜻하고 있다. 이처럼 두 개로 나뉜 의미화 과정은 유추라는 두 사물 사이의 결합 양식에 의해 통합된다. 말하자면, 동일성에 의해 비유는 성립된다는 것이며 당연하게도 여기에는 차이가 포함되게 된다. 작품으로 돌아와 설명하자면, 박은영 작품들이 동일성(/차이)을 함유하며 비교되는 대상들 간의 결합 방식으로 작품적 충실성에 도달하고 있다는 것이다. 예컨대,

　　주소 없는 집이었다 전도지와 편지와 초승달은 치킨집으로 배달되

었다 나는 빚진 자의 자식처럼 소리 없이 웃으며 신앙을 키웠다 참는 거와 견디는 거는 다른 말이었다 주소를 가지려면 단단한 벽이 있어야 한다 일기를 쓰다가 연필로 구멍을 뚫었다 한쪽 눈을 감으면 세상이 달라 보였다 튀긴 닭들은 새벽에 울지 않았고 나는 새 번역 주기도문을 외우지 못했다 방석의 시대로 돌아가려면 많은 방들을 지나가야 한다 골다공증에 걸린 엄마의 무릎에서 기름방울 같은 빈방들이 떠올랐다

주소 없는 지하 도시,

나는 눈물이 고이도록 오래 숨어 있었다

—「데린쿠유」 전문

터키의 카파도키아 지역 데린쿠유 지하 도시(Derinkuyu Underground City)를 지칭하는 시제는 문맥에 중요한 메타포로 자리한다. 지하 도시는 로마제국의 종교 박해와 이슬람 교인들로부터의 박해를 피해 그리스도 교인들이 은신하며 모여 살았던 장소였다. 이렇듯 '데린쿠유'라는 거대한 지하 도시는 작품의 비유와 자연스레 맞닿고 있다. 주소지가 없는 이곳에도 초승달은—터키 국기는 붉은색 바탕에 흰색의 초승달과 별로 구성되어 있다. 즉, 초승달은 터키의 상징으로 오스만제국과 관련한다—뜨고 전도지와 편지는 신산스레 배달된다. 멀리서 보면 구멍이 숭숭 뚫린 듯 보이는 형태에서 시인은 "주소 없는 집"을 떠올리고 나아가 "골다공증에 걸린 엄마의 무릎"까지 끌어낸다. '구멍'이라는 형태적 유사성과 '은신(숨는다)'이라는 의미적 유사성은 시의 전체를 아우르며 '데린쿠유'는 화자가 "빚진 자의 자

식처럼" 숨어 "신앙"을 키우는 장소로 구현된다. 하루 두 번, 한 차례에 두 시간씩 방석에서 기도를 한다(시인의 인터뷰 참고)는 체험적 영성의 시간은 작품 문면에도 나타난다. "방석의 시대"로 돌아가는 와중에 거치는 많은 방, 다시 말해 골다공증이라는 엄마의 방들은 작가적 체험이 얼마나 애달픈지를 알려 준다. 무릎으로 앉는 방석의 시간이라는 개인적 체험으로 시작하여 침잠과 깊은 성찰을 고무하는 화자의 '나의 죄(mea culpa)'는 종교 역사적 면모와 의미상으로 얼마나 맞아떨어지는가를 보여 준다. 이때의 은유는 수사적 장치를 넘어 육화된 형식 미학의 차원으로 의미적 풍부성을 획득한다.

은유 원리에 입각한 작품들은 박은영 시집에서 실존적 삶과 죽음이라는 의미로 특징화되기도 하는데, 이 같은 사례는 그의 시 작품에서 시적 세계관과 시정신의 본질을 규명하는 방법으로 수사법이 쓰이고 있음을 분명히 보여 주는 일례라 할 것이다.

> 필리핀의 한 마을에선
> 암벽에 철심을 박아 관을 올려놓는 장례법이 있다
> 고인은
> 두 다리를 뻗고 허공의 난간에 몸을 맡긴다
> 이까짓 두려움쯤이야
> 살아 있을 당시 이미 겪어 낸 일이므로
> 무서워 떠는 모습을 찾아볼 수 없다
> 암벽을 오르던 바람이 관 뚜껑을 발로 차거나
> 철심을 휘어도
> 하얀 치아를 드러내며 그저 웃는다
> 평온한 경직,

아버지는 정년퇴직 후 발코니에서 화초를 키웠다

생은 난간에 기대어 서는 일

허공과 공허 사이

무수한 추락 앞에 내성이 생기는 일이라고

통유리 너머의 당신은 그저 웃는다

암벽 같은 등으로 아슬아슬 이우는 봄

붉은 시클라멘이 피었다

막다른 향기가

서녘의 난간을 오래 붙잡고 서 있었다

발아래 아득한 소실점

천적으로부터 훼손당하는 일은 없겠다

하얀 유골 한 구가 바람의 멍든 발을 매만져 준다

해 저무는 발코니,

세상이 한눈에 보인다

　　　　　　　　　　　　　　—「발코니의 시간」 전문

　가령, 「발코니의 시간」은 담담한 어조로 조성된 탁월한 은유적 기법이 인간의 깊은 문제까지 다룰 수 있다는 사실을 말해 준다. 죽음에 빗대어지는 "평온한 경직"을 축으로 앞에는 필리핀 사가다 지역의 장례 풍습인 행잉 코핀스(Hanging Coffins)가 그리고 뒤에는 발코니에서 화초를 키우는 정년퇴직한 아버지의 모습이 형상화된다. 발코니라는 공간은 암벽에 철심을 박아 관을 올려놓는 장례의 공간으로 치환되면서 아버지가 자리한 통유리 너머의 모든 것은 죽음에 관련한 사항으로 응집된다. "난간", "허공과 공허 사이", "무수한 추락", "암벽", "막다른 향기", "발아래 아득한 소실점", "하얀 유골 한

구" 등은 '죽음'이라는 원관념으로부터 의미론적 이동을 한 구상, 추상, 감정의 이미지(vehicle/secondary meaning)다. 무한 경쟁의 삶을 마감하는 인생의 한때를 죽음으로 치환해 내는 시적 발견은 동일성에 의하여 성립된다. 이때 은유는 관습화된 비유가 아니라 보편적 진실이라는 고유성을 내재하면서도 새로운 창조로서의 전환적 사고를 하는 것이라 할 수 있다. 죽음과 장례에 대한 인식은 다른 시에서도 나타나는데, 마찬가지로 시 「추억의 방식」은 "유골에서 탄소를 추출하여 합성다이아몬드를 만드는" 새로운 장례 문화인 '메모리얼 다이아몬드'라는 보석으로의 가공이 현대의 얼마나 슬픈 모습인지를 알려 준다. 잊어야 할 때 잊어 주는 것조차 잊어 가는 오늘날의 죽음을 역설적으로 환기하며 현대의 비판적 시적 인식을 뚜렷이 구축한다.

동일성의 맥락에서 세계의 자아화라는 '동화(assimilation)'와 자아의 세계화라는 '투사(projection)'에 의해 시적 화자의 내면은 외부 세계를 끌어오기도 하고 외부 세계로 표출되기도 한다. 박은영의 시적 방법은 이러한 동일성의 범주에서 자아의 정서와 사상이라는 세계관이 드러나는데, 다음과 같은 작품들이 그러하다.

바람이 검은 안경을 쓰고 하모니카를 부는 동네
어금니가 닳도록 치열하게 살아도
붓고 시리고 흔들리는 길에서 벗어날 수 없었다

—「옥수동」 부분

점자를 더듬어 가듯
어렴풋이 자식을 떠올리는 요양원 노인들
파손 주의, 경고문이 붙은 오후

―「에어캡」 부분

해를 보는 날은 화장을 두껍게 한 늙은 여배우의 편이 되기도 하였
다 시들지 않으려고 혈자리를 누른 일과 그물 스타킹으로 당신을 붙잡
아 놓은 일이 부끄럽기도 하였다

―「장미의 습도」 부분

신화를 상속받을 가장들은 머리를 굴리고 눈동자를 굴리고 바람 빠
진 바퀴를 굴려야 한다 둥글게 지나간 자리가 길이 되기까지, 아무렇
게나 퍼질러 놓은 말들이 뭉쳐질 때까지 더부룩한 하루를 맞닥뜨려야
한다

―「스카라베우스」 부분

누구의 잇몸에서 빠져나왔을까라는 화자의 세계는 「옥수동」에서
옥수수의 동네로 치환되고, 요양원 노인들의 "개구리의 볼처럼 부
풀어 올랐던" 허풍은 모양이라는 형태적 유사성에 근거해 「에어캡」
의 에어캡으로 나타난다. 「장미의 습도」에서 장미는 늙은 여배우로
치환되어 당신을 붙잡았던 과거를 떠올리기도 하며, 「스카라베우스」
에서는 말똥구리를 의미하는 라틴어 스카라베우스가 아버지의 길에
비유되며 "말(言)의 배설물을 어디서부터 굴리고 왔나"라는 관념적
인 인식까지 확장된다. 또한, "한 말을 또 하고 또 하는 숱한 말의 세
계"라는 세계에 대한 해석과 함께 "경단 같은 그림자 안쪽에서/동그
랗게 몸을" 만다는 말똥구리와의 형태적 유사성으로 가장들이 겪는
"냄새"의 시대를 형상화해 낸다. 주지하다시피, 앞서 언급한 대로 박
은영의 첫 시집은 여타 시집과는 차별되는 지점으로써, 확산이라는

원심력의 특징보다는 응집의 구심력을 지닌 중심화된 사유에 천착한다. 이러한 시적 특징은 은유로부터 발생하는 사항인데 시집의 체계 지향적인 면모는, 확실히 시적 인식을 굳건히 하면서 전면에 드러낸다. 이것은 오늘날 현대시의 다수를 차지하는 환유적 특징, 다시 말해 '환유—단어들의 배열—인접성의 원리'를 '은유—단어들의 선택—유사성의 원리'보다 우위의 가치로 둘 일은 아니라는 걸 충분히 예로써 보여 준다. 은유와 환유의 구분은 알다시피, 로만 야콥슨이 언급한 수사학적 실행 원리일 뿐이지 시적 의미와 이미지 구축에 있어 우열의 사항은 아니기 때문이다.

> 모자 가정이 되었다
> 정권이 바뀌고 수급비가 끊기자
> 국밥 한 그릇 사 먹을 돈이 없었다
> 아홉 살 아이는 식탐이 많았다
> 24시간 행복포차식당에서 두루치기로 일을 하고
> 눈만 붙였다가
> 등만 붙였다가
> 엉덩이만 붙였다가, 부업을 했다
> 아이가 손톱을 물어뜯을 땐
> 국밥 먹고 싶다는 말이 나올까 봐
> 야단을 쳤다
> 반쪽짜리 해를 보며 침을 삼키던 아이는
> 일찍 침묵하는 법을 배웠다
>
> 찢어진 날들을 붙이면 어떤 계절이 될까

내가 있는 곳은

멀리서 보면 그림이 된다고 했다

밀린 인형 눈알을 붙이며 가까이 보았다

초점이 맞지 않아 희부옇게 보이는 내일,

아이의 슬픔이 가려지고

조각조각, 조각조각

깍두기 먹는 소리가 들렸다

—「모자이크」 전문

앞서 문맥의 전후 관계로 밝혀지는 이미지와 비유를 살폈지만, 그러나 무엇보다 시집에서 빛나는 부분은 작가적 체험에 의한 사실성이 강화된 시편들이다. 화자가 "다시 친정으로 돌아"오자(「구강건조증—화구」) 아버지는 "마그마같이 뜨겁게 올라오는 화를 누르고 빠진 이를 손바닥에 올려놓는 채 물끄러미" 나를 바라본다. 또 화자가 "까치발을 하면 하늘이 닿을 듯 정수리가 뜨거웠던" 신림동 옥탑방을 떠나자(「모태 신앙」), 비로소 세상은 "이적과 기사가 일어나는 곳"으로 판명되고 실상 자신의 집이 히브리어로 가난한 자의 집, 슬픔의 집인 베다니였다는 것을 깨닫게 된다. 그리고 "오른팔이 발달된 타자"로 한때 화자는 야구장 매표소에서 표와 거스름돈 내주는 일을 하는데, 이때 시간의 흐름조차 "거스름돈을 내주듯" 바뀌면서 "연장전 같은 날들"이 계속되기도 한다(「이글 아이」). 이러한 작품들에서 이해되듯이 원관념과 보조관념의 등가성은 개인적 체험 때문에 자연스럽게 시적 특질로 나타난다.

이와 같은 의미 선상에서 「모자이크」 역시 담담한 어조로 모자 가정에 대한 생활상을 형상화해 낸다. 여러 가지 색상의 돌, 유리 조각, 도편(陶片)들을 평면에 늘어놓고 접착시켜 무늬나 모양을 표현하는 모자이크 기법은 애옥한 삶의 현장을 상징적으로 투영한다. 시에서 나타나는 이미지들이 일정한 형상을 갖추지 않는 "붙였다가 (떼는 신체)", '물어뜯는 (손톱)', "반쪽짜리 해", "찢어진 날들", "인형 눈알", "(맞지 않는) 초점", "조각조각", "깍두기 먹는 소리" 등으로 이뤄지는 것은 모자이크라는 중심에 집중해 있는 까닭이다. "멀리서 보면 그림"이 되는 역설적 문장으로 인해 시는 더한층 서민의 일상을 들춰낸다고 할 것이다.

이제는 어엿한 성인이 되었을 "아이의 슬픔"은 사라졌는가. 정권도 바뀌었고, 해마다 새로운 시대의 서막을 알리는 신호탄이 쏘아지지만, 아직도 어디에선가는 침묵하는 법을 먼저 배우는 이들이 있지는 않은지 새삼 뒤돌아보게 된다. 진정성 못지않게 시적 자세에서도 조용한 정속 주행을 하듯 본분에 충실한 첫 시집, 삶의 내재적 가치와 사회적 가치를 동시에 지니는 첫 시집 이후 시인의 행보가 씩씩하기를 바라며 어쭙잖은 글을 마치기로 한다.

전위와 해체적 실험에 역점을 둔 현대시들이 있는가 하면 이와 달리 전혀 새롭지 않은 수사법으로도 새로운 서정의 문맥으로 변용하며 속악한 현대를 담아낸 현대시도 있다. 이러한 서정에 기여하고 있는 점이 흥미롭게 우리를 고무한다. 감히 단언컨대, "울 준비"는 읽힐 준비가 되었다. 그대여, 가슴으로 읽을 준비는 되었는가?

당신은 계절이 있어? 다섯 시가 있어?
―고은진주,『아슬하게 맹목적인 나날』

> 지난한 시절을 지나 멀리 이곳으로, 우수와 경칩을 지나, 소서와 대
> 서를 지나, 한로로, 소설로, 너무 아픈 소설로, 다시 돌아가지 못한다
> 할지라도, 지독한 추위가 기다리고 있다 할지라도, 한번은, 부디 죽음
> 속에서 삶을 기억하듯이, 새들이 혹한의 계절을 피해 다시 날아오르듯
> 이, 도저한 인생의 한복판으로, (중략) 다시 한번 그곳으로,
>
> ―윤보인, 소설『재령』

계절의 흐름이다. 봄의 시작이라는 입춘 지나 입하 지나고 다시
지나, 이 글이 읽힐 무렵은, 이슬이 내리기 시작하는 백로(白露)나 밤
이 길어지는 시기인 추분(秋分)쯤이려나. 우리나라는 24절기를 나누
고 이에 따라 농사를 짓는데, 원래 24절기의 이름은 중국 주(周)나
라 화북 지방의 기상 상태에 맞춰 붙여진 이름이다. 그러니까 절기
는 천문학적으로 태양의 운행 주기에 따라 농사를 짓는 것에서부터
유래했다고 할 수 있다. 어찌 되었든 지금은 확연히 축소된 가족공

동체와 민속문화의 지평을 간직하면서도 열린 공동체로써 현대성과 맞닿는 지점을 발견해 내는 시인이 있다. 지금부터 말하려는 것이 이것이다. 공영 미디어 프로그램인 「6시 내 고향」 방송작가, 시인의 이력이 예사롭지 않게 다가오는 것은 아마도 그녀의 첫 시집의 특질이라고 할 수 있는 지점이 생태를 중심으로 한 농촌공동체이기 때문일 것이다.

고은진주의 생태적(ecology) 면모는 농촌 체험과 섞이면서도 급속한 산업화가 초래한 문제의식이라는 인식론적 사유로부터 출발한다는 설명이 유효할 듯하다. 이에 따라 58편으로 구성된 시집 『아슬하게 맹목적인 나날』(여우난골, 2021)의 너비와 깊이는 크게 두 범주의 차원에서 언급해 볼 수 있다. 그것은 한국의 가족주의와 맞닿는 지점에서의 생태시와 도구적으로 자연을 사유해 온 현대—수평적 네트워크가 아닌 권위적으로 자리한—의 사례들이다.

이제 살펴볼 다음 시들에서 고은진주의 이러한 면모를 파악해 볼 수 있을 것이다.

막 피기 시작한 장미가 문을 열어 주었네 어떻게 야만과 측은을 딱 떼어 놓을 수 있는지 장미 넝쿨 속에서 너는 보았네

날짜가 하나씩 뜨는 무더기로 관에 넣어지고 있었네 너는 동그라미를 치고 날짜가 도망치지 못하도록 머리 쓰다듬었네 탁상용으로 제조된 초상이 뿌려지고 있었네, 예고도 없이 아무 데나 던져지고 파헤쳐져 소품에 불과한 숫자들 쓰러지고 있었네

흑장미 백장미 편 갈라놓고 한쪽만 싹둑싹둑 가지 치고 있었네 엉키

고 닫힌 골목에서 문 여럿이 쾅쾅 울었네

　휴교령 내려진 책상마다 먼지의 꽃다발 놓여 있었네 빨간 숫자에 머리 박은 꽃봉오리들, 훌쩍훌쩍 기념식장으로 들어가고 있었네
　　　　　　　　　　　　　　—「달력이 여름을 말하기 시작할 때」 부분

　휘트먼(Walt Whitman)과 소로우(Henry David Thoreau)와 함께 거론되는 미국 여성 시인 메리 올리버(Mary Oliver, 1935-2019)는 고은진주의 등단작에 인용될 만큼("나는 학교에서 나온다 재빨리/그리고 정원들을 지나 숲으로 간다,/그리고 그동안 배운 걸 잊는데 여름을 다 보낸다//2 곱하기 2, 근면 등등,/겸손하고 쓸모 있는 사람이 되는 법,/성공하는 법 등등,/기계와 기름과 플라스틱과 돈 등등.", 메리 올리버, 「달력이 여름을 말하기 시작할 때」) 시인의 생태 인식과 지향점에 영향을 끼쳤음이 분명하다. 이것은 비단 등단작에 「달력이 여름을 말하기 시작할 때」가 쓰여서가 아니라 올리버의 시 세계 전반이 생태적인 면모를 보이는, 다시 말해 그녀가 살아온 매사추세츠주 프라빈스타운의 자연을 살아 내고 그 속에서 탄생시킨 시편들인 까닭이다. 메리 올리버와의 영향 관계에서 살펴볼 때, 학교에서 "배운 걸 잊는데 여름을" 다 보내는 원텍스트의 숲과의 친연성은 시인의 시에서도 나타난다. 그러나 생태학적 상상력에 흡인되는 올리버의 시적 특징은 고은진주의 시적 특징과는 차이를 갖는데, 이유인즉, 고은진주의 작품에는 "휴교령 내려진 책상"이라는 시대적 맥락이 문제적으로 개입한다는 데에 있다. "막 피기 시작한 장미"가 열어 주는 "문"을 통해 전면에 등장하는 "야만과 측은"의 사건들은 궁극에는 현대의 역사적 문맥에서 등장하는 "먼지의 꽃다발"로 놓이며, 여름을 기어이 "기념식장"으로 끌고 간다. 이처럼 생태적 특질이 다시

생명을 얻어 의미적인 요소를 낳는 현대의 장으로 사유가 되는 것은 다음 시에서도 찾아진다.

할머니는 처녀 적 사립문 같다고 하고 아버지는 막 빠져나오는 송아지 같다고 하고, 나는 혁명 같다고 했다

연속 재배하면 벌레 먹고 풀이 날개를 치면 한없이 나약해져 버리는 무, 두더지가 지나간 자리 싹둑 잘라 두었던 것인데 잘린 쪽은 이미 구름으로 덮여 있다 구름의 본성은 땅으로 스며들고 스며든 본성이 하늘을 닮아 간다는 것, 부챗살같이 퍼진 무의 속 보면 알 수 있다

(중략)

구름에서 속 씨가 웅크리고 있다 모든 싹은 처음에는 속잎이었다가 속잎이 겉잎이 되는 동안, 사립문이 헐리고 철 대문이 달리고 송아지는 개의 값을 뒤집어쓰고 음매음매 컹컹 짖는다 그사이

혁명은 손가락질받았다

무청은 줄줄이 엮여 내걸리고 반 토막 무만 남아 필사적으로 싹 틔우고 있다 철 대문에서 싹이 자라고 싹이 노란 송아지가 컹컹 짖는다 한 개의 무를 할머니는 구름 쪽을 먼저 썰고, 나는 파란 하늘 쪽을 먼저 썰자고 한다

매운 입술이 내미는 혁명의 싹,

반쪽 남은 무를 두고도 분분한 의견이 한집에 산다

　　　　　　　　　　　　―「무 싹을 바라보는 견해들」 부분

　가족은 혈연 공동체로서 소사이어티라는 차원의 반대편에서 전통적·유산적인 측면을 강하게 내포한다. 그러나 좀 더 숙고해 보면 익히 가족이라는 어원이 사회적 의미를 내재하고 있던 기초적인 공동체를 의미했다는 걸 파악할 수 있을 것이다. 『중국고대사회』(허진웅, 동문선, 1991)에 따르면, 갑골문에서 가족(家族)의 '가(家)' 자는 지붕 아래에서 기르는 돼지의 모양을 한 문자였고, 이것은 혈족 중심의 농업을 위해 거주지를 정하고 정착하면서부터 지붕 있는 곳에서 행했던 멧돼지 사육을 뜻했다. 또한, '족(族)' 자는 정기(雄旗) 아래 화살이 있는 모양으로 다시 말해, 기치 아래 모인 씨족과 종족의 고대 군대 조직(전투 단위)을 의미했다. 고대의 군대 조직은 혈족을 단위로 삼았으므로 혈족 사람들이 함께 모여 살면서 농업에 종사하고 외부의 적을 막아 공동으로 싸웠음을 의미했다.

　오늘날 혈족을 기본으로 한 농업사회의 농촌공동체가 계승된다고 보기도 어렵거니와, 가족공동체의 존속과 의미를 강조하는 것이 설득력을 잃은 현실이라고 해도 과언은 아닐 것이다. 다만 혈연을 기초로 한 친족 개념만이 아니라 준가족, 비가족, 유사 가족공동체 등 여러 공동체로 의미가 확장할 수 있기에 사회적 차원과 개인의 정체성 형성을 위한 장으로 살펴볼 필요가 있다는 것이다.

　여하간 현실에 맞게 비판적 인식을 견지하는 자리에 고은진주의 시집이 자리한다면, 그것은 근현대사의 어두운 면을 관통하는 정치, 경제 권력의 지배력(우리나라의 유사 가족주의 형태는 가족과 문중이라는 혈연 중심주의, 그리고 군대, 단체, 섹트주의라는 지연 중심주의, 마지막으로 동문이라는 학연 중심주의 형태로 결속했으며 긍정적인 면보다는 정치적 공모 관계라는 부정적인 방향으로 유지되었다)을 가족주의 구성원들의—커뮤니티들의 네트워크—말을 빌려 재전유하고 있다는 점에서다. 「무 싹을 바라보는 견해들」의 '할머니'와 '아버지' 그리고 '나', 이렇게 삼대가 바라보는 무 싹은 그 의견이 제각각이다. 그렇지만 싹에서 돋아난 의미는 "처녀적 사립문"과 "막 빠져나오는 송아지"와 "혁명"이라는 즉, 민초들의 생명의 기운으로 모인다고 할 수 있다. 궁극적으로는 하나같이 세상에 대한 의식을 나타내는 데 활용되었다.

비록 무는 "벌레 먹고 풀이 날개를 치면 한없이 나약해져" 버리지만, 그 잘린 단면마저도 자연의 본성을 닮아 너그럽게 변해 간다. 그러나 세월의 흐름 속에서 만물과 조응하는 형태로 "부챗살같이 퍼진" 무의 속은, 무가 갖고 있던 "혁명"의 기운은 손가락질을 받게 된다. 요컨대, "사립문이 헐리고" "송아지"가 개의 값을 뒤집어쓰는 시간 속에서 "혁명" 또한 그렇게 변질하기도 하고, "혁명"의 주장이 설득력을 잃기도 한다는 것이며, 미완성의 상태로 반추할 시점이 도래한 것이기도 하다. 민주주의의 토양이 척박했던 시대의 독단(獨斷)과 독임(獨任)이 아니라 공동체의 의견으로 그려지는 모습이 자못 의미심장한 작품이라 하겠다.

농촌공동체 속에서도 시대정신에 비추어 해석해 볼 수 있는 모습을 구현해 내는 고은진주의 첫 시집은, 한편으로는 현저히 줄어든 농촌 서정을 바탕으로 직관의 힘이 강한 성향도 보인다. 가령, "개구리 입"에 달린 "경첩 여닫는 소리"를 통해 경칩의 개구리와 경첩이 소리의 유사성으로 은유화되는 시는 "한 목소리"로 무논의 유쾌함을 그려 낸다(「경첩, 경칩」). 이때 경첩을 여닫는 일은 "물오리가 미나리아재비 비집고/들어갔다 나오는 사이", "반쯤 소화된/개구리 와명(蛙

鳴)이 찬바람과 섞이는 그 사이"가 된다. 그리고 맛깔나게 형상화되고 있는 "밀풀"은 "꽃이 폭폭 끓는다"는 직관으로부터 시작해 "계절에 유용한" 쓰임새로 옮겨 가며 김치와 한겨울 문풍지에 "엉겨 붙는"다(「밀풀」). 그야말로 밀풀의 힘으로 앙큼하게 창호지 구멍 하나 뚫는 풍속의 맛이 살아난다.

이외에도 호박으로 치환된 외삼촌은 식구들이 "샅샅이 뒤져도" 나타나지 않는 "이름만 찾아지는 사람"이었기 때문에 "유월쯤 지나" 호박은 "찾아지는 것과 숨는 것"으로 나뉜다는 삶의 궤적과 맞물려 인식되기도 한다(「외삼촌」). "못 찾은 것이 다음 해의 종자"였던 과거의 인식이, 오늘날에는 "모두 어디로 갔을까"로 마무리되는 것처럼 가족주의의 가치관이 주도적이었던 분위기 속에서 맥락화되던 발견도 이제는 소멸하고 있음을 환기한다. 지금은 찾아지지 않는 사람들은, 산업화·도시화로 붕괴한 전통적 직계가족 관계만을 의미하는 것일까. 그것은 사람들 간 형성된 무관심의 문맥으로 읽힌다.

①
한 십 년쯤 된 가출이 돌아와 서성거리던
골목 어귀 같기도 하고
헛기침 등에 업고 가는 아버지의 뒷짐 같은 것
생의 박동이 또박또박한 지점

(중략)

손목 비틀기 전까지 실토하지 말아야 할 것들은
빠짐없이 손목으로 모이고

두 손목이 묶이면 발목까지 엉키는 자리

대체로 가늘어서 만만하게 다가가게 되는 곳

어떤 우악스러운 손에 잡힌
내 두근거리던 처녀 적 같은 손목

—「손목」 부분

②
의사 표시의 최악과 최선은
끄덕끄덕에 있다

(중략)

가장 비굴한 등급이면서 가장 거만한 계층,

뼈를 바르는 말로
격이 낮은 신분 만들기도 하고
냉큼 권좌에 올라앉기도 하는

목은 깃의 날개다

본디 목은
넓디넓은 시야를 가졌다
한 바퀴 빙 돌리면 아무리 뻣뻣한 뒷목도

올려다본 세상을 수락한다

―「뒷목의 품격」 부분

『아슬하게 맹목적인 나날』은 앞서 서술한 생태와 가족주의만이 아닌, 제유와 관련해 현대적 사항이 복합적으로 나타나기도 한다. 제유가 사물의 부분과 전체의 관계로 구축되는 상위와 하위의 개념인 바, 이와 같은 구조적 체계에서는 보조관념(대체물)이라는 대상의 속성이 원관념(피대체물)을 대신해 전면에 그려 내는 목적과 그 의미를 파악하는 것이 중요함으로 작용한다. ①과 ②는 "손목"과 "뒷목"이라는 신체의 종(種)과 유(類) 개념으로써 대상의 의미를 더 높은 질서 속으로 편입시킨다. 일테면, ①의 손목은 "생의 박동이 또박또박한 지점"이라는 인생의 치환으로써 "두근거리던 처녀 적"의 과거라는 지난 시간을 아우른다. 이같이 일상적 현실에 대한 감각은 신체라는 외양의 실현으로써 구현된다. ② 또한 전자의 예처럼 제유로써 나타나는 "뒷목의 품격"이지만, 이 시는 환유적 속성이 더해져 하나로 합쳐진 경우다. 주지하다시피, 환유가 대유로써 제유처럼 대표성을 띠지만, 환유는 제유와는 달리 외부적 요건으로 인해 가능하다. 관습적으로 제도화된 사회문화적 맥락에 따라 환유적 기능이 가능해지는 이유로 말미암아, ②에서의 "뒷목"은 사회적으로 관용화된 "계층"과 상대적으로 "올려다본 세상을 수락"하는 신분으로 의미화된다. 일찍이 한국시사에서 민중문학으로 불리는 1980년대 민중시·노동시의 대표적 수사 형태로 쓰였던 환유는 이같이 현대의 단면을 포섭하며 아직도 중요한 기능을 발휘한다.

위르겐 링크는, 환유는 실용적 관계나 사회적 문맥에 의해 이뤄진다고 설명한다. 이것은 자칫 환유의 성립 조건인 관용적·관습적 맥락이 과거의 흔적으로만 치부되어 배제될 수 있음도 상기시킨다. 그런데 고은진주는 이러한 범주에서 벗어나, 환유가 발생하는 조건을 고려해 좀 더 유니크한 놀이로써 확장한다. 「손잡이전(前)」의 '경계'와 연접하는 "손잡이"의 환유와 「참 간단한 모자」의 "삐딱하게 어울리는" 모자의 환유적 속성(이때의 환유는 은유와 결합하여 좀 더 풍부한 의미를 탄생시킨다)이 그러하다.

이상과 같이 과거와 현대의 접목과 재편성을 꾀하는 자리에 고은진주의 첫 시집은 존재한다. 일거에 추격하고 획득하려는 속도의 시대는 아이러니하게도 언제나 "달리고/달려도/달리는" 시간에 의해 추월당하고 "꽁무니를 빼는 후미들"이 된다(「아슬하게 맹목적인」). 그러므로 현대의 "도달불능지점"은 "목마른 자들의 폐허"일 수밖에 없다(「도달불능지점」).

시집은 말한다. "너는 누구의 다섯 시였니?"라고. 잃어 가는 것을 간직하는 시간에 대해서 말이다. 지난한 시절을 지나, 다시 묻는다.

오후 다섯 시까지 가면 돼? 이 말은 너의 마지막 말

리모컨 날아가고 화분 날아가고 선풍기 날아가는 방향은 일제히 다섯 시 쪽을 향해 있다 저녁을 시작하기에는 아직 이르고 너 버리기에는 만만한 시간대 너는 다섯 시가 있어?

(중략)

몽고반점으로 남겨진 기록은 지워지지 않아, 너는 누구의 다섯 시였니? 보이지 않는 차이가 보이는 그늘에 앉는다 다섯 시간째 앉아 있으

면 사라지기 좋은 시간이 되고, 시간 밑에서의 약속이란 얼마나 위험
한지 오후를 잃고 오후를 간직한다

　　　　　　　　　　　　　—「마지막 오후 다섯 시」 부분

슬픈 그녀는 호모 루덴스, 진지함을 포섭하는 그녀의 놀이

―윤은영,『시옷처럼 랄랄라』

> 우리는 새들이 이런 연기를 펼쳐 보일 때 어떤 느낌인지 알지 못한다. 하지만 어린 시절 이런 종류의 연기를 펼칠 때 상상력(imagination)이 충만했다는 것은 알고 있다. 어린아이는 실제의 자신과는 다른 어떤 것, 더 아름다운 것, 더 고상한 것, 더 위험스러운 것의 이미지를 만들고 있는(making an image) 것이다. 그렇게 하여 아이는 왕자가 되고 아버지가 되고 사악한 마녀가 되고 혹은 호랑이가 된다. 어린아이는 문자 그대로 기쁨에 넘쳐 자기 자신의 밖으로 나가 버린다(beside himself). 너무 황홀하여 그 자신이 왕자, 마녀, 호랑이가 되었다고 생각하며 그러는 중에서도 '일상적 현실'에 대한 감각을 유지한다. 그의 재현(다른 어떤 것이 되기)은 가짜 현실이라기보다 외양의 실현이다. 바로 이것이 imagination의 원뜻이다.
>
> ―요한 하위징아,『(놀이하는 인간) 호모 루덴스(Homo Ludens)』

문학을 말할 때 상상력(imagination)만큼 많이 언급되는 개념어가 있을까. 그리고 놀이하듯 자유롭게 즐기라는 요청만큼, 쉽고도 어려운 예술의 향유에 대한 요청이 또 있을까. 선택적으로 강화한 차원이 아니라 자유로서의 무엇이 있다면, 그리고 그에 따라 가늠해 본다면, 그것은 어린 시절의 기억을 빌려서일 것이다. 어린 시절은 누구나 의식적이고 전략적인 인식 너머의 것이 충만했다고 기억하며, 이것은 하위징아의 개념을 빌려 말하자면, 어린아이가 기쁨에 넘친 나머지 자신을 초월하는(beside himself) 재현이며 이것이 바로 상상력이다. 이처럼 어떤 예술적 창의성은 감수성과 아이와 같은 호기심으로부터 매력이 발산되기도 한다는 것이고, 지금 그러한 놀이의 친밀성으로 구성된 작품을 살펴보고자 한다.

사실 문학의 대내외적 환경은 언제나 열악하지만 21세기 우리의 문학은 여전히 존재하며, 누군가는 언어적 미감과 조탁을, 누군가는 현대 기술 문명의 비판을, 휴머니즘이라는 특질을, 사회와 국가라는 이데올로기적 문제를, 또 예술에 몸을 얻어 탄생시키는 가치를 위해 힘쓴다. 물론 다채로운 사항은 긴밀히 결합하여 있는 것이므로 절대적 준거는 있을 수 없고, 그러한 까닭에 작가의 개성을 드러낼 수 있는 형식이나 구성은 당연히 고유한 스타일로 자리할 수 있기도 하다. 본론으로 다시 돌아와 놀이의 요소가 시집에 문제적으로 개입하는지로 출발하는 게 맞을 것 같다. 요컨대, 59편으로 탄생한 첫 시집 『시옷처럼 랄랄라』(미네르바, 2021)가 놀이라는 요소로써 개성을 보이기에, 여기에서는 1980년생 시인의 내밀한 자유의 향유를 통해 가족·사회·시대와의 의미를 파악하기로 한다.

윤은영의 첫 시집 『시옷처럼 랄랄라』는 개인적이고 자유로운 디지털 세대의 특징보다는 그 이전 1970년대생의 인식—가령, 가족관계가 중요시되고, 1997년 외환 위기와 연동된 사회 진입(구직)의 고민이 중요했던 것 등—이 자발적 결사를 이루며 형성된다.(그런데 인터넷과 소셜네트워크서비스 등 정보기술(IT)에 능통한 세대지만, 한편으로는 밀레니엄 세대는 2008년 글로벌 금융 위기를 겪은 세대임을 상기할 필요가 있다.)

그러나 한때의 가족 서사에 집중해 살펴본다면, 윤은영의 개성적 측면이 숨겨지고 논의의 범주가 한정될 수 있기에 그보다는 풍성하게 우리 앞에 전시되는 다른 특징을 정리할 필요가 있을 듯하다. 비록 적확하게 대변하지는 못한다고 할지라도 이제부터 현대의 생존과 삶을 넘어 놀이의 차원으로 승화시키는 흔적을 알아볼 것이다. 일명 윤은영이라는 호모 루덴스, 진지함을 포섭하는 그녀의 놀이다.(이하 시집 2부에 구성된 낱자로 이뤄진 시편들의 순서는 내가 임의로 재배열한 것이다. 시집에서는 한글의 자음자의 순서대로 구성되었다. 시집은 "1부 조금은 밝았던 날들", "2부 연쇄 시인마", "3부 아픔 반납", "4부 스물스물 있다가 어느새 마흔"에 걸쳐 화자의 연대기적 서사가 서정의 문법으로 구축되지만, 그 가운데서도 특히 2부의 시편들이 시적 특이성을 지닌바, 이를 중심으로 다른 작품도 부가적으로 살펴보기로 한다.)

엄마가 자식을 버려 가둔 깊고 단단한 항아리여요. 그러므로 아픈데 보여 주기 싫어 마냥 터뜨리던 웃음 풍선이어요.

친척 집을 전전하느라 헐어 버린 외로움 울컥울컥 뱉어 내던 목구멍이어요. 차가운 시선들로 가득 찬 얼음주머니여요. 그러나 언제인가 엄마가 돌아오면 얼른 따라나서려 싸 놓은, 그리움 두둑이 누빈 보따리여요.

—「ㅎ」부분

시 「ㅎ」에서는 식솔들을 부양해야 할 의무와 관련해 그로 인해 결핍된 기억이 있는 어린 화자의 삶의 굴곡이 전면화된다. 사실 『시옷처럼 랄랄라』의 온갖 풍파는 이로부터 발생하는데, 가족 이야기를 소재로 삼아 펼쳐지는 애잔하고 서글픈 서사는 히읗 낱자에 의해 연상되는 독특성으로 전개된다. "항아리—웃음 풍선—헐어 버린 외로움—목구멍—얼음주머니—그리움"으로 이행되는 이미지는 히읗 낱자의 연상에 영향을 받으면서 형성된다. 여기에 더해 시종 거센소리를 배제한 유성음(ㄹ, ㅁ, ㅇ)의 운용은 종결형으로 '-이어요', '-여요'와 용례를 보이며 애틋한 감정과 정서를 표현한다. 가족이 인간의 삶에 있어 가장 원초적으로 작용하는 서식처이자 관계의 시작점인 까닭에 사회화되는 과정에서 큰 의미를 지닐 수밖에 없다. 화자가 처해 있는 환경적 상황이 도시화·산업화·핵가족화가 급속하게 진행된 20세기 후반이었음에도 가족의 의미는 건재하다.

서기는 반에서 글씨를 제일 잘 쓰는 아이
서기는 나만 할 수 있는 나에게만 뜨거운 직책
서기는 꼭 홀로 할 수 있어야 하는 단단한 뜻을 가진 동사의 명사형

나는 서기에 임명되어야만 했다 위독했던 할머니를 뒤로하고 개학 전날 서기가 되기 위하여 서울로 올라왔다 할머니는 개학날 돌아가셨고 나는 서기를 포기하기 싫어 장례식을 포기했다 과연 나는 나쁜 사람일까

서기가 되면 매일 교무실에 가서 선생님의 눈길을 받을 수 있어 도망간 엄마 나를 내팽개친 아빠를 잊을 수 있어 학교는 기쁨 학교는 늘

서 있는 곳

꿈에서 내 심장을 갈라 보았다 시옷이 새겨져 있었다 그러나 내가
새겨 놓은 것인지 태어날 때부터 새겨져 있던 것인지 참 궁금했다

흔들리는 열차 안에서 두 다리를 움직이지 않는 게임 휘청거리는 것
까지는 인정 발을 먼저 떼는 사람이 패배 발바닥에 힘을 꽉 주어 몸을
지탱하면 이기는 게임 세상이라는 밑변을 디디고 서서 꼭지각이 같게
두 다리로 만드는 이등변삼각형

그러므로 내게 서기는 언제까지나 시옷처럼 랄랄라

―「ㅅ」부분

실제 말과 글을 떠나지 않은 학원 강사(2부의 「학원별곡」 연작시는 이
를 상세히 보여 준다. 아이들은 화자를 뚱뚱보라 놀리지만, 학원비로 월급 받는 국어
선생만은 "통통할 뿐"이라고 말하는 일화나(「학원별곡 1」) 세상의 모든 소리가 공부
와 관련해 "꼴깍꼴깍꼴깍, 1학년 2학기 베스트해법국어 34쪽 3번 문제를 빨아 마시
는 소리"로 표면화되는 시행들은(「학원별곡 2」) 작가적 이력으로 말미암아 더욱 이해
된다. 이외에도, 다양하게 구체화한 어린 화자의 언술이 나타난다.)를 오래 한 때
문인지 시집에는 학생과 어린 화자의 발화와 어조, 문체 등으로 구
축된 시편들이 상당수다. 「ㅅ」에서 '서기'로 나타나는 낱자의 의미는
"꼭 홀로 할 수 있어야 하는" 마치 어떤 의무 내지는 정체성을 성립
시키는 조건처럼 "단단한 뜻을 가진 동사의 명사형"으로 화자의 인
생에 작용한다. 어린 날 '서기'가 중대한 직책일 리 없겠지만, 가족사
("도망간 엄마 나를 내팽개친 아빠를 잊"는 방법으로)를 따라가다 보면 "선생

님의 눈길을 받을 수" 있는 임원의 한 자리가 할머니의 장례식과 비교될 정도로 중요한 것이 아닐 수 없다. 시옷으로 새겨진 꿈속의 "심장"은 부친과 모친으로 인한 근심이기에 화자를 더욱 옭아매며, 희망은 포섭되지 않을 것처럼 보인다. 그러나 그런데도 "세상이라는 밑변"을 디디고 서는 "이등변삼각형"으로 시인은 "시옷처럼 랄랄라"를 끌어낸다.

한국에서는 가족의 개념이 혈연을 중심으로 이뤄지고 가족 구성원으로서 제사를 포함한 재산의 상속이 계승되는 까닭에, 다음 세대에게는 지위의 계승과 과거의 가산(家産)이 고스란히 대물림될 수밖에 없다. 앞서 「ㅅ」처럼, 이러한 인식은 생의 좌충우돌을 그려 내는 「ㅇ」에서도 드러난다. "평창동 골목"에서 "아무 집"이나 초인종을 누르"는 어린 화자의 "우리 집이길 바랐"다는 고백적 발화는 "얼른 과거를 꾹꾹 눌러 삼켜 보는" 동그란 목구멍이 된다. 부와 가난이 우선하여 상속되는 골목의 모서리를 벗어나려고 또는 진입하려고 모두는 얼마나 전력 질주해 왔을 것인가.

> 픕, 하고 아주 잠깐 웃었을 뿐인데 입안에서 팝콘처럼 ㅍ이 터져 나왔다
> ㅍ들이 이내 뭉쳐서는 모로 누운 하나의 커다란 사다리가 되었다
> 좌절한 사다리였다
> 나는 그것이 너무 무거워 바로 세우지 못하고 그저 넘어 다녀야만 했다
>
> 매일 밤 책상 위에서 미래를 빚었다
> 아침이면 펄펄 끓는 세상에 미래를 조금씩 떼어서 넣었다

도통 익지 않는 내 미래

사다리는 묵묵히 내 방에 누워 있기만 했다

젖은 날개를 신속히 말려야 한다는 생각뿐이었다

더 높이 도약하기를! ; 내 콧구멍을 비염으로 넘어뜨린 꽃가루 같은
말이 떠다녔다

노오력 노오력 노오력 ; 때아닌 모기가 날아들어 이명 같은 울음을
던져 놓았다

세우려는 몸부림이 과해질수록 사다리는 더 단단히 방바닥에 박혀
버렸다, 이건 2,020톤쯤 되겠다

—「ㅍ」 부분

전술했다시피, 윤은영의 첫 시집 『시옷처럼 랄랄라』는 놀이적 기
능이 강화된 것으로 설명할 수 있다. 그런데 여기서 우리가 일반적
으로 유추하는 자유로운 재현으로서의 놀이 기능만을 생각하면 곤
란할 것이다. 놀이의 본질적 부분이 고대 그리스 생활의 아곤(Agôn)
의 영역에서부터였고, 아곤(경기, 경연)은 놀이적 요소 가운데 오히려
놀이의 반의어(反意語)로 여겨지는 진지함(earnest)을 포함하고 있던
개념이기 때문이다(요한 하위징아, 『호모 루덴스』). 아곤의 기능은 축제의
영역에 속하고, 다시 축제는 곧 놀이의 영역에 속한다고 할 때, 문화
적 기능인 아곤을 통해 파악되는 것은 '놀이-축제-의례'라는 하나의
연결된 덩어리다. 네덜란드의 문화사가 요한 하위징아가 고찰했듯
이, 한국에서도 축제가 오랜 시간 마을의 특성과 함께 발전해 왔고
비단 농촌만이 아니라, 어느 공동체에서든 축제는 건강한 삶에 일조
하는 것이었기에 본질적인 놀이의 진지함, 다시 말해 기본적으로 시

는 "구속력 있는 대단히 정밀한 규칙을 따르지만 거의 무한한 변형을 허용"한다. 그러므로 규칙(규범)과 룰을 준수하는 아곤적 기능을 간과하면 안 된다는 얘기다.

본론으로 돌아와 재차 설명한다면, 『시옷처럼 랄랄라』의 낱자 시편들에도 규칙과 변형, 그리고 그에 따른 진지함이라는 놀이의 요소가 발견된다는 것이다. 일종의 방종으로서의 자유가 아니라 여전히 도덕적 감정으로 발전되고 나아가 윤리적 사항으로 구축될 수 있는 면모는 다름 아닌 놀이의 기능에 의해 구축된다. 「ㅍ」의 경우를 보면 "픕"이라는 웃음의 추동력으로 끌어올린 "프들"이 "뭉쳐서는 모로 누운 하나의 커다란 사다리"가 되는데, 그것은 화자가 곤고한 삶에서 짐처럼 느끼는 "좌절한 사다리"다. 화자의 방에 '묵묵히 누워 있기만' 한 사다리는 당연히 미래(로 가는 길)에 다름 아닐 것이며, 도약과 노력이라는 말들은 화자의 입에서 수없이 되뇌어졌을 것이다. 이 땅의 젊은이로 한 자취 여학생이 느끼는 현실의 무게는 "픕"이라는 한 줌 공기로부터 말의 놀이를 따라 옮겨 가며 2,020톤쯤의 무게로 변형된다. 이러한 화자의 심리적 유희는 작품 전반에 걸쳐 나 자신을 풍자하며 또한 세상을 조롱하면서 공격하는 형태로 나타난다.

여기 이 사람, 이제는 잠마저 줄어든 나이에 이르렀네
한밤중에 베란다에 몰래 나와 피우는 담배의 맛을 모르거나
애들이 따로 집을 내어 나가 허전해진 거실
새벽을 삐그덕 열고 나와 홀로 씹는 빵 쪼가리 맛을 모르거나
—완전히 구부려져 펴지 못하는 날이 오고야 말걸, 바닥이 익숙해질
시간인가 보이
혼잣말이 대화가 되어 버린, 쓰디쓴 이 말의 맛도 모르게 되었지

1등으로 나오는 낱자 같지만

자세히 보면 툭 부러진 목덜미

동백에게 그의 방식을 묻는다면

—괜찮아, 어느 순간부터 꺾임이 내 운명이었거든

하고는 무심히 내뱉겠지

　　　　　　　　　　　　　　　　—「ㄱ」부분

가족들이 편안한 소파에서 팝콘을 먹는 동안

그는 굳이 피벗 체어만 고집했기 때문이다.

정오의 막걸리는 편의점 간이 테이블에서 해야 제맛 낮부터 술이냐

고 환청처럼 들려오는 마누라의 잔소리를 오징어에 포개어 씹으면 징

하게 눌리는 질긴 자음 하나

가슴속을 꽉 채운 과거의 한 페이지에서 피벗 체어를 끄집어내어 부

서뜨릴 기세다

이응 같은 긍정을 잃어버린 채 ㅡ, 하고 신음을 토한 날이 많았지만

눈이 ㅅ ㅅ이 되도록 웃어제낀 날도 있어 그간을 지탱해 주었으니

나름 이때껏 잘 살아올 수 있었지 않았나 싶다

제 손으로 어깨를 토닥여야 하는 구슬픈 기운이 감싸고 도는 한낮의

도로변

매서운 차들의 질주 속으로 고만 뛰어들고 싶은 양장 책 하나가 이

내 거꾸로 뒤집혀 펄럭이고 있었다

　　　　　　　　　　　　　　　　—「ㅈ」부분

문학사적으로 보면 그리스의 아리스토파네스 희극에서부터 익히

풍자 형태를 발견할 수 있는데, 개념을 살펴보아도 풍자는 원래부터 농담·익살·장난(Scherz)과 진담·진지·진심(Ernst)의 이항 대립적인 영역을 포함하고 있었던바 미적 형식으로서의 풍자는 아이러니의 의미를 내포한다. 풍자가 세상에 대한 통찰력이 근간이 되고 그것이 희극적인 형태로 나타나므로 아이러니의 속성은 그 속에서 이해된다고 할 것이다. 「ㄱ」에서는 한글의 자음자 기역의 형태가 "자세히 보면 툭 부러진 목덜미" 같은 남자의 삶으로 그려진다. "바닥이 익숙해질 시간"이란 인생의 출세 가도라는 직진성이 아니라, 오히려 그것이 직각으로 꺾인 경우처럼 실패의 이미지로 전환되는데, "—괜찮아, 어느 순간부터 꺾임이 내 운명"이라는 자조적 어조로써 비극의 주인공은 희극적으로 풍자화된다. 시 「ㅈ」에서도 낱자 놀이는 "낮부터 술이냐고 환청처럼 들려오는 마누라의 잔소리"를 듣는 한 남자의 일화로 형상화된다. 이 시대 여느 가장을 상기시키는 '그'는 회전하는 피벗 체어만을 고집한다. 마치 사물의 명명으로 의인화된 맥락 같지만, 전문을 파악하면 보다 독립적인 놀이의 관점에서 형상화 작용이 일어남을 확인할 수 있다. 그의 "가슴속을 꽉 채운 과거의 한 페이지"로 자리 잡은 피벗 체어는 그를 앉히고 지탱해 주는 사물에서 "제 손으로 어깨를 토닥여야" 하는 에고로 변용되다가 차들이 질주하는 속도의 세상에서 "양장 책"으로 변신한다. 결국에는 볼품없이, 시대에 뒤떨어진 모습으로 "거꾸로 뒤집혀 펄럭이"는 책(='ㄱ') 뒤에 숨어 있는 의미를 통해, 시는 한때 사방이라는 온 세상을 회전했던, 그러나 언젠가부터 낡은 사물처럼 소외된 이 시대의 '의자-가장-양장 책'이라는 'ㅈ'의 계보로 독자를 이끈다.

하위징아가 시는 놀이 정신의 최후 보루라고 한 까닭은 무엇일까. 그의 말대로 문화가 놀이의 한 형태인데, 상업, 기술, 과학, 의례마저 놀이 정신과의 연관성을 잃어버리고 분리된 지금, 시만이 남았다고 피력하는 그의 주장은 일말의 암울한 심사마저 들게 하지만, 그러나 어쩌랴. 글 쓰는 이들이 최후의 놀이 정신을 제창할밖에.

대강의 문화적 사정이 이러하니 스물스물 있다가 어느새 마흔이 된 시인도 아픔 반납을 하고 연쇄 시인마의 플레이로 놀이 정신을 활달히 이어 가길 바랄 뿐이며, 아이러니스트의 미래의 시간이 궁금해지는 것은 온갖 간난신고를 겪어 낸 뒤 성공한 모습을 기대하여서가 아니고 힘든 가운데서도 놀이를 해 온 정신의 견인이라는 측면에서 그러하다는 것. 소크라테스의 『향연』을 빌려, "진정한 시인은 비극적인 동시에 희극적이어야" 하고 또한 "삶은 비극과 희극의 혼합으로 체험되어야 한다"라는 것으로써 마무리해야겠다. 그렇다. 인간 삶 전체는 비극과 희극의 혼합이다. 우리에게도.

대속과 참여, 몽환과 예술
—강신애,『어떤 사람이 물가에 집을 지을까』

겁 많은 짐승처럼 감각을 추스르며
나는 가만히 서랍을 닫는다

통증을 누르고 앉은 나머지 서랍처럼
내 삶 수시로 열어 보고 어지럽혀 왔지만
낡은 오동나무 책상 맨 아래 잘 정돈해 둔 추억
포도주처럼 익어 가길 얼마나 바라왔던가

닫힌 서랍을 나는 오래오래 바라본다
어떤 숨결이 배어 나올 때까지

　　　　　　　　　　　　—강신애, 「오래된 서랍」 부분

　어떤 사람은 물가에 집을 짓고, 그리움이 짙은 "늦은 휴가"를 간다
(「늦은 휴가」). 회상하지 않는 이는 알지 못할 이유로 간다. 오래된 책

장에서 강신애의 첫 시집을 펼쳐 든다. 나는 『서랍이 있는 두 겹의 방』(2002)을 기억하는 독자이고, 그녀의 신비를 회상하는 사람이다. 그리고 무엇보다 그녀가 발표 시기보다 뒤늦게 묶은 시(「늦은 휴가」는 2007년에 발표된 작품이다. 이번 네 번째 시집 이전의 두 권의 시집 『불타는 기린』(2009), 『당신을 꺼내도 되겠습니까』(2014)에 실리지 않았다. 「늦은 휴가」가 특히 신작 시집 말미에 실린 것 등 뒤늦게 묶인 이유와 의미가 시인에게는 있으리라.)를 기억할 정도로 강신애 작품의 아름다움을 기다리는 자다. 그런즉, "오래된 서랍"으로부터 변화된 "위안과 허망"(「시인의 말」)을 향해 걸어가 보기로 한다. 1996년 문단에 나온 이래 25년을 맞이하는 시인의 시 세계를 몇 가지로 추려 언급한다는 아쉬움이 너무나 크지만 그런데도 최소한의 무례를 범하며(?) 신간 시집(『어떤 사람이 물가에 집을 지을까』, 문학동네, 2020)의 시적 특징을 논의의 편의상, 네 가지로 짚어 본다면 이렇다. '대속(代贖)'과 '참여', '몽환'과 '예술'의 시집이다, 라고.

나는 언제나 강신애 시인을 진정한 몽상가라고 생각해 왔는데, "어떤 숨결이 배어 나올 때까지" 오래 닫힌 곳을 열망하는 시인, 오크통 속에 "포도주처럼" 추억이 익어 가길 기다리는 시인이기 때문이다. 이것은 마침내 어떤 숨결을 "세상에 내어놓겠다는 역설이자 시적 욕망의 표현"이겠지만(곽효환, 「풀무질하는 유리공의 순례 혹은 회귀의 길—강신애의 시 세계」, 『작가세계』, 2016.봄), 욕망의 표현과 달성을 떠나 욕망의 사그라짐까지 다시 말해, 내적 공허와 허망마저도 감쌀 수 있는 포용과 응시는 강신애의 시 세계에서 충분히 감지된다. 그러므로 이번 시집의 대속적 자세는 바로 이 같은 인간적 반성과 회한으로부터 발원한다고 본다.

　　당신이 나를

흰독수리 깃으로 정화해 주던 날
꿈을 꾸었습니다

코요테의 언어로 말하고
사슴의 뿔로 분노하라고
희끗한 어둠 속에 선명한 목소리로 말하였지요

나를 수로에 버려두세요
곰의 먹이로나 줘 버리세요

어떤 치병굿으로 저 바다를 정화할 수 있을까요
얼마나 많은 독수리가 죽어야 거친 물결을 잠재울 수 있을까요

심해에 흩어진 아이들 흔적을 발굴하다
무중력의 계절이 바뀌고

당신이 나를
흰독수리 깃으로 정화해 주던 날
꿈을 꾸었습니다

산속 깊은 곳에서
밤새 노래하고 춤을 추며
영원히 끝나지 않는 성인식을 치르고 또 치렀습니다

진즉

젖은 몸을 들어 올리지 못하였으니

어떤 치병굿으로 저 바다를 정화할 수 있을까요
얼마나 많은 독수리가 죽어야 거친 물결을 잠재울 수 있을까요

네 영혼은 계속 나아가리라
네 영혼은 계속 나아가리라
산속 깊은 곳에서
밤새 노래하고 춤을 출 뿐

—「깃, 굿(巫)」 전문

2015년 여름에 발표된 「깃, 굿」은 당시 우리가 모두 애달파 하고 고통스러워 했던 세월호(또는 천안함)로 상징된 참사에 대한 진혼곡이다. 누군들 슬프지 않고, 누가 언급하지 않았겠느냐마는 강신애는 그날의 고통을 나타냄에 있어 치병굿을 하는 대속자(代贖者)가 되어 희생자들을 위로하는 모습을 보인다. 현실의 고통과 분노를 위무하는 무녀로서 "밤새 노래하고 춤을" 춘다. "어떤 치병굿으로 저 바다를 정화할 수 있을까요/얼마나 많은 독수리가 죽어야 거친 물결을 잠재울 수 있을까요"라고 인류의 죄와 허물에 대해 밤새 오열하면서도 "네 영혼은 계속 나아가리라"라는 결연한 의지를 보이는 시인의 행위는 알고 보면 줄곧 사회의 관심과 경각심을 놓지 않았던 강신애의 그간 번뇌에 다름 아니다. 또한 "쓸어엎고 생겨나는 우주의 주술을 해석할 수 없으니/타인의 죽음으로 연명해야지"라며 역설로써 현재 상황을 보여 주는 오늘날의 펜데믹이나(「팬데믹」), 현대 군상들의 모습으로 비유되는 서로에게 "다가가지 못하"는 "걸어다니는 막

대자석들"이나(「자석」), "망초 꽃무리 깊은 천변"에서 발견되는 "고요도 황홀도 비애도" 없는 기계의 눈알(「CCTV」) 등은 모두 시인이 판단하는 자유를 억압하는 현대 (기계)문명에 대한 투쟁적 인식이 드러나는 부분이기도 하다. 그러한즉, "세계의 고향 모퉁이에 모여 있는 나이브한 모음"처럼(「나이지리아」) 나이지리아를 바라보는, 현대인이자 동시에 나라는 개인인 "나의 누낭"을 인식하는 지성인의 뼈아픈 성찰이 언제나 문면에 드러난다. 이러한 자각은 평화의 본질에 닿지 않는 "나이브한" 평화로 인식하는 것에 대한 반성이며 시인의 앙가주망에 다름 아닐 것이다. 이처럼 사회를 연결해 주는 연결고리의 역할을 시인은 문명과 역사의 부침(浮沈)에서부터 자신의 생활권에 이르기까지 광범위하게 담당해 낸다. 그런데 여기에서 우리가 짚고 가야 하는 것은 앞서 언급되었다시피, 강신애는 현실 참여의 시적 인식을 분명히 하지만, 그녀는 언제나 그 이전에 몽상의 시인이었다는 것이다.

초기부터 강신애의 시적 이미지는 둥긂에 대한 애착과 집중도를 보였는데, 이것은 "포도주처럼 익어 가길" 바라는 기다림과 "현(絃)처럼 팽팽히 드리운 추억"이라는 중심점에서의 수렴/확산 운동의 측면으로 나타난 바 있다. 하지만 이러한 시간이 점차로 변화를 드러내며 신간 시집에서는 그 양상이 파편화된 흩어짐으로 전개된다. 유리공이 되어 저녁의 가등을 밝히던 시인은(「저녁의 가등」, 『불타는 기린』) 이제 분열적이고 환상적인 세계를 거쳐(『불타는 기린』) 다시 현실로의 회귀를 도모하지만, "굴절, 혹은 왜곡이 창조해 낸" "몽유의 원근법"으로 "자신의 골격을 무너뜨리고" 또 다른 세계로 나간다(「스푸마토」, 『당신을 꺼내도 되겠습니까』).

기존에는 소화와 합일을 이뤘던 숲조차(「저 자신 숲입니다」, 『서랍이 있는 두 겹의 방」) 이제 "(숲에) 삼켜지고"(「움직이는 숲」) 숲은 다른 숲으로 가라앉는다. "사선으로 움직이는 소로"처럼 강신애의 원의 형상은 이전처럼 한 점 내부로 수렴되지 않고 "산산이 흩어져" 내리고(「원통형 우주 속에 무슨 일이 벌어지고 있는 걸까」), "스러지고"(「재의 여름」), "튕기듯" 떠나며(「천장」), 서로에게 "다가가지 못하고"(「자석」), "퍼트리고", "터트리며" 부서진다(「게릴라 가든」). 결국, 시인이 이번 시집에서 주조하는 세계는 내부라는 중심으로 향하는 것조차 "상대를 원 밖으로 밀어내는" 허들링임이 판명된다(「허들링」). 그렇다면 이처럼 (확산 의지와는 별개로) 절망적 인식도 감지되는 찢김, 흩어짐, 터짐의 파편화는 왜 극명하게 나타나는가. 시인의 작품을 빌리자면, 강신애의 원통형 우주 속에 무슨 일이 벌어지고 있었던 것일까?

> 나는 평생을 함께 살아온 어머니를 여의었다. 육친의 심장박동이 미세한 꼭짓점으로 흔들리다 삐— 소리와 함께 '0'으로 정지되는 찰나의 그 아연함, 원치 않은 생명을 주고 허락도 없이 다시 거두어 가 버리는 이 우주의 무질서한 질서의 폭력 앞에서 한없이 작아지고 허망한 시간을 견디었다. 이렇게 육친의 죽음뿐 아니라 나 개인의 실존의 참혹과 집단의 갈등, 세계의 모순과 불합리는 생명 있는 존재에게 거대한 억압으로 존재한다.
> —「나의 시론—'몽상과 꺼냄의 순간들'에서」(『작가세계』, 2016.봄)

신간 시집에서 3부작처럼 읽히는 「원통형 우주 속에 무슨 일이 벌어지고 있는 걸까」, 「클라인의 병」, 「재의 여름」은 모두 어머니와 관련한 것이지만 육친의 죽음으로 촉발된 고통은 종국에는 생명이 있는 전 존재에게 "독재자의 집요한"(「춤 금지」) 탄환이 날아든 것처럼 부조리와 억압을 느끼는 계기(부디 이 글이 시인과 시인의 사랑하는 고인에게 누가 되지 않길 바란다)로 작동한다. 이로 말미암아 시인의 고통과 슬픔은 헤게모니 투쟁 차원이 결코 아닌 오로지 생명을 위한 헌신적 참여와 목적으로, 호곡(號哭)하고 대속(代贖)한다. 우주의 무질서한 질서의 폭력 앞에서, 어머니의 죽음 앞에서, 역병이 가져가는 죽음 앞에서, 참사가 몰고 온 죽음 앞에서 "애착에 겨운 질문들 모래알 같은 말들을 머금고" "위안과 허망"을 흘려보낸다(「시인의 말」).

신간 시집에서 한편으론 사회참여로까지 나아가는 인식이 지배적이지만, 사실 강신애의 예술적 독자성은 시적 몽상으로 빚어지는 시편들에서 미학적으로 빛난다. 아감벤의 통찰을 빌리자면, "자기 자신과의 관계와 자기 연단"은 "창조 활동의 연관 하에서만 가능"하다는 의미와 얼마와 잘 상통하는지를 확인할 수 있다(『불과 글』, 책세상, 2016). 마치 아감벤에게 글쓰기가 연금술로 해석되었듯이, 푸코가 언급하는 예술작품으로서의 삶과 자아가 또한 그러했듯이, 강신애의 작품 속에서 이러한 신비한 독서와 예술 체험은 주체와의 관계에서 얼마든지 찾아낼 수 있다. 이것은 달리 표현하자면 우리가 익히 아는, 바슐라르식으로 말해 존재의 전환을 이룩하는 '울림'일 것이다. 예술/독서 체험으로 탄생하는 「밤의 기사(技士)」, 「필경사」, 「갈매기」, 「몽타주」, 「르 클레지오의 바람」, 「터너의 원소」 등은 "체험(예술/독서)만이 그림(예술/독서)이 되고" 그러하므로 "터너(우리) 자신이" 된다는 걸 유감없이 보여 준다. 요컨대, 현대가 잃어버린 신비를 회상하며 부활시키려는 작가적 노력을 방증한다.

그리고 여기에 더해서 「움직이는 숲」, 「물무늬」, 「어떤 리듬」, 「늦은 휴가」 등의 시편들에서는 강신애 작품의 주된 특징인 몽상적 특이성(singularity)을 발견할 수 있는데, 이러한 작품들을 통해서도 우리는 시에 대한 현상학이 감정적인 반향을 넘어서야 한다는 바슐라르의 문장을 쉽사리 떠올리게 된다. '반향' 속에서는 시를 듣는다는 것에 그치지만, '울림' 속에서는 우리 자신인 시를 말하기 때문에 우리의 독서 체험이 결국 존재의 전환을 가져온다는 차원에서 말이다. 결론적으로 강신애는 그가 체험한 예술/독서의 '울림'을 다시 전파하는 예술가라 할 것이다.

> 한차례 인파가 빠져나간 해변은
> 방치한 텐트처럼 고요하다
> 물새들 어지러운 발자국과 장난치며 출몰하는 고양이들
>
> 너는 오래오래 헤엄치고 나와
> 뚝뚝 물 듣는 전신을 모래에 파묻는다
>
> 네 눈꺼풀 열고 살균된 소금 눈동자에서
> 내 혀는 안데스 계곡 상록의 햇빛을 조금씩 빨아먹는다
> 짭짤한 단맛, 무른 딸기처럼
>
> 누가 버리고 갔을까
> 병에 가득 담긴 진줏빛 조개와 소라 껍데기
> 달과 미리내의 반복, 그 신비한 찌꺼기
>
> 발길 채는 대로 따글거리는 유리병
> 물결 속으로 흘러들어 간 돼지기름과
> 흥얼거리듯 섞이는 파도 소리는 바다의 은은한 태교

헤엄치기엔 너무 늦은 오후

규칙적으로 물방울 튕겨 올리는 네 팔의 잔상
심연에 삼켜지려는 몸짓을
나열된 빛이 웅얼거리며 꿰매어 간다

떠밀리는 물의 곡선을 따라 새들이 낙하하는
모래에 발을 묻고 나 무른 딸기를 먹었지

―「늦은 휴가」 전문

　서둘러 빨리 가고자 하는 속도의 반대편에는 당연하게도 부러 느
림을 간직하는 사람이 있을 것이다. 흐름이 멈춘 것 같은 시공간 그
러한 알 수 없는 마음자리를 아는 자만이 아는, 늦은 오후에, 시집을
펼쳐 든다. 한참을 돌아본다. 힘든 시간이었을지라도, 그녀의 사랑
그리고 아픔을……. 심연에 삼켜지려는 몸짓을. 현재의 사선과 오래
된 시인의 이미지 그 아름다운 곡선 운동을.
　어떤 사람이 물가에 집을 지을까.

'사랑, 초월, 욕망, 소환'이라는 그의 서랍에 말 건네기
―박현수, 『사물에 말 건네기』

겁 많은 짐승처럼 감각을 추스르며
나는 가만히 서랍을 닫는다

통증을 누르고 앉은 나머지 서랍처럼
내 삶 수시로 열어 보고 어지럽혀 왔지만
낡은 오동나무 책상 맨 아래 잘 정돈해 둔 추억
포도주처럼 익어 가길 얼마나 바라왔던가

닫힌 서랍을 나는 오래오래 바라본다
어떤 숨결이 배어 나올 때까지

―강신애, 「오래된 서랍」 부분

박현수의 네 번째 신간 시집(『사물에 말 건네기』, 울력, 2020)을 소개하
며 「오래된 서랍」을 먼저 소개하는 이유는, 엄연히 다른 시집이지만,

기존의 여성 시인의 서랍 모티프가 적잖이 영향을 미쳤겠다는 판단
에서다. 그러나 1992년 신춘문예 등단 이래 4권의 시집을 상재하는
그의 오래된 서랍은 누구나 그렇듯이 그간 자신만의 사물들로 채워
지고 녹슬고 낡아 가고 교체되었을 것이다. 그러하니 시인이 애써 4
부에 걸쳐 사랑, 초월, 욕망, 소환이라는 제목을 붙인 서랍의 내밀
성, 다시 말해 시인이 서문에 스스로 밝혀 놓았듯 그의 방에 고이 놓
인 서랍을 뒤져 "역병 도는 시간"에 검역한 지난 시간과 "사물에 대
한 고민"을 조용히 들여다보기로 한다(「시인의 말」). 그의 식으로 적는
다면 그의 서랍에 말 건네기다.

먼저 시집의 특징상 사물에 대한 개념 정리가 필요할 듯한데, 사
물(thing)은 주체의 관심이 지향하기 이전이며, 사물이 대상(object)
으로 바뀌는 것은 주체의 관심이 지향했을 때라 할 것이다. 그러므
로 사물과 대상은 주체(subject)가 언제부터 그것에 인식하느냐에 따
라 구분되고 이것은 인식론적 측면에서 분명하게 다르게 된다. 가
령, 같은 사물을 다루는 사물시라고 해도 사물의 특별한 부분의 특
질이 뚜렷하게 드러나는 점, 의미와 가치가 부여되는 점, 마지막으
로 시대적 특징을 규정하는 인식의 측면이 투영되는 점 등이 있으며
그러므로 결국 사물시는 다른 인간적 관점에 좌우된다고 하겠다. 그
렇다면 박현수의 사물은 무엇을 위한 선택이고 이로부터 획득한 사
항은 무엇일까. 그의 사물이 환기하는 정서를 파악하는 일은 여기에
서부터 시작되리라.

①
앨범 갈피에는
긴 혀를 가진 동물이 숨죽이고 있다

난폭한 숫사자*가 아니라

카멜레온처럼

사진 뒤쪽에서 느릿느릿 움직이는 짐승

책장을 넘길 때

얼핏 사라지는 꼬리를

당신도 한 번쯤 본 일이 있을 것이다

한 장의 사진과 눈 맞출 때

긴 혀는 순식간에 당신을,

당신을 둘러싼 숨결을 낚아챈다

그의 위장 속에서

달콤하게 익어 가는 기억들

오래된 사과처럼 단맛만 남은 시간들

현재가 다시 불러 주지 않는다면,

이게 아빠야?

하는 딸아이 소리 같은 것이 없다면

다디단 시간 속에서 벗어나지 못할 것이다

그렇게 사라진 사람들을

당신도 알고 있을 것이다

이제 사진에서만 남아 있는 사람들을

　●강신애 시인의 「오래된 서랍」

—「사진앨범」 전문

②

동방박사가 따라가던

별은 자판의 어디쯤에서 빛났던 것일까

영혼이 시의 성모였던,
깃털 펜이 신의 음성을 받아 적던
시대는 어디로 갔는가
신들이 구름처럼 흩어진 뒤
자판은 말씀의 말구유
삼천대천세계가 녹아든 검은 경판
새로운 율법이 여기에서 형상을 얻으리라

깃털 펜이 따라잡지 못하는
언어 떼가 자판의 가로를 질주한다
흰 먼지를 일으키며
초원을 가로질러 달려가는 물소 떼처럼
걷잡을 수 없는 폭주가
요철의 골짜기 사이로 몰려온다
폭포처럼 쏟아져 내리는
외침이 경판의 광야에 울려 넘친다

성령은 자판의 격자 위에 강림한다
아니, 성령은 글쇠의 그림자
그것의 충돌에서 튀는 불꽃
잡다한 신성문자의 잡담이 일으키는
형상 없는 먼지구름
기도는 더 이상 응답하지 않는다

(중략)

흑연의 언어가 수태고지하던 계절은

부활하지 않는다

동방박사가 따라가던

별은 자판의 궁륭 안에서 더욱 반짝인다

―「자판 경배」 부분

　박현수의 사물들은 향수(鄕愁)의 사물과 현대의 사물로 구분되고 세분된다. 대다수 사물은 작품 내에서 전자는 과거로 인한 회상, 후자는 현재라는 사회 영역을 담당하며 형상화되는데 하지만 어느새 엄격한 대립적 구분은 사라지고 전자는 후자에 귀속되며 궁극적으로 박현수의 사물은 사회에 대해 말하기를 위한 매개물이라는 것, 이것을 발견하기란 어렵지 않다. 작품의 사례를 통해 살펴본다면 이렇다.

　①의 시적 주체는 사진 앨범이라는 사물로써 주체의 지난 시간을 돌아보는 행위를 통해 오늘날의 시간을 깨닫게 하는 상관물로 작용한다. 여기서 환기되는 사물의 속성은 추억과 회상으로 해석되지만, 결론적으로는 그가 그리워한 것들은 "책장을 넘길 때/얼핏 사라지는 꼬리를/당신도 한 번쯤 본 일이 있을 것이다"를 통해 알 수 있듯이 근원적 욕망의 문제로 소환된다. 지나온 시간의 "카멜레온처럼/사진 뒤쪽에서 느릿느릿 움직이는 짐승"을 우리는 누구나 알고 있지 않은가. 우리 속에 "오래된 사과처럼 단맛만 남은 시간들"을 주체는 결코 매혹적으로 진술하지 않는다. 아니 충분히 다디단 시간이지만 현재에서 그것은 사라진 것임을 분명히 한다. 그렇게 현재의 생활이라는 틀로 인격화된 우리 모두는 '당신'이라는 인칭에 포섭될 수밖에 없다. 앞서 강신애가 바라보던 내밀성의 욕망에서 박현수의 욕망은

곧바로 '당신' 즉 현재를 사는 이들의 정곡을 찌르며 확장된다. 시종 차분한 어조로 그려지는 박현수의 사물시는 이러한 의미 선상에서 인간적 가치를 부여하는 사물로써 나타난다.

이를테면, "꽉 끼인 삶에 지칠 때쯤 툭, 떨어져 나갈 상처 딱지"로 자리하는 단추나(「단추의 일곱 가지 전생」), "너무 투명하여 눈에 보이지 않는 풍선"을 가진 비누나(「비누」), 밤새 대리운전을 하고 온 형과 대립하는, 즉 형제의 시차로 대변되는 "미군 부대 근무를 끝내면서" 동생이 제대시킨 "같이 복무하였던" 미국산 탁상시계 등이 그것이다 (「탁상시계」). 이처럼 ①에 속하는 사물들은 과거의 향수로써 기능하는 듯하지만, 종국에는 현재의 시대적 특징을 함축하며 규정한다.

②는 ①과 마찬가지로 사물의 특징에 인간적 가치를 부여하면서도 거기에 더해 사회적 기능을 부각한다. 종말론적 세계관이 깔린 시적 인식은 도입에서부터 현대를 비판하는 목소리로 등장한다. 어조 면에서 앞선 작품보다 강렬도를 드러내는 시는 "자판 경배"라는 시제로부터 파악되듯이 성경의 차용을 통해 현대사회의 인간적 무관심과 무감각한 영성적 메마름을 환기한다. 언술을 통해 문면에 드러나는 시적 인식은 "영혼이 시의 성모였던,/깃털 펜이 신의 음성을 받아 적던/시대는 어디로 갔는가"로 집약된다. 이것은 사물로써 구현되는 바의 맥락이지만 실상 "성령은 자판의 격자 위에 강림한다"거나 "더 이상 응답하지 않는" 기도를 통해 주체가 바라보는 시대의 모습은 물신화된 현대에 대한 거부임이 판명된다. 이렇듯 ②와 관련한 작품들은 이와 유사한 인식의 차원에서 오늘날의 문제를 들춰낸다. 소통의 문제와 인간성 상실을 유머러스하게 담아낸 「빨대」에서는 "달콤한 과즙으로든/따뜻한 피로든/다들 너무 오래 갇혀" 있었기에 "빨대가 꽂힐 때 세계의 빗장은 잠시 풀리고" "비상구를 따는 기

척"은 마련된다. 또한 「낡은 열쇠의 처세술」에서는 "보석 상자의 신기루를 팔아" 살아가는 낡은 열쇠의 처세 다시 말해 풍자와 비꼼의 형식이 드러난다. 그리고 「리모컨」에서는 "물수제비뜨듯이/리모컨을 놓아 보낼 수 없는" 현대인을 "왕홀을 들고 있는/외로운 왕"으로 보여 준다. 이것은 주체가 "어깨동무한 친구의 따뜻한 어깨"나 "소풍 전날의 설레임"을 그리워하는 과거지향적인 면모를 보이는 것이기도 하지만, 정작 그가 그리워하는 모든 향수에는 기실 현대적 비판이 동시에 자리한다.

그러니까 종국적으로 본다면 ①과 ②는 현대 비판 의식을 내포하고 있다는 점에서 동일하다. 사물을 동원한 인식으로써 이것은 불가피한 선택이었을까를 고려해 볼 때, 박현수의 사물시는 상당히 의식화된 사물로 사회학적 보고의 역할에 충실함을 파악할 수 있다. 하워드 베커의 『사회에 대해 말하기』에 따르면, 사회의 재현은 다큐멘터리 사진, 보도사진, 희곡의 다양한 목소리, 사회 분석으로서의 소설, 사회 묘사 등 다양한 예술작품을 통해 가능하다.(가령 문학의 범주에서 조르주 페렉의 작품 중 사회학적 보고서라 읽히는 『사물들(Les choses)』을 떠올려 보라!) 일상생활을 어떻게 볼 것인가의 문제는 사회 묘사로써 사회에 대해 말하기로 유용하게 읽힐 수 있다는 것을 전제로 한다. 이러한 사회적 사실의, 예술적 재현의 중요한 사례들이 우리 시대 소비에 대한 욕망을 진단하는 지성인의 통찰을 보여 주는 세목들이라고 해도 과언은 아닐 것이다. 기성세대의 향수를 자극하는 물건으로서만이 아니라, 한 세대 기록자의 사물들로서 그것은 존재하며 박현수의 사물시는 바로 이 지점에서부터 논의되어야 할 것이다.

익히 릴케와 퐁주에게서 그리고 한국 문단에서는 김춘수, 김수영, 오규원 등에서 찾아볼 수 있었던 사물시는 다른 모습으로 오늘날까지도 이어지고 있다. 사물에 치중하여 편애하는 사물에 대한 매혹이 이렇게 장구한 세월을 넘어 또 다른 모습으로 구현되는 까닭을 생각한다. 어느덧 마무리다. 김춘수의 "사랑하는 나의 하나님" 곁에 박현수의 하느님이 다스리는 "앙증맞은 마을"을 놓고 싶어진다. 천사(김춘수, 「천사」)와 "천사들 일하는 소리"가 들리는 듯도 하다.

> 호두알 깨듯이
> 손목시계의 뚜껑을 열자,
> 아, 조그만
> 하느님이 다스리는 저
> 앙증맞은 마을
>
> 호두 속보다
> 꽉 찬 동그란 놋쇠의 세간들
>
> 째깍째깍
> 은빛 물레바퀴에서 흘러나와
> 호수처럼
> 고여 있는 시간들
>
> 어디선가
> 쬐끄만 천사들 일하는 소리
> 별빛처럼
> 희미하게 들리는 마을
>
> ─「조그만 하느님의 마을─손목시계」 전문

그가 희망하는 공유 감정, 시와 공동체
—김태형,『네 눈물은 신의 발등 위에 떨어질 거야』

오늘날 경쟁 이데올로기가 불러온 실업, 불평등, 불안, 빈곤 등을 타개해 나가는 데 필요한 정신은 무엇보다 공존공생일 것이다. 자본주의 시스템이 불러온 생태계 파괴와 불균형처럼 인간 삶에서도 공동체적 공간을 잃어 가는 오늘의 대도시, 그 속에서 정서적인 공동체를 희망하는 사람들이 있다. 지금부터 읽어 나갈 것은 미화되는 전통이나 진영 논리로 대립하는 것이 아닌 모두의 공유 감정, 그것이다.

김태형의 신작 시집 『네 눈물은 신의 발등 위에 떨어질 거야』(문학수첩, 2020)는 그 근저의 주제적인 면이 공동체 의식으로 귀환하는 모습을 보여 준다. 이로써 독자들은 보편적으로 공유할 수 있는 정서와 타인과의 교류를 확인하게 된다. 낭만적 서정과 보헤미안적 기질이 투영된 진술시는 신작 시집에서 이념이나 이데올로기와는 거리를 둔 감성에 기반한 형태로 나타난다.(첫 시집 『로큰롤 헤븐』(1995)의 다양한 사회적·문화적 코드로부터 어떤 양상으로 변화됐는지를 살핀다면 변화는 상당

히 강렬한 강도로 다가온다. 독자에게는 삶의 기표를 이해하는 데 참조점이 될 것이
다.) 그의 순도 높은 서정성을 살펴보면 이렇다. 예컨대,

잔물결 하나 없이 고요할 수는 없다

삼엽충은 무슨 생각을 했을까

삼엽충을 생각했을까

누군가 가만히 오래된 물결에 손을 내밀다 말고

돌을 고른다

나는 빈 물결만 바라보고 있다

지금 없는 사람은 없는 사람이다

달이 떠오르기 전에 잠시

어둠이 펼쳐지겠지

며칠은 내내 그랬으니까

유라크 나무 사이의 어둠 속에서 걸어 나온 사내가

곧 달이 뜰 거라고 말했으니까

어젯밤 옥상 위에서

오래된 밤을 바라보았으니까

누가 나를 꿈꾸기를

작은 돌들이 물결에 떠오르다 말고 가라앉았다

지금 기다리는 사람은

기다리는 사람이다 그뿐

젖은 돌은 젖은 돌이 되려 하고

줄기러기는 줄기러기로 떠나갔다

오늘 밤에는 뭘 할 수 있을까

옷소매가 길어 손등을 덮었다
자주 팔뚝을 쓸어 올려 설산 너머 팔이 길어져도
긴 옷소매가 흘러내려 이내 손등을 가렸다
두 손으로 만질 수 없는 것들
아무것도 아닌 것들만 나를 에운다

혼자였다면 죽은 사람이었을 거라고
누가 모닥불을 피운다
내가 아는 말로 나는 가까스로 말할 수 있을 뿐
다 지우고 나자 내 손에 돌 하나 쥐여 있었다
　　　—「네 눈물은 신의 발등 위에 떨어질 거야」 전문(강조는 인용자)

　표제시 「네 눈물은 신의 발등 위에 떨어질 거야」는 시집의 주요
한 특징을 함축적으로 보여 주고 있는데, 핵심적 사항은 시적 주체
와 대상의 관계 속에서 실존적 괴로움과 우수가 나타난다는 것이다.
시종 인칭이 모호한 "누군가"는 돌을 고르고, "나는 빈 물결만 바라
보고 있다". "작은 돌"과 "물결"은 주체와 타자를 연결하는 모티프
로 등장하며 괴로움과 동시에 "너머"를 동경하는 심정으로 변주된
다.(가령, 돌 이미지는 "마지막 돌/한 문장쯤으로 정리되는 허름한 인생"으로(「명
사와 서술어 사이에 놓인 돌 하나」), "발자국을 감추기" 위한 "돌"로(「파두」), 잃어버
린 정원의 반짝이는 "돌들"로(「잃어버린 정원」), 말을 대신하는 "물때 마른 조약돌"
로(「나비는 어떻게 날아가는가」), "사는 게 지랄 맞아도" 고달픈 삶에서 발견되는 "조
막만 한 돌멩이"로 자리한다(「달에 대해서라면 할 말이 있다」). 또한 물결의 이미지

는 "빈 물결 지금 나 하나뿐인 사람이라고 쓴다"는 생의 파랑으로(「현해탄은 어디인
가」), "빈 물결에 젖은 두 손"의 네가 내게 건네던 "물 때 젖은 조약돌"로 서정적 효과
와 감정의 흐름을 제공한다(「돌아오는 저녁」). 그리고 '돌'과 '물결' 외에도 '별'과 '바
람' 등이 이번 시집의 주요한 객관적 상관물로 발견된다. 물론 이러한 객관적 상관물
이 주조하는 시적 정서는 동일한 차원이다.) 「네 눈물은 신의 발등 위에 떨어
질 거야」에서 그려지는 타자성은 고립된 주체의 외로움 때문에 드러
나지 않는 듯 보이지만 실상 그렇지 않다. "누가 나를 꿈꾸기를" 희
망하는 주체의 감정은 "두 손으로 만질 수 없는 것들"을 불러들인다.
그리고 "혼자였다면 죽은 사람"이었을 거라며 "모닥불"을 피우는 대
상과의 관계가 드러난다. 이를 통해 근원적 감정과 정서를 이해할
수 있게 된다. 다시 말해 우리는 그가 타자와의 소통을 서두르지 않
고 품위 있게 꿈꿔 왔다는 사실을 확인하게 된다. 만약 "유라크 나무
사이의 어둠 속에서 걸어 나온 사내"가 자신의 분신(double)이라고
해도 타자를 상정하여 교감을 꿈꾸는 체험적 결론은 바뀌지 않는다.

높은 절벽을 힘겹게 건너와서 그럴까
돌풍에 키 큰 유라크 나무가 휜다
대신 살구 열매가 후두둑 골목에 떨어진다
급히 돌아가던 사내들이 다 익은 살구를 두 손 가득 담아 든다
아이들이 논두렁 위에서 바람을 타고 있다
골목에 앉아 있던 꼬마도 함께 놀아 달라고 달려온다
바람이 등을 떠민다
가볍게 발꿈치를 들어 올려 뛰어오르면 아이들은 바람이 된다
옷깃이 날린다
후두둑 또 살구 열매 떨어진다

바람이 되겠지 싶어도
제자리에서 바람을 타고 있을 뿐 바람이 되려고는 하지 않는다
어린 메밀처럼 발목이 가는 아이들은
얼굴을 바람의 뒤로 숨기지만

조금 큰 아이들은 한 팔을 바람에 걸치고 있다
등허리를 쭉 펴고 고개를 지그시 돌려
뒤에서 불어오는 사나운 바람을 건너다본다

한 팔이 들어 올려지고
작은 두 발이 가벼워지기를
바람을 맞으며 기다린다
아이들은 바람이 되지 않는다
추수 끝난 보리밭을
바람에 실렸다가 떨어지며 발끝에 디뎌지는 말랑말랑한 밭두둑을
아이들은 더 좋아한다
살구가 떨어지고
어른들은 서둘러 회당으로 들어가고
여전히 바람 속에 아이들은 몸을 실어 올리고
조금 더 크면 자기가 다 짊어지고 갈 노란 보릿단 앞에서
　　　　　　　　　　　　　　　　　　　　─「바람놀이」 전문

　3부로 나뉜 50편의 신작 시들은 대개 현실에서 갖는 쓸쓸한 정서
로써 이해되는데, 그 내밀한 상실의 감정은 개인적 결핍에서부터 출

발한 것이겠으나, 궁극적으로는 공유를 바라는 반응의 일환으로써 받아들여진다. 왜냐하면 시인이 감지하는 상실감은 과거의 공동체를 향한 그리움은 아니지만, 현대성이 초래한 폐해를 인식하는 공유와 나눔이라는 근본적인 성찰을 담아내고 있는 까닭이다.

시집의 장소성은 큰 범주로 보자면, "사원"(회당) 부근에서부터 시작하여(「바람놀이」) "고원"을 내려가(「고원을 내려가며」) "문래동"에 다다른다(「문래동2가」). 이러한 장소 경험을 통해 주체는 유대감을 형성하는데, 시 「바람놀이」는 회당이 부근에 있고, 키 큰 유라크 나무가 있는 (티벳 고원과 라다크 지방쯤으로 가늠되는) 장소의 평화로운 한때를 그려 내고 있다. "사내들이 다 익은 살구를 두 손 가득" 담을 때, "아이들"은 "논두렁 위에서 바람을 타고" 논다. 그다지 풍족한 삶은 아닌 듯한 이곳에서 평화로운 공존의 삶이 이뤄지는 까닭은 "바람을 타고 있을 뿐 바람이 되려고는 하지 않는" 아이들 때문이다. 생산 노동에 종사하는 사회구성원이 아닌 아이들은 놀이로써 "살구 열매"를 떨어뜨린다. 그리고 이것은 누구든 "함께" 어울릴 수 있는 모습이 된다. 그러나 마르크스적 관점에서 보자면, 비노동 시간과 대비되는 노동시간처럼 놀이터(휴식 공간)와 구분되는 일터가 엄연히 존재한다. "조금 더 크면 자기가 다 짊어지고 갈 노란 보릿단"에서 알 수 있듯이 (대공장제가 도입되기도 전) "밭두둑"에서부터 잉여노동시간으로 비유될 법한 무거운 짐이 아이들의 앞날에는 놓여 있다. 이것은 지금 아이들이 평화롭게 놀면서 공유하는 수확과는 완전 다른 것이기에, 작가적 시선이 낙관적 미래가 아님을 알려 준다고 하겠다.

시는 "바람에 실렸다가 떨어지며 발끝에 디뎌지는" "밭두둑"을 좋아하는 아이들을 통해, 이데올로기를 그려 내는 데 주력하지 않으면서도 보편타당한 공통의 정서를 형상화한다. 이로써 우리는 김태형이, 서구 근대사회의 개인주의에서 밀려난 인간 정서와 조화로운 공동체에 대한 복원 의식을 자신만의 낭만주의적 방식으로, 유랑과 여행을 통해 그려 내고 있음을 확인하게 된다.

그리고 무엇보다 『네 눈물은 신의 발등 위에 떨어질 거야』에서 두드러지는 장소성은 성스러운 영역과 밀착된 관계를 맺는다. "내가 모르는 것"을 사원의 "부리가 노란 까마귀들은 알고 있을 것이다"라는 인식이 그러하며(「절벽 사원에 부리가 노란 까마귀가 산다」) 이러한 바는 다수의 작품에서도 형상화된다. 주체의 몸이 직접적 장소성으로 나타나는 「알타이」에서는, "태양이 내 안에서 떠올랐을 때/또 한 해가 시작"하고 "어딘가 하고 발음을 하면/어딘가로" 이동한다(「알타이」). 또한 "구리뱀들이 서로 뒤엉켜" "전원에 이르는", 비장소(non-place)인 사이버공간마저도 "어떤 사원의 입구에서" 공유되는 얼굴로 장소애(topophilia)의 성향을 띤다(「공유정원」). 여기에 더해서 김태형은 현대인의 황폐한 정신을 보듬어 줄 전제로써 성스러움을 계속 진술하는데, 이로부터 "거듭 연결되어 그 끝이 없으니/매듭이란 성스러운" 것에 이르게 되며(「잃어버린 끈」), "가만히 눈을 감고 마치 내 가슴인 듯" "나무 그늘 속에 그늘 하나를" 더하는 명상과 교감도 명시적으로 보여 주게 된다(「다른 말」).

결론적으로 지금까지 보았듯, 집이나 공동체라는 의미 있는 장소가 점차로 사라지고 장소 상실까지 이어지는 현상의 반대편에 시인의 작품들은 자리한다고 할 수 있다. 공동체 의식이 해체되고 공유 감정의 파편화가 이뤄진 신자유주의에서 끊임없이 실존적 장소에 대해 질문해 온 시인의 시 세계, "성스러운 언어"를(「첫 문장을 받다」) 부족한 감상으로 읽은 것은 아닌지 자문하며 마치기로 한다. 앞으로도 "삶에 대해 가르치려는 자들을 오래도록 경멸해" 온 날 선 사유와 "어원을 찾을 필요가 없는 말들"을 쓰고자 하는 순결한 바람으로, 모두에게 타자를 상기시켜 주기를 고대하면서.

    그러나 나는 간절한 만큼만 겨우
    첫 문장을 받을 수 있다

    고대인들이 사용했던 문자를 모르지만
    내가 쓰고 싶은 것들은 언제나
    그것에 닿아 있기만 하다

    잎도 열매도 없이 그저 앙상한 가지뿐인
    소마를 달여 마시던 기원전의 어느 날처럼
    닫힌 몸이 열리고 숨결이 뜨거워져서야
    성스러운 언어를 받았을 것이다

    늦은 밤 비단 주머니를 열고
    향기로운 나무껍질과 작은 열매가 섞인 마른 찻잎
    쓰디쓴 향기를 뜨거운 물에 풀어낸
    한 잔의 차를 마신다

    여전히 나는 삶에 대해 알지 못한다
    시월 찬바람에 내 몸은 닫혀 있다
    삶에 대해 가르치려는 자들을 오래도록 경멸해 왔다

잎사귀와 저 아래 쓰디쓴 온몸으로 내려간 뿌리들이

나를 열고 나오기를 기다려 본다

어원을 찾을 필요가 없는 말들을 나는 쓰고 싶다

　　　　　　　　　　　　　　　—「첫 문장을 받다」 전문

절망과 기교, 언어들의 연쇄
—김박은경,『못 속에는 못 속이는 이야기』

> 어느 時代에도 그 現代人은 절망한다. 絶望이 技巧를 낳고 技巧 때
> 문에 또 絶望한다.
>
> —이상,『시와 소설』

신축년(辛丑年) 새해가 밝았다. 날로 다변화되는 오늘날에도 우리
가 기억해야 할 문학의 의무가 있다면 무엇인가. 이로부터 재사유해
야 할 사항이 있다면 그것은 또한 무엇에 대한 절망 때문일까. 문학
의 존립을 위한 물음과 그 해명이 될 법한 것을 이상식으로 일단락
지어 본다면, 이와 같은 귀결로 제시될 수 있으리라. "어느 시대에도
그 현대인은 절망"하며, "절망이 기교를 낳고" 다시 "기교 때문에"
절망한다고.

이른바 뉴노멀(New nomal) 시대인 오늘날까지도 의미심장하게 각
인되는 시인 의식, 1930년대 시인 이상이 익히『시와 소설』(1936) 권
두언에 밝혀 놓은 문장을 새삼 부활시켜 우리가 주목하고자 하는 것

은, 지금 살펴볼 2020년 김박은경의 세 번째 시집 『못 속에는 못 속이는 이야기』(문학동네, 2020)에 이러한 인식과 수사적 특징이 주요하게 등장하는 까닭에서다.

총 66편으로 구성된 신작 시집의 소제목(각 소제목은 「오늘의 영원」, 「백치의 회복」, 「두 손을 비비며 하는 인사」의 시행들이다)에서부터 시적 특징의 단서를 찾을 수 있는데 "1부 영원히 영원은 아니니까요", "2부 언제까지나 왜요", "3부 긍정은 찢어진 날개를 떨게 하고"는, 각기 품사의 차이를 통한 펀(pun), 통사 규칙을 깨는 낯설게하기의 펀, 긍정·부정의 낯선 조합으로써의 펀을 예시한다. 요약하자면, 마치 원인-결과의 무한한 순환 반복처럼 '절망'과 '기교(pun)'는 시집 『못 속에는 못 속이는 이야기』의 추동력으로 작동하여 시적 생동성을 획득하게 되는데, 이로부터 탄생한 양상을 이제 살펴보고자 한다. 다시 말해 일면적인 음절, 단어, 어절, 시행(line)을 넘어 하나의 덩어리로 살아 숨 쉬는 언어들의 연쇄와 리듬에 관련한 사항이다.

무엇보다도, 이상의 작시법(versification)으로 바로 떠올려지는 것은 도상을 이용한 형태론적 시와 띄어쓰기의 의도적 표기 그리고 반복에 의한 언어유희(pun)다. 이러한 특징들은 오늘날에 와서는 시인의 시적 사유와 맞물려 구축될 터인데, 김박은경에게 있어서는 특히 '반복에 의한 구문론적 리듬'이 선택되었기에, 『못 속에는 못 속이는 이야기』의 문체적 특징으로는 이러한 바가 돋보이게 나타난다고 말할 수 있으리라.

①

겨울이 있어요 거울이 있어요 겨울의 거울이 좋아요 좋은 게 좋아요 좋아하는 게 좋아요 좋아지는 게 좋아요 조금씩 자꾸자꾸 더해지는 게

좋아요 아주 추워 아무도 지나지 않는 거리가 좋아요 아무도, 그저 좋
아요 막막한 거리(距離)가 좋아요 창가의 차가운 손가락들 기를 쓰고
달라붙는 입술과 뾰족해지는 물방울들이 좋아요 내일은 더 춥고 모레
는 더더욱 춥고 날마다 더해지는 거 좋아요 얼음 속의 빛, 결빙된 순간
들 순정한 입자들 무한한 인칭들 안녕을 묻고 답하기도 전에 얼어붙는
당신의 눈빛은 물기 어린 어린 생의 것, 수면 깊이 요동치는 밭은 숨은
두려워지는데 겨울 속의 거울 속에 또 눈이 내려요 눈송이 속의 눈동
자들은 세상을 다 보았을까요 피는 묽어졌을까요 점점 느리게 흘렀을
까요 눈에 눈이 멀 듯 마음에 마음이 멀어요 멀게 되면 멀어집니다 먼
하늘의 새들이 떨어집니다 눈송이 같아요 꽃잎 같아요 찻잎 같아요 빵
부스러기 같아요, 같은 게 좋아요 번지니까 끌어당기니까 그래도 불가
능해 미련한 영원이 되니까 좋아요. 거짓말! 새가 맞습니까 가진 적 없
는 것에 슬퍼질 수 있나요 가진 적 없는 것을 잃을 수도 있나요 기억나
지 않는 기억도 있나요 우리는 서로를 모르고 있나요 예, 혹은 아니요
하지만 겨울을 알면 겨울을 보게 됩니다 거울을 알면 거울을 보게 됩
니다 그렇게 바라본다 해도 변해 갑니다 바라보는데도 사라지게 됩니
다 그러니 지금은 곁에 있어요 영원히 영원은 아니니까요, 좋아요

—「오늘의 영원」 전문

②

㉠못 속에는 못 속이는 이야기, 벽에서 못이 떨어졌다면 돌이킬 수
없이 휘어져 있다면 못도 속도 휘어졌겠지 다정을 다 주면 다정을 잃
게 된다 파고드는 아이를 안고 업다 굳어 버린 지친 몸처럼 고스란
히 운명의 각이 잡히게 된다 ㉡불안과 불신이지만 전체적으로는 낙관
했겠지 무모하게 희망(希望)했겠지 기를 쓰며 휘둘렸겠지 아무것도 몰랐다

면 우리는 없었겠지 ⓒ검고 좁은 못 구멍의 전후로 영원토록 적나라
한 미래라니 가능한 모든 차원으로 달라붙는 그것은 이종의 피 혹은
뼈, ⓔ가족 아니 가죽 달라붙어 거두고 가두니 안거나 안지 않거나 갈
수 없다 안에서도 밖에서도 열 수 없다 문이 없다 찐득한 얼룩과 냄새
가 왜겠니 더러운 게 아니라 가난한 거야 ⓜ할 수 없는 게 아니라 없
는 거야 알려 주고 싶지 않아 ⓗ주고 싶지 않아 죽고 싶지 않아 하지
만 고통일 거야 내일에게도, 가장 안쪽에 먼저 죽은 것이 있다 ⓢ죽은
것으로 가득해 빈틈이 없다 더 이상 살 수 있는 것이 없다 살아 있는
것이 없다 구멍마다 외눈박이 아이들 서글픈 꿈들 믿을 수 없을 만치
작고 동그란 어깨의 형태 그럼에도 속절없이 다녀가다니 좁은 방 벽
에 늘어 가는 못 자국처럼 기웃기웃 안부라도 ⓞ전하는 건가 빛을 향
하는 것이 목숨을 거는 일이라 천지간 꽃향에 취해 걷다 보면 널브러
진 꽃가지들이 ⓩ수습 못한 팔다리 같아 꽃을 잃은 나무마다 비틀거
리는 여인 같아 으깨진 꽃물은 피눈물 같아 빈 벽의 빈 구멍들을 차마
볼 수 없는데

—「못 속이는 이야기」 전문

대표적 작품들을 통해 시집의 특징적 요소를 파악해 보면 다음과
같다. 우선 ⓛ에서는 "겨울"과 "거울"의 도입부터 시작하여, 음운의
반복과 변별이 이어지며 그 연쇄가 리듬을 형성한다. 마치 말꼬리를
잇는 말놀이처럼 "아무도 지나지 않는 거리"에서 "거리(距離)"로, "눈
에 눈이 멀 듯" "마음이 멀어"지며, "먼 하늘의 새들"로 시행은 이어
진다. 요컨대, 시적 감정(정동, affect)은 말의 연쇄반응과 결부하여 그
러한 구조 내에서 나타나는 미학적 특징을 지닌다. ⓛ에서도 시가
전개되도록 방아쇠를 당겨 격발시키는 인자는 바로 언어유희이다.

작품은 시행이 자유롭게 진행되다가 일순간 귀결되는데, 이로써 '영원성'에 대한 사유를 하게 만든다. 다시 말해, "겨울"과 "거울"로부터 격발된 소용돌이는 말의 연쇄반응으로 인해 이어진다. "겨울의 거울"이 좋다는 고백적 진술은 궁극적으로 "무한한 인칭들"로 확장되어, "겨울"이라는 모티프의 친연성에 근거해 "안녕을 묻고 답하기도 전에 얼어붙는 당신의 눈빛"이 된다. 즉, "바라본다 해도 변해" 가고 "사라지게" 되는 "영원히 영원"은 아닌 것의 무수한 변주가 이뤄진다. 언어의 연쇄 속에서 말놀이 차원을 넘어 유한한 생의 절망에 복무하는 수사적 방법으로 언어유희는 작동한다. 시인 이상의 예로 전술했듯, "절망"과 그 "절망"이 낳은 "기교"는 이처럼 분리되지 않고 서로를 낳는 동인(動因)이 되는 것이다.

표제시인 ②에서도 김박은경만의 리듬 구조는 언어들의 연쇄 속에서 확인할 수 있다. 그녀의 언어유희는 주로 동음이의어(homophony)에 의해 말을 이어 가는 형식으로 진행되며, 도입에서부터 "못 속"이라는 동음이의(同音異義)에 의해 시는 그 다의성이 확산한다. 거짓되게 믿게 할 수 없다는 부정의 뜻 '못 속이다'와 박힌 못이 떨어져 나간 벽의 의미로 분절된 '못'과 '(벽) 속'은 철저하게 언어유희에 의해 새로운 의미를 지닌 낱말로 작용한다. 좀 더 세부적으로 언어유희가 주조되는 형태를 살펴본다면, 다음과 같다.

㉠ 분절에 의한 언어유희 "못"과 "(벽) 속", ㉡ 서술어의 반복적 운용인 "-겠지", ㉢ 음소의 차이로서의 "전"과 "적", ㉣ 음운이 치환되는 "가족"과 "가죽", ㉤ 행위와 상태로 구분되는 "(할 수) 없는"과 "없는 (거야)", ㉥ 음소 'ㄱ'의 탈락으로 동일시되는 "주고 싶지 않아"와 "죽고 싶지 않아", ㉦ "없는(죽은)" 것으로만 "있는" 모순어법(oxymoron), ㉧ "하는 건가", "것이", "거는", "걷다 보면"의 음성적 변

주로 드러나는 리듬, ㉦ "-같아"의 반복적 구문과 'ㅂ', 'ㅍ'의 파열음 등이다.

이와 같은 특성들을 포괄해 보자면, 모든 문장의 형태가 청각적 효과를 배가시키며 리듬을 형성한다는 것이다. 이것은 동질적인 음운으로 이어지는 언어들의 연쇄 속에서 리듬 구조를 보여 주는 사항이라고 할 것이다. 김박은경의 작품들은 이처럼 표층에서 기표로 나타나는 언어유희가 주요 특징이지만, 그 시행들이 의미의 요소 또한 고수하고 있어 시적 파장을 확인하게 된다. 가령, 「못 속이는 이야기」에서는 "못"과 "속"으로부터 비롯된 기의적 의미가 "가족"과 "가난"한 삶의 모습을 넘어 "할 수 없는 게 아니라" "없는" 삶의 형태로 즉, 죽음을 창출하는 과정으로 이해된다. "좁은 방 벽에 늘어 가는 못 자국처럼" 목숨의 일은 "빈 벽의 빈 구멍들"로 마무리되기에 "못"과 "속"으로 시작된 언어유희가 유희의 차원으로만 남지 않고 삶을 내재한 층위에서 구축되는 것을 파악할 수 있다. 오늘날 수사적 방법으로 빈번하게 동원되는 언어유희가 김박은경 작품에서는 독특한 작시술의 성립 근거로 남는 이유가 바로 이러한 까닭에서다.

언어기호가 시간 순서로 진행된다는 언어의 선조성(線條性)을 거부하고, 시공간의 파편화와 재배열·재배치를 통해 언어유희의 효과를 줄곧 극대화하는 김박은경 작품들은 이처럼 의미론적 층위도 포섭하며 진행되는데, 그 사례를 좀 더 살펴보자면 이렇다.

"증명을 위해 남은 생을 탕진할까" 싶어 "글자마다 페이지를 파고드는" 절망감은 이로부터 다양한 상상력과 표현을 발생시킨다(「파본」). 그것은 "우리라니 우리가 대체 누구지 이토록 자명한 실패라니"라는 정체성으로(「관계들」), "사랑도 헤매던 믿음도 가두어 두었던 곳에 갇혀 있다"는 관계 인식으로(「녹사평」), "살아갈 날이 많지 않은 노인들이 그게 너무 많은 아이들이 조용히 앉아 들여다보는 마지막 한 방울"의 죽음에 대한 인식으로(「밤 열두 시」), "어떻게든 다른 사람이 되고 싶어 그러나 이것이 어지러운 수식의 일부라면 거대 공정의 일부라면 어쩌지 우리는 우리의 일부"라는 삶에 대한 각성으로(「대신의 신」), 그리고 "똑같은 뚜껑을 쓰고 앉은 본차이나를 열 때마다 똑같은 여인들이 순서대로 들어 있어서 한 뚜껑이 열릴 때마다 엄마 엄마 황급히 뚜껑을 떨어뜨리며" 여성 정체성으로 형상화되고(「두음의 감정」), 또한 인생의 치환으로써 "이상한 밥 한 그릇을 위해 늙어버린 서로를 빈 밥그릇처럼 들어 증명"하는 "한솥밥"과 "밥솥"으로 언어유희를 재확인시킨다(「내일의 메뉴」).

결론적으로 이러한 작품들은 생의 절망을 기교로써 버텨 내고, 다시 기교 때문에 절망을 하는 모습이 아닐 수 없다. 정형이 아닌 독특한 리듬감과 말의 재미라는 기교를 탄생시킨 "빛나는" 절망은 그래서 다시금 읽힐 수밖에 없다. 2020년 김박은경의 작품으로써 말이다.

색종이의 별 모양 파낸다 무늬 안의 무늬와 무늬 밖의 무늬 속에
창으로 불 들어오는 앞뒷집 보인다 커터 칼 들고 앉은 내가 보인다
(중략)
없는 자리마다 시커먼 아픔들 사랑니 뽑은 자리처럼 벌어진 채 아물지를 않는다
잘라 낸 한쪽 몸처럼 사라지지 않는다 바람에 흔들리는 창이 바람을 흔들 때마다
쓰러지는 나무들 뿌리째 뽑히는 나무들 뚝뚝 끊어진 잔뿌리 산발한 머리를 들고
아무리 비벼도 환해지지 않는 눈, 그래도 견딜 수 있겠지 상관없다

칼을 잡고 부욱 긋는다 밤이 콸콸 쏟아진다 별이 빛난다

—「별이 빛나는 밤」부분

에드피시움, 길을 찾을 수 없는 미궁의 도서관
—남진우,『나는 어둡고 적막한 집에 홀로 있었다』

그의 몸은 단단한 쇠붙이로 이루어진 것 같지만 어느덧 공기 속으로 증발해 사라지고 있다. 그는 자신의 몸이 지상의 공간을 통과하고 있다고 믿고 있지만 실은 공간이 그의 몸을 통과하고 있다. 그의 몸이 허공에 그리는 궤적은 그의 몸의 일부가 점차 공간에 삼켜지는 것을 통해 역설적으로 육화(肉化)된다. 그래서일까, 지워진 몸이, 보이지 않는 몸이 역으로 드러난 몸, 보이는 몸을 지탱해 주고 있는 것으로 느껴진다. 지금 유리창 저편 전시된 그의 몸은 오직 사라진 몸을 기념하기 위해 거기 존재한다.

그는 우리의 단단한 자기 확신, 자신이 존재한다는 확고한 믿음이 얼마나 어이없는 착각에 불과한가를 알려 주기 위해 거기 있는 것 같다. 그는 자신의 육체, 자신의 임무, 자신의 생활, 이 모두가 서서히 지워지는 환영에 지나지 않는다는 것을 전신으로 보여 주기 위해 거기 있는 것 같다. 유리창 저편 그의 단호한 표정과 결연한 동작은 야릇한 슬픔을 자아낸다.

—남진우, 「겨우 존재하는 남자」(『현대시학』, 2015.4)

먼 곳에서 당도한 사진이 있다. 우리는 여기 사진 속 한 남자에 주
목할 필요가 있는데, 이것은 이후 살펴볼 시집 『나는 어둡고 적막한

집에 홀로 있었다』(문학동네, 2020)를 설명하기에 적합한 이유에서다. 유리창 저편에 전시된 남자의 몸은 존재하는 신체가 아니라 사라진 몸을 위해 복무하고 있는 듯이 보인다는 시인의 생각. 다시 말해, 존재(being)는 생성(becoming)되는 부재를 위한 것일지도 모른다는 역설, 이것이 바로 시인 의식을 집약적으로 말해 주고 있다고 해도 과장이 아님을 당신도 시집을 보며 파악하게 될 것이다. "자신(우리: 충분히 '우리'라는 인칭 대명사로 대입할 수 있으리라)의 육체, 자신(우리)의 임무, 자신(우리)의 생활, 이 모두가 서서히 지워지는 환영에 지나지 않는다는 것"을 통해 애써 말하고자 하는 것은 무엇인가. 이제부터 읽어 나갈 것은 바로 이것이다.

4부("1부 아주 오래된 폐가의 문을 열고 들어가면", "2부 거울 속에서 전쟁이 시작되었나 보다", "3부 깊은 밤 침입자가 창을 넘어 들어왔다", "4부 자 이제 받아서 쓰기만 하면 되네")에 걸쳐 68편의 이야기시가 담긴 『나는 어둡고 적막한 집에 홀로 있었다』는 상당수가 신화, 전설, 구전 등에 바탕을 둔 이야기, 꿈과 환상소설식의 이야기 그리고 재난과 재앙에 관한 아포칼립스 서사이며, 텍스트 간의 정교한 얽힘은 독자를 알 수 없는 결말까지 이끌어 간다. 이를테면, 「불타는 책의 연대기」에서는 "새로운 전염병이 돌고" 마무리되며, 크리스 반 알스버그의 『해리스 버딕의 미스터리』를 제사로 사용한 「어두워지기 전에」는 무언가 두려운 것이 "다시 올 거예요"라는 전언 속에 끝난다. 또, 「최후의 인간—죽은 자들의 도시에서」는 사계절을 가리지 않고, "새들이 투신하듯 바다에 빠져 죽었다"라는 것으로 마무리된다. 그 밖에도 「광야를 달리는 사자처럼」이나 「철제 계단이 있는 풍경」에서는 마치 네덜란드 초현실주의 화가 마우리츠 코르넬리스 에셔의 그림처럼 출구 없는 현실의 계단이 이야기로 전개된다. 그리고 겹구조로 구성된 「불타는 호랑이의 연대기」는 "마악" 이야기가 시작되는 듯 끝나기도 한다. 그렇다면 작품 전편이 과연 이처럼 모종의 열린 결말들을 향하는 까닭은 무엇일까.

먼저 상세하게 원본(原本)과 이본(異本)의 상호작용을 알려 준 시집 해설(조재룡)을 빌어 살펴본다면, 「검은 고양이」는 포의 「검은 고양이」를, 「성문 앞 보리수」는 슈베르트의 「보리수」를, 「기적 소리」는 무라카미 하루키의 「한밤중의 기적에 대하여, 혹은 이야기의 효용에 대하여」를, 「빙하와 어둠의 기록」은 크리스토프 란스마이어의 『빙하와 어둠의 공포』를, 「풍경」과 「귀뚜라미 소년」은 카프카의 「귀가」를, 「최후의 인간」과 「노인과 바다」는 각각 메리 셸리와 헤밍웨이를, 「새벽 세 시의 시인」은 괴테의 『파우스트』를, 「포효」는 『산해경』을, 「불타는 책의 연대기」는 발터 뫼어스의 『꿈꾸는 책들의 도시』를, 「책도둑」은 마커스 주삭의 『책도둑』을, 「어두워지기 전에」는 크리스 반 알스버그의 『해리스 버딕의 미스터리』를 원텍스트 삼아 거기에서 파생된 의미를 포착해 새로운 작품으로 재탄생시키고 있음을 파악할 수 있다. 이 밖의 작품인 「설인(雪人)」, 「귀뚜라미 소년」, 「산그림자」, 「약속의 땅」, 「모래의 시간」, 「그림자 연못」, 「축제의 시간」 등도 그 원본은 환상동화나 신화, 구전이나 전설, 목격담이나 회고담, 미스터리 괴담이라는 것을 주지시킨다. 그야말로 에드피시움(움베르트 에코의 소설 『장미의 이름』에 등장하는 가장 큰 도서관)을 활자화한 시집이라 하겠다. 끝없는 계단처럼 책의 책으로 구현되는 이야기는 일찍이 문화와 문명을 집대성한 상징적 공간, 즉 도서관을 부활시킨다.

「'도서관'은 한계가 없지만 주기적이다.」 만약 어떤 영원한 순례자가 어느 방향에서 시작했건 간에 도서관을 가로질렀다고 하자. 몇 세기 후에 그는 똑같은 무질서(이 무질서도 반복되면 질서가 되리라. 신적인 질서) 속에서 똑같은 책들이 반복되고 있음을 확인하게 되리라. 나는 고독 속에서 이 아름다운 기다림으로 가슴이 설레고 있다.

—호르헤 루이스 보르헤스, 『바벨의 도서관』

그때까지만 해도 나는 각각의 모든 책들이 책 밖에 존재해 있는 (인간적이건 신적이건) 사물들에 대해서 말하는 것으로 생각하였다. 그러나 이제 나는 책들이 빈번히 다른 책들에 대해서 말한다는 사실을 깨닫게 되었다. (중략) 도서관은 수세기에 걸친 속삭임으로 장소, 한 양피지와 다른 양피지 사이에서 이루어지는 눈에 띄지 않는 대화의 장소, 살아 있는 어떤 것, 인간 정신에 의해 지배되지 않는 권력의 요람, 많은 사람들이 간직하고 있는 비밀의 보고(寶庫)였던 것이다.

—움베르트 에코, 『장미의 이름』

상호텍스트성은 무엇보다도 탈정전화(脫正典化)로 말미암아 포스트모더니즘과 가장 밀접한 사항이다. 상호텍스트성이라는 문학적 개념은 줄리아 크리스테바에 의해 처음으로 도입되었다. 하지만 텍스트가 다른 텍스트를 흡수하고 인용문에 의해 구성된다는 개념은 크리스테바 외에도 바흐친, 토도로프 등에 의해 사용되었고 현대에는 더욱 확대되어 체계적으로 이론화되었다. 가령, 미국의 문학비평가 헤롤드 블룸은 후배 시인과 선배 시인과의 관계에 주목했다. 블룸은, 후배 시인이 강한 (아버지로 대변되는) 선배 시인을 존경하지만, 또한 독창적인 시인이 되고 싶은 욕망 때문에 앞선 시인이 선취한 업적을 의도적으로 왜곡하고 방어적으로 읽는다고 본다. 이러한 방어적인 태도로 말미암아 본인의 창조성을 부각하게 되는데, 이

것이 '영향의 불안(Anxiety of influence)'이라고 주장한다. 블룸의 말대로, 모든 선배 시인의 작품에 대한 독서가 '은폐'나 '오역'일지라도, 뛰어난 선배(父性) 작품과의 관련성은 이처럼 중요시되고 간과하기 어려운 문제가 된다.

『장미의 이름』을 쓴 움베르트 에코가 자신의 작품을 가리켜 책들로 만들어진 책이라 언급하는 데에는 앞서와 같은 영향 관계를 애써 부인하지 않은 이유에서다. 이처럼 텍스트 간의 관계를 보다 효과적으로 구현한 것이 남진우의 『나는 어둡고 적막한 집에 홀로 있었다』라고 말할 수 있다. 여기서 우리가 주목해야 할 점은 텍스트 간의 상호작용 속에서 재탄생되는 문학적 성과일 것이다. 일테면 다음과 같다.

오늘날 메르스와 사스에 이어 창궐한 COVID-19처럼 전염병과 재난의 서사는 책의 상징성과 섞여 나타난다. "책을 불태우는" 새로운 전염병은 한두 사람의 개인에서부터 시작되어 급기야 "경찰 연행", "대통령 선거의 공약집을 불태우는 퍼포먼스", "출판사와 인쇄소와 서점의 줄도산" 등의 사건으로 번져 간다(「불타는 책의 연대기」). 그 밖에도 재난 서사는 "날이 저물자 다시 그것들이 나타났다"는 공포감으로 일상에도 출현하며(「어두워지기 전에」), "몇 번의 전란과 전염병을 거친 후 아무도 살지 않는 폐허"가 된 도시의 모습으로 "시커먼 기름이 온 바다를 뒤덮"은 오늘날의 해변처럼 등장한다(「최후의 인간— 죽은 자들의 도시에서」). 이러한 작품들은 궁극적으로는 지젝이 말한 '탈정치적 생명정치(Post-political bio-politics)'의 위험성을 알려 준다. 요컨대, 국민의 건강과 그에 대한 불안과 안전을 빌미로 공포를 조성해 내는 생명정치의 통치술을 재난 서사로 보여 주고 있다고 하겠다.

재난 서사 외에도 시집의 작품들은 현실의 알레고리로써 생의 아이러니를 그려 내는 태도를 견지한다. 상술했다시피, 작품들이 거의 겹구조 속에서 모종의 열린 결말로 치닫는 것은 바로 이 같은 이유 때문이다. "미끈거리는 사자 뱃속을 달려가는 그"의 이야기나(「광야를 달리는 사자처럼」), "불확실한 가능성을 향해" "한 걸음 내디딜 때마다 한 걸음 나에게 다가오는 계단"의 이야기(「철제 계단이 있는 풍경」), 그리고 왕국의 주인을 알리러 온 밀사를 독살하여 왕국의 주인이 되지 못하는 "나"의 이야기(「밀사」) 등은 모두 인생의 확고한 자기 확신이나 믿음이 얼마나 "어이없는 착각에 불과"한가라는 맥락과 조금도 다를 바 없다(「겨우 존재하는 남자」).

이상으로, 부족하나마 새 시집의 몇 가지 특징을 살펴보았다. 무려 사십 년간을 지속해 오면서도 또다시 새롭게 구축해 가려는 시인의 세계, 그 노고에 새삼 존경을 표한다. 시인의 집에는 영원토록 소년과 청년과 노인이 한 모습으로 무언가를 끄적이고 있으리라.

나는 어둡고 적막한 집에 홀로 있었다. 아이는 방바닥에 엎드린 채 산수 문제를 풀고 있었다. 복잡한 수식이 적힌 노트를 들여다보며 아이는 중력 암흑물질 벌레구멍 따위를 떠올리고 있었다. 나는 어둡고 적막한 집에 홀로 있었다. 소년은 침대에 누워 천장의 사방연속무늬를 헤아리고 있었다. (중략) 청년은 욕실의 차가운 벽에 등을 기대고 앉아 세면대에 한 방울씩 수돗물이 떨어지는 소리를 듣고 있었다. (중략) 그는 책상 앞에 앉아 주름진 손으로 백지에 뭔가를 끄적이고 있었다. (중략) 나는 어둡고 적막한 집에 홀로 있었다. 그는 밤샘 작업을 마치고 잠을 자기 위해 힘겹게 침대를 향해 가다가 거실 벽에 걸린 전신 거울에 비친 흐릿한 모습을 보았다. 중력 암흑물질 벌레구멍 같은 말들이 빠르게 그의 머리를 스쳐 지나갔다. 어둑한 방 한가운데 먼 혹성에서 온 노인이 불길한 미소를 띤 채 아득히 그를 쳐다보고 있었다.

그것은 내가 풀어야 할 마지막 문제였다.

　　　　　　　　　—「나는 어둡고 적막한 집에 홀로 있었다」부분

외진 시의 길, 그의 '신성'과 '흥'
—이병일, 『나무는 나무를』

　시 속의 자연은 이미 해석된 자연이다. 자연을 응시하고 노래하는 관점은 시대에 따라 달라진다. 거기에는 당대의 문제의식과 도덕, 한 시인의 세계관이 투영되어 있는 까닭이다. 일찍이 무수히 많은 시인들이 자연을 노래했음에도, 자연이 주는 영감은 여전히 고갈되지 않았다. 새로운 시인이 나타날 때마다 자연은 새롭게 태어나기 때문이다. 들과 숲의 식물과 나무들이 바람에 흔들리는 모습은 낯익은 것이지만, 그것은 시인의 관찰 대상이 되는 순간 다시 새로워진다. (중략) 에머슨 또한 "자연을 사랑하는 사람은 내부의 감각과 외부의 감각이 여전히 서로 참된 조화를 이루고 있는 사람, 이런 사람에게 대지와 하늘과의 만남은 그가 먹은 나날의 음식의 일부가 된다. 자연을 앞에 두면, 그는 아무리 슬픈 일이 있더라도 야생의 환희가 온몸을 관류함을 느낀다"고 말했다.

　19세기 미국의 시대정신을 대변하는 시인이자 산문가, 그리고 사상가이면서 최초의 대중 강연자였던 랄프 왈도 에머슨은 일찍이 인간과 자연 생태의 조화로움을 전파한 인물이다. 에머슨은 수필집 『자연』에서 인간 정신과 자연을 연결해 설명하였는데, 그의 생태적 인식은 헨리 데이비드 소로와 함께 오늘날까지도 현대인들에게 자연과 더불어 사는 삶의 지침을 알려 준다. "야생의 환희가 온몸을 관류"하는 삶의 충만함은 이제 시대를 넘는 통찰로서 위와 같이 어느 시인에게까지 가닿는다. 비단 한 시인일 리는 없겠지만, 에머슨의 산문을 빌어 자신의 시적 태도(중앙대학교 박사학위논문)를 이같이 진중하게 밝히고 있는 시인은, 그리하여 자연으로 완성된 에덴을 보여 주게 되는 것이다.

그러므로 이제부터 이병일의 세 번째 시집 『나무는 나무를』(문학수첩, 2020)을 통해 "자연이 주는 영감은 여전히 고갈되지" 않고 새롭게 태어나고 있다는 시인의 전언을 살펴보기로 하자. 자칫 시대착오적인 사고(anachronism)로 여겨질 수 있는 생태 의식이 오히려 적극적으로 도입되고 있는 끈질기고도 외진 시인의 길에 대한 사항이다.

시인이 신간 시집을 빌려 밝히는, "내 나이 마흔, 나는 시의 술래!"라는 고백은(「시인의 말」) 시집을 읽고 나면 다르게 다가온다. 시인이 '사십이불혹(四十而不惑)'이 아니라 공자가 천명을 알게 되었다는 '지천명(知天命)'의 나이, 다시 말해 자연의 순리를 이미 받아들인 자처럼 느껴지는 까닭이다. 예컨대, 시인의 "속물근성을 무용한 것으로 만드는" 아름다운 아내와 "구름사다리를 잘 타는" 천진한 아이는 그가 탄생시킨 에덴 작품 속에서 미학적으로 자리하고 있다.

이번 시집의 큰 특징이라고 할 수 있는 동아시아 신화의 동물 이미지와 거기에서 비롯된 제의적 기호성은 「곰나루의 큰 돌」처럼 오랫동안 전승된 전설의 시간을 넘어 현대의 가계사로 부활한다. 북쪽

아시아 민족들에게서 곰은 대표적인 신화적 동물 토템이었다. 우리나라도 단군신화에서부터 「곰나루의 큰 돌」의 직접적 시적 모티프가되는 공주 지역의 곰나루 전설에까지 수많은 곰에 관한 신화 및 전설이 존재한다. 얼핏 단군신화와 겹쳐지기도 하는 곰나루 전설은 인간과 혼인하여 자식을 낳는 또 다른 웅녀가 등장한다. 전설은 인간세상을 그리워한 남자의 배신으로 웅녀가 죽음에 이른다는 비극적결말의 내용이다(『공주 민속』, 1992). 지역에 큰물이 불어나고, 그로 인해 사람들이 피해를 당하자 제사를 지내 곰의 분노를 잠재운다는 이야기는, 시 「곰나루의 큰 돌」에서 서사를 지탱하는 줄거리로 녹아들어 간다.

> 아비는 얇은 성에가 이슬로 맺히는 동굴에서
> 온갖 새소리 불러와 웅녀와 사랑을 나눴고
> 자잘한 아이 둘을 두었다 낮엔 곰,
> 밤엔 사람 얼굴로 돌아오는 새끼를 위해
> 몸은 물길 꺾이고 평평해지는 모래밭 세상에서 뛰놀고자 했다
> 그러나 마음은 그림자 놀이 하던 호시절을 그리워하면서
> 뒤도 돌아보지 않고 퍼런 물길의 지붕을 밟고 건너고 있었다
>
> 강은 아비의 두 발을 번갈아 들었다 놨다 하면서 흘렀다
> 목숨은 물을 잔뜩 먹고서야
> 두 발이 아닌 네 발 그림자로 강줄기를 탔다는 걸 알게 됐다
> 그때 어미와 나와 동생은 발바닥 핏줄이 몰아가는 데로
> 죽을힘 다해 물비늘 지붕을 밟아 아비를 쫓아가는데

언젠가 고향으로 돌아갈 거라는 믿음이 찢어지듯

캄캄 깊은 강변으로 떠밀려 와서 처음으로 물숨을 뱉었다

눈빛이 닿지 않는 곳에서 물새가 휙, 지나가자

우리는 큰곰자리와 작은곰자리로 몸을 바꿨다

그때 아비는 수원(水源)을 끌어와서

해 질 녘의 긴 그림자와 함께 절벽에 얼굴을 긁으면서 죄를 씻었다

핏덩이로 눈과 귀마저 지우니까 아비는 곰나루의 큰 돌로 굳었다

　　　　　　　　　　　　　　　—「곰나루의 큰 돌」부분

「곰나루의 큰 돌」의 아비는 전설과 마찬가지로, 웅녀와 "사랑을" 나누고 낮에는 곰, 밤에는 사람이 되는 "자잘한 아이 둘"을 둔 "아비"였지만, "마음은 그림자 놀이 하던 호시절을 그리워하"는 인간이었기에 "뒤도 돌아보지 않고 퍼런 물길의 지붕을 밟고" 건너게 된다. 그러나 3연에서부터는 이 비극적 계보가 시인에게로 넘어간다. 아비의 "목숨은 물을 잔뜩 먹고서야" "네 발 그림자로" 강줄기를 타고, 아비를 쫓아가는 "어미와 나와 동생"은 "발바닥 핏줄이 몰아가는 데로/죽을힘"을 다한다. 그리고 결국 아비를 따라가지 못하고 "큰곰자리와 작은곰자리"로 몸을 바꾸고 만다. 시는 서정적 동요 속에서 불길하고도 암담하게 전개된다. "눈빛이 닿지 않는 곳에서 물새가 휙, 지나"가는 한 가계의 몰락과 불행이 선연하게 솟구쳐 오르는 것이다. "그때"를 중심으로 전환되는 서사의 긴박감 그리고 "해 질 녘의 긴 그림자와 함께 절벽에 얼굴을 긁으면서 죄를 씻"는 아비, "핏덩이로 눈과 귀마저 지우니까" "곰나루의 큰 돌로" 굳어 버리는 아비의 애달프고도 애틋한 서사적 이미지는 정녕 이병일만이 그려 낼 수 있으리라. 전설의 수원(水源)을 끌어와서 한국문학의 제의적 기호를 바

탕으로 한 서사는 이처럼 슬프고도 아름답게 흘러넘친다.

시집의 완성도 높은 54편에는 「곰나루의 큰 돌」 외에도 신화적 동물이 등장하며, 동물에 대한 시인의 순연한 욕망 속에서 시는 신성혼(神聖婚)을 통해 결합하기도 하고, 자연 속에서 영혼과 교접하기도 한다.

'곰'과 같은 신성 동물로 작품에 구현되는 '구렁이'는 "푸른 밤의 공기를 훔쳐 먹고 살아가는" 존재로 등장하며, "성냥불 눈동자"로 "몸 밖으로 나간 영혼"을 감지한다(「개기월식」). 또한, '멧돼지'는 "오리나무를 찢으며" "달"을 부르고, "한곳에 오래 머물 수 없는" "영혼들"과 잠을 잔다(「멧돼지와 달의 파수」). '호랑이' 역시 "일곱 가지의 병을 가진 아이"에게 "코와 이빨과 발톱과 눈동자"를 내어주고 '호랑이'의 가죽을 입고 자란 아이는 "벌판을 휘젓는 힘"을 대신 갖게 된다(「아무르호랑이의 쓸모」). 주요한 시적 모티프인 '곰', '뱀', '멧돼지', '호랑이' 등은 모두 토템 신화에서 대표적인 동물들이다. 원래 토템은 북미 아르콘킨 부족에서 유래한 말로, 초자연적인 동지나 조력자를 의미한다. 우리나라 신화에서도 단군신화부터 그 뿌리를 찾을 수 있는데, 새로운 통치 세력인 환웅은 고조선의 외부 세력이었다. 고조선의 토착 세력 중 환웅은 '곰' 토템 부족과 결합한 것이라 볼 수 있다. 이 밖의 성수(聖獸)인 '뱀'은 이덕무가 쓴 『청장관전서(靑莊館全書)』에서 가신의 모습으로 집을 수호하고, '멧돼지'는 고구려 유리왕대의 제사의 신성한 제물로, '호랑이'는 『삼국지』 「동이전」을 통해 '제호이위신(祭虎以爲神)'으로 신격화됨을 확인할 수 있다. 이 같은 한국 신화의 신성한 동물들은 이병일의 시집에서 여태 찾아보지 못한 생명 의식으로 빛나고 있다. 영혼을 인간으로만 국한해 바라보지 않고, 모든 만물의 영역에까지 투영하는 시인 의식은 이처럼 시집 곳곳에서 빛난다.

이병일의 문학적 자장은 첨예한 문명 비판의 시각이 점차로 확장되어(『아흔아홉 개의 빛을 가진』) 『나무는 나무를』에 이르러서는 동아시아의 신화적 의미와 생태적 통찰로 변주되었다 할 것이다.

이병일이 구축한 에덴에서 "나무 소년"은 기린을 의식하고 "산해경을 꺼내" 읽는다. 그러자 "기린이 쉬는 자리마다 꽃 돌 비단이 깔린다".(「나무 소년」) 나무이자 소년인 "나무 소년", 둘의 결합은 바로 생태 그 자체를 살아 내는 시인의 세계관이다. 인간뿐만 아니라 동물과 식물까지도 "몸을 바꾸는" 모습은 시 속에서 "산과 강과 절벽이 신성하도록 외진 길로만 흥(興)"낸다(「동백과 고라니」). 발굽이 달린 '동백'이나(「동백과 고라니」), "홍매를 단숨에 그리는 법"을 아는 '족제비 꼬리털'로(「족제비 꼬리털의 구언(丘言)」) 자유롭게 넘나든다. 나아가서는 대추를 따 먹고 "몸에 더운 피가 흐르는" 걸 감지하고(「외면」), "숨을 구부리면서" 백운(白雲)과 물아일체가 되기도 한다(「백운」). 일일이 언급하기도 벅찰 정도로, 지천명의 순리를 일찍 깨달은 자의 숙연함이 도처에서 읽힌다.

자신만의 길로 정진하는 그의 문학성은 이처럼 결곡한 아름다움으로 자리한다. 살구나무에서 희디흰 빛이 돋아날 때, 우리는 이병일의 시를 떠올릴 수밖에 없으리라. "조기 떼 우는 봄밤"을 그 누가 이토록 선연하고 아름답게 그려 내겠는가(「꽃잎, 꽃잎으로」). 기적을 방불케 하는 신이로운 정경이다. 그의 시를 읽으면 "세상은 갈데없이" 흰빛이다.

더 이상 썩을 게 없는 살구나무에서 흰빛이 날 때
할미는 칠산 바다에서 조기 떼 우는 봄밤이 온다고 했다

큰 섬에서 작은 섬으로 봄눈이 꾹꾹 땅을 밟듯이
봄빛은 제 몸엣것 다 내어주고도 다시 목숨 짱짱한 것들을 키운다

어떤 이끌림이 적막과 허무를 지우듯이
더 이상 꽃을 피우지 않고선 견딜 수 없다는 듯이
은비늘 금비늘 꿰차는 물소리가 살구꽃을 틔운다

뱃사람들의 잠과 꿈이 뒤집어지지 않듯
뱃길은 한순간도 쉬지 않고
그저 뱃멀미와 함께 오는 살구꽃 비린내를 길어 올린다
조기 떼 생각에 배는 흘러가지만, 흘러가지 않는 바닷속에서
나는 아랫배 불거진 조기 떼들이 휘휘 봄밤을 찢는다고 생각한다

그때 오천 리 길 물굽이 영(嶺)을 넘어 살구꽃이 되고자
아가미 시뻘겋도록 우는 조기 떼들,
그때 물속 세상은 갈데없이 꽃잎, 꽃잎으로 편편해진다
　　　　　　　　　　　　　　　　　—「꽃잎, 꽃잎으로」 전문

빛의 망탈리테, 그 양화와 음화
—박은정, 『밤과 꿈의 뉘앙스』

> 사랑의 프락치들 앞에
>
> 시궁쥐처럼 모여 앉아
>
> 영혼의 매장량을 세어 본다
>
> —「시인의 말」

　박은정의 두 번째 시집 『밤과 꿈의 뉘앙스』(민음사, 2020)의 「시인의 말」에서부터 특징지어지는 키워드는 '사랑'과 '영혼'이다. 그런데 '사랑'과 '영혼'은 "프락치들"과 "매장량"을 수식하고 있는바, 현실에 대한 환멸과 혐오가 감지되기에, 이러한 맥락을 파악하는 것이 시집을 읽는 독법이 되리라. 시적 특징에 대해서는 상세한 설명이 필요한데, 우선 소략하게 표현하자면 『밤과 꿈의 뉘앙스』는 생활의 에피소드가 아닌 생이 은닉하고 있는 고투에 관한 시집이라고 할 수 있다. 4부로 나뉜 54편의 작품들은 각 부의 소제목("1부 우리의 가슴은 푸르른 멍을 쥐고", "2부 마음은 모래알처럼 사소하여", "3부 미숙한 사랑을 자랑하듯", "4

부 여기 가장 둥근 빛 하나가")을 통해 유추할 수 있듯이, 현실에 부적응한 주체의 감성이 환멸과 맞짝을 이루며 이항적으로 나타난다.

　대체로 음화의 현실이 우의(寓意)를 통한 방식으로 추수된다면, 양화의 현실은 낯선 빛의 시간으로 작품에 투영된다. 이것은 '꿈의 뉘앙스'가 현실보다는 현실 너머에 존재하기 때문이다. 현실의 결핍은 이처럼 대극적인 빛의 망탈리테(mentalites)로써 충격적 고통을 역설적으로 보여 준다. 그렇다면 감각의 변화로써 시대와 세대를 집합시키는 집단 무의식적 가치관이 왜 '빛'으로 표현되는지 그 문학적 여정을 파악해 보기로 한다.

　　나의 묘비명에는 쓰고 싶은 말이 넘쳐
　　너무 많은 교훈을 배우는 동안
　　참았던 입술은 터지고 말 것인데

　　돼지는 강제로 나를 키웠죠
　　욕설을 사랑 고백처럼 내뱉으며
　　죽은 위인들의 책을 옆구리에 꽂아 주며
　　한 걸음마다 내가 넘어지도록

　　소파에는 뱃살이 늘어진 염소가 있어요
　　(중략)

　　나는 친구들을 사랑하지만
　　똑똑한 그들은 넘어진 나를 단죄해요
　　휘청이는 다리가 내 잘못은 아닌데

그들에게 애걸하듯 욕설을 뱉어요

이건 내가 배운 사랑의 방식

(중략)

매일 밤 나의 고향에는 굳건한 위인들이

늙은 괴물처럼 티브이를 보면서 귀를 파고 있어요

이제는 옆구리의 책도 매정한 입술도 없이

밤마다 전화를 걸어 사랑한다고 말해요

영혼도 없이 신의 목젖을 흉내 낸 죄로

각자의 귓바퀴 속을 서걱거리며

못자리도 없는 가축처럼 허둥대면서

                                        ―「고독의 첫날」 부분

  먼저, 「고독의 첫날」에서 현실과 조우하는 환멸의 서사를 발견할
수 있다. 이것은 명백히 현대사회를 벗어나려는 지난한 몸짓에 다름
아닐 것이다. "강제로 나를" 키운 "돼지"와 "뱃살이 늘어진 염소"는
'나'의 집에 동거하는 가족 아닌 가족의 모습이며, 인간 군상들은 종
국에는 "가축처럼" 나타난다. 극단적 형식으로써, 주체는 새의 발톱
을 지닌 "마고"로 태어나 "미래의 사랑"을 꿈꾸지만 좌절하고(「마고는
태어난다」), 연금술에 따라 만들어진 난쟁이는 "심드렁하게 김치찌개
를 먹던 아버지"와 "지옥불에 다녀온 듯 늙어 버린 어머니"의 "애정
하는 아이"가 되자며, "오역과 오류로 뒤덮인 지식인들의 소굴"에서
살아간다(「호문쿨루스」). 또한 자신을 "사탄의 자식"이라 불러도 좋다는
'나'는 "거대한 돼지"에 깔려 "황혼"을 볼 것이라며 다가올 미래의 시

간을 암울하게 진단하기도 한다(『어두워질 때까지 거대한 돼지는 울었다』).

　이처럼 주체를 둘러싼 등장인물들은 인간의 허울만 가진 자들로 타락한 현실을 보여 주는 전형적인 속물의 형상이다. 마치 카프카의 소설이 그러했듯이, 이 악몽의 현실을 태연하게 사는, 다시 말해 동물적인 삶을 영위하는 자들이라 할 것이다. 일찍이 김홍중이 코제브와 아감벤을 빌어 설명해 온 '동물'의 모습과 '속물'의 출현이다. 신자유주의적 '스노비즘'과 '동물성'으로 진단된 삶의 형태다.(『마음의 사회학』, 문학동네, 2009) 재차 언급하자면, 동물적 삶은 "비오스(bios)가 파괴된 순수한 조에(zoē)로서의 삶"이라 할 수 있다. 고대 그리스에서 삶을 의미하는 '비오스(bios)'와 '조에(zoē)'는 각각 사회, 정치, 문화의 맥락에서 규정되는 삶의 형식(양식)과 단순히 살아 있는 생물학적인 삶의 형식을 의미한다. 결론적으로 박은정 시에서 구현되는 동물적 삶은 주체의 욕망이 주된 것이 아니라 타인의 욕망이 지배하는 삶이자 순수한 속물로 사는 삶이 된다. 그렇다면, 시의성 있는 주제이긴 하지만 이토록 극단적으로, 비(非)인간으로도 지칭할 수 있는 동물적 삶이 왜 등장하는 것인가. 그것에 대한 해명은 단순치 않다.

　1997년 외환 위기 이후 한국 사회를 둘러싼 망탈리테가 바로 '동물'과 '속물'로 지칭되는 삶의 형태였다. 1975년생인 시인이 이십대 초반의 젊은이로 1997년 외환 위기를 겪고, 20년간 무한 경쟁과 적자생존의 삶 속에서 갖는 망탈리테는 한편으로는 부정적 사회 인식으로써의 동물적 삶이며, 또 다른 한편으로는 현실 저편으로 이동한, 꿈과 사랑의 갈망으로써의 종착지인 "빛의 신앙"이지(『라니케니아』) 않았을까 조심스레 유추해 볼 따름이다. 사정이 이러하므로, 정신의 구조물인 시의 독해에 있어 오해를 초래할지 모른다는 우려를 불식시키고자 몇 가지를 더 짚어 보기로 한다.

주로 기억의 작용으로 탄생하는 "유년의 침울한" 주체나(「악력」) "미움에 몰두하느라 자신의 나이를 잊어버린 눈빛"을(「서기의 밤」) 지 닌 어린 주체는 낯선 시공간의 빛과 어우러진다. 이것은 이번 시집 의 특별한 아름다움이기도 한데, 키덜트(kidult)에 속하는 주체의 감 정이 무엇보다 진정성(authenticity)으로 다가오기 때문이다. "나는 왜 이 숲에서 울고 있는가"나(「흰빛」), "꿈 없는 눈으로 앓듯 자꾸만 이불 을 뒤척이는 기분을 아니"(「302호」), 그리고 "나는 어릴 적 마당에서 함께 놀던 고양이의 이름을 말합니다"는(「꿈의 의자를 타고」) 행들은 비 속한 현실을 견뎌 보려는 방편으로써 선택된 주체의 말이다. "기이 한 어둠만이 여섯 가지 빛을 가지고 노는 세계"에서 머물며(「연필점」), "언제까지 어린애처럼 이 짓을 할 생각이지?"라며 아이에게 묻는 주 체는 또 다른 아이에 다름 아니다(「한 아이가 한 아이를 지우며」). 이처럼 현실의 환멸감에서 자신을 스스로 구원하며 빛을 탈환하려는 주체 의 시도는 계속된다.

종합적으로 언급한다면, 시대정신으로 볼 수 있는 망탈리테는 『밤 과 꿈의 뉘앙스』에서 양화와 음화를 구축한다. 오늘날 젊은 시인들 에게서 자주 등장하는 빛 이미지가 이와 같은 영역에서 크게 벗어나 지 않는 것도 바로 동물적 삶의 일상화를 인식하면서 존재를 탐색해 가는 반대쪽 면을 지향하기 때문인지도 모른다.

그러한즉, 대개 지상에는 존재치 않는 듯한 아름다움으로 나타나 는 빛의 시공간은, "애인이 없고" "직장이 없고 미래도" 없는 여기의 현실 너머(「한 뼘의 경희」) "정체불명의 행성"일 수밖에 없다(「라니케니 아」). "고향으로 돌아가기엔 너무 늦은" 시간과(「라니케니아」) "가장 먼 곳"에(「밤과 꿈의 뉘앙스」) 있는 너의 공간은 이토록 역설적인 낯선 아름 다움 때문에 가치가 부여된다. 신비롭게 이루어 갈 빛, 오롯이 빛으로써 말이다.

파란 공이 울타리를 넘어
해변으로 굴러왔다

이것은 정체불명의 행성

사라져 가는 낙원을 지나
가늠할 수 없는 방향으로

이국의 목소리들이
야자수를 향해 달려가는 동안

점박이 수영복을 입은 여자가
모래사장에 묻어 버린 말

라니케니아,
은하계를 유영하는 마음

어제의 기원이 어디서부터 시작됐는지
오늘의 걸음이 어디쯤에서 끝나는지

내일이면 기억나지 않을 얼굴과 인사를 나누며
우리는 빛의 신앙으로 걷는다

이곳의 속도는 인간의 눈으로 가늠할 수 없어
더욱 아름다운지도 몰라

무리를 벗어난 행성
해변을 가로지르는 무지개
검게 탄 피부와 흩어지는 웃음들

마음은 모래알처럼 사소하여
작은 과오도 놓치지 않는 짐승이다

오늘이 관측되지 않았으면 좋겠어 세상의 미물이 사라지고 불가능
한 행성이 도래하여 모두의 얼굴을 가릴 때까지

태양 아래 반짝이던 네가
파도 속으로 사라진다

라니케니아,
고향으로 돌아가기엔 늦은 시간

누구도 공을 찾으러 오지 않는다

지친 거북들이 모래사장을 기어 다닐 때
알 수 없는 빛이 그림자를 비출 뿐

—「라니케니아」 전문

'어떤 방식'으로써의 연애의 형식
―김효선, 『어느 악기의 고백』

상대를 생각하는 또는 흠모하는 마음이 사랑이라면, 그리하여 자신을 드러내기보다는 감추기에 열중한 사랑이어도 연애라고 할 수 있을까. 김효선의 세 번째 신작 시집 『어느 악기의 고백』(문학수첩, 2020)을 통해 본다면 그렇다고 답할 수 있다. 요컨대, 4부("1부 사랑만큼 지독한 방부제가 있을까", "2부 서서 울어야 할 때가 온다면", "3부 가장 어렵게 읽히는 기억을 삽니다", "4부 천년이 지나도 한눈에 너를 알아보겠다")로 나뉜 65편의 시들은 연애사보다는 연애 감성에 충실한 작품들이라고 할 수 있는데, 결론부터 언급한다면 연애의 형식으로 변별성을 도모하는 시집이라 하겠다. 공들여 부마다 제목을 붙인 것에도 눈길이 가는 바, 시인의 연애시를 통해 사랑의 양태를 가늠해 보기로 한다.

화분 밖으로 튀어 나간

오르간 파이프 선인장

두 주먹으로 가린 표정을 자르면

맹렬하게 태양의 발끝을 핥는다
오체투지로 살아남은 사막의 전사는

사자와 싸워 이길 수 있다거나
숨어 있다 나타나는 독사처럼
시시껄렁한 입술에 입을 맞추면
겨울의 지루함을 가릴 수 있다 그런데

너는 왜 자꾸 살아 있는 것만 주니?
화분 밖으로 튀어 나가길 좋아하는 애인과
여러해살이풀처럼 자꾸 돌아오는 인연

주머니에 신성한 콜라나무 열매를 간직해
흐리거나 슬픈 기억을 쥐여 주고
밤을 지켜 줄 목양견을 만난다면
호루라기를 불어도 오지 않는 사람을 잊었을까

밑동이 잘린 나무 사막에 앉아
가시풀로 제 피 맛을 즐기는 낙타처럼
나를 키운 애인이 불안이라면

문밖의 죽음을 데려와
오래오래 사랑할 테다

          ─「애인─어떤 방식으로든 이전에 죽은 모든 사람」 전문

금융자본주의 사회라는 오늘의 현실에서 연애는 어떤 의미인가. 사랑과 연애마저도 대상의 선택에 집중해 있는 것이 현실적 상황일진대 여태도 시인이 추구하는 연애 형식에는 어떤 간절함이 묻어 있으니 현실과의 불화는 예견된다. 이러한 사랑을 꿈꾸는 자리에 김효선의 연애시는 자리하며 그 면모를 발휘한다.

김효선의 연애 대상은 주로 자연물로 투영되지만, 동일성의 사항으로 소급되지는 않기에 『어느 악기의 고백』을 읽는 독법은 예컨대 좀 더 차별화된다. 일종의 감성의 감각화라고도 볼 수 있다. 가령, 위와 같은 작품은 시적 언술의 형태로 본다면 개괄 묘사에 해석적 진술이 혼합된 형태이다. 첫 연부터 문면에 나타나는 "오르간 파이프 선인장"은 대상(애인)과의 관계를 드러내는 언표이지만, 시행은 개괄 묘사와 비약의 진술 그리고 양행 걸침(enjambment)의 의미의 파장으로 인해 현저하게 집중도를 분산시킨다.(단, 여기서 동일성 차원에서의 독해는 적합하지 않다. 비약과 간극으로써 추리되는 귀납적 원리로 살펴보아야 한다.)

작품은, 오르간 파이프 선인장의 묘사와 진술(1연) → 오르간 파이프 선인장의 의미(2연) → **애인(인연)이라는 원관념(3연)** → 어긋난 관계에 대한 비유(콜라나무)와 진술(4연) → **애인(인연)이라는 원관념(5연)** → 사랑에 대한 의지(6연)로 확장해 가고 있다. 이때 시적 의미는 단속(斷續)되는 시행의 전개로 말미암아 유추로써만 파악되는 특징을 보인다.

그러나 행간을 면밀히 살펴본다면 구조화된 맥락을 찾아낼 수 있는데, 요컨대, 차연의 방식 속에서도 비끄러매는 의미 단락이 있고, 이것이 병렬적으로 원관념에 포섭된다는 사항이다. "화분 밖으로 튀어 나간/오르간 파이프 선인장"(1연)과 "화분 밖으로 튀어 나가길 좋아하는 애인"(3연), 그리고 "문밖의 죽음"(6연)은 모두 애인으로 말미암아 발생하고 결정되는 내부/외부다. 애인의 모습을 감각화해 전통 연애시 형식에서 탈피하고 있음을 알려 준다. 달리 말해, 익숙한 정형에서 벗어남으로써 사랑을 다시 생각하게 하는 계기를 마련해 주는 자리에 『어느 악기의 고백』은 위치한다고 할 수 있다.

「애인─어떤 방식으로든 이전에 죽은 모든 사람」이외에도 「어느 악기의 고백」에서는 매미를 가져와 "이 세상에 영원이 없다고 생각해?"라는 이별의 의미를, 「이치(理齒)」에서는 발치와 세렝게티의 약육강식으로 "발치한 슬픔이 개코원숭이처럼 돌아오지 않을까"라는 이별의 형식을 도모한다. 또한 「마가리타」에서는 마가리타 칵테일과 사바나의 동물을 구성적 미감으로 엮어 "서로를 부정하는 방식"을 그려 낸다. 물론 이 작품들은 하나의 은유 체계를 갖추지 않으며, 사랑이라는 관념에 새로운 방법론을 제시한다.

이처럼 이질적인 이미지로써 이미지를 유보하거나 소거하는 시들은 시집 내에서 연애 감정(성)적 특징을 보일 때 나타난다. 이것은 아무래도 수수께끼 같은 사랑의 핵심이 감정과 관련했기에 그러할 테다. 형식 면에서는 분절적인 허용(許容)의 비문법성으로 낯설게하기를 시도하는 한편, 사랑의 의미 면에서는 통합적이고 익숙한 감성의 영역을 그려 낸다고 하겠다.

사랑의 일에 있어선 자신의 마음도 자신을 속일 수 있다는 것을 우리는 알고 있다. 이토록 어려운 사랑은 인간에게 어떤 존재론적 의미일까. 알랭 바디우의 『사랑 예찬』(길, 2010)을 통해 철학적 사유를 빌어 본다면, 사랑은 "진리(의 절차)", 다시 말해, 둘에 관한 진리다. 둘을 통해 이룩되는 "어떤 형태의 진리가 구축되는 하나의 경험"이다. 그런 의미에서 『어느 악기의 고백』은 사랑과 연애마저도 자본에 의해 선택되고 무자각적으로 잠식되는 작금의 반대편에서 시적 본령에 해당하는 진리를 구축하는 시도라고 할 수 있다.

마무리하는 이쯤에서 하나를 부기하도록 한다. 신작 시집에서 새로움 못지않게, 기존의 서정시 맥락으로 포착되는 여백과 여유도 미학적 아름다움을 선사한다. 만개한 벚꽃을 통해 "더 많은 사람을 잃어야 한다"라는 직관적 성찰(「외출」), "꽃을 가지려면 흙을 엎질러야" 한다거나(「라일락으로 가자」), "다시 만나지 말고/말하지 말고 그냥 꽃 할걸"이라는 관계 인식이 그러하다(「말하지 말고 꽃 할걸」). 신뢰 되는 절제의 미다. 친화력 높은 서정과 낯선 감각의 접선 장소가 지속해서 알려지길 기대해 본다.

> 달을 네 조각으로 자르고
> 술잔에 별을 띄워 마셨는데
> 입술엔 쇳가루가 묻어 있다
>
> 살면서
> 가장 큰 후회는 말하지 말걸
> 뼈를 으스러뜨리는 입들이
> 돌아누울 때마다 외풍으로 불어와
> 잠이 얼어붙는다
>
> 울음의 바깥은 모두 신생아
> 알 수 없는 발화 지점에 놓인 꽃술처럼
>
> 얼마나 오래 문장을 바쳐

사람의 길을 내었을까

말하지 않아도 습관처럼 고개가 꺾이고

우리는 서로의 구석부터 천천히 갉아먹는 벌레

모서리가 다 지워져

탁자 아래로 '쿵' 하고 떨어질 때까지

혀를 내밀어 나를 음미해 보지만

얼마나 오래 길들여진 말의 미각일까

썩지도 않고 버릴 수도 없는

다시 만나지 말고

말하지 말고 그냥 꽃 할걸

―「말하지 말고 꽃 할걸」 전문

이응의 세상, 적당하지 않은 명랑의 페이소스
—장인수, 『천방지축 똥꼬발랄』

> 천방지축은 하늘 가장자리(천방(天方))에서 지구가 자전하는
>
> 중심선(지축(地軸))까지 후다다다닥 뛰어다닌다는 뜻이다
>
> 똥꼬발랄은 똥꼬까지도 까르르르르 발랄하게 웃는다는 뜻이다
>
> 웃음곳간을 퍼내어 소소(笑笑)밥을 짓는다
>
> —「시인의 말」 부분

시가 본디 지녀야 할 사항이 있다면 무엇인가. 실재, 관념, 리듬, 새로움 등 어느 것이 되었든 시인이 구축하는 세계관 내에서 드러날 것이다. 여기에서 다룰 작품으로 적용해 본다면 장인수에게 반드시 지녀야 할 사항은 '천방지축 명랑'과 '똥꼬발랄 말법'이었던 같다. 요컨대, 이번 장인수의 신간 시집(『천방지축 똥꼬발랄』, 달아실, 2020)을 읽는 독자는 중년에 접어든 중견 시인의 '실재화된 구체적 명랑'과 '리듬적 말법의 공명음(共鳴音)'이라는 차별화된 지점을 발견하게 될 것이라는 얘기다.

그렇다면 이처럼 식상한 일상적 삶에서 장인수의 '명랑한 중년'이 형성된 계기는 무엇일까. 그것은 다름 아닌 비루한 현실에 잠식되지 않으려는 시인의 "소소한 작은 저항" 때문이겠다(최은묵의 시인수첩 인터뷰 www.youtube.com 2020.2.21. 참고). 요컨대 입문할 때부터 시인의 자의식은 소시민의 삶과 맞닿아 있었는데 이러한 일관성으로 구축된 작품 세계가 명랑에까지 이르게 되었다 할 것이다. 그러한즉, 장인수가 『천방지축 똥꼬발랄』에서 선보이는 소소한 저항은 "소소(笑笑)"다. 그것도 적당하지 않은 명랑이니 웃음의 두께가 소소하지 않고 중중하다. 다시 말해 4부에 걸친 59편의 시들은 적당하지 않은 명랑으로 말미암아 기어코 한 줄기 가슴을 건드리는 페이소스까지 동반한다.

이를테면, ""세 년놈이 부엌질을 하니까 엉망진창이잖아."/남편과 아들이 부엌을 들락거리니까/그릇도 뒤섞이고/냉장고 반찬 위치도 뒤죽박죽이란다//"칼! 어딨어?"/오늘은 식칼의 위치가 바뀌었나 보다//아내가 차린 이밥에 넉살 한 점 올려서 먹는다/"여보! 꿀맛이야."/칭찬을 퍼부어도 아내는 찡그리며/"날 건드리면 국물도 없어./이놈들아, 이래뵈도 나는 갱년기다!"/오히려 역정을 퍼붓는다"라는 아내의 갱년기나(「갱년기」), "나이가 들면 몸이 정신을 압도해/인생이 휘도는 곳, 여울이 센 곳을 몸이 느껴/(중략)/정신적으로 힘들고 어렵고/파김치가 되면/몸을 무작정 놀려야 해/몸으로부터 의지와 정신력과 일을 버려야 해/몸을 몸에게 맡겨야 해/(중략)/정신이 빠져나가 버린/텅 빈 몸이도록 해야 해/고환이 몸에 달렸는지도 잊어야 해"라는(「몸철학」) 육체의 늙음에는 세월을 앞질러 순리대로 받아들이는 슬픔과 깨달음이 공존한다.

'실재화된 구체적 명랑'이란 이처럼 다수의 시집으로 그간 신뢰를

쌓아 온 장인수만의 특징이다. 사물의 본질과 현상으로 세계를 파악하는 태도다. 주지하다시피 명랑의 기조 속에서 시인은 세계를 포착한다. 보이차를 "격조 있게 마시는 시인들"을 바라보며 "굼벵이 똥덩어리나 두엄탕의 거름덩이"를 떠올리는 것과(「보이차」) "고봉밥을 한 번도 퍼 주지 않는" 도시 아내를 파악하는 태도는(「고봉밥」) 일상에서도 수동적으로 소모되고 있는 현대인의 생활을 암시한다.

또한 장인수의 명랑은 현대사회에서 과거의 연속성을 회복시켜 줄 서정에 가깝다. "이불을 걷어차면서 해가 똥구멍에 떴다고 호통" 치는 엄마가 존재하는, 온 식구가 "멧돼지처럼 주둥이를 그릇 속에 처박고" 먹는 "묵밥"의 따뜻한 흑백 기억이 드리운 명랑이다(「흑백사진 속 우리 식구의 명랑한 옛날이야기」). 이러한 따뜻한 정서는 "두 달 넘게 입원" 한 엄마가 "배차꼬갱이"만 요구하는 정황에서도 잘 드러난다. "날배추"를 "토끼보다 잘 먹는다"라며 아내를 기특하게 바라보는 남편, 아내가 입원하는 동안 "혼자 사는 법을 터득"한 "명랑한 81세" 아버지의 아름다운 노년으로 따뜻하게 녹아든다.(「배차꼬갱이」)

살펴볼 또 하나 작품적 특징은 '리듬적 말법의 공명음'이다. 시종 이응, 리을에 집중하는 특유한 말법은 작품들을 라임(압운)으로 읽어 나가게 만든다. 음성적 특질을 생래적으로 잘 다루거나 이러한 음운 발생을 십분 활용한 경우가 될 것이다. 사과나무를 껴안고 "늙은 사과나무랑 응응이라도 하려는" 듯한 모습과(「사과나무랑 응응」) 사람에게 오르가즘이 있다면, 나무에게는 나무르가즘이 있겠다고 생각하는 화자의 엉뚱하고 기발한 모습은 "나무르가즘의 절정"을 선보인다 (「상고대」). 예컨대, 우리말 자음의 조음(調音) 양상으로 인해 ㄹ[l], ㄹ [r], ㅇ[ŋ], ㄴ[n], ㅁ[m](이인모, 『文體論』, 1970) 순서로 부드러운 음감이 드러나기에, 장인수는 우리말의 시어적 요소를 발성 과정과의 연관으로 파악해 운용한 것이 된다.

　게다가 『천방지축 똥꼬발랄』은 현대시에서는 다소 소외된 모음조화라는 언어 현상을 오히려 적극적으로 활용하고 극대화한다. 그야말로 음성성이 "우글우글"하다고 할 정도인데, 아마도 시인은 "시를 쓰다 보면" "불쑥불쑥" 떠오르는가 보다(「수렁」). 아니면 오십에 이미 귀가 순해진 이유로 "때와 장소를 가리지 않고" 잘 듣기 때문인지도 모른다(「이순」). 여하간 시집 전체가 명랑하고 한없이 밝은 음감의 향연임은 틀림없다.

　마무리로 언급한다면, 『천방지축 똥꼬발랄』은 "똥꼬발랄한 중년의 명랑이 불편하다는 걸", "명랑하기에는 세상은 너무도 처연하다는 걸" 아는, 그리하여 알면서도 "너무 명랑하구나 그러니 나는 아주 나쁜 놈이다"라는 고백으로 가늠되는 시집이다(「명랑한 중년」). 고로 명랑으로써 슬퍼하는 자의 시집이다. 진정 슬픔의 편인 것이 분명한, 명랑과 우울 그 어느 쪽으로 기울어도 서민과 슬픔의 편일 시집을 응원한다.

　　사람들은 끊임없이 묻는다
　　너는 누구 편이냐 너는 어느 진영이냐
　　나는 내 삶의 편이다
　　내 삶은 명랑의 편이다
　　명랑은 슬픔의 편이다
　　나의 노래는 명랑하다
　　명랑한 목소리로 슬픔을 부른다
　　붓을 들고 형형색색 그림을 그려도 슬픔의 편, 슬픔의 채색
　　한 끼 밥에서도, 한 잔 술에서도 슬픔을 뜬다

내 마음속 진보, 내 행동 속의 좌파는 오직 슬픔

슬픈 자들을 위해 시를 쓴다

슬픈 자들은 웃음과 명랑과 정력과 성욕조차 슬프다

내가 믿는 예수와 부처는 좌파, 진보, 사랑, 아픔

그리고 슬픔의 하나님이듯이

엘리 엘리 라마 사박다니

너는 누구 편이냐

어느 쪽이냐고 묻는다면

나는 슬퍼하는 자의 삶, 슬픔의 편이다

썩은 해초처럼 삶을 휘감는 슬픔

열대어처럼 무리 지어 골목을 휘젓는 슬픔의 편이다

　　　　　　　　　　　　　　　　—「슬픔의 편」 전문

물활론적 자연관의 출발, 그 깊은 마음의 생태학
— 김민철, 『언젠가 우리에게』

편파적으로 먼지가 쌓인 곳, 내밀한 적대감이 느껴지는 곳, 영혼이 도구로 분석되는 곳, 초조함 끝에 참을성이 생긴 곳을 발견했죠. 제가 굳이 그와 같은 데를 찾은 이유는 간단합니다. 제 시집은 그러한 비천한 공간과 너무나도 잘 어울리기 때문이에요.

—「시론 에세이」(『시인수첩』, 2020.봄)

"시의 거주지를 찾는 분들께"라는 부제가 붙은 편지 형식의 「시론 에세이」는 이처럼 감성적인 구절로 적힌다. 그렇다면 자못 의미심장한, 시인과 어울리는 비천한 공간은 어디인 걸까. 그의 공간은 어느 추억쯤 자리하는 것일까. 2012년 『문화일보』 신춘문예로 등단하여 활동해 온 김민철의 첫 시집이 자못 궁금해지는 이유다. "추억을 많이 가진 존재는 행복하다"라는(「시인의 말」) 김민철의 전언에 기대 첫 행보를 따라가 보기로 한다.

제일 먼저 눈에 띄는 것은 50편 작품을 일목요연한 부(部)로 정리하지 않았기에 되레 감지되는 통합성이다. 아무래도 첫 시집을 상재하는 시인의 바람이었을 듯한데, 그렇기에 『언젠가 우리에게』(문학수첩, 2020)는 김민철의 시적 특징을 큰 틀로 보여 주고 있다. 자연 은유의 방식인 생태적 윤리와 현대에 대한 비판적 인식이 그것이다. 사고의 신축성으로 판단컨대, 무게중심 전부를 어디로 잡아도 다시 말해, 김민철 작품이 내재한 앞으로의 가능태는 전자든 후자든 충분하다 할 것이다.

김민철이 선보이는 작품은 모던한 면모라기보다는 물활론(hylozo-ism)을 바탕으로 하여 추억이나 비천한 공간에 머문다. 이것으로 유추해 보건대, 녹록지 않은 현실 속에서 고되었을 시적 궤적이 감지되기도 한다. 예컨대, 지금은 다분히 고색창연한 취급을 받는 서정성을 물활론적 의인법(personification)으로 그려 내고, "언젠가 우리에게 일하는 것이 금지되었을 때"라는 "쓸모없는 존재"가 되어 가는 언젠가의 미래를 체감하는 시인이기 때문이다(「언젠가 우리에게 일하는 것이 금지되었을 때」). 따라서 시인이 현실의 곤고함과 난처함을 감수하며 개진하는 세계관에 대한 격려와 이해가 동반되어야 할 듯하다. 비록 어려운 길일지라도 물활론적 사고와 현실 비판 의식은 오늘날 생태 윤리학으로 나아갈 수 있는 일례가 되고도 남음이 있다.

물활론적 자연관에 있어 인간 삶의 모든 공간은 공동체적인 유대의식을 바탕으로 자리한다. 그러므로 시들은 빈번히 온갖 생물, 무생물과 어우러지며 은유된다. "텃밭의 흙"을 젖가슴으로 생각하는 병아리와(「병아리는 젖을 물어 본 기억이 있다」) "붉은 담장의 그림자 세 방울"을 먹고 "달빛이 은은하게 부서지는 소리"를 듣는 고양이(「고양이 목의 방울」), 그릇들로 나타나는 "지상에서 살찌지 못한" 물고기(「식기 건조대에 세워 놓은 물고기」), 그리고 "그늘 반점이 묻어 달그락거리는"

그릇은 이로써 탄생한다(「산벚나무 그릇」).

　단언컨대, 작품 경향은 명백히 자연을 향한 탈속의 포즈는 아니다. 흡사 질료들의 순환이라는 연금술적인 상상력이며 물활론적인 생태 인식이 저변에 깔려 있다. 인간과 동일한 범주에서 자연이 행위를 한다는 믿음은 의인화로 표출된다. 이를테면, "호랑이 가죽 카펫"이 호랑이로 변해 "남자를 입고" "흰 무늬 숲"을 쏘다니며(「호랑이 벌목공」), 시조새가 화자의 몸으로 "유유히 들어오는" 모습이다(「시조새」). 자연과의 상호의 관계적 인식 하에만 가능한 사유다. 김우창 교수의 통찰을 빌리자면, "깊은 마음의 생태학"인데(『깊은 마음의 생태학』, 2014), 이것은 자연과 조화로운 삶으로서의 자기완성인 윤리 개념이라 할 것이다.

　서두에 밝힌 것처럼 작품의 또 다른 축인 현대에 대한 비판 인식은 앞선 자연관과 다른 방향성이 아니다. 유토피아적인 자연관이 아닌 생태 윤리로 수렴되는 인식은 현대인의 끝없는 불안과 현장성에서 멀지 않다. 타락한 현실의 도피처로 삼은 자연이 아니기에 맹목적인 세계에 대한 탐닉은 없다. 다만 거기에 현실을 견제하는 정신이 더해진다고 하겠다.

　예컨대 "나의 한계가 나인 걸" 의식하며(「나는 너의 증상이다」) "본의 아니게 쓸모없는 존재"가 됨을 파악하는 것은(「우리에게 일하는 것이 금지되었을 때」) 현실에서 갖는 필수 불가결한 자의식이다. "추방에 이르는 과정이 이러할 것이라는 관망"과(「얼굴이 없는 사진」) "빙하가 녹으면서 자본주의의 온도 또한 상승"한다는 전망은(「로또 판매점」) 현실과 첨예한 대립각을 세우는 시인 인식이다. 그러므로 "싱크홀이 연못인 줄 알고" 뛰어든 물고기로 "문명의 물결"을 감지하고(「싱크홀」), "습관의 성실함"을 "불안"해 하는 화자는 필연적 결과다(「이사 목록에서 제외된 빨래 건조대만 남아서」).

결론적으로 첫 시집을 상재한 젊은 시인의 행로에 주목하는 것은 이와 같은 이유에서다. 용서받는 것조차 불만족스러워 하는 순결함, 현실에 대응하는 자아의 면모가 깊숙이 자리하고 있어서다.

    간신히 용서를 받으면 무서워진다

    용서는 나를 무릎 꿇리는 공격,

    어쩌면 당신의 노예가 되겠다는 선언 같은 것,

    그리하여 나는 용서를 구하지 않으리
    그동안
    불행이 굶어 죽지 않을 힘을 나에게 주지 않았던가

    부풀어졌다가 고꾸라지는
    시야에서 사라졌다가 다시 보이는
    난폭하게 빈곤에서 탈출하는 것을
    붙잡는 라면 봉지의 휘날림

    나 자신을 누구에게도 맡기지 않겠다는 다짐 뒤로
    이내 곧 희미해지는 불빛,

                                    ─「용서받는다는 것」 부분

낡은 세계에 대한 도전장, 가상현실에서 증강현실로 가는 소규모 팬클럽 반란

—서호준, 『소규모 팬클럽』

> 마침내 넌 이 낡은 세계가 지겹다
>
> —기욤 아폴리네르, 「변두리」 부분

제사(題詞)의 현실 전복적이고 도발적인 구절에 주목해 본다. 예술에 있어서 그 면모가 뚜렷했던 모험가, 완고한 세계에 맞서 온갖 시의 실험으로써 대응하려 했던 아폴리네르의 한 구절이 떠오르는 것은 아무래도 이러한 래디컬한 면모가 서호준이라는 젊은 시인의 시집(『소규모 팬클럽』, 파란, 2020)에서 읽히기 때문일 것이다.

이 낡은 세계, 이것으로부터 자신들을 표현할 방법으로 시를 선택한 오늘날의 젊은 문화적 사고와 감성은 이제 새로운 지평을 열어 가고 있다. 시라는 장르적 특성상 여전히 문자 텍스트가 주요하게 다뤄지고 있기는 하지만 변화는 급속도로 진행되고 있는 현실이다. 그 일례가 될 듯한 사이버공간(cyberspace)은, 아날로그적인 인쇄 문학의 형태를 벗어난 세대(젊은 시인들)의 증가로 인해 그 특징이 빈번하게 나타나고 있으며, 문학 외적으로 마치 서바이벌 게임 같은 강력한 생존의 모습으로 인해 화면 속의 게임과 현실 속의 게임의 모습은 중의성을 띠며 디지털 문화의 한 단면으로 주목받는 이유가 여기에 있다 할 것이다. 그런데 첫 시집을 상재하는 서호준의 게임 서사는 고급문화와 대중문화를 양분하는 이분법을 전복하고 조롱하고자 하는 키치(kitch)라거나 전위적 실험을 한다는 것은 아니며, 그만의 문학적 추구가 내장된 세계의 구현으로 보아야 할 듯싶다. 이것은 게임 서사를 다루는 방향성에 차이가 있을 듯한데, 서호준의 방식은 알고 보면, 시의 계보에서 그 맥을 잇고 재창출하려는 모습이 엿보이기 때문이며, 그 근간에는 현대를 사는 시인의 인식적인 면모가 자리하고 있어서다. 그러면 이와 같은 특징적 요소가 디지털 매체 수용과 관련해 나타나는 『소규모 팬클럽』을 살펴보기로 하자.

증강현실 군대가 쳐들어왔다 점령당한 시내는 곧 안정을 되찾았고
나는 개그 소재를 발굴하러 집을 나섰다

축제일처럼 환한, 새벽의 거리

벽마다 사람을 모집한다는 공고가 붙어 있었다

있는 그대로 말해 주셔야 합니다
제가 저를 고발했습니다

사슬에 감긴 채, 단상에 올라 남과 다름없는 무리를 향해 소리쳤지요

여지껏 옳지 못한 개그를 해 왔습니다
사죄합니다 반성합니다

조사관이 자리를 비웠을 때 목소리가 점차 줄어들었고 그 사실이 어
쩐지 부끄러워
바지춤을 추스르고 있었는데

소년병이 마이크를 빼앗아 말한다 당신들 그리 잘났습니까 뭘 잘했
다고 모여서 낄낄거리고 있어요 지금

그것은 성대모사처럼 들렸고
소년병이 신속히 끌어내려지는 것을 보며
이 전쟁은 어쩐지 길어질 것 같다는 생각

그러나 조사관은 심문을 처음부터 다시 진행해도 상관없다는 듯
볼펜을 굴려 대고

웃을 일보다
웃음을 참는 일이 많겠죠

공고에도 그렇게 적혀 있다

　　　　　　　　　　　　　　　　　—「그라운드 제로」 전문

　시집에 실린 49편의 작품들은 대부분이 시 「그라운드 제로」처럼
서호준이 표방하는 증강현실의 맥락을 전면화한다. 어느 날, "증강

현실 군대가 쳐들어왔"고, 시내는 점령당한다. 하지만 이내 점령당한 시내는 "안정을 되찾았고" 나는 터무니 없게도 "개그 소재를 발굴하러" 집을 나서는 정황이 「그라운드 제로」의 도입이다. 시는 확실히 현실적 스토리와는 동떨어진 차원이므로, 리얼리티를 기대하는 독자는 이러한 가상성의 맥락이 이질적으로 체감될 수 있을 것이다. 그러나 급속한 디지털 미디어의 매체 변화와 인터넷 환경이 일상화되면서 이에 맞물려 시에서도 가상성을 향유하는 차원이 빈번해졌고, 근미래로 지칭되는 메타버스(Metaverse. 메타버스는 '가상'과 '초월'을 뜻하는 '메타(Meta)'와 우주를 뜻하는 '유니버스(Universe)'의 합성어다. 메타버스는 우리가 일반적으로 아는 가상현실(VR, 시뮬레이션화된 가상공간을 실제처럼 체험하는 최첨단 기술)보다 더 진화한 개념으로 게임 등에서 가상현실을 즐기는 것만이 아니라, 실제 현실과 같은 사회·경제·문화적 활동을 한다는 것을 일컫는다. 예전의 가상현실(VR, virtual reality)은 오늘날 5G 상용화와 COVID-19 사태로 인해 온라인과 비대면이 확산함에 따라 증강현실(AR, augmented reality)과 혼합현실(MR, mixed reality) 등의 모습으로 확장되었으며, 현실의 급격한 변화와 변동의 흐름에 따라 메타버스 시대가 언급되고 있다.) 시대에서 디지털 미디어의 속성과 연계된 시문학의 다변화는 그다지 특이한 사례도 아닐 것이다. 이러한 맥락에서 서호준의 작품으로 살펴보자면, 로제 카이와의 놀이 개념으로 설명해 놀이 유형의 구분으로 설명할 수도 있을 것이다. 하지만 게임 서사가 서호준에게만 유일하게 나타나는 것도 아니므로(서호준 이전에도 디지털 매체와 관련한 상상력은 1990년대부터 배용제, 하재봉, 이원, 2000-10년대 김영산, 여정 그리고 최근 몇 년 사이에는 문보영, 임솔아, 오성인 등의 작품집과 젊은 시인들의 작품에서 드물지 않게 발견되고 있다. 이것은 디지털 매체 수용과 연관된 동시대 시인들에게는 더욱 빈번하게 나타나는 시적 변화의 양상이기 때문이다.) 이 가운데에서 좀 더 변별된 지점을 설명할 필요가 있을 듯한데 차이는 다음과 같다. 선행된 선배들의 작품이 시적 주체가 사이버공간의 구분을 대체로 명확하게 잡았다면, (최근의 작품 경향이 그러한데 그 가운데서도) 『소규모 팬클럽』의 시적 특징은 무엇보다 증강현실적인 면모를 뚜렷이 한다는 것이다. 그러니까 물리적 공간과 가상 세계의 공간은 하나로 합쳐졌으며, 플레이어 시점과 시적 캐릭터 시점 또한 분리되지 않는 시점, 다시 말해 3인칭 시점의 '나'라는 이상한 주체가 등장한다는 점이다.

시 「그라운드 제로」로 다시 돌아가 파악하면, 도입에서부터 밝혀지는 배경은 "증강현실 군대"가 쳐들어오는 현실의 알레고리로써 작동한다. 그런데 일찍이 표면화된 현실의 문제에 타점을 잡는 알레고리적 해석은 서호준의 작품에서는 비켜나는데, 그렇기에 시행의 연결은 맥락을 잇는 것이 아니라 일부러 국면과 정황을 소거하는 듯한 인상을 주기도 한다. 가령, '증강현실 군대에 점령당한 시내'에서 나는 "개그 소재"를 찾아 집을 나서고 조사관에게 심문을 받고 나서 단상에 올라서는 "여지껏 옳지 못한 개그"를 해 왔다고 밝힌다. 그러자 군중은 웃고, 낄낄거리는 군중을 향해서 갑자기 등장한 소년병이 호통을 친다. 성대 모사하는 듯한 '소년병의 모습', 심문을 처음부터 다시 진행하는 듯한 '조사관의 모습', 그리고 옳지 못한 개그를 해 온 자신을 고발하는 '나의 모습'은 정황과 맞물려 속전속결의 재치로써만 읽히며, 맥락의 차원보다는 블랙유머의 효과를 자아내기 위한 진술로 보인다.

이러한 이유는 전술했듯, 그의 알레고리가 공권력이나 심문 같은 현실을 겨냥한 측면이 있다 하더라도 그것은 언제나 증강현실의 범주에서 프레임화된다는 점 때문이다. 요컨대, 서호준의 작품들에서 (아무리 조사관(경찰) 등이 등장한다 해도) 개인을 호명하는 이데올로기적 국가 장치로써 작동하는 호명(interpellation)의 방식은 통용되지 않으며, "제가 저를 고발"한 것같이 주체와 대상의 관계는 무의미로 작동하는 기이한 세계, 기이한 시점의 주체만이 탄생한다는 것이다. 이러한 특징은 게임 플레이어의 시점과 캐릭터 시점의 융합으로 인해 발생한다는 것인데, 게임 서사가 아닌 작품들에서도 서호준의 방식으로 조성된 웹소설과 만화적 서사 그리고 서브텍스트와의 관련성(서정학식의 잡식성의 대중문화적 감수성이라고 볼 수도 있지만 그렇다 하더라도 이 역시 패러디보다는 증강현실의 범주에서 이해된다)은 게임 서사와 비슷한 형태로 구현된다.(여기서 하나 더 언급해 보자면, 최근 선풍적인 인기를 끌고 있는 넷플릭스 「오징어 게임」(2021)의 놀이터 정치(playground politics) 같은 계급성으로 파악하면 곤란하다. 순수한 게임 서사다.) "슬픔의 왕을 죽이고 기쁨을 얻는" 자는 플레이어인지 게임 캐릭터인지 혼란스러우며, "변장한 잭슨 콕"을 찾아냈지만, "무엇보다도 왜 자신이 아직도 슬픈지" 모르는 "나"는 서호준의 작품들에 공통으로 나타나는 주체의 모습이다(「잭슨 콕 튜토리얼」).

"모바일 게임 「해리 포터: 호그와트 미스테리」의 이벤트 스크립트를 일부"를 가져와 작성되었지만, 시인이 "이벤트가 끝나 버"려 어느 대목이었는지는 확인할 수 없다는 「환희의 곳간에서」는 "어디로 이어지는"지 모르는 등장인물들의 정황이 물음표(?)의 한 행 처리로 의문화되며, 「던전이 있던 자리」에서도 대화체로 구성되는 "사랑했어?"의 대답에 "아마도?"라는 의문이 돌아갈 뿐이다. 그러므로 주체와 대상이 불분명하고 제시되지 않은 채 바로 진행되는 시편들이 도달점에 이르렀을 때, "숨어서" 보고 있는 것은 거의 "나 하나밖에" 없다(「던전이 있던 자리」).

이처럼 구축된 세계는 게임 프로그래밍을 게임에 도입한 플레이어의 "나의 대륙"일 수밖에 없는데, "네가 알던 세상"의 "축제"와 이 세계가 다르다는 걸 인지해, 컨트롤러("◎ 자동 항로 폐쇄/△ 현상 수배 전단지 회수/□묵인한다")로 조정·제어를 시도하며, 이로써 "나를 죽고 싶다"는 비문으로써만 구성되는 희한한 존재들이 탄생한다(「레트로」). 마침내 '나를 살지 않는 나'라는 희한한 모습은 비로소 이러한 증강현실의 시에서 태어날 수밖에 없다 할 것이다. 궁극적으로 서호준이 구축하는 변화된 사회의 한 모습은 메타버스 시대에 걸맞은 증강현실이며, 클리셰 극복의 노력을 대중문화적 감수성과 하이브리드로써 구축하고자 한 것이다. 즉, 아이러니하게도 우리가 일반적으로 인지하는 사회에 관한 무수한 보고(reports) 혹은 재현(representations)으로써 기대하는 방식을 배반하는 자리에 서호준의 사회적 발언은 자리한다.

상술한 심상찮은 행보는 일찍이 시인의 여러 면에서 나타나는데, 1986년생으로 사회학을 전공했으며(서호준은 한국 사회에서 어드벤티지를 끌어낼 수 있는 학력(서울대학교에서 사회학을 전공)에 대해서도 밝히지 않는다. 나는 혹여 시인의 뜻과 다를지 모른다는 판단하에, 수소문하여 이유를 물어볼 수밖에 없었다. 이에 따른 그의 대답은 밝히든 밝히지 않든 상관없는 사항이라는 것. 간결하고 담백했다.), 문학 플랫폼 '던전'을 운영하고, 또 그가 미등단자로 시집 출간이라는 방식을 선택해서 첫 시집 『소규모 팬클럽』으로 문단 활동을 시작했기 때문이다.(한국 시단에서는 몇 년간 이러한 흐름이 이어졌다. 조해주(『우리 다른 이야기 하자』, 아침달, 2019), 김누누(『착각물』, 파란, 2020), 이기리(『그 웃음을 나도 좋아해』, 민음사 2020), 최근의 이제재(『글라스드 아이즈』, 아침달, 2021)까지 모두 등단을 거치지 않고 시집 출간으로 문단 활동을 시작한 시인들이다. 서호준 시인을 제외한 이들은 1990년대 초반생으로 최근 시단의 한 현상을 가늠할 수 있다.)

그는 이렇게 말한다.

이세계물과 기존 판타지물과의 가장 큰 차이점은 거시사가 아니라 미시사를 다룬다는 점이 아닐까 싶다. 악을 물리치고 세계를 구원하는 대업이 아닌, 중요하지 않고 궁금하지 않은 가상현실이 다루어진다는 점에서 말이다. 이와 같은 변화는 시에서도 유사하게 이루어지고 있다. 1990년대 '개인'이 전면으로 등장하기 시작한 이래, 2000년대와 2010년대를 거치면서 시가 다루는 세계가 점점 작아지고 있다는 진단을 심심찮게 볼 수 있다. 왜소화된 개인, 그러나 그것이 정말 작은 세계일까?

가상현실은 상상된 현실이며 따라서 실제 현실보다 광활하다. 나의 시관을 내비치자면, 나에게는 감추어졌던 삶의 비의를 드러내는, 그리하여 감정의 전이를 야기하는 시들은 너무 많고 간혹 지겹게까지 여겨진다. 그것은 반복이다. (중략)

다시. 시를 쓰는 동안에는 누구나 몰입해 있고, 광기가 득실거리고, 호흡이 고르지 못하며 다른 세계에 가 있을 것이다. 일상 속에서 갑자기 시가 시작되기도 하지만 그것을 옮겨 적는 순간 우리는 비현실 세계로 접어드는 것이다. 그렇게 해서 완성된 작품이 어떻든, 시를 쓰는 시공간 자체는 현실이 아니다. 그러므로 나에게는 가상현실 시 쓰기가 시의 마이너 세부 장르가 아니라 시의 본령이라 여겨진다. 그러나 한편으로는 이 같은 내 견해가 시의 과도한 자율성을 옹호하는 것으로 여겨질까 두렵기도 하다. 가상현실 세계라고 해서 규칙이 없는 것은 아니다. 규칙이 없는 세계는 세계가 아니라 카오스다. 이는 내가 시를 쓸 때 유일하게 검열하는 지점이기도 하다. 세계인가 세계가 아닌가.

—「가상현실 시 쓰기 대작전」(『계간 파란』, 2021.여름)

전문을 옮겨 적지 못하는 아쉬움이 남을 만큼 첫 시집을 상재한 시인의 산문은 명징한 문체로 분명한 자신의 시관과 시 세계를 밝혀 놓고 있다. 감정의 전이를 중요시하는 기존의 시들에 대한 클리셰의 지적과 경계, 그러면서도 시 텍스트로서의 가상현실 세계가 카오스 로 존재하면 안 된다는 규칙의 범주를 규정한다. 클리셰와 마찬가지 로 시의 과도한 자율성 또한 경계하는 서호준의 입장은 기본적인 의 사소통을 간과하고 가지는 않겠다는 의지, 즉 앞으로의 방향도 고려 한 것이라 하겠다.

가상현실을 근간으로 삼은 것이 분명해 보이는『소규모 팬클럽』 은 시간(time)과 공간(where)의 제약을 받지 않는 그만의 게임 서사 적 특징으로 인해 한편으로는 파편화된 역사, 영웅신화를 마스터 플 롯으로 작동시킨다. 이것은 마치 유희적 놀이 차원이 아니라 근원을 향한 그만의 문학적 향수(nostalgia)라는 추측도 가능케 한다. 가령,

①

경천동지할 무공으로 중원을 휩쓸고 우뚝 무림왕국을 세웠던

무림패왕 천마대제 만박이 주지육림에 빠져 온갖 영화를 누리다

무림의 안위를 위해 창설했던 정보기관 동창서열 제이위

낙성천마 금규에게 불의의 일장을 맞고 척살되자

무림계는 난세천하를 휘어잡으려는 군웅들이 어지러이 할거하기 시

작했다.

    —유하, 「무력(武歷) 18년에서 20년 사이—무림일기 1」 부분

②

남산의 첫머리는 회현(會峴)이라는 고개이다. 그 고개는 남산의 북

향 그늘이 드리워져 늘 음습하고 차가워, 사람 살 곳이 못 된다. (중략) 이곳의 어떤 나무는 가지가지가 모두 초록뱀으로 되어 있다. 바람이 불면 찢어진 혀를 날름거리며 사납게 울부짖는다. 이 사목(蛇木)의 까만 열매를 먹으면 아이를 못 낳는다. 폐수가 여기에서 나와 청계(淸溪)로 흐르는데, 그 속에는 입 없는 비닐뱀장어들이 많이 산다. 먹어서는 아니 된다.

—황지우, 「산경(山經)」 부분

③

중산 7년, **큰비 내렸다. 광록대부 영경의 진언으로 모든 토목공사가 중단되었다.**

중산 9년, **국경의 변동이 있었다.** 파도가 쉬이 물러가지 않았다. 표기 장군 우중이 일대의 백성을 그곳에 세웠다.

첨: 군이 주둔했던 일대에 국지적인 **민란이 일어나자, 우중은 부장들을 불러 군적을 바꾸게 했다. 남은 옷을 바다에 띄워 보낸 것은 말할 것도 없다.**

중산 13년, 신령이 임했다. 황제가 고개를 주억거렸다. 그해 여름, **천도했다. 어디로 천도했는지는 금문에 부쳐졌다.** 피객패를 거는 것이 유행이 되었다.

밑도 끝도 없는 세기를 지나 **발을 가진 뱀장어들이 부화했다.** 그들은 채 굳지 않은 발톱으로 서로의 아가미를 떼어 내고 수원지를 지나 해산했다. 터전을 마련할 때까지 방금의 일은 어디에서도 언급하지 말자고, 가악귀 몇이 나뭇잎의 무성함에 몸을 의탁한 채 가만히 지켜보았다.

(중략)

다시는 지상의 일에 관여하지 않겠습니다.

다섯 왕조를 견뎌 낸 궐은 더없이 고요했다. 아무 내색 없이
8차선 도로가 흘러가고 있다.

—서호준, 「저수지」 부분(강조는 인용자)

①, ②, ③은 모두 정치 현실의 단면을 그려 내는 모습이다. 여기
에서 ①은 유하의 작품으로 1980년대 한국 정치 현실을 무협지 형
식으로 구성한 패러디다. "무력 18년에서 20년 사이"에서부터 파악
되듯이 군부의 무력(武力)에 의한 독재 정권이 수립되고, 이후 여러
사건은 무협지의 등장인물과 그에 속한 스토리로 진행된다. 이것은
철저히 무협지의 문체를 가져와 실제 인물과 사건적 배경을 모두 그
속에서 표현했기 때문이다. 설혹 무협지의 문체를 이해하지 못한다
고 하더라도 역사적 인식으로 인해 대강의 현실적 이해(1961년 5.16 쿠
데타, 독재 정권, 12.12 사태, 삼청교육대, 광주민주화운동, 대통령 하야 등)는 가
능해지는 특징을 지닌다. 이에 반해, ② 황지우의 「산경」은 중국의
『산해경(山海經)』을 패러디한 작품이 된다. 그러니까 우리나라의 지역
을 『산해경』의 문체로 묘사하면서 이를 통해 장소별로 나타난 현실
적 문제(②에 해당하는 '회현동의 집창촌, 청계천의 폐수', '남산의 케이블카', '성북
동의 부촌', '상계동의 토목공사', '수유리의 전쟁', '천마산의 비행기', '소요산의 기지
촌')를 드러낸다. 중국의 상상 지리지를 패러디함으로써 사회 현실적
알레고리와 희화화의 특징을 획득한 예라고 하겠다.

이처럼 앞선 작품들이 역사적이고 사회적인 주제를 위해 패러디했다면, ③ 서호준의 시 「저수지」는 철저하게 (맥락은 파편화되었으나) 연대기적 서사에만 치중한다. 그렇기에 유하의 장르문학적 문체와 황지우 「산경」의 알레고리가 적용된 패스티쉬(pastiche)인가 싶지만, 궁극적으로 어느 것에도 포함되지 않는(또는 되지 않으려는) 서호준만의 하이브리드 버전임을 알게 된다. 무엇보다 「저수지」에는 문면의 현실 비판이 없으며, 전술했듯 재치와 블랙 유머로써만 작동하는 코드가 발견된다. 또한 역사적 서사는 실제의 역사가 아닌 게임 서사처럼 허구와 사실로 조정된 파편화된 전기(傳記)이며, 정전(canon)을 바탕으로 하는 패러디의 특징—다시 말해 작성자가 패러디스트로서 갖는 원전에 대한 친밀감과 적대감, 권위에 대한 인정과 그 위반의 명확한 이중적 의미도 나타나지 않는다. 그렇기에 문면의 서사는 복잡한 듯 읽히지만, 탈정전화(decanonization)의 임의적이고 불연속적이며 해체적인 변용의 맥락을 소거하면 오히려 역설적으로 일관된 시적 태도가 감지된다.

"중산 7년" 내린 "큰비"로 인해 "토목공사가 중단"되고, "중산 9년" "국경의 변동이 있었고" 이후 "민란이 일어나"고, "천도"를 하는 역사적 사건 등은 모두 폭우로 인해 시작된 사건의 이어짐이고 시는 시공간의 스킵(skip)을 게임처럼 쉽사리 하며 "밑도 끝도 없는 세기"를 건너뛰어 "발을 가진 뱀장어들"을 부화시킨다. 이하 연행에서도 앞서와 마찬가지로 시공간은 건너뛰며 결론적으로 "다섯 왕조를 견뎌 낸" 고요 속에서 "8차선 도로"가 흘러가고 작품은 끝난다. 이는 황지우의 청계천 폐수가 "비닐뱀장어"를 탄생시킨 것과 사뭇 비교되는데, 알레고리가 없는 서호준의 「저수지」에서는 "다시는 지상의 일에 관여하지 않겠"다는 이데올로기적 인식 자체를 거부하는 태도가 엿보인다. 궁극적으로 이러한 시적 인식으로 말미암아 역사적인 사실을 순서대로 나타내는 연표를 스킵하는 내러티브로 읽힌다.

디지털 매체 수용과 관련한 49편으로 구성된 『소규모 팬클럽』. 첫 시집을 상재한 서호준은 현대시의 외연을 넓히는 도전적인 시정신에 기존의 통상적으로 운용된 사항을 객관적으로 검토하고 변용하는 과제를 수행 중이라고 보인다. 또한 반드시 그래야만 할 것이다.(주지하다시피 주체와 대상의 관계로써 발생하는 거리감에 따라 인간 본성과 사회에 대한 풍자(블랙 유머)에서부터 섬세한 정동의 사항까지 발생한다. 시인이 의도된 시작 행위를 거부한다고 하더라도, 또 포스트모던 이전에, 주체와 대상은 시에 있어 객관적인 지표로써 중요하기 때문이다.) 그것이 그가 선택한 카오스가 아닌 시 세계의 규칙에 충실한 일일 테니까 말이다. 어쩌면 그는 고정관념을 격파하려는 "지독한 시인"일지도 모른다. 기대해 본다.

한 켤레의 팔이 다가온다. 입석밖에 없어 힘들었습니다. 벽에 기대고 있자니 자꾸 팔짱이 껴지더군요. 씨씨티비가 된 기분이었달까요. 나는 그가 말하려는 것을 떠올린다. 열차 밖에서. 열차는 칸마다 고유한 냄새를 지니고 있습니다. 그는 도시의 이름이 적힌 간판을 향해 팔을 흔들며 유일한 사람처럼 걸어왔을 것이다. 업무적으로. 여기는 부산이, 샌프란시스코가 아니다. 울란바토르도 아니다. 철새가 찾아드는 도시가 아니다. 고향이 서울이라는 말은 아무래도 이상하다. 그는 첫눈을 본 표정으로 내 손을 잡는다. 그러나 그가 나오는 대목은 더 넣지 않기로 한다. 대신, 그의 시체를 치우는 장면에서 이 이야기는 다시 시작한다. 시체 위에 눈이 고스란히 쌓여 그가 직접적으로 등장하지는 않는다. 다시. 나는 눈 무더기 앞에서 눈을 쓸고 있다. 동네에 이런 눈 무더기는 군데군데 있다. 배가 부른 흑곰은 남은 하반신을 눈 속에 파묻어 두고 새로운 먹이를 구하지 못할 때 다시 찾아온다. 어떻게 눈 무더기를 구별하는지는 알려진 바 없다. 어쩌면 흑곰은 지독한 시인일지도 모른다. 손을 놓은 우리는 우리의 눈 쌓인 시체일지도 모른다. 그러나 팔 톤짜리 제설차가 세상을 지배한다 해도 무너진 담장 앞에서, 바닥을 짚은 손가락 사이사이의 눈 치우는 일은 끝나지 않을 것이다.

—「출장」 전문

가망성, 그 영원한 외출을 감행하는 여자
―정영선의 시 세계

불멸이란 독에 의해

여자의 정념이 완성된다

　　　　　　―마리나 츠베타예바,「오르페의 유리디체」

"얼마 전 노르웨이를 여행했는데 (중략) 산이나 언덕 곳곳에 지
붕에 풀들을 덮은 오두막집을 많이 보았는데 별장이라 했습니다. 별
장이라기보다 자연 속에 오두막 한 채씩 국민 대부분이 가지고 있는
셈이었습니다. 평범한 사람들이 자연을 사랑하며 자연을 이해할 수
있도록 장려하는 나라에 부정부패는 설 자리가 없는 듯했습니다."[1]

2017년 여름, 2000년 3월 문학동네에서 첫 시집을 상재했던 정
영선 시집을 펼쳤다 덮는다. 돌연 말문이 막혀서다. 17년이라는 시
간의 간극도 있지만, 세 권 시집을 통해 그녀의 외출이 가져온 변화

1『시를 사랑하는 사람들』, 2017.1-2. 포커스 이메일 대담.

때문이다. 숨을 가다듬어 본다. 시집 해설처럼[2] 시인의 작품에는 초창기부터 외출을 감행하는 모습이 일상과 더불어 섬세한 아름다움으로 그려진다. 무창포, 내소사 봉래루, 반구대 암각화, 거진의 바다, 황태 덕장, 서해 왜목마을, 주전골, 캐나다 로키 산맥, 외포리, 두륜산 등 자연물과 지명이 두드러지는 일련의 시들은 외출과 관련해 성찰을 끌어내고 있다.

삶을 갈무리하는 곳인 듯 작품은 정선된 풍광으로 독자의 발길을 인도하는데, 이때, 여행은 센티멘털리즘에 한정되지 않고 반드시 윤리적 측면을 지닌다. 이러한 바는 비단 첫 시집에만 국한되지 않고 『콩에서 콩나물까지의 거리』(랜덤하우스코리아, 2007), 세 번째 시집 『나의 해바라기가 가고 싶은 곳』(서정시학, 2015)에도 이어진다. 재차 언급하자면, 시인의 시 세계를 관통하는 동질적인 특징이라 할 수 있다. 시집마다 변별되는 특징이 있지만, 외출과 여행은 시인의 내적 힘과 연계되는 것(시인은 대담에서 작가적 슬럼프와 어려움을 여행을 통해 극복한다고 밝힌 바 있다)[3]은 분명해 보인다.

부산이 태생지였던 시인은 이화여대 영문과를 졸업하고, 1995년 『현대시학』에 시 「외포리에서」 외 4편을 발표하면서 작품 활동을 시작한다. 그러한즉, 올해 등단 22년이다. 22년을 맞이한 시인의 시 세계를 통해 우리가 알게 되는 것은 시간의 폐해에도 불구하고 시인은 한결같이 파편화·도구화되고 있는 시대를 강하게 인식해 왔다는 점이다. 20년 넘게 시인이 형성한 세계는 초조하지 않고 느긋함을 사

---

2 이기철, 「일상복 차림의 우아한 외출」, 정영선, 『장미라는 이름의 돌멩이를 가지고 있다』, 문학동네, 2000.
3 『시를 사랑하는 사람들』, 2017.1-2. 포커스 이메일 대담.

유하며, 일관되고 오래다. 이제 외출이란 전제로 출발하여 정렬된 연도 순으로 살펴볼 텐데, 세속화 시대에 시인이 윤리를 정초하고 있는바, 그것이 소상히 다뤄지길 바라는 마음이 앞선다.

여자의 외출이 가져온 것

여자의 외출이 초래한 것은 여자의 욕망과 성찰적 사유다. 장 클레 마르탱의 설명을 빌자면, 작품에 투영된 관능성(Sensualité)은 "형태들과 형상들의 지각을 지칭할 뿐 아니라 그것들을 관통하는 정서들, 그것들로부터 발산되는 광휘들"[4]을 포함한다. 그러한 근거로 『장미라는 이름의 돌멩이를 가지고 있다』는 직접적이지 않으나, 관능을 내장한다고 마땅히 간주된다. "몸은 가 버린/빈껍데기의 쓸쓸함을 밟으면서/나는 네 속의 부드러움을 생각한다"라거나(「무창포에서 1」) "그녀는 몸속에서 뻗대는 물비늘 번들거리는 고래를 향해,/울음을 뿜어내는 자신을 향해 또 한번 작살을 날린다", "고래의 몸속 파도를 덮은 여자는 깨어난다/눈동자에는 불이 어룽대며/여자는 남자 안에서 죽은 몸을 일으킨다/후드득 꽃이 피고 꽃이 진다" 등은(「반구대 암각화 앞에서 1」) 비록 직접적인 촉지가 없다고 하더라도 정념의 소산으로 해석되며, 이로써 비(非)물질체인 "생각 속의 수많은 말들을 어루만"지게 된다.

그런데 시집의 이러한 감각적 특질들은 여타 작품에서처럼 관능성만을 주재하지 않는다. 이 점이 무엇보다 시 세계를 아우르는 특징적 요소인데, 시인의 관능성은 성찰적 사유와 유기적 결합을 이룬다는 것이다. "무표정한 바람옷을 입고 세상을 건딘 미역처럼 나는

---

4 장 클레 마르탱, 『에로티시즘』, 김웅권 역, 동문선, 2005, p.258.

어떤 눈빛 속으로 침몰하지 않기 위해 때때로 스스로를 건조시킬 때가 있다 그때마다 나는 연민으로 출렁이는 바다"이거나(「바다의 슬픔을 본다」), "풍경의 아름다움이 나를 밀어 미는 힘을 느껴" "바다가 나를 맑게 비춰 내어 어린 내가 나를 놓아주네"처럼(「편지—복진에게」) 감각적이고 성찰적인 진술은 언제나 여행지를 배음으로 깔고 결합한다. 화자의 외출은 자연과의 교감을 출발점으로 삼지만, 그것만으로 그치지 않는다. 루소의 산책처럼 자신이 처한 위치에서 고독한 외출이지만, 동시에 만물과의 친화력을 공고히 하는 명상적인 외출이기도 하고, 성과 속의 몽상을 이끌어 내는 여행이기도 하다.

여행 체험에서 발굴한 성찰은 자못 모성적 사유로써 작용하기도 한다. 일테면 "내소사에서 만난 봉래루"를 "절름발이 누각"으로 바라보고, "만년설"을 삶의 한 형태인 듯 "서로를 적시고 있는 휴식"으로 포용한다. 모성적 사유로서 타자를 사유하고 성찰한다는 것은 시인의 신념과도 맞닿는다. 시인의 신념이란 신앙적 믿음에서 연유한 것으로 크리스천인 시인의 믿음과 생각은 첫 시집에서는 모성적 사유로 확대되며, 이후에는 말을 삼키고 세상을 바라보는 비전으로, 최근에는 알레고리적 변화로 나타난다. 앞으로 더 상술하겠지만, 이는 시인의 지향점이 궁극적으로는 '파멸과 몰락으로 가는 문명과 인간성'[5]인 까닭이다.

---

5 다음은 시인과의 대화에서 발췌한 내용이다. "사물은 서로 소통하게 되어 있었다는 미메시스적 사고에 바탕되었다는 것을 벤야민의 언어철학을 통해 알게 되었어요. 또한 그의 역사철학에 신학을 접목시킨 세계 이해가 저의 세계와 맞는다고 느꼈습니다. 세계의 진화가 가져오는 파편들을 맞추다 보면 어느 순간 성좌가 이루어진다고 하는 그에게 동의하지요. 제가 바르게 이해했는지 모르겠는데 그런 파편들의 나열 같은 것이 몽타주 시가 아닌가 싶어요. 저는 이것을 말하면서 저것을 말해 보는 알레고리에 관심을 가지게 되었어요.. 파멸과 몰락으로 가는 문명이나 인간성의 바닥에 이를 때

수많은 장소를 통해서 시인이 감행하는 것은 지명적 이동이 아니다. 그러하기에 화자의 외출은 "心山에서/번개의 살을 맞고 삶을 닳아 버린 나무를 본다"라는 내면적 장소로도 이동하는 것이며(「꿈으로 띄우는」), 외출에서 삶의 아름다운 비유를 발견할 수 있는 것이다. "마지막 뼈만 남은 진실이 그의 몫"이어도 "그물을 내리"는 것이(「외포리에서」) 바로 시인의 모습임을 시인은 첫 시집부터 일관되게 세계로 투영한다. 시인이 체험하고 바라보는 자연과 사물들은 대부분 성찰을 동반하며 "그들이 걸어 가는 영원의 그물 속으로 나의 아침은 편입되"는 영원성을 향한 외출을 감행한다(「두륜산에서」).

시가 존재 양식인 만큼 여성의 몸(female body)은 시인의 첫 시집에서도 중요한 요소로 작용한다. 하지만 시인의 변별점은 몸을 중점화하거나 인습 타파를 의도하여 전유하지 않고 새로운 길을 모색한다. 장소 이동에 긍정적 구실을 부여하며 윤리적 보편성을 위해 오히려 집 밖으로 나가는 외출을 감행한다고 할 수 있다. 역동적인 사유를 위해 떠나는 것이다.

일상의 모색—말을 삼키고 보는 세상

대체로 시인들의 가족에 관련한 시편들이 첫 시집에 두드러진다면, 특이하게도 시인의 출생과 성장 시절은 두 번째 시집부터 등장한다. 『콩에서 콩나물까지의 거리』의 작품적 배경에 대해 시인은 다음과 같은 가슴 아픈 일화를 들려준다.

구원을 바라는 메시야의 도래를 기다리게 되는 방법적 인식을 배웠지요. 벤야민이나 카프카가 모두 유대인이죠. 신의 섭리 아래 있다면서 세계로 유랑하는 주변인으로 받는 박해는 세계의 부조리를 더 잘 보게 되죠."

요즘 서른셋이면 자기 삶을 누리는 싱글일 수 있는 나이지만, 엄마는 그때 육 남매를 두었지요. 제가 막내고요. 그리고 저를 낳고 두 달 되던 때, 아버지 하시던 사업이 잘 안 되어서요. 해방 전 일본에서 하시던 사업 자금 회수를 위해 밀항하셨다고 해요. 그때는 일본과 국교 정상화가 안 된 시절이었지요. 두 달 후엔 돌아오겠다는 약속을 지키지 못하고. 20년이 지난 후 유골로 돌아오셨어요. 돌아오는 밀항선에서 세 번 붙들리셨대요. 그 시대의 물결은 우리 가정에도 덮친 셈이지요. 거창에 동래 정씨 집성촌이 있고 윗대 어른들은 강골 선비셨다 해요. 일제강점기 아버지 칠 형제들도 일본으로 만주로 뿔뿔이 흩어졌다고 합니다. 그 시절 풍비박산된 집이었습니다.

돌아가신 아버지 대신 생활 전선에 나가게 된 시인의 어머니. 해질 녘까지 누가 먼저 오나 하던 기다림과 무서움이 어린 날 기억이라고 시인은 말한다. 일터로 나간 엄마와 학교에서 늦게 돌아오는 오빠와 언니, 식구들을 기다리던 데에서부터 시작된 기다림은 훗날 시인의 시작에도 영향을 미친다. 아슴푸레한 기억을 더듬어 시인은 그때부터의 기다림이 훗날 '초월자의 기다림'으로 건너가게 했다고 밝힌다.

첫 번째 시집을 내고 중앙대학교 대학원을 다녔던 시인은 학위에 관심이 없었기에 한 학기를 남기고 중도에 그만두게 된다. 학문적 열의를 가졌지만, 상아탑에 머무르지는 않으려는 결단으로 말미암아 시인은 새로운 환경을 맞이하게 되고, 말을 삼키고 바라보는 세상 쪽으로 나아간다.

두 번째 시집의 시편들이 궁극적으로 말로 수렴되는 특징은 해답으로 도출되지는 않는 세계와의 불화이자 사유의 깊이로 진행되는 시적 경향이라 할 수 있다. 현실(일상)을 조망하지만 쉽게 발화될 수 없는 현실의 자각이 말할 수 없는 '말'로 나타나는 것이다.

일테면 "말뚝 귀에 무수히 내려앉은 말의 심지. 송알송알 해바라기 꽃씨들"처럼 자연 대상물은 말의 비유로 등장한다(「말과 말뚝」). 일상적 측면에서도 "쇠고기의 심줄을 끊을 때 가한 팔목 힘/꽂게 다리를 절단할 때 내리친 어깨 힘"으로 "너를 내리친 내 말의 칼"이라는 말의 형상을 이룩해 낸다(「베어진 꽃잎들만 흩날린다」). 한 권을 꿰지르는 시편들은 이처럼 말에 강력히 얽매여 있는데, 이는 의사소통적 문제라는 정신적 커뮤니케이션을 구하는 행위로 강화된다.

"이상한 건 그 방의 아픈 여자들 모두 편지의 수신인은 자신이라고 여겼지요. 날 저물어 어스름이 슬픔에 전 여자들을 그물처럼 덮어 갈 때 여자들은 방 안의 정물화였어요."라거나(「붉은 봄」), "푸른 달빛 숫돌에 쓱쓱 버린 내 혓바닥/입안에서 확확 피는 말을 공중에서 벤다", "그와 나의 보이지 않는 끈을 끊어 낼 수 없어/'죽은 척 나라'로 내가 눈 감고 들어간다"라는 연행은(「죽은 척 나라」) 말의 결여로 인해 자아가 해방되지 못한 상태를 보여 준다. 주지하다시피 말의 결여가 궁극적으로 함축하는 것은 현대의 디스토피아적인 측면이다.

"자기가 친 말의 정교함에 걸려들자" 응시하는 눈은(「거미인간」) "말의 파편이 기름처럼" 튀는 거리의 밤을 가설무대인 양 지켜보고 "모든 전언을 금한 콘크리트 벽"을 인지한다(「돈사랑 벌겋게 달구어진다」). 이렇게 말의 의미망은 개인에서부터 사회적 현상으로까지 확대되며 두터워진다. 그런데 더 소상히 살펴보자면, 말에 대한 지대한 시인의 관심은 사실 그 시작점이 첫 시집에서부터다.

내 손안에 든 돌멩이 하나, 빤질빤질한 이마를 하고 있다. 깜깜하게 눈 감고 있다. 나는 돌멩이에게 말 건다. 내 말들을 잡아먹고 묵묵하다. 침묵을 거느린다. 침묵이 거느리는 둘레는 무겁다. 둘레는 둘레의 그림자를 거느린다. 그 둘레 안에 나는 산다. 몸을 오므린다. 돌멩이가 꿈꾸는 꿈을 꾼다. 돌멩이가 피리 불고, 덩실덩실 춤추고, 노래하는 꿈을 꾼다. 오래 깨고 싶지 않아 몸을 더 오므린다. 장미라는 이름을 붙여 준다. 아침마다 내 마음 울타리에 한 송이씩 속엣말을 빨갛게 토하는 덩굴장미. 울타리 가득 번지는 붉은 말들의 잔치 흥겹다. 나는 돌멩이를 버리고 싶어서 돌멩이를 꼬옥 쥐고 꿈꾼다.

—「장미라는 이름의 돌멩이를 가지고 있다」 전문

세속 사회가 진행될수록 물질적 사물성은 그 중요도가 가중된다. 하지만 시인은 사물에서조차 현대의 흐름에서 벗어나 성스러운 아름다움을 발견하려고 애쓴다. 그리하여 "돌멩이"와 "장미"라는 이질적인 두 요소는 아름다운 침묵을 구축하려는 시인의 열망으로 새롭게 탄생한다. "말들을 잡아먹"은 "돌멩이"가 호명으로 "한 송이씩 속엣말을" 토하는 "장미"로 변모하는 것은 자기모순이 아니라 시인의 물질적 상상력이 아름답게 승화된 결과라 할 수 있다. 서로 상충하는 말과 침묵, 그리고 광물과 식물은 위계를 거느리지 않는 모습으로 어우러지며 이데올로기적인 호명의 범주를 넘어가게 된다. 시인이 꿈꾸는 강렬한 감정은 별개의 사물을 잇닿게 하는 힘을 갖고 있다.

발화보다는 침묵에, 인간사보다는 인간성에 관심을 두는 시인의 성정은 어디서부터 연유한 것일까. 작품에 두드러지는 자연과의 친연성, 믿음에 근간을 둔 비전 등에 관련해 시인은 어린 날 일화를 들려준다.

자연성이나 종교성은 그전부터 있었어요. 어릴 적 전북에 있는 작은 아버지 집에 간 적 있었어요. 아침에 일어나 보니 언 냇물 위로 눈이 덮여 있었어요. 강아지가 그 위에 또박또박 찍은 발자국 풍경이 제가 처음 자연에 감동한 사건이죠. 그 무렵 집에 사람이 없으니 나이가 되어도 학교에 입학시켜 줄 사람이 없었어요. 또래보다 늦는 습관은 그때부터인 거 같아요. 4학년 때인가, 작문을 써 오라 했는데 처음 시를 써 갔어요. 선생님께서 제가 쓰지 않았다고 나무랬어요. 속으로 잘 썼나 보다 생각했지요. 다행히 공부는 따라가고 경남여중에서 이화여고로 올 수 있었어요. 서울은 문화 충격을 주었어요. 충격 완충지대가 필요했어요. 그때 선배가 CCC 단체로 이끌어 정신적인 지주를 만나게 되었지요. 삶의 전환기가 됐지요.

시인은 문청 시절, 김경린 선생님이 지도하시던 동아문화센터에 처음 나가게 된다. 혼자서 끄적거리다 대체 시가 된 건지 몰라 동아, 조선 신춘문예에 내 보았다는 시인은 그해 두 신문 모두에 최종심으로 올랐다고 한다. 그 일을 계기로 스스로를 격려했다며 오랜 시간을 천천히 풀어놓는다.

늘 시를 계속해야 하는가라는 갈등이 있었다는 시인. "삶이 중요하다 여기는데, 시는 마음과 시간을 모두 달라고 해서 늘 회의하면서 시를 떠나지 못했"다는 속 깊은 얘기를 털어놓는다. 시인은 3년 연속 최종심에 올랐던 현대시 동인상(정진규, 오탁번, 오세영, 이건청, 박의상, 김종해, 이수익, 이유경, 이승훈, 허만하 동인을 주축으로 마련된 현대시 동인상은 등단 5년 미만 젊은 시인들에게 주는 상이었다)에 대해서도 언급하며, 그 또한 시를 계속 써 보라는 격려로 받아들였다고 한다.

시인은 시종 특별한 일화나 기억은 없다고 일단의 소회를 밝혔지만, 지나온 시간의 층위에는 시인만의 슬픔이 "적막 한 채로 무겁게" 세워져 있었다(「너 투신할 텐가」). "너 투신할 텐가"라는 물음이 시인의 개인적 고심이든 사회로 확대되는 되물음이든 시인은 계속해서 대답을 구하며 왔다. "면발을 다 이어도 닿지 않는/거리에 시가, 사랑이 사는데/어쩌라고" 말이다. 즉, 사랑에 대한 갈구였다.

방법론적 전환, 우화적 알레고리

가속화되어 가는 세속화, 도시화, 개인화는 이제 시대 흐름 하에 놓이게 되었다. 포스트모던 시대 사랑은 한층 촉진된 물신숭배와 황폐해진 인간성 사이에서 그 위상이 불투명해졌다. 이러한 현대 흐름은 자연물을 통해 정연한 심리적 투사를 보여 준 시적 방향성에도 변화를 가져오게 한다. 그 결과 시인은 세 번째 시집 『나의 해바라기가 가고 싶은 곳』에서 알레고리로써 현대를 첨예하게 의식하도록 하며, 불규칙한 의미의 분출을 시도한다. 일직선적인 시간성을 뛰어넘는 낯선 시간적 개시가 세 번째 시집을 관통한다.

등단을 하고도 저는 이차 모임을 피했어요. 그러다 보니 정보를 얻을 데가 없었어요. 사람들과 친해질 시간도 갖지 못했구요. 그때 최문자 선생님이 크리스천임을 알고 제가 선생님께 다가갔지요. 지금까지 문단의 선배로서 가까이 지내고 시의 격려를 받곤 합니다. 선생님 때문에 시사랑회에 참여했지요. 수요 스터디 그룹에도 참여했구요. 두번째 시집을 낸 후였어요. 제 시 형식과 시 세계를 흔들어 놓는 시간이었지요. 세 번째 시집은 그 과정을 거치면서 나온 셈이지요.

두 번째 저서 이후 비교적 긴 시간을 거쳐 나온 세 번째 시집은 그

변화가 확연하게 두드러진다. 첫 시집의 '외출로 이룩해 낸 성찰적 주체'에서 '일상의 없는 응답에 대한 존재론적 물음'으로 전개되었던 확장은 좀 더 폭넓은 방법론적 전환을 모색하는 지점까지 나아간다. 시인은 전통적 수사학의 위계6를 벗고 새롭게 그 의미가 확대된 알레고리를 동원하며 탈근대적 사유를 재인식하기에 이른다.

오랜 숙고 기간을 거쳐 출간한 세 번째 시집은 무려 한 부가 연작시 「오즈로 가는 길에서」로 채워지며, 「장화나무―오즈로 가는 길에서 1」, 「사과밭 로맨스―오즈로 가는 길에서 2」, 「함정―오즈로 가는 길에서 9」, 「칠월이 자루 속에 없다면―오즈로 가는 길에서 12」 같은

6 '알레고리(allegory)'는 문학사에서 주로 '상징(symbol)'과 비교되어 논의되어 왔다. 상징과 알레고리에 대한 상반된 개념적 설명을 한 이로는 코울리지와 괴테, 폴 드 만과 벤야민 등이 있다. 코울리지는 『공상과 상상력』에서 예술작품이 "개별적 부분의 총합 이상의 것으로서의 통일을 형성하는가"를 언급하며, 이러한 유기적 통합을 이루는 것이 "상징의 본질적 특성"이라고 피력한다. 그리고 상징과 우의(寓意)의 구분에 있어 상징적인 것은 "항상 그 자체가 우의적인 것의 일부분으로서 그 전체를 대표하는 것"이라고 설명하며, 상징을 알레고리보다 뛰어난 수사학으로 서열화한다.(B. L. Brett, 『공상과 상상력』, 심명호 역, 서울대학교출판사, 1987, pp.77-78.) 코울리지와 마찬가지로 괴테 또한 상징이 "(시인이) 특수한 것 속에서 보편적인 것(을 찾는)"으로, 이것이 "문학의 본성"에 해당한다고 설명한다. 반면 알레고리는 그 반대의 경우 즉, "(시인이) 보편적인 것을 위해 특수한 것(을 찾는)"으로 보고, 이 경우 "특수성은 단지 일반적인 것의 예나 본보기로서만 효력을 갖는다"며 범주를 축소시킨다.(게오르크 루카치, 『루카치 미학 4』, 반성완 역, 미술문화, 2002, p.148.) 하지만 폴 드 만은 알레고리가 무엇보다 "윤리적"이며, 이때 "윤리적 범주는 주관적인 것이 아니라 언어적이며" "윤리적인 어조로의 이행은 (중략) 언어적 혼돈을 지시하는 양상"으로 그러하다고 설명한다.(폴 드 만, 『독서의 알레고리』, 이창남 역, 문학과지성사, 2010, p.281.) 벤야민 역시 "알레고리적인 것은 존재의 토대로부터 나와 의도의 진행에 반격을 가하고" "그 의도를 제압한다"고 언급하며, 알레고리적인 특징은 "끊임없이 새롭고 지속적으로 전개되"는 것으로 그에 비하면, 상징은 "낭만주의 신화 연구가들이 통찰한대로 동일한 것으로" 머문다고 설명한다.(발터 벤야민, 『독일 비애극의 원천』, 최성만 역, 한길사, 2009, pp.272-273.) 다시 말해 폴 드 만과 벤야민은 상징에 비해 폄훼되어 온 수사학의 위계를 뒤엎고 알레고리의 의미를 복권시킨 것이라 할 수 있다.

다양한 알레고리 이미지들을 선보인다. 그렇다면, 시인에게 알레고리라는 방법적 전환을 출발할 수 있게 한 계기는 무엇이었나.

벤야민의 통찰처럼 알레고리는 "존재의 토대로부터 나와 의도의 진행에 반격을 가하고" "그 의도를 제압"하는 새로운 인식을 가능케 한다. 무엇보다 탈근대적이며 일직선적이고 순차적인 시간성에 구멍을 내며, 비선형적인 시간적 특질을 드러낸다. 그러한즉 "구멍이 구멍을 건널 시간을 가늠하면서"(「오미쿠지」) "한 사람 속의 구멍을 읽도록/몸은 거기 있고 마음은 저기 있"어 "언제나 내일에 가 서성이"며, 시적 화자의 정체성만 같은 "얼굴"이 "신발을 들고 숲으로 들어서"는 시간에 가닿는다(「장화나무—오즈로 가는 길에서 1」). 또한 화자가 뭔가를 인지하기 전에 "늙어 쪼글해"지고 "멀리 던져"진 것처럼 시간성을 극대화한다(「사과밭 로맨스—오즈로 가는 길에서 2」). 작품의 시간성은 화자의 과거에서 비롯된 기억과 혼재되었기에 노스탤지어로 감지되기도 한다. 하지만 전작과 같은 감수성에 토대를 두지 않고 유토피아적인 고향 회귀 의식을 동반하지도 않기에, 알레고리적 시간성은 현대적 거리감을 인식게 한다. 엄밀히 말해, 알레고리적 수사로 말미암아 현대적 감각과 사유로 기입된다.

누구인지, 어디인지 등의 정체성과 관련한 사항을 자신의 외적인 영역으로 치환하는 알레고리는 파편적이고 동일성으로는 설명되지 않는 탈근대에 본격적인 수사로 기능한다. "아는 얼굴인데 떠오르지 않"아 "도망간다"는 것이 오늘날 배분되는 기억의 몫이다(「함정—오즈로 가는 길에서 9」). "평상에 몇 사람이 앉아 있"는데, 알고 보니, "그 아래 갈고리들이 수북하"고 다시 그 갈고리들이 "아는 얼굴들"이라는 끊임없는 의구와 정체를 제시하는 무한한 기표는 더는 하나로 파악할 수 없는 현대의 존재론적 모습이다. 시인은 달아나 보아야 벗어날 수 없는 영역을 계속해서 도망가며 세계를 묘사한다. 세계에 대한 언표를 유예하는 것이다.

화자가 타자로 진입하는 길도 우리가 익히 보아 온 익숙하고 친근한 모습에서 비롯하지 않는다. 늙은 수리공은 "문 하나를 밀었을 뿐인데/흰 장갑, 나비수염"을 하고 "떠날 자세"다(「칠월이 자루 속에 없다면─오즈로 가는 길에서 12」). 그리고 타자를 바라보는 화자의 태도 또한 인간적인 정취를 드러내지 않는다. "한 사람 기억이 한 잎에 모인다면/한 잎의 흔들림은 한 사람 기억의 수런거림/모든 잎들 중 한 잎이 자신을 알릴 거라는/이상한 믿음"이라는 다소 인간적인 어떤 기대를 한다고 해도 "오만 원에 산 시계 수리비가 오만 원"이라는 물화된 상태로만 결론이 도출된다. 느낌적인 소통이 부재한, 즉 거리감에 의해서만 드러나는 타자는 관계보다는 비관계적인 현대에 연루된다고 하겠다.

프랑스 민담을 17세기 말 동화로 탄생시킨 샤를 페로(Charles Perrault, 1628-1703). 『푸른 수염』, 『빨간 두건』, 『잠자는 숲속의 공주』, 『신데렐라』 등 우리가 익히 알던 페로의 동화는 오늘날 수많은 작가에 의해 다시 재해석되어 작품화되는데, 가령 영국 페미니스트 작가 앤절라 카터는 『피로 물든 방』에서 여자들의 호기심을 책망하던 고전동화 『푸른 수염(Bluebeard's Wives)』의 남성 중심적 시각을 해체한다. 요컨대, 외견상으로는 고전적 동화의 모티프를 취하지만, 실상 우화(fable)적 알레고리는 오히려 고전적 의미를 해체하고 포스트모던 시대를 대변하는 문학적 위상을 가진다. 이 점이 『나의 해바라기가 가고 싶은 곳』에서도 발견되는 동일한 특징적 차원이다.

작품 중 「푸른 수염의 아내─오즈로 가는 길에서 5」, 「길광편우(吉光片羽)」, 「피에롯티 언덕」 등은 우화와 민담 전설 등의 이야기를 알레고리적 모티프로 삼아 정형화된 시대를 넘어 탈근대적 시간을 폭로한다. 이때 우화적 알레고리로 제시되는 이국적 지명들은 "노역을 끝낼 한 조각"을 현대로 복귀시키며(「길광편우」), 프랑스 장군 피에롯티와의 사랑으로 명예살인당한 여자의 "언덕"을 오늘날 "상품"으로 불러들인다(「피에롯티 언덕」). 그 결과로서 묵시록적인 현대 이면과 여전히 남성 중심적인 세계를 폭로하기에 이른다. 이처럼 작품들은 현대적인 방법으로 존재론적이고 윤리학적인 사유를 동반하며 심리적 파장을 일으킨다. 그렇다. 새로운 심리적 파장을 위한 수사, 이것이야말로 포스트모던 시대에 현실 대응적으로 취한 시인의 전환이다.

> 백 개의 열쇠 짤랑거리지 말아요
> 소리의 그물에 안 걸려요
> 백 년 전 여자들은 열쇠 구멍의 마력에 끌려들었죠
> 끝 방의 끝도 발설하지 않겠어요
> 한 문을 열면 한 문이 닫히는 방이라고요?
> 기억을 거풍시키는 바람의 방을 생각하면서
> 모자 방에 들어가 모자마다 머리에 얹어 보는데
> 장신구 방을 지나치지 말라구요
> (중략)
>
> 거울 속의 거울, 그 거울을 비추는 거울
> 피아노 건반처럼 조각나는 착란을
> 비추고 되비추는 방에서도
> 어딘가로 이어진 입구는 있다면서요
> 어두운 복도가 발자국처럼 따라와요

그가 기다리고 있는데

목을 내놓으라고요?

끝 방의 문고리도 잡지 않았는데두요?

내 머리를 얹겠다고

얼굴 없는 몸이 손가락을 벌리고 와요

         —「푸른 수염의 아내―오즈로 가는 길에서 5」 부분

  순차적이고 직선적인 시간은 근대사회를 작동시켜 온 기제로 역사를 구현해 왔다. 그러나 탈근대적인 사고가 도래하면서 직선적인 시간은 혼선을 빚고 더는 개인의 실존은 시공간에 국한되지 않게 되었다. 시인은 바로 이러한 현대의 실존적 모습을 「푸른 수염의 아내―오즈로 가는 길에서 5」에 담아낸다. 「푸른 수염의 아내―오즈로 가는 길에서 5」에서 시간과 공간은 파편화되며 뒤이은 행은 앞 행을 번복하고 기만하는 현상이 일어난다. "끝 방의 끝도 발설하지 않겠"다고 하면서, 화자는 바로 "한 문을 열면 한 문이 닫히는 방"에 관해 묻는다. 그리고 "기억(과거)"과 관련한 "바람(자연)의 방"을 생각하면서, 자연과 대척 지점인 물신화된 "모자 방(현재의 방)"과 "장신구 방(미래의 방)"을 언급한다. 이처럼 개인과 세계의 조화는 깨지고 시공간은 "거울 속"에서 되비침이라는 섬뜩한 변전을 반복한다.

  줄곧 여행, 산책, 탈출, 유년으로의 회귀, 편지나 전화 등의 통신 수단 등을 통해 시도하던 시공간적 이동은 이제 방법론적 전환을 감행하게 되었다. 시인의 우화적 알레고리는 늘 존재했으나, 직선적인 역사관에서 밀려났던 낯선 시공간을 효과적으로 드러내며 작용한다. 이것은 분명 시인의 특별한 시도이다.

  시인의 특별한 시도를 되짚어 가늠해 보면서 우리는 새삼 알게 되었다. 시인이 역점을 두고 진행해 온 것은 무엇보다 시, 그 자체였고 앞으로도 그러하리라는 것을 말이다. 시대적 흐름으로 나아가되 현대에 예속되지 않고 저항하며 나아가리라는 것을 말이다. 그리고 마지막까지, 폐쇄되고 유예되는 시간성을 파악하면서도 "어딘가로 이어진 입구"를 찾는 인간적 고뇌로 헤맬 것임을 말이다.

시, 단일 종을 넘어 육종된 정원수
―정지우, 『정원사를 바로 아세요』

아직 세상에 그다지 알려지지 않은 품종이 있다. 그 한 그루가 하나의 이름이 붙고 하나의 꽃말이 붙는 수종이라면 우리는 백과사전식 구별을 해 낼 수 있을 것이다. 그런데 인간사를 겪는 정원사처럼 "뿌리를 벗어나려는 잎들 사이"에서 나무도 "선택을 두고 미로를 겪기도" 할 것이니, 이렇듯 "아름다운 이복형제"의 탄생을 위해 정지우의 시는 존재한다(『정원사를 바로 아세요』). 이때의 정원사(=시인)는 정원수를 관리하는 자로 우리에게 식물학을 넘어선 시학을 제공한다. 정지우의 첫 시집 『정원사를 바로 아세요』(민음사, 2018)는 하나의 중심 메타포로 가득 찬 세상을 그리지 않거니와, 곁가지로 뻗는 것에 방책을 강구하거나 막지도 않을뿐더러 오히려 동일화를 해체하려는 지점에 자리한다. 그러한즉, 정지우의 감각 방식은 시 형식을 육종하는 데 일조하며 새로운 정원수 개량에 성공하고 있다고 하겠다. 이런 까닭으로 "정원사를 바로 아세요"라는 전언은 의미심장하게 다가온다. 정원사가 가꿔 온 시라는 신품종을 알아내는 것은 이제 우리에게 남겨진 즐거운 과제일 것이다.

식물적 상상력, 시의 육종

'육종(育種)'은 유전적 성질을 이용해 이용 가치가 높은 작물과 가축의 신종을 개량하는 걸 일컫는다. 다시 말해 기존의 것을 탈바꿈시키는 것의 전형적 의미다. 정지우의 첫 시집을 주재하는 식물적 상상력은 육종의 다음 세 방법에 따라 나뉜다고 할 수 있으니, '개량'은 대체로 '선발'과 '교잡'과 '돌연변이'에 의한다. 먼저 여러 가운데에서 대상을 가려 뽑는 선발이 그 하나다.

나무에 들었던 밤 꽃송이로 피어나듯
정원의 길들은 씨앗을 뿌리며 돋아나지요
나무에도 관상이 있고 지붕의 온순한 풍습을 물려받은 가위로부터
수형은 시작되고

시기(猜忌)를 관리하는 정원사에겐 두 길이 있지요
식용에 간략해지는 종류들
동물을 흉내 내며 자꾸만 잘려 나간 나뭇가지에도 접붙인 방향이 있었던 것
뿌리를 벗어나려는 잎들 사이
정원사나 나무나 선택을 두고 미로를 겪기도 하지

높이를 단층에 맞추는 일은
흩어질 구름을 동일하게 씌워 주고 손이 흔드는 배경을 열 개로 만드는 것

한 번은 떠나고 한 번은 돌아오는 것에서
객의 수종이 완성되는지도 모르지
나뭇가지가 터무니없이 구부러지지 않은 것을 보면
오직 한 방향을 두 생각이 걸어가는 것이지요

새로운 꽃말은 두 그루에서 유래했을 거예요
피목엔 안목이
길을 잃고 정처 없이 떠돌다가 남풍을 품고 돌아올 때 비로소 나무
가 되지요
잘생긴 관상은
젊은 봄으로 되돌아가는 길을 알려 주고
고개를 끄덕이게 했기 때문이래요

한 씨앗에서 방들이 열리지요
아름다운 이복형제를 관리하는 정원사를 바로 아세요
　　　　　　　　　　　　　─「정원사를 바로 아세요」 전문

　인간과 다를 바 없이 나무에도 "관상"이 있다고 믿는 시인 의식으
로 인해 시는 "온순한 풍습"을 물려받은 무난한 서정적 색채를 띠는
듯 보인다. 하지만 곧바로 "시기를 관리하는 정원사"에게는 "두 길"
이 선택적으로 주어진다. 그리하여 "미로"에 진입하는, "한 번은 떠
나고 한 번은 돌아오는" 삶이 그려진다. "객의 수종"으로 은유되는
삶의 직관적 성찰은 그래서일까. 나뭇가지가 무의미하고 터무니없
이 구부러지지는 않았다고 보는 판단은 공히 "한 방향을 두 생각이
걸어가는" 실존적 속성을 드러낸다. 접목된 나무에는 "새로운 꽃말"

이 탄생하고, "피목"과 "안목"이 계절의 "남풍을 품고" 비로소 아름다운 이복형제 나무로 합쳐진다. 시인에 의해 선발되고 결합한 수종은 삶의 중심축에서 운용되는 양태에서 혼종적인 계열 선상으로 뻗쳐 나간다. 아름답고 순연한 식물 이미지로 인해 일견 정지우의 식물적 상상력이 자연에 동화된 순일한 합일처럼 여겨지기도 한다. 그러나 하나의 은유 계열로 맥락화되지 않는 정지우의 식물적 상상력은 '교잡'과 '돌연변이'가 승한 쪽으로 치우쳐 간다. 같은 종인 둘이 만나 하나를 이루던 나무는 이제 품종, 계통, 성질이 다른 암수의 교배 '교잡'으로 나타난다.

어쩌다 눈을 찌른 나뭇가지
그 후로 꽃을 피웠을까
흔들리는 비명을, 한쪽 눈동자에 잠그던 눈빛은 먼 곳이 절실하다
처음 피를 묻힌 나뭇가지는
사람의 고통을 갖게 되었을 것이다
가지 끝 붉은 미늘을 화르르 쏟아 내고 싶었을 것이다
마음을 기울이는 일로 흉곽을 돌면
사람의 계절은 눈으로 오고
싸리나무는 충혈된 기후를 지나 꾸덕꾸덕 덕장의 두름을 세는 셈법
이 되었다

몸이 그림자를 하루 종일 옮겨 놓는 일은 막힌 봄을 휘돌아 나가는
외길일까
가늘고 긴 추위가 청어를 꿰뚫게 된다면
눈꺼풀이 없는 결계(結界)의 눈을 가졌을 것이고

산란하는 회유는 씨앗의 절기
이파리가 지느러미처럼 돋아나는 흉터를 나눠 갖는다
나무는 사람의 연안을 돌아와서
눈이 먼 꽃을 피우다 한 두른 물고기 눈이나 모은다
　　　　　　　—「청어의 눈으로 싸리나무 꽃 피고」 부분

「청어의 눈으로 싸리나무 꽃 피고」는 이처럼 '나무'와 '사람'과 '기후(추위)'와 '청어'가 한데 뒤섞이는 형태로 구축된다. 나뭇가지는 사람의 눈동자를 찌르고 "사람의 고통"을 나눠 갖는다. 나무는 "이파리가 지느러미처럼 돋아나는 흉터"도 나눠 가지며, 급기야는 기후와 추위 속에서 "사람의 연안"을 돌아 "물고기의 눈"을 잠그고 봄을 맞이한다. 이미지의 비약이 크지 않던 작품에서 멀어지고 있는 이러한 형태는 시인이 염두에 두는 작품의 방향을 알려 준다. 메타포에 대한 의지를 벗어나려는 열망이 역설적으로 새로운 시 형식의 의지를 점차 드러낸다고 할 수 있다. 이질적이고 낯선 결합은 정지우 시를 확장하는 중요한 동력으로 작용한다. 따라서 타당하게도 '돌연변이'라는 신종이 시적 조건에 부합되며 나타나기에 이른다.

　그러니까 몽상은 사물 끝에서 시작되는 계절 같은 것이지 구름의 통관을 거쳐 꽃들이 이동하는 곳, 꽃다발엔 뿌리가 없지 상자와 서랍을 바꾸어 열고 닫아 보는 물음은 웃음을 울음처럼 느끼는 일

　슬픔을 아는 꽃은 목이 길었을까
　수요일의 조문과 성흔은
　몸이 없는 이름을 심고 불러 보며 되살아나는 것 날아가는 꽃잎에서

체온이 전해져 오는 것

　　농도가 다른 화병을 지난 입술로 찾아오는
　　꽃들의 소용을 떠올리며 자라는 소녀들
　　휘발된 시차를 넘어 제 이름과 만나는 상자 속이거나 서랍이거나
　　　　　　　　　　　　　　　　　　　　　　　—「꽃들의 시차」 부분

　'돌연변이'는 생물의 형질에 어버이의 계통에 없는 새로운 형질이
갑자기 출현하는 현상으로, 정지우 시의 낯선 이미지를 설명하는 데
유효하다. 「꽃들의 시차」는 치환 은유의 통일성보다는 병치에 의한
이질적 이미지 결합이 주축을 이룬다. "사물 끝에서 시작되는 계절"
은 "몽상"이라는 활달한 상상력에 의해 "상자와 서랍을 바꾸어 열고
닫아 보는" 물음을 제시한다. 고의로 시적 국면을 해체하는 행갈이
는 각 행마다, 그리고 한 행 내에서도 관련 없는 이미지들을 병치시
키곤 한다. "농도가 다른 화병"과 "지난 입술로 찾아오는/꽃들의 소
용을 떠올리며 자라는 소녀"는 언뜻 보기에도 수사에 의해 그 서사
가 약화되어 있거니와, 미완결 시행으로 끝나고 있다. 이는 이것이
거나 또는 저것일 수도 있다고 보는 세계관의 산물이라 하겠다. 요
컨대, 낯설게하기의 극단적 형태인, 몽타주 기법을 동원한 일군의
작품들은 같은 시간과 같은 장소로 중심화되지 않는 돌연변이를 생
성한다. 원래의 장소에서 추방되고 미적 거리마저 극대화되었기에
정지우 시들은 상이한 존재들의 참여를 지향하며, 낯선 시간을 개시
한다.

사물의 감각화

어깨를 가로지르는 줄은 어디서부터 풀리는 당신과 나입니까. 빈손에 나를 안고 있다는 착각은 따뜻한 모양입니다. 나와 한 켤레의 당신은 동상에 걸려 있습니다. 손에 장갑을 끼우듯 얼어붙은 손을 다른 몸이 녹입니다.

겨울바람에 속은 귀는 빨간 물음표를 갖습니다. 입김에도 녹아 사라지는 손가락은 누군가로부터 풀리는 폭설입니까. 닳은 손에서 까맣게 구워진 얼굴이 나오고 두 팔로 움켜쥔 냉기가 흘러내립니다.

비집고 들어갈 몸이 없다는 기억은 몸속에서 꺼낸 주먹을 둘 데가 없다는 것. 녹아내리는 주먹이 입을 틀어막고는 눈사람을 만들 수 없다는 걸 이해하기까지 온기는 어느 쪽을 돌아가는 주머니입니까. 손가락을 잃은 주머니에서 눈물은 촉감의 표시입니까.

손가락질로 눈사람의 검은 입을 만들어 주었습니다. 겨울의 경멸은 어디에나 있습니다. 결빙을 잡아당기면 목을 조를 수도, 그네를 만들 수도 있는 장갑은 어디에나 있습니다.

당신과 나를 굴려서 만든, 입속에서 폭설이 쏟아집니다. 차가운 침묵이 하얗게 입술을 지웁니다. 봄을 가로지르며 돋아나는 푸른 손가락은 누구의 겨울이었습니까.

—「벙어리장갑」 전문

질 들뢰즈는 『의미의 논리』에서 스토아학파의 시간론을 토대로 크로노스(Chronos)와 아이온(Aiôn)을 대비시키며, 직선적으로 세계를 총칭하는 시간에 대한 근본적인 물음을 이끌어 낸다. 크로노스는 한계를 동반하는 현재로 구성된 시간으로, 들뢰즈에 따르면, 원인으로서의 물체의 활동에 관여하는 혼합 상태를 측정하는 현재의 시간이다. 다시 말해, 크로노스는 유일한 실존의 시간인 현재이며, 이 현재들이 이어지는 세계 한에서, 과거에서 미래로 흘러가는 시간이다.

그렇다면 「벙어리장갑」에서 드러나는 순차적이지 않고 경계를 무효화시켜 버리는 시간의 교차는 어떻게 설명할 수 있을까. 여기에서 바로, 들뢰즈가 크로노스와 대비시킨 아이온의 시간이 가능케 된다. 현재가 모든 것을 관할하고 과거와 미래가 상관적인 차이만을 가리킬 뿐 모두 현재에 흡수되는 크로노스에 반해, 아이온의 시간은 현재로 한계 지어지지 않는 시간으로 존재하며 과거와 미래로 분해된다. 정지우의 첫 시집을 관통하는 시간관은 이 아이온의 시간에 바탕을 둔다.

일체의 주관적 감정을 배제한 듯 극대화된 거리감으로 모더니티를 드러낸 정지우의 전편들에서 「벙어리장갑」은 비켜나 있다. 그만큼 감정적 요소가 시적 동인으로 작용하는 작품은 "어깨를 가로지르는 줄은 어디서부터 풀리는 당신과 나입니까"라는 첫 진술부터 사랑시(내지는 이별시)로 읽힌다. "벙어리장갑"이라는 객관적 상관물과 '-입니다/까'라는 차분한 종결어미로 드러나는 독백적 진술은 '장갑'으로 사랑을 표현하리라는 것을 쉽게 예감케 한다. 그러나 작품은 선선히 연시로 통합되지 않고, 분화된 감각을 예비함으로써 신인의 값진 패기를 갖는다. 이것이 아이온의 시간과 감각화된 사물에 도달하는 시의 전모다.

1연의 화자 '나'와 쌍방으로 교감하는 '당신'은 "한 켤레"를 통해 유추할 수 있듯이 "벙어리장갑"이다. 그런데 시적 국면은 '당신'과 '나'

의 정황으로만 진행되지는 않는다. 이것은 감각을 주로 다루는 현대시 가운데서도 정지우 시만이 갖는 변별된 특징이다. 주지하다시피, 정지우 시 세계는 사물과 기상의 예민한 감각화를 통해 생성된다.

2연의 현재로 명시되는 "겨울바람"은 마지막 5연에 와서는 "누구의 겨울이었습니까"라는 과거형 의문으로 되새김된다. 게다가 그사이 행들에서 진술되는 시간과 장소는 하나로 모이지 않아 시적 애매성은 배가되기에 이른다. 가령, "입김에도 녹아 사라지는 손가락"은 "누군가로부터 풀리는 폭설"이 되고, "닳은 손에서"는 "구워진 얼굴"이 나오며 "두 팔"에는 "움켜쥔 냉기"가 흘러내린다. 이처럼 의문을 품게 하는 정황은 이후 연들에서도 이어진다. 시 전반을 통해 종합해 보건대, 병치되는 행들이 이토록 공존하는 이유는 무엇일까. 이 것은 이미지가 어떻게 활용되었는가로 판명될 것인데, 결론부터 언급하자면 시인에 의해 선별된 이미지들의 '사물-되기'라고 해야 할 것이다. "손가락", "얼굴", "두 팔", "주먹", "목", "입속", "입술" 등의 신체 부위는 "(폭설과) 손가락", "(닳은 손과) 얼굴", "(냉기와) 두 팔", "(몸속에서 꺼낸) 주먹", "(결빙과) 목", "(폭설과) 입속", "(차가운 침묵과) 입술" 등에서 알 수 있듯이 한결같이 날씨와 연관되어 지칭된다. 또한 신체 부위를 감각적으로 수사하는 기상(氣候)은 유동적으로 이미지를 확장한다. 결국 이를 통해 파악되는 바는 현재를 과거와 미래로 동시에 분할하는 시간의 팽창이며, 이것은 정지우 시가 현재에서 이뤄지는 형상화된 사고(事故)들로부터 탈주하고 있음이라 할 것이다. '사물 되기/됨(becoming-thing)'을 가로질러 '기상 되기/됨(becoming-weather)'으로 구체화하는 정지우 시들은 의미를 획득하기보다는 탈중심적으로 의미를 계속 지연시키기에 과거와 미래가 동시에 진행되며, "겨울바람에 속은" "빨간 물음표"처럼 마지막 진술마저도 형용모순적 물음을 제시할 수밖에 없게 된다. 예컨대, "봄을 가로지르며 돌아나는 푸른 손가락은 누구의 겨울이었습니까" 라고 말이다.

고로, 고정된 실체가 아니라 끊임없이 무언가로 변화되는 이러한 '되기―됨(devenir, becoming)'으로 말미암아 밤마다 "길이를 자르고 웅크린 자세"와 교합하는 "침대"(「프로크루스테스의 침대」), "벌어져서 다 물어지지 않는 계단"(「나선형 계단」), "말 한마디에" 탈바꿈하는 "면"이 (「날뛰는 면」) 생성된다.

사물의 감각화를 시도하며 종잡을 수 없이 계속하여 변이하는 정지우의 시행들은 여기에서 한층 더 변모하는 양상을 띠기도 한다.

기상·의상 되기로 나아가기

앞서 살핀 것처럼 정지우 시에서 기상(기후)은 시의 감각적 측면을 확장한 지점에 자리한다. 들뢰즈의 통찰을 빌리자면, '감각(sensation)' 이란 근대철학의 인식론적 의미인 '지각(perception)'과는 구별되는 것이다. 여기서 감각은 그 속에서 무언가가 일어나는 사태를 동반한다. 결론적으로 감각은 하나의 영역에 고착되고 국한되는 지각과 달리, 신체의 감각기관에서 직접적으로 무언가가 일어나는 존재론적 사건이며 다른 영역으로 이동하는 중대한 이행적 사건이다.

느티나무 그늘이 무더위에 끌리고 있다

팔랑거리는 양 떼를 데리고

계절 속으로 입성하려면 가벼운 체위는 가리고 고딕의 시대를 지나

야 한다

폭염은 언덕에 한낮으로 누워 있다

(중략)

천장을 높이던 요일엔 검은 머리카락을 버리고 히브리어를 닮은 숟
가락을 들고 점심을 먹는다
오늘의 드레스 코드는 디저트가 없는
테이블보가 흘러내리며 그은 성호
중세의 햇빛이 스테인드글라스로 들어오는 창문
귀가 잘린 무늬에선
단풍잎 맛이 나는 오래된 말들이 달그락거린다

　　　　　　　　　　　　　　　　　—「오늘의 의상」부분

밑단을 접고 계단을 오르듯 배꼽까지 거슬러 올라가면 잘록한 허리
에 잠긴 빗줄기가 나뭇잎처럼 뒤덮여 오는 머리카락들. 비가 낮밤을
걸어와 눕는 지구의 끝. 흐르는 두 발이 있어요.

들뜬 길이만큼 스타킹 올이 나간 하루에서 한 발을 빼던 소녀는 발
의 흔적을 찾다가 이곳이 어디인지 날씨처럼 물을 때가 있어요. 옷을
바꿔 입어도 차가운 의대증. 옷을 껴입고 사라져도 밖이 없는 몸.

안간힘을 써도 벗을 수 없다는 북서풍을 찢고 있어요. 햇살과 편견
을 입히는 찬바람. 함박눈을 빌려 입고 돌려주지 못한 주머니. 우리는
옷의 불안이 되고 싶은 걸까요.

　　　　　　　　　　　　　　　　　—「등고선의 편견」부분

등단작 「오늘의 의상」부터 시작해 시종 '기상·의상 되기'를 향해 나아가는 정지우의 시적 특징은 「등고선의 편견」, 「북회귀선」에서도 마찬가지로 나타난다. 여기서 기상과 의상은 이미테이션의 흉내 내기인, 일차원적인 수사가 아니라 존재론적 의미인 '되기'라고 보아야 할 것인데, '기상·의상 되기'는 시집 전체를 지탱하는 시인의 시적 방법론 또는 감각론이다.

"느티나무 그늘"이 "무더위에 끌리"는 도입부부터 「오늘의 의상」은 서경적으로 일기(날씨)와 풍경을 다루는 여타 시들과 구별된다. "계절 속으로 입성하려면 가벼운 체위는 가리고 고딕의 시대를 지나야 한다"라는 시행과 "회색을 입고 묵상에 잠긴 성전엔 돌기둥을 돌던 저녁이 의복을 걸치고 있다"는 행들에서 알 수 있듯이, 등단작에서 의상은 그 의미가 좀 더 종교적이고 성화된 이미지를 구축하는 데 활용된다.

왜 유럽은 갑자기 대성당이라는 외투를 입게 되었을까? 고딕 기술의 갑작스러운 장악력은 어디서 생겨난 것일까? 벽을 뚫고 거기에다 빛이 통과되는 채색 유리를 끼우게 한 고딕식 원리를 누가 발명했을까? 누가 첨탑의 전성시대를, 가득 참에 대한 공백의 승리를 주관했을까? 누가 처음으로 이 길을 열어 도약할 수 있도록 출자하고 일을 추진했을까? 대성당을 기어오르는 것은 아직 그다지 '알려지지 않은 땅'을 향해 나아가는 것이다.

　　　　　　　　　　—실뱅 테송, 「대성당을 오르며」(『여행의 기쁨』)

21세기 프랑스 문단의 헨리 데이비드 소로라 불리는 실뱅 테송은 고딕 성당에 대해 위와 같은 의문을 품는다. 왜, 누가, 무엇 때문에 고딕식으로 대성당을 건축했냐는 것이다. 결국 어디서? 누가? 라는 사항은 고딕 성당의 채색 유리와 뾰족한 첨탑에 대한 아름다움에 대한 예찬이 아니며, 수직으로 상승하는 건축물로부터 기인한 고딕 예술에 대한 탐구라 할 수 있다. 정신의 자유로움은 아직 "알려지지 않은 땅"을 향해 발걸음을 떼어 놓는다. 이처럼 대성당에서 인간 역사와 인간 본연의 존재를 상기시키는 바는 「오늘의 의상」과 공통되는 지점이다.

「오늘의 의상」을 구체적으로 살펴보자면 이렇다. 성전에 들르려는 관광객으로 설명되는 화자는, 성역에 입장하려는 이유로 인해 "체위는 가리고" "고딕의 시대"를 관광해야만 한다. 이러한 정황은 "미사포"를 쓴 "구름"과 "회색을 입고 묵상에 잠긴 성전", "오늘의 드레스 코드", "테이블보가 흘러내리며 그은 성호"의 시행으로 구체화하며, 발언되지는 않으나 종교적 아우라가 더해져 형이상학적 깊이와 여운을 띤다. 그렇기에, 「오늘의 의상」에서 의상은 인간의 현존과 내면 성찰의 키워드라고 볼 수 있을 것이다. 이뿐만이 아니라, 다른 작품을 통해서도 의상의 중요도는 관찰된다. 옷 입기를 힘들어 하는 강박증적 병증인 "의대증"은 "안간힘을 써도 벗을 수 없다"라는 "옷의 불안"을 그려 내며(「등고선의 편견」), 삶의 불확실성에 대한 괴로움을 표면화한다. 요인즉, 정지우 시에서 '의상'은 '기상'과 교차하며 이번 시집을 관통하는 중요한 사물로 체계화된다.

'기상·의상'과 관련해 감각적 시행이 두드러지는 용례를 보자면,

오래전 소용돌이 속으로 들어간 한 사람이 되돌아오곤 한다 주머니에서는 비가 떨어졌다

(중략)

　나는 속옷을 빨랫줄에서 잃어버린 적 있고 그 빨랫줄을 일기예보로
쓴 적도 있다
—「북회귀선」 부분

　무늬를 뒤집어 입어도 같은 날이다
　자꾸만 맴도는 골목은 언젠가 한 번쯤 돌아올 것이라는 말을 잠깐
옮겨 놓은 곳이다

(중략)

　철 지난 옷들을 털어 내면 관측한 방향들이 떨어져 내렸다
　사람의 시절은 되돌아갈 수 없다
—「회문」 부분

　걷기 위해 걸었어도 살기 위해 걸었다는 진술을 벗어날 수 없다. 여
름이 지나가고 겨울을 지나간 구두는 시간의 발견.
—「평발의 안부」 부분

　결정적인 시간에 검은 등고선이 아버지의 허리를 지나간다.
　어깨 위로 몰리는 비

(중략)

허물은 아버지를 떠나 나에게 오고

나에게 온 허물은 빗물이 되어

나를 떠나기 전에 밟고 밟히는

혈연

—「나를 밟아라」 부분

불쑥, 우리에게 돋아나는 불행은 처음 보는 인상, 죽은 아버지의 옷
을 입고 있어도 의심하지 않았지

(중략)

언니, 추운 무덤인데 왜 눈은 오지 않지?

—「하울링」 부분

대표적인 작품으로 「북회귀선」, 「회문」, 「평발의 안부」, 「나를 밟아
라」, 「하울링」 등을 꼽을 수 있다.

'기상·의상'은 "오래전 소용돌이 속으로 들어간 한 사람"과 단추
를 떨어뜨리고 간 '그'라고 지칭되는 타자와 '나'와의 관계를 드러내
기도 하고, 「회문」과 「평발의 안부」에서와 같이 지난 시절의 매개물
로 사용되기도 한다. 그리하여 "그때, 별을 볼 수 있는 자리는 내가
입었던 옷들이었을까"(「회문」), "사람의 시절은 되돌아갈 수 없다"라
는 인생의 회문(回文) 자리로 '나'를 이동시킨다. 또한 "걷기 위해 걸
었어도 살기 위해 걸었다는 진술을 벗어날 수 없다"는 성찰적 진술
을 "여름이 지나가고 겨울을 지나간 구두"에서 발견해 낸다. 결국,
시인이 '기상·의상'을 바탕으로 말하고자 하는 바는 "겨울의 형식을

배우는 것이 여름을 사는 방법"인, "불균형도 균형"으로 익혀야 하는 "절뚝이는" 이 세계를 그려 내고자 함일 것이다.

전편이 모더니티의 감각적 특질을 갖춘 시집임에도 「나를 밟아라」와 「하울링」 등은 "아버지의 옷"이라는 고전적 테마를 지닌 채 그려진다. 여기서 "검은 등고선"이 허리를 지나는 화자의 아버지는 '나'의 "발목"을 빠뜨리고 젖게 만드는 존재다. 그뿐만 아니라, 늑대 울음소리를 뜻하는 하울링을 모티프로 삼은 작품에선 "불행"이 "죽은 아버지의 옷을 입고" 나타난다. 이상한 기후인 눈이 오지 않는 추위는 여기서도 한 가계의 행복과 불행을 각성시키는 기제다. 그러나 앞서도 상술했다시피, 정지우 시편들은 서정시에서 다루는 동일성 차원과는 거리를 두고 있기에 한 가계의 아버지를 투영하는 고전적 테마에서도 기상은 서경적으로 중심화되기보다는 파편화되고 있으며, 의상은 일관된 인칭에서도 벗어나 여러 인칭으로 비약한다. 게다가 시 문면에서는 시제의 혼동 또한 빈번하게 일어나, 과거와 미래가 동시에 펼쳐지고 계속하여 분할된다. 그러한 까닭에, 정지우 시의 '기상·의상 되기'는 비교적 서정적 모티프를 갖춘 시에서도 하나의 원관념에 집중되지 않고 분산적인 이미지와 분해되는 시간에 관여한다. 재삼 부언컨대, '기상·의상 되기'는 정지우 시의 현대성에 힘을 제공해 준다고 말할 수 있다.

이상으로 살펴본 정지우 시의 '식물적 상상력, 시의 육종'과 '사물의 감각화', 그리고 '기상·의상 되기로 나아가기'는 첫 시집을 상재한 시인의 패기로 무장된 새로운 탐구라 할 수 있다. 탈중심주의에 근거하고 있는 이러한 시적 특징은 합리성을 사유하도록 강요하는 이성 중심주의에서 탈주하고 있음을 상기시키며, 잠재된 가능성으로 끊임없이 비약하고 있음을 재차 보여 준다. 획일화된 의미에서 벗어난 '감각학(Aisthetik)'으로 혁명적이고 독자적인 소통을 이룩하고자 하는 시인의 세계는 앞으로의 작품으로 거듭나고 그 의의가 해명될 것이다.